Gustaf Skördeman
Wagner

Gustaf Skördeman

WAGNER

Thriller

Übersetzung aus dem Schwedischen
von Thorsten Alms

Lübbe

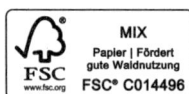

MIX
Papier | Fördert
gute Waldnutzung
FSC
www.fsc.org
FSC® C014496

Titel der schwedischen Originalausgabe:
»Wagner«

Für die Originalausgabe:
Copyright © 2022 by Gustaf Skördeman and Bokförlaget Polaris
in agreement with Politiken Literary Agency

Für die deutschsprachige Ausgabe:
Copyright © 2023 by
Bastei Lübbe AG, Schanzenstraße 6–20, 51063 Köln

Textredaktion: Britta Schiller, Eitorf
Umschlaggestaltung: FAVORITBUERO, München
Umschlagmotiv: © STILLFX / shutterstock; Roman Mikhailiuk / shutterstock
Satz: GGP Media GmbH, Pößneck
Gesetzt aus der Adobe Caslon Pro
Druck und Verarbeitung: GGP Media GmbH, Pößneck

Printed in Germany
ISBN 978-3-7857-2850-5

1   3   5   4   2

Sie finden uns im Internet unter luebbe.de
Bitte beachten Sie auch: lesejury.de

1

Schon aus weiter Entfernung sah man, zu welcher Sorte sie gehörten, die beiden groß gewachsenen Männer mit ihren Fernsteuerungen. Sie strahlten nicht nur aus, dass sie töten konnten, sondern auch, dass sie töten *wollten*.

Ihr Auftrag bestand darin, Drohungen zu identifizieren und sie mit maximaler Effektivität zu beseitigen. Das hatten sie schon viele Male zuvor getan. Leben auszulöschen war ihr Job. Und ihr größtes Vergnügen.

Die Savile Row in London ist eine kleine enge Straße mit einigen der exklusivsten Schneider im Vereinigten Königreich. Die Häuser sind aus Stein gebaut, geschmückt mit großen Flaggen, aber nicht höher als drei, vier Stockwerke. Wenn man nicht weiß, worum es geht, ist es schwierig zu verstehen, was diese kleine Gasse für die Reichen der Welt bedeutet.

Auf den Bürgersteigen der Savile Row sieht man nicht viele Touristen, meistens nur Leute aus der City, also Bank- und Finanztypen. Alle in ihren britisch geschnittenen Anzügen, die sie genau in dieser Straße gekauft haben oder es sich zumindest wünschten.

Jetzt standen die beiden Hünen mit ihren toten Augen an jeweils einem Ende der Straße und steuerten ihre jeweilige Mavic 3, während sie auf den Displays der Controller sorgfältig alles überprüften, was die Drohnen aufnahmen. Sie flogen an den Fassaden entlang, sahen in alle Fenster, stiegen auf und starrten über die Dächer. Fokussierten und konzentrierten sich auf jedes abweichende Detail.

Währenddessen gingen die anderen beiden anzugtragenden Grizzlybären herum und kontrollierten die geparkten Autos auf beiden Seiten der Einbahnstraße, sahen durch die Fenster hinein, kontrollierten ihre Unterseiten mit Spiegeln und lasen ihre Geigerzähler ab, um mögliche Radioaktivität zu entdecken.

Als sie sich sicher fühlten, dass keine Bedrohung vorlag, gaben sie ihrem Anführer Nesti ein Zeichen. Zwei schnelle Signale auf dem Kommunikationsknopf des Funkgeräts, die zu einem doppelten Brummen in Nestis Empfänger wurden. Und als alle vier bereit waren, gab der Anführer das Klarzeichen für den Konvoi.

Zuerst das Knattern eines Hubschraubers, das sich über die Straße senkte und dort verharrte, bedeutend niedriger, als es zulässig war. Dann rollten zwei schwarze BMW X7 M50i in die Straße, gefolgt von einem feuerroten Rolls-Royce Cullinan und zwei weiteren schwarzen BMW X7. Alle gepanzert und garantiert gegen jede Art von Automatikfeuer und eine Sprengkraft von bis zu dreißig Kilogramm TNT gesichert.

Falls Autos tatsächlich etwas ausstrahlen können, dann strahlte diese Karawane aus Autos mit schwarz getönten Scheiben eine Drohung aus, in Übereinstimmung mit der kriminellen Logik, die besagte, dass du umso mächtiger bist, je mehr du dich beschützen musst. Sogar die blasierten City-Angestellten, die über die Bürgersteige hetzten, ahnten, dass sich etwas ganz Besonderes hier abspielte, und betrachteten den Konvoi. Nur um schnell wieder wegzusehen. An einem solchen Oktobermontag voller Nieselregen wollte man einfach nur bis Weihnachten überleben und nichts sehen, was einem das Leben zerstören könnte.

Die gepanzerten Autos blieben vor dem rot geklinkerten vierstöckigen Gebäude stehen, in dem der königliche Hoflieferant Willis & Corrigan residierte, der die Prinzen des Imperiums mit allem, von Jacketts bis zu maßgeschneiderten Unterhosen, versorgte. Hollywoodstars und Ölscheichs standen Schlange, um dort Kunden zu werden, und es blühte eine ganze Gerüchteküche, worin die Auswahlkriterien eigentlich bestanden. Aber niemand wusste es.

Aus den schwarzen SUVs stiegen muskulöse Männer in schwarzen Anzügen und mit Sonnenbrillen. Männer, die schnell die Bürgersteige in beide Richtungen hundert Meter von Willis & Corrigan entfernt absperrten. Zwei stellten sich hinter den letzten SUV und starrten drohend auf die Autos, die jetzt ganz unvermittelt an ihrer Weiterfahrt gehindert wurden. Ob es die Blicke durch die Sonnenbrillen waren oder die Heckler & Koch MP5, die sie trugen, die am meisten abschreckten, blieb unklar, aber niemand in den vordersten Autos der hastig wachsenden Schlange kam auf den Gedanken, gegen die plötzliche Sperrung zu protestieren. Von weiter hinten waren bald einige Hupen zu hören, aber das schien die bewaffneten Fleischberge nicht im Geringsten zu irritieren.

Als die Straße gesichert war, gab Nosorog, der Chef der Leibwache, das Klarzeichen für Romanowitschs Chauffeur, der den Knopf des Mikrofons drückte, über das er mit der Rückbank des Rolls-Royce kommunizieren konnte.

»All clear.«

Aleksandr Aleksandrowitsch Romanowitschs fette Faust griff nach dem blondierten Haar von Anora, dem mageren Mädchen aus Usbekistan, das er in einem der Bordelle gekauft hatte, die er regelmäßig besuchte. Eine Siebzehnjährige, die er höhnisch ›Pretty Woman‹ nannte, während er sich ihr sexuell aufzwang.

»Du darfst nachher weitermachen«, sagte er, zog Anoras Kopf von seinem Schoß hoch und schubste sie grob in eine Ecke der Rückbank. Dann knöpfte er seinen Hosenstall zu und stellte irritiert fest, dass sie immer länger brauchte, um ihn zum Kommen zu bringen. Vielleicht war es an der Zeit, eine Neue zu besorgen. Er konnte ja schlecht einen Schneidertermin verpassen, nur weil Anora nicht mehr genauso gut blies wie früher.

Als er ihren leeren Blick sah, öffnete er die Louis-Vuitton-Tasche aus Leder, die auf dem Boden stand, und griff nach ein paar dicken Bündeln aus Fünfzig-Pfund-Noten, die er ihr zusammen mit dem Versprechen gab, dass sie nachher damit einkaufen gehen konnte. So fühlte es sich vielleicht besser an.

Als Aleksandr Romanowitsch aus dem Wagen stieg, wurde er sofort von vier Männern der Leibwache umringt, während sie an den Hausfassaden entlangstarrten, obwohl die Drohnen immer noch über ihnen kreisten und alle Fenster und Dächer kontrollierten. Romanowitsch richtete seinen Mantel mit dem Kragen aus Wolfspelz.

Die Fußgänger betrachteten die Männer, die die Straße absperrten, bevor sie sich umdrehten und einen anderen Weg wählten. Hier in der City wusste man, dass man besser bedient war, wenn man sich nicht mit bewaffneten Gorillas anlegte. Man wohnte nicht mehr im England der Königin, sondern im London der Gorillas.

Während Romanowitsch mit seinem Gefolge auf Willis & Corrigan zuschritt, tauchte ein Rollstuhl in der Türöffnung auf. Im Rollstuhl saß ein sehr alter Mann mit abwesendem Blick, dem ein Faden Sabber aus dem Mund hing. Auf seinem Schoß lag eine Tüte der Schneiderei, und der Rollstuhl wurde von einer gebeugten, alten Frau geschoben, die offensichtlich der Ansicht war, dass ihr Mann seine Modegewohnheiten nicht aufgeben sollte, nur weil er ein bisschen senil geworden war. Die Frau trug ebenfalls maßgeschneiderte Kleidung, die allerdings schon etwas fadenscheinig aussah. Es war offensichtlich, dass das Kleid und der Mantel einst von erlesenster Qualität gewesen waren, auch wenn sie heute einen Duft nach Mottenkugeln und Schimmel verströmten. Die Frau kämpfte, um den Rollstuhl die beiden Treppenstufen hinunterzubekommen, die zum Bürgersteig führten, er wirkte allzu schwer für ihre gekrümmte Gestalt. Als es ihr schließlich gelang, den Stuhl über die Kante zu heben, kam er plötzlich in Fahrt und rollte ihr beinahe weg. Aber sie klammerte sich fest an den Griff.

Der unerwartete Vorstoß ließ die Leibwächter vor ihren Auftraggeber springen, aber sobald sie erkannt hatten, was passiert war, entspannten sie sich wieder.

Der jüngste der Leibwächter, Schtschenok, ging zu dem älteren Paar und hielt seinen Gesichtsscanner nacheinander vor beide Gesichter. Kein Ausschlag. Sie waren in keinem Register aufgeführt.

»Was machst du? Glaubst du, die beiden sind Terroristen?«, fragte Sobaka und konnte ein Lachen nicht unterdrücken. Die anderen froren ihre Mienen ein, bis sie hörten, dass auch Romanowitsch in Lachen ausbrach, worauf sie alle begannen, ihren übereifrigen jungen Kollegen mit Hohn zu übergießen.

»Dieser Terrorist hat sich sogar in die Hose gemacht!«, sagte Sobaka und zeigte auf einen kleinen, feuchten Fleck im Schritt des alten Mannes.

»Vielleicht ist es eine geheime Waffe?«, sagte Ios und grinste.

Schtschenok ging zurück zu den anderen, die zehn Schritte vor dem Eingang zur Schneiderei stehen geblieben waren, um das alte Paar vorbeizulassen.

»Was soll ich denn tun?«, schmollte er und verfluchte im Stillen die anderen, die ständig auf ihm herumtrampelten. Entweder war er zu nachlässig und bekam deswegen Schimpfe, oder er war zu genau und wurde deswegen als lächerlich dargestellt. Idioten.

Die alte Frau kämpfte, um den Rollstuhl wieder in Fahrt zu bringen, als sie auf dem Bürgersteig waren, und näherte sich sehr langsam der Gruppe von grimmigen Männern.

»Stehen bleiben!«, brüllte Sobaka und stoppte sie mit einer Handbewegung, bevor er eine Geste in die andere Richtung machte. »Weg! Geht da lang!«

Aber die Frau sah ihn nicht an und schien ihn auch nicht zu hören. Sie kämpfte weiter mit dem Rollstuhl. Eine Hand in der Handtasche vergraben, versuchte sie, ihren mental abwesenden Gatten vor sich her zu bugsieren.

»Stopp, habe ich gesagt!«, schrie Sobaka erneut, und jetzt richtete er seine Automatikwaffe auf sie.

»Nein! Hilfe!«, schrie die Frau und blieb endlich stehen.

Dann warf sie ihre Handtasche vor die Füße der fünf Männer und hob die Hände in die Luft.

Sobaka sah erst sie und dann seine Kollegen verblüfft an.

»Sie glaubt, dass wir sie ausrauben wollen.«

Alle fünf brachen erneut in Gelächter aus.

Die alte Frau ging hinter dem Rollstuhl in Deckung und schien nicht zu hören, was er sagte. Sie rief nach Hilfe. In voller Panik.

»Die dumme Kuh!« Sobaka lachte und schüttelte den Kopf.

In dem Augenblick waren vier Sekunden vergangen. Die Zeit, die die russische F-1 Handgranate brauchte, die in der Handtasche lag und deren Sicherung gezogen war, bis sie explodierte. Eine F-1 verteilt Splitter in bis zu zweihundert Meter Entfernung, aber die Panzerplatte, die an die Rückseite des Rollstuhls montiert war, schützte die alte Frau vor den scharfen Projektilen, während der senile ehemalige Spion im Rollstuhl den Körper von den Metallteilen zerrissen bekam.

Die ganze Gruppe wurde von der Druckwelle mehrere Meter zurückgeworfen, aber die Frau hatte die Füße auf ein kleines Querband gestellt und fuhr ganz einfach mit, bis der Rollstuhl gegen das Gatter vor einem der anderen exklusiven Schneidereien schlug, mit der Frau als Stoßdämpfer.

Sie schrie vor Schmerz auf, kam aber schnell wieder auf die Füße. Mit einem übergezogenen Gummihandschuh fischte sie eine weißhaarige Perücke aus der Tasche und ließ sie neben dem Rollstuhl auf den Boden fallen. Gleichzeitig warf sie einen schnellen Blick in das Chaos, das jetzt zwanzig Meter vor ihr lag.

Ein vollständiger Erfolg.

Die schockierten Leibwächter, die jetzt zu den gefallenen Kameraden und ihrem ermordeten Chef liefen, nahmen keine Notiz von ihr. Sie brachten die Explosion nicht mit der verwirrten alten Dame in Verbindung.

Im gepanzerten Rolls-Royce konnte Anora ihren Augen kaum glauben. Nachdem sie etwa zehn Sekunden auf Romanowitschs toten Körper gestarrt hatte, faltete sie die Hände und dankte Gott.

Dann nahm sie die Ledertasche von Louis Vuitton, stieg aus dem Wagen und ging davon.

Auf der anderen Seite der Straße eilte eine alte, weißhaarige Dame davon. Ihr Herz schlug beunruhigend schnell, und die Arthrose begann sie zu warnen, dass sie später ihre Strafe dafür bekommen würde.

Aber im Augenblick war es ihr egal.

Agneta Broman war zurück.

2

Das Seil schnitt in die Handgelenke.

Die Haube erschwerte das Atmen.

Die intensive Hitze ließ den Schweiß den Rücken hinunterlaufen.

Solange sie nichts sah, schärften sich die anderen Sinne.

Alles wurde so deutlich.

Sie registrierte die schwachen Geräusche des menschlichen Atems, bildete sich ein, dass sie ihren Herzschlag hörte.

Die Haube, die sie ihr über den Kopf gezogen hatten, duftete leicht nach Kräutern, Schweiß und Rauch. Und nach etwas unvorstellbar Altem.

Sie hatten sich angestrengt, damit sie nicht erraten konnte, in welches Land sie sie geführt hatten, aber wenn die Berichte, die sie gelesen hatte, stimmten, dann ahnte sie, wo sie gelandet war. Es spielte ohnehin keine Rolle.

Sie war vollkommen präsent.

Sie hatte sich niemals so lebendig gefühlt.

Motivierter als jetzt war sie nie gewesen.

Ihre Lunge bettelte um mehr Sauerstoff, aber sie musste warten.

Alle mussten warten. Alle Sinne und alle Gefühle mussten sich unterwerfen.

Wann hatte sie das letzte Mal gegessen? Daran konnte sie sich nicht erinnern. Ein bisschen Fatut, als sie ankam, wann auch immer das gewesen war.

Ihr Körper hatte aufgehört, Ansprüche an sie zu stellen,

Dinge wie Essen, Flüssigkeit und Schlaf zu fordern. Zu pinkeln. Der Körper war abgeschaltet.

Ihr Fokus lag auf etwas anderem.

Sie hatte sich vom Boden erhoben. Ihr altes Leben hinter sich gelassen. Jetzt war sie unüberwindlich.

Das Knistern eines Streichholzes auf einer rauen Oberfläche, dann ein Paffen, als würde man sich eine Zigarette anzünden.

Dann das Geräusch zweier Scheinwerfer, die eingeschaltet und auf sie gerichtet wurden. So stark, dass sie sie durch den dicken Stoff blendeten.

Jemand kam von hinten an sie heran, knotete das Seil auf und hob die Haube ab.

Sie hielt die Hand als Schutz gegen das starke Licht hoch, machte aber nicht den Fehler, unter dem Schatten der Hand denjenigen anzublicken, der ihr gegenübersaß.

»Spiel«, sagte eine Stimme, erst auf Arabisch, dann auf gebrochenem Englisch.

Sie sah sich um und entdeckte eine Geige, die auf einem kleinen Tisch direkt neben ihr lag.

Sie stand auf, wund und steif nach den vielen Stunden, die sie an den Stuhl gefesselt gewesen war. Danach nahm sie die Geige, legte das Instrument an die Schulter und setzte den Bogen auf die Saiten.

Aus der einfachen und schlecht gestimmten Geige strömte ein »Erbarme dich« von Johann Sebastian Bach. Das Stück, das sie in dem Video gespielte hatte, von dem sie wusste, dass er es gesehen hatte. Vom Abschlussabend der neunten Klasse. Seltsam, dass er dieses Video hier im Nahen Osten gesehen hatte, Tausende von Kilometern entfernt.

Sie wusste nicht, wie gut er sich mit Bach auskannte, sah aber zu, dass sie das Stück genau so spielte wie damals, als sie eine Teenagerin gewesen war. Mit einem jugendlichen Eifer, der glaubte, dass er mehr wisse, als tatsächlich der Fall war, mit

13

einer eingebildeten Lebenserfahrung und einer gewissen pubertären Dramatik.

»Stopp!«

Sie hielt inne.

»Muttermal!«

Sie fummelte an dem Umhang herum, mit dem sie sie bekleidet hatten, konnte aber schließlich ein Stück Haut unter der linken Brust entblößen und das große, dunkle Muttermal zeigen, das sich dort befand.

»Okay.«

Er musste irgendeine Form von Zeichen gegeben haben, denn jetzt wurden die Scheinwerfer wieder ausgeschaltet.

Danach die Schritte, mit denen er sich entfernte, umgeben von seinem engsten Gefolge.

Aber sie lebte.

Also hatte sie den Test bestanden.

War akzeptiert.

Jetzt war es nur noch eine Frage der Zeit.

Dieses Mal sollte es ihr gelingen.

Und dieses Mal würde Sara ihre Strafe bekommen.

Lotta Broman würde Sara Nowak mit ihren bloßen Händen töten.

3

Obwohl die Videoaufnahme keinen Ton hatte, war es offensichtlich, dass der ehemalige Außenminister Jan Schildt um Gnade bat. Mit Panik im Blick.

Er schrie und weinte und versuchte sich von den Seilen loszureißen, die ihn an der Bank aus Stahl festhielten. Er bettelte und flehte.

Aber August Sandin ließ sich nicht erweichen.

Er hob eine Motorsäge, eine ganz gewöhnliche Husqvarna 130, zog das Startkabel mit einer entschlossenen Bewegung und legte die Kette an den Hals von Schildt.

Blut spritzte über die Anzüge der beiden Männer, und Schildt schrie. Man sah es an seinem Mund. Ein furchtbarer Schrei voll Todesangst und unerträglichen Schmerzen.

Die Motorsäge blieb stecken, sodass Sandin sie herausziehen und von vorne anfangen musste.

Schildt lag im Sterben. Die Pupillen verschwanden unter den Augenlidern, und das Blut rann aus dem Mund und über das Kinn nach unten. Der Körper zuckte in Konvulsionen.

Sandin sah sich um, seufzte tief und machte weiter.

Jetzt drückte er die Motorsäge mit aller Kraft an den Hals seines Opfers, und schließlich gelang es ihm, den Kopf vom Körper zu trennen.

Da kamen die Tränen.

Er weinte, bis er zu zittern begann. Von oben bis unten mit Blut bespritzt, ließ er die Motorsäge zu Boden fallen und drehte sich um.

...ach einer CZ 75 Compact, während er gebrochen
...e. Mit einer instinktiven Bewegung wischte er sich die
... aus den Augen, wischte das Blut dabei in roten Streifen
... das halbe Gesicht.

Dann setzte er die Pistole an seine rechte Schläfe und schoss.
Er fiel aus dem Bild, dann endete das Video.

Sara Nowak und Anna Torhall wandten sich an Harald
Moberg, den Vorstandsvorsitzenden des Forstbetriebs Norskog,
der jetzt in Saras Büro in der Polizeiwache von Solna saß. In
seinem Brionianzug mit gefalzten Nähten, seinen handgenähten
Schuhen von Church's und dem kreideweißen Hemd von Bauer
mit glänzenden Manschettenknöpfen von Bulgari fiel er vor
der unauffällig bürokratischen Einrichtung deutlich auf. Und
seine missmutige Miene zeigte mit aller gewünschten Deutlichkeit, dass es ihn irritierte, in ausgerechnet diesem Raum empfangen zu werden. Obwohl er selbst sich an die Polizei gewandt
hatte.

Diese Irritation wurde noch dadurch verstärkt, dass Moberg
an die nächstgelegene Polizeiwache und zwei gewöhnliche Kri-
minalinspektorinnen verwiesen worden war. Er hatte Sara und
Anna deutlich zu verstehen gegeben, dass er am liebsten vom
Polizeipräsidenten empfangen worden wäre. Immerhin war er
ein Mann in einer außerordentlich exponierten Position.

Konnte er sich überhaupt auf die Schweigepflicht dieser beiden Polizistinnen verlassen? Alles, was einen Mann wie Moberg
betraf, musste mit äußerster Diskretion behandelt werden, das
musste ihnen doch klar sein? Sara hatte erwidert, dass sie damit
vollkommen einverstanden wären, hätte ihn aber am liebsten, tja,
zurück in den Wald geschickt.

Bis sie das Video gesehen hatte.

Da wachte die Polizistin in ihr auf und übertönte die Teen-
agerrebellin.

»Woher haben Sie dieses Video?«, fragte Sara und beugte

sich über den Schreibtisch, der sie vom Vorstandsvorsitzenden trennte.

»Keine Ahnung. Von Schildt oder Sandin kann es jedenfalls nicht kommen.«

»Kannten Sie die beiden? Schildt und Sandin?«

»Nicht persönlich. Aber ich habe beide natürlich zu verschiedenen Anlässen getroffen. Wir bewegten uns ja in denselben Kreisen.«

Kreise, denen Moberg mit deutlich vernehmbarer Zufriedenheit angehören durfte.

»Und welches Verhältnis hatten sie untereinander?«, warf Anna ein. »Ein ehemaliger Außenminister und der Vorstandsvorsitzende einer Aktiengesellschaft?«

»Verhältnis? Gar keines, soweit ich weiß«, sagte Moberg und fegte sich ein unsichtbares Staubkorn von einer Schulter. »Aber sie kannten einander vielleicht. Es ist ja trotz allem ein kleines Land.«

»Und Sie haben diese Videoaufnahme in Ihrem Briefkasten gefunden? Auf diesem USB-Speicher?«

»Ja, im Briefkasten zu Hause in Nockeby.«

»In einem Umschlag?«, fragte Sara.

»Mit der Beschriftung ›You're next‹.«

4

Verdammter Idiot. Wie eine Parodie auf den lästigen Nachbarn. Eine nervtötende, ermüdende Scheißparodie.

Hans-Gunnar Schermann.

Ein Rentner mit allzu viel Zeit.

Und irgendeinem Kurzschluss im Kopf.

Immer nur klagen und motzen und über alles und jeden festgefahrene Ansichten haben. Herumstehen und mit dem krummen, blassgelben Finger zeigen. Und dann noch seine ekligen feuchten Lippen. Hellbraune Chinos mit viel zu hoch gezogenem Bund, zusammengehalten von einem Gürtel.

Dieses Grundstück gehörte verdammt noch mal nicht ihm.

Schließlich hatten sie genug davon gehabt, seinem Gemecker zuzuhören. Aber als Malin und Christian nicht mehr öffneten, wenn Schermann klingelte, begann er stattdessen Zettel im Briefkasten zu hinterlassen.

»Die Kinder machen Lärm!«

»Nicht nach neun grillen!«

»Ein Apfelbaum wächst in mein Grundstück hinein!«

Ja, das ist doch klar, dass Kinder Lärm machen, dass man in seinem eigenen Garten grillen kann, wann man will, und dass ein Apfelbaum wächst. Was zum Teufel glaubte dieser Wirrkopf eigentlich?

Und jetzt war er noch einen Schritt weiter gegangen und hatte einen Zettel an die Windschutzscheibe geklebt.

»Hecke zurückschneiden!«

Malin war kurz davor, mit dem Zettel zu ihm hinüberzugehen und ihm zu sagen, wo er sich das Teil hinstecken sollte, aber sie wollte sich nicht streiten. Es war ihr Geburtstag. Da sollte man sich nicht mit seinem widerwärtigen Nachbarn zanken.

Aber wenn er auch noch über das ganze Laub zu meckern begann, das ihm aufs Grundstück fiel, dann würde er eine gewaschene Antwort bekommen. Schließlich war es nicht Malins Schuld, dass der Herbst kam.

Sie setzte ihren smaragdgrünen Porsche Macan Turbo vor der großen blassgelben Villa im Stjärnvägen 18 zurück, hielt das Tempo niedrig, solange sie sich in der engen Straße befand, und gab ordentlich Gas, als sie über die Lidingöbrücke fuhr. Nach wenigen Minuten hatte sie die Schwedische Fernsehgesellschaft SVT im Gärdet erreicht, gemeinhin ›das Studiohaus‹ genannt, wo sie ihren Arbeitsplatz hatte. Im Augenblick moderierte sie das Programm »Jalla! Hör zu!«, das auf unterhaltsame Weise und mit humoristischer Ansprache junge Männer aus den Vorstädten dazu bewegen sollte, miteinander zu sprechen, statt zur Waffe zu greifen.

Nachdem sie in der Tiefgarage geparkt hatte, ging sie durch den Haupteingang hinein, marschierte an dem kleinen Café vorbei und blickte zu Micke am Empfang. Besucher mussten durch die Schwingtüren gehen, aber die Angestellten konnten die Passage danebenen benutzen, wenn man seine Karte zog.

»Hallo, Micke.«

Malin achtete sorgfältig darauf, dass sie den älteren Mann am Empfang immer grüßte. Für sie war jeder bei SVT gleich wichtig. Und sie wusste, dass Micke hier schon gesessen und Besucher und Angestellte willkommen geheißen hatte, als sich die Fernsehfilmabteilung noch hinten bei A1 befunden hatte, der alten Kaserne, wo sowohl Lennart Hyland als auch Ingmar Bergman und »Die Reederei« so viele Stunden klassische Fernsehunterhaltung geliefert hatten.

»Hast du heute Geburtstag?«, fragte Micke, nachdem er die Hand zum Gruß erhoben hatte.

»Ja, woher weißt du das?«

Dass Leute sich ihren Geburtstag merkten. Malin war ein bisschen gerührt.

»Du hast eine Lieferung bekommen«, sagte Micke und lächelte. »Da gibt es anscheinend jemanden, der dich mag.«

»Okay?«

»Oben in der Redaktion.«

»Danke. Schönen Tag noch. Tschüs.«

Malin drehte sich um, und während sie ihre Passierkarte herauszog, warf sie einen Blick auf die große Sammlung von Preisstatuen der Kristallen-Verleihung, die SVT zur allgemeinen Bewunderung in einem riesigen Glasschrank an der hinteren Wand aufgestellt hatte. Micke sagte immer, was für ein Glück es war, dass die Fernsehkanäle einen Preis wie Kristallen erfunden hatten, damit sie sich selbst daran erinnern konnten, wie leistungsfähig sie waren. Es hörte sich immer so an, als würde er scherzen, wenn er es sagte, aber Malin fand, dass dieser Preis seine Funktion erfüllte. Es war doch klar, dass man für seine Arbeit wertgeschätzt werden wollte.

Sie zog ihre Passierkarte durch und ging durch die Schwingtüren zu den Treppen. Ging einen Stock hinauf und bog in die Fußgängerbrücke ab, die über den riesigen blauen Korridor führte, an dem die Fernsehstudios in einer Reihe lagen, mit Requisiten und Technik und ganz hinten dem Bolibompa-Drachen aus dem Kinderprogramm. Wie viele Programme hier im Laufe der Jahre wohl eingespielt wurden? Dass sie ein Teil dieser Fernsehgeschichte war, war trotzdem ziemlich krass.

Die Höhe des Studiogangs sorgte dafür, dass er fast wie ein Kirchenschiff wirkte. Mächtig und ehrerbietig. Hier musste man eine ganze Weile laufen, bevor man seinen Arbeitsplatz erreichte. Der tägliche Canossagang, hatte ihr Vater zu seiner Zeit gesagt, und Malin war nicht ganz klar, worauf er sich dabei bezog, hatte den Ausdruck aber trotzdem übernommen, als sie hier begonnen hatte. Wie der Vater, so die Tochter.

Als sie die offene Bürolandschaft betrat, die die Redaktion von »Jalla! Hör zu!« beherbergte, traf sie G-Punkt, den Projektleiter und letzten Repräsentanten der alten Generation. Ein Mann, der sogar mit ihrem legendären Vater Stellan zusammengearbeitet und sich noch bis weit über seinen ersten Pensionstag festgeklammert hatte. Dass er es überhaupt tun durfte, lag wahrscheinlich daran, dass er irgendwann die meisten Mitglieder der Chefetage eingestellt hatte, als sie als junge Welpen den ersten Job in der Fernsehbranche ergattert hatten. Jeder wusste, wer G-Punkt war. Immer gut gelaunt, mit einem Scherz auf den Lippen bei allen, denen er begegnete. Ein breites Lächeln, eine kleine Brille aus Stahldraht und ein riesiger grauer Haarschwall, den er nach hinten kämmte, der ihm aber trotzdem immer wieder in die Stirn fiel. Posaunist in einer Showband, obwohl Malin sich kaum vorstellen konnte, wie er es fertigbrachte, während des Spielens nicht zu reden.

»Glaub ja nicht, dass es von uns ist«, sagte G-Punkt und nickte in den Raum hinein.

Da sah Malin es.

Die ganze Redaktion war voller Blumen.

Rote Rosen in Vasen, Seideln, Kaffeekannen, Krügen, leeren Pappkartons und herausgezogenen Schreibtischschubladen.

»Tausend Stück«, sagte G-Punkt. »Ich habe sie gezählt.«

»Von wem sind die?«, fragte Malin mit aufgerissenen Augen.

»Das steht vielleicht in der Karte«, sagte G-Punkt und reichte ihr ein kleines Kuvert in Visitenkartengröße. Malin öffnete es und zog ein goldumrandetes Kärtchen heraus.

»Ich liebe dich«, stand darauf.

Aha, dachte Malin und lächelte. Christian. Großer Gott, er war wirklich verrückt. Aber romantisch.

Sie rief ihren Mann an, der das Gespräch immer annahm, wenn sie es war, selbst wenn er in einer Besprechung saß. Zum Ausgleich versuchte Malin nur von sich hören zu lassen, wenn es wirklich etwas Wichtiges gab.

»Danke, Liebling«, sagte sie, als er sich gemeldet hatte. »Sie sind wunderbar, aber du bist doch verrückt. Tausend Stück!«

»Wer ist wunderbar? Wer ruft Ponsbach an?«

Das Letzte war offenbar nicht an Malin gerichtet.

»Die Rosen. Du hast tausend Rosen zu mir ins Büro geschickt.«

»Äh, nein. Hast du welche bekommen?«

»Ja. Sind sie nicht von dir?« Malin runzelte die Stirn, während sie die Karte in der Hand hin und her drehte.

»Nein. Tut mir leid. Aber nächstes Jahr schicke ich dir zweitausend. Åsa, schreib auf, dass ich nächstes Jahr zweitausend Rosen an Malin schicken werde, wenn sie Geburtstag hat. Super. Hättest du jetzt auch lieber so was gehabt?«

»Nein. Die Diorstiefel waren superhübsch.«

»Okay, gut, wir hören dann voneinander, jetzt beginnt die Ziehung. Küsschen«, sagte Christian.

»Küsschen.«

Malin drückte das Gespräch weg.

»Sie kommen also nicht von deinem Mann?«

Malin begegnete G-Punkts neugierigem Blick und schüttelte geistesabwesend den Kopf.

»Dann hat hier wohl der ehrgeizigste Stalker zugeschlagen, von dem ich in meinem Leben gehört habe, seit ich konfirmiert bin.«

Stalker.

Tja, das wäre ja auch eine Möglichkeit.

Malin ließ ihren Blick über das Blumenmeer wandern. Tausend rote Rosen. Sie sollte überglücklich sein. Aber vor allem machte sie sich Sorgen.

Sie hatte auch vorher schon Blumen ins Büro geschickt bekommen. Und Briefe und Ansichtskarten. Und Bilder von Geschlechtsorganen. Hunderte männliche und ein weibliches. Vor allem, als sie Moderatorin für »Sommersprudel« gewesen war, aber auch danach hatten die Leute von sich hören lassen. Es gab viele, die sie nicht vergessen konnten, auch deswegen, weil sie die Tochter des berühmten Stellan Broman war. Aber was wollten sie eigentlich? Ihre Freunde sein? Sie heiraten? Mit ihr schlafen? Sie in einen Käfig sperren und gelegentlich ansehen?

Und was wollte jetzt diese Person?

»Ich liebe dich.«

Nein, das tust du nicht, dachte Malin.

Denn wenn du es tätest, würdest du mich nicht auf diese Weise erschrecken.

5

Sara hielt den Blick auf den Computerbildschirm gerichtet, auf dem gerade noch das Video mit Schildt und Sandin den Kollegen gezeigt wurde. Sie sollte etwas sagen, aber das konnte noch warten.

Im Augenblick musste sie sich zusammenreißen.

Der erste Tag zurück auf der Arbeit, und dann begegnete ihr das hier. Noch mehr brutale Gewalt. Männer, die töteten.

Sie wusste wirklich nicht, ob sie das aushalten würde.

Abgesehen von dem Trauma, das es mit sich gebracht hatte, ein weiteres Mal um das eigene Leben kämpfen zu müssen, hatte sie auch Schuldgefühle, weil sie getötet hatte. Vielleicht auch Angst davor, dass es ein weiteres Mal passieren könnte. Dass dieses Töten ein Brandmal auf ihr hinterlassen hatte, sie zerstört hatte. Dass sie nie wieder zu ihrem alten Selbst zurückkehren könnte.

Das Leben hatte sich verändert, alle Träume waren zerstört. Es kam ihr so vor, als würde sie direkt in einen Abgrund starren. Nach dem Verrat ihres Schwiegervaters fiel es ihr schwer, sich auf Menschen zu verlassen, und sie hatte in den letzten Monaten kaum mit jemandem außerhalb der Familie gesprochen. Die Therapeutin, die sie getroffen hatte, sagte, dass Sara daran arbeiten solle, aber mitunter fragte sie sich, ob es das tatsächlich wert war. Konnte die Nähe zu anderen Menschen wirklich das kompensieren, was sie durchgemacht hatte? Manchmal hatte sie Angst, dass sie nie wieder jemanden so nahe an sich herankommen lassen würde. Dass sie nie wieder das Risiko eingehen würde, von jemandem dermaßen bloßgestellt zu werden. Manchmal dachte sie, es sei alles egal.

Formell war Sara vom Dienst befreit, aber in Wirklichkeit war sie krank gewesen. Posttraumatische Belastungsstörung. Gleichzeitig wurde sie immer und immer wieder vom schwedischen Verfassungsschutz, der Säpo, sowie dem deutschen Bundesnachrichtendienst BND verhört. Der Tod ihres Schwiegervaters Eric war eine Frage von äußerstem Gewicht für die europäische Sicherheit, so hatten sie es erklärt. Und damit angedeutet, dass Saras und Martins Leben nicht vom geringsten Gewicht für das vereinigte Europa war.

Sie hatte gespürt, dass sie mit diesen ganzen Fragen nicht umgehen konnte, dass sie nicht alles analysieren konnte, was passiert war.

Sie hätte komplett krankgeschrieben sein sollen. Damit sie ihre Ruhe hätte.

Und nicht ein Verhör nach dem anderen.

Sie hätte nicht nach wenigen Monaten schon zur Arbeit zurückkommen sollen.

Wäre vielleicht am besten gar nicht zurückgekommen.

Aber sie war zu schwach gewesen, um sich zu wehren, also war sie jedes Mal gekommen, wenn sie gerufen hatten, hatte ihre Fragen beantwortet und alle Schweigeverpflichtungen unterschrieben, die sie ihr vorgelegt hatten.

Und jetzt war sie wieder in ihrem Büro in der Polizeiwache von Solna. Zurück als Ermittlerin in der Kriminalabteilung.

Wo sie alles tat, um die Fassade aufrechtzuerhalten.

Die Umgebung legte ein gewisses Mitleid an den Tag, weil ihr Schwiegervater umgekommen war, aber ein Schwiegervater war wiederum kein so enger Verwandter, dass es nicht nach der ersten Kaffeepause wieder vergessen war.

Offiziell war Eric zu Hause an einem Herzinfarkt gestorben, und sein Sohn Martin hatte sich den Tod des Vaters sehr zu

Herzen genommen. So sehr, dass er sich krankschreiben lassen musste. In Wirklichkeit litt er an dieser tiefen Depression, weil sein Vater kurz davorgestanden hatte, ihn hinzurichten und außerdem auch Saras Leben zu opfern, die daraufhin gezwungen gewesen war, den Schwiegervater zu erschießen. Er war den Verletzungen erlegen. Aber Erics Zusammenarbeit mit dem deutschen Geheimdienst und der verdeckten Widerstandsbewegung der NATO, Stay behind, war zu wichtig und zu geheim, um etwas Negatives über ihn in die Öffentlichkeit kommen zu lassen.

Und zu allem Überfluss jetzt auch noch das hier. Ein bestialischer Mord, gefolgt von einem Selbstmord.

»Abartig«, war das Einzige, was der sonst so schlagfertige Peter über die Lippen bekam. Seine ständige Gefährtin Carro sah mitgenommen und schockiert aus.

»Das war doch Schildt. Der Außenminister.«

Alle hatten Schwierigkeiten, das Gesehene zu verarbeiten. Könnte es vielleicht eine Fälschung gewesen sein?, versuchte man sich zu beruhigen. Aber auch wenn niemand von ihnen Expertise auf diesem Gebiet besaß, war ihnen dennoch klar, dass das Video echt war.

»Wer war der andere?«, fragte Leo. Der groß gewachsene Mann war so ruhig wie immer, sah in diesem Fall aber auch ein wenig erschüttert aus.

»August Sandin«, sagt Sara. »Irgend so ein Vorstandsvorsitzender.«

»Der Schildt hasst.«

»Der ihn hasste.« Näher kam Peter nicht an einen Scherz heran.

»Warum seid ihr damit nicht direkt zu mir gekommen?«

Die kleinen gemeinen Augen der leitenden Ermittlerin Heidi Dybäck starrten auf Sara.

»Weil wir nicht wussten, was sich darauf befand.«

»Das war kein guter Anfang, Sara. Ein klares Minus.«

Sowohl Anna als auch Carro warfen Sara unterstützende Blicke zu. Jede von ihnen wusste, wie Heidi Hitler war.

Eine negative Überraschung, als Sara in ihren Beruf zurückgekehrt war, war die Vertreterin ihres Chefs Axel Bielke gewesen, der an einer Schussverletzung laborierte. Heidi Dybäck wurde im Prinzip im ganzen Polizeiapparat nur Heidi Hitler genannt, aufgrund ihrer Aggressivität und ihres vollständigen Unwillens, ihren Mitarbeitern zuzuhören. Eine giftige kleine Satansbraut, so lautete das weit verbreitete Urteil. Das Gesicht war rot unterlaufen und auf eine Weise in Falten gelegt, dass Sara mutmaßte, dass Heidi eine Alkoholikerin war, die ihren Job einwandfrei erledigte, sich dafür aber jeden Abend besinnungslos trank. Von der Sorte, die in der Morgendämmerung aufstand und auf der Arbeit deswegen so penibel war, weil sie hoffte, damit die schmerzhafte Sehnsucht dämpfen zu können, am Abend wieder im Vollrausch zu versinken. Und alles, was andere Leute zu ihr sagten, war nichts als ein Hindernis auf dem Weg in die abendliche Auslöschung. Daher der Zorn auf die Kollegen genauso wie auf den Rest der Welt. Ihrer Kleiderwahl fehlte ein strukturierender Gedanke, heute trug sie eine dunkelgrüne Fjällrävenhose mit Seitentaschen, braune Schneestiefel und einen beigen Babydoll-Umhang mit Peter-Pan-Kragen. Es blieb unklar, was sie damit sagen wollte.

Andere Veränderungen unter den Kollegen betrafen eher das Äußere. Carro hatte sich das Haar auf Streichholzlänge gekürzt, während Sara krankgeschrieben gewesen war und sich einen Ring in die Nase gesetzt hat. Der muskulöse Leo hatte sich einen Vollbart wachsen lassen und begonnen, einen Hut zu tragen. Einen kleinen Porkpie, der auf dem großen Kopf etwas verloren aussah. Nur Peter sah aus, wie er immer ausgesehen hatte, mit seinem struppigen Haar, seinem Hoodie und der Ladung Snus Kautabak unter der Oberlippe.

»Aber wer hat es gefilmt?«, fragte Carro in einem Versuch,

das Gespräch wieder in die richtige Richtung zu lenken. »Im Prinzip kann es der Vorstandsvorsitzende getan haben. Aber wer hat es dann ausgeschaltet und das Video verschickt?«

Der Besprechungsraum in der Wache in Solna war kühl. Eine milde Oktobersonne wärmte durch die Fenster, und einer der Fensterflügel stand auf Kipp und ließ frische Luft herein.

Während die Stille sich im Raum ausbreitete, dachte Sara darüber nach, wie die anderen sie wohl betrachteten. Als Kollegin, die ständig in der Krise war? Anna wusste ein wenig von dem, was passiert war. Dass Saras Leben bedroht gewesen war, aber mehr auch nicht. Niemand hier wusste etwas von dem Terroristen Abu Rasil oder über Faust.

Oder über Geiger. Saras Kindheitsidol Lotta Broman war ganz nahe daran gewesen, den größten Terroranschlag in der Geschichte Europas zu verüben.

Alles war vorbei, aber Sara fragte sich, wie lange diese Ereignisse sie noch verfolgen würden. Der Tod, die Gewalt und vor allem die vielen Leute, die sie im Stich gelassen hatten. Vermutlich für immer. Und sie dachte, dass sie damit leben könnte, wenn sie sich nur nicht für den Rest des Lebens so schlecht fühlen würde wie jetzt.

Sie hatte ihr natürlich rotes Haar herauswachsen lassen, und es war jetzt halb aschblond, halb feuerrot. Es erinnerte ein wenig an ein Thermometer. Je mehr Drama es in ihrem Leben gab, desto röter wurde es.

Die Narben im Gesicht saßen eben, wo sie saßen, aber man konnte sie überschminken. Sie wusste nicht, ob sie noch mehr Operationen über sich ergehen lassen wollte. Vielleicht würde sie die Narben auch lieber behalten, die Welt sehen lassen, was sie durchgemacht hatte. Viel zu viele Frauen versteckten ihre Narben. Sowohl die physischen als auch die emotionalen.

»Wo ist derjenige, der das Video abgegeben hat? Wartet er hier irgendwo?«

28

Heidis schmale Pfefferkorn-Augen starrten Sara mit einer Glut an, als würde sie versuchen, ein Loch in sie hineinzubrennen.

»Auf keinen Fall«, sagte Anna und imitierte daraufhin Harald Mobergs aufgeblasene Stimme: »Ich habe einen Konzern zu führen. Vierzigtausend Menschen unterliegen meiner Verantwortung.«

»Er ist also gegangen?«, fragte Carro verwundert.

»Wir haben die Nummer seiner Assistentin bekommen«, sagte Sara und hielt eine Visitenkarte hoch.

»Aber vielleicht war es auch die Sekretärin der Assistentin.«

»Ja, ja, das spielt ja auch keine Rolle«, sagte Heidi und breitete die Arme aus. »Ein Mord und ein Selbstmord, danach kann ja nicht mehr viel passieren. Sorgt aber bloß dafür, dass die Zeitungen nichts erfahren. Wir wollen keinen Skandal. Habt ihr mich gehört? Das hier ist Top Level Security!«

Alle nickten. Niemand hatte Lust, Heidis Vorliebe für reißerische englische Filmausdrücke zu kommentieren.

»Die Frage ist jetzt«, sagte Sara, damit sie nicht mehr an ihren derzeitigen Führer denken musste, »wer das hier gefilmt und wer das Video geschickt hat, wobei es sich vermutlich um ein und dieselbe Person handelt.«

»Und warum ausgerechnet Moberg das Video bekommen hat«, fügte Anna hinzu.

»Wir müssen nach Verbindungen zwischen den Toten suchen.«

»Fantastische Idee«, sagte Anna ironisch. »Dass noch niemand daran gedacht hat.«

»Eifersucht? Geschäfte?«, fuhr Sara fort, ohne sich um die Stichelei zu kümmern.

»Hatte Sandin psychische Probleme? Ist unlängst etwas passiert, was dazu geführt haben könnte? Was macht Schildt eigentlich heute, oder machte, besser gesagt? Es ist ja eine Weile her, dass er Minister war.«

»Ihr dürft niemandem etwas von dem Video erzählen«, sagte Heidi. »Oder dass sie tot sind. Da kommt der Deckel drauf.«

»Aber wie sollen wir dann ermitteln?«, fragte Sara und runzelte die Stirn. »Wenn der Deckel draufbleiben soll?«

»Schafft ihr es etwa nicht, die Klappe zu halten? Meinst du vielleicht das? Ihr seid doch nicht zurückgeblieben!«

Für ein paar Sekunden war es mucksmäuschenstill, bis Peter sich räusperte. »Das heißt nicht zurückgeblieben, sondern kognitiv beeinträchtigt«, merkte er an.

»Idiot!«

»Es heißt nicht Idiot, sondern Audibesitzer.«

Carro lächelte, aber vor allem, um nett zu Peter zu sein.

»Okay«, sagte Sara und übernahm erneut das Kommando. »Keiner der beiden Männer im Video ist im Kriminalregister zu finden, also gibt es dort keine Anhaltspunkte.«

»Sollen wir Moberg Polizeischutz geben?«, fragte Anna und richtete ihren Blick auf Heidi.

»Warum denn?« Heidi sah beinahe beleidigt aus.

»Er hat schließlich das Video bekommen. Und den Zettel mit ›You're next‹. Ist das nicht eine Art Drohung?«

»Von wem? Der Mörder ist doch tot.«

»Aber wer hat die Videoaufnahme bei ihm abgegeben?«

»Jetzt mach einen Fall, der gelöst ist, nicht unnötig kompliziert«, lautete das abschließende Urteil ihrer Chefin. »Fahrt besser los und informiert die Familien über die Todesfälle.«

Carro und Peter übernahmen die Familie Schildt, Anna und Sara fuhren zu Sandins. Als Heidi außer Hörweite war, erinnerte Sara die anderen daran, dass der Auftrag nicht nur darin bestand, die Angehörigen zu informieren, sondern auch darin, dort mehr über die Opfer zu erfahren. Gab es Angehörige, die etwas wussten, was das Ganze erklären konnte? Gab es private Verbindungen zwischen Schildt und Sandin?

Anna saß am Steuer. Sie pflegten stets darüber zu streiten, wer fahren sollte, weil beide es langweilig fanden, daneben zu sitzen, aber dieses Mal dachte Sara nicht einmal darüber nach. Und wie immer, wenn Anna fuhr, legte sie Michelle Shockeds »Captain Swing« auf.

Durch die Windschutzscheibe sah Sara das orange Laub am Sundbybergsvägen liegen und ließ ihre Gedanken wandern. Vielleicht bedeutete ihr herauswachsendes rotes Haar nicht nur die Rückkehr ihrer jugendlichen Energie, sondern war ganz im Gegenteil auch das rote Herbstlaub des Körpers? Vielleicht schloss sich bald ihr Lebenskreis? So oft man auch als Teenager an den Tod dachte, verstand man niemals, was er bedeutete. Mittlerweile spürte sie die baldige Auslöschung im ganzen Körper, der von unzähligen Gebrechen geplagt wurde nach all dem, was Sara hatte durchmachen müssen. Sie hatte das Gefühl in mehreren Fingern verloren und war mittlerweile gezwungen, auf der Seite zu schlafen, weil sich ansonsten der Rücken versteifte. Ständige Gedanken an den Tod weckten die Gedanken daran, wie ihre Tochter Ebba und ihr Sohn Olle mit ihrer Trauer und ihrer Verzweiflung umgehen würden. Sie hatten es in letzter Zeit sehr schwer gehabt mit ihrem deprimierten Vater, einer krankgeschriebenen Mutter und einem Großvater, der plötzlich aus dem Leben geschieden war. Obwohl Ebba bereits von zu Hause ausgezogen war, fiel sie in Saras Verantwortung und würde es auch in Zukunft tun.

Sara warf einen Blick zum Fahrersitz. Sie war auf jeden Fall froh, dass sie ihrer Freundin vergeben hatte, nachdem sie ihr im Auftrag ihres Chefs Bielke hinterherspioniert hatte. Sie hatte verstanden, dass Anna es vor allem getan hatte, weil sie sich Sorgen um sie machte. Und hätte sie nicht mitgemacht, dann hätte Bielke Sara auch nicht in Solna aufgenommen. Wo wäre sie dann gelandet? Mit ihrer Befehlsverweigerung im Zusammenhang mit dem Mord am Sexualverbrecher Stellan Broman hatte

sich Sara bei keinem der Personalverantwortlichen im Polizeiwesen beliebt gemacht.

Dass sich nachher herausgestellt hatte, dass Bielke gewisse
Hintergedanken hatte, als er Anna bat, Sara unter Aufsicht zu
halten, war eine andere Geschichte. Gedanken, aus denen Wirklichkeit geworden war. Eine einzige gemeinsame Nacht. Er hatte
sich zur richtigen Zeit am richtigen Ort befunden. Sara bereute
es nicht, aber sie würde es auch nicht wiederholen wollen.

Obwohl das Video, das sie sich gerade angesehen hatten, zu
den widerwärtigsten Dingen gehörte, die Sara in ihrem ganzen
Leben erlebt hatte, wurde ihr klar, dass sie sich für diesen Fall nur
schwer engagieren könnte. Weder die Brutalität noch das Rät-
selhafte, was das Ganze umgab, brachten sie in Fahrt. Das Einzige, woran sie dachte, war das, was im Keller von Martins Eltern
passiert war. Wie ihr Schwiegervater die Erhängung seines Sohns
vorbereitet hatte, um Sara in eine Falle zu locken, die einen sehr
lang gezogenen und qualvollen Tod mit sich gebracht hätte.

Ihr Schwiegervater. Das Monster Eric Titus. Wie war es
möglich, so wenig über einen Menschen zu wissen, den man
seit dreißig Jahren kannte? War sie eine so schlechte Menschen-
kennerin? Wie viele von denen, die sie täglich traf, trugen ähn-
liche Geheimnisse in sich? Eric musste einzigartig gewesen sein.
Die Alternative wäre grauenvoll. Dass es mehr von seiner Art
gäbe, denen nicht nur sie, sondern auch Ebba und Olle ausgesetzt sein könnten.

Annas Handy klingelte, und sie nahm das Gespräch an. Normalerweise hätte Sara ihr jetzt eine Grimasse gezeigt, weil man
sich nicht mit dem Handy beschäftigen durfte, während man
fuhr, aber in diesem Moment war es ihr gleichgültig.

»Hallo, Schatz«, sprach Anna in das Handy. »Auf der Arbeit … Mit Sara. Im Auto.«

Anna hörte zu, nickte vor sich hin und schaltete das Autoradio
ein, damit das Gespräch über die Lautsprecher übertragen wurde.

»Sag Hallo«, forderte sie Sara auf.

»Hallo, Lina.«

Lina war Annas große Liebe, aber für Sara war Lina nur eine zusätzliche Erinnerung an alles, was passiert war, weil Anna und Lina sich auf dem Fest zum zwanzigjährigen Jubiläum von Martins Firma kennengelernt hatten. Martin, der stillschweigend zugesehen hatte, als eine Frau auf Befehl des Rappers Uncle Scam in einer bestialischen Peepshow umgebracht worden war. Martin, mit dem sie immer noch verheiratet war, mit dem sie aber nicht mehr das Bett teilte und den sie auch nicht mehr liebte. Er war nur noch ein Schatten seiner selbst, eine Pappfigur als Papa. Waren sie noch verheiratet wegen der Kinder oder weil Sara nach wie vor eine klitzekleine Hoffnung auf eine Wiedervereinigung nährte, trotz allem, was passiert war?

»Hallo, alles gut?«, fragte Lina und unterbrach ihren Gedankengang.

»Ja, bestens.« Es war trotz allem eine leere Phrase.

»Wo seid ihr?«

»Auf dem Weg nach Östermalm. Warum?«, fragte Anna.

»Also, ich dachte, wenn ihr auf Södermalm gewesen wärt, dann hätten wir zusammen zu Mittag essen können.«

»Das wäre schön gewesen. Ein andermal vielleicht.«

Anna und Lina verabschiedeten sich mit Kussgeräuschen und beendeten das Gespräch. Sara nahm den bekannten Faden auf, dass Anna einen festeren Bund mit Lina eingehen sollte, und die Freundin argumentierte gegen diesen Vorschlag. Sara wies darauf hin, dass Anna sehr verliebt wirke, doch Anna meinte, dass dies genau das Problem sei. Lina sei »zu hübsch, zu gut« für sie.

»Sie hat es sogar selbst gesagt«, meinte Anna und lachte. »Wenn sie mein Profil auf Tinder gesehen hätte, hätte sie niemals nach rechts gewischt.«

»Wie gemein.«

»Nein, ganz im Gegenteil. Denn es bedeutet, dass die richtige Anna besser ist, denn mit mir ist sie ja schließlich zusammen. Also, diese Profile sind total geisteskrank. Alle lügen und schneiden auf und suchen sich Bilder aus, auf denen sie wesentlich reizvoller aussehen als in Wirklichkeit.«

»Aber warum hast du Tinder, wenn du mit ihr zusammen bist?«

»Das habe ich gar nicht. Mein Profil habe ich gelöscht. Aber sie wollte es sich erst noch ansehen.«

»Sie kontrolliert dich?«, sagte Sara und lächelte. »Wer ist denn die Polizistin von euch? Sieht sie sich auch deine SMS an?«

In dem Moment fiel Sara ein, dass sie auch mal wieder auf ihr eigenes Handy sehen sollte. Sie hatte nach den Ereignissen mit Abu Rasil einen starken Widerwillen dagegen entwickelt, wusste aber, dass die Tatsache, nicht auf die Mail von Pastor Jürgen Stiller geantwortet zu haben, ihn und seine Frau im letzten Sommer vermutlich das Leben gekostet hatte. Deshalb erinnerte sich Sara ständig daran, das Mobiltelefon im Auge zu behalten, obwohl es ihr nicht behagte. Es fühlte sich an, als kämen nur schlechte Nachrichten und Todesmeldungen über den Bildschirm.

Nicht in diesem Fall allerdings. Nur ein verpasster Anruf von Malin Broman. Was wollte sie? Keine Nachricht auf dem Anrufbeantworter, also war es wohl nicht wichtig.

Anna und Sara waren zu der riesigen Wohnung in Lärkstan gefahren, in der August Sandin gewohnt hatte, und waren von seiner schlanken, gut geschminkten Frau Valeria empfangen worden, die im Augenblick etwas abwesend wirkte. Sie trug hochhackige Schuhe bei sich zu Hause und hatte einen schwer zu identifizierenden ausländischen Akzent.

Sie hatten die Todesnachricht überbracht, und wenn sie eine Reaktion erwartet hatten, dann ganz bestimmt nicht diese: dass die Ehefrau des Toten einen großen, orangefarbenen Kalender von Hermès mit einem Einband, der vermutlich aus Krokodilleder gefertigt war, herausholte, in den sie mit einem Montblancstift aus der Marcel-Proust-Produktlinie »August tot« in die Zeile des heutigen Datums eintrug.

Dass August sich das Leben genommen haben sollte, konnte sie nur schwer glauben, aber wenn die Polizei es sagte, dann musste es wohl so gewesen sein. Ein Grund für diese Tat fiel ihr allerdings nicht ein.

»Kannte Ihr Mann Jan Schildt?«, fragte Anna. »Den ehemaligen Außenminister?«

»Das weiß ich nicht.«

»Hatte er einen Grund, schlecht über ihn zu denken?«

»Das weiß ich nicht.«

Valeria Sandins Gesichtsausdruck war vollkommen neutral. Die Stirn blank vom Botox.

»Wann haben Sie Ihren Mann das letzte Mal gesehen?«

»Vor ein paar Tagen vielleicht.«

Frau Sandin blätterte in ihrem Krokodilkalender und legte einen langen, leuchtend roten Nagel unter eine Notiz.

»Hier. Am Freitag. Als er zur Arbeit fuhr.«

»Sie haben sich am gesamten Wochenende nicht gesehen?«, hakte Sara nach.

»Nein. Warten Sie.«

Der perfekte Zeigefinger blätterte im Kalender, der in die Haut eines einst lebendigen Wesens gehüllt war.

»Er sollte auf eine Konferenz.«

»Was für eine Konferenz?«

»Für die Arbeit. Aber das sagte er immer, wenn er zu Gustav wollte.«

»Wer ist das denn?«, fragte Sara und musste aus irgendeinem absurden Grund an Gustav Gans bei Donald Duck denken. Manchmal wunderte sie sich über ihre eigenen Assoziationen.

»Sein Freund. Wenn Sie verstehen, was ich meine.«

»Ein Sexualpartner? Liebhaber?«

Valeria Sandin ließ ihre Hand hin und her wackeln, während sie nachdachte, als wollte sie andeuten, dass es schwer zu definieren war.

»Lustknabe«, sagte sie schließlich.

Anna holte tief Luft und ließ sie langsam wieder heraus, bevor sie antwortete.

»Wir verstehen, dass das Ganze traumatisch ist. Wenn Sie mit jemandem reden müssen, dann gibt es PsychologInnen, deren Nummern wir Ihnen geben können. Aber leider müssen wir Sie bitten, noch niemandem von Augusts Tod zu erzählen. Aus ermittlungstechnischen Gründen brauchen wir noch etwas mehr Zeit, um die Vorgeschichte zu untersuchen, bevor alles an die Presse geht.«

Valeria zuckte als bestätigende Geste mit den schlanken Schultern.

»Okay. Wenn Sie mir auch mit einer Sache helfen.«

»Soweit es geht«, sagte Anna abwartend.

»Kommen Sie.«

Sie folgten ihr durch einen langen Küchenflur in die inneren Bezirke der Wohnung. Valeria öffnete die Tür zu einem Zimmer, in dem zwei Handwerker standen und mit Wasserwaage, Hammer und Nägeln warteten. Der eine hielt ein Bild in grellen Pastellfarben in den Händen. Es zeigte ein unklares Motiv, das aus Federn und Augen und Wolken in einem wilden Durcheinander bestand.

»Wo sollen sie das Bild aufhängen? Ich kann mich nicht entscheiden, und sie sprechen kein Schwedisch.«

Bevor Sara die bizarre Szene kommentieren konnte, klingelte ihr Handy. In der Hoffnung, aus dieser Gemäldesituation herauszukommen, antwortete sie sofort und hatte direkt die aufgeregte Stimme ihrer Schwiegermutter im Ohr.

»Sie sind wieder hier gewesen! Das Salz steht falsch!«

Und dann hörte sie das Geräusch einer weinenden Marie Titus, am Boden zerstört wie ein Kind, dessen Teddy verschwunden war.

»Sie geben mir den Rest«, schluchzte sie. »Sara, du musst sie aufhalten.«

6

Sara blieb einen Moment vor der Außentür stehen, bevor sie hineinging.

»Titus«, verkündete das blanke Namensschild.

So hätte sie auch heißen können.

Sara Titus.

Wenn sie den Nachnamen ihres Mannes angenommen hätte.

Wie hätte sie das beeinflusst? Wäre sie eine andere gewesen? Oder war der Nachname nur Ornament?

Wofür stand eigentlich »Titus«? Die Familie eines bösen Mannes. Ein Erbe aus Opfern und Tätern. Sara weigerte sich, ein Teil davon zu sein. Sie weigerte sich, sich von dem Ungeheuerlichen, das sie erlebt hatte, und dem Schrecklichen, das sie hatte tun müssen, verhärten zu lassen. Sie hatte Narben fürs Leben bekommen, sowohl körperlich als auch seelisch, und sie würde niemals mehr so sein wie vorher. Aber sie trug eine Verantwortung gegenüber ihren Kindern. Sie musste es nicht nur überleben, sondern die Kinder auch vor ihren eigenen Traumata schützen. Dafür sorgen, dass sie ihre Wut nicht an die nächste Generation weitergab, wie Eric es getan hatte.

Sie sah erneut auf das Namensschild.

Blankes Messing mit altmodischem Schriftbild. Sorgfältig ausgewählt. Die Hausfassade und das Namensschild stellten die Abgrenzung zur Außenwelt dar, die Oberfläche, die man anderen entgegenhielt. Sie sagten, wer man sein wollte. Natürlich abhängig von den Ressourcen, die man hatte. Nicht alle konnten sich die Fassade leisten, die sie gerne hätten.

Was Eric Titus betraf, hätte genauso gut Faust oder Otto Rau auf dem Namensschild stehen können, denn er war genauso sehr auch sie. Vielleicht lagen diese Identitäten sogar näher an Erics wirklichem Ich. Hier, wie in allen anderen Familien in gut situierten Gegenden auch, galt es, den Dreck unter den handgeknüpften Teppich zu kehren, aber Eric hatte bedeutend schlimmere Sachen zu verbergen gehabt als irgendeiner seiner Nachbarn. Seine Boshaftigkeit übertraf sogar die von Stellan Broman.

Es verwunderte Sara, dass Martin denselben Nachnamen behalten hatte wie der Vater, obwohl dieser ihn in seiner Jugend so sehr gequält hatte. Vielleicht hatte er den Schritt nicht gewagt. Eric zumindest hätte ihn bestimmt nicht zugelassen. Möglicherweise brauchte Martin auch den soliden Eindruck, den der Name Titus vermittelte, gerade weil sein Inneres das reinste Chaos war.

Und jetzt war sogar Maries Fassade eingebrochen.

In den fünfundzwanzig Jahren, die Sara ihre Schwiegermutter mittlerweile kannte, hatte diese nie etwas anderes gezeigt als ein breites Lächeln. Höchstens eine bekümmerte Furche zwischen den Augenbrauen, falls ein Rock von Schuterman nicht die Qualität hielt, die sie erwartet hatte. Sara musste zugeben, dass sie froh darüber war, dass Marie jetzt ihre Deckung fallen gelassen hatte, auch wenn sie natürlich hoffte, dass nichts Schlimmes passiert war.

Hätte Sara nicht Erics Thronerben Tom Burén versprochen, eine Vollmacht von Marie und Martin zu besorgen, dann wäre sie nie davon ausgegangen, das Haus von Eric in ihrem Leben noch einmal zu besuchen. Tom wartete bereits mehrere Wochen und klang ausgesprochen angespannt, wenn er hin und wieder bei Sara anrief und sie mit höflicher Stimme daran erinnerte, dass er diese Vollmacht nun aber wirklich brauche, um den Konzern zu leiten. Jetzt konnte sie in der Frage endlich etwas unternehmen. Aber am liebsten hätte sie das Haus nie wieder gesehen.

Bevor sie eintrat, schaute Sara sich um. Vielleicht um zu sehen, ob es Hilfe in der Nähe gab oder ob von irgendwo her eine Gefahr im Anmarsch war.

Die grauen Wolken, die den Himmel bedeckten, wirkten plötzlich eher bedrohlich als langweilig. Nicht einmal hier blieb man von der Tyrannei der Jahreszeiten verschont.

Nicht einmal auf dem Grönviksvägen 189 in Bromma. Eine Adresse, die so nobel war, wie man es sich nur vorstellen konnte.

In derselben Straße wie die Bromans und damit auch in derselben, in der Sara einst gewohnt hatte. Was eine große Sache war, als Sara ein frischgebackener Teenager war. Der hübscheste Junge der Schule wohnte ebenfalls in dieser Straße. Wie oft war sie mit dem Fahrrad dort vorbeigefahren und hatte versucht, einen kurzen Blick auf Martin zu erhaschen.

Aber das war damals gewesen. Als sie dieses Haus zum letzten Mal betreten hatte, war es für sie um Leben und Tod gegangen.

Jetzt war es an der Zeit, das Kommando über das eigene Leben zurückzugewinnen. Wenn der Teufel weg ist, ist die Hölle nichts anderes mehr als ein warmer Ort.

An den Keller wollte sie allerdings nicht denken. Es war immer noch zu viel, um es zu verarbeiten. Wie Martin hier wohnen konnte, verstand sie nicht. Vielleicht war es für ihn eine Methode, Sara zu zeigen, wozu sie ihn zwang, wenn sie ihn nicht zu Hause wohnen ließ. Dann wurde er nämlich genötigt, sich in seine Kindheit zurückzuziehen, in die Erniedrigung. Alles nur wegen Sara.

Aber sie konnte nicht mit ihm zusammenleben, nicht nach dem, was mit Uncle Scam passiert war.

Die Ereignisse, die sich im Keller abgespielt hatten, tauchten wieder in ihrer Erinnerung auf, obwohl sie alles versuchte, um sie

40

auszusperren. Die Kopfschmerzen, die sich herangeschlichen hatten, pochten jetzt gegen die Schläfen, ließen sie Übelkeit verspüren. Sie musste fest schlucken, während der verzweifelte Kampf von Neuem in ihr hochkochte. Ihre Angreifbarkeit, ihr gebrochener Ehemann, die Panik, nicht nur für das eigene Leben, sondern auch für Martins kämpfen zu müssen. Damit Olle und Ebba nicht elternlos wurden. Damit sie ihre Kinder wiedersehen konnte. Und dann der Schock darüber, dass ihr Schwiegervater das Böse war, das sie die ganze Zeit gejagt hatte. Dass jemand aus ihrem Umkreis, aus ihrer eigenen Familie, sie töten wollte. Und es ihm fast geglückt wäre. Dass er all seine destruktive Energie gegen sie gewendet hatte. Dass sie am Ende gezwungen war, ihn umzubringen.

Und wie sie anschließend, ohne darüber nachzudenken, Thörnell anrief, statt ihre Kollegen bei der Polizei. Aus purem Instinkt. Sie hatte trotz ihres verwirrten Zustands das Gefühl gehabt, dass es Menschen gab, die ein starkes Interesse daran hatten, die Informationen über Eric Titus' Todesfall zu kontrollieren. Irgendwo tief in ihrem Inneren war ihr vielleicht auch klar gewesen, dass der Anruf bei Thörnell die beste Chance für sie war, aus dem Ganzen herauszukommen, ohne dass ihre eigenen Kinder erfahren mussten, wer ihren Großvater getötet hatte.

Und tatsächlich war alles vertuscht worden. Offiziell bestand die Todesursache darin, dass er einen Herzinfarkt erlitten hatte. Marie kümmerte sich um die Enkelkinder, während Martin zum Krankenhaus gefahren wurde, um anschließend direkt an die psychiatrische Notaufnahme weitergereicht zu werden, bis er schließlich in einem Behandlungsheim für Patienten mit posttraumatischer Belastungsstörung landete. Sara wurde wochenlang nach dem ausgefragt, was sie wusste und was geschehen war. Sie beschlich das Gefühl, dass man vor allem wissen wollte, ob man sich auf sie verlassen konnte.

»Warum machen sie das?!«

Marie war abgemagert. Und sie war blass geworden. Sie hatte offensichtlich keine Zeit oder auch keine Lust, für die früher stets perfekte Sonnenbräune zu sorgen. Und sie hatte vergessen, sich zu schminken. Ob dieser Verfall eine Folge des Todes ihres Mannes war oder auf dem jetzt erlebten Angriff beruhte, war schwer zu sagen.

»Was machen sie denn?«, fragte Sara. »Und wer überhaupt?«

Die Augen der Schwiegermutter waren aufgerissen und ängstlich.

In dem Titusschen Heim hatte alles seinen exakten Platz, darüber wusste Sara Bescheid. Es war ihr immer ein bisschen unangenehm gewesen, sich dort zu bewegen. Sie hatte Angst, gegen irgendetwas zu stoßen, einen Teppich zu zerknittern, die Ordnung zu zerstören. Wenn es irgendetwas gab, was Pedanten in den Wahnsinn trieb, dann waren es kleine Abweichungen in ihrem häuslichen Stillleben, und wenn Sara etwas nicht vermeiden konnte, dann war es ihre Eigenschaft, überall, wo sie unterwegs war, die Ordnung zu zerstören. Also waren die Besuche bei den Schwiegereltern stets mit einer gewissen Anspannung behaftet gewesen.

Sie sah sich um. Alles sah genauso aus wie immer. Die Möbel von der Nordiska Galleriet, die echten Teppiche, die Kronleuchter. Der einzige Unterschied bestand darin, dass ein riesiges Porträt von Eric an die Wand in der Halle gelehnt war, oberhalb von Josef Franks Schrank 881 aus Vavona Maser. Sara fiel auf, dass sie nie zuvor ein Foto von Eric gesehen hatte. Auf dem Foto war der Schwiegervater auffallend jung. Vielleicht gab es keine Aufnahmen von ihm aus späteren Jahren, weil es wichtig für ihn gewesen war, nicht gesehen zu werden, nicht identifiziert zu werden. Oder Marie sehnte sich zurück in die Zeit, als sie ihren Mann kennengelernt hatte, danach, wie er ihr damals erschienen war.

»Was haben sie denn deiner Meinung nach bewegt?«, fragte Sara und sah sich um.

»Alles! Die Fernbedienungen liegen in der falschen Reihenfolge. Das Küchenhandtuch hängt mit dem Waschzettel zur Wand. Die große Schere liegt rechts von den Pfannenwendern. Wer ist denn ständig hier und sorgt für diese Unordnung?«

Gespenster, dachte Sara. Das hätte jedenfalls Anna gesagt. Dein eigenes Gehirn, wollte Sara am liebsten sagen. Aber die Schwiegermutter brauchte jemanden, der ihr glaubte. Ganz unabhängig davon, wie unwahrscheinlich ihre Geschichten waren. Und Sara wusste, dass der ostdeutsche Geheimdienst manchmal so gearbeitet hatte, um Andersdenkende gerade mit solchen minimalen Veränderungen in ihrem Haushalt, die sie zum Nachdenken brachten und an ihrem Verstand zweifeln ließen, zu zerbrechen. Am Ende gaben sie auf und erhängten sich.

Aber die Stasi gab es nicht mehr.

»Hat vielleicht Martin die Sachen verschoben?«

Obwohl Martin die exakte Ordnung der Dinge in diesem Haus von Kindesbeinen an eingeimpft bekommen hatte, könnte er ja ein paar Details im Laufe der Jahre vergessen haben, besonders nach den traumatischen Erlebnissen der letzten Zeit.

»Er hat sein Zimmer den ganzen Tag nicht verlassen. So war es an allen Tagen, an denen sie hier waren, er liegt einfach dort und schläft.«

»Schläft?«

»Ja, er hat ja all die Jahre so hart gearbeitet. Da ist es doch verständlich, wenn er jetzt total erschöpft ist.«

Wollte Marie nicht einsehen, dass ihr Sohn sich schlecht fühlte, oder konnte sie es nicht? War ihr klar, dass sie selbst sich ebenfalls in einem Auflösungszustand befand?

Sara folgte Marie in das Untergeschoss, wo die Witwe mit gellender Stimme auf all die Dinge zeigte, die eine Winzigkeit verkehrt lagen. Sara beruhigte die verwirrte Frau, so gut sie konnte, und versicherte ihr, dass sie so etwas ebenfalls erlebte. Sie war überzeugt davon, dass sie etwas an einen bestimmten Ort gelegt hatte, um es später ganz woanders zu finden. Und sie erklärte in einem mitleidigen Tonfall, dass die Polizei keinen Fall übernehmen konnte, bei dem es um verschobene Fernbedienungen ging. Dann holte sie eine blaue Plastikmappe mit einem Zettel darin heraus.

»Eine Vollmacht«, sagte Sara. »Tom hat von sich hören lassen und gesagt, dass weder du noch Martin nach Eric übernehmen wollen. Aber irgendjemand muss alle Papiere unterschreiben. Es ist ja jetzt euer Konzern.«

Marie betrachtete das Papier, dann Sara.

»Eine Vollmacht? Damit wir nichts machen müssen?«

»Damit ich für euch unterschreiben kann. Bis ihr wisst, was ihr machen wollt. Aber ich lasse natürlich bis auf Weiteres Tom bestimmen, der alles weiß und den Betrieb kennt.«

»Wie schön.«

Marie nahm den Stift, den Sara ihr hinhielt, und setzte ihre Unterschrift auf das Dokument.

»Willst du Martin nicht Hallo sagen?«, fragte die Schwiegermutter unvermittelt, und Sara bekam das Gefühl, dass es eigentlich nur um genau diesen Punkt gegangen war. Sorge um den Sohn, die Marie nicht einmal sich selbst gegenüber eingestehen konnte, sondern dadurch verbarg, dass sie sich auf die Position des Salzstreuers auf dem Esstisch konzentrierte.

»Doch. Er muss ja auch unterschreiben.«

Dem Hass auf ihren Mann nach den Ereignissen mit dem Rapper Uncle Scam, der von Martins Firma Go Live nach Schweden eingeladen worden war, war eine Welle des Mitgefühls gefolgt, nachdem sie gesehen hatte, unter welchen Bedingungen Martin mit seinem psychopathischen Vater aufgewachsen war. Doch obwohl die Gefühle gemischter geworden waren, hatten beide Faktoren es schwerer gemacht, Martin in die Augen zu sehen.

Sara ging die Treppe zum Obergeschoss hinauf. Sie erinnerte

sich deutlich an das erste Mal, als Martin sie mit zu sich nach Hause genommen hatte. Sie waren beide über zwanzig gewesen, Sara lebte zur Untermiete in einer Wohnung, und Martin wohnte immer noch zu Hause. In einem Jungenzimmer, das nach wie vor so aussah wie eine Teenagerhöhle. Darüber hatte Sara sich gewundert, aber sie hatte beschlossen, dass es keine Rolle spielte. Sie würde schon noch einen richtigen Mann aus Martin machen. Hatte sie gedacht.

Oberhalb der Treppe folgte sie dem weißen Geländer nach links, dann blieb sie vor Martins Tür stehen. Wie würde es sich anfühlen, ihn zu sehen? Wie ging es ihm? Sie hatten kaum voneinander gehört, seit er aus dem Behandlungsheim entlassen worden war, und sie waren übereingekommen, dass er mindestens dreimal in der Woche anrufen und mit Ebba und Olle sprechen sollte.

Wenn er den ganzen Tag nur herumlag und schlief, wie Marie es sagte, dann war er vielleicht immer noch gebrochen. Das wollte Sara nicht. Martin war ihr Mann, und er war der Vater ihrer Kinder. Wenn er nicht stark und großartig war, dann sollte er zumindest stark genug sein, ihren Zorn über das auszuhalten, was er angestellt hatte, aber nicht einmal dem konnte sie jetzt freien Lauf lassen. Sie musste so viel unterdrücken, so viel, dass sie fast zu explodieren drohte.

Genau wie Marie es gesagt hatte, lag Martin in seinem Bett und schlief. Das Bett war ein Dux und mit Sicherheit von seinen Eltern ausgesucht worden. Den Rest der Einrichtung hatte er ganz offensichtlich selbst ausgewählt, vor sehr langer Zeit. An den Wänden hingen Bilder von AIKs Meistermannschaft von 1992, Poster mit Bands wie ZZ Top, Kiss, U2 und Guns n' Roses. An Möbeln besaß er ein altes Chesterfield-Ledersofa, einen Sitzsack sowie einen niedrigen Couchtisch in Form eines »Einfahrt verboten«-Schilds, das auf einer Bierkiste lag. Sara seufzte bei dem Anblick, wusste aber selbst nicht so recht, was dieses Seufzen bedeuten sollte.

»Martin?«, sagte sie. Sie konnte ihn genauso gut jetzt nach Marie fragen, wenn sie einmal hier war. Und wenn Martin von seiner Mutter erzählte und darüber, ob es einen Grund zur Unruhe gäbe, könnte Sara sich eine Meinung darüber bilden, wie es mit ihm selbst aussah.

»Martin«, sagte sie erneut, dieses Mal etwas lauter, aber es half nicht. Er schnarchte einfach weiter.

Sara betrachtete die schlafende Gestalt, das lange Haar und die durchtrainierten Arme. Sie dachte an den Martin, in den sie sich verliebt hatte, den sie geheiratet hatte. Steckte er noch irgendwo darin? Konnte man ihn wiedererschaffen? Oder hatte er nur in Saras Gehirn existiert? Hatte sie ihre eigenen Träume und Hoffnungen auf einen armen, unschuldigen Menschen projiziert, der diese Figur niemals ausfüllen konnte?

Sollte sie ihm verzeihen?

Alles zu verstehen heißt, alles zu verzeihen, hatte sie irgendwo gelesen. Bei der Kindheit und Jugend, die er gehabt hatte, war es eigentlich ein Wunder, dass er nicht selbst zu einem Monster geworden war. Aber was er während der Peepshow gemacht hatte, wie er einfach zugesehen hatte, als eine unschuldige Frau ermordet wurde, kam schon nahe an die Handlungen eines Monsters heran. Auf jeden Fall war es eine widerwärtige Gleichgültigkeit.

Und diese Gedanken an Vergebung entsprangen vielleicht auch Saras Sehnsucht nach der Familie, die sie einmal gehabt hatte. Ihre unglückliche Liebe zur Idee der Kernfamilie. Aber Ebba war ja bereits ausgezogen, und in wenigen Jahren würde auch Olle so weit sein. Vielleicht wäre es besser für Sara, sich ein ganz neues Leben zu suchen. Umziehen, eine neue Arbeit finden, einen Neuen treffen oder für den Rest des Lebens allein bleiben. Vielleicht würde sie nachts dann besser schlafen.

Dann sah sie die Tablettenschachteln.

Sie erkannte die Sorte sofort wieder. Von unzähligen Beschlagnahmungen und hochgenommenen Dealern.

Morphintabletten.

Die Einsicht traf sie wie ein Tritt in den Unterleib. Ein richtiger kleiner Berg aus Verpackungen. Sie streckte langsam und mit leichtem Unwohlsein die Hand aus und hob die erste Schachtel hoch.

Das Rezept war von einem Arzt ausgeschrieben. Was sich zuerst beruhigend anfühlte. Aber dann betrachtete sie den Berg aus Verpackungen. Es war sehr viel. Morphinsulfat. Gelb, rund, 60 mg.

Sechzig Milligramm?

Sie schüttelte Martin wach. Mit harter Hand. Weil er so schwer zu wecken war, konnte sie ordentlich zupacken und sich ein wenig abreagieren. Einen Teil der Sorgen und des Zorns ablassen, die in ihr aufgestiegen waren. Es dauerte trotzdem lange, bis er aufgewacht war, und zuerst schien er gar nicht zu verstehen, wo er sich befand, als er schließlich die Augen aufschlug.

»Morphin«, war das Einzige, was Sara sagte.

Martin blinzelte mit den Augen, anstatt zu antworten.

»Martin, man bekommt zehn oder höchstens mal dreißig Milligramm verschrieben. Sechzig ist sehr viel.«

»Was ... wie ...«

Ihr Mann glotzte sie an wie ein Schaf.

»Hast du die Dosis erhöht? Welcher verdammte Arzt verschreibt dir überhaupt Drogen?«

Sara hob die Schachtel auf und las. Etzner.

»Dieses Arschloch werde ich anzeigen«, sagte sie.

»Nein, tu das nicht. Es ist der Arzt unserer Familie. Er ist so um die neunzig«, sagte Martin und schüttelte protestierend den Kopf, bevor er ausgiebig gähnte.

»Aber Martin, wenn einen sechzig Milligramm nicht umbringen, dann muss man schon eine ziemliche Toleranz aufgebaut haben. Hast du das?«

»Ich konnte nicht schlafen.«

Sara sackte zusammen und setzte sich auf die Bettkante.

»Wir haben nicht über das gesprochen, was im Keller passiert ist.«

»Ich erinnere mich nicht daran.«

Jetzt wich Martin ihrem Blick aus.

»Dann kann ich es dir erzählen.«

»Ich *will* mich nicht erinnern. Noch nicht.«

Sie waren eine Weile still, dann streckte Martin seine Hand nach Sara aus. Instinktiv stand sie auf und wich ein paar Schritte zurück.

»Fass mich nicht an.«

»Sara …«

»Hör auf mit dem Morphin«, sagte sie. »Sonst zeige ich dich an.«

»Anzeigen?«

»Ich meine es so, wie ich es sage. Unsere Kinder sollen keinen Junkie als Vater haben«, sagte Sara und starrte ihn ungnädig an.

»Es sind keine Drogen. Es sind Medikamente.«

»Hör damit auf!«

»Ja, ja … das werde ich.«

Ihr Mann ließ ein Seufzen hören, legte sich wieder auf das Bett und zog die Decke mit dem Blumenmuster über sich.

»Und hier musst du unterschreiben.« Sara warf die Plastikmappe mit der Vollmacht auf das Bett. »Ein Konzern führt sich nicht selbst.«

Martin unterschrieb und gab Sara das Papier.

Sie beugte sich vor und sammelte die Schachteln ein, die überall auf dem Boden des Zimmers lagen.

»Ich nehme die hier mit. Und dann werde ich diesen verdammten Etzner aufsuchen und ihm sagen, dass ich ihn hinter

Gitter bringe, falls er dir noch einmal so etwas verschreibt, selbst wenn er hundert Jahre alt ist und zerbrechlich wie eine Mingvase.«

Sara wartete nicht auf Martins Antwort, sondern drehte sich um und ging mit den Händen voller Morphintabletten hinaus. Sie war sich nicht sicher, ob sich ihr Zorn nicht noch verstärkt hatte, nachdem die sprießenden Hoffnungen auf eine Wiedervereinigung so brutal zertreten worden waren.

Vielleicht hätte sie mehr für ihren Mann empfinden sollen, nachdem er sich jetzt schwächer gezeigt hatte, als sie ihn jemals zuvor erlebt hatte. Aber Sara fiel es schwer, von der Grundeinstellung abzusehen, dass jeder für sein eigenes Leben verantwortlich war, jedenfalls wenn man Kinder bekommen hatte.

»Sie waren auch im Büro. Eric wäre wahnsinnig geworden.«

Sara blieb am Fuß der Treppe stehen und sah Marie an, die offensichtlich dort gestanden und auf sie gewartet hatte. Die Schwiegermutter fingerte an ihrem Perlenhalsband herum, das, wenn Sara sich nicht irrte, ein Geschenk ihres Mannes zum dreißigsten Hochzeitstag gewesen war.

»Wie bitte?«

»Sie waren auch in Erics Büro. Komm.«

Marie machte auf dem Absatz kehrt und ging weiter ins Haus hinein, wobei Sara ihr unwillig folgte.

»Was haben sie denn gemacht? Haben sie den Schreibtischstuhl um einen Halbkreis weitergedreht? Da hat wohl Martin nach irgendetwas gesucht«, sagte Sara. Und dachte, dass es wohl Geld für die Drogen war, was ihr Mann gesucht hatte. Obwohl er im Grunde alles Cash, das er brauchte, auf dem Konto hatte. Vielleicht war er einfach nur so zugedröhnt gewesen, dass er gar nicht wusste, was er tat.

»Martin?«, sagte Marie verständnislos. »Warum sollte er denn die Wand aufbrechen?«

Die Schwiegermutter war mitten auf dem Fußboden in Erics

Arbeitszimmer stehen geblieben und deutete auf die eine Wand, in der ein großes Loch gähnte.

Eine quadratische Öffnung mit rauen Kanten, nachdem jemand eine Klappe aufgebrochen hatte, die sich dort befand.

Das Ölgemälde, das jetzt darunter auf dem Boden lag, hatte bestimmt die eigentliche Klappe verdeckt. Und dahinter saß ein Safe, der ebenfalls aufgebrochen war.

Papiere, Festplatten und Banknoten lagen überall im Safe und auf dem Boden darunter. Wer hier eingebrochen war, hatte es nicht auf das Geld abgesehen.

Marie betrachtete Sara mit betretener Miene.

»Ich wusste noch nicht einmal, dass wir dort einen Safe hatten.«

7

Sie sah nicht besonders verschämt aus, die alte Dame, die auf Edna Hawthorne im Hyde Park zukam.

»Entschuldigen Sie, dass ich mich so aufdränge, aber ich habe eine etwas seltsame Frage. Ich komme mir vor wie ein Dummkopf, aber ich bräuchte Hilfe bei einer Sache.«

»Ja?«

Edna war es nicht gewohnt, dass Leute Hilfe von ihr wollten oder dass überhaupt eine der Bettlerinnen in dieser Stadt sie um Geld bat. Etwas in ihrer Ausstrahlung hielt die Leute auf Abstand. Also war sie schon allein aus Verwunderung bereit, der alten Dame zuzuhören. Vielleicht war sie auch von dem Gedanken beseelt, dass diese Frau sie selbst sein könnte, wenn sie nicht so gut auf sich aufgepasst hätte. Im Grunde waren sie im selben Alter, aber während Edna sich in allen Lagen wie eine Herrin fühlte und benahm, entsprach die Ausstrahlung dieser Frau eher einer Haushälterin. Das Unterwürfige und Unsichere ihres Benehmens irritierte Edna und besänftigte sie zugleich.

»Entschuldigen Sie bitte, wenn ich so privat werde«, fuhr die Frau fort, und Edna bereute sofort, dass sie angefangen hatte, ihr zuzuhören. »Aber als junge Frau bin ich in ein Unglück gestürzt und musste mich von meinem Kind trennen. Mehr als fünfzig Jahre hatte ich nicht die geringste Ahnung, was mit meiner Tochter passiert ist, aber vor wenigen Jahren bekam ich Kontakt zu ihr, und seitdem schreiben wir uns Briefe. Schließlich beschloss ich, dass wir uns hier im Hyde Park treffen sollten, zumal sie in der Nähe arbeitet.«

»Da gratuliere ich Ihnen«, sagte Edna, obwohl sie nicht viel mit Leuten anfangen konnte, die Kinder in die Welt setzten, um die sie sich nicht einmal kümmern konnten.

»Das Problem ist, dass ich nicht weiß, ob ich mich ihr zu nähern wage. Vicky, meine Tochter, ist vielleicht sehr böse auf mich. Weil ich sie weggegeben habe.«

Edna dachte, dass sie selbst es garantiert gewesen wäre. Und sie wäre niemals darauf eingegangen, eine Frau zu treffen, die sie als Kind weggegeben hatte. Aber das hatte diese Vicky offensichtlich getan. Darum sagte Edna tröstend: »Das glaube ich nicht. Dann hätte sie ja nicht einem Treffen zugestimmt.«

»Entschuldigen Sie bitte, ich falle Ihnen tatsächlich zur Last, aber könnte ich Sie bitten, zu ihr zu gehen und nachzusehen, in welcher Stimmung sie ist? Ob sie böse ist?«

Die alte Dame schielte zu ihr herauf, bevor sie mit verlegener Miene schnell wieder zu Boden blickte.

»Zu ihr gehen?«, sagte Edna mit gefurchter Stirn und sah sich um.

»Wir sind übereingekommen, dass sie von hier aus gesehen auf der dritten Bank an der linken Seite warten wird. Wenn Sie einfach zu ihr gehen und sie fragen könnten: ›Vicky aus Frinton?‹ Und wenn sie es ist, merken Sie sich einfach ihre Stimmung. Böse oder froh.«

Edna seufzte, dann sah sie auf ihre Armbanduhr von Chanel und nickte. Es war noch eine halbe Stunde, bis sie Charlott im Harrods treffen würde, also hatte sie noch einige Minuten, die sie totschlagen müsste.

»Natürlich. Die dritte Bank links?«

»Ja. Eine Frau um die fünfzig, mit rotem Schal.«

»Und wenn sie böse aussieht?«

»Dann sagen Sie ihr bitte, dass ich nicht kommen konnte. Ich verschwinde dann. Aber wenn sie nicht böse wirkt, sagen Sie ihr bitte, dass ich auf dem Weg bin, und kommen hierher zurück. Dann werde ich zu ihr gehen.«

Widerwillig nickte Edna der Frau zu, bog nach links ab und folgte dem Weg bis zu der dritten Bank, während Jogger auf der Jagd nach ein bisschen frischer Atemluft an ihr vorbeisausten. Sie warf einen Blick zurück und sah, dass die alte Haushälterin ihr mit einem gewissen Abstand gefolgt war, um zu sehen, wie es lief. Unglaublich, wie seltsam manche Menschen sein konnten!

Auf der dritten Bank saß tatsächlich eine Frau mit einem roten Schal und las in einem Buch. Im Hintergrund leuchteten die Bäume in klaren Herbstfarben, und ein Parkwächter ermahnte eine Gruppe von Radfahrern, abzusteigen und die Räder zu schieben.

»Vicky aus Frinton?«, fragte Edna und blieb vor der Frau stehen.

»Ja?«, sagte die Frau, sah zu ihr hoch und lächelte. »Aber es ist lange her, dass ich dort war«, fuhr sie fort, während sie eine seltsame schwebende Bewegung mit der Hand über dem Kopf machte.

Im selben Augenblick stellte Edna fest, dass diese Vicky nicht im Geringsten böse wirkte, sondern so froh aussah, als würde sie Edna für ihre Mutter halten. Puh, wie peinlich.

Weiter als bis dahin konnte Edna nicht denken, bevor sie hörte, wie sich schnelle Schritte aus drei verschiedenen Richtungen näherten. Jemand griff nach ihrem Arm, und ein anderer drückte ein Tuch auf ihren Mund und ihre Nase.

Dann wurde alles schwarz.

8

Sara hatte vergessen, zu Mittag zu essen. Ihr Frühstück hatte nur aus einem Apfel und einem Schluck Kaffee bestanden, und jetzt war schon fast Abend. Als sich also herausstellte, dass der Anruf der unbekannten Nummer von Malin stammte, der Tochter von Stellan Broman und Schwester der Stasispionin Lotta Broman, schlugen die Kopfschmerzen direkt wieder zu.

»Wolltest du etwa witzig sein?«, schepperte Malins Stimme aus dem winzigen Lautsprecher des Handys, während Sara darüber nachdachte, wie oft sie in letzter Zeit Schmerzen im Kopf hatte. Lag das an ihrem stresserfüllten Leben, oder war es ein Signal für etwas Ernsteres, das sich in ihrem Körper festgesetzt hatte, nachdem sie in Erics Keller um Leben und Tod gekämpft hatte? »Oder glaubst du, dass wir Freunde werden, nur weil du mir Blumen schickst?«

Sara ging vom Gas, sie musste wegen der Kopfschmerzen die Augen zusammenkneifen. Sie gab ihr Bestes, um Malins Worten folgen zu können.

»Ich habe keine Blumen geschickt«, sagte sie und wich ruckartig einem jungen Mann auf einem Elektroroller aus, der direkt auf ihre Spur fuhr, nachdem sie gerade die Augen wieder geöffnet hatte. Sie hupte ihn an, aber viel zu spät, sodass der alte Mann, der am Fußgängerüberweg an der Strömbron auf grünes Licht wartete, zu gestikulieren begann, um zu zeigen, dass er gar nicht vorhatte, ihr direkt vor das Auto zu laufen.

»Wer war es denn dann?«, fragte Malin ungläubig.

Sara ordnete sich rechts auf dem Slottsbacken ein und blieb

vor der Livrustkammaren stehen. Um diese Jahreszeit waren nicht allzu viele Touristen und Busse dort unterwegs, aber es gab immer irgendwelche Gruppen von Deutschen oder Amerikanern, die das Schloss umkreisten, egal, wie dunkel und kalt es in der Hauptstadt war.

»Ja, was weiß ich denn?«, sagte Sara. »Irgendjemand halt. Hast du nicht heute Geburtstag?«

»Siehst du? Du weißt sogar, wann ich Geburtstag habe. Du bist doch nicht normal! Du bist auf uns fixiert«, sagte Malin.

Dass Sara wusste, wann Malin Geburtstag hatte, lag nur daran, dass Lotta und Malin ihr in der Kindheit die Daten für ihre jeweiligen Festtage in die Erinnerung eingeimpft hatten, gemeinsam mit den hochgesteckten Erwartungen, die sie hinsichtlich der Geschenke und der Aufwartungen hatten. Was heißt Erwartungen, in diesem Fall ging es eher um Ansprüche. Aber sie hatte keine Lust, auf die wirklichen Gründe einzugehen, warum sie über Malins Lebensdaten so gut Bescheid wusste.

»Nein, ich bin nicht auf euch fixiert. Am liebsten hätte ich gar nichts mit euch zu tun. Was ist denn so seltsam daran, Blumen zum Geburtstag zu bekommen?«

»Wir reden hier nicht von einem Strauß, sondern von eintausend Rosen. Die ins Büro geschickt wurden. Und auf der Karte stand ›Ich liebe dich‹.«

»Dann war es doch bestimmt Christian?«

»Nein«, kam Malins schnelle Antwort.

»Okay. Dann irgendein verrückter Bewunderer.«

Zu ihren Bewunderern zählte Sara definitiv nicht, dachte sie im Stillen. Sie seufzte müde.

»Warum hast du denn gedacht, dass ich es war?«

»Weil du meine Freundin werden willst. Weil du meine Schwester werden willst. Vielleicht versuchst du die Gelegenheit zu ergreifen, mir nahezukommen, während Lotta verreist ist«, ratterte Malin in einem atemlosen Tonfall heraus.

Lotta war alles andere als verreist, so viel wusste Sara, aber das verriet sie Malin nicht.

»Ich will nicht deine Schwester werden. Ich *bin* deine Schwester. Halbschwester. Und ich würde wirklich lieber darauf verzichten.«

»Glaubst du, ich hätte alles vergessen, was du getan hast?«

Sara war klar, dass Malin auf Saras Eifer anspielte, mit dem sie hatte beweisen wollen, wer der Vater der Geschwister Broman in Wirklichkeit gewesen war. Dass der große Stellan Broman ein Vergewaltiger war, der sich an unzähligen Minderjährigen vergriffen hatte, auch an Saras Mutter, und aus genau diesem Grund von Spionen aus der DDR ausgenutzt werden konnte, unter anderem von seiner eigenen Tochter. Aber Malin wusste nichts über die wahre Identität ihrer Schwester und weigerte sich, das wahre Ich ihres Vaters zu akzeptieren. Sara hatte keine Lust auf einen weiteren Versuch, sie über den Zustand der Dinge aufzuklären.

»Glaubst du etwa, ich bekomme es nicht mit, wenn du da stehst und uns beobachtest?«

»Euch beobachten?«

»Von der Straße vor dem Haus. Und aus dem Garten.«

»Jetzt brennen dir wirklich die Sicherungen durch. Warum um alles in der Welt sollte ich das tun?«, brüllte Sara und massierte sich die Schläfe mit den Fingerspitzen.

»Weil du auf uns fixiert bist. Du wärst schon immer lieber ich gewesen«, sagte Malin mit quengeliger Stimme.

»Wenn jemand vor eurem Haus steht und glotzt, dann solltest du lieber die Polizei anrufen. Und sei froh, dass es jemanden gibt, der dich so gerne mag, dass er dir Blumen schickt.«

Sara drückte das Gespräch weg und fuhr das Auto in die Tiefgarage unter dem Slottsbacken. Martins Parkstreifen war im Augenblick immer leer, und sie wusste nicht, ob sie sich darüber freuen oder es bedauern sollte.

»Hallo?«

Drei unerwartete Paar Schuhe im Flur ließen Sara hoffnungsfroh in die Wohnung in Gamla Stan rufen. Niemand antwortete, aber sie hörte Stimmen aus dem Wohnzimmer. Die ihrer Mutter und die ihrer Tochter. Jane saß in einem der Sessel, mit durchgedrücktem Rücken, und Ebba fläzte sich auf einem Sofa. Jane trug eine fliederfarbene Seidenbluse und einen schwarzen Faltenrock. Ebba ein dunkelgraues Kostüm und eine türkise Bluse, bestimmt von einer wahnsinnig teuren Marke mit einem Laden auf der Birger Jarlsgatan. Beide waren gut angezogen, die eine aus geschäftlichen Gründen, die andere, weil sie schlicht und ergreifend dachte, dass es eine Schande war, nicht auf sein Äußeres zu achten. Jane kleidete sich für niemand anderen als sich selbst.

Ebba hielt ein kleines Bild in den Händen und lächelte es ironisch an.

»Also, dann kann uns ja nichts mehr passieren«, sagte sie zu Jane und zog die Augenbrauen hoch.

»Böse Sachen können jederzeit passieren«, lautete Janes Antwort.

»Hallo«, sagte Sara und betrat den Raum.

Jane drehte sich zu Sara um, und wie gewohnt lächelte sie nicht, wenn sie ihre Tochter sah, sondern nickte nur unmerklich. Als würde sie die Anwesenheit der Tochter auf einer Liste abhaken oder zur Kenntnis nehmen, was sie sah. Sara hatte im Laufe der Jahre allerdings eingesehen, dass sie dieses Nicken wollte. Es war, als hätte sie verstanden, dass ein seltsamer Laut in einer fremden Sprache ein schönes Wort sein konnte.

»Was habt ihr da?«

Sara zeigte auf einen Stapel von Holzplatten und kleinen Statuen, die auf dem Couchtisch lagen.

»Oma will uns bekehren. Mithilfe von Märchenfiguren.«

»Es sind Heilige«, erwiderte Jane.

»Same same.«

»Sie sind für dich gestorben. Für uns.«

Jane betrachtete ihr Enkelkind mit gerunzelter Stirn.

»Oder auch nicht. Aber klar, häng sie ruhig auf. Wenn Mama es erlaubt.«

Ebba betrachtete ihre Mutter mit einer fragenden Miene, lächelte sie kurz an, bevor sich die Großmutter wieder einmischte.

»Wir sollten dankbar sein für alles, was wir haben. Und um Hilfe bitten, damit es geschützt wird.«

»Also sollten wir eine Rockergang anrufen, meinst du?«

»Ebba …«, sagte Sara in einem scharfen Tonfall.

»Was denn?« Sie zuckte mit den Schultern. »Du glaubst ja noch weniger als ich an diesen Kram.«

»Ich weiß nicht, was ich glaube«, sagte Sara mit einem leisen Seufzen.

Die Ereignisse im Garten der Bromans und in Titus' Keller hatten alles auf den Kopf gestellt, was Sara vom Leben zu wissen glaubte. Sicher war sie sich nur noch darin, dass ihre Nächsten das Wichtigste in ihrem Leben waren.

»Gibt es etwas zu essen?«

Für einen Augenblick übertrumpfte der Hunger das Metaphysische.

»Ich habe auf dich gewartet«, sagte Ebba.

»Jetzt bin ich ja hier. Dann koch etwas Leckeres.«

»Ich?« Die Tochter starrte sie erstaunt an.

»Wer sonst?«

»Du«, entgegnete Ebba.

»Du bist jetzt erwachsen. Dann ist es auch Zeit, sich wie eine Erwachsene zu benehmen. Mama, möchtest du auch etwas essen?«

»Nein, danke. Aber ich nehme gerne eine Tasse Tee«, sagte Jane und zupfte ihren Rock zurecht.

Sara zog Ebba vom Sofa hoch und schob sie in Richtung Küche. Widerwillig setzte sich Ebba in Bewegung.

»Überleg dir irgendetwas Schnelles«, sagte Sara zum Rücken ihrer Tochter und hörte ihren Bauch knurren wie ein schnarchendes Wildschwein, das an Essen dachte. Dann setzte sie sich auf das Sofa und nahm eines der Heiligenbilder in die Hand. Eine Frau mit langem Gesicht und großen, leidenden Augen.

»Sind die hier für uns?«

»Sie haben mir geholfen, aus Polen herauszukommen. Ohne ihre Unterstützung hätte es dich nicht gegeben. Und auch nicht deine Kinder.«

»Mama, es war nur deine eigene Stärke, die es ermöglicht hat«, sagte Sara und sah zu ihrer Mutter.

»Darüber weißt du nichts. Glaubst du, ich hätte dir von den Dingen erzählt, die wirklich schwer waren?«

»Das hoffe ich doch.«

»Wo willst du sie haben?«

Typisch Jane. Sobald das Gespräch auch nur ein wenig persönlich wurde, wechselte sie das Thema. Aber das stand ihr vielleicht auch zu. Sara dachte mittlerweile, dass ihre Mutter an dem Tag darüber reden würde, an dem sie dazu bereit war. Sie hoffte jedenfalls, dass dieser Tag kommen würde.

»Es gibt Spaghetti!«, rief Ebba aus der Küche.

Und noch irgendetwas dazu, hoffte Sara.

»Ist Olle zu Hause?«, rief sie zurück. Der Sohn sollte sich eigentlich auch an der Hausarbeit beteiligen.

»Keine Ahnung«, brüllte Ebba.

Sara ging zu Olles Tür und klopfte an. Sie wartete ein paar Sekunden zusätzlich, weise geworden durch die Erfahrung, welche unerwünschten Anblicke einen erwarten konnten, wenn man die Tür zum Zimmer eines heranwachsenden Jungen zu hastig öffnete.

Als sie die Tür schließlich aufschob, sah sie Olle mitten im

Zimmer stehen. Er schien Saras Klopfen gar nicht gehört zu haben. Vor dem Computer saß sein Freund Gabriel. Was das dritte Paar unbekannter Schuhe im Hausflur erklärte.

»Okay. Noch mal von vorne.«

Gabriel drückte auf die Eingabetaste, und ein eintöniger Beat klang aus den Genelec-Lautsprechern, die an den Computer angeschlossen waren. Olle begann zu rappen. Oder irgendetwas in dieser Richtung.

»Das sind meine Worte, sie sind schwer, machen Sinn. Egal wohin du wohnst, ich scheiß drauf, wo.«

»Wo du wohnst«, sagte Sara.

»Was?«, sagte Olle und hielt inne. Gabriel hielt den Rhythmus an.

»Es heißt, wo man wohnt, nicht wohin man wohnt. Wohin ist die Richtung, in die man unterwegs ist. Wo wohnst du, wohin willst du?«

»Nach Spotify«, verkündete der Sohn stolz.

»Okay, cool. Habt ihr Hunger?«

»Wir haben bei Max gegessen«, sagte Olle. »Weil wir Hunger hatten.«

»Gut«, sagte Sara. »Immerhin die schwedische Imbisskette.«

»Es sind dieselben Kapitalisten wie bei allen anderen auch«, sagte Gabriel. »Aber sie haben die besseren vegetarischen Burger.«

Etwas verwundert blickte Sara zu Olle, um zu sehen, wie er sich zu vegetarischen Burgern und Kapitalisten verhielt, aber er schien diesbezüglich keine andere Ansicht zu haben als Gabriel.

Sara wollte gerade gehen und nachsehen, wie ihre Tochter in der Küche zurechtkam, aber ihre Augen blieben am Computerbildschirm hängen, sobald sie sich umgedreht hatte.

Sie erstarrte.

Auf dem Bildschirm sah sie mehrere Standbilder aus den Videos, die Uncle Scam auf der Peepshow eingespielt hatte, bei der

60

eine junge Frau ermordet worden war. Die Peepshow, bei der auch Martin dabei gewesen war.

In Saras Kopf drehte sich alles.

»Was seht ihr euch da an?«, fragte sie und machte ein paar Schritte auf den Computer zu, um den Bildschirm herunterzuklappen.

»Wir sehen uns die Videos gar nicht an!«, sagte Olle und hielt eine Hand hoch, um seine Mutter aufzuhalten.

»Das ist eine Seite, die alle Videos durchgesehen hat, die Scam angeblich eingespielt hatte«, sagte Gabriel. »Um zu beweisen, dass sie Fake sind.«

»Es ist der Deep State, der ihn loswerden möchte«, ergänzte Olle. »Weil er ein weißer Mann ist, der sich als schwarz identifiziert. Dieselben Personen, die auch BLM zerstören wollen.«

»Bonniers Literarisches Magazin?«, fragte Sara, war sich dann aber schnell darüber im Klaren, was der Sohn meinte.

»Black Lives Matter.«

»Ja, das habe ich schon verstanden. Aber lasst doch die Finger von diesem widerlichen Scam. Er ist nichts anderes als ein Arschloch.«

»Und du magst natürlich Blue Lives Matter, oder?«, sagte Gabriel, machte eine halbe Drehung und betrachtete Sara skeptisch.

»Nein, aber Scam ist ein Schwein. So ist es einfach.«

Sara wusste zwar, dass die Videos echt waren, weil sie sie von Scam gestohlen und an eine Skandalzeitung in den USA geschickt hatte, aber das konnte sie kaum erzählen. Zum einen könnte sie verklagt werden, zum anderen würde ihr Sohn es ihr niemals verzeihen.

»Seht euch das mal an. Diese Seite hat herausgefunden, wo Scams Videos aufgenommen wurden. Das stimmt von der Zeit her überhaupt nicht.«

»Und wenn sie echt wären, warum sollte er sie dann verbreiten?«, sagte Olle.

»Sie versuchen ihn zu framen«, stellte Gabriel fest.

»Es ist die CIA«, sagte Olle und begann wieder zu rappen, auf seine eigene, besondere Weise. »The CIA and the KKK, are the DNA of the USA.« Dann hielt er inne und lächelte seine Mutter groß an. »Aber wir surfen anonym, damit sie uns nicht finden«, beruhigte er sie.

»Sag einfach nur deinen Kollegen nichts«, meinte Gabriel.

»Worüber?«

»Das hier«, sagte Gabriel und gestikulierte zu der Homepage, die sie gerade besuchten. »Auch wenn es nette Bullen wie dich gibt, seid ihr trotzdem ein Teil vom Deep State.«

»Im Endkampf musst du auf ihrer Seite stehen«, stimmte Olle mit ernster Miene zu.

»Der Endkampf? Was für ein Endkampf?«

»Das erzählen sie natürlich erst, wenn es an der Zeit ist. Need to know-System.«

Der Freund ihres Sohns verschränkte die Arme vor der Brust und lehnte sich in dem Stuhl zurück.

»Und trotzdem loggt ihr euch ein?«, sagte Sara und zeigte auf ein Fenster, das den Incel-Thread auf dem schwedischen Chatserver Flashback zeigte. Sie sah Olle nicken und konnte sich nicht zurückhalten, laut von der Seite vorzulesen. »Ex-Marine«, sagte sie und betrachtete ihren halbwüchsigen Sohn. »Wann warst du denn in der Marine? Bist du überhaupt schon einmal Boot gefahren?«

»Äh«, sagte Olle.

»Man muss sich einen Nick aussuchen, den niemand mit dir in Verbindung bringen kann«, sagte Gabriel. Aber Olle sah nicht aus, als würde er diese Erklärung für den militärischen Decknamen unterschreiben.

»Versuch doch mal ›Ros-Marie‹«, sagte Sara und ging aus dem Zimmer.

Hinter ihr setzte der eintönige Beat wieder ein.

»Big brother, deep state, illuminati. Wenn ich's dir erzähle, findest du mich lahm«, leierte Olle so taktfest, wie er es vermochte.

Sara seufzte. Sie hatte wirklich keine Ahnung, wie man mit den aufblühenden Verschwörungstheorien eines Heranwachsenden umgehen sollte. Wenn man nichts sagte, wuchsen sie frei, wenn man dagegen argumentierte, fachte man die Glut nur an. Das Risiko bestand darin, dass ein echtes Feuer daraus werden konnte.

Draußen im Wohnzimmer ging Jane herum und suchte nach einem guten Platz für ihre Heiligen. Sara wollte sie gerade bitten, ein wenig mit dieser Seligsprechung zu warten, als das Handy auf eine Weise brummte, die ihr sagte, dass sie eine SMS bekommen hatte. Sie sah auf das Display.

Sie war von Martin.

Sara überlegte kurz hin und her. Dann entschied sie sich, sie zu lesen.

»Hallo, Liebling«, schrieb Martin, und Sara fragte sich, ob er wirklich das Recht hatte, so zu schreiben. Selbst wenn die Ansprache nur aus alter Gewohnheit herrührte, sollte er ihre Ansichten zu dem Thema aufmerksamer verfolgt haben.

»Großer Spaziergang«, schrieb er. »Hab es satt mit dem Rumliegen. Du hattest recht. Wie immer :) Ich hör auf m Schmerztbl, will wieder leben, zurück zu Job u Familie. Vielleicht die Band wieder sammeln? :) Ist Post gek? Vermisse euch.«

Sara fragte sich, ob er wirklich glaubte, dass er eine Familie hatte, zu der er zurückkommen könnte. Und sie war sich unsicher, was sie selbst darüber dachte. Zuerst wollte sie gar nicht antworten. Manchmal hatte sie das Gefühl, dass die Leute nur SMS schickten, um sich in ihr Leben einzumischen, dass sie eine Antwort erwarteten zu einem Zeitpunkt, der ihnen passte. Aber dann dachte sie, es wäre leichter abzuhaken, wenn sie eine Antwort abgeschickt hatte.

»Gut. Lauf weit.«

Dann musste sie nicht mehr darüber nachdenken, was sie dachte und hoffte, wenn es um Martin ging. Abgesehen von dem, was zwischen ihnen passieren würde, war es wichtig, dass er sein Leben in den Griff bekam, vor allem wegen der Kinder.

Die Post, ja. Sara sah ihre eigene von diesem Tag durch. Nur Reklame von Coop, Life und Kicks und eine Abrechnung für die Innenstadtmaut. Dann blätterte sie den Stapel durch, der für Martin eingetroffen war. Er war ziemlich hoch geworden in den vielen Monaten, die mittlerweile vergangen waren, auch wenn Sara regelmäßig Rechnungen und Behördenpost herausgefischt hatte. Abgesehen von Reklame und einigen Nummern der Zeitschriften Guitar Player und Hifi & Musik gab es nur noch einen Umschlag von Go Live, Martins Firma, bei der er krankgeschrieben war.

Sicherheitshalber öffnete sie den Brief, es könnte ja wichtig sein. Als sie ihn las, begann ihr schlecht zu werden. Aus mehreren Gründen.

»Hallo, Martin. Weil du weder per Mail noch per Handy zu erreichen bist, war es uns unmöglich, ein persönliches Treffen mit dir zustande zu bringen. Darum muss leider dieser beklagenswerte Bescheid auf dem Postweg zu dir kommen. Du wirst hiermit von deinem Posten als Geschäftsführer von Go Live in Schweden entlassen, mit unmittelbarer Wirkung. Björn Andersson, Aufsichtsratsvorsitzender, Go Live Sweden AB.«

Beigelegt war ein Ausdruck einer im Internet veröffentlichten Pressemitteilung, dass der internationale Star Uncle Scam seinen ehemaligen Konzertveranstalter Go Live International auf zwei Milliarden Dollar Schadensersatz verklagt hatte – für den Gefängnisaufenthalt in Schweden und die gefälschten Videos, die auf den sozialen Medien verbreitet worden seien und seinen Ruf zerstört hätten.

Die Videos, die Sara gestohlen und verbreitet hatte.

9

Flexiseq Gel, Cura-Heat und Salonpas Gel-Patch.

Das grünhaarige Mädchen an der Kasse der auch am späten Abend geöffneten Apotheke an der Brompton Road sah etwas verwundert aus, als Agneta jedes Medikament kaufte, das sie gegen Arthrose hatten.

Aber was sollte sie tun? Agneta konnte ja nicht im Vorhinein wissen, welches von ihnen am besten funktionierte. Jetzt waren die verdammten Schmerzen mit voller Kraft zurückgekehrt. Und sie wusste nicht, wohin sie sollte. Was hinter der nächsten Ecke wartete. Oder wer überhaupt hinter ihr her war.

Gegen das Herzflimmern hatten sie nichts, was sie einfach so ohne Rezept kaufen konnte. Das Einzige, was Kathy an der Kasse ihr empfehlen konnte, war ein Blutdruckmesser, aber der würde Agneta nicht viel helfen. Warum sollte sie genau wissen, wie schlecht es ihr ging, wenn sie trotzdem nichts dagegen tun konnte? Jetzt half es nur noch, die Daumen zu drücken, dass das Herz die letzten Anstrengungen halbwegs überstanden hatte.

Sie zahlte mit Bargeld und verließ das Geschäft. Hoffte, dass der Mundschutz gemeinsam mit der Baseballkappe sie davor bewahrte, von den Kameras identifiziert zu werden.

Sie sah sich auf der menschenleeren Straße um. Wohin sollte sie gehen?

Vicky war ihre Kontaktperson gewesen und hätte ein Versteck organisieren sollen, bis ihr Führungsoffizier Schönberg eintraf. Aber Vicky war offensichtlich Doppelagentin. Half der anderen Seite, wer auch immer diese war.

Sobald Agneta Vickys Zeichen gesehen hatte, war ihr klar gewesen, dass es eine Falle war. Sie hatte nicht darauf gewartet, dass die anderen Agenten heranstürmten, sondern war in die entgegengesetzte Richtung geflüchtet.

Wer waren sie, und warum wollte Vicky ihnen Agneta ausliefern?

Waren sie Russen? Briten? Deutsche?

Und die wichtigste Frage überhaupt: Auf wen konnte sie sich jetzt verlassen?

Und wohin sollte sie gehen? Wo konnte sie sich einschleusen, ohne dabei aufzufallen?

Eine Herberge? Eine Busreise mit schwedischen Rentnern? Es war zu spät am Abend, um sich einer solchen anzuschließen.

Das Wartezimmer einer Notaufnahme? Dort konnte sie garantiert die ganze Nacht ungestört sitzen und womöglich auch eine Weile schlafen.

Das einzige Risiko war, dass die Überwachungskameras mit der Polizei verkoppelt sein konnten. Wenn man darüber nachdachte, wie viele Kameras überall in Großbritannien und vor allem in London aufgestellt waren, war es immer gefährlich, hier zu agieren. Dafür hatten die Vollidioten von der GRU, die in Salisbury enttarnt worden waren, ein hervorragendes Beispiel geliefert.

Der Gedanke an die GRU brachte sie auf eine Idee.

Jede Menge russische Milliardäre und Oligarchen besaßen große Häuser in London, die sie nur für einige Tage im Jahr benutzten. Genau wie die vielen Ölscheichs und reichen Asiaten. Ganze Stadtteile waren im Prinzip unbewohnt.

Und Agneta kannte einen dieser Hausbesitzer besonders gut. Byk.

Ihr Ochse, dachte sie mit einem kleinen Lächeln, als sie durch die viel befahrenen Straßen von Knightsbridge ging.

Ihr alter Führungsoffizier Jurij vom KGB, der bei den Privatisierungen unter Boris Jelzin steinreich geworden war. Er hatte die Kontrolle über eine Bank übernommen, mit deren Geld staatliche Metallindustrien und eine Ölfirma gekauft und war auf den Platz als viertreichster russischer Mann geklettert. Dann hatte er sich mit dem neuen Präsidenten angelegt und im Ausland Unterschlupf suchen müssen. Mittlerweile bewegte er sich durch eine Anzahl von Ländern, in denen er unterschiedliche Geschäftsinteressen hatte. Und standesgemäße Wohnungen.

»Deine Adresse in London? D.«, schrieb sie in eine Mitteilung, die sie von einem der Prepaidhandys schickte, die sie für den Auftrag beschafft hatte. Die Nummer, an die sie die Mitteilung sendete, konnte sie seit Jahrzehnten auswendig, und sie war sich sicher, dass sie sich bis zum Tod des Inhabers nicht mehr ändern würde.

Tatsächlich kam in weniger als einer halben Stunde eine Antwort, und in dieser Zeit konnte das Medikament schon seine Wirkung entfalten, obwohl der Cocktail von Wirkstoffen natürlich nicht reichte, um den Schmerz ganz auszuschalten. Nichts konnte diesen Schmerz lange betäuben.

»17 Lowndes Square«, lautete die Antwort.

Agneta befand sich nur wenige Straßen davon entfernt, also beschloss sie, den Rest der Strecke zu Fuß zurückzulegen, obwohl sie damit riskierte, die Schmerzen in den Gelenken zu verschlimmern. Aber sie hatte den Eindruck gewonnen, dass es besser war, sich zu bewegen, statt still zu sitzen.

Als sie angekommen war, ging sie direkt zu dem beeindruckenden Eingangsportal und drückte die Klinke herunter. Die Tür war nicht abgeschlossen. Entweder konnte man sie mit einer App öffnen, oder ihr reicher Freund hatte jemanden dorthin geschickt, der weniger wichtig war.

Essen, dachte sie im selben Augenblick, als sie die Tür hinter sich geschlossen hatte. Was sollte sie essen? Vielleicht hatte Byk jemanden, der den Kühlschrank und die Speisekammer des

Haushalts immer gut gefüllt hielt? Russische Milliardäre mussten schließlich Hunderte von Angestellten in all ihren Häusern und Booten haben.

Mittlerweile war sie so ausgehungert, dass sie halluzinierte. Sie hätte schwören können, dass ihr der Geruch von flambiertem Rinderfilet in die Nase wehte. Aber das Haus war leer, und wer flambierte heutzutage noch Fleisch?

So leise wie möglich schlich sie zur Küche. Sie musste sich ein wenig vortasten, aber als sie den Duft tatsächlich geortet hatte, fiel die Orientierung leicht.

In der Küche brannte Licht, als sie durch den dunklen Gang heranschlich, also steckte sie die Hand in die Tasche des Mantels und griff nach der Handgranate, die sie als Back-up dabeihatte. Dann stellte sie sich mit dem Rücken an die Wand, direkt neben der Tür, streckte den Arm aus und schob sie langsam auf.

Niemand schoss und niemand griff an. Mit der Handgranate in der einen Hand und mit der anderen am Splint warf sie einen schnellen Blick in die Küche, bevor sie wieder in Deckung ging.

Byk.

Er musste das Personal weggeschickt haben.

Nachdem sie ein Festmahl für ihn und Agneta gekocht hatten. In weniger als einer Stunde.

Sie steckte die Handgranate wieder ein und trat in die Türöffnung.

Mitten in der riesigen Küche stand ein großer Tisch, der mit einer Leinendecke und dem Porzellan gedeckt war, von dem Agneta wusste, dass es einst der Zarenfamilie gehört hatte. Es wurde erzählt, dass der unter der Bluterkrankheit leidende Prinz Alexej mit der Stirn auf den Teller gefallen war, als er von den siegestrunkenen Bolschewiken während der Revolution bewusstlos geschlagen und verhaftet worden war.

Auf dem Tisch standen Schüsseln, Platten und Schalen aus Silber. Kristallgläser gefüllt mit blutrotem Wein.

Und am Tisch saß er. Byk. Der Ochse. Mit derselben kraftvollen Ausstrahlung wie vor dreißig Jahren. So lange hatten sie sich tatsächlich nicht mehr gesehen, auch wenn sie Kontakt gehalten hatten, zunächst über Funk und in den späteren Jahrzehnten über sein Handy, als er kein KGB-Mann mehr war, sondern ein Geschäftsmann. Jetzt saß er leger gekleidet da, in einer schwarzen Anzughose, einem weißen Hemd mit Monogramm und aufgekrempelten Ärmeln sowie einer Patek Philippe Grand Complications Sky Moon Tourbillon am Handgelenk.

»Romanowitsch, warst du das?«, fragte er.

»Ich bin nur eine alte Frau«, antwortete Agneta und warf ihm ihre Arthrosemedikamente zu.

Die eine Perücke mit der DNA eines georgischen Terroristen am Tatort zurückgelassen hatte.

Agneta lächelte. Jurij war der Einzige, der sie wirklich kannte. Und sie kannte ihn. Etwas höchst Ungewöhnliches in der Welt, in der sie aktiv waren.

»Und der Mann im Rollstuhl?«, fuhr er fort. »Ein alter russischer Agent, der senil geworden war? Um falsche Spuren zu legen?«

»Und gleichzeitig einem Kollegen einen würdigen Abschluss aus seiner erniedrigenden Existenz zu ermöglichen.«

»Du denkst immer an alles«, sagte Jurij.

»Und deshalb stehe ich jetzt hier.«

»Ist es zu spät, eine Familie zu gründen?«, fragte er und lächelte, aber mit dunklem Blick.

Sie sah in seinen Augen, dass er mit ihr ins Bett gehen wollte. Wie früher. Und sie erkannte, dass sie es ebenfalls wollte. Und sei es nur aus dem Grund, dass sie sich schon immer gefragt hatte, ob die Gerüchte stimmten. Es hieß nämlich, dass er in den Neunzigerjahren von rivalisierenden Gangstern seine Hoden abgeschnitten bekommen hatte.

Die Legende sagte, dass eine Bande aus Tschetschenien vor

seiner Hochzeit mit einer jungen Tänzerin zugeschlagen hatte.
Sie hatten Jurij und seine Freunde im VIP-Raum des Nachtklubs
eingesperrt, in dem er seinen Junggesellenabschied feierte, und
dort hatten sie langsam seine Freunde vor seinen Augen zer-
stückelt.

Dann hatten sie mit dem begonnen, was eigentlich eine lang
gezogene Schlacht des Gangsterbosses hatte werden sollen, indem sie Jurijs Hoden abschnitten.

Aber als einer der Tschetschenen ihm die Eier in den Mund
steckte, biss er dem Mann die Finger ab, konnte nach seiner
Waffe greifen und erschoss alle anderen, mit dem Körper des
Fingerlosen als Schutzschild. Dann hatte Jurij einen Ausrottungs-
krieg begonnen und die gesamte Konkurrenz brutal ausgelöscht,
sowohl die wirkliche als auch die eingebildete. Mit Hunderten
von Opfern als Folge.

Der neu erschaffene Gangsterkönig hatte dafür gesorgt, dass
er mit den Kreisen um Jelzin auf freundschaftlichem Fuß stand,
und auf diese Weise hatte er ein märchenhaftes Vermögen aufbauen können.

Wahr oder nicht, seit dem Angriff im Nachtklub musste er
mit dem Spitznamen Byk leben.

Der Ochse.

Der entmannte Stier.

Agneta fragte sich, ob jemand es irgendwann gewagt hatte,
ihn bei diesem Namen zu nennen. Sie hatte jedenfalls nicht vor,
es zu tun.

Sie begnügte sich damit, seinen nächsten Zug abzuwarten.

Sehr interessant.

Und sie hatte ein wenig Zeit vor dem nächsten Auftrag. Also
warum sollte sie nicht die Gelegenheit ergreifen und sich ein
bisschen amüsieren?

10

Die ganze Nacht hatte sie wach gelegen und nachgedacht. Den Bescheid von Go Live, dass sie Martin entlassen hatten, hin und her gedreht.

Dass sie ihren Mann nicht angerufen und von dem Brief berichtet hatte, begründete sie sich selbst gegenüber damit, dass sie ihn nicht abschießen wollte, nachdem er jetzt endlich ein bisschen Energie gesammelt und hoffentlich mit der Erholungsphase begonnen hatte.

Am Abend hatte er ein Bild geschickt, ein Bildschirmfoto von einer App, mit der er die Laufrunde gemessen hatte, auf der er unterwegs gewesen war. Typisch Martin. Jetzt, wo er endlich ein bisschen Energie hatte, reichte sie für alles Mögliche. Das war erfreulich, aber Sara war klar, dass diese Erholungsphase zerbrechlich war. Wenn er erfuhr, dass er seinen Geschäftsführerposten los war, würde ihn das bestimmt wieder zurückwerfen.

Wenn sich Martin wieder richtig wohlfühlte, würde er vielleicht gar nicht in den Job zurückkehren wollen. So wie Sara es sah, wäre er viel zu sehr mit Uncle Scam und der Peepshow verbunden.

Aber sie wusste, dass sie eigentlich nur versuchte, vor ihrer eigenen Verantwortung zu fliehen.

Wenn sie die Videos nicht an die amerikanische Zeitung geschickt hätte, dann wäre Uncle Scam niemals in den Skandal geraten, der dazu geführt hatte, dass seine Plattenfirma ihn fallen ließ und seine Videos von allen möglichen Seiten gelöscht wurden. Dann hätte er Go Live auch nicht angeklagt. Und Martin wäre nicht rausgeschmissen worden.

Nachdem sie sich stundenlang gewälzt und gedreht hatte, stand sie gegen vier Uhr auf, um sich eine Tasse Tee zu kochen. Auf dem Weg zur Küche nickte sie dem bärtigen Judas Thaddäus und dem eher femininen Erzengel Michael zu, die beide laut Jane die Schutzheiligen der Polizisten waren. Mit gleich zwei Heiligen über ihr an der Wand konnte nichts Schlimmes passieren, dachte Sara und lächelte müde vor sich hin.

In der Küche brannte bereits Licht, und sie hörte erregte Stimmen. Olle und Gabriel waren immer noch zu Gange. Jetzt tranken sie O'Boy und aßen Butterbrot, während sie empört kommentierten, was auf Olles Laptop zu lesen war.

»Michael Jackson, R. Kelly, Bill Cosby. Das sind nur schwarze Künstler, die angeklagt werden.«

»Und alle mit gefälschten Zeugenaussagen. Guck mal, da steht, dass dieses Mädchen noch nicht mal in der Stadt war, als er sie angeblich vergewaltigt hat.«

»Ihr habt morgen Schule«, sagte Sara, bekam aber nur einen hastigen Seitenblick von den beiden Freiheitskämpfern.

»Ja, ja …«, murmelte Olle, der Saras Worte offensichtlich gar nicht gehört hatte.

Sie betrachtete die Jugendlichen eine Weile, dann ging sie einfach hin und klappte den Deckel des tragbaren Computers zu.

»Bettgehzeit. Ihr müsst in drei Stunden aufstehen. Gabriel, du kannst Ebbas Bett nehmen. Oder das Sofa.«

»Okay.«

Es war immer leichter, die Freunde der Kinder zum Gehorchen zu bringen als die eigenen.

Olle unternahm einen miserablen Versuch im Beatboxen, als er zu seinem Zimmer marschierte. Bevor er die Tür hinter sich schloss, stimmte er einen jugendlichen Protestsong à la Generation Z an.

»Muttchen – knechtet für den Staat. Muttchen – zwingt mich in den Schlaf. Aber ich muss nicht pennen. Ich kann immer noch rennen. Die Schule ist für Loser. Äh ...«

Weiter reichte die Inspiration nicht.

Um Viertel vor zehn hatte Sara zwei Stunden geschlafen, sich benommen eine schnelle Dusche gegönnt und sich als Frühstück eine Handvoll Cornflakes hineingezwungen, bevor sie die Wohnung verließ, um rechtzeitig zu Titus & Partners zu kommen.

Als sie aus dem Eingang trat, betrachtete sie die ewige Slussen-Baustelle und die drei himmelhohen Baukräne, die sich über dem Munkbroleden erhoben, als Symbol dafür, mit welchem Abstand von der Wirklichkeit dieses Projekt beschlossen worden war. So viele Jahre Arbeit und so viele Milliarden Steuergeld, nur um eine Betonwüste durch eine andere zu ersetzen.

Nur vier Minuten verspätet betrat sie den eleganten Eingang an der Ecke zwischen Torstenssonsgatan und Riddargatan, bereit, ihre Tochter zu begrüßen.

Aber Ebba saß nicht an der Rezeption.

Dort traf Sara stattdessen auf eine lange, blonde, junge Frau mit einem so aufwendigen Make-up, dass es Stunden gedauert haben musste, es anzubringen. Sie trug ein dunkelblaues Kostüm, das sehr an eine Stewardess erinnerte, komplett mit Namensschild und einem Schal mit großem Knoten auf der einen Halsseite. »Filippa«, stand auf dem Namensschild.

»Ebba?«, fragte Sara und bekam ein automatisches Lächeln geschenkt, bevor eine Antwort folgte.

»In ihrem Büro«, sagte die junge Frau. »Haben Sie einen Termin?«

»Was? Einen Termin? Mit Ebba? Nein ... allerdings mit Tom.«

»Burén?« Eine zweifelnde Furche trat auf ihrer hohen Stirn

hervor, aber sie tippte folgsam auf ihrer Computertastatur. Hielt eine Sekunde inne, um den Bescheid auf dem Bildschirm aufzunehmen. »Und Ihr Name?«

»Sara Nowak.«

»Sie können hochgehen.«

Die junge Frau klang fast verwundert, allerdings nach wie vor pathologisch freundlich. War Sara in ihren Augen zu gewöhnlich, um den Vorstandsvorsitzenden des gesamten Konzerns zu treffen? Dann hatte die junge Frau allerdings nicht auf dem Schirm, dass Saras Mann und ihre Schwiegermutter mittlerweile das Unternehmen besaßen. Als dieser Gedanke durch Saras Gehirn fuhr, schämte sie sich, und sie bekam Panik, dass sie möglicherweise genauso großkotzig und selbstherrlich geworden war wie diejenigen, die sie in ihrem Leben am allermeisten verachtete. Im selben Augenblick fragte sie sich, was eigentlich mit ihr los war. Woher kamen diese Unsicherheit und diese Zweifel? Das sah ihr gar nicht ähnlich. Allerdings hatte sie auch Dinge erlebt, die bedeutend stärkere Menschen zerbrochen hätten als sie selbst.

Sara erreichte die Vorstandsetage und wurde von der Assistentin Sanna am Fahrstuhl abgeholt, die ihren Schreibtisch vor den Büros der Chefs hatte. Als Vorstandsassistentin war man offensichtlich nicht zu einer Stewardess-Uniform verpflichtet. Sanna trug eine weiße Strickjacke über einer weißen Bluse und eine lange, marineblaue Hose mit Bügelfalten.

An der Wand hing jetzt ein großes, schwarz-weißes Porträt von Eric, mit einem schwarzen Band an der einen Ecke des Rahmens. Sara warf einen unfreiwilligen Blick in das Büro ihres Schwiegervaters, und durch die rauchfarbene Glaswand sah es exakt genauso aus wie zuletzt. Niemand war dort eingezogen. Aber Sannas Tisch stand jetzt näher an Toms Büro.

»Sara Nowak«, sagte sie zu Sanna. »Ich bin mit Tom verabredet.«

»Mein herzliches Beileid«, sagte Sanna, die offensichtlich besser über Sara Bescheid wusste als das Mädchen am Empfang.

»Da höre ich ja eine bekannte Stimme«, sagte Tom und kam Sara entgegen. Der groß gewachsene Mann im Anzug umarmte sie und wies mit der Hand in sein Büro.

»Kaffee? Tee? Warme Servietten?«, fragte er und lächelte.

»Wasser«, entgegnete Sara und ging los.

»Hallo, Mama.«

Ebba kam aus einem Zimmer hinter Toms Büro. Ein anderes Kleid als am Tag zuvor. Das Outfit des Tages war grün mit großen, roten Blumen. Ein halblanger Rock und ein Blazer mit doppelter Knopfreihe und einem breiten Gürtel in der Mitte. Streng und exklusiv zur gleichen Zeit. Sara blieb stehen, drehte sich um und umarmte ihre Tochter, obwohl sie ahnte, dass Ebba befürchtete, so etwas würde unprofessionell wirken. Aber Ebba hatte auch keine Kinder. Sie konnte nicht verstehen, wie man als Mutter fühlte.

Sie gingen in Toms Büro und ließen sich in jeweils einen LC3-Sessel von Le Corbusier sinken. In der Mitte des Zimmers residierte Poul Kjærholms Glastisch PK65.

»Wie geht es Martin und Marie?«, fragte Tom. »Sind sie immer noch nicht daran interessiert, Titus & Partners zu übernehmen? Erics Erbe weiterzuführen?«

»Nein, und ich verstehe auch, dass sie als Besitzer jede Menge Entscheidungen treffen müssten, die nicht länger warten können«, sagte Sara. »Es sind ja schon ein paar Monate vergangen, seit Eric gestorben ist.«

Ein paar Monate, seit sie Eric getötet hatte.

Der Gedanke an das, was passiert war, schabte noch ständig im Hinterkopf.

Der einzige Trost war jetzt, dass Martin sich endlich wieder besser fühlte. Am Morgen hatte er das Bild eines Sonnenaufgangs in den sozialen Medien gepostet mit dem Text »Mit den

Hähnen aufstehen – you snooze you lose! #morningfitness #newlife #flow«.

»Es ist eine große Hilfe, dass du mit ihnen reden kannst, das solltest du wissen«, sagte Tom und lächelte sie an.

Sara legte die Plastikhülle mit der Vollmacht auf den dänischen Designertisch.

»Sie sehen ein, dass der Konzern nicht von selbst rollt, also neige ich im Augenblick zu der Ansicht, dass dies die beste Lösung ist. Aber glaub mir, diese Papierarbeit ist nichts, was mir besonders Spaß macht, und Zeit habe ich dafür eigentlich auch nicht. Ich mache es nur für Ebba.«

Tom las die Vollmacht durch und fand sie anscheinend ausreichend.

»Schön, Sara. Vielen Dank. Dann hast du hier noch einen ganzen Berg von Papieren, die du unterschreiben musst. Ich kann dich mit der Nachricht erfreuen, dass der Konzern gut läuft. Die Hälfte von dem, was du unterschreibst, sind neue Geschäftsbeziehungen.«

Sara blätterte durch den Stapel. Jede Menge Firmen, von denen sie nie etwas gehört hatte. Wahnfried AG, Pätz Mining, Tsarneft. Sollte das hier ihre Zukunft sein? Geschäfte, Kooperationen, Verträge? Sie hatte nicht die geringste Ahnung von so etwas, und sie wollte es auch nicht lernen. Sie war Polizistin, nicht irgendein Excel-Nerd. Aber wenn sie es nicht tat, dann würde es niemand tun. Mit Marie und Martin konnte man nicht rechnen. Auch wenn Eric ein böser Mann gewesen war, hatte er gleichzeitig den gesamten Konzern aufgebaut, und jemand musste die Verantwortung für den Familienkonzern übernehmen. Ebbas und Olles Erbe verwalten.

Tom suchte die richtigen Stellen für sie heraus, auf denen die Unterschrift sitzen musste, und sammelte die Dokumente wieder ein, die sie unterzeichnet hatte. Ein diskretes Knacken am Türrahmen, und Sanna schaute herein.

»Ein Anruf von Gloria.«

»Ich rufe später zurück«, sagte Tom, ohne den Fokus auf die Unterschriften zu verlieren. Sanna ging wieder.

»Ich habe gesehen, dass eine neue Frau am Empfang arbeitet«, bemerkte Sara, während sie ihre Unterschrift unter einen weiteren Vertrag setzte. Sie hoffte, dass sie neutral genug klang, als sie es sagte.

Sowohl Tom als auch Ebba sahen erst sie an und dann einander.

»Ja, genau«, sagte Tom. »Aufgrund der gegenwärtigen Situation in der Familie habe ich beschlossen, Erics Plan für Ebbas Laufbahn ein wenig zu beschleunigen.«

»Du hast sie befördert? Das war aber nett.«

»Es war alles andere als nett. Ebba hat sich als äußerst kompetent herausgestellt, und es wäre wirklich gut, wenn jemand aus der Eigentümerfamilie aktiv am laufenden Geschäft teilnehmen könnte. Jemand, der es auch *will*.«

»Und das willst du?«, fragte Sara und richtete ihren Blick auf die Tochter.

»Ja. So wollte Opa es haben.«

Ebba sah traurig aus, als sie Eric erwähnte.

»Ich bin ja inzwischen als Vorstandsvorsitzender an Erics Stelle getreten«, sagte Tom. »Und ich habe Ebba als meine Vorstandsassistentin ausgesucht.«

»Okay. Jetzt gerade eben? Von der Rezeption?«

»Seit zwei Monaten schon. Und es läuft unglaublich gut. Ich könnte mir keine bessere Hilfe wünschen.«

»Ist *Sanna* nicht deine Assistentin?«, fragte Sara.

»Doch, aber sie ist ja keine Trainee wie Ebba. Schließlich hat Eric einst bestimmt, dass Ebba Trainee werden und alles über die Firma Titus & Partners lernen sollte. Jetzt überspringen wir einfach nur die allereinfachsten Aufgaben.«

»Aber du weißt, dass du sie nicht verwöhnen musst«, wandte

Sara ein. »Du brauchst dich nicht bei der Familie beliebt zu machen.«

»Mama!«

Ebba betrachtete sie mit gerunzelter Stirn.

»Darum geht es nicht«, sagte Tom. »Nicht im Geringsten. Ebba war Erics Wahl, und ich kann nichts anderes dazu sagen, als dass es eine ausgezeichnete Wahl war.«

»Ja, also …«

Sara begegnete dem zornigen Blick ihrer Tochter. Fiel sie Ebba gerade in den Rücken? Oder war sie nur Realistin?

»Es wäre doch schön, wenn jemand aus der Familie eines Tages übernehmen könnte«, sagte Tom, beugte sich über den Tisch und sammelte die letzten unterschriebenen Dokumente ein. »Das war zumindest Erics Hoffnung. Und es gibt nur eine Methode, alles zu lernen und zu wachsen: indem man das Vertrauen bekommt, genau dies zu tun.«

Sara betrachtete ihre Tochter. War sie die Einzige, die hier noch das Kind sah, die Heranwachsende? Sahen alle anderen eine kompetente, zukünftige Vorstandsvorsitzende? Sara fiel es sehr schwer, das alles zu verarbeiten.

Das letzte Papier war unterschrieben. Sara legte den Stift von Caran d'Ache auf den Couchtisch und sah Tom an.

»Okay, das war alles?«

Tom räusperte sich leise und warf einen kurzen Blick auf Ebba, bevor er Sara in die Augen sah.

»Da wäre noch etwas.«

Tom schien sich zu sammeln, wie vor einer schlimmen Nachricht.

»Ja?«, fragte Sara.

»Ebba und ich.«

11

»Bitte, bitte, bitte. Tu es nicht! Bitte …«

Du lieber Gott.

Harald Moberg war gezwungen, den Blick aus reiner Verachtung abzuwenden.

Lars-Erik Thun war schon immer ein Schlappschwanz gewesen.

Wie konnte man so viel Angst vor einem Benzinkanister und einer Motorsäge haben? Oder vor dem nach wie vor klebrigen Blut auf dem Fußboden?

Das Video, das in dem nach Schimmel riechenden Keller an die raue Wand geworfen wurde, erschreckte Harald Moberg nicht.

August Sandin sägte den Kopf von Jan Schildt ab und schoss sich anschließend in den Schädel.

Und?

Moberg war auf Hunderten von Jagden gewesen, und der Anblick von Blut verursachte weder Angst noch Übelkeit in ihm.

Im Übrigen waren es ohnehin nur Verrückte, die mordeten, und Schwächlinge, die sich umbringen ließen. Die Stärksten überlebten.

Diese Idioten hatten keine Ahnung, dass er die Videos der Polizei gezeigt hatte, dass er vor diesen Drohungen nicht in die Knie ging. Seine Frau und seine Angestellten vermissten ihn natürlich schon und hatten längst die Polizei verständigt, die selbstverständlich schon auf dem Weg war.

Die bedeutendsten Staatsbürger wurden von den Kameraden in Blau stets priorisiert. Genau so, wie es sein sollte.

Nichts konnte ihnen passieren, das war Moberg klar. Warum sollte er weinen und sich erniedrigen? Genau das wollten sie ja, diese Kidnapper, dass sie vor ihnen im Staub krochen. Um dort um ihr Leben zu betteln.

Diese Freude wollte Moberg ihnen nicht geben. Er freute sich bereits darauf, die Polizei auf sie zu jagen. Oder noch besser, vielleicht ein paar Balten auszuleihen, die sie sich ordentlich zur Brust nahmen. Moberg hatte Kontakte.

Sie waren Tiere. Kranke Tiere. Und kranke Tiere entfernte man. Ohne Sentimentalität oder Mitleid.

Er kontrollierte seinen Anzug. Voller Flecken und zerknittert. Maßgeschneidert, aber jetzt konnte man ihn nur noch wegwerfen. Hatten diese Idioten überhaupt eine Ahnung, was der gekostet hatte? Das Hemd stank nach Schweiß. Es war warm hier unten im Keller, und die Bartstoppeln juckten. Thun hatte offensichtlich nur einen bescheidenen Bartwuchs, zusätzlich zu allem anderen, was ihn kläglich erscheinen ließ. Er sah immer noch frisch rasiert aus. Aber die Linien mit den Pünktchen von der Haartransplantation und der dunkle Fleck im Schritt sagten alles, was man über ihn wissen musste.

Die Kette rasselte, als Moberg versuchte, die Stellung zu ändern, in der er saß, aber der unglücksschwangere Laut übertönte immerhin Thuns Schluchzen.

Jetzt saß hier also Thun und hatte Angst davor, dass Moberg ihn umbringen würde, genau wie in diesen Videos, die sie zugeschickt bekommen hatten. Und dann würde er sich das Leben nehmen? Moberg hätte dem anderen erklären können, dass dieser Gedanke vollkommen absurd war, aber er genoss es, Thun eine Weile leiden zu sehen. Wenn man so schwach war, konnte man zur Strafe ruhig auch ein bisschen leiden.

Aber am Ende hatte er genug.

»Reiß dich zusammen!«, brüllte er Thun an. »Zeig mal ein bisschen Rückgrat, du benimmst dich genau so, wie sie es wollen. Du erniedrigst dich!«

»Dann lassen sie uns vielleicht gehen? Wenn sie das Gefühl haben, dass wir uns ausreichend erniedrigt haben.«

Thuns Stimme zitterte, aber schließlich konnte er den Strom der Tränen einigermaßen stoppen, und Moberg beschloss, sich ein bisschen Schlaf zu gönnen.

Mit steifem Nacken und schmerzendem Rücken wurde er von etwas Nassem an seiner Wange geweckt. Er öffnete die Augen und blickte direkt in den Schritt des maskierten Drecksacks, der sie hierher geführt hatte. Und dieses Ekel stand vor ihm und pisste ihn an.

»We have a friend for you«, sagte der Maskierte und zeigte auf die dicke Bunkertür. Moberg hob die Schulter und neigte den Kopf, um zu versuchen, ihn am Anzugstoff abzutrocknen, aber Thun, der zur Tür sah, keuchte auf.

Moberg öffnete die Augen und betrachtete Thun, der auf die Person starrte, die gerade hereingekommen war.

Thun war am Boden zerstört.

Die Tränen rannen seine Wangen herunter, und er sah auf den Boden, weigerte sich, weiter die Person zu betrachten, die sich langsam auf sie zubewegte.

»Nein, nein, nein …«, wimmerte er leise. Und Moberg wurde plötzlich ganz kalt im Leib.

12

Sara spielte den Filmausschnitt immer und immer wieder ab. Nicht um ein verstecktes Detail zu entdecken, sondern weil sie zu abgelenkt war, um sich auf dieses Video konzentrieren zu können. Dass zwei Menschen immer wieder auf dem Bildschirm auftauchten, nahm sie gar nicht wahr.

Sie konnte nur an Ebba und Tom denken.

Mehr als zwanzig Jahre Abstand zwischen ihnen, er verheiratet und Vater dreier kleiner Kinder.

Jetzt hatte er seine Familie wegen Ebba verlassen und war in die Zweizimmerwohnung der Tochter am Mosebacken gezogen. Warum?

Midlife-Crisis? Musste er sich wieder jung fühlen? Wie lange würde der gut vierzigjährige, steinreiche Vorstandsvorsitzende eines internationalen Konzerns brauchen, bis er einer egozentrischen Teenagergöre nicht mehr zuhören konnte? Und wie würde Ebba es verkraften, wenn er zur Familie zurückkehrte?

Er hatte wirklich sehr verschämt ausgesehen, und das zu Recht, fand Sara.

Für eine Sekunde stellte sie ihre eigene Reaktion infrage, während sie in ihrem Büro in der Polizeiwache von Solna saß. Fühlte sie sich vielleicht nur übergangen? Ständig waren ihr irgendwelche Männer hinterhergehechelt. Hatte jetzt Ebba diese Rolle übernommen, war Sara zu alt, um noch als attraktiv empfunden zu werden? War sie deswegen verbittert? Nein, denn in dem Fall war es einfach eine schöne Entwicklung, stellte sie fest und sah durch das ungeputzte Fenster in den Herbstregen, der dort draußen fiel. Stattdessen hatte sie Mitleid mit Ebba, die noch ein paar Jahrzehnte voller geiler Blicke und aufdringlicher Männer vor sich hatte, von denen man nie wusste, ob sie gewalttätig wurden, wenn man sie abspeiste.

Und wenn Sara ganz nüchtern über die Situation nachdachte? Dann war es keine ganz passende Idee, dass ein Vorstandsvorsitzender mit seiner eigenen Assistentin zusammen war. Zu Zeiten des Kinnevik-Chefs Jan Stenbeck hatten die Angestellten in seinem Konzern die Kündigung erhalten, wenn sie mit einer Kollegin angebändelt hatten. Und dafür gab es auch einen Grund, dachte Sara und trommelte mit den Fingern auf dem Schreibtisch. Es war natürlich schwer, den Umgang rein professionell zu halten, wenn man miteinander bumste.

Sie startete das Video erneut, nahm aber immer noch nicht richtig auf, was sie dort sah.

Carro und Peter waren zu Gustav Sjökant gefahren, der, wie Sandins Frau erklärt hatte, der Liebhaber ihres Mannes gewesen war. Drei Sachen hatten sie herausgefunden: Er war dreiundzwanzig, finanziell abhängig von August Sandin und verschwunden.

Die Frage, die sich damit ergab, war, ob er etwas mit Sandins Schicksal zu tun hatte.

Ein Dreiecksdrama?

Oder hatte Gustav August verlassen, der danach psychotisch wurde und Schildt ermordete, oder so verrückt, dass er sich vorstellte, es wäre Schildts Fehler gewesen? Hatte Sandin Gustav verletzt?

Sara fror das Bild auf dem Computer ein. Sie hatte trotz allem eine Sache bemerkt. Sie spulte ein Stück zurück und sah sich den Schluss noch einmal an. In Zeitlupe.

Als sich Schildts Kopf gerade löste, zuckte Sandin zusammen.

Fast unmerklich, aber trotzdem.

Und dann, als er sich umdrehte, um die Pistole zu nehmen, kam es tatsächlich ins Bild. In einer ganz kleinen Ecke des Videoausschnitts.

Es gab jemanden, der ihm die Waffe reichte.

Es befand sich noch ein Mensch in diesem Raum.

Aber wer?

Gustav?

War er darin verwickelt?

Wenn die beiden Toten gekidnappt worden waren, wie waren die Schuldigen dann an Sandin und Schildt herangekommen? Sandins Liebhaber konnte Sandin in eine Falle gelockt haben, aber Schildt?

Sie mussten so schnell wie möglich Bilder von Gustav besorgen, um sie Schildts Familie vorzulegen. Dann konnten sie sie fragen, ob sie diesen Mann schon einmal in der Nähe ihres Hauses gesehen hatten. Wer auch immer der Schuldige war, er musste sich die Zeit genommen haben, die Gewohnheiten der Opfer zu studieren, um an sie heranzukommen, ohne dass es jemand merkte.

Das Handy vibrierte, und auf dem Display stand »Unbekannte Nummer«. Mit dem Gedanken an die beiden toten Männer und dass sie den Kollegen davon berichten musste, antwortete Sara mit einem kurzen: »Ja?«

»Bist du auf der Arbeit?«

Sara erkannte die Stimme sofort wieder.

Taylor.

George »Jojje« Taylor Jr., der Anführer des kriminellen Netzwerks »Thugz« in Botkyrka. Mit einem Vater aus Südafrika und einer Mutter aus Kungsör. Der sich während der Ermittlungen zum Mord an Cesar Bekas ganz ungeniert an Sara herangemacht hatte, obwohl er beinahe zwanzig Jahre jünger war als sie.

Weil Sara nach der Konfrontation mit Eric zusammengebrochen war, war sie in dieser Hinsicht nicht ansprechbar gewesen.

Als sie sich aber erholte und nach wie vor schwach war, sah die Lage anders aus. Der Durst nach ein bisschen körperlicher Wärme war größer als seit Langem. Und da sie sich gegen ihren Willen von Taylors Selbstsicherheit, seinem durchtrainierten Körper und dem totalen Verbot, als Polizistin überhaupt an Sex mit einem Schwerkriminellen zu denken, in Versuchung geführt fühlte, nahm sie die Gespräche gar nicht erst an, wenn er sie anrief.

Der Botkyrkagangster hatte noch einige Wochen von sich hören lassen, hatte Nachrichten und Mitteilungen geschickt. Aber schließlich hatte er aufgegeben. Seitdem waren ein paar Monate vergangen, aber jetzt rief er wieder an, von einer unterdrückten Nummer, um seine Chancen zu erhöhen. Oder er hatte etwas Wichtiges mitzuteilen. Er hatte Sara schließlich auch mit Informationen über Bekas und die Peepshow geholfen.

»Ja«, sagte Sara nach einer ungewöhnlich langen Pause, von der sie nicht wusste, wie Taylor sie deuten würde.

»Komm raus.«

»Nein.«

»Dann komme ich rein. Ich habe Infos für dich.«

»Ich komme.«

War sie dumm, weil sie sich darauf einließ? Aber einen Informanten, bei dem sich bereits herausgestellt hatte, dass er zuverlässige Nachrichten lieferte, konnte man doch treffen, oder? Obwohl er bei der Polizei Gegenstand etlicher Ermittlungen war?

Sie beschloss allerdings, ihn sicherheitshalber nicht innerhalb der Wache zu treffen.

Sara wusste, dass Jojje Taylor seine kriminelle Karriere fortgesetzt hatte, nachdem sie den Mord an Cesar Bekas aufgeklärt hatte, und obwohl er sein legales Imperium mit Pizzerien und Bauunternehmungen stetig ausweitete, kletterte er auch in der kriminellen Hierarchie weiter nach oben. Sie beschloss, dass sie ihn näher untersuchen würde, bevor sie den Informationen nachging, die sie jetzt von ihm bekam.

Sie ging kurz zur Toilette und betrachtete sich im Spiegel. Sollte sie sich schminken? Sobald ihr der Gedanke gekommen war, wurde sie wütend auf sich selbst. Warum sollte sie sich schminken, um einen Gangster zu treffen? Und mitten in diesem Zorn über ihre Eitelkeit konnte sie nicht leugnen, dass ihr Haar jedenfalls gut aussah. Wenn auch zweifarbig.

Sara nahm den Ausgang zur kleinen, kurzen Hedvigsgatan, die an der Polizeiwache entlanglief, und schaute zuerst über den Sundbyvägen zu den Parkplätzen vor den Mietshäusern, dann nach rechts zum Amtsgericht. Aber sie entdeckte nichts. Bis sie zum Parkplatz vor dem Huvudsta-Grill und dem kleinen Park mit der Statue »Schwanger« ging, vor der sie häufig saß und nachdachte.

Das Hupen von einem metalliclila Bentley Bentayga zog ihre Aufmerksamkeit auf sich, und als sie zum Auto kam, wurde die Tür zum Beifahrersitz aufgestoßen. Auf dem Fahrersitz saß George Taylor Jr. in einem dreiteiligen mittelblauen Anzug mit einer glänzenden roten Krawatte. Genauso durchtrainiert wie zuletzt, genauso selbstsicher, mit denselben Cornrows im Haar, aber zur Abwechslung mit einem großen Verband um den Hals.

»Diskretes Fahrzeug«, sagte Sara, während sie einstieg. »Perfekt für einen geheimen Informanten. Was ist mit deinem Hals passiert?«

»Laser.«

»Okay. Hast du dich mit Darth Vader geprügelt?«

»Ich habe Tätowierungen entfernen lassen. Du weißt ja, man kann nicht in einer Besprechung mit Investoren sitzen, wenn ›Thug life‹ auf der Hand steht und eine AK-47 auf dem Hals sichtbar ist. Das wirkt nicht seriös.«

»Du willst also seriös sein?«

»Weißt du, was meine Firma umsetzt?«, sagte er und legte

seine Hand wie zufällig auf Saras Oberschenkel. »Sechzig Millionen.«

»Und wie viel davon geht auf Drogen zurück?«, fragte Sara und wischte Taylors Hand weg.

»Nichts. Alles weißer Umsatz. Du weißt schon, Restaurants, Taxiunternehmen, Chemische Reinigungen.«

»Wolltest du mir das erzählen? Dass du jetzt ein anderer Mensch bist? Du bist immer noch zwanzig Jahre jünger als ich.«

Georges Gesicht verzog sich zu einem Lächeln.

»Ich wusste, dass du an mich gedacht hast! Aber du weißt ja, ich kann vorsichtig sein. Smooth, damit keine Hüfte ausgerenkt wird. Achte auf den Oberschenkelhals. Weißt du, was eine MILF ist?«

»Weißt du, was NFAG bedeutet? Never fuck a gangster.«

»Du weißt gar nicht, was dir entgeht«, sagte George und sah ihr tief in die Augen.

»Jetzt reiß dich mal zusammen, du notgeiler Bock. Wolltest du auch irgendetwas von mir, was meinen Job betrifft?«

»Es geht eher um deine Familie.«

»Okay?«

Sara war sofort auf der Wacht. Wenn ein Krimineller anfängt, von deiner Familie zu sprechen, sollten alle Warnglocken klingeln. Sie würde nie mehr irgendeine Drohung gegen sie akzeptieren. Der Gedanke an Erics Schuss in die Wohnung in Gamla Stan, als Olle zu Hause gewesen war, machte sie immer noch rasend vor Wut. Aber der Tod des Schwiegervaters war bei dieser Erinnerung gleichzeitig leichter zu ertragen. Weil sie in Selbstverteidigung gehandelt hatte.

»Oder eher um deinen Mann.«

Sara entspannte sich ein wenig.

»Martin?« Sie sah ihn fragend an.

»Ja, oder wie viele hast du?«

Überhaupt keinen, dachte Sara, sagte aber nichts.

»Du weißt es ja vielleicht schon«, sagte George. »Aber meine Erfahrung ist, dass die Familie oft keine Ahnung hat.«

»Ahnung wovon?«

»Dein Macker hat gestern ziemlich viele Waren gekauft.«

Sara wusste, was Taylor mit Waren meinte.

»Drogen? Martin?« Sie runzelte die Stirn. »Was für Drogen?«

»Koks. Jede Menge Koks. So viel, dass es für den ganzen Stureplan reicht.«

In Saras Kopf wurde es vollkommen schwarz. So fühlte es sich jedenfalls an. Schwarz und leer, ein großer, wohlbekannter Abgrund, der sich öffnete und sie verschlucken wollte. Die Übelkeit stieg ihr den Hals hinauf. Der Vater ihrer Kinder.

Kokain.

Falls George die Wahrheit sagte. Aber immerhin würde es Martins seltsame neu entwickelte Energie erklären.

»Lange Spaziergänge.«

Mit weißem Pulver in den Nasenhöhlen.

»Woher weißt du das?«, fragte Sara nach einer langen Pause. »Hat er es von dir gekauft?«

»Von mir? Soll das ein Witz sein? Ich deale doch nicht. Ich habe eine Firma, ich bin auf dieser Seite des Gesetzes. Aber ich habe Freunde, die Freunde haben, also erfahre ich das meiste. Du weißt ja, die Leute aus den Vorstädten verkaufen auch in der Stadt, und in den feinen Quartieren sind die Leute immer scharf darauf. Er hängt jetzt in Bromma, oder?«

George musterte Sara mit einer interessierten Miene, den Kopf leicht geneigt. Dann legte er seine Hand auf ihre, und sie machte keine Anstalten, sie wegzustoßen.

»Habt ihr euch gestritten? Ihr wohnt nicht zusammen.«

»Das geht dich nichts an.«

Sara zog ihre Hand so schnell weg, dass auch Georges Hand verschwand.

»Ich dachte nur, dass du vielleicht manchmal Hilfe brauchst«,

sagte er und lächelte sie an. »Beim Heben schwerer Sachen oder
wenn das Wi-Fi streikt. Technische Dinge. Da kann man einen
Mann gebrauchen. Und auch für andere Dinge, die man so
braucht. Ich bin bei allem sehr gut.«

»Es gibt nur eine Sache, die du nicht kannst.«

»Okay?«

»So leben, wie du lebst, ohne mich zu verachten.«

13

Nachdem der Doppeldecker von der Sightseeingfirma Toot-Bus die Victoria Station passiert hatte, wurde er von einem provisorischen Verkehrsschild darüber unterrichtet, dass man im Augenblick nicht nach rechts von der Belgrave Road in die Ebury Street abbiegen durfte. Der Busfahrer Des hatte keine andere Wahl, als geradeaus über den Chester Square weiterzufahren.

Des fluchte vor sich hin. Sein Gehalt hing davon ab, dass er die Zeiten einhielt. Aber er konnte nicht viel tun. Die Touristen, die in seinem Bus saßen und auf London schauten, schienen die Verspätung nicht zu bemerken. So war es eben. An manchen Tagen ging alles schief.

Ganz hinten auf dem offenen Oberdeck saß eine ältere Frau mit einem Mantel, einem Hut und einer Handtasche. Mit der Kamera und dem Fernglas in der Hand und der Karte des Busunternehmens aufgeschlagen auf dem Schoß. Niemand beachtete Agneta, als sie dort saß und die Gebäude, an denen sie vorbeikamen, fotografierte und genauestens beobachtete. Niemand ahnte, dass sie das Schild aufgestellt hatte, das den Bus zu diesem Umweg zwang.

Während sie dort saß, dachte sie an die Nacht mit Jurij zurück. Das Gerücht um die Hoden hatte gestimmt, aber das hatte ihn nicht gehindert. Ganz im Gegenteil schien es genau das zu sein, was ihn anspornte, es mit allem, was ihm verblieben war, zu kompensieren. Ausnahmsweise fand Agneta, dass die Schmerzen im Körper ein billiger Preis waren, den sie für die körperliche Anstrengung bezahlen musste.

Dreißig Jahre waren vergangen, seit sie sich zum letzten Mal gesehen hatten. Sie waren seitdem natürlich beide reichlich gealtert, trotzdem hatte er sich exakt so wie damals angefühlt. Dieselben starken Hände, immer noch ein durchtrainierter Körper, obwohl er nicht mehr so steinhart muskulös war. Die Art, sich zu bewegen, die Art, sie zu berühren. Alles war gleich geblieben. Gemeinsam war es ihnen gelungen, sich von den Fesseln der Zeit zu befreien. Und sie waren sich wie zwei freie Individuen begegnet.

Er war im Morgengrauen aufgestanden und verschwunden, wie immer rund um die Uhr beschäftigt. Genauso zielstrebig wie früher, obwohl er bereits über siebzig war. Aber seit dem Fall der Sowjetunion waren es Geschäfte anstelle der Verbreitung des Kommunismus, die auf der Tagesordnung standen, und das war tatsächlich bedeutend besser. Agneta war von Jurijs Personal, das ins Haus zurückgekehrt war, bevor sie erwacht war, ein überbordendes Frühstück serviert worden. Sie hatte die späte Morgenmahlzeit in aller Ruhe genossen. Danach hatte sie sich eine Massage von Jurijs persönlichem Masseur geben lassen und ein langes Bad in der riesigen Wanne genommen. Niemand hatte irgendwelche Fragen gestellt. Agneta hatte sich selbst gefragt, wie oft sie weibliche Nachtgäste von Jurij auf diese Weise versorgten. Wie oft diese Frauen in ihrem Alter waren und wie häufig doch bedeutend jünger.

Jetzt saß sie oben in dem Sightseeingbus und musterte die Häuser, an denen sie vorbeikamen.

Dort vorne lag es.

Sie sah sich in unterschiedliche Richtungen um, damit sie der Kameraüberwachung oder den bewaffneten Sicherheitsleuten nicht auffiel. Was sie interessierte, war das große weiße Haus am Ende der Baureihe auf der anderen Seite der Straße. Die Überwachungskameras und Sicherheitsleute, die stets alle beobachteten, die vorbeikamen, selbst auf der anderen Seite der Straße.

91

Hoffentlich waren sie weniger misstrauisch gegenüber einem Bus voller Touristen. Der Umweg und die Autoschlangen gaben ihr genug Zeit, um sich einen ersten Eindruck von dem Haus zu verschaffen. Wie viele andere Gangstermilliardäre war das Objekt gezwungen, ein Haus für mehrere Millionen Pfund hier in Belgravia zu besitzen.

Niemand wusste, wann er dort war, so viel hatte sie verstanden. Aber es war das Haus, in dem er am längsten blieb, laut Schönberg. Manchmal ein paar Tage hintereinander. Das verschaffte ihr eine größere Chance, genau an diesem Ort erfolgreich zu sein. Die Frage war nur, auf welche Weise.

Als Scharfschützin?

Agneta drehte den Kopf und musterte die Dächer in der Umgebung. Wäre möglich. Auf der anderen Seite hatte er vermutlich überall Leibwächter um sich herum. So viele, dass es vielleicht nicht möglich war, sich bis zu ihm durchzuschießen. Die Fluchtwege von den Dächern waren ebenfalls nicht optimal.

Und auf die alte Tante mit der Handgranate würden sie seit gestern nicht mehr hereinfallen. Die Gerüchte um neue Angriffsformen verbreiteten sich sofort unter den bedrohtesten Objekten.

Das ganze Haus zu sprengen würde Schönberg niemals akzeptieren, dann bekämen die Deutschen bestimmt Ärger mit den Briten.

Anscheinend besuchte er auch niemals festliche Anlässe. Andere Gangsterkönige liebten es, sich mit königlichem Geblüt und Prominenten zu umgeben, er allerdings nicht.

Die Kinder zu entführen war auch keine Idee. Sie waren ihm egal. Und er hatte jede Menge.

Es würde viel schwerer werden als bei Romanowitsch.

Bedeutend schwerer.

Am Marble Arch stieg sie aus dem Bus, achtete darauf, niemandem in die Augen zu sehen und den Kopf gesenkt zu halten, um nicht von einer der Kameras erfasst zu werden, die überall in der britischen Hauptstadt herumstanden.

Agneta sah zum Hyde Park hinüber und zu den Rasenflächen, die von Laub bedeckt waren. Überall Menschen, mehrere mit dunkelgrünen Harrods-Tüten in den Händen.

Schönberg hatte erzählt, dass Agnetas kleines Täuschungsmanöver eine diplomatische Krise zwischen den USA und Großbritannien ausgelöst habe. Die Frau, die Agneta zu Vicky geschickt hatte, war eine Lady Edna Hawthorne, Gattin von Lord Hawthorne. Der eng mit dem englischen Königshaus befreundet war. Es war ein unglaubliches Chaos ausgebrochen mit offiziellen Protesten, angedrohten Ausweisungen und Handelsboykotten, bevor sie freigelassen worden war. Und davor war sie anscheinend noch übel behandelt worden. Die Russen sagten, dass Gangster dahintersteckten, über die sie keine Kontrolle hätten. Ein missglückter Überfall. Aber der Kreml hatte sie in weniger als einer Stunde freibekommen, als sie begriffen hatten, wer sie wirklich war. Und wenn ihr Mann nicht diese Verbindungen gehabt hätte, wäre sie wahrscheinlich niemals freigekommen.

Diese Vicky, die Schönberg sich geliehen hatte, um Agneta nach dem Mord an Romanowitsch bei der Flucht zu helfen, hatte offensichtlich ein Doppelspiel getrieben und auch für die Russen gearbeitet. Schönberg hatte ihr erzählen können, dass es der militärische Geheimdienst GRU war, der sie beschäftigte. Ein kleines Spezialkommando, 11955, das ausschließlich für sogenannte nasse Jobs im Ausland zuständig war. Sie wollten sich offensichtlich gerne als Spezialeinheit sehen, waren aber nicht so kompetent, wenn es darauf ankam. Brutal, aber amateurhaft. Sie waren offensichtlich auch ganz scharf darauf, sich das Attentat auf Romanowitsch anzuheften. Agneta war nämlich das geglückt, was ihnen mehrere Male misslungen war. Vier Mal hatten sie versucht, an den zum Tode verurteilten Oligarchen heranzukommen. Jetzt liefen sie Gefahr, vor ihren Auftraggebern im Kreml als unfähig dazustehen, und nach dem Debakel mit Lady Edna sah die Lage noch finsterer aus. Also wollten sie sich rächen und hatten einen Preis auf Agnetas Kopf ausgesetzt. Zehn Millionen Pfund an denjenigen, der sie ihnen übergab. Glücklicherweise war Jurij viel zu reich, um an diesem Geld interessiert zu sein. Ansonsten hätte Agneta sich nicht ganz sicher sein können, dass ihre jahrzehntelange Beziehung mehr wog als die Belohnung.

Der einzige Lichtblick bestand darin, dass Agnetas am Tatort hinterlassene Perücke zumindest die britische Polizei getäuscht hatte. Ihre Theorie lief darauf hinaus, dass eine jüngere Kraft sich als ältere Dame verkleidet hatte, und man suchte die Auftraggeber unter den Konkurrenten des Opfers.

Und Agneta hatte es trotz allem geschafft, nach dem Anschlag auf Romanowitsch unterzutauchen. Das war ein echter Sieg.

Ein deutlicher Beweis dafür, dass sie nach wie vor ihren Beruf beherrschte.

Sie hatte das Gefühl, dass Schönberg sie testen wollte. Dass er sehen wollte, in welcher Form sie nach all diesen Jahren war. Und weil sie nicht die geringsten formalen Anknüpfungspunkte an den deutschen Geheimdienst BND hatte, war es für den Deutschen risikolos, sie zu benutzen. Sie hinterließ keine Spuren. Nach dreißig Jahren Inaktivität existierte sie in keiner Datenbank. Sie war unsichtbar.

Und jetzt hatte sie sich würdig erwiesen, den großen Auftrag zu übernehmen.

Der Werwolf.

Der Mann, der unmöglich zu töten war.

Hunderte von Menschen arbeiteten daran, ihn um die Ecke zu bringen. Sowohl Geheimdienste als auch Söldner, angeheuerte Terroristen genauso wie politische Gruppierungen.

Aber Schönberg hatte das Gefühl, dass Agneta den Eingang finden konnte, den kein anderer entdeckte. Genau wie bei Romanowitsch.

Und Agneta hatte akzeptiert.

Zu Beginn hatte sie sich gefragt, warum sie dabei eigentlich mitmachte. Aus Berufsstolz? Oder war ihr Ego einfach so groß, dass sie glaubte, außer ihr würde es ohnehin niemand schaffen? Oder lediglich aufgrund fehlender Alternativen? Denn sie hatte ja sonst nichts, was sie sich vornehmen konnte. Als offizielle Tote, die nicht wiedererweckt werden konnte. Vielleicht war es ein Protest gegen das Altern an sich, vielleicht weigerte sie sich einfach nur, ihre Grenzen zu akzeptieren.

Nach so vielen Jahren in der Warteschleife lag, warum auch immer, eine gewisse Faszination darin, in den aktiven Dienst zurückzukehren.

Und ganz egal, was sie dazu antrieb, sie hatte zu dem Auftrag Ja gesagt.

Einem reinen Selbstmordkommando.

Wenn sie Glück hatte, würde sie zumindest schnell sterben.

14

Warum hatte sie Anna und Lina zu sich nach Hause eingeladen? Eigentlich wollte sie jetzt ihre Ruhe haben.

Sie musste alles erst verdauen, das Geschehene einordnen. Vieles schwirrte ihr im Kopf herum, als Sara vom Parkplatz unter dem Slottsbacken nach Hause ging.

Martin und das Kokain. Sollte sie ihn anzeigen? Ihm die Drogenfahndung auf den Hals hetzen? Reichte es nicht, dass sie schon seinen Job auf dem Gewissen hatte?

Aber sie musste etwas gegen seinen Drogenkonsum unternehmen, auf irgendeine Weise. Ihre Kinder sollten keinen Kokser als Vater haben.

Ebba und Tom. Ging sie das etwas an? Wenn Tom sich einfach nur eine Weile mit einem jungen Mädchen amüsieren wollte, war das dann nicht ein Teil der Schattenseiten des Lebens, die Ebba damit kennenlernen würde? Sara konnte ihre Tochter nicht vor allem schützen. Und vor allem wollte gerade Ebba das auch gar nicht.

Die Verantwortung für Erics gesamten Konzern zu übernehmen, war ebenfalls schwer. Sie verstand nicht viel vom Geschäftsleben und hatte das Gefühl, dass sie sich zumindest die Grundlagen beibringen sollte. Aber momentan war sie dankbar, dass sich Tom um alles kümmerte. Hauptsache, er kam nicht auf die Idee, die Firma zu verlassen, wenn Sara wegen Ebba ein ernstes Wort an ihn richtete.

Verdammt, jetzt müsste sie davor auch noch Angst haben. Zwei schwarze Punkte tanzten am Rand ihres Sichtfelds. Sara erkannte sie sehr gut als erstes Anzeichen beginnender Kopfschmerzen wieder.

Außerdem verspürte sie das Bedürfnis, für sich selbst herauszufinden, ob nicht eine kleine Spur Eifersucht auf Ebba irgendwo in ihr begraben lag.

Auf das junge Alter der Tochter, auf Toms Liebe oder darauf, dass sie so viele Männer in ihrem Leben hatte, die ihr helfen wollten. Erst Martin und Eric, jetzt kam noch Tom dazu. Sara hatte niemals Hilfe von einem Mann bekommen. Jedenfalls nicht, ohne dass der Mann dabei Hintergedanken gehabt hatte.

Sara betrachtete die Menschen, die ihr entgegenkamen. Eine Mischung aus ausländischen Touristen, die der schwedischen Herbstdunkelheit trotzten, bildungshungrigen Rentnern, die sich Stadtführungen angeschlossen hatten, und hippen Bürohockern, deren bald insolvente Agenturen ihnen Firmenräume in diesem historischen Teil der Stadt beschafft hatten. Menschen ohne Sorgen. Sie wusste natürlich, dass es nicht so war. Die allermeisten verbargen ihre Nöte tief in ihrem Inneren und zeigten der Umwelt eine unbekümmerte Fassade. Weil Menschen, die offen ihre Sorgen teilten, als unerträgliche Querulanten erlebt wurden. Aber welche Leiden diese Menschen auf der Straße auch immer durchlitten hatten, das Leben ging doch weiter. Die Jahre rannen vorbei, bald waren die Gequälten fort und damit auch ihr Schmerz. Es gab etwas Wohltuendes in der schwindelerregenden Perspektive, die dieser Stadtteil bot. Etwas Verzauberndes an der Zeitreise, die eine Wanderung durch Gamla Stan bot. Sara überquerte den Stortorget und dachte an das Blutbad von Stockholm, als Hunderte von Bewohnern aus reiner Willkür vom dänischen König Kristian II. hingerichtet worden waren. Abgetrennte Köpfe waren zu Hügeln gestapelt worden. Angehörige hatten aus Verzweiflung geschrien. Das Blut war in Strömen über den Marktplatz geflossen, nun aber seit einem halben Jahrtausend weggespült. Sie dachte an die Hunderttausende von

Menschen, die den Marktplatz seitdem überquert hatten. Gelebt, gestorben und vergessen, während die Häuser stehen blieben und die Pflastersteine der Straße dieselben blieben.

Dann machte sich die Neuzeit wieder bemerkbar. Sara erinnerte sich, dass auch Mazzella angerufen hatte. Der Kollege von der Citywache, der seine Ermittlungen über Saras Einbruch beim Escortmädchen Nikki X eingestellt hatte. Jetzt fand er, dass Sara ihn vielleicht an einem Abend auf ein Glas Wein einladen könnte, als verspäteten Dank. Er hatte sogar ein »Ich habe gehört, dass du dich getrennt hast« eingeflochten. Sara fühlte sich wie eine Sterbende in der Wüste, über deren sechsundvierzigjährigem Körper die Geier lustvoll kreisten.

Und dann noch George. George Taylor Jr. »Jojje«. Der niemals aufgab. Was glaubte er eigentlich? Dass alle Frauen auf Gangster ansprangen?

Hatte er über Martin und das Kokain gelogen, nur um ihn anzuschwärzen und sich an Saras Unterwäsche zu schmuggeln? Das wäre in dem Fall eine idiotische Taktik.

Aber warum gab er nicht auf? Sara war keines der Mädchen, mit denen er sich vermutlich in Schwärmen umgab. »Von denen habe ich schon Hunderte gehabt«, hatte er über diese Art von Mädchen gesagt. Und das stimmte wohl auch. Aber warum hatte Sara es sich gemerkt? Und warum machte seine Sturheit sie an und nicht wütend?

Scheiße. Sie kam mit ihren eigenen Gedanken nicht zurecht. Vielleicht war es gut, dass die Mädchen zu ihr kamen und sie dazu brachten, sich auf etwas anderes zu konzentrieren. Ein Bechdelabend, bei dem sich kein Gespräch um Männer drehen würde.

Dass sie im vergangenen Halbjahr mehrere Male so nahe am Tod vorbeigeschrammt war, hatte sie vielleicht mehr beeinflusst, als sie zugeben mochte.

Sie war krankgeschrieben gewesen, hatte meditiert, sich ausgeruht, mit einer Therapeutin gesprochen, aber es saß tiefer, als sie gedacht hatte. Vielleicht würde sie nie wieder dieselbe werden?

Nein, wie sollte sie auch?

Die Frage war nur, was sie stattdessen werden sollte.

Sara ging am Vapiano in der Munkbrogatan vorbei und kaufte sich drei Campanelle mit Crema di funghi. Sie konnte gerade kein Essen kochen, und Anna war kein anspruchsvoller Gast. Lina war als Kellnerin vielleicht schlimmer. Sie hatte sich womöglich an ein gewisses Niveau von Kochkunst und Bedienung gewöhnt. Aber scheiß drauf.

Oben an der Wohnungstür sah sie, dass das Haar, das sie mit Labello über dem Türspalt befestigt hatte, verschwunden war.

Jemand musste die Tür geöffnet haben.

Seit Eric alias Faust in ihre Wohnung geschossen und eine Leiche vor der Tür hinterlassen hatte, sorgte sie dafür, dass verschiedene Sicherheitsmaßnahmen eingehalten wurden. Eine von ihnen war es, die Kontrolle darüber zu behalten, ob jemand in die Wohnung gegangen war. Eine gewöhnliche Überwachungskamera wäre natürlich einfacher, aber die konnte man überlisten.

Sie stellte den Pastakarton ab und legte die Hand auf die Dienstpistole.

Dann schob sie die Tür langsam auf und ging so leise wie möglich in die Wohnung. War jemand hier gewesen?

Das Rätsel fand schnell seine undramatische Lösung.

Im Wohnzimmer saß Olle mit seinem Laptop auf dem Schoß, so absorbiert von dem, was auf dem Bildschirm zu sehen war, dass er nicht antwortete, als Sara ihn grüßte. Sie ging nach draußen und holte die Pasta herein. Der Sohn war immer noch vollkommen abwesend.

»Hast du gelesen, dass man LSD in Zeckenimpfstoff gefunden hat?«, fragte Sara.

»Was?« Olle sah von dem Bildschirm hoch. »Ist das wahr? Hat etwa die Regierung …«

Die Finger ratterten eifrig auf der Tastatur. Das war anscheinend hochinteressant.

»Es war nur ein Witz«, sagte Sara. »Ich wollte nur deine Aufmerksamkeit.«

Olle sah seine Mutter an.

»Oder hast du zu viel erzählt und bereust es jetzt? Als Polizistin könntest du so etwas ja wissen.«

Olle sah todernst aus.

»Jetzt ist aber mal gut. LSD in Zeckenimpfstoff? Warum sollte …«

»Ich habe auch nur einen Witz gemacht.«

Olle lächelte, und Sara atmete erleichtert aus. Irgendeine Grenze musste es schließlich auch für Verschwörungstheorien geben. Dann ließ sie sich auf das Sofa sinken und warf die Pastaschachteln auf den Couchtisch.

»Ich wusste nicht, dass du zu Hause bist, deswegen habe ich nur drei gekauft. Anna und Lina kommen.«

»Schon okay. Ich habe ein paar Butterbrote gegessen. Das Brot ist jetzt alle.«

»Hatten wir heute Morgen nicht einen ganzen Laib?«

Olle zuckte mit den Schultern, starrte weiter auf den Computer.

»Wie viele Butterbrote hast du eigentlich gegessen?«, wollte Sara wissen.

»Weiß nicht, vielleicht fünf oder zehn. Zwölf. Ach so, der Käse ist auch alle.«

Sara betrachtete ihren allem Anschein nach unterernährten Sohn. Wie würde er es aufnehmen, wenn er erfuhr, dass sein Vater nicht nur Morphin, sondern jetzt auch Kokain missbrauchte? Martin, der immer Olles bester Kumpel gewesen war, eher ein großer Bruder als ein Vater. Olle schien bereits ziemlich mitgenommen davon, dass Martin nicht zu Hause wohnte, was sie damit erklärten, dass Marie, die in Rente war, mehr Zeit als Sara hatte, sich nach seinem nervlichen Zusammenbruch um Martin zu kümmern. Aber wie würde er seinen Vater betrachten, wenn er als Junkie entlarvt wurde? War es da nicht besser, dass Olle ein falsches Bild seines Vaters behielt, wenn er sich damit besser fühlte?

Und warum mussten alle anderen Sara das Leben schwer machen? Reichte es nicht, was sie selbst damit anstellte?

Es klingelte an der Tür, und Sara ging hin, um Anna und Lina einzulassen. Sie hatte das Gefühl, dass Lina sie und Anna sehr eingehend musterte, als sie ihrer Freundin eine Begrüßungsumarmung gab. Aber das war bestimmt Einbildung.

Anna hatte ihren Stil geändert, bemerkte Sara. So war die Liebe. Zumindest zu Beginn.

Lina, die die Jüngste in der Gesellschaft war, trug Stiefel von Dr. Martens und eine Camouflagehose. Anna hatte ihre gewohnte braune Cordhose und den blauen Collegepulli gegen schwarze Jeans und ein schwarzes T-Shirt mit Ruby-Rose-Aufdruck getauscht.

Und dann trugen beide eine glänzende, weinrote Pilotenjacke von Alpha Industries.

»Ich weiß«, sagte Anna. »Die gleiche Jacke. Cheesy. Aber sie war so hübsch, dass wir sie beide haben wollten.«

»Also ich finde das ein bisschen süß«, sagte Lina.

»Auf jeden Fall«, sagte Sara, ohne es zu meinen. »Abholessen, ich hoffe, das ist okay. Ich schaffe es einfach nicht, zu kochen.«

»Kein Problem. Hauptsache, du hast Wein«, sagte Anna mit einem Lächeln.

»So viel du willst.«

Besser gesagt, Martin hatte so viel sie wollte.

Sie legten ab, und Anna zitterte ein bisschen, als sie die Schuhe auszog.

»Brr. Es wird jetzt wirklich kalt.«

»Ja, du fängst ja schon im September mit einer Mütze und langen Unterhosen an«, sagte Sara und grinste.

»Super. Danke schön. Zerstör einfach mein Image als Sexobjekt.« Anna spielte die Verletzte.

»Du bist ausgesprochen hübsch in langen Unterhosen«, sagte Lina und gab Anna einen Kuss.

»Ihr wohnt aber cool«, sagte sie schließlich und sah sich um. »Du hast Mann und Kinder, oder?«

»Zwei Kinder. An der Männerfront sieht es eher unsicher aus.«

»Okay?«

»Lange Geschichte.«

»Und du bist angeschossen worden.«

»Lina!«, rief Anna aus.

»Das macht doch nichts«, sagte Sara beruhigend. »Es stimmt ja auch. Ich habe jede Menge ziemlich unangenehmer Sachen erlebt.«

»Auch mit einem Spion?«

»Nein, lasst uns doch über etwas Lustigeres sprechen«, mischte sich Anna ein.

»Ja. Kommt rein!«, sagte Sara und nickte zum Wohnzimmer, während sie die identischen Jacken aufhängte.

»Können wir im Turmzimmer sitzen?«, fragte ihre Freundin.

Einen kurzen Moment stutzte Sara.

Ganz oben in der Wohnung gab es einen Turm mit einer Aussicht in alle Himmelsrichtungen. Dort oben pflegten Sara und Anna sonst zu sitzen, wenn sie einen Wein tranken und über das Leben redeten. Mit allen Dächern um sich herum, dem Wasser von Slussen unter ihnen und der Tyska Kyrkan direkt nebenan, schenkte einem dieses Turmzimmer das Gefühl, dass einem die Welt gehörte. Es wurde erzählt, dass ein früherer Besitzer nach dem Zweiten Weltkrieg hier oben Nazis auf der

Flucht versteckt hatte. Und Anna sagte immer, dass sie die Energien spürte, die durch diesen Raum flossen, womit Sara sie aufzog. Eigentlich gehörte das Turmzimmer nur Sara und Anna, weder Martin noch die Kinder durften es benutzen. Aber jetzt hatte Anna sich in eine feste Beziehung begeben, aus zwei waren drei geworden, dachte Sara. Also schön …

»Natürlich«, sagte sie. »Wo sollten wir denn sonst sitzen? Kommt.«

»Wartet«, sagte Anna plötzlich und blieb mitten im Gehen stehen. »Hier ist etwas anders. Eine andere Energie.«

»Hör jetzt auf, Dostojewski«, meinte Sara.

»Ha, ha«, antwortete Anna ironisch.

»Wieso Dostojewski?«, fragte Lina mit gerunzelten Augenbrauen.

»Ich nenne Anna Dostojewski, weil sie mit Verbrechen und Strafe arbeitet und überall böse Geister spürt. Und in solchen Situationen lässt sie mich an den *Idioten* denken.«

»Sehr witzig«, brummte Anna schmollend.

»Aber hallo«, sagte Lina, bückte sich und tätschelte Walter, der um ihre Beine strich. »Habt ihr eine Katze?«

»Walter.« Sara nickte. »Vielleicht hast du ja ihn gespürt?«

»Walter ist keine fremde Energie«, sagte Anna in dem schnuckeligen Babyton, den die meisten benutzten, wenn sie mit einem Haustier redeten.

Dann wurde sie von einem Akkord übertönt, der die Scheiben zum Erzittern brachte, gefolgt von einer rauen Stimme, die gequält herauskrächzte: »It's been seven hours and fifteen days …«

»Verdammt, wie klingt das denn«, sagte Anna und hielt sich die Ohren zu.

Walter rannte davon, um dem Lärm zu entkommen, und Sara ging zum Fenster und sah auf den Kornhamnstorg herunter.

Vor einem großen Kastenwagen mit offenen Hintertüren

standen ein paar ordentliche Verstärker, ein Schlagzeug und eine Hammondorgel mitten auf dem Platz. Und das komplette Ensemble von C.E.O. Speedwagon, Martins drollig benannter Garagenband, die aus ihm selbst und seinen alten befreundeten Geschäftsführern bestand.

Nicke, Stoffe und Robban misshandelten Sinéad O'Connors alten Hit mit ihren Instrumenten, während Martin den Text herausbrüllte und seine Augen auf das oberste Stockwerk gerichtet hielt, in dem Sara stand.

»Ist das Martin?«, fragte Anna mit mitleidigem Blick.

Sara nickte grimmig.

»Nooothing compares, no-*thing* compares – to youuuuu …«, schepperte es durch das schusssichere Glas.

»Du musst runtergehen. Er wird nicht von selbst aufhören.«

»Doch«, sagte Sara, nahm das Telefon und rief die Polizei an. »Hallo, ich heiße Sara Nowak und wohne am Kornhamnstorg. Da haben ein paar Leute unten auf dem Platz die Idee gehabt, sich als Beatles aufzuspielen, falls Sie deren Auftritt auf einem Hausdach kennen. Scheißegal, jedenfalls stören sie das gesamte Viertel, es wäre schön, wenn sich jemand darum kümmern würde.«

Irgendwann in früherer Zeit hätte sie vielleicht gedacht, dass eine solche Geste romantisch wäre. Jetzt aber nicht mehr. Zum einen näherte sich Martin mit Überschallgeschwindigkeit dem fünfzigsten Geburtstag, zum anderen glaubte Sara, dass George in puncto Kokain die Wahrheit gesagt hatte. Und in diesem Fall war das Konzert nur ein Ausschlag der künstlichen Energie, die ihm das Schnupfen eingab.

»Kommt jetzt«, sagte Sara. »Ich bin hungrig. Und durstig.«

Sie gingen los, aber Anna hielt erneut inne, beugte sich hinunter und hob etwas vom Boden auf.

»Hier«, sagte sie und reichte es Sara, die es anschaute. Ein Foto von ihr als Jugendliche.

»Wartet mal«, sagte sie zu den Frauen und ging ins Wohnzimmer. »Olle, hast du ein Bild von mir aus dem Fotoalbum genommen?«

»Was? Warum sollte ich das tun?«

»Was weiß ich?«

Sara ging ins Büro und zog das Fotoalbum heraus, das ihre Kindheit und Jugendjahre dokumentierte. Sie besaß nicht viele Bilder aus dieser Zeit, und diese wenigen lagen ihr sehr am Herzen.

Sie schlug das Album auf, um das Bild zurückzustecken, und bemerkte dabei, dass es ganz viele leere Stellen gab.

Jemand hatte mehrere Fotos aus dem Album genommen.

Bilder von einer jungen Sara.

Wer hatte das getan?

Und warum?

15

»Hinein mit euch, rückt zusammen, wir brauchen Platz! Schließt die Türen, alle Handys aus! Okay, alle Augen zu mir!«

Der Oktobermorgen bot unerwartet viel Sonne, die schüchtern durch die Jalousien hereinsickerte, vielleicht als Kompensation für das deprimierende Szenario, das sich in dem Zimmer abspielte.

Heidi Dybäck hatte sich auf einen Stuhl vor dem Whiteboard im Besprechungsraum geworfen. Sie streckte die Arme vor sich aus und wedelte etwas planlos mit den Händen herum, als wollte sie die schlechte Imitation eines Chorleiters hinlegen. Neben ihr stand ein verschwitzter und übergewichtiger Mann in einem ungebügelten, fleckigen Hemd und einem zerknitterten Anzug. Mit einem Pony, der ihm ständig in die Augen fiel und den er deshalb auf eine Art zur Seite wegstrich, die er seiner Miene nach zu urteilen sinnlich fand.

Als der letzte Polizist im Raum war, schloss jemand die Tür, und Heidi ließ einen verbissenen Blick über die Versammelten schweifen.

Etwas sehr Ernstes musste passiert sein.

Anna und Sara zischten einander Vermutungen zu. Terroranschläge, Politikermorde, Atomkatastrophen.

Heidi hielt eine Ausgabe des *Aftonbladet* in die Luft, deren Vorderseite von der Schlagzeile »Direktor ermordet Ex-Außenminister« dominiert wurde. Die beiden ersten Worte waren natürlich bedeutend größer als die folgenden, und die Vorsilbe »Ex« so klein, dass sie kaum zu sehen war. Unter der Überschrift sah man ein körniges Standbild aus dem Video mit Sandin und Schildt, bei dem der Erstgenannte eine Motorsäge an den Hals des anderen legte.

»Wie ist die Zeitung an dieses Video gekommen?«

Heidi ließ die Worte in der Luft hängen, während sie mit einer anklagenden Miene die Polizisten musterte.

»Dieselbe Person, die es an Moberg geschickt hat, hat sich auch an die Presse gewandt?«, schlug Anna vor. Heidi schüttelte abweisend den Kopf.

»Warum sollte sie damit bis jetzt gewartet haben?«

»Frag sie.«

Heidis Augen feuerten Blitze auf Peter, der natürlich derjenige war, der einen solchen Scherz riskierte.

»Dass das Video draußen ist, ist hier nicht das Wichtigste«, fuhr der Duce der Solnapolizei fort. »Sondern dass ein Polizist geheimes Ermittlungsmaterial an die Presse herausgegeben hat.«

»Wenn es so wäre«, sagte Sara und nahm die verbissenen Mienen im Raum auf.

»Der Journalist hat mich angerufen und versucht, ein Zitat zu bekommen, das er drucken könnte, aber ich habe nur ›kein Kommentar‹ geantwortet. Absolut keine Kommentare, weder zu den Massenmedien, den Freunden oder den Kollegen. Unsere Juristen konnten die Veröffentlichung nicht stoppen, also hat derjenige, der das Video dem *Aftonbladet* zugespielt hat, einen riesigen Schaden angerichtet.«

»Auf welche Weise?« Sara fragte sich aufrichtig, worüber sich Heidi Hitler so aufregte.

»Auf welche Weise?« Heidi starrte sie an. »Das ist das Dümmste, was ich je gehört habe. Stellst du das gesamte Polizeiwesen infrage? Erklärst alle deine Kollegen zu Idioten?«

»Nein. Ich fragte nur, wie dieser Riesenschaden entstanden sein soll, nur weil das Video an das *Aftonbladet* gegangen ist.«

»Ich habe gehört, was du gesagt hast«, grummelte die leitende Ermittlerin.

»Und warum bist du so überzeugt davon, dass einer oder eine von uns dieses Video weitergegeben hat?«

»Ich werde dieser Sache auf den Grund gehen. Undichte Stellen zur Presse sind vollkommen unakzeptabel. Das hier ist Eger Nilsson.« Heidi ignorierte Saras Frage und zeigte auf den mittlerweile noch verschwitzteren Mann neben sich. »Er ist aus Göteborg ausgeliehen, um der Sache nachzugehen. Es ist wichtig, dass es jemand von außen ist, ein unabhängiger Polizist ohne Loyalitäten oder Freundschaften, der sich um das Problem kümmert.«

Sara dachte im Stillen, dass dieser Eger tatsächlich wie jemand aussah, dem Loyalitäten und Freunde fehlten. Wie war es überhaupt möglich, in einem Oktober so verschwitzt auszusehen?

»Können wir nicht einfach an dem Fall weiterarbeiten?«, schlug Anna vor, während die Kollegen zustimmend nickten.

»Jetzt, wo das Video draußen ist, werden die Zeitungen schreien, warum wir den Fall noch nicht gelöst haben«, sagte Sara.

»Man muss sich zu zweihundert Prozent auf die Polizei verlassen können«, lautete Heidis Antwort. »Unsere Ehre ist hier das Wichtigste.«

Eger räusperte sich und ergriff das Wort, ohne jemandem in die Augen zu sehen.

»Ich muss eure Computer und eure Handys durchgehen. Niemand von euch darf irgendwelche elektronischen Apparate benutzen, bevor ich sie durchgesehen habe.«

»Wir werden diesen Papierkorb herumschicken«, sagte Heidi und hielt einen der Papierkörbe aus grauem Plastik aus dem nichtssagenden Besprechungsraum hoch, allerdings hatte sie die Mülltüte herausgenommen. »Alle legen ihre Handys hier herein.

Schreibt den Namen, die Codes für das Telefon und die Passwörter für eure Computer auf den Block, den ich euch geben werde. Dann warten wir gemeinsam in diesem Zimmer hier, bis Eger die Untersuchung durchgeführt hat. Wer gecleart ist, bekommt sein Handy zurück und kann auf seinen Platz gehen.«

Ein langes Schweigen, während alle Polizisten darüber nachdachten, ob Heidi Dybäck es wirklich ernst meinte.

Sie tat es.

Der Reihe nach resignierten sie, legten ihre Handys in den Papierkorb, schrieben ihre Angaben auf Zettel und setzten sich wieder hin, um zu warten. Auf die unbequemen Plastikstühle am Besprechungstisch, solange sie reichten, und dann auf den Fußboden.

Eger verschwand nach draußen. Sara ließ sich auf den Boden sinken und lehnte sich an die blassgelbe Wand. Ein tiefes Seufzen. Dann wandte sie sich an Anna.

»Du, tut mir leid, dass ich gestern ein bisschen langweilig war. Mich hat einfach nur eine Sache gestört.«

Sara hatte die verschwundenen Fotos nicht vergessen können, und obwohl sich alle drei mit viel Wein, Gerede und Lachen einen gemütlichen Abend im Turmzimmer gemacht hatten, ließen sie diese zwei Fragen nicht los: Wann war es passiert, und wer hatte sie genommen?

Das Foto auf dem Flurboden deutete an, dass jemand erst vor Kurzem das Album durchwühlt hatte. Sonst hätte Sara es bestimmt früher entdeckt.

»Kein Problem«, sagte Anna und brachte damit Sara zum Blinzeln. Sie hatte fast vergessen, dass sie sich miteinander unterhielten. »Lina fand es total gemütlich. Sie hat so viel nach dir gefragt, ich bin beinahe eifersüchtig geworden.«

Anna lächelte, um zu zeigen, dass sie scherzte, aber Sara war nicht überzeugt. Lina hatte über alles von Toxoplasmose (apropos Walter) bis zu ihrem Wunsch, irgendwann Quidditch zu spielen, gesprochen, bis sie gegen elf aufgebrochen waren, aber was auch immer sie gesagt hatte, stets hatte Anna eifrig und zustimmend mit glänzenden Augen genickt. Ihre Freundin war wirklich abgrundtief verliebt in die hübsche Kellnerin, dachte Sara, bevor ein Muskel im Kreuz, der gegen die harte Wand gedrückt wurde, sie vor Schmerz das Gesicht verziehen ließ.

Was sollten sie jetzt tun? Niemand wusste, wie lange Eger Nilsson für seine Dummheiten brauchte. Sara beugte sich behutsam vor und schnappte sich die Zeitung, mit der Heidi gewedelt hatte. Anna las über ihre Schulter mit.

»Vielleicht hat sie in einem Punkt recht«, sagte Anna, und Sara warf ihr einen Blick zu. »Ja, sieh mal, wenn es niemand von uns war, sondern beispielsweise dieselbe Person, die das Video an Moberg geschickt hat, auch die Presse kontaktiert hat, warum hätte sie dann so lange warten sollen, bis sie das Video an die Zeitung schickt? Wenn sie unbedingt Aufmerksamkeit haben will?«

»Es könnte ja jemand anderes sein, der ebenfalls das Video bekommen und es dann an die Presse weitergegeben hat. Ein anderer Vorstandsvorsitzender, den sie erschrecken wollten.«

»Vielleicht wollten sie auch Geld von Sandins Familie erpressen?«, dachte Anna laut nach. »Weil dieses Video einen ziemlichen Skandal auslösen würde, wenn darin einer der Eigentümer eines großen Konzerns einen ehemaligen Außenminister ermordet. Man könnte sich ja denken, dass die Familie vermeiden wollte, dass es herauskommt.«

»Oder die anderen Eigentümer der Firma.«

»Dir gehört doch so eine Riesenfirma. Was hättest du denn getan?«

»Ich besitze gar nichts. Mein Ex-Mann und meine Schwiegermutter besitzen sie«, sagte Sara und stand auf, um das Fenster zu öffnen und ein bisschen frische Luft hereinzulassen. Heidi Hitlers Schweineäuglein folgten jeder kleinsten Bewegung, die sie machte, als hätte sie Angst davor, dass Sara aus dem Fenster springen und direkt zur Redaktion des *Aftonbladet* laufen könnte, um von dieser unwürdigen Behandlung zu erzählen.

»Ihr seid noch nicht geschieden. Und du kümmerst dich schließlich an ihrer Stelle um das Unternehmen«, wandte Anna vom Boden aus ein.

»Ich unterschreibe die Papiere.«

»Was hättest du getan, wenn jemand drohen würde, euch in einen Skandal zu verwickeln? Wenn Eric zum Beispiel ein Mörder wäre, und sie hätten ein Video, das es dokumentieren könnte?«

Die Worte taten Sara körperlich weh. Zum einen erweckten sie ihre mit Abstand schrecklichsten Erinnerungen zum Leben, zum anderen wurde sie daran erinnert, dass sie Geheimnisse hatte, die sie Anna, ihrer besten Freundin, niemals erzählen durfte. Sie fasste sich an den schmerzenden Rücken und holte ein paarmal tief Luft, um den Schmerz unter Kontrolle zu bringen.

»Ich weiß es nicht«, sagte Sara schließlich. »Ich weiß es wirklich nicht.«

Die Leute um sie herum begannen zu meckern, noch war niemand herausgelassen worden, und sie hörte mehrere Male das Wort »Toilette«.

»Vielleicht gibt es ja keinen Schurken, den man jagen muss«, sagte Anna.

»Warte nur«, sagte Sara und betrachtete die Zeitung, die vor ihr auf dem Boden lag. »Sieh mal, hier. Hat Hitler das gelesen? Und nicht begriffen, dass es wichtig ist? Oder hat sie nur die Titelseite gelesen?«

Sara deutete auf einen Abschnitt im Artikel, in dem der Reporter eine Mitteilung wiedergab, die bei der Lieferung des Videos über den Mord dabei gewesen war. »*Kharma is a bitch.*«

»Das Video ist eine Botschaft. Da steckt jemand dahinter.«

»Jemand, der nicht gut Englisch kann. Oder Religion. Karma wird ohne H geschrieben, wenn man die Art meint, die sagt ›what you give is what you get‹«, sagte Anna neunmalklug, während der Kollege Leo Heidis Aufmerksamkeit auf sich zu lenken versuchte.

»Vielleicht wollen sie international zur Geltung kommen? Das finden sie möglicherweise noch erschreckender.«

»Oder sie finden es einfach nur cool auf Englisch. Eine Überdosis Tarantino.«

»Aber jemand scheint ja Sandin dazu gebracht zu haben, Schildt zu ermorden. Oder?« Sara setzte sich wieder und runzelte die Stirn. »Es war noch jemand in dem Raum, man sieht es daran, wie die Waffe ins Bild gerichtet wird.«

»Und es hat jemand das Video geschickt, sowohl an Moberg als auch ans *Aftonbladet*.«

»Aber warum? Was soll uns das sagen? Wofür ist der Mord ein Karma? Und …«

Der Gedankengang wurde unterbrochen, als ein hochroter, nach vorne gebeugter Leo aus dem Raum stürzte, die Hände auf den Bauch gedrückt, dicht gefolgt von einer schreienden Heidi Dybäck.

16

»Tut mir leid, dass ich so spät komme. Es gab einen kleinen Zwischenfall auf der Arbeit. Oder eine verdammte Katastrophe, um ehrlich zu sein. Ich habe deine Nachricht erst vor einer halben Stunde abgehört.«

Nach zweistündigem sinnlosem Warten war Sara endlich vom Meisterdetektiv Eger Nilsson gecleart worden und hatte ihr Handy und ihren Computer zurückbekommen. Vermutlich saßen die letzten Kollegen immer noch dort herum und warteten darauf, endlich arbeiten zu können. Leo war nach einem überwachten Notbesuch auf dem Klo mit dem Schwanz zwischen den Beinen und dem Hut in der Hand in den Raum zurückgekehrt. Wenn sonst niemand Heidi für diese Art von Razzia bei den eigenen Mitarbeitern anzeigte, dann würde Sara es garantiert tun.

Die leitende Ermittlerin Hitler hatte erklärt, dass sie noch auf die Ergebnisse von Egers Untersuchung wartete und deshalb keine Zeit hätte, sich Saras Gedanken zu dem Mordvideo und der Mitteilung anzuhören, die mit ihm gekommen war. Vielleicht war es nur angesichts der Frustration auf dem Arbeitsplatz dazu gekommen, dass Sara zugesagt hatte, als Tom Buréns Frau zu ihrer Verwunderung eine Nachricht bei ihr hinterlassen hatte, dass sie gerne mit ihr zu Mittag essen würde.

»Kein Problem. Nehmen Sie doch bitte Platz.«

Die Wahl der Veranda des Grand Hôtels für den Mittagsimbiss sagte schon das meiste über Lovisa Burén. Und den Rest reimte man sich anhand ihrer Gucci-Kleider und des geschminkten, fotomodellhübschen Gesichts zusammen, das kleine, aber deutliche Spuren chirurgischer Eingriffe zeigte.

Kronleuchter unter dem Dach, diskretes Personal, Leinentücher, Leinenservietten und eine großartige Aussicht auf das Schloss und die Oper. Es hatte eine Zeit gegeben, da hätte Sara sich geweigert, an einem solchen Ort zu essen, in einer Art trotziger Weigerung, den Reichtum ihres Ehemanns zu akzeptieren. Doch jetzt kümmerte sie sich nicht mehr darum. Aber sie würde ja auch nicht mehr lange mit einem reichen Mann verheiratet sein.

»Sie sind also Toms Frau«, sagte Sara. »Tom ist hoffentlich nichts zugestoßen?«

Plötzlich prickelte es vor Unbehagen in ihrem Bauch, etwas, das Anna Intuition genannt hätte, aber eigentlich nur eine lebhafte Fantasie war. Sara ermahnte sich selbst zur Gelassenheit und trank einen Schluck Mineralwasser.

»Nichts außer einer Midlife-Crisis«, sagte Lovisa und zog die Mundwinkel hoch, was wohl ein Lächeln darstellen sollte, aber eher an einen Hilferuf erinnerte.

»Ich nehme an, dass Sie wissen, wen er … trifft«, sagte Sara.

»Ja. Und sehen Sie mal, da haben wir sie schon.«

Sara drehte den Kopf und sah Ebba mit abwartender Miene zwischen den Tischen herankommen.

»Was machst du denn hier?«, sagte Ebba zu Sara, als sie am Tisch angekommen war. Heute war ihre Bluse beige und das Kostüm braun, mit einem Jackett und einer langen Hose. Das aktuelle Kostüm sah ebenso sorgfältig genäht und teuer aus wie alle anderen. Bevor sie antwortete, fragte sich Sara noch, ob Tom oder Ebba die Kleidung bezahlte.

»Lovisa Burén wollte mich sehen«, sagte sie und schielte zu ihrer Tochter. »Aber sie hat nichts davon gesagt, dass du auch kommen würdest.«

»Jetzt bin ich aber hier«, sagte Ebba zu Lovisa und streckte fragend die Arme aus. »Worum geht es denn? Sie meinten, es sei wichtig?«

»Setzen Sie sich doch.«

»Nein, danke. Und ich werde auch nicht um Entschuldigung dafür bitten, dass Tom und ich zusammen sind. Oder ihn aufgeben.«

»Darum werde ich Sie auch nicht bitten. Ich wollte Sie nur warnen. Damit Sie wissen, worauf Sie sich einlassen«, sagte Lovisa ruhig.

»Mich warnen?« Ebba sah streitlustig aus. Sie war wohl doch eher die Tochter ihrer Mutter.

»Nicht vor mir«, sagte Lovisa. »Ich wäre die Letzte, die versuchen würde, jemanden zurückzubekommen, der mich nicht haben will. Und wir haben keinen Ehevertrag, ich werde also hervorragend zurechtkommen. Aber ich möchte Sie vor Tom warnen.«

»Sagen Sie nicht, dass er Sie schlägt, denn das würde ich niemals glauben.«

Ebba verschränkte die Arme vor der Brust und lächelte ihre ältere Rivalin höhnisch an.

»Natürlich nicht. Aber Sie werden ihn niemals allein für sich selbst haben.«

»Weil er mit der Arbeit verheiratet ist? Oder weil andere Frauen hinter ihm her sind?«

»Es ist nur eine einzige. Aber er liebt nur sie, so ist es schon seit vielen Jahren. Er macht sich zu jeder Zeit des Tages auf den Weg, sobald sie ihn ruft. Und sie telefonieren miteinander und schreiben sich lange Nachrichten. Viele Reisen und Hotelnächte und teure Geschenke. Leider muss ich auch erzählen, dass sie das Wichtigste in seinem Leben ist. Nicht Sie«, sagte Lovisa und nahm das Glas Wein, das gerade vor ihr gelandet war, in einen festen Griff.

Er verging eine Sekunde, bis Ebba antwortete.

»Mein Gott, klingen Sie bitter.«

»Überhaupt nicht. Ich habe mich mit dem Zustand der Dinge abgefunden. Ich möchte nur, dass Sie wissen, worauf Sie sich einlassen.«

Lovisa zog die Augenbrauen hoch, was normalerweise zu Falten in der Stirn geführt hätte.

»Und warum ist meine Mutter hier?«

»Weil ich ahnte, dass Sie so reagieren würden. Ihre Mutter Sara kann vielleicht ein vernünftiges Wort mit Ihnen reden, sie weiß bestimmt mehr über Männer als Sie. Mit allem Respekt.«

Die letzten drei Worte bedeuteten natürlich das genaue Gegenteil.

»Er hatte vielleicht eine andere, als er mit Ihnen gelebt hat«, sagte Ebba nach einer kurzen Phase des Schweigens. »Aber das sagt wahrscheinlich mehr über Sie als über ihn. Sie scheinen sehr zu leiden. Bei allem Respekt.«

Lovisa fertigte die Riposte der jüngeren Frau mit einem kalten Lächeln ab.

»Jetzt hat er mich getroffen«, fuhr Ebba fort. »Dann braucht er keine andere mehr.«

»Ja. Wir werden ja sehen. Aber merken Sie sich, was ich gesagt habe. Achten Sie auf Anrufe oder Nachrichten von Gloria.«

Ebba zuckte zusammen, unternahm aber alles, um es sich nicht anmerken zu lassen. Sara sah, dass sie darum kämpfte, etwas erwidern zu können, und beschloss, dass sie ihrer Tochter helfen musste.

»Entschuldigen Sie, aber ich bin ein bisschen neugierig geworden«, sagte Sara und beugte sich über den Tisch. »Welche Art von Frau handelt so?« Lovisa hob verwundert eine Augenbraue. »Verabredet sich im Grand, um die neue Frau ihres Mannes vor der Liebhaberin desselben Mannes zu warnen? Das klingt so geschäftsmäßig. Macht man es so in den feineren Gegenden von Djursholm?«

»Djursholm?«, entgegnete Lovisa und starrte Sara an. »Ich komme aus dem verdammten Rågsved. Fahr zur Hölle.«

Dann leerte sie das Glas, das vor ihr stand, stand auf und warf die Serviette auf den Tisch.

»Jetzt habe ich zumindest getan, was ich konnte«, lautete ihre Schlussreplik, bevor sie ging.

»Gloria?«, fragte Sara und betrachtete ihre Tochter.

Ebba zuckte mit den Schultern und versuchte, unbeschwert auszusehen.

Saras Handy brummte. Eine SMS von Anna: »Neues Video! Komm! Sofort!«

Ein etwa sechzigjähriger Kellner voller Furchen näherte sich dem Tisch und betrachtete mit mildem Lächeln Sara und Ebba und die Speisekarten auf dem Tisch.

»Also, haben wir uns entschieden?«, fragte er.

»Ja«, antwortete Sara. »Wir nehmen stattdessen den Burger King. Echte Flammen. Echter Geschmack.«

17

Harald Moberg schrie alles heraus, während die Flammen ihn langsam verzehrten.

Dass das Video keine Tonspur hatte, machte es fast noch schrecklicher.

Die Ketten hinderten ihn daran, sich zu befreien, sich herumzudrehen oder zu versuchen, das Feuer mit den Händen zu ersticken. Die Panik in seinem Blick war grenzenlos.

Das Video zu betrachten war beinahe unerträglich, trotzdem saßen in der Polizeiwache von Solna alle mit aufgesperrten Augen davor, vollkommen still und mit revoltierenden Mägen.

Der Raum schien derselbe Bunker zu sein wie beim letzten Mal, stellten sie fest. Das Blut von Schildt und Sandin war noch dort.

Sara und Anna erkannten Harald Moberg als den Mann wieder, der das erste Video bei ihnen abgeliefert hatte.

Den zweiten Mann im Video konnte Peter identifizieren. Lars-Erik Thun, Geschäftsführer in der Versicherungsbranche und berüchtigt für ein viel diskutiertes und kritisiertes Bonusprogramm.

Dieser Lars-Erik Thun stand mit einem geleerten Benzinkanister in der einen und einem Zippo-Feuerzeug in der anderen Hand da und sah zu, wie Moberg brannte. Zuerst praktisch ausdruckslos, fast geistesabwesend, bevor er zu zittern begann und sich übergab, als das Feuer endgültig Mobergs Gesicht auslöschte und die Haut zum Schmelzen brachte.

Danach zuckte Thun zusammen und machte sich klein. Er

drehte sich in die andere Richtung und heulte, bis die Tränen und der Rotz über sein Kinn herunterliefen. Dann streckte er seine Hand aus und griff nach der Pistole, die er auf die eigene Schläfe richtete. Er schien seine hoffnungslose Verzweiflung herauszubrüllen. Dann schoss er.

»Verflucht noch mal«, sagte Heidi Dybäck wütend zu den anderen Polizisten, die alle noch mitgenommen waren von dem, was sie sich hatten ansehen müssen. »Moberg war hier. Er kam zu uns und war bedroht, und es ist uns nicht gelungen, ihn zu schützen. Ist euch klar, was die Zeitungen darüber schreiben werden?«

»Habt ihr gesehen, dass er zusammengezuckt ist?«, sagte Sara und brach das Schweigen, das nach Heidis Aussage entstanden war. »Und dass ihm jemand die Pistole hingehalten hat?«

»Keine Spur von diesem Gustav?«, fragte Anna in den Raum hinein.

»Verschwunden«, antwortete Carro mit einem nach wie vor zu einer Grimasse verzerrten Gesicht.

»Also wie in einem Fünfecksdrama, meinst du? Ein Triangeldrama nur mit fünf?«, schlug Leo vor.

»Oder Gustav hat sich bei Sandin eingenistet, um an sie alle heranzukommen?«, überlegte Sara und schaute sich in dem Raum um.

»Wir müssen herausfinden, ob die Zeitungen dieses Video auch bekommen haben«, ließ Heidi vernehmen.

»Und mit ihren Angehörigen sprechen«, ergänzte Sara. »Anna und ich übernehmen Moberg. Nehmt ihr die anderen?«

Carro und Peter, die ungewöhnlicherweise keine Scherze geliefert hatten, nickten.

»Ich kann den Takt erhöhen, was die Fahndung nach Gustav betrifft«, sagte Leo.

»Gut«, quittierte Sara den Vorschlag mit einem Nicken.

»Die Zeitungen!«, wiederholte Heidi, die ganz vorne im

Raum stand und mit einem knochigen Finger den Bildschirm bedrohte.

»Selbstverständlich«, sagte Sara, dann gingen sie alle.

Harald Mobergs Frau Peggy war gut sechzig Jahre alt, hatte rosa Nagellack, riesige Ohrhänger und dickes Haar, das in einem diskreten lila Ton gefärbt war. Mobergs wohnten in einer Villa am Ufer von Djursholm und besaßen ein halbes Dutzend kleine Hunde, die endlos in einem Rudel um das Haus herumsprangen und unaufhörlich bellten.

Peggy konnte es kaum glauben, als Anna und Sara ihr berichteten, dass ihr Mann tot, ja, sogar ermordet worden war. Aber das schien eher daran zu liegen, dass sie ihn für unsterblich hielt, als daran, dass sie ihn betrauerte. Sie *konnte* vielleicht glauben, dass er tot war, aber sie *wollte* es nicht glauben.

Als sie die Tatsache schließlich doch akzeptiert hatte, kamen die Tränen, die sie jedoch schnell mit der Begründung stoppte, dass sie es nicht gewohnt war, Gefühle zu zeigen, wenn fremde Menschen in der Nähe waren. So sei sie nicht erzogen worden. Mit getrockneten Tränen und wiederhergestellter Fassung konnte Peggy ihnen erzählen, dass Harald und sie am Montag gemeinsam zu Abend gegessen hatten, woraufhin sie ins Bett gegangen war, und am Dienstagmorgen war ihr Mann verschwunden gewesen. Sie hatte gedacht, dass er auf einer Dienstreise sei, weil er die Gewohnheit hatte, früh aufzustehen und zur Arbeit zu fahren. Er war manchmal mehrere Tage hintereinander weg, sodass die Tatsache, dass er am Morgen nicht anwesend war, nichts war, worauf Peggy reagiert hatte, bevor sie mit dem Auto zum Sturebad gefahren war.

»Könnte morgens jemand geklingelt haben?«, fragte Anna und hüpfte zur Seite, als einer der kleinen, kläffenden Pelzbälle sich neben ihr platzierte und das Bein hob.

»Das ist möglich, ich nehme Schlaftabletten. Aber …«

»Aber was?«, hakte Sara hastig nach.

»Ich weiß nicht. Aber als ich aufwachte, sah das Bett eher so aus, als hätte sich Harald am Abend gar nicht hingelegt. Und sein Auto war auch noch da. Er könnte ja auf dem Sofa eingeschlafen sein. Oder er hat das Bett hinterher besonders gut gemacht. Am besten wäre es wohl, bei Samuel nachzufragen. Harald hat ihn immer angerufen, wenn er auf eine Dienstreise ging.«

»Wer ist Samuel?«

»Sein Chauffeur«, sagte Peggy und betrachtete sie erstaunt, als hätten sie es eigentlich schon längst wissen müssen.

»Haben Sie seine Nummer?«

»Die ist bestimmt in Haralds Handy.« Die ältere Frau bückte sich mühsam und hob einen der kleinen Hunde auf, der sie dumpf anknurrte.

Sara wollte sich nicht mit der frustrierenden Tatsache abfinden, als Polizistin so wenig hilfreiche Informationen zu bekommen, wenn ein Mann bestialisch ermordet und verbrannt worden war.

»Hat er einen Nachnamen? Ist er bei dem Unternehmen Ihres Mannes angestellt?«

»Ich weiß nicht, aber so wird es wohl sein.«

Zurück auf der Wache konnten Carro und Peter berichten, dass Lars-Erik Thun keine Familie hatte und dass in dem Briefkasten vor seinem Haus in Saltsjöbaden ein USB-Stick lag, der so aussah wie derjenige, den ihnen Harald Moberg gezeigt hatte. Was wohl bedeutete, dass er das Video nicht gesehen hatte.

»Keine Familie?«, wiederholte Leo. »Das fängt ja an, meilenweit nach einem Schwulenkomplott zu riechen.«

»Es kann nicht anfangen, meilenweit zu riechen«, sagte Sara. »Entweder fängt es an zu stinken, oder es riecht meilenweit, da muss es aber schon eine ganze Weile gerochen haben. Außerdem gibt es nichts, was man Schwulenkomplott nennen würde.«

»No offense«, sagte Leo, hob die Hände in die Luft und sah Anna an.

»But taken«, erwiderte Anna.

»Aber wie zum Teufel soll das denn funktionieren?«, fragte Sara. »Wer schickt die Videos, und woher wusste er oder sie, dass einige Manager jeweils einen anderen Wirtschaftsboss ermorden wollten?«

»Haben sie jemanden bezahlt, damit sie morden durften?«, überlegte Peter und kratzte sich am Kopf. »Wie bei deiner seltsamen Peepshow?«

»Es war nicht meine Peepshow«, warf Sara irritiert ein. »Und diese Personen sehen ja wirklich nicht so aus, als würden sie den Mord genießen. Und warum haben sie sich danach umgebracht?«

»Weil es verdammt viel schrecklicher war, einen Menschen umzubringen, als sie es sich vorgestellt hatten«, schlug Leo vor.

»Und deswegen steht jemand daneben und hat zufällig eine Pistole in der Hand?«

»Ja.«

»Und beide Videos enden auf dieselbe Weise. Woher kommt das denn? Ein Zufall?«

Saras Tonfall war skeptisch.

»Die Videos, die wir gesehen haben, sind vielleicht nur zwei von vielen? Die einzigen beiden, in denen sich der Mörder nachher erschießt?«, sagte Carro und fingerte mit nachdenklicher Miene an dem Ring herum, der in ihrer Nase saß.

»Und die anderen?«

»Die behalten die Mörder als Erinnerung an ihre Morde. Als Trophäen. Wie der Kopf eines Büffels, den man an die Wand hängt. Oder ein Elchgeweih.«

Carro nickte vor sich hin, offenbar zufrieden mit den Schlussfolgerungen.

»Oder wie wenn man die Schlüpfer von den One-Night-Stands aufbewahrt«, sagte Peter.

»Jetzt ist aber gut. Danke, Pervo.« Anna zog eine Grimasse.

»Das war doch nur ein Beispiel.«

»Klar. Wie viele hast du denn?«, meinte Anna und schien die Frage in dem Augenblick zu bereuen, in dem sie sie gestellt hatte.

»Wer, ich? Von mir selbst habe ich gar nicht gesprochen.« Peter legte eine Pause ein und lachte. »Elf.«

Adnan Westin vom *Aftonbladet* rief an und unterbrach zur allgemeinen Erleichterung das unerwünschte Bekenntnis. Als Sara das Gespräch nicht annahm, versuchte er es als Nächstes bei Anna, später der Reihe nach bei Peter und Carro. Woher zum Teufel wusste er so genau, wer an diesem Fall arbeitete? Westin war immer erschreckend gut informiert. Als am Ende Leo von einer unterdrückten Nummer angerufen wurde, dachte er nicht nach und nahm das Gespräch an. Sara gestikulierte ihm zu, dass er auf laut stellen sollte.

»Kein Kommentar«, sagte Leo sofort und stellte die Lautsprecherfunktion an.

»Ich habe es aus einer sicheren Quelle«, hörte man Adnan Westin sagen. »Harald Moberg ist verschwunden, vielleicht sogar ermordet. Obwohl er zu euch gekommen war, weil sein Leben bedroht wurde.«

»So war es nicht.«

»Ihr kanntet die Drohung, habt euch aber geweigert, ihm Polizeischutz zu geben. Warum?«

»Kein Kommentar.«

Leo war mittlerweile schweißgebadet.

»Im Artikel wird dieses ›Kein Kommentar‹ sehr defensiv aussehen, wenn ihr in der Praxis Harald Moberg dem Mörder auf einem Silbertablett serviert habt. Wer steckt denn dahinter?«, fragte Westin fröhlich.

»Kein Kommentar.«

»Was nichts anderes heißt, als dass ihr keine Ahnung habt.

Ansonsten hättest du gesagt, dass ihr mehreren unterschiedlichen Spuren folgen würdet.«

Sara streckte den Arm aus und schaltete Leos Handy aus.

»Der verdammte Westin«, sagte Anna.

»Er macht nur seinen Job«, entgegnete Sara.

»Aber muss er ihn denn so sorgfältig machen?«

»Nein, da hast du natürlich recht. Hört mal, bevor Heidi vorbeikommt und Befehle zu geben versucht: Ich finde, wir sollten herauszufinden versuchen, was die Leute in diesen Videos gemeinsam haben. Jagdgesellschaft, Internat, dasselbe Bordell, ein Skandal, der unter den Teppich gekehrt wurde? Kann es tatsächlich so etwas geben wie Leos Schwulenkomplott?«

»Offense taken, wie gesagt«, grummelte Anna.

»Warum passiert das überhaupt?«, fragte Sara und ignorierte sie. »Und warum gerade jetzt? Was haben sie in der letzten Zeit getan?«

Alle tauchten in ihre Handys und Computer ein. Sara googelte die vier Namen gemeinsam und bekam Treffer bei Reportagen über Nobelfeste, feierliche Promotionen und Aufsichtsräte verschiedener Aktiengesellschaften. Aufträge von Stiftungen und Organisationen. Der Selma Lagerlöf Campus und Prins Carl Philips Wildschutzstiftung. Aber nie waren alle vier auf einer Seite zu finden. Auf der Seite mit der Überschrift »Vorstand – Sandin Energy« kamen auch nur zwei von ihnen vor. August Sandin als Vorsitzender und Lars-Erik Thun als Aufsichtsratsmitglied. Aber irgendetwas nagte in ihrem Hinterkopf. Eine Sache mit Schildt.

Sie suchte nach »Jan Schildt + Sandin Energy«, und da bekam sie eine Seite mit Schildts Lebenslauf, der zumeist politische Aufträge umfasste, in Schweden und im Ausland, sowohl für die UNO als auch die EU, aber dazu kamen ein paar Aufsichtsratsposten wie bei der IT-Firma YQ oder dem russischen Konzern Gazprom. Und bei Sandin Energy.

Sara nahm Witterung auf. Sie kontrollierte, in welchen Jahren der ehemalige Außenminister im Aufsichtsrat von Sandin Energy gesessen hatte, und suchte daraufhin die Zusammensetzung des Aufsichtsrats für diese Jahre.

Und im Jahr 2005 hatten neben dem Vorstandsvorsitzenden August Sandin auch Lars-Erik Thun, Harald Moberg und Jan Schildt im Aufsichtsrat für Sandin Energy gesessen.

18

Sara machte einen Abstecher, als sie nach der Arbeit von der Tiefgarage am Schloss nach Hause ging. Über den Kungsträdgården, den Stureplan und die Drottninggatan zurück nach Gamla Stan. Jetzt war es abends wirklich dunkel. Auch wenn der Altweibersommer für einen angenehm temperierten Tagesausklang sorgte, so wussten doch alle, dass es nur ein vorübergehender Trost war. Bald kam der November, der dunkelste und düsterste Monat des Jahres. Wie eine wiederkehrende Depression für das ganze Land. Alle zogen die Decke über den Kopf und machten die Augen zu, bis es Dezember war und man sich auf Weihnachten freuen konnte. Sara fragte sich, wie Weihnachten in diesem Jahr für sie aussehen würde. Würden sie das große Fest als Familie feiern, alle zusammen? Sie und Martin und die Kinder? Sie hatte Weihnachten nie besonders geliebt, all die hochgeschraubten Erwartungen und dann noch Martin, der Ebba und Olle mit jeder Menge teurer Geschenke grenzenlos verwöhnte. Gleichzeitig war es gerade diese richtige Märchenweihnacht, die Sara lockte, ein Klischee, in das sie hineinsteigen und wo sie den ganzen Glanz und die strahlenden Augen hemmungslos umarmen konnte. Gemeinschaft, war es nicht das, worum sich alles im Endeffekt drehte? »Die größte Einsamkeit – nicht in den Gedanken von jemandem zu sein«, hatte Stig Johansson gesagt. In wessen Gedanken befand sich Sara?

Nach wie vor gab es Bars und Restaurants, die weiterhin draußen servierten, mit Wärmestrahlern und Decken für die Gäste, stellte sie fest, als sie sich wieder auf Gamla Stan zubewegte. Die Schweden taten alles, was sie konnten, um den hoffnungslos kurzen Sommer zu verlängern. Und der Mittwochabend war der kleine Samstag. Das Konzept überlebte auch in der Hauptstadt, obwohl die Stockholmer so verzweifelt versuchten, als europäisch und international dazustehen. Man sagte, dass man New York als seine zweite Heimat betrachtete, auch wenn es eigentlich Kumla war.

Der Tag war sehr intensiv gewesen. Erst nachdem alle Kollegen sie einstimmig unterstützt hatten, hatte Sara eine widerwillige Heidi davon überzeugen können, nach den anderen Mitgliedern im Aufsichtsrat des Jahres 2005 von Sandin Energy zu suchen und ihnen Polizeischutz anzubieten. Es waren insgesamt acht, und von den vieren, die noch lebten, hatte einer Todesangst, während ein anderer abwinkte und versuchte, den Schutz auszuschlagen. Die beiden anderen regten sich darüber auf, dass irgendeine Drohung gegen sie vorliegen könnte und dass die Polizei nicht schon die ersten Morde verhindert hatte, wie auch immer sie das geschafft haben sollten.

Sara, Anna, Peter und Carro hatten sich Sandin gewidmet, während Leo nach wie vor nach anderen Verbindungen suchte. Und in dem kleinen Ententeich, den das schwedische Wirtschaftsleben ausmachte, zeigten sich unzählige Verbindungen zwischen den vier Ermordeten. Aufsichtsräte, Vereine, Stiftungen, Jagdgesellschaften und geheime Herrenklubs. Man konnte gemeinsam auf einem Abendessen gewesen sein, um die Macht in einer Firma konkurriert haben oder in den feineren Vierteln der Stadt Nachbarn gewesen sein. Niemand auf der Polizeiwache in Solna glaubte allerdings etwas anderes, als dass Sandin Energy die Verbindung zwischen den Toten war, aber man wollte alle anderen Möglichkeiten ausschließen, um auf der sicheren Seite zu sein.

Alle in der Gruppe waren sich einig, dass das Video, das Moberg und Thun bekommen hatten, eine Warnung gewesen war.

Die Frage war, ob noch mehr Personen dieses Video bekommen hatten. Und ob jemand das zweite Video bekommen hatte. Es war ein delikater Auftrag für die Polizei, sich im Wirtschaftsleben und in der Verwaltung umzuhören, ohne preiszugeben, worum es ging.

Um halb elf gaben sie für den heutigen Tag auf. Um diese Uhrzeit erwischten sie ohnehin niemanden mehr, und diejenigen aus dem damaligen Aufsichtsrat, die konkret bedroht waren, standen unter Polizeibewachung.

Es blieb nur zu hoffen, dass der Zusammenhang nicht noch mehr mögliche Opfer umfasste, Personen, von denen sie nicht vermuteten, dass sie sich in der Gefahrenzone bewegten.

Als Sara anhielt und den Code für die Haustür am Kornhamnstorg eintippte, spürte sie, wie jemand still hinter sie glitt und sie am Arm packte.

Instinktiv drehte sie sich zur anderen Seite und schickte einen Ellenbogen an den Schädel des Angreifers.

Ein Schmerzensschrei, und der Getroffene wich einen Schritt zurück, fiel aber nicht um, was normalerweise die Folge eines solch harten Schlags an die Stirn war.

Stattdessen kam sofort der Gegenangriff, auch wenn er ein bisschen nachlässig ausfiel. Sara ging auf, dass sie das Bewusstsein verloren hätte, wenn der Schlag konsequent ausgeführt worden wäre, und es lief ihr eiskalt durch den Körper. Hatte es mit Eric zu tun? Lotta? Wollte sich jemand rächen?

Sie wischte diese Gedanken zur Seite, warf sich nach vorn und griff die Gestalt am Nacken, um sie mit ein paar kräftigen Kniestößen in den Bauch zu Boden zu bringen.

Aber als sie die Arme um den Nacken des Widersachers schloss, bemerkte sie die Cornrows, die über den Kopf liefen, und erkannte, dass es sich um George Taylor Jr. handelte, mit dem sie gerade rang. Daraufhin hielt sie inne.

Ihre Blicke begegneten sich, und die Streitlust in seinem Gesicht wurde von einem Lächeln ersetzt. George legte seine Arme um Saras Taille, beugte sie leicht nach hinten und küsste sie.

Bevor sie reagieren konnte, hatte er sich schon wieder aufgerichtet und seine Arme weggezogen. Sara trat einen Schritt zurück und spürte einen Sog ganz tief im Bauch.

»Guter Zug im Ellenbogen«, sagte er beeindruckt. »Und danke für die Umarmung.«

»Warum schleichst du dich so ran? Stell dir vor, ich hätte dich erschossen!«, sagte sie und starrte ihn streng an.

»Das wäre es vielleicht wert gewesen. War es nicht ein bisschen sexy?«

»Nicht im Geringsten«, sagte Sara und meinte es beinahe auch.

»Du zierst dich.«

»Ich ziere mich nicht, ich bin außer Reichweite.«

»Glaubst du vielleicht.« Taylor sah ihr tief in die Augen. In der Dunkelheit sah sie nicht, wie jung er war. Oder vielleicht redete Sara es sich auch nur ein. »Wie ist es mit deinem Typen gelaufen?«, fragte er.

»Geht dich nichts an.«

»Ich habe meinen Kumpels gesagt, dass sie ihm nichts mehr verkaufen sollen.«

»Misch dich nicht in mein Leben ein«, sagte Sara leise.

»Doch, das habe ich aber vor.«

Er machte wieder einen Schritt nach vorn, legte die Arme um sie und küsste sie.

Und Sara spürte, dass sie es wollte.

Sie wollte mehr.

Aber Olle war oben in der Wohnung.

Er durfte seine Mutter nicht mit einem Kriminellen sehen. Musste nicht erfahren, dass seine Mutter untreu war, auch wenn die Ehe in ihren Augen auf dem Sterbebett lag.

»Komm«, sagte sie und zog George aus dem Torbogen heraus

und um die Ecke in die kleine, schmale Torgdragargränd, in der der muskulöse Gangster kaum neben sie passte.

Sie drückte ihn gegen die Wand. Küsste ihn und spürte dann seine Zunge über ihren Hals wandern, weiter zum Schlüsselbein. Zielbewusst knöpfte sie seine Hose auf, bevor sie ihre eigene auszog, sich nach hinten lehnte und ihn in sich hineinkommen ließ. George stöhnte leise. Sie stemmte die Füße gegen die andere Wand und hielt die Arme um seinen Nacken. Lehnte den Kopf gegen den kalten Stein und hörte George etwas in ihr Ohr murmeln, spürte seinen festen Griff um ihre Hüften.

Ob diejenigen, die wenige Meter entfernt über den Bürgersteig gingen, etwas von dem mitbekamen, was in dieser engen Gasse stattfand, wusste Sara nicht, und es war ihr auch egal.

Was Olle sagen würde, wenn er es herausfinden sollte, daran dachte sie lieber nicht.

Oder wie ihre Kollegen reagieren würden.

Oder Martin.

Sie wollte gerade jetzt überhaupt nicht nachdenken.

19

Der Skogskyrkogården war beinahe menschenleer. Aber dass sich niemand auf diesem Friedhof befand, bedeutete natürlich nicht, dass die Toten vergessen waren. Aufgrund des sogenannten Lebenspuzzles war man heutzutage jedoch genötigt, seine Trauer in einen Plan zu zwingen. Lücken im Kalender für das Vermisste zu finden.

So früh am Morgen wie jetzt, dachte man an die Arbeit, die Schule oder den Kindergarten. Blumen auf dem Grab waren oft ein Zeichen für ein schlechtes Gewissen, ein selten abgehakter Punkt auf der stets wachsenden To-do-Liste. Friedhofsbesuche gaben daher nicht so oft den Anlass zu einer Reflexion über die Vergänglichkeit des Lebens, wie andere Manifestationen des Todes es mit sich brachten.

Aber die langen Reihen der Grabsteine und die wellige Landschaft bedeckt von Gedenksteinen für die Verstorbenen füllten zumindest Sara mit Andacht. Es war überhaupt nicht überraschend, dass der Friedhof als Weltkulturerbe eingestuft war. Alles hier war geplant und zu Ende gedacht. Die Bäume, die Kapelle, die Platzierung der Gräber. Die Größe und die Menge der Grabsteine unterstrich die Tatsache, dass der Tod alle Menschen betraf. Die Frage war nur, wo in der unendlichen Reihe der eigene Stein landen würde.

Die Gedanken an George Taylor Jr. gaben ihr keine Ruhe. Er war ein Verbrecher, was er getan hatte, hatte sich auf vielerlei Art verkehrt angefühlt. Und aus vielen anderen Perspektiven vollkommen richtig.

Vielleicht war dies eine Art Bußgang, den sie beschlossen hatte, um Blumen auf das Grab von Eva Hedin zu legen?

Sie dachte darüber nach, welche Bedeutung es hatte, was sie am Abend zuvor in der Gasse mit George getan hatte. Sein warmer Atem auf ihrem Hals, seine Finger, die sie zum Kommen gebracht hatten.

Der Schritt, den sie getan hatte, über welche Schwelle hatte er geführt?

Hatte sie es aufgegeben, jetzt noch Martins Frau sein zu wollen? Den Gedanken an eine Kernfamilie losgelassen? Oder konnte sie diesen Traum noch retten? War der gestrige Tag einfach nur ein hastiges Schnappen nach frischer Luft, bevor sie wieder unter die Oberfläche sank? Denn so hatte sich der Sex angefühlt, als hätte sie endlich frische Luft geatmet, nach Monaten voller abgestandener Kellerdünste. Erics Keller, von dem Sara immer noch Albträume hatte.

Zwar hatte George ihr schon seit Monaten nachgestellt. Sie gejagt. Aber das hatte keinen Einfluss auf die Schuldfrage. Sie hatte eine eigene Verantwortung und einen eigenen Willen, und wenn sie ganz ehrlich sein sollte, hatte sie seine Sturheit gemocht.

Während sie es einerseits bereute, sehnte sie sich andererseits nach ihm. Ihn für sich selbst zu haben, in aller Ruhe. In einem großen Bett statt in einer engen Gasse. Oder warum nicht in einem Pool? Oder auf einem leeren Paradiesstrand?

Sara bremste sich.

Keine romantischen Bilder. Das gestern war reiner Sex gewesen, nichts anderes. Er war zwanzig Jahre jünger und ein Schwerverbrecher.

Als sie der langen Reihe von Grabsteinen mit den Blicken folgte, fragte sie sich, wie viele Leute George im Laufe seiner kriminellen Karriere auf diesen Friedhof verfrachtet hatte. Musste man nicht ein Psychopath sein, um so leben zu können? War es nicht einfach nur ein Ausdruck seines Narzissmus, dass er Sara erobert hatte? Damit er sich und der Umwelt bewies, wie er eine Polizistin manipulieren konnte? Würde er vor seinen kriminellen Freunden damit angeben, sobald er die Gelegenheit dazu bekam? Sara konnte nicht entscheiden, ob sie berufsmäßig misstrauisch war oder unsicher wie ein Teenager.

Pah, sollte George Taylor Jr. doch zur Hölle fahren, egal wie gut er im Bett war. Sie war wegen Eva Hedin hier.

Sie sah auf ihren Blumenstrauß aus Chrysanthemen und Gerbera in herbstlichem Rot und Orange herunter. Sie hatte einen hübschen Strauß bestellt. Farbenfroh und fröhlich, auch wenn Hedin eigentlich nichts davon gewesen war.

Sara hatte Hedins Grab erreicht. Drei neue Gräber waren hinzugekommen, seit die Expertin für den Kalten Krieg und die DDR hier beigesetzt worden war. Sie blieb eine Sekunde stehen und verglich den kalten Grabstein mit den Erinnerungen an die pensionierte und passionierte Professorin, die ihr bei der Jagd auf Geiger und Faust geholfen hatte. Konnte man eine unromantische Person passioniert nennen? Hedin hatte sich ihrer Forschung jedenfalls vollständig hingegeben, und genau wie man sagte, dass die Liebe blind mache, hatte Hedin, die so sehr in die Jagd auf Spione verliebt gewesen war, ihre blinden Flecken gehabt. Sara dachte daran, dass Eva Hedin niemals erfahren hatte, wie sehr sie sich in Bezug auf Stellan Broman geirrt hatte, als sie behauptete, er hätte für die DDR spioniert.

Im heutigen Deutschland arbeitete man unermüdlich weiter daran, die zerschredderten Dokumente der DDR wieder zusammenzusetzen. Jetzt hatte man unter anderem Akten rekonstruiert, die andeuteten, dass Geiger eine junge Frau gewesen war und kein Mann mittleren Alters. Lotta, und nicht Stellan. Wie wäre Hedin mit dieser Information umgegangen, fragte sich Sara und dachte, dass bald alle Erinnerungen an die Professorin verblassen würden. Wer zufälligerweise noch einmal in ihre Bücher über jene Schweden schaute, die für die DDR spioniert hatten, hätte keine Ahnung, was für eine Art von Mensch die Verfasserin gewesen war.

»Valentina liegt in der Reihe dahinter.«

Sara war tief in ihre Gedanken versunken, und sie brauchte ein paar Sekunden, bis ihr bewusst wurde, dass sie angesprochen worden war. Sie drehte den Kopf und sah, dass Boris Koslow neben ihr stand. Der ehemalige sowjetische Botschafter in Schweden und dazu noch für einen kurzen Zeitraum der Außenminister in den letzten Zuckungen dieses Riesenreichs. Elegant gekleidet, wie es einer Exzellenz anstand. Schwarzer Anzug und Paletot. Ein weißes Halstuch, schwarze Handschuhe und auf dem Kopf einen klassischen Fedorahut, was man heutzutage nicht mehr oft sah.

Koslow hatte Sara mit Informationen zu Desirée geholfen, was der Deckname war, den Agneta Broman als Schläferin gehabt hatte, also als Spionin, die unter einer falschen Identität mit dem Ziel der Infiltration eines fremden Landes eingeschleust worden war. Koslow hatte sich in Schweden niedergelassen, nachdem er in Pension gegangen war, und war in der Wohnung des ehemaligen Ministerpräsidenten Tage Erlander am Fyrverkarbacken an der Västerbron gelandet.

»War das irgendein Passwort?«, fragte Sara und sah ihn an. In die Jahre gekommen, aber nach wie vor ein eleganter Mann.

»Nein. Valentina ist meine Frau.«

Da erinnerte sich Sara, dass Koslow von seiner Frau erzählt hatte, der er laut eigener Auskunft fünfundvierzig Jahre lang treu gewesen war – was er Sara mitgeteilt hatte, während er gleichzeitig seine Hand auf ihren Oberschenkel gelegt hatte, als sie ihn im Sommer in seiner Wohnung besucht hatte. Sie fragte sich, ob er immer noch nach einer Nachfolgerin für die Gattin suchte und ob sie selbst ein wünschenswertes Objekt sei, trotz oder gerade wegen des Altersunterschieds. Und warum sich Männer nie für Frauen in ihrem eigenen Alter interessierten.

134

»Waren Sie glücklich?«

Die Frage überraschte sogar Sara selbst. Warum fragte sie danach? Aber Koslow betrachtete sie eher amüsiert.

»Glücklich? Sie meinen gesund, satt und mit einem Dach über dem Kopf? Ja, das waren wir. Und wir hatten einander.«

Koslow legte eine Pause ein, in der Sara die Blumen in die grüne Plastikvase steckte, die sie sich geliehen hatte, und deren konusförmige Spitze in die Erde vor dem Grabstein drückte.

»Sie besuchen Hedins Grab, aber nicht das Ihres Schwiegervaters?«

»Er liegt in Bromma«, sagte Sara knapp.

»Herzinfarkt, so heißt es.«

»Weil es so war.«

Koslow ließ ein ironisches Lächeln aufblitzen.

»Bevor oder nachdem die Kugeln getroffen hatten?«

Sara zuckte zusammen. Wie viel wusste Koslow? Er hatte natürlich jede Menge Kontakte im Geheimdienstmilieu, aber Sara hatte nicht geglaubt, dass jemand von ihnen immer noch aktiv war oder Zugang zu aktuellen Informationen hatte.

»Welche Kugeln?«

»Ich scherze nur. Ich hatte lediglich den Eindruck, dass Eric Titus ein spannenderes Leben führte, als viele gemeinhin annahmen.«

Sara musterte den ehemaligen Diplomaten.

»Warum fragen Sie nach Eric? Was wissen Sie über ihn?«

»Nicht viel, deshalb bin ich ja so neugierig. Er besaß ein großes Unternehmen. Und ich lebe davon, Geschäfte zu vermitteln, Nutzen aus meinen alten Kontakten in Schweden und Russland zu ziehen. Als ich Sie das erste Mal getroffen habe, wusste ich nicht, dass Sie so nahe Verbindungen zu Titus & Partners hatten. Dass Sie jetzt ja praktisch den ganzen Konzern leiten.«

»Nein, das tue ich nicht«, seufzte Sara. »Er hat eine sehr kompetente Führung. Und Eigentümer sind meine Schwiegermutter und mein … Mann.«

»Dann können Sie den beiden vielleicht einen Gruß ausrichten. Ich vermittle, wie gesagt, Kontakte. Das erleichtert die Geschäfte. Ich habe Freunde, die daran interessiert sind, den Konzern zu kaufen.«

»Und jetzt, wo Eric tot ist, sehen sie die Chance, ein Schnäppchen zu machen?«, fragte Sara und zog die Augenbrauen hoch.

»Das Geld ist nicht das Problem für sie, sie werden eher von den Synergieeffekten angelockt. Sie bezahlen gut. Möchten Sie nicht die Verantwortung für etwas loswerden, was Ihnen keinen Spaß macht? Und Martin und Marie sind doch nicht im Geringsten am Konzern interessiert.«

Koslow nahm den Hut ab, um Respekt zu zeigen, als sich eine Gruppe Trauernder einem frisch ausgehobenen Grab in etwa zehn Meter Entfernung näherte.

»Sind Sie deswegen hier aufgetaucht? Um ein Angebot abzugeben? Wollen Sie mir nicht auch gleich ein Bestechungsgeld anbieten?«, fragte Sara sarkastisch.

»Wie viel wollen Sie denn haben?«

Der ältere Mann sah sie unverblümt an, verriet nicht mit einer Miene, was er dachte.

»Ich möchte nichts mit dem Konzern zu tun haben, und ich mische mich auch nicht darin ein, was mit ihm passieren wird.«

»Das ist eine betrübliche Nachricht.«

»Aber es war schön, es auszusprechen«, sagte Sara und ließ den Blick auf Gunnar Asplunds Krematorium verweilen, das in der schwachen Morgensonne glühte.

»Darf ich nach einer anderen Sache fragen? Wissen Sie, was mit Desirée passiert ist? Agneta Broman?«

»Nein.«

Sie war immer noch sehr zwiegespalten, was Agneta betraf. Sie war so etwas wie eine Extramama gewesen, aber nur rein technisch, nicht gefühlsmäßig. Agneta war nie ein besonders warmer und einladender Mensch gewesen. Aber sie hatte trotz allem Sara in ihr Heim gelassen. Hatte ihre Perspektiven erweitert. Hatte sie die Wahrheit gekannt? Dass Stellan Saras Vater war? Sie hatte ja auch Kenntnis von den anderen Übergriffen gehabt. Hatte sie gehasst, aber den Befehl bekommen, nicht einzugreifen. Wie hatte sie es die ganzen Jahre eigentlich ausgehalten? Welche Art von Mensch konnte so etwas überstehen? Sie war mit einem Monster verheiratet gewesen und damit auch eine Art von Opfer, aber gleichzeitig eine eiskalte Spionin, die eine ganz eigene Agenda verfolgte – und dabei sogar ihre eigenen Kinder aufgab. Das konnte Sara nur sehr schwer ignorieren. Vielleicht hatte das ja dazu geführt, dass die beiden Schwestern so ichbezogen waren.

»Es wurde auf sie geschossen, oder?«, fragte der ehemalige Diplomat.

»Mhm.«

»Möchten Sie ein paar Bilder sehen, die ich habe?«

Koslow reichte ihr sein Handy, auf dem ein halbes Dutzend Bilder zu sehen waren, die angesichts der Straßenschilder anscheinend von einer Überwachungskamera in London stammten. Eines dieser Bilder zeigte den Eingang zu einem Geschäft, das Willis & Corrigan hieß und eine Art Herrenschneiderei zu sein schien. Vor dem Eingang standen ein paar groß gewachsene Gorillas mit grimmigen Mienen, die einen beleibten älteren Mann mit Mantel und Pelzkragen begleiteten. Auf dem nächsten Bild war eine ältere Frau zu sehen, die einen älteren Mann im Rollstuhl schob. Auf dem anschließenden Bild war das Gesicht der Frau herangezoomt, und Sara erkannte sofort Agneta Broman wieder. Auf dem letzten Bild sah sie Agneta hinter dem Rollstuhl hocken, während die Gruppe vor dem Eingang in Fetzen gesprengt wurde.

Sie sah zu Koslow auf.

»Sie lebt«, sagte sie tonlos.

»In allerhöchstem Maße.«

»Wussten Sie das?«, fragte Sara nach einer Pause, in der beide sich umsahen.

»Nicht, bevor ich diese Bilder bekommen habe. Aber ich bin nicht erstaunt. Desirée ist einzigartig.«

Koslow lächelte, als er es sagte. Entweder *konnte* er seine Bewunderung für die ehemalige Schläferin nicht verbergen, oder es war ihm einfach egal.

»Und jetzt?«

»Bislang hat sie noch niemand identifiziert«, sagte Koslow und zuckte mit den Schultern. »Es bringt gewisse Vorteile mit sich, wenn man in einem kleinen Land wie Schweden als Ehefrau eines Fernsehstars für dreißig Jahre versteckt war.«

»Wer wurde da in die Luft gejagt?«

»Aleksandr Romanowitsch. Ihm gehörten die Hälfte der Meiereien in Russland, eine Reihe Restaurantketten und Sferneft, Russlands zweitgrößter Energiekonzern. Ein paar Hundert Milliarden wert. Einer von denen, die in den Neunzigerjahren unbegrenzt reich wurden«, ratterte der Ex-Diplomat herunter.

»Ein Oligarch. Warum hat Agneta ihn getötet?«

»Das frage ich mich auch. Und meine Geschäftsfreunde.«

»Die mit ihm Geschäfte gemacht haben?«

Sara runzelte die Stirn.

»Alle machen Geschäfte mit allen. Und weil ich einen kleinen Einblick in beide Welten habe, fragen sie mich.«

»Warum sollte Agneta Broman einen Geschäftsmann aus dem Weg räumen?«, fragte sie und sah Koslow an, der einem weiteren Begräbniszug mit den Blicken folgte. Als der Russe antwortete, klang sein Tonfall etwas zögerlich.

»Die Gerüchte sagen, dass er drauf und dran war, seine Pipelines an ein amerikanisches Konsortium zu verkaufen. Und das wäre in Moskau wenig gut angekommen.«

»Und deshalb haben sie ihn in Kleinteile gesprengt?«

»Man sagt ja, dass nicht diejenigen bestimmen, die die Energie haben, sondern diejenigen mit den Leitungen. Gas und Öl gibt es an vielen Stellen, aber alle sind abhängig von den Transportmöglichkeiten«, sagte Koslow und begann in der Morgenkühle zu zittern. Der Hut war jetzt wieder zurück auf dem Kopf.

»Okay, aber warum sollte sich Agneta dort einmischen?«

Im selben Augenblick, in dem Sara sich die Frage stellen hörte, wunderte sie sich, was sie eigentlich hier machte. Sie wollte es doch gar nicht wissen, wollte nicht in irgendetwas hineingezogen werden. Sie wusste nicht, was in ihrem Inneren sie dazu trieb, dass sie trotz allem diese Fragen stellen musste, dass sie immer weiter graben musste. Sie konnte nicht verstehen, dass die ganzen Ereignisse ihre idiotische Neugierde und Sturheit nicht geheilt hatten. Ihren zwanghaften Reflex, sich ständig einzumischen, zu helfen und alles geradezurücken.

»Es sind immer starke Kräfte am Werk, wenn es um Gas und Öl geht«, sagte Koslow. »Und ich bin mir nicht ganz sicher, ob sie auf der richtigen Seite steht.«

Zum ersten Mal sah er bekümmert aus.

»Und was hat das mit mir zu tun?«

Inzwischen hatte Sara beschlossen, sich nicht weiter hineinziehen zu lassen.

»Mehr, als Sie glauben. Denken Sie mal nach. Was ist nach der Abrechnung mit Abu Rasil und Geiger im Sommer und nach diesem Bombenanschlag passiert? Hat der BND Ihnen überhaupt erzählt, dass Agneta überlebt hat? Oder die Säpo?«

Sara antwortete nicht.

»Stehen sie wirklich auf Ihrer Seite?«

»Aber Sie stehen dort, meinen Sie?«

»Erinnern Sie sich daran, dass ich Ihnen von der Schläferin Desirée erzählt habe. Und ich habe Ihnen diese Bilder gezeigt. Es ist wichtig, zu wissen, auf wen man sich verlassen kann.«

Was Koslow sagte, hatte Hand und Fuß. Warum hatten die Deutschen und die Schweden geheim gehalten, dass Agneta überlebt hatte? Und warum hatte sie diesen Romanowitsch getötet? Einen Geschäftsmann. Oder sogar einen Oligarchen.

Und was würde als Nächstes passieren?

Welchen Plan hatten sie?

»Das Ganze geht mich nichts mehr an«, sagte Sara, drehte sich um und wollte gehen. Dieses Mal wollte sie es wirklich. Ein Teil von ihr würde immer fasziniert sein von der Schattenwelt des Kalten Kriegs, von den Ideologien und den doppelten Loyalitäten, aber es gab auch so viel in ihr, was nach Erics Tod kaputtgegangen war. Sie musste auf das aufpassen, was immer noch intakt war.

»Nur ein kleiner Warnhinweis«, sagte Koslow und hob den Hut zum Abschied. »Sie sind ein Baustein in diesem Spiel, ob Sie es wollen oder nicht. Verlassen Sie sich auf niemanden.«

20

»Das da ist alt. Warum sollte es etwas mit den Videos zu tun
haben?«

Eger Nilsson hatte seine Füße auf Heidi Dybäcks Schreibtisch gelegt und warf Sara und Anna einen skeptischen Blick zu.
Heidi nickte zustimmend, während sie an dem Whiteboard hinter ihm stand.

»Was weiß ich«, sagte Sara und breitete die Arme aus. »Aber
wir müssen es doch zumindest untersuchen. Alle vier saßen
gleichzeitig im selben Aufsichtsrat. Das ist der einzige gemeinsame Nenner.«

Heidi sah Eger an, der langsam den Kopf schüttelte und nach
seinem Mienenspiel zu urteilen versuchte, einen Essensrest zwischen den Zähnen mit seiner Zunge zu lösen.

»Diese alten Knaben sitzen in jeder Menge von Aufsichts-
räten, das ist total uninteressant«, sagte er und fuhr sich mit der
Zunge über die blassen Lippen. »Das ist kein Verbrechen, nichts,
was zu einem Mord führt. Nein, das hier hat nichts mit den
Geschäften zu tun, es ist eine Sexgeschichte. Homo-Eifersucht
unter den Spitzen der Gesellschaft.«

»Wir dürfen keine Angst davor haben, uns mit den Mächtigen anzulegen«, fügte Heidi hinzu.

»Eine Sexgeschichte?«, fragte Sara ungläubig.

»Ja. Aber vielleicht sind sie auch Freimaurer«, sagte Eger und
schob sich einen Finger in den Mund. »Die den Befehl von ihrem Großmeister bekommen haben, die Ungehorsamen zu stra-
fen. Oder es ist ein Initiationsritus. Es ist vollkommen verrückt,

was die alles machen. Ihr wisst schon, dass *Eyes Wide Shut* auf den Illuminati beruht, oder? Ein verdammt guter Film übrigens.«

Sara und Anna betrachteten die beiden gleichgültigen Vorgesetzten.

Warum war Eger Nilsson überhaupt noch hier? War seine Untersuchung nicht beendet? Sollte er nicht nach Göteborg zurückfahren?

»Bist du jetzt hierher versetzt worden?«, fragte Sara und sah Heidi Hitler an. Ihr Blick zeigte deutlich, dass dies sehr schlechte Nachrichten wären.

»Eger hat seine Versetzung beantragt, und während er auf den Beschluss wartet, steht er uns weiter zur Seite.«

»Großartig«, sagte Sara, drehte sich um und ging.

»Sieh dir das Vereinsregister der Freimaurer an!«, rief Eger ihr nach.

Anna holte sie im Korridor ein.

»Sollen wir diese Sache mit dem Aufsichtsrat einfach fallen lassen?«

»Niemals. Wir scheißen auf Hitler und Herrn Nilsson. Sag den anderen nicht, was sie gesagt hat.«

»Okay.«

Sie gingen in den Pausenraum und schenkten sich einen Kaffee ein. Anna trank ihren schwarz, und Sara machte es genauso, obwohl sie eigentlich fand, dass er mit Milch besser schmeckte.

Sie setzten sich an einen der runden Tische aus hellem Kiefernholz und schauten zum Sundbybergsvägen hinaus. Die Folien an den Fenstern verhinderten, dass jemand hineinschauen konnte, verstärkten aber auch die herbstlich depressive Stimmung auf der Wache.

»Was machst du heute Abend?«, fragte Anna.

»Mich erschießen.«

»Lina hat gefragt, ob wir gemeinsam etwas machen wollen.«

»Uns gemeinsam erschießen? Nein, aber das könnten wir wohl. Also, etwas machen. Wenn wir es hinkriegen, uns dazu aufzuraffen. Sie fand mich also nicht langweilig?«, fragte Sara mit einer Grimasse und dachte an den Abend im Turmzimmer zurück. Das Foto, das sie gefunden hatte, hatte sie so beschäftigt, dass sie kaum auf Ansprache reagiert hatte. Stattdessen hatte sie umso mehr getrunken. Wahrscheinlich glaubte Lina, dass sie eine Alkoholikerin war und einen schlechten Einfluss auf Anna hatte.

»Nein, ganz im Gegenteil. Das habe ich doch gesagt. Sie redet ständig über dich. Will alles Mögliche wissen. Worüber wir uns auf der Arbeit unterhalten, mit wem du dich triffst, deine Familie. Ich glaube, sie ist ein bisschen neidisch, weil wir so eng sind.«

Das brachte Sara dazu, sich im Stuhl aufzurichten.

»Neidisch oder eifersüchtig?«

»Ich weiß es nicht.«

Sie sah Anna an, dass sie sich deswegen Sorgen machte.

»Ist sie sauer? Bekommt sie Wutanfälle? Schreit sie?«

»Sie schreit nicht … aber sie will alles wissen. Es ist jedes Mal beinahe wie in einem Verhör, wenn ich nach Hause komme.«

Die Freundin runzelte die Stirn und trank einen Schluck Kaffee.

»Anna. Schlägt sie dich?«

»*Nein.*«

Anna sah beleidigt aus.

»Verzeih mir«, sagte Sara und hob die Hände in einer entschuldigenden Geste. »Ich wollte mich da nicht einmischen, aber man weiß ja nie. Sorry. Sie ist wahrscheinlich nur sehr unsicher. Du bist älter und viel erfahrener.«

»Du nennst mich alt?«, grummelte Anna.

»Ja, eine alte Schachtel. Und wir beide haben eine lange Geschichte hinter uns, bei der sie vielleicht das Gefühl hat, dass sie damit nicht konkurrieren kann. Das ist ja nicht verwunderlich. Aber wenn diese Eifersucht nicht verschwindet, musst du dich zurückziehen. Das klingt ein bisschen grenzwertig«, sagte Sara und lächelte, um zu zeigen, dass sie Anna in jedem Fall unterstützte.

»Dabei hatte ich gehofft, dass das mit uns beiden das Richtige ist.«

»Und jetzt bist du eingekerkert und angekettet.«

Anna erwiderte widerwillig Saras Lächeln.

»Idiot«, brummte sie.

Das Gespräch über Liebe und Eifersucht hatte Saras Gedanken auf eine ganz andere Spur gelockt, und eine besonders deutliche Erinnerung an einen gewissen Abend schickte einen Stoß durch ihren Unterleib. Sie blieb eine Weile still sitzen, dann stand sie auf und sagte, dass sie arbeiten müsse.

Stattdessen ging sie aber in ihr Büro und rief Göte bei der Spezialeinheit für Bandenkriminalität an. Trotz seines altmodischen Namens war der Mann aus Huskvarna gerade erst vierzig geworden, sah aus wie zweiunddreißig und war hübsch wie ein Filmstar. Er hatte auch die volle Übersicht, was die kriminellen Netzwerke im Raum Stockholm und ihre internen Konflikte betraf.

»George Taylor Jr. in Botkyrka«, sagte Sara, sobald er sich gemeldet hatte, denn so hätte sie es auch gesagt, wenn das Gespräch wirklich berufsbezogen gewesen wäre.

»Rising star«, sagte Göte mit den charakteristisch lang gezogenen Vokalen. »Nach diesen Schießereien im August hat er sich einen noch größeren Teil des Markts geschnappt, sogar in der Innenstadt. Er arbeitet an seiner Fassade, aber um alles zu finanzieren, braucht er das Drogengeld. Es besteht das Risiko, dass das Netzwerk in Alby sich rächen wird. Beide beschaffen immer mehr Waffen.«

Sara bedankte sich für die Information und begann darüber nachzudenken, wie smart es war, mit diesem George Taylor Jr. ins Bett zu hüpfen.

Beziehungsweise, sie waren ja noch nicht einmal im Bett, sondern in einer Gasse gelandet, und sie waren nicht gehüpft, sondern hatten dabei gestanden.

Scheißegal. Taylor war wohl eher kein Material, aus dem Liebhaber gemacht wurden. Niemand, den man den Kollegen vorstellte.

»Da bist du ja!«

Carro lehnte sich an den Türrahmen und beugte sich in den Raum.

»Ja«, sagte Sara. Sie konnte es ja schlecht leugnen.

»Du warst doch an den Ermittlungen zum Mord an Onkel Stellan beteiligt, oder?«

»Ja, das könnte man sagen.«

»Ich habe einen gefunden, der nach diesen anderen in Sandins Aufsichtsrat gesessen hat und auch in den Broman-Akten auftaucht. Er war wohl ein Nachbar von Stellan Broman.«

Carro reichte ihr das Papier, bei dem es sich um ein Verzeichnis der Aufsichtsratsmitglieder bei Sandin Energy aus dem Jahr 2006 handelte. Sie zeigte auf einen Namen, den sie mit einem gelben Textmarker markiert hatte. Warum auch nicht markieren, wenn es doch Textmarker heißt, dachte Sara noch, bevor ihr aufging, dass sie den Mann auf dem Bild neben dem Namen kannte.

CM.

Carl Magnus irgendwas, der Nachbar der Familie Broman, an dessen Familiennamen Sara sich nie erinnern konnte. Der pensionierte Direktor, mit dessen teurem Fabbri-Gewehr Sara die Terroristin Abu Rasil erschossen hatte. Jetzt sah sie, dass er Carl Magnus Hagberg hieß.

»Den kenne ich«, sagte Sara. »Glaubst du, dass er bedroht ist?«

»Keine Ahnung. Es ist immer lustig, wenn ein Name in unterschiedlichen Zusammenhängen auftaucht. Aber wenn du ihn kennst, kannst du ihn ja überprüfen, oder? Super!«

Carro nahm Saras Kaffeebecher und ging. Sara hob ihr Handy auf und suchte nach der Nummer von CM.

Sie blieb in der Einfahrt stehen, wie paralysiert. Konnte den Blick nicht vom Haus nebenan losreißen. Dessen bloße Existenz brachte Sara dazu, dass sie am liebsten um ihr Leben gerannt wäre. Alles Böse, was dort passiert war, ihr Kampf in dem brennenden Geräteschuppen und dann die greifbare Gefahr, dass sie jetzt auch offiziell zu einem Teil der furchtbaren Familie Broman werden könnte. Dass sie für immer an sie gefesselt wäre, niemals frei werden könnte. Bei dem Gedanken wurde ihr übel.

Indem sie eine DNA-Probe von Sara und der ganzen Familie Broman eingeschickt hatte, hatte Jane beantragt, Sara als Tochter von Stellan Broman anerkennen zu lassen. In Saras Namen. Gegen Saras Willen.

Sie blieb in gehörigem Abstand stehen und betrachtete das große, weiße, funktionalistisch anmutende Haus, und die Erinnerungen aus der Kindheit und von dem Mord an Stellan flatterten ihr durch den Kopf. Sie hatte in den vergangenen Monaten mit so vielen Ängsten gerungen, die jetzt drohten, sie zu übermannen. Sara fühlte sich plötzlich so klein im Schatten dieses Bauwerks, als wäre sie erneut diese Zehnjährige, die verzweifelt versuchte, hier hineinzupassen, um jeden Preis. Aber sie hatte nicht geahnt, was es sie kosten würde. Die Erinnerungen an die Kindheit wogen fast schwerer als die Erinnerungen an den Kampf mit Abu Rasil. Das hier würde immer ein Ort bleiben, den sie nur unter Qualen besuchen konnte.

In dem Haus, das näher an der Straße stand, am Grönviksvägen 65, wohnte CM. Er durfte ein weiteres Mal ihre Rettung werden. Als Sara kurz zuvor bei ihm angerufen hatte, hatte er erklärte, dass er zu Hause sei und sie herzlich willkommen heißen würde. Jetzt war es diese Verabredung, die Sara dazu brachte, sich von der hypnotischen Wirkung des bromanschen Hauses loszureißen.

»Sara, wie schön! Komm rein!«

CM trug ein sorgfältig gebügeltes Hemd, dunkle Jeans mit einem robusten Gürtel und Segelschuhe, wenn er im Haus war. Er musste sich langsam dem achtzigsten Geburtstag nähern, dachte Sara, aber er bewegte sich wie ein dreißig Jahre jüngerer Mann. Er führte Sara in sein Wohnzimmer, in dem Kaffee und Mandelkuchen kredenzt waren, auf einem Service der Wedgwood Hibiscus-Serie und einem Couchtisch, der wohl dem chinesischen Stil nachempfunden war. Die Wände waren von Ölgemälden mit Tiermotiven und Jagdtrophäen in Form von Zebra-, Gnu-, Löwen- und Gazellenköpfen bedeckt. Auf dem Boden lag ein riesiger echter Teppich mit einem orientalischen Motiv in rot und schwarz. Sara ließ sich dankbar in das große Chesterfieldsofa aus Leder sinken, und CM setzte sich auf den Ledersessel gegenüber.

»Tja, wir haben uns wohl seit der Beerdigung von Stellan und Agneta nicht mehr gesehen?«, sagte CM und schenkte ihnen beiden Kaffee ein. »Ich habe von Hedin gelesen, dass sie auch von uns gegangen ist. Es klang nach Selbstmord.«

»Nein, nur offiziell. Sie wurde ermordet«, sagte Sara und nahm sich von der Milch, jetzt, wo Anna nicht dabei war.

»Wie schrecklich. Aber das hatte hoffentlich nichts mit Stellan zu tun? Ich weiß ja, dass sie auf ihn fixiert war.«

»Indirekt, könnte man vielleicht sagen. Und vieles daran war auch mein Fehler.«

Sie erinnerte sich an den Besuch auf dem Skogskyrkogården, die Blumen, die sie auf das Grab gelegt hatte. Gab es noch jemanden, der an Hedin dachte, sich an sie erinnerte? Sie war ihr wie ein unglaublich einsamer Mensch vorgekommen, hatte aber gleichzeitig auch sehr zufrieden gewirkt.

»Dein Fehler? So darfst du nicht denken«, sagte CM und

runzelte die Stirn. »Sie war ja nicht ganz im Gleichgewicht, wenn man es so sagen kann. Wie steht es zwischen dir und den Mädchen?«

Für CM würden Lotta und Malin immer »die Mädchen« bleiben, ganz egal, wie alt und erfolgreich sie würden. Und der Nachbar hatte versucht, zwischen Sara und Malin zu vermitteln, als Malin plötzlich geglaubt hatte, dass Sara einen Vaterschaftstest anhand von Stellans DNA begehrt hätte. Sara wollte niemandem erzählen, dass ihre Mutter ihn in ihrem Namen abgegeben hatte. Jetzt musste sie eben gute Miene zum bösen Spiel machen und so tun, als wäre sie selbst es gewesen, die den ganzen Prozess in Gang gebracht hatte, obwohl es das Letzte war, das sie wollte. Trotzdem war es schwer, böse auf Jane zu sein, die nur das Beste für ihre Tochter wollte. Die aus ihrer Sicht den Kampf für ihr eigenes und Saras Recht auf die eigene Geschichte aufgenommen hatte. Das Problem war nur, dass nichts Gutes dabei herauskommen konnte.

»Nicht so gut«, sagte sie. »Malin glaubt, dass ich Stellan als Vater haben will, aber das will ich gar nicht.«

CM sah sie lange an.

»Willst du an die Villa herankommen? Ja, entschuldige, wenn ich so direkt zur Sache komme, aber so bin ich nun mal. Diese sechsundfünfzig Jahre im Wirtschaftsleben haben mich so gemacht. Und das Jagen. Wenn du beim Abzug zögerst, verschwindet der Bock.«

»Was heißt herankommen?« Sara dachte direkt an ihren jugendlichen Versuch, das Gerätehaus anzuzünden, und wie das ganze Haus zu Anfang des letzten Sommers fast abgebrannt wäre, als dieser Schuppen schließlich endgültig das Opfer der Flammen geworden war, als sie gegen Abu Rasil und Geiger gekämpft hatte.

»Ja, wenn ihr drei Töchter seid, dann seid ihr drei, die sich das Haus teilen. Und es dürfte so zwanzig- bis fünfundzwanzig Millionen wert sein, mindestens. Der Nachlass ist ja so lange auf Eis gelegt, bis das Resultat des Vaterschaftstests da ist.«

Sara fiel es schwer, CMs Worte aufzunehmen. Sollte sie ein Drittel des Hauses erben, das so viele Erinnerungen an Leid und Verzweiflung weckte? Was für ein furchtbarer Gedanke. Und wenn sogar CM, der sie ja einigermaßen kannte, auf die Idee kam, dass dies der wahre Grund für den DNA-Test war, was würden dann andere glauben?

Aber Agneta lebte ja. Dann würde es gar kein Erbe geben.

Wenn Sara es beweisen konnte.

Offiziell war Agneta Broman tot und sogar begraben. Es gab bestimmt sehr starke Interessen, die wollten, dass es so blieb. Aber mithilfe von Koslows Bildern könnte Sara an diesem Sachverhalt etwas ändern.

Sie wollte wirklich nichts von dem Haus erben, das der Schauplatz so vieler Übergriffe auf junge Mädchen gewesen war und in dessen Garten sie haarscharf dem Tode entronnen war.

»Das wird niemals aktuell«, war alles, was sie dazu sagte.

CM warf zwei Zuckerstücke in seine Tasse, rührte um und nippte an seinem Kaffee.

»Das Thema amüsiert dich nicht, wie ich sehe. Worüber wolltest du denn mit mir sprechen?«

»Du musst mir versprechen, kein Wort darüber zu verlieren. Die Ermittlungen sind sehr sensibel«, sagte Sara und sah ihn eindringlich an, damit er wusste, dass sie es ernst meinte.

»Wenn ich etwas in sechsundfünfzig Jahren im Wirtschaftsleben gelernt habe, dann ist es, den Mund zu halten.«

»Okay. Sandin Energy.«

»Geht es um Schildt und Sandin?«, fragte CM und zog die Augenbrauen hoch. »Schreckliche Geschichte. Es ist kaum zu begreifen.«

»Schildt, Sandin, Lars-Erik Thun und Harald Moberg saßen alle im Aufsichtsrat von Sandin Energy im Jahr 2005. Warum sollten sie einander umbringen wollen? Hat es mit Sandin Energy zu tun?«, fragte Sara.

»Thun und Moberg? Sind sie auch ...«

CM stellte seine Kaffeetasse hin und sah leicht erschüttert aus.

»Das hier ist supergeheim, daran muss ich dich noch einmal erinnern. Aber ja, wir haben ein Video bekommen, in dem Thun und Moberg ungefähr dasselbe zustößt wie Schildt und Sandin.«

»Was heißt ›ungefähr‹?«

Sara dachte eine Sekunde nach und holte tief Luft, bevor sie antwortete.

»Lars-Erik Thun zündet Harald Moberg an, danach erschießt er sich selbst. Was bringt zwei Chefs dazu, einen Aufsichtsrats-kollegen zu ermorden und dann Selbstmord zu begehen? Und sich dabei noch filmen zu lassen?«

»Ich kenne sie. Alle«, sagte CM, nachdem er eine Weile ge-schwiegen hatte. Er wischte mit der Hand über das glatte Leder-polster und sah gedankenverloren aus. »Ich habe selbst im Auf-sichtsrat von Sandin gesessen, allerdings nach ihnen. Es war während einiger Jahre ja nicht so populär, mit Sandin zu tun zu haben.«

»Warum nicht?«

CM blinzelte.

»Die ganze Sache mit dem Sudan. Das war ja eine böswillige Schwarzmalerei einer wirtschaftlichen Betätigung, die der Be-völkerung nur nutzen konnte.«

»Worum ging es da? Warum der Sudan?«, fragte Sara und fühlte sich ein bisschen dumm.

»Erinnerst du dich nicht? Umso besser, wenn du mich fragst. Aber es gab ja ziemlich viel Schreiberei in den Jahren 2006 und 2007.«

Die Jahre, als ihre Kinder klein gewesen waren, dachte Sara. Da hatte sie nicht viel von der Umwelt wahrgenommen.

»Erzähl.«

»Ein paar linke Elemente meinten, dass Sandin Energy in großem Ausmaß für einen Völkermord verantwortlich war.« CM breitete die Arme aus, schüttelte den Kopf.

»Aber du sagtest, das war 2006 und 2007? Nicht 2005?«

»Nein, es kam 2006 ans Tageslicht, aber passiert war es 2005. Als die vier im Aufsichtsrat saßen. Sobald sie angefangen hatten, darüber zu schreiben, zog sich Schildt zurück, nahm seine Millionen und verschwand. Feige wie immer, wenn es darum ging, Verantwortung zu übernehmen. Und nach ein paar Jahren Skandalberichterstattung mit Artikeln und Büchern und Gott weiß was noch, warfen auch Moberg und Thun das Handtuch, stellten aber zumindest fest, dass Sandin nichts falsch gemacht hatte.«

»Stimmte irgendetwas mit Schildt und den anderen nicht? Was kann sie dazu gebracht haben, sich gegenseitig umzubringen?«, fragte Sara und musterte CM, der so aussah, als hätte er sich von der Nachricht über den Tod weiterer Aufsichtsratsmitglieder einigermaßen erholt.

»Ja, das kann man eigentlich nicht verstehen. So etwas macht man nicht im Wirtschaftsleben. Wenn es eine Sache gibt, die ich in …«

»Gibt es sonst noch etwas, das uns weiterhelfen könnte?«, unterbrach ihn Sara, bevor er eine weitere Anekdote aus der obersten Gesellschaftsschicht anbringen konnte. »War irgendetwas an ihnen seltsam? Hatten sie Gewalterfahrungen gemacht? War irgendeinem von ihnen kürzlich etwas zugestoßen? Scheidung? Krankheit?«

»Davon hätte ich bestimmt gehört«, sagte CM und legte die Stirn in Falten. »Nirgendwo wird so viel getratscht wie im Wirtschaftsleben.« Er schien eine Sekunde nachzudenken. »Aber ich weiß, dass viele ihre Sicherheitsmaßnahmen erhöht haben, seit das Video mit Schildt und Sandin ans Licht gekommen ist. Man bucht unter anderem private Sicherheitsfirmen. Da steckt kein böser Wille dahinter, aber die Leute verlassen sich nicht auf die Fähigkeiten der Polizei, sie beschützen zu können.«

»Aber du hast keinen zusätzlichen Schutz gebucht?«

CM sah Sara eine Sekunde an, bevor er auf einen Knopf drückte, der an einem diskreten Band an seinem Handgelenk saß. Nach weniger als drei Sekunden wurde die Außentür aufgestoßen, und drei muskulöse Männer in schwarzer Kleidung mit einem roten V auf der Brust stürmten herein, mit gezogenen automatischen Waffen mit Lasermarkierern.

»Just testing«, sagte CM zu den Männern und hob die Hand in einer abwehrenden Geste. Die Männer grunzten eine Antwort und gingen wieder.

»Und noch drei weitere Männer draußen im Garten«, sagte CM zu Sara und lächelte zufrieden. »Noch ein Schlückchen Kaffee?«

21

Drückt den Gehäusedeckel hoch und legt ihn weg. Anschließend zieht ihr die Rückholfeder heraus und entnehmt den Ver-
schlussträger. Daraus entfernt ihr den Drehkopf, indem ihr ihn
gegen den Uhrzeigersinn dreht und herausnehmt.

Das AK-47 ist die am weitesten verbreitete Automatikwaffe,
konstruiert von dem Panzerkommandeur Michail Kalaschnikow.
Sie ist einfach zu handhaben, verlässlich und billig. Sie ist in
zehnfachen Millionenzahlen produziert und kopiert worden und
wird sowohl von Soldaten im ehemaligen Ostblock, Guerillas
und Freiheitsbewegungen in Asien, Afrika und Südamerika sowie
von islamistischen Dschihadisten auf der ganzen Welt verwendet.

Seine eigene Waffe auseinandernehmen und wieder zusam-
mensetzen zu können war eine absolute Notwendigkeit für einen
Heiligen Krieger und nur eine der Prüfungen, die Lotta Broman
ablegen musste, um in der Dschaisch al-Rasul, der Armee des
Propheten, akzeptiert zu werden.

Als Frau wäre sie niemals infrage gekommen, wenn nicht Al-
Tawil einerseits erklärt hätte, dass sie als Chefin der schwedi-
schen Entwicklungshilfe Sida Hunderte von Millionen als Un-
terstützung nach Palästina gesandt habe. Geld, das für Essen,
Ausrüstung und Hilfe verwendet werden konnte. Und für den
Kampf. Zum anderen hatte er sie überzeugt, dass sie ihnen bei
der spektakulärsten Aktion helfen könne, die die Welt bis dahin
gesehen hatte. Dieses Mal würde sie gelingen, versprach er. Al-
Tawil war der Ideologe, und sie war sein Schwert, das auf ihre
Feinde fallen würde.

Deshalb wurde sie akzeptiert, wenn auch widerwillig, und musste sich einer gediegenen Ausbildung unterwerfen. Granatwerfer abfeuern, eigene Bomben bauen, die Wirkung unterschiedlicher Sprengstoffe berechnen. Vieles davon hatte sie bereits als Teenager bei der Stasi gelernt, und die Krieger, die sich widersetzt hatten, eine Frau in die Truppe aufzunehmen, waren gegen ihren Willen beeindruckt, das spürte sie. Aber das machte sie im Grunde nur noch ablehnender.

Diese männliche Machokultur regte sie auf.

In den Trainingslagern, die sie in der Jugend besucht hatte, waren genauso viele Mädchen wie Jungen gewesen. Und oft hatten die palästinensischen Aktionen gezeigt, dass Frauen größere Ressourcen hatten als Männer. Sie weckten weniger Misstrauen, sie waren geschickter, intellektuell beweglicher und besaßen die Möglichkeit, sich an Sicherheitskontrollen vorbeizuflirten.

An den Nahkampfübungen durfte sie nicht teilnehmen, weil keiner der Männer eine unreine Frau anfassen wollte. Stattdessen nutzte sie die Zeit, um den Koran zu studieren, und hoffte, dass diese Wahl ihrem Anführer gefallen würde.

Die Sonne verbrannte ihre Hände, und der Schweiß tropfte. Ihr Kufiya schützte gegen die Hitze, machte das Atmen aber schwieriger. Das weißrote Palästinensertuch unterschied sie zudem von den anderen, die alle nur schwarze Tücher um den Kopf trugen. Sie ahnte, dass es darum ging, sie leichter im Auge behalten zu können.

Sie hatte die ganze Strecke von Istanbul bis hierher eine Augenbinde getragen, und niemand hatte ihr gesagt, wo sie sich befanden, aber sie ging davon aus, dass sie sich irgendwo in Syrien aufhielten. Keine Computer, keine Handys. Jede Technik, jeder Netzanschluss war leicht zu orten. Jetzt waren sie unsichtbar. Das nächste Satellitentelefon war mindestens einige Dutzend Kilometer entfernt.

Bevor sie ihr Training antreten konnte, war sie wegen der

missglückten Operation mit Abu Rasil zur Rede gestellt worden. Sie hatte alle davon überzeugt, dass es ein reines Unglück gewesen war, das sie aufgehalten hatte. Ein Unglück und Sara Nowak. Sie hatte den Bescheid bekommen, dass Al-Tawil das endgültige Urteil sprechen würde, wenn er zurückkam. In der letzten Instanz war er für sie verantwortlich.

Wenn Lotta es dieses Mal nicht gelingen würde, gäbe es keinen Raum mehr für Ausreden. Jetzt setzte sie alles auf eine Karte. Und es war nicht leicht gewesen, alle zu überzeugen.

Sie spürte die skeptischen Blicke der Männer im Rücken. Wahlweise verständnislos, verächtlich oder hasserfüllt. Je mehr sie leistete, desto schwärzer wurden ihre Augen.

Lotta bat darum, mit den Männern zu reden, und ihre Bitte wurde gewährt. Gegen ihren Willen wurden sie gezwungen, ihr zuzuhören, einer Frau.

»Unser Siegeszug über die Welt ist nicht aufzuhalten. Bald werden alle in Übereinstimmung mit der Scharia leben, alle werden den Propheten ehren. Die Ungläubigen, die sich der Bekehrung verweigern, werden gestraft werden, im Namen Allahs. Ihre Zungen werden aus ihren Mündern geschnitten, ihre Hälse werden abgeschnitten, sie werden wie Lämmer geschlachtet werden, als Opfer für Allah. Die verdorbenen Länder, die mit ihren Sünden fortfahren, werden dem Erdboden gleichgemacht, und an ihrer Stelle werden wahrhaftige Gesellschaften gegründet. Moscheen statt McDonalds, der Koran statt Coca-Cola.«

Sie sah, dass Yurshad zufrieden aussah. Die rechte Hand des großen Anführers. Wenn ihre Worte und die Aussprache auch nicht perfekt waren, so war in jedem Fall der Wille der richtige. Vielleicht war es auch nur Lottas Fähigkeit, das Ganze durchzuführen, auf die er sich verließ. Vielleicht verachtete er Frauen genauso sehr wie die anderen Männer. Aber das spielte keine Rolle. Lotta bekam das, was sie von der ganzen Geschichte wollte. Sie konnte der gesamten Gruppe ihre Hingabe demonstrieren. Und wenn Yurshad zufrieden war, durfte sie Abdul Mohammad treffen.

Als sie später zu ihrem Zelt ging, war sie erfüllt von dem Gefühl des Triumphs, weil sie sich ihrem Ziel immer näher kommen sah. So erfüllt, dass sie die Deckung senkte.

Sie hörte schnelle Schritte hinter sich. Bevor sie sich umdrehen konnte, griffen drei der Männer, die ihr gerade noch zugehört hatten, sie an den Armen und den Beinen. Sie hoben Lotta hoch und trugen sie hinter ihr Zelt. Dort drückten sie sie auf den Boden, hielten sie fest und setzten ihr ein Messer an den Hals.

»Keine Frau kann einem Mann etwas beibringen«, sagte einer von ihnen, der sein Gesicht ganz nah an ihres herangedrückt hatte. Hinter ihm sah sie, wie einer der anderen Männer seine Kleidung hochzog und sein erregtes Geschlecht entblößte.

»Du bist eine Hure und wirst wie eine Hure behandelt werden«, sagte er. »Dann wirst du geschlachtet, weil du unrein bist.«

Sie zwangen Lottas Beine auseinander, schlugen ihren Umhang hoch und zogen ihr die Unterhose aus. Der Mann legte sich auf sie und wollte gerade eindringen, als er aufschrie und über ihr zusammenbrach. In seinem Hinterkopf steckte jetzt eine Axt, und sein Blut rann über seine Schultern und seine Stirn auf Lotta hinab. Die anderen beiden standen mit den Händen in der Luft auf und stolperten einige Schritte zurück.

Hinter dem toten Mann sah Lotta Al-Tawils hochgewachsene Gestalt, mit einer weiteren Axt in der einen Hand und einem langen Messer in der anderen. Er ließ die Männer entkommen, was sie verwunderte.

Kein Dank, Lotta nickte ihm nur anerkennend zu. Nicht, weil er sie gerettet hatte, sondern weil er den Plan gerettet hatte. Er hatte seine Pflicht getan.

Al-Tawil, der Einzige, der noch von ihrer Gruppe in Schweden übrig war. Der Einzige, der sowohl sie als auch Eric kannte. Der Geiger und Faust zusammengebracht hatte.

Dort trug er den Namen Günther Dorch, und für die Rechte der Palästinenser hatte er seit den Siebzigerjahren gekämpft. Er hatte alle legendären Helden in den Trainingslagern getroffen, in die die DDR ihn geschickt hatte, und die ganze Zeit ein Doppelleben mit falscher Identität in Schweden gelebt.

Hier war er alles andere als ein unauffälliger Ingenieur beim Flugzeughersteller Saab, dessen Aufgabe darin bestand, vollkommen mit seiner Umgebung zu verschmelzen. Hier war er eine Legende mit persönlichen Beziehungen zu allen Führungspersönlichkeiten des Kampfes. Im Dschaisch al-Rasul war er als Al-Tawil bekannt, »der Lange«. Ein perfekter Botschafter zwischen den Lagern im Osten und den Zellen in Europa, der mit seinem nordeuropäischen Aussehen und dem schwedischen Pass nirgendwo Verdacht weckte. Und es war auch Al-Tawil gewesen, der seine Freunde im Dschaisch al-Rasul davon überzeugt hatte, Lotta noch eine Chance zu geben. Aber sicherheitshalber hatte er auch überprüft, was Lotta berichtet hatte.

»Es war, wie du gesagt hast«, sagte Dorch jetzt. »Alles stimmte.«

Lotta hatte Dorch erklärt, dass sie entkommen konnte, nachdem Abu Rasil gefallen war, dass sie ein Auto geklaut und nach Berlin gefahren war, wo sie Hilfe bekommen hatte, um nach Istanbul zu reisen. Dort hatten seine Freunde sie empfangen und dorthin geführt, wo sie sich jetzt befanden.

Keine Spur, dass der BND sich irgendwo eingemischt hätte.

Das war wichtig. Ansonsten hätten sie sich nie auf sie verlassen.

»Du verstehst doch, dass ich es überprüfen musste«, sagte Dorch.

»Ja.«

»Komm, wenn du bereit bist.«

Dorch verschwand, und Lotta ging in ihr Zelt und wusch sich. Als sie fertig war, traf sie Dorch erneut auf dem Innenhof. Sie sah, dass in einem der Bäume etwas vor sich ging. Als sie näher herantrat, sah sie, dass es die beiden anderen Männer waren, die sie angegriffen hatten.

»Ich habe es Yurshad erzählt«, sagte Al-Tawil.

Lotta nickte zur Bestätigung, dass es die richtige Entscheidung war. Alle Hindernisse für ihren Auftrag mussten beseitigt werden, ohne Zögern oder Sentimentalität.

Sie gingen gemeinsam in Yurshads großes Zelt, verbeugten sich und grüßten und ließen sich auf den Kissen nieder, die auf dem Boden um den niedrigen Tisch herum lagen, der in der Mitte stand.

Aus seinem Rucksack holte Dorch ein paar Papierrollen und breitete sie auf dem Tisch aus. Andere Männer platzierten Kerzenhalter auf den Ecken, um die Papiere offen zu halten.

Was Dorch dort ausgebreitet hatte, waren Karten. Ganz gewöhnliche, alte Papierkarten. Die Regeln waren beinhart, nichts Digitales in diesem Lager.

Auf die Karten waren Kreuze und große Kreise gemalt.

Lotta studierte sie gründlich. Ihr Herz pochte so hart in ihrer Brust, dass sie sich beinahe schwindelig fühlte.

»Was bedeuten die Kreise?«, fragte sie atemlos. »Den Sprengradius?«

Dorch nickte. Lotta musterte die Reihe von Kreisen, die über die Karte lief.

»Und das ist ganz sicher?«

»Es wurde bestätigt. Unsere Freunde haben kontrolliert, dass alles funktionstüchtig ist.«

Lotta betrachtete erneut die Karte und die Kreise mit den berechneten Effekten. Sie ließ ihre Finger über die großen Gebiete gleiten, die bald nur noch aus Asche und Ruinen bestehen würden.

Sie lächelte leise vor sich hin. Die Hand, die eine ausge-
büchste Haarsträhne zurückschob, zitterte leicht. Wunderbar.

Sie würde ihre Rache bekommen.

Alle Getäuschten und Betrogenen würden ihre Wiedergutmachung bekommen. Sie wäre dabei, wenn die Geschichte neu
geschrieben wurde. Lottas ganzer Körper sang vor Glück.

Jetzt fehlte nur noch ein letztes Puzzleteil.

22

Glaubte er ihr nicht?

Agneta sah ihm tief in die Augen.

Doch. Bestimmt glaubte er ihr.

Morosow verstand, dass sie ihn töten würde, wenn er nicht auspackte.

Er hatte allerdings mehr Angst vor seinem Chef.

Dem Werwolf.

Warum der Koffer mit einer Million Pfund ihn auch nicht gelockt hatte, begriff sie jetzt.

Der gefesselte Wassilij Morosow hatte Agneta von seinem Chef erzählt. Wie Dmitrij Zerkowskij, der Mann, der der Werwolf genannt wurde, enttarnte Verräter am Leben erhielt, um sie so lange wie möglich foltern zu können. Der aktuelle Rekord lag angeblich bei zwei Wochen.

Und dann ließ er die gesamte Familie des Verräters töten. Damit sich alle im Klaren darüber waren, was passierte, wenn man ihm zu trotzen versuchte. Zuletzt war sogar ein Cousin von jemandem, der den Werwolf zu betrügen versucht hatte, in den USA umgebracht worden. Ein Cousin, den der Enttarnte noch nicht einmal gekannt hatte. Kinder, Frauen, Eltern, Großeltern, Kindheitsfreunde. Alle, die auf irgendeine Weise mit einem Verräter verbunden waren, wurden ausgerottet. Und das hatte anscheinend den beabsichtigten Effekt.

»Niemand wird Ihnen helfen«, sagte Morosow jetzt mit einer rauen Stimme. Seine Haut war blassgrau, als hätte er seit vielen Monaten kein Tageslicht mehr gesehen. »Und wenn Sie versu-

chen sollten, irgendwelche Informationen aus mir herauszu-
pressen, lassen Sie mich zuerst sagen, dass ich keine Ahnung
habe. Es gibt nichts, was Sie aus mir herausfoltern können. Es
gibt niemanden, der weiß, wo er ist.«

»Er wird nie erfahren, dass Sie etwas gesagt haben. Innerhalb
einer Woche ist er tot. Und Sie sind ein reicher Mann«, sagte
Agneta, die ein Stück entfernt in der Dunkelheit saß.

»Ein toter reicher Mann. Aber zuerst ein sehr leidender
Mann. Und Sie würden ohnehin keinen Nutzen von etwas haben, das ich Ihnen erzählen könnte. Sobald ich etwas sagen
würde, wären es nichts als Lügen. Denn niemand weiß etwas.«

»Irgendjemand muss etwas wissen. Seine Piloten müssen
doch wissen, wohin er fliegt.«

Agneta betrachtete den Mann, der sich in dem Sitz vor ihr
wand. Sie sprachen Russisch, und sie hatte sofort bemerkt, dass
der Moskauer Morosow eine verächtliche Grimasse zog, als er
ihre ukrainische Aussprache hörte. Er unterschätzte sie. Diesen
Fehler hatten schon einige gemacht.

»Er erzählt niemandem etwas im Vorhinein. Erst wenn sein
Flugzeug abgehoben hat, erfährt der Pilot, wohin es geht.«

»Aber dann weiß der Pilot es.«

Agnetas Stimme war ruhig, der Ton beinahe gleichgültig.

»Aber er wird während der ganzen Reise bewacht. Bis sie irgendwo anders hinreisen, mit einem anderen Piloten, der das
Ziel erst erfährt, wenn sie abgehoben haben.«

»Aber sie müssen die Genehmigung zur Landung einholen.
Und das Kennzeichen des Flugzeugs angeben.«

»Er hat drei Flugzeuge gleichzeitig in der Luft«, kam die
schnelle Antwort von dem blassen Russen. »Und sie geben sich
ständig falsche Kennzeichen. Haben Sie überhaupt eine Ahnung, wie viele Flugzeuge jeden Tag eine Landegenehmigung
haben wollen?«

»Man könnte ihm nachfliegen?«, schlug Agneta vor.

»Sein Flugzeug hat Raketen, die er jederzeit gegen eine Maschine abfeuern kann, die ihn verfolgt. Geben Sie besser gleich auf.«

»Ich dachte, Sie hassen ihn.«

»Das tue ich auch. Er ist ein brutaler Sadist. Eine Bestie, der Teufel selbst. Ich will nichts mehr, als dass ihn jemand umbringt. Aber niemand kann es«, sagte Morosow und schluckte. »Kann ich ein bisschen Wasser haben?«

»Das Personal in seinem Haus hat doch bestimmt den Befehl, das Sicherheitsniveau zu erhöhen, wenn er kommt?«, sagte Agneta und ignorierte seine Bitte.

»Erst eine Stunde vorher. Und sie erhöhen sie immer an mehreren Orten gleichzeitig, in unterschiedlichen Teilen der Welt. Niemand weiß, zu welchem Haus er will. Und selbst wenn es jemand erführe, wäre es nicht sicher, dass man rechtzeitig hinkommen würde. Er bleibt fast nie länger als eine Nacht an derselben Stelle. Ständig gibt es Täuschungsmanöver und Doppelgänger, die zu anderen Häusern fahren. Er ist ein Gespenst, das niemand fangen kann.«

»Bis jetzt.«

»Sie sollten sich herausziehen, solange Sie es noch können«, sagte der Russe und schüttelte den Kopf. »Wenn er erfährt, dass Sie nach ihm suchen, wird er Sie foltern lassen. Da wird es keine Rolle spielen, dass Sie eine alte Schachtel sind. Sie werden Ihre eigenen Därme essen müssen. Sie sollten hoffen, dass die GRU Sie vorher findet.«

»Die GRU?«, wiederholte Agneta mit etwas ungeduldiger Stimme.

»Sie suchen nach einer alten Schachtel, die Romanowitsch getötet hat. Irgendetwas sagt mir, dass Sie es waren. Es kann ja nicht so furchtbar viele alte Besen geben, die Oligarchen ermorden, oder? Und es gibt bestimmt viele, die scharf auf die Belohnung sind.«

Morosow lächelte vor sich hin, offensichtlich ganz zufrieden damit, wie gut er informiert war.

Mist. Die GRU hatte Informationen über sie herausgegeben. Obwohl sie nicht wussten, wer sie war, wussten sie auf jeden Fall, *was* sie war. Mittlerweile wusste wohl jeder Russe in London, das der russische Nachrichtendienst nach einer alten Frau suchte und gut für sie bezahlen würde.

Sie musste eine Weile untertauchen. Das hier war gar nicht gut für den Auftrag.

Wohin konnte sie gehen?

Es fühlte sich ungewohnt an.

Sie war es gewohnt, zu jagen und nicht selbst die Gejagte zu sein.

Agneta klebte Morosows Mund zu und kletterte aus dem geschlossenen Lieferwagen auf dem Langzeitparkplatz des Flughafens. Die ganze Zeit mit gesenktem Kopf, um die Überwachungskameras zu überlisten, soweit es ging. Sie hatte sich diesen Parkplatz ausgesucht, gerade weil er überwacht wurde. Darum hatte sie sich auch einen falschen Vollbart angeklebt und auf die Hand einen Stern gemalt, der so aussehen sollte wie eine Tätowierung, die auch russische Gangster, Vory, normalerweise hatten. Bei dem Abstand, den sie zu den Kameras hatte, konnte das durchaus funktionieren. Sie versuchte, sich auf eine männliche Art zu bewegen, und stellte sich sogar vor ein geparktes Auto und tat so, als würde sie pinkeln, indem sie eine Flasche Zitronensaft ausleerte, die sie in der Tasche hatte. Sie hoffte auch, dass die Wächteruniform für Verwunderung sorgte.

Agneta musste nachdenken. Sie betrachtete eine Weile die Flugzeuge, die ein Stück weit entfernt starteten und landeten, während sie überlegte.

Ein tiefes Seufzen glitt aus ihrer Kehle. Sie hatte alles herausgefunden, was sie über den Werwolf herausfinden konnte: seinen Hintergrund, sein Imperium, wie es heute aussah, und sein Weg an die Macht. Alles über seine Familie und die Verbündeten, alte und neue. Aber niemand konnte ihr helfen, näher an ihn heranzukommen.

Aber dann dachte sie plötzlich an Mohammed.

Und sofort wusste sie, was sie tun musste.

Dem Beispiel des Propheten zu folgen, war die einzige Möglichkeit.

Damit konnte sie genauso gut direkt anfangen.

Sie ging in den Lieferwagen und erschoss Morosow mit zwei Kugeln in die Stirn.

Schließlich hatte sie einen Ruf, um den sie sich kümmern musste.

Es war nicht möglich, diejenigen überleben zu lassen, die nicht reden wollten, dann würde ihr niemals irgendwer irgendetwas erzählen.

Jetzt, wo er gestorben war, würden die Männer des Werwolfs auch nicht glauben, dass er etwas erzählt hatte.

Und Morosow konnte sie niemals identifizieren.

Win-win.

Der Körper würde wahrscheinlich erst in Wochen gefunden werden, und wenn es so weit war, wäre sie längst nicht mehr hier. Aber sie wollte nicht als ältere Frau identifiziert werden, das würde ihre zukünftigen Aktivitäten erschweren.

Sie griff nach ihrer Tasche, verließ den Langzeitparkplatz und nahm den Transferbus nach Stansted, nach wie vor mit gesenktem Kopf und einem so männlichen Bewegungsmuster, wie es ihr möglich war.

Vor dem Terminal wählte sie ein Taxi mit einem Chauffeur, dessen Hautfarbe komplett weiß war, und drückte die Daumen, dass seine Reaktion diejenige wäre, die sie sich vorgestellt hatte. Als sie während der Fahrt die Uniform auszog, sie in die Tasche stopfte und stattdessen einen ganz geschlossenen Niqab überzog, erklärte sie dem Fahrer, dass sie mit einem Muslim verheiratet sei, der niemals zulassen würde, dass sie sich unter Leuten bewegte, ohne einen vollständigen Schleier zu tragen. Da sie allerdings Wert auf ihre Unabhängigkeit lege, müsse sie eine Art Doppelleben führen. Der Fahrer schluckte die Geschichte mit Haut und Haar. Schüttelte den Kopf und bedauerte, was aus Good Old England geworden sei.

Agneta stieg in Tower Hamlets aus, auf der Brick Lane. Hier verschmolz sie mit ihrem Schleier mit den übrigen Passanten, und ihr Gesicht könnte sich niemand merken, selbst wenn eine Kamera sie einfangen würde.

Als sie sich ausreichend unsichtbar fühlte, holte sie das Handy heraus und rief Schönberg an. Sie erklärte, dass sie mit dem Leibwächter des Werwolfs nicht weitergekommen sei und dass sie das Gefühl habe, eine Weile untertauchen zu müssen, weil die GRU eine Meldung herausgegeben hatte, dass sie nach einer alten Frau suchten.

»Ich mache einen kurzen Urlaub auf dem Land«, sagte Agneta. »Aber vorher brauche ich noch Hilfe bei einer Sache.«

Dann sagte sie ein einziges Wort. Ein Wort, das Schönberg eine sehr lange Zeit zum Schweigen brachte.

»Bist du dir sicher?«, sagte er schließlich.

»Ganz sicher.«

»Weißt du, wie gefährlich das ist?«

»Das ist mir sehr bewusst.«

»Und es kann unmöglich offiziell gemacht werden.«

»Dann mach es inoffiziell.«

Darauf beendete sie das Gespräch, wischte das Handy ab und ließ es diskret auf den Bürgersteig fallen. Es wäre gut, wenn jemand es finden und benutzen würde. Das würde die Spuren ein bisschen verwischen, falls Schönberg oder jemand anderes vorhätte, sie anhand des Handys ausfindig zu machen.

23

Sandin Energy war ein umstrittenes Unternehmen. Zu Beginn hatte es Sandin Oil geheißen und sich darauf spezialisiert, nach Öl und Gas in konfliktreichen Gebieten zu suchen, in die sich andere Firmen nicht begeben wollten, entweder um ihr Personal zu schützen oder weil sie es als unmoralisch ablehnten. Zumindest hatte man Angst, die öffentliche Meinung gegen sich aufzubringen. Aber Sandin Oil hatte sich nicht um so etwas geschert. Ganz im Gegenteil hatte man mit Kusshand die Prospektionsgenehmigungen von Diktatoren und Kriegsherren erworben, vor allem in Afrika, aber auch in Asien. Wenn das Kriegsglück sich wendete, konnte die Firma ihre Rechte verlieren, aber im großen Ganzen war es eine äußerst lohnende Geschäftsidee, in diesen Gegenden tätig zu sein, und die Aktie war populär unter den Investoren, die sich nicht um die Ethik ihres Handelns kümmerten.

Der Gründer des Unternehmens mit dem vielsagenden Namen Adolf war in den Siebzigerjahren zum besten Freund der Machthaber in den zutiefst rassistischen Ländern Südafrika und Rhodesien geworden. Angeblich hatte er Millionen für die Bekämpfung der Freiheits- und Unabhängigkeitsbewegungen gespendet, was seiner Firma lukrative Grabungsrechte beschert hatte. Zu dem Preis, dass es Kritik in seinem Heimatland Schweden gab, die er als linke Propaganda abtat.

Sandin Energy sah sich als späte Folge dieser Tätigkeit in Entwicklungsländern einer Anklage wegen Mittäterschaft bei Verbrechen gegen die Menschlichkeit konfrontiert. Die Staatsanwaltschaft warf der Firma vor, dass man geholfen habe, Sudanesen zu vertreiben und zu ermorden, die in den Gebieten gewohnt hatten, in denen das Unternehmen das Recht erworben hatte, nach Öl zu bohren. In den Teilen des Sudan, die mittlerweile ein eigenes Land waren, Südsudan. Man hatte Fahrzeuge an das Militär des Landes ausgeliehen, als sie ganze Städte dahinmetzelten, und sie hatten eine Straße gebaut, um es den Soldaten zu erleichtern, mit den schweren Fahrzeugen in die Konfliktgebiete zu gelangen. In Zeugenaussagen war von Vergewaltigungen, Morden, Verstümmelungen und Zwangsumsiedlungen in riesigem Ausmaß die Rede.

Der frühere Außenminister Jan Schildt lehnte in unzähligen Artikeln jede Verantwortung ab und ging mit seinem gewohnten Sarkasmus zum Gegenangriff über. Er war dafür bekannt, dass sämtliche Skandale an ihm abglitten, aber jetzt sah er zum ersten Mal wirklich angegriffen aus, bemerkte Sara, als sie sich die Videoausschnitte ansah, die auf Youtube über seine Beteiligung an dem Skandal vorhanden waren. Er war blitzschnell damit gewesen, seinen Aufsichtsratsposten loszuwerden und seinen Aktienbesitz an dem Unternehmen zu verkaufen, als der Wind zu scharf wurde. Und seitdem hatte er es zur Bedingung für alle Interviews und Auftritte im Fernsehen gemacht, dass keine Fragen zu seiner Zeit bei Sandin Energy gestellt würden.

Ein Kommentator merkte an, dass sich niemand um den Bürgerkrieg im Sudan gekümmert hätte, bei dem zwei Millionen Menschen im Laufe von zwanzig Jahren ums Leben gekommen seien. Erst als der Sudan begann, Öl in großem Maßstab zu verkaufen, begann die Welt sich zu engagieren, und da waren dreißigtausend Tote ein riesiger Skandal. Ökonomisch motivierte Mitmenschlichkeit.

Relativ schnell fand Sara auch eine Homepage, hinter der eine Gruppe von Hackern steckte, die sich X-Ray nannte. Den

Namen hatten sie sich ausgesucht, weil sie angeblich »die Macht röntgen und hinter die polierten Fassaden sehen« wollten.

X-Rays normale Beschäftigung bestand darin, Sicherheitsfehler in den Datensystemen großer Unternehmen zu finden und sich dafür bezahlen zu lassen, sie nicht zu veröffentlichen. Das betrachtete man als rechtmäßige Finanzierung ihrer wichtigen gesellschaftlichen Tätigkeit. Ihr Hauptziel bestand darin, Korruption, Machtmissbrauch und Verbrechen gegen die Menschlichkeit zu entlarven.

X-Ray hatte unlängst erst die Server der CIA gehackt und einen als geheim gestempelten Bericht über Sandins Tätigkeit gefunden, den sie ins Netz gestellt hatten.

Sara rief die Datei mit dem Bericht auf und blätterte sich durch Tabellen von Toten und Verletzten, Zeugenaussagen von Überlebenden und Bildern von verstümmelten Körpern und niedergebrannten Dörfern.

Ein paar der Bilder zeigten Körper, die verbrannt und geköpft worden waren.

Genau wie Jan Schildt und Harald Moberg.

Sara druckte den kompletten Bericht aus und ging mit ihm zu Heidi Hitler. Sie konnte den Vergleich nicht unterdrücken, wie es gewesen wäre, wenn Bielke in dem Büro am Ende des Ganges gesessen hätte. Er fiel nicht zu Heidis Vorteil aus.

Wie gewohnt saß Eger Nilsson in Heidis Büro. Jetzt auf dem Sofa, aber wie immer mit den Füßen auf dem nächstgelegenen Tisch.

»Ein Massaker im Sudan«, sagte Sara und warf den Bericht auf Heidis Tisch. »Das in dem Jahr geschah, in dem die vier Toten im Aufsichtsrat von Sandin saßen. Und Sandin war daran beteiligt.«

»Hast du etwa damit weitergemacht?«, fragte Heidi und betrachtete sie misstrauisch. »Darum habe ich dich aber nicht gebeten.«

»Sieh nur«, sagte Sara und zeigte auf die Bilder der verbrannten und geköpften Körper.

»Was hat denn das mit den Morden zu tun?«

»Weiß ich nicht. Aber es ist unser einziger Anhaltspunkt. Hier haben wir schließlich zum ersten Mal ein Motiv, seit wir die Videos bekommen haben.«

»Warte mal, warte mal«, sagte Eger und hob eine Hand. »Zwei alte Chefs ermorden zwei andere und nehmen sich dann das Leben. Wo sind denn da die Bösewichte?«

»Der oder die, die gefilmt und das Video geschickt haben und die den Männern die Pistolen gegeben haben. Die müssen wir finden.«

Eger winkte Heidi zu, und sie hielt die Papiere mit den Opfern im Sudan so hoch, dass er sie sehen konnte. Er sah von den Bildern zu Sara.

»Was haben diese Bilder mit unseren Ermittlungen zu tun? Diese Menschen sind doch Opfer. Sie sind arm. Die können so etwas nicht machen.«

»Das habe ich ja auch nicht gesagt.«

»Du zeigst uns die Bilder und meinst, du hättest die Lösung gefunden, weil du so verdammt brillant bist, im Unterschied zu uns anderen.« Sara hatte keine Zeit, auf diese Dummheit zu reagieren, bevor Eger fortfuhr: »Du behauptest also, dass in den Slums von Afrika jede Menge krimineller Masterminds geboren werden? Du hörst doch selbst, wie absurd das klingt.«

»Ja, das klingt absurd, aber du hast es gesagt.«

»Das glaube ich nicht«, sagte Eger und strich sich erneut den viel zu langen Pony aus der Stirn.

Du lieber Gott, was war das hier für ein Niveau?

»Und diejenigen, die den Bericht veröffentlicht haben? X-Ray?«, sagte Sara in einem letzten Versuch, Gehör für ihre Theorie zu finden.

»Das sind Helden. Sie zeigen der Welt, wer die Kapitalisten

wirklich sind, nämlich echte Schweine. Wir sollten ihnen applaudieren.«

»Heidi, stimmst du Egil zu, dass wir applaudieren sollten, wenn Leute ermordet werden?«

»Eger. Und so hat er es nicht gemeint.«

»Du«, sagte Eger und streckte Sara einen blassen, knubbeligen Zeigefinger entgegen. »Das hier ist eine Abrechnung in der Oberklasse. Wie Ratten, die übereinander herfallen, wenn die Welt untergeht, bringen sie einander um. Aber du, du siehst Mörder in allen Farbigen. Du stellst dich in den Dienst der Macht.«

»Fahr zur Hölle«, sagte Sara, nahm den Bericht und ging.

In ihrem Büro warf sie den Papierstapel gegen die Wand und trat ihren Schreibtischstuhl um. Sie schrie vor Zorn, und dann stand sie eine Weile herum und kochte innerlich.

Irgendetwas musste sie tun. Sie holte ihr Handy heraus und rief Brundin bei der Säpo an.

»Brundin.« Wie immer meldete sie sich nur mit dem Nachnamen. Nicht der geringste Versuch zu freundlicher Plauderei, obwohl sie und Sara schon so viel gemeinsam erlebt hatten.

»Sandin Energy. Alle vier Ermordeten aus den Videos saßen im Aufsichtsrat, als die schlimmsten Übergriffe im Sudan begangen wurden. Wissen Sie mehr darüber?«

»Kein Kommentar.«

»Kommen Sie«, seufzte Sara. »Es können noch mehr Leute bedroht sein. Und wenn Sie wissen, dass es die falsche Spur ist, dann wäre es verdammt überflüssig, wenn die Polizei ihre Ressourcen darauf verschwendet.«

»Ich verstehe Sie«, sagte Brundin.

»Also …?«

»Also kein Kommentar.«

»Und wenn sich herausstellt, dass jemand anderes darin verwickelt ist und die Vorstandsvorsitzenden dazu bewegt, sich gegenseitig zu ermorden, während gleichzeitig die Säpo die

Zusammenarbeit bei den Ermittlungen verweigert, dann wäre echt die Hölle los.«

»Ich verstehe Sie«, sagte Brundin erneut. Dann schwieg sie.

»Brundin?«, sagte Sara.

»Ja?«

»Soll ich Ihnen sagen, was ich von Ihnen halte?«

»Tun Sie das«, antwortete die Säpo-Frau.

»Kein Kommentar.«

Sara drückte das Gespräch weg und rief Tore Thörnell an, den pensionierten Oberst, der bei der Spionageabwehr im Hauptquartier der Nato in Brüssel gearbeitet und ihr im letzten Jahr mit Informationen über Spione und Terroristen geholfen hatte. Grundsätzlich war er loyal zu seinen alten Arbeitgebern, aber er sollte ein bisschen das Gefühl haben, Sara einen Dienst schuldig zu sein, nachdem er Faust erlaubt hatte, ihr Gespräch abzuhören, was beinahe zu ihrem Tod geführt hätte.

Sie erzählte von dem unlängst geleakten Bericht und dass die mittlerweile vier Getöteten alle im Aufsichtsrat der Firma gesessen hatten, als sich die Gewalttaten im Sudan ereignet hatten.

»Ich werde es mir ansehen«, war alles, was er sagte, dann legte er auf.

Entweder war er mit anderem beschäftigt, oder er betrachtete den Auftrag mit allergrößtem Ernst.

Sara berichtete anschließend ihren Kollegen von X-Ray und dem Bericht und bat sie, nach irgendetwas zu suchen, das Verbindungen zum Sudan herstellte. Protestversammlungen, empörte Leserbriefe, Afrikagruppen, Exilsudanesen in Schweden sowie Reisen in den und aus dem Sudan.

Anna erklärte, dass sie lieber keine Überstunden machen wollte. Sie wollte nach Hause zu Lina.

»Es ist ja ohnehin schon alles geschlossen.«

»Okay, dann morgen«, sagte Sara und versuchte, ihre Enttäuschung zu verbergen.

So war es früher nie gewesen.

Damals waren sie immer auf die Ideen der anderen angesprungen.

Sie seufzte leise, versuchte aber, positiv zu denken. Die Fakten zu akzeptieren.

»Ja, ja«, sagte Sara und nahm ihre Jacke. »Es ist spät, und über Nacht wird wohl nichts Neues passieren.«

24

»Du fährst in der falschen Spur.«

»Mach ich gar nicht.«

»Doch, du sollst geradeaus fahren. Das hier ist für Rechtsabbieger.«

»Und?«

»Du kommst nach Solna, wenn du hierbleibst.«

Widerwillig wechselte Ebba die Spur, allerdings ohne in den Rückspiegel zu sehen, was dazu führte, dass ein grüner Peugeot 508 hinter ihnen in die Eisen steigen musste.

Sara sah über den breiten Bürgersteig des Karlbergsvägen. Mit ihrer Tochter Übungsfahrten zu machen, war eine Herausforderung. Sie hatte Schwierigkeiten, die Ruhe zu bewahren, wenn Ebba Fehler machte. Sie hatte ihr mehrere Male erklärt, dass sie sich nur aufregte, weil sie wirklich wollte, dass Ebba die Fahrprüfung bestand, aber sie wussten beide, dass es an ihrem Temperament lag. Und an den überhöhten Ansprüchen an die Tochter.

Die Situation wurde nicht besser davon, dass Ebba ihre Übungsfahrten vorher mit Eric gemacht hatte. Oder dass Sara jetzt übernehmen musste, weil sie ihren Schwiegervater erschossen hatte. Den Großvater, dem sowohl Ebba als auch Olle nahegestanden hatten, über den sie nach wie vor fast jeden Tag sprachen. Sara konnte ihnen ja nicht einfach erzählen, dass sie ihn vergessen sollten, dass er ein böser Mann gewesen sei, der ihren Vater während seiner ganzen Kindheit und Jugend gequält habe, und dass es ihr jedes Mal körperlich wehtat, wenn sie seinen

Namen aussprachen. *Der liebe Opa Eric.* Sara wollte nichts anderes, als einfach weiterzumachen, aber gerade jetzt machte die Trauerarbeit der Kinder es unmöglich. Der einzige Trost war, dass sie Eric hatte töten müssen, dass sie keine Wahl gehabt hatte, sich anders zu entscheiden.

»Du dumme Fotze, wie fährst du denn?«

Ebba hupte und zeigte einem Volvo XC90, vor dem sie in die Eisen steigen musste, den Mittelfinger.

»Rechts vor links«, sagte Sara. »Er hatte Vorfahrt. Und verwende nicht Fotze als Schimpfwort. Warum sollte eine Fotze etwas Negatives sein?«

»Nicht so eine Fotze. Keine Muschi-Fotze, sondern eine Hurenbocksfotze. Ein Idiot. Ein Fotziot.«

Ebba wendete, bevor sie die Norra Stationsgatan erreichten, und bog nach rechts in die Norrbackagatan ab. An der Kreuzung mit der Tomtebogatan hatte der erste 7-Eleven von Schweden gelegen. Jemand hatte einmal gesagt, dass es vor genau diesem 7-Eleven gewesen war, wo Mauro Scocco auf seine Sarah gewartet hatte. Anna hatte dort zur Untermiete gewohnt, schräg über die Straße in der Nummer 38, als sie auf die Polizeihochschule gegangen waren. Sie waren oft nach unten gelaufen und hatten in dem Lebensmittelkiosk eingekauft, wenn sie bei Anna zusammen gelernt, vorgefeiert oder ihren Kater auskuriert hatten.

So war es, wenn man älter wurde, so viele Orte in der Stadt, die mit Erinnerungen verbunden waren. Aber man kam an das Verflossene nicht mehr heran, das gleichzeitig so lebendig und doch entfernt wirkte. Erinnerungen, die sich rücksichtslos aufdrängten, wenn man einen bestimmten Eingang oder Park oder eine bestimmte Pizzeria sah.

»Und jetzt?«, fragte Ebba irritiert vor der Kreuzung mit der Rörstrandsgatan.

»Wir müssen tanken. Bieg nach rechts in die Sankt Eriksgatan ein, dann fahren wir zu der Tankstelle am Norr Mälarstrand.«

Als sie Stockholms Tankstelle mit der besten Aussicht erreicht hatten, stieg Sara aus, nahm ihr Gucci-Portemonnaie, das sie von Martin bekommen hatte, und ging zum Automaten. Als sie gerade die Bankkarte in das Terminal stecken wollte, entschied sie sich um und ging zurück.

Ebba saß wie gewöhnlich mit dem Handy da und wartete wie immer darauf, dass sie von ihrer Mutter bedient wurde. Sara nahm das Handy aus Ebbas Hand und sah ihr in die Augen.

»Tank selbst«, sagte Sara.

»Ich?«

»Bezahlen kannst du auch. Du hast einen Job, und es ist deine Übungsfahrt.«

Ebba seufzte und knallte demonstrativ die Autotür hinter sich zu.

Während die Tochter mit gespreizten Fingern tankte, um keinen Benzingeruch an die Hände zu bekommen, begann Sara über all die guten Orte nachzudenken, an denen man Übungsfahrten machen konnte.

Oben auf dem Essingeleden? War Ebba dafür bereit? War *Sara* dafür bereit?

Durch die Innenstadt?

Oder so ein bisschen halbherzig nach Drottningholm hinaus? Gerade Strecken und Schlangen und ein paar anstrengende Kreisverkehre, in denen niemand einen Blinker benutzte?

Ebbas Handy war nach wie vor entsperrt, also beschloss Sara, die Kartenapp zurate zu ziehen, um sich ein Bild von der Verkehrslage zu machen. Da sah sie, dass Ebba die App »Hitta« aufgerufen hatte, mit der man sehen konnte, wo sich das eigene iPhone befand. Seltsam. Sie hatte doch ihr Handy dabei. Beziehungsweise, im Augenblick hatte Sara es, aber trotzdem. Dann sah sie, dass der runde Ring mit einem iPhone-Bild sich gar nicht am Norr Mälarstrand befand, wo es sein sollte, sondern draußen auf der Insel Kastellholmen. Und als sie die Liste mit den »Einheiten« kontrollierte, sah sie, dass das Handy »Toms iPhone« hieß. Und die anderen Einheiten »Toms iPad«, »Toms MacBook Pro«, »Harriets iPhone« und »Cocos iPad«.

Ebba war in Toms iCloud eingeloggt.

Du lieber Gott.

Sie behielt ihn im Auge.

Sara sah durch den Rückspiegel an der Seite zu ihrer Tochter. Eben noch ein Kind, jetzt eine junge Frau. Fixiert auf einen Mann. Offensichtlich schon bereit dazu, die Selbstständigkeit aufzugeben, für die sie so hart ihr ganzes Leben lang gekämpft hatte. So hatte sie ihre Tochter wirklich nicht erzogen.

Als Ebba sich wieder in das Auto setzte, konnte Sara es nicht lassen, sie davor zu warnen, von einem Mann so besessen zu sein. Das war kein gesundes Verhalten.

Die Tochter flippte aus, riss ihr Handy an sich und beschuldigte Sara, eine Psychopathin, total verbittert und eine Stalkerin zu sein.

Dann zankten sie den ganzen Weg bis nach Östermalm, wo Sara entschied, dass es genug war, und Ebba anwies, zur Slussen zu fahren, wo Sara sie aussteigen ließ. Die Tochter konnte gerne zu Fuß das kurze Stück nach Hause zum Mosebacken zurücklegen.

Sara holte tief Luft, bevor sie zur Garage unter dem Slottsbacken fuhr, um zu parken. Sie versuchte sich einzureden, dass es nur eine Phase sei. Ebba war immerhin frisch verliebt. Aber als sie Martins knallgelben Lamborghini Urus auf seinem Platz neben Saras stehen sah, wurden die Bauchschmerzen von einer eisigen Sorge ersetzt. Was machte er denn hier?

Sie stieg aus dem Wagen und wanderte an der Storkyrkan vorbei nach Hause, während sie ihren Mann anrief.

»Wo bist du? Warum steht dein Auto in der Garage?«

»Ich warte auf dich«, sagte Martin. »*Vor* der Wohnung«, betonte er schließlich.

176

»Warum? Ist etwas passiert?«

»Ich komme ohne dich nicht zurecht. Nimm mich zurück.«

Bei diesen Worten platzte Sara der Kragen.

»Du nimmst Drogen, Martin«, sagte sie. »Ich weiß, was du getan hast, du verdammter Fotziot!«

»Was?«

»Du läufst auf Kokain, daher bekommst du deine tolle neue Energie. Die ganzen Joggingrunden, mit denen du auf den sozialen Medien angibst, hast du mit dem verdammten Pulver in der Nase zurückgelegt.«

»Wer hat das gesagt?«, fragte Martin, mittlerweile weniger selbstsicher.

»Ich bin Polizistin. Wie konntest du glauben, dass ich dich zurückhaben will, wenn du anfängst, Kokain zu nehmen?«

Es tutete im Hörer. Ein eingehendes Gespräch. Sie sah aufs Display. George Taylor Jr. Verdammt noch mal … *Gespräch ablehnen.*

»Martin. Es hätte vielleicht eine Chance für uns gegeben, zueinander zurückzufinden. Etwas Neues aufzubauen. Aber nicht, wenn du zu Kokain greifst. Dass du überhaupt auf die *Idee* kommst, so etwas *Idiotisches* zu tun, nach allem, was bereits passiert ist.«

»Ich weiß …«, sagte er, aber Sara hatte jetzt keine Lust mehr, zu diskutieren.

»Ich dachte, irgendwo ganz tief in dir drin gibt es einen gesunden Kern, aber jetzt ist mir klar, dass es den nicht gibt.«

»Doch, er ist dort!«, rief Martin trotzig in den Hörer.

»Ich will nie wieder etwas mit dir zu tun haben. Ich werde sofort die Scheidung beantragen. Ich war wirklich dumm genug, es nicht schon im August zu tun. Damals hatte ich idiotischerweise geglaubt, dass es noch irgendeine Chance für uns beide geben könnte. Aber das ist jetzt endgültig vorbei. Hast du mich verstanden?«

Sara drückte das Gespräch weg, ließ sich an die gelbe Fassade der Storkyrkan sinken und weinte.

Sie weinte einfach nur.

Leute kamen vorbei, Touristen mit Kameras in den Händen. Einige betrachteten sie unsicher, aber das kümmerte sie nicht.

Jetzt wusste sie es.

Es war vorbei.

Sie hatte die Hoffnung auf ihren Mann nicht aufgeben wollen, aber wenn er nicht einmal zugeben konnte, dass er ein Problem hatte, dann gab es kein Zurück mehr. Im Augenblick war das Wichtigste für Sara, dass sie sich auf diejenigen verlassen konnte, die ihr nahestanden. Ohne Vertrauen keine Beziehung, so einfach war das.

Schließlich wischte sie die Tränen ab, stand auf und rief Tom Burén an.

»Hallo, Sara«, sagte er fröhlich.

»Tom, als Repräsentantin der Eigentümer muss ich darauf hinweisen, dass es in höchstem Grade unangebracht ist, dass der Vorstandsvorsitzende des Konzerns ein Verhältnis mit einer Angestellten hat. Ebbas schnelle und unüberlegte Beförderung beweist gerade das Unpassende daran. Du hast dich bei deinen beruflichen Entscheidungen von deinen Gefühlen lenken lassen. Du musst diese Beziehung abbrechen oder gehen.«

Tom war eine Weile still, als müsste er darum kämpfen, diese vermutlich unerwartete Botschaft zu verarbeiten.

»Nein«, sagte er schließlich. »Das ist keine Eigentümerfrage. Die Beziehung von Ebba und mir gehört zu meinem Privatleben, und für das, was du sagst, gibt es keine Belege in unseren Grundwerten oder unseren Statuten. Wenn du mich jetzt bitte entschuldigst, ich werde zu einem wichtigen Treffen erwartet.«

Tom drückte das Gespräch weg, und Sara wusste nicht, was sie als Nächstes machen sollte.

Es blieb eigentlich nur eine Sache.

Nach Hause zu gehen und etwas Bequemes über sich zu ziehen. Sich auf das Sofa zu legen, die Augen zu schließen und zu
hoffen, dass sie einschlafen und alles vergessen würde.

Als sie im obersten Stockwerk aus dem Fahrstuhl stieg, sah
sie, dass etwas in den Briefschlitz gestopft worden war. Und auf
der Matte darunter lagen jede Menge abgerissene Blätter wie
kleine blutige Flecke.

Er war gründlich misshandelt worden, aber immer noch als
ein Blumenstrauß erkennbar.

Von Martin.

Ein großes Bukett aus roten Rosen, das nicht mehr zu retten
war.

25

Göran Antonsson war sechsundfünfzig und Vorstandsvorsitzender des Maschinenbaukonzerns Hittarps. Er war für einige Monate im Jahr 2005 Ersatzmann im Aufsichtsrat von Sandin Energy gewesen, und jetzt war er verschwunden.

»Wie zum Teufel haben sie ihn erwischt?«

Nina Werkström sah auf die versammelten Polizisten. Die ursprüngliche Truppe und die vier neuen, die als Verstärkung dazugekommen waren. Ihre Mundwinkel zuckten vor Frustration.

»Es saßen den ganzen Tag Polizisten vor seiner Tür, und als seine Sekretärin mit ein paar Papieren hineingehen wollte, war er einfach weg, wie vom Erdboden verschluckt.«

Sara überlegte, ob ihr graues Haar gefärbt oder natürlich grau war. Werkström konnte nicht viel älter sein als vierzig. Sie hatte das graue Haar zu einem dicken Pferdeschwanz gebunden, trug ein Front-242-T-Shirt, eine Jeans-Latzhose und robuste Stiefel. Eine Chefin nach Saras Geschmack.

»Es gab da eine kleine Hintertür, die wir nicht bewacht haben«, sagte Leo. »Sie führte in ein anderes Treppenhaus. Dort müssen sie hereingekommen sein.«

»Und diese Tür hatten wir nicht entdeckt?«

»Doch, ich habe mit denen gesprochen, die dort Wache hatten. Eine Sicherheitstür mit doppeltem Schloss und einer zusätzlichen soliden Gittertür. Sie wurde als sicher eingestuft.«

»Sie war auch mit einem Alarm versehen.«

»Also ist es ihnen gelungen, den Alarm abzustellen und an

zwei Schlössern und einer Gittertür vorbeizukommen, um Antonsson zu holen, und niemand hat etwas davon bemerkt? Was sind das für Leute? Gespenster?«

»Er muss sie hereingelassen haben«, sagte Leo und betrachtete ihre neue Chefin hingerissen. Er wirkte fast ein bisschen verzaubert von ihrer tatkräftigen Erscheinung, und Sara fragte sich, ob er der Latzhose oder der selbstbewussten Stimme verfallen war.

»Vielleicht wurde er hereingelegt?« Peter sah sich unter den Kollegen um, wie sie auf seinen Vorschlag reagierten. »Hat diesen Eingang überhaupt gelegentlich jemand verwendet? Handwerker? Heimliche Liebschaften?«

»Das müssen wir kontrollieren«, sagte Carro.

»Und dann noch eine Sache.«

»Ja?«, sagte Leo hoffnungsvoll.

»Jemand von euch sagte, Antonsson hätte ›sie hereingelassen‹.«

»Das war ich.« Leo nickte so eifrig, dass der kleine Porkpie-Hut zu Boden fiel.

»Wer zum Teufel sollen denn ›sie‹ sein?«

Die Chefin ließ die Frage in der Luft hängen, und Sara fand, dass es eine ausgezeichnete Frage war. Nina Werkström war eine Kommissarin mit besonders gutem Ruf. Hart und kantig, aber routiniert und effektiv. Sie hatte die Verantwortung für die Ermittlungen von Heidi Hitler übernommen. Mit wem auch immer Thörnell gesprochen hatte, es hatte seine Wirkung erzielt. Eine neue leitende Ermittlerin und vier zusätzliche Polizisten. Und die Sandin-Spur sollte priorisiert werden.

Heidi war komplett durchgedreht. Hatte alle Leute der alten Gruppe versammelt und gefragt, wer diesen Mist über sie verbreitet hätte. Dann hatte sie abwechselnd geschrien und geheult. Hatte verkündet, dass derjenige, der ihr in den Rücken gefallen sei, sie wie eine schlechte Polizistin aussehen ließe, vielleicht sogar ihre Karriere zerstört habe. Sara und die Kollegen hatten zu Boden geblickt, an die Decke, auf die hässliche Kunst an den Wänden – überallhin, nur nicht auf Heidi Hitlers Waschbärengesicht mit Mascarastreifen.

Dann war Brundin aufgetaucht und hatte mit der erweiterten Gruppe gesprochen. Jede Information sollte auch direkt an die Säpo weitergeleitet werden. Dies sei ein Fall, der die Sicherheit des Staates betreffe, weil ein ehemaliger Minister zu den Mordopfern gehöre. Die Säpo übernahm nach einer Analyse der Bedrohungslage auch den Personenschutz für gefährdete Personen aus dem Wirtschaftsleben sowie für das Königshaus und die ganze Regierung.

Brundins Linie lief darauf hinaus, dass man die sogenannten »Linkselemente« in X-Ray und mögliche schwedische Hacker und Aktivisten jagen sollte, die mit ihnen in Verbindung standen.

Und jetzt, wo ein weiterer Vorstandsvorsitzender trotz intensiver Polizeiüberwachung verschwunden war, wurde alles auf den Kopf gestellt.

Jetzt war es eilig, ein Leben war in Gefahr.

Sie hatten bislang keine Antwort darauf, wie diejenigen, die dahintersteckten, diese Wirtschaftsbosse dazu brachten, sich gegenseitig zu ermorden.

Fanden sie schwelende Konflikte und boten ihnen die Möglichkeit, Rache zu üben?

Oder spritzten sie ihnen anabole Steroide oder GHB oder irgendetwas anderes, was sie aggressiv machte?

Wenn man die Antwort darauf herausbekommen könnte, würde das seinerseits vielleicht zum Täter oder zu den Tätern führen.

Alle begannen sich um das zu kümmern, was Sara von Beginn an als die Hauptspur gesehen hatte, statt über Sexskandale in der Oberschicht zu spekulieren. Jetzt setzte man alles daran,

Überwachungskameras in der Umgebung des Büros abzuchecken, aus dem Antonsson verschwunden war. Man kontrollierte auch Solidaritätsgruppen, Linkssympathisanten, Entwicklungshelfer.

War früher schon mal etwas Ähnliches passiert?

Hatte jemand über so etwas im Internet diskutiert?

Man suchte sowohl in offenen Foren als auch in geschlossenen Gruppen, im Internet und im Darknet.

Mittlerweile war das Video mit Moberg und Thun auch an all diejenigen geschickt worden, die jetzt im Vorstand von Sandin Energy saßen, und im selben Augenblick war die Hölle losgebrochen. Die Videos waren in den heimischen Briefkästen der Vorstandsmitglieder gelandet, also fühlten sich jetzt auch alle bedroht und verlangten Schutz. Und brauchten ihn wahrscheinlich auch.

Jemand der aktuell Bedrohten hatte die Zeitungen angerufen, die mit der Nachricht groß herauskamen: »Noch mehr Direktorenmorde«, »Polizei ohne Anhaltspunkte«, »Mehr Opfer zu erwarten«.

Mitten im Chaos rief Ebba an und war außer sich über das, was Sara zu Tom gesagt hatte.

»Du kannst uns nicht aufhalten! Du bist nur neidisch!«, schrie die Tochter in den Hörer.

»Ich muss an das Beste für den Konzern denken. Und an das Beste für dich. Glaub mir, Ebba. Aber jetzt entschuldige mich bitte. Ich muss arbeiten.«

»Du brauchst überhaupt nicht an den Konzern zu denken. Gib mir die Vollmacht, dann kann ich übernehmen. Ich bin auch Familie. Opa wollte ohnehin, dass ich übernehme.«

»Was hätte er deiner Meinung nach denn dazu gesagt, dass du als Empfangsdame ein Verhältnis mit dem verheirateten Vorstandsvorsitzenden eingehst und kurz darauf zur Vorstandsassistentin befördert wirst?«, fragte Sara mit einem Seufzer.

»Nichts! Er hat an mich geglaubt!«

Damit hatte sie an und für sich recht, Eric hatte eine enorm hohe Meinung von Ebbas Fähigkeiten gehabt. Die Frage war nur, ob es Sara war, die sich weigerte, das Potenzial ihrer Tochter zu sehen, oder ob Eric sein Enkelkind idealisiert hatte.

Als Ebba das Gespräch wütend wegdrückte, kam Anna zu Sara herein und berichtete ihr, dass die Techniker in Mobergs Haus Tabakkrümel von Zigaretten gefunden hatten. Dank des Drucks von der Säpo, die es zu einer Frage der Sicherheit des Staates machten, hatten die Kriminaltechniker Hilfe von Interpol bekommen und daraufhin feststellen können, dass sie von einer Zigarette der Marke Captain stammten. Diese Sorte wurde nur im Sudan verkauft.

Also kamen der Gesuchte oder die Gesuchten gebürtig aus dem Sudan?

Die Karma-Mitteilung, die das erste Video begleitet hatte, war in englischer Sprache geschrieben, aber Sara hatte gedacht, dass dahinter Schweden steckten, die international wirken wollten.

Da hatte sie sich wohl geirrt.

Jetzt waren alle darauf angesetzt, Informationen über Flüge, Hotels, Jugendherbergen, Mietwagen, Busse und Zugreisen einzuholen. Man suchte nach politischen Aktivisten, sowohl aus Schweden als auch aus dem Ausland, die in die Sache verwickelt sein könnten.

Sara bekam einen Anruf von einer unbekannten Nummer.

»Ja?«

»Hallo, hier Adnan Westin. Wie läuft es denn gerade mit den Ermittlungen? Habt ihr die leitende Ermittlerin ersetzt? Warum denn?«, fragte der Journalist.

»Warum fragst du danach? Du weißt doch offenbar alles, was bei diesen Ermittlungen passiert«, konterte Sara und fragte sich erneut, wie das sein konnte.

»Kannst du bestätigen, dass ihr die leitende Ermittlerin ersetzt habt? Warum? Habt ihr eine neue Spur gefunden?«

»Frag doch deine übliche Quelle.«

»Kann ich nicht. Sie ...« Westin zögerte, »... weiß es nicht mehr.«

Der Inhalt dieser Worte ging Sara ganz langsam auf.

»Was zum Teufel?«, sagte sie.

»Kannst du es bestätigen?«, hörte sie Westin sagen.

»War Heidi diejenige, die dir Informationen gegeben hat?«

»Ich kann keine Quellen preisgeben, das weißt du doch«, sagte der Journalist schnell.

»Und dann hat sie so einen riesigen Aufstand veranstaltet. Aber warum denn bloß?«

»Also, ich habe hier nichts bestätigt.«

»Nur um diesen blöden Eger hier zu uns zu holen!«

Sara fluchte vor sich hin. Als sie gerade gedacht hatte, dass Heidi Hitler nicht noch tiefer sinken könnte, erreichte diese ein bislang ungeahntes Bodenniveau.

»Richte es bitte Heidi aus. Dass ich nichts bestätigt habe«, sagte Westin.

»Mach es doch selbst!«, brüllte sie und beendete das Gespräch.

Was für eine dumme Kuh, dachte Sara. Zu ihrer eigenen Verwunderung war sie aber eher amüsiert als sauer.

»Sara?«

Werkström sagte es ein bisschen zögerlich, als wäre sie sich nicht sicher, ob sie den Namen mit dem richtigen Gesicht verknüpft hatte, als sie sich in den Raum beugte.

»Ja?«

»Harald Mobergs Sohn ist hier. Du bist bei seiner Frau gewesen, oder?«, fragte die Chefin.

»Ja. Anna und ich waren bei ihr.«

»Er möchte mit dir reden. Und er ist wütend.«

Sara traf Sebastian Moberg an der Rezeption. Fünfundzwanzig Jahre alt. Zurückgekämmtes Haar, ein Jackett mit Taschentuch in der Tasche und eine Breitling Superocean Heritage B20 am Handgelenk. Und eine Miene voller Verachtung für die Umwelt. Wie die Parodie eines verwöhnten Flegels. Sie führte ihn in einen der Besprechungsräume und konnte noch nicht einmal fragen, ob er einen Kaffee wollte, bevor er schon zu schreien begann.

»Wie um alles in der Welt glauben Sie, fühlt sich meine Mutter, wenn sie das Gesicht ihres Mannes auf dem Titelblatt einer Boulevardzeitung sieht?«

»Das ist leider sehr unglücklich gelaufen. Wir hatten keine Ahnung, dass sie …«, begann Sara, wurde aber sofort von Moberg junior unterbrochen, der in einem gellenden Tonfall das Wort wieder an sich zog.

»Unglücklich? Das ist mehr als unglücklich. Das ist eine verdammte Katastrophe! Was, glauben Sie, fühlt man, wenn man erfährt, dass der eigene Vater bei lebendigem Leib verbrannt wurde? Und zu wissen, dass ganz Schweden sich daran ergötzen kann? Dass die Leute grinsen und sich sagen, ›ja, so sind sie eben‹. Haben Sie überhaupt irgendwelche Spuren?«

»Wir haben Spuren. Wir haben gerade einen Durchbruch in den Ermittlungen geschafft. Das bringt zwar Ihren Vater nicht zurück, aber …«

»Nein, das tut es nicht! Und dass er tot ist, ist in jeder Hinsicht Ihr Fehler. Er ist mit dem Video zu Ihnen gekommen. Sie wussten, dass er bedroht war. Was haben Sie getan, um ihn zu schützen? Nichts!«, brüllte Sebastian Moberg, während er im Besprechungsraum hin und her lief.

»Er hat sich geweigert, unseren Schutz anzunehmen«, sagte Sara.

»In dem Fall wäre es Ihre verdammte Pflicht gewesen, ihn dazu zu zwingen! Oder finden Sie, dass diejenigen, die im Leben

Glück gehabt haben, ihren Tod verdienen? Sind Sie eine neidische kleine Sozi-Kommissarin?«

»Wir tun alles, um den Fall zu lösen«, sagte Sara und schenkte sich selbst und Sebastian ein bisschen Wasser ein. »Derjenige, der Ihren Vater ermordet hat, ist ja selbst tot, aber wir sind auf dem Weg, herauszufinden, wie es so weit kommen konnte. Es scheint mehrere Beteiligte zu geben.«

»Wir sind lächerlich gemacht worden, begreifen Sie das nicht? Wissen Sie etwas über die Topschicht in diesem Land? Dort werden nur Gewinner akzeptiert. Und wer ermordet wird, ist kein Gewinner, und seine Kinder auch nicht. Es wird sich auch auf meine Karriere auswirken. Ich bin der Vorstandsvorsitzende des heißesten Start-ups von Schweden, und jetzt werden alle Investoren abspringen. Alles geht den Bach runter. Ich werde Sie deswegen verklagen.«

Plötzlich fühlte sich Sara lange nicht mehr so schuldig wie vorher.

»Papa war doch zu Hause«, sagte Sebastian, jetzt zum ersten Mal mit so etwas wie Trauer in der Stimme, beinahe schon Verzweiflung. »Und dann ist er einfach verschwunden. Wie zum Teufel konnten sie an ihn herankommen?«

»Genau das untersuchen wir.«

Boney M.s »Ma Baker« unterbrach sie, und Sara sah sich irritiert um. Sie brauchte eine Sekunde, bevor sie sich erinnerte, dass sie »Ma Baker« als Klingelton für ihre Mutter eingestellt hatte. Aber Jane musste warten. Sara holte das Handy heraus und drückte den Anruf weg. Worauf Jane direkt noch einmal anrief. Sara drückte sie wieder weg, doch Jane rief ein weiteres Mal an.

»Entschuldigen Sie«, sagte Sara zu Sebastian, der jetzt dasaß und antriebslos vor sich hin starrte. »Mama, ich bin beschäftigt.«

»Es ist etwas passiert. Etwas ganz Schreckliches.«

»Was denn?«

Sara runzelte die Stirn. Jane klang aufgeregt, beinahe ängstlich. Und sie hatte ihre Mutter noch nie zuvor ängstlich erlebt.

»Komm einfach.«

»Wo bist du?«

»Draußen.«

Sara lief los.

26

Jane stand direkt vor dem Eingang zur Polizeiwache in Solna. Sie sah unverletzt aus, dachte Sara noch. Großer Gott, war es etwas mit den Kindern?

»Was ist denn passiert?« Sara musterte ihre Mutter von oben bis unten, um nach sichtbaren Verletzungen zu suchen, falls es doch um sie ging. »Sind es die Kinder? Olle? Ebba?«

»Es ist die Familie. Aber den Kindern geht es gut. Ich habe sie angerufen, bevor ich mich bei dir gemeldet habe.«

»Aber wen meinst du denn dann? Wenn es ihnen gut geht, ist doch nichts passiert?«

»Ich kann es nicht erklären.«

»Hast du dir einfach nur etwas eingebildet?« Sara seufzte, und ihre Schultern sanken nach unten. »Scheiße, du hast mich so erschreckt.«

»Ich habe es mir nicht eingebildet. Die Madonna hat es gesagt.«

»Maradona?«

»Die Madonna. Das Heiligenbild«, sagte Jane und betrachtete ihre Tochter.

»Hat so ein Gemälde mit dir gesprochen?«

»Nein, die Madonna, die Heilige Mutter Gottes, durch ihr Bildnis.«

»Und deswegen musst du mich zu Tode erschrecken, und ich laufe los und lasse den Sohn eines Ermordeten allein? Obwohl, wenn du anfängst, Stimmen zu hören, ist es schon ziemlich bedenklich«, sagte Sara und zog eine Grimasse.

»Hast du mit Martin gesprochen?«, fragte Jane und ignorierte den Kommentar ihrer Tochter.

»Gestern. Ich habe ihm gesagt, dass ich die Scheidung will. Und dann habe ich den Antrag im Netz ausgefüllt und an ihn geschickt.«

Sara dachte über das nach, was sie gerade gesagt hatte, und betrachtete ihre Mutter, während die Worte einsanken.

»Hat er dich angerufen?«, fragte Sara. »Hat er dich gebeten, mit mir zu reden?«

»Nein.«

»Und du schiebst es auf die Madonna. Mama, ich weiß, dass du gegen Scheidungen bist. Nur weil dein geliebter Papst auch dagegen war.«

»Martin ist ein guter Mann«, sagte Jane und legte eine Hand auf ihren Arm. »Besser als jeder, den ich getroffen habe.«

»Aber jetzt sind die Kinder groß, und Martin hat so viele grässliche Dinge getan, also geht es nicht mehr. Glaub mir, du hast keine Ahnung.«

Sara wurde von dem Gedanken heimgesucht, dass sie niemals jemandem von den Dingen erzählen konnte, die Martin getan hatte, nicht einmal ihrer Mutter. Sie hatte es bislang auch nicht tun wollen, wusste auch nicht, ob sie es jetzt wirklich wollte, aber diese Einsicht sorgte trotzdem dafür, dass sie sich plötzlich noch einsamer fühlte als bisher, wenn das überhaupt möglich war. Dieser verdammte Martin mit seiner Peepshow.

»Keine Scheidung. Das wird böse enden.«

»Mama, er nimmt Drogen.« Sara dachte, dass sie so viel durchaus verraten konnte. »Er braucht Kokain.«

»Weil er nicht bei seiner Familie sein kann«, kam die prompte Antwort von Jane.

»Also ist es mein Fehler?«

»Niemand ist schuld. Es ist eben so, wie es ist. Aber man kann alles ändern. Nimm Martin zurück, lass Ebba leben, wie sie will.«

»Ebba? Hat die Madonna auch über sie gesprochen?«, fragte Sara und zog die Augenbrauen hoch.

»Sie ist zu mir gekommen. Sara, sie liebt Tom.«

»Ich habe auch Christer Sandelin geliebt, als ich zwölf war«, seufzte Sara.

»Sie ist erwachsen. Und jetzt muss sie aus ihren eigenen Fehlern lernen. Nicht aus deinen.«

»Du hast immer alles getan, um mich zu schützen, das sagst du selbst immer.«

»Aber ich habe mich nie in dein Liebesleben eingemischt. Nicht einmal, als du in Christer Sandin verliebt warst.«

Jane sah sie mit ernster Miene an.

»Sandelin. Er war ein Popstar. Und ich habe Tom schon erklärt, dass er die Beziehung abbrechen muss, wenn er seinen Job behalten will.«

»Und du musst diese Drohung zurücknehmen, wenn du deine Tochter behalten willst.«

Sara musterte ihre Mutter. Als sie klein gewesen war, hatte sie das Gefühl gehabt, dass Jane sich überhaupt nicht in ihr Leben einmischte. Als würde es sie nicht einmal kümmern. Jetzt hatte sie das Gefühl, dass sie es die ganze Zeit tat. Wollte Jane damit die Kindheit kompensieren, indem sie jetzt so besessen davon war, ein Teil ihres Lebens zu sein, oder hatte sie damals gedacht, dass es das Beste für Sara wäre, wenn sie sich raushielt und die Tochter ständig mit den Broman-Töchtern herumhängen ließ? Und glaubte Jane wirklich, dass es jetzt das Beste für Sara und die Kinder wäre, wenn sie sich einmischte? Sara war davon überzeugt, dass ihre Mutter nur das Beste wollte, aber sie war sich nicht so sicher, ob sie auch wirklich wusste, was das Beste für die anderen war.

Ein unbehaglicher Gedanke überfiel Sara angesichts der Madonna, die zu ihrer Mutter sprach.

War das vielleicht ein frühes Anzeichen von Demenz?

Die Kirche und der damalige Papst waren immer schon wichtig für Jane gewesen, aber sie war trotzdem die ganze Zeit extrem rational geblieben. Jetzt klang sie mehr wie Anna, wenn die Freundin über Energien und Botschaften von den Toten losbrabbelte.

»Agneta lebt«, sagte Sara schließlich. Um das Thema zu wechseln, aber auch, weil ihr klar war, dass Jane es nicht wissen konnte. Und Agneta war eine wichtige Person in Janes Leben gewesen. Im Guten wie im Bösen, so hatte Sara es verstanden. Aber ohne Agneta hätte Jane hier heute nicht gestanden. Es fühlte sich gut an, wenn man ehrlich sein konnte, zumindest bei einem Teil dessen, was in den vergangenen Monaten passiert war.

Jane sah besorgt aus. Weder froh noch traurig. Weder skeptisch noch begeistert. Einfach nur besorgt.

»Sie hat anscheinend einen russischen Oligarchen in London getötet. Ich habe Bilder gesehen.«

»Wird sie hierherkommen?«, fragte ihre Mutter.

»Weiß ich nicht. Offiziell ist sie ja tot. Ich habe keine Ahnung, wie sie in London gelandet ist.«

»Ich dachte, der Teil meines Lebens wäre vorbei.«

Fünfzehn Jahre lang hatte Jane als Haushälterin bei der Familie Broman gearbeitet. Als Dank dafür, dass sie ihr Heim für sie geöffnet hatten, als sie als Sechzehnjährige aus dem kommunistischen Polen geflohen war, hatte sie wie eine Sklavin für sie gearbeitet und mit Sara im kleinen Gästehaus am Bootsanleger der Familie gewohnt.

Sara hatte jeden Sommer mit den Schwestern Lotta und Malin gespielt und war wieder ausgeschlossen worden, sobald deren feinere Freundinnen aus den Sommerferien in Torkov oder von der französischen Riviera zurückgekehrt waren. Als sie nicht in der Gemeinschaft dabei sein durfte, hatte sie ihren Zorn über die ungerechte Behandlung an ihrer Mutter ausgelassen.

Und Jane hatte sich niemals gewehrt.

Sie hatte nur gewollt, dass Sara es so gut wie möglich hatte.

Aber als Stellan Broman begann, lüsterne Blicke auf die drei-zehnjährige Sara zu werfen, hatte Jane ihre Tochter genommen und war in eine gemietete Zweizimmerwohnung in Vällingby gezogen. Wegen dieses Umzugs hatte sich Sara maßlos über ihre Mutter geärgert, bis zum letzten Sommer, als sie den Grund für den Wegzug erfahren hatte.

Es sah fast so aus, als würde Jane davon ausgehen, dass sie irgendwie zurück in dieses Leben gezwungen wurde, solange Agneta noch lebte. Warum sollte sie sonst so besorgt aussehen?

»Aber Mama, du musst dir doch über sie keine Gedanken mehr machen«, sagte Sara und machte einen Schritt auf sie zu.

»Sara«, sagte Jane und sah ihrer Tochter direkt in die Augen. »Wenn du die Chance hast. Töte sie.«

27

»Untersucht alle Kameras, alle Taxiunternehmen, Hotels, Jugendherbergen!«

»Hilfsorganisationen, sudanesische Vereine ...«

»*Alle* afrikanischen Vereine!«

»Gehen wir in die Medien?«

»Noch nicht. Micke, sorg dafür, dass alle Beteiligten Ausdrucke der Bilder bekommen, damit sie sie den Leuten zeigen können.«

Als Sara in die Wache zurückkam, herrschte vollständiges Chaos. Alle schrien einander an, und Sebastian Moberg war offensichtlich gegangen, nachdem er auf die Empfangsdame gespuckt hatte, die er im Vorübergehen »verdammte Bolschewikenschlampe« genannt hatte. Unglücklicherweise hatte Svetlana einen hörbaren russischen Akzent und war jetzt außer sich über den Angriff, aber niemand hatte Zeit, sie zu trösten. Auf einer Passagierliste hatte Anna nämlich einen Sudanesen gefunden, der ein paar Tage zuvor am Flughafen Arlanda eingetroffen war und in der Organisation »Justice for Sudan« aktiv war. »JfS« kämpfte für die Anerkennung derjenigen, die Verstößen gegen das Völkerrecht zum Opfer gefallen waren, als die Einwohner von dem Land vertrieben wurden, für das die Ölfirmen Zugang beanspruchten. In den Texten auf der Homepage der Organisation gab es eine Liste von Firmen, die sie für die Morde und Übergriffe verantwortlich hielten. Und unter diesen Firmen fand sich auch Sandin Energy. Für die Ereignisse im Jahr 2005.

Die Spur war natürlich extrem interessant. Nun galt es also

herauszufinden, welchen Weg dieser Sudanese genommen hatte und wo er sich jetzt befand.

War er von jemandem empfangen worden? Und wenn ja, von wem?

Hatte er etwas mit den toten Aufsichtsratsmitgliedern zu tun? Wie war er in diesem Fall an sie herangekommen?

Sara erinnerte sich an alles, was sie über die schwedischen Mithelfer der deutschen Terroristen in den Siebzigerjahren gelesen hatte. Als sie die westdeutsche Botschaft besetzt und gesprengt hatten und als einer von ihnen geplant hatte, die sozialdemokratische Ministerin Anna-Greta Leijon zu entführen. Sie wies daher darauf hin, dass sie nach schwedischen Kontakten und Helfern suchen sollten. Welche Organisationen gab es? Hatte jemand schon Aktionen zu dem Thema unternommen? Demonstrationen? Sabotage?

Sara las auch über den Mann, den Anna gefunden hatte.

Omar Kush war ein ehemaliger Kindersoldat, der seine Familie bei den Vertreibungen 2005 verloren hatte und Offizier in der Guerillagruppe geworden war, die nach der Gründung des Landes im Jahr 2011 zur regulären Armee des Südsudans wurde. Dank einer humanitären Organisation hatte Omar Hilfe bekommen, seine eigene Brutalität zu bekämpfen, für die er als Kindersoldat berüchtigt gewesen war, berichtete er auf der Homepage. Jetzt stritt er stattdessen für die Anerkennung der Opfer von 2005.

Über JfS hatte Kush versucht, die Welt auf das aufmerksam zu machen, was damals passiert war. Er hatte sich an die UN gewandt, an Amnesty International, den Europäischen Gerichtshof für Menschenrechte und das Kriegsverbrechertribunal in Den Haag. Und er hatte eine Reihe von Firmen angezeigt, die er für den Tod seiner Eltern und Geschwister verantwortlich machte, aber nichts war passiert. Die wenigen Untersuchungen, die eingeleitet wurden, kamen schnell zu dem Schluss, dass hier ein Wort gegen das andere stand und nichts bewiesen werden konnte. Viele Firmen, nicht zuletzt Sandin Energy, hatten Millionen von Dollar an Advokaten bezahlt, mit deren Hilfe diese Anklagen abgewehrt wurden.

»Ein ehemaliger Kindersoldat, der selbst sagt, dass er schrecklich gewalttätige Verbrechen begangen hat«, meinte Carro und breitete die Arme aus.

»Aber er sagt auch, dass er eine Behandlung gegen diese Brutalität bekommen hat«, wandte Anna ein.

»Aber auch, dass sich niemand in der westlichen Welt um diese extreme Gewalt im Sudan geschert hat. Er ist wütend, dass die Schuldigen nicht zur Verantwortung gezogen wurden.«

»Und dann ist er auch noch schwarz. Das ist ja verdammt praktisch.«

Eger Nilsson hatte kein Wort gesagt, seit Werkström Heidi ersetzt und die Richtung der Ermittlungen geändert hatte. Aber jetzt spuckte er seinen höhnischen Protest geradezu heraus.

»Was meinst du damit?«, fragte Werkström und runzelte die Stirn.

»Dass es der schwarze Mann ist, der die Schuld bekommt. Schon wieder. Ich schäme mich dafür, Polizist zu sein.«

Eger gestikulierte mit den Händen, als wollte er damit verdeutlichen, wie unglaublich diese Scham war.

»Niemand hat die Schuld bekommen«, sagte Werkström. »Aber wir müssen einen Mann untersuchen, der persönlich von den Übergriffen betroffen war, die den mittlerweile Getöteten zur Last gelegt werden sollten. Besonders dann, wenn es ein Mann mit erhöhtem Gewaltpotenzial ist.«

»Ja, natürlich müssen wir das. Denn dort haben wir ja einen Täter, wie wir ihn uns wünschen. Einen gefährlichen schwarzen Mann«, wiederholte Eger ironisch.

»Meinst du im Ernst, dass wir davon Abstand nehmen sollten, diese Spur zu verfolgen?«

»Um stattdessen nach den wahren Schurken zu suchen? Ja, das meine ich. Es geht hier um Gesellschaftsstrukturen. Und die hat sich bestimmt nicht dieser arme Kush ausgesucht.«

»Also wenn er auf irgendeine Weise in diese Todesfälle verwickelt ist, dann ist er trotzdem nicht verantwortlich für seine Handlungen?«

Werkström betrachtete mit kaum verhohlenem Widerwillen den schmierigen Mann vor sich.

»Er ist derjenige, zu dem wir ihn machen«, predigte Eger.

»Das heißt ja praktisch, dass wir ganze Volksgruppen als unmündig erklären?«

»Das heißt, dass wir die Verantwortlichen herausfinden müssen. Die wahren Schurken.«

»Wir Weißen?«

Inzwischen folgte die gesamte Ermittlungsgruppe dem Meinungsaustausch mit großem Interesse.

»Unser Wohlstand gründet auf der Unterdrückung und der Ausbeutung der Dritten Welt. All das hier ...«, Eger deutete in alle Ecken des dürftigen Besprechungsraums, »... wird vom Blut der Dritten Welt finanziert. Kinderarbeit, Sklaven, Diebstahl und Plünderung der Bodenschätze.«

»Damit hast du bestimmt recht, aber das hat nichts mit diesen Ermittlungen zu tun«, seufzte ihre Chefin.

»Das hat verdammt noch mal alles mit diesen Ermittlungen zu tun. Als Polizisten sollten wir the good guys sein, wir sollten die Welt besser machen, nicht dafür kämpfen, die kapitalistische Unterdrückung aufrechtzuerhalten.«

»Wenn du die Prioritäten nicht akzeptierst, die ich als leitende Ermittlerin vorgebe, schlage ich vor, dass du deine Versetzung beantragst«, sagte Werkström. »Das hier ist ja ohnehin nur eine zeitweilige Zuordnung. Göteborg möchte dich bestimmt zurückhaben.«

»Ja, das ist eine verdammt bequeme Lösung!«, brüllte Eger.

»Schüttelt den Verkünder der Wahrheiten einfach ab, damit ihr damit weitermachen könnt, euch in den Brotkrumen vom Tisch der Kapitalisten zu suhlen.«

»Gibt es hier noch andere Extremisten, die ein bisschen Propaganda loswerden wollen?«, fragte Werkström und sah sich im Besprechungsraum um. »Ein Libertärer vielleicht? Ein Flacherdler? Impfskeptiker? Abtreibungsgegner? Oder vielleicht auch nur ein alter, ehrenwerter Neonazi? ... Nein? Dann schließen wir für heute die Speaker's Corner und wenden uns wieder unserer Arbeit zu.«

Saras Handy brummte. Marie. Nicht jetzt, dachte Sara und drückte die Schwiegermutter weg. Die Ex-Schwiegermutter in spe.

Sollte Sara ihr Mandat bei Titus & Partners abgeben, wenn sie sich von Martin scheiden ließ? Sie glaubte nicht, dass Martin oder Marie dafür geeignet waren, die Verantwortung zu übernehmen, aber entweder konnten sie es ja so machen, wie Sara es tat, und einfach alle Papiere unterschreiben, die Tom ihnen vorlegte, oder Sara konnte sie bitten, die Vollmacht an Ebba zu geben.

Falls Tom Ebba behielt.

Tom und Ebba, ja.

Saras Forderung war bedingungslos gewesen. Konnte sie jetzt davon zurücktreten?

Oder machte es einen Unterschied, wenn Ebba nicht operativ arbeitete, sondern nur für die Eigentümerfamilie unterschrieb?

Sara sah ein, dass es eine idiotische Idee gewesen war, Tom mit dem Rauswurf zu drohen. Wer sollte den Konzern leiten, wenn Tom verschwand? Er war für mehr als ein Jahrzehnt Erics rechte Hand gewesen.

Marie rief erneut an, und Sara drückte sie erneut weg. Sie musste arbeiten, und nur weil die Schwiegermutter anrief, begann Sara an alle möglichen privaten Probleme zu denken, die ihr Kopfschmerzen bereiteten und den Fokus von den Ermittlungen zogen.

Das Dissen half nichts. Marie rief sofort wieder an.

Verdammt, jetzt war sie wirklich irre geworden.

Sara drückte sie erneut weg und dachte darüber nach, ob sie Marie nicht blocken sollte. Aber jetzt kamen keine weiteren Anrufe mehr.

Stattdessen rief nach wenigen Minuten Ebba an. Großer Gott, was war denn heute mit allen los, dass sie unbedingt mit ihr sprechen wollten? Sara drückte auch ihre Tochter weg.

Nach ein paar Sekunden kam eine SMS von Ebba.

»Oma hat angerufen. Papa ist tot!«

28

Erst ließ sie die Finger an seinem Hals herabgleiten, und dann drehte sie ihn in die Bauchlage um, damit das, was nach oben kam, ihm nicht in der Kehle hängen bleiben konnte.

Ein bisschen Galle und eine halb verdaute Tablette.

Während sie Herz-Lungen-Wiederbelebung betrieb, rief sie erneut die 112 an.

Wo zum Teufel blieb der Rettungswagen?

Wenn Marie direkt an ihn gedacht hätte, wären sie wesentlich schneller hier gewesen.

Sara war davon ausgegangen, dass Martin einfach nur high war, und war zu Titus' Haus gefahren, um die hysterische Marie zu beruhigen.

Aber Martin hatte offensichtlich versucht, sich das Leben zu nehmen.

Sara fand eine Packung mit roten Morphinkapseln, das hieß Zweihundert-Milligramm-Dosen, von denen ihr Mann so viele wie möglich verschluckt hatte.

Er hatte neues Morphin vom Familienarzt verschrieben bekommen.

Von diesem verdammten Etzner.

Vielleicht war Martin zum Morphin zurückgekehrt, weil sein Dealer sich nach dem Verbot von George geweigert hatte, ihm Kokain zu verkaufen.

Für einen erwachsenen Mann, der keine Toleranz entwickelt hatte, waren zweihundertfünfzig Milligramm eine tödliche Dosis. Die Frage, die Sara jetzt endlos im Kopf herumfuhr, lautete, wie viel Toleranz Martin mit seinem Missbrauch erarbeitet hatte und wie viel von dem, was er verschluckt hatte, er von selbst wieder ausgespuckt hatte.

Als Sara eintraf, lag ein Haufen Erbrochenes mit jeder Menge Pillen auf dem Bett neben seinem Mund. Aber waren das alle? Wie viele waren noch im Körper geblieben, und wie viele vertrug er?

Sara machte eine Pause und betrachtete Martin. Drückte die Angst und die Panikgefühle weg. Dafür gab es jetzt keine Zeit.

Atmete er?

Sara war sich nicht sicher.

Sie glaubte es, aber als sie jetzt zum ersten Mal Herz-Lungen-Wiederbelebung an einem Nahestehenden betrieb, fühlte es sich an, als könnte sie nicht klarsehen und richtig beurteilen, wie er reagierte.

Neben Martin lag auch eine ausgedruckte Kopie des Scheidungsantrags, den Sara ihm gemailt hatte.

Versuchte er, ihr ein schlechtes Gewissen zu machen? Oder wollte er sie dazu bewegen, ihn zurückzunehmen? In diesem Fall wäre das eine höchst riskante Vorgehensweise.

Wie sollte sie es den Kindern erzählen?

Was sie ihnen sagen würde, hing ja davon ab, wie es lief.

»Euer Vater hat versucht, sich das Leben zu nehmen« oder »Euer Vater hat sich das Leben genommen«. Ein riesiger Unterschied.

In welchem Fall auch immer, sie musste von Martins Drogen erzählen, sonst würde sie selbst als vollkommen herzlos dastehen, weil sie sich scheiden lassen und ihn niemals zurücknehmen wollte. Ein Selbstmordversuch warf die Schuld immer auf den Partner, oder meistens jedenfalls. Und Sara hatte diese ganzen Lügen so bis ins Mark satt.

»Papa!«

Der Schrei war herzzerreißend, und bevor Sara sich umdrehen konnte, war Ebba in das Zimmer gestürmt und hatte sich neben ihren bewusstlosen Vater geworfen.

»Vorsicht«, war alles, was Sara sagen konnte, bevor sie ihre Tochter zur Seite schob und mit der Beatmung weitermachte. Während sie die Hände auf Martins Brust drückte und bis dreißig zählte, meldete sich eine Erinnerung. Eine Urlaubsreise nach Zypern, die Martin und sie unternommen hatten, als die Kinder ein paar Jahre alt gewesen waren. Der erste Urlaub, nachdem sie Eltern geworden waren, und es war ein einziges Chaos gewesen. Der Schlafrhythmus, der nicht passte, feiernde Nachbarn und kein Zugang zu einer Mikrowelle, um das mitgebrachte Essen aufzuwärmen. Trotzdem erinnerte sie sich mit Wehmut an die Reise. Sie hatten gemeinsam gekämpft. Und gerade weil es so anstrengend gewesen war, hatten sich die ruhigen Stunden in der Sonne am Pool in Saras Gedächtnis eingeätzt, mehr als bei allen superluxuriösen Urlauben, die sie später gemacht hatten. Kleine gestohlene Augenblicke des Glücks, in denen sie, vollkommen ermattet vom Schlafentzug, das Wunder in sich aufnahmen, das sie geschaffen hatten: ihre ganz eigene, wunderbare, chaotische, fantastische Familie.

»Was ist passiert?«, fragte Ebba weinend und nahm die schlaffe Hand ihres Vaters.

»Er hat die falschen Pillen genommen«, sagte Sara verbissen. Sie wollte ihre Tochter trösten, sagen, dass alles wieder gut würde, aber Martin schwebte immer noch in Lebensgefahr und brauchte ihre Hilfe.

Erst jetzt schien Ebba das Erbrochene aufzufallen. Sie zog eine Grimasse, schien in gleichem Ausmaß angeekelt und erschrocken zu sein. Dann hob sie die Pillenschachtel auf und sah sie an.

»Was ist das?«

»Morphin«, sagte Sara. Sie konnte nicht darüber nachdenken, ob sie besser lügen sollte. Sie konnte überhaupt nicht nachdenken.

»Wessen denn?«, fragte Ebba, bekam aber keine Antwort. Dann sah Sara, wie Ebba den ausgedruckten Scheidungsantrag hochhob. Er war von Sara unterschrieben, aber nicht von Martin. Ebba sah von dem Papier zu ihrer Mutter, bekam zuerst aber kein Wort heraus. Dann wuchs der Zorn in ihren Augen. »Wie ekelhaft!«, war alles, was sie schließlich ausspuckte.

Endlich traf der Rettungswagen ein. Ebba forderte, dass sie mitfahren durfte, und es wurde ihr gestattet. Sara hatte weder die Lust noch die Kraft. Sie konnte nicht einmal entscheiden, was sie wollte oder sollte.

Sara stand auf der Treppe des Hauses und sah dem Rettungswagen hinterher, als er mit ihrem Mann und ihrer Tochter verschwand. Ihr ganzes Leben bis zum heutigen Tag. Sie drehte sich um und wollte zu Marie hineingehen, doch ihr Blick blieb an der Haustür hängen und dem, was dort stand.

Der Name Titus.

Auch nach dieser Tragödie fuhr das Namensschild fort, mit seinem blanken Messing den Anschein zu erwecken, als würde hier eine rechtschaffene Familie wohnen.

Nichts konnte weiter von der Wahrheit entfernt sein, dachte Sara, während sie das Heulen des Rettungswagens durch die Luft schneiden hörte.

29

Am Wochenende zu arbeiten war normalerweise nicht populär, und mehrere ihrer Kollegen beklagten sich über die verpassten Ausflüge, die Fußballspiele in der Endphase der Allsvenskan oder die Wochenenden auf dem Land, aber Sara war nichts als dankbar dafür, dass sie an diesem Samstag arbeiten durfte.

Martin lag im Sankt Göran, und die Ärzte hatten erklärt, dass er überleben würde. Olle würde das ganze Wochenende zusammen mit Gabriel Lieder schreiben, und Sara war erleichtert, dass sie ein bisschen Luft bekam, bevor sie ihm erzählen musste, was mit Martin passiert war. Ebba weigerte sich, ans Telefon zu gehen. Sie war vermutlich rasend darüber, dass Sara versucht hatte, sich zwischen sie und Tom zu stellen, und dass Saras Scheidungsantrag Martin dazu getrieben hatte, einen Selbstmordversuch zu unternehmen. So sah es Sara zwar nicht, aber sie wusste, dass die Tochter immer alles zum Nachteil der Mutter auslegte.

Wie war es dazu gekommen?

Sie tröstete sich mit Peters Süßigkeitenschüssel. Wenn man am Samstag arbeitete, verdiente man etwas Süßes zum Wochenende, so lautete die feste Überzeugung von Peter, also kaufte er stets zwei große Pappschachteln mit losen Leckereien. In der einen gelatinefreie Alternativen, in der anderen Süßigkeiten mit toten Tieren, wie Sara es ausdrückte. Salzige Heringe, Colaflaschen, Kaubonbons, Riesen und Zuckerstangen waren alle frei von Gelatine und fuhren in einem steten Strom in Saras Mund.

»Was hast du an den Füßen?« Leo klang aufrichtig besorgt.

»Pantoffeln«, sagte Peter, lehnte sich in seinem Stuhl zurück und hob die Füße in die Luft. Auf ihnen saßen ein paar waschechte Opaschlappen.

»Wenn schon Wochenende, dann richtig.«

Dass es Samstag war, hinderte sie nicht daran, intensiv zu arbeiten.

Omar Kush war in der Touristenklasse mit Ethiopean Airlines aus Juba im Südsudan nach Addis Abeba geflogen und hatte dort zu einem Direktflug nach Stockholm gewechselt. In Arlanda hatte er die Sicherheitskontrolle passiert und sich danach in Luft aufgelöst.

Wo befand er sich jetzt? Welche Pläne hatte er? Bekam er Hilfe von jemandem?

Der Polizeischutz war auf alle ausgedehnt worden, die je im Aufsichtsrat von Sandin Energy gesessen hatten, und man hatte die Polizei in Südafrika, den USA, der Schweiz und Großbritannien gewarnt, was die ausländischen Mitglieder betraf.

Aber Göran Antonsson hatte Polizeischutz gehabt und war trotzdem verschwunden.

Werkström warnte sie, dass sie es mit einem außergewöhnlich schweren Gegner zu tun hatten.

Die Tatsache, dass jemand die Videos aufgenommen und verteilt und zudem eine Pistole hineingereicht hatte, zeigte, dass mehr als die vier Toten darin verwickelt waren. Und die Botschaft über das Karma, die das Video zum *Aftonbladet* begleitet hatte, sagte den Polizisten, dass es um Rache ging.

Die Frage war nur, wie Omar Kush das zuwege gebracht haben sollte.

»Zaubertrank«, schlug Peter scherzhaft vor, mit der Folge, dass Carro ihn einen Rassisten nannte und Leo aussah, als würde er ernsthaft über diese Theorie nachdenken.

Eine Alternative, die recht nahe lag und auch realistischer war, war eine Art von Droge, ein Halluzinogen oder was auch immer, das die Psyche des Mörders beeinflusste. Die seine Aggressivität und Angst verstärkte.

Mit Unterstützung der Säpo hatten sie die Videos der Überwachungskameras in Arlanda in Rekordzeit bekommen, und jetzt saßen Anna und Sara nebeneinander und betrachteten das Material.

Sie wussten, wann Kush gelandet war, und konnten die Passagiere mit seinem Bild auf der Homepage von Justice for Sudan vergleichen. Nach einer halben Stunde hatten sie ihn gefunden.

Kush hatte die Sicherheitskontrolle passiert, ohne angehalten worden zu sein, war den direkten Weg zur Straße vor der Ankunftshalle gegangen und dort in einen dunkelblauen Audi A6 Avant gestiegen.

Die Nummernschilder verrieten, dass der Audi einem Jacobo Antonucci aus der Östgötagatan gehörte, aber dieser Antonucci hatte dieselben Nummernschilder eine Woche zuvor als gestohlen gemeldet, am selben Tag, als Kush gelandet war.

»Es könnte ja eine nachträgliche Aktion sein, um die Spuren zu verwischen. Möglich, dass Antonucci tatsächlich derjenige war, der Kush abgeholt hat. Aber am wahrscheinlichsten ist es wohl, dass diejenigen, die Kush abgeholt haben, Nummernschilder von einem Auto gleicher Bauart geklaut hatten, kurz bevor sie ihn am Flughafen eingesammelt haben, damit sie nicht vorher als gestohlen gemeldet wurden. Das Auto, das sie fuhren, könnte auch gestohlen sein. Wir müssen nachsehen, ob ein blauer Audi A6 als gestohlen gemeldet wurde«, sagte Anna.

»Jetzt mal langsam mit den jungen Pferden.« Eger Nilsson saß herum, wedelte mit den Händen und schloss die Augen, als könnte er gar nicht verstehen, wie dumm seine Kolleginnen und Kollegen hier waren. »Was hat dieser Mann denn getan? Er ist nach Schweden geflogen. Und wurde von jemandem abgeholt, der sich vielleicht Nummernschilder geklaut hat. Aber es war ja nicht er, der die Nummernschilder geklaut hat. Er hat nichts getan. Und hier gehen wir ran, als wären wir hinter Osama bin Laden her. Also, dieser Mann arbeitet schließlich für den Frieden. Habt ihr die Homepage angesehen?«

»Aus ihr geht deutlich hervor, dass er und die Organisation, die er vertritt, einer Reihe von Firmenchefs vorwerfen, dass sie ihrer rechtmäßigen Strafe für das entkommen sind, was sie als einen Völkermord betrachten«, sagte Sara und nahm eine extra große Handvoll Süßigkeiten.

»Betrachten? Wie zum Teufel kann man es als so etwas betrachten? Ein Völkermord ist ein Völkermord!« Eger war jetzt hochrot im Gesicht. Die Stimme stieg ins Falsett, als er imitierte, was er von den Überlegungen der anderen hielt. »›Wir betrachten den Tod dieses Kindes nicht als einen Mord. Es hat sich selbst mit einer Machete in Kleinteile zerhackt.‹ Hört ihr nicht, wie das klingt?«

»Wenn du Probleme damit hast, wie diese Ermittlungen durchgeführt werden, dann solltest du eine schriftliche Beschwerde einlegen. Dann kann die Führungsebene sich damit befassen«, sagte Werkström.

»Tolle Idee. Denn ihr haltet euch ja nicht etwa gegenseitig den Rücken frei.«

»Wer ist ›ihr‹?«

»Alle Chefs. Alle Karrieristen, die die Stufen hinaufklettern, indem sie sagen, was die Macht hören will. Jetzt haben ein paar depravierte Direktoren angefangen, sich gegenseitig umzubringen, und dann muss der Fehler ja in Afrika liegen.«

»Danke, Eger. Wie gesagt, wenn du weitere Einwände hast, darfst du sie in Worte fassen und über den gewohnten Weg nach oben schicken. Wir anderen machen weiter. Elina?«

Werkström streckte die Hand aus und bekam einen Stapel Papiere von ihrer Kollegin Elina, einer verbissenen jungen Frau mit Afrofrisur, auffälligen Wangenknochen und breiten Schultern.

»Wir haben Mitschriften der Gespräche bekommen«, sagte Werkström. »Stellt euch vor, man würde nur Fälle bearbeiten, die die Sicherheit des ganzen Reiches bedrohen – wie schnell es gehen würde, alle Verbrechen zu lösen. Uns ist es gerade gelungen, eine Nummer zu finden, die mit Kush im Zusammenhang steht und von der zehnmal in Schweden angerufen wurde, bevor er fuhr. Und die Gespräche gingen alle an ein unregistriertes Prepaid-Handy.

Die Nummer gibt es allerdings auf einer Homepage im Internet, die allem Anschein nach einer Gruppe gehört, die sich ›Justice for Sudan – Schweden‹ nennt.«

Werkström nickte Elina zu, die ihren Laptop drehte, sodass auch die anderen den Bildschirm sehen konnten. Sie befand sich auf einer Homepage mit der Überschrift »Südsudan blutet immer noch«. Unten in der Ecke stand der Name, den Werkström gerade genannt hatte.

»Sie haben also alles im Vorhinein geplant?«, fragte Carro. »Die Vorarbeit für Kush geleistet?«

»Das wäre eine mögliche Erklärung. Sie brauchten ja eine unglaubliche Planung, um alle auszukundschaften und an sie heranzukommen.«

»Keine Namen? Also, im Fall der Schweden?«, fragte Peter.

»Der Name, der für die Telefonnummer angegeben ist, lautet Felix, der als ›schwedischer Koordinator‹ bezeichnet wird«, erklärte Elina.

»Habt ihr angerufen?«

»Ja.«

»Habt ihr ihn erwischt?«

»In gewisser Weise. Jemand hat den Anruf angenommen. Aber es war nicht er selbst«, sagte ihre Chefin.

»Nicht? Wer war es dann?«

»Die Rechtsmedizin in Solna. Der Inhaber des Telefons ist gerade ermordet aufgefunden worden.«

30

»Spasiba.«

Agneta nahm ihr halbes Pint Guinness und wandte sich ab, um zu ihrem Tisch zurückzugehen.

»Vy russkij?«, sagte eine ältere Frau, die direkt hinter Agneta stand. »Bist du Russin?« Sie sagte es mit gleichzeitig neugieriger und mitleidiger Stimme.

»Ja, aber das ist lange her«, sagte Agneta und lächelte. »In einem anderen Leben.«

»Hier dasselbe. Ludmila.«

Ludmila streckte ihre Hand aus, und Agneta schüttelte sie.

»Ilena«, sagte sie.

Ludmila war klein gewachsen, mit munteren braunen Augen. Die Haare lagen in einem Pagenschnitt um ihr Gesicht. Sie trug einen grauen Hut und behielt den moosgrünen Mantel auch im Pub an. Klassische Kleidung, klassische Frisur. Ihre Erscheinung wäre genauso gut in die Sechziger- oder Dreißigerjahre geschmolzen wie in die Gegenwart.

»Was machst du hier in Fen Ditton?«, fragte Ludmila. »Ich glaube, ich habe hier noch nie eine Russin gesehen.«

»Und trotzdem haben sie Borschtsch auf der Speisekarte.«

»Das liegt an mir und meinem Mann. Borschtsch ist das Einzige, was ich aus Russland vermisse.«

»Ihr wohnt also hier?«, fragte Agneta und betrachtete die andere Frau interessiert.

»Seit dreißig Jahren. Und du, was führt dich hierher?«

Ludmila war offensichtlich sehr neugierig. Agneta dachte darüber nach, wie man seine Neugierde in einem so winzigen Kaff wie diesem befriedigen konnte, aber vielleicht war es gerade der Mangel an Ereignissen, der dafür sorgte, dass alles, was passierte, so viel interessanter wirkte.

»Ich wollte einfach mal nur für eine Weile weg. Ein bisschen durchatmen«, sagte sie nach einer kurzen Pause.

»Da bist du ja an den richtigen Ort gekommen. Hier findet dich niemand.«

»Gut.«

»Bist du allein? Möchtest du dich zu uns setzen? Oder lieber ungestört bleiben?«

Als Ludmila sie anlächelte, erschien eine kleine Lachfalte auf der einen Wange.

»Ich bin schon die ganze Zeit so ungestört. Es wäre nett, mit jemandem zu plaudern, noch dazu mit Landsleuten im Exil.«

Ludmila führte Agneta zu einem Tisch in der Ecke des kleinen Pubs Kings Head. Dort saß ein Mann, der ebenfalls ein gutes Stück über siebzig sein musste. Er hatte nicht das freundliche Lächeln seiner Frau, sondern sah eher düster aus. Er hatte ebenfalls den Mantel anbehalten, die Mütze allerdings auf den Tisch gelegt. Ludmila stellte die zwei Gläser mit Bier, die sie gekauft hatte, auf den Tisch. Ein ganzes und ein halbes Pint. Lager. Keine Chips.

»Maksim, ich habe eine Russin getroffen«, sagte sie. »Ilena.«

»Ehemalige Russin«, sagte Agneta auf Englisch. »Meine Familie ist ins Ausland gezogen, als ich klein war. Mein Russisch ist also nicht so gut.«

»Schade. Es ist so eine hübsche Sprache«, sagte Maksim und streckte die Hand aus.

»Auch hübsche Sprachen können schreckliche Dinge ausdrücken.«

»Wie wahr.«

Agneta setzte sich zu dem Paar, sah aber zu, dass hinter ihrem

210

Rücken eine Wand war und sie gute Sicht auf die Church Street vor den Fenstern hatte. Es gab nur eine Tür, aber sie hatte den Eindruck, dass man auch durch die Küche nach hinten herauskommen konnte. Dort streckten sich die Gärten und die Äcker auf eine Weise aus, die eine freie Flucht ermöglichte. Als zusätzliche Sicherheitsmaßnahme hatte sie ein Fahrrad hinten am Stanbury Close abgestellt.

Aber sie glaubte nicht, dass man sie hier finden würde. Fen Ditton hatte siebenhundertsiebenundvierzig Einwohner und war der Umwelt unbekannt. Sie konnte durchatmen.

Agneta hatte sich ein Zimmer im Pub Ancient Sepherds für einen ganzen Monat gemietet. Sie hatte gesagt, dass sie um ihren Mann trauere und für eine Weile Ruhe und Besinnung bräuchte, und dafür hatte das freundliche Personal volles Verständnis geäußert. Daraufhin hatte Agneta ihr Zimmer mit Bewegungsdetektoren, Kameras und leicht zugänglichen Waffen ausgerüstet, die gleichzeitig nicht mit dem Zimmerservice kollidierten. Sie wusste nicht, ob ein Monat hier reichen würde, aber es wäre eine einfache Sache, den Aufenthalt zu verlängern, wenn es nötig wäre.

»Ich wollte länger hierbleiben«, erzählte sie ihren neu gefundenen Freunden. »Was gibt es denn für Sehenswürdigkeiten? Am liebsten würde ich nicht nach Cambridge hineinfahren.«

»Hier im Dorf haben wir … ja, das Kriegerdenkmal vom Ersten Weltkrieg, direkt hier vor dem Pub. Die Kirche auf der anderen Seite der Straße, und … dann ist es wohl der Fluss, die Cam. Der ist sehr hübsch«, sagte Ludmila und warf einen Blick zu ihrem Mann, der bekräftigend nickte.

»Ihr habt hier nie irgendwelche Russen gesehen? Kommen denn andere Touristen hierher?«

»Ein paar lokale Touristen aus Städten in der Nähe. Aber meistens sind es Leute, die Cambridge besuchen wollen und hier ein Zimmer buchen, weil es so nah ist.«

»Also kaum Leute, die ihr nicht kennt?«, fragte Agneta und trank einen Schluck Bier, während sie die Tür im Auge behielt.

»Nein. Aber wir grüßen auch die. Das ist der Vorteil bei einem so kleinen Dorf. Alle sind freundlich und grüßen einander.«

Und kannte man ein lokales Paar, hatte man den Vorteil, es sofort zu erfahren, wenn Fremde ins Dorf kamen.

Eine gute Sicherheitsmaßnahme. Man fühlte sich behütet.

Hier könnte sie eine Weile bleiben.

Richtig lange sogar, wurde Agneta bewusst.

Für immer?

Hier würde niemand sie finden.

Und Ludmila könnte ihre Freundin werden. Sie hatte noch nie eine Freundin gehabt.

Agneta lachte in sich hinein, als ihr dieser ungewohnte Gedanke kam, aber als er sich erst einmal festgesetzt hatte, ließ er sie nicht mehr los.

Ja, warum denn nicht, überlegte sie. Warum nicht hier in Fen Ditton bleiben? Genug Geld hatte sie zur Seite geschafft.

Wenn sie sich entschied, hierzubleiben, brauchte sie einfach ihren deutschen Führungsoffizier nicht mehr zu kontaktieren, und wenn sie sich entschied, weiterzumachen, hatte sie alles, was sie brauchte. Ihre schreckliche Waffe und ihren Plan.

Agneta hatte niemals geglaubt, dass sie diesen Gedanken denken könnte, aber jetzt war die Idee geboren. Sie versprach sich selbst, ihn nicht fallen zu lassen, sondern gründlich zu überdenken.

Aber erst nach einem gemütlichen Abend mit den Popows.

31

Von den roten Ziegelbauten am Retzius väg, wo die Rechtsmedizin untergebracht war, ganz in der Nähe des Karolinska-Krankenhauses in Solna, bis zu einer Dachwohnung am Hornstull in Södermalm. Vom Ort, an dem der tote »Felix« obduziert wurde, bis zu dem, wo er gewohnt hatte, als er noch lebte.

Die Hornsbruksgatan lief dort an der Högalidskirche entlang, zwischen dem Kirchhof und der Hornsgatan. Ganz oben in der Nummer 13 wohnte die Journalistin Hanna Nilsdotter in einer renovierten Mietwohnung, zusammen mit ihrem dreiundzwanzigjährigen Sohn Sigge. Dieser Sigge war identisch mit dem Felix, der den Anruf bei Justice for Sudan – Schweden beantwortet hatte.

Als Eger Nilsson losgelegt und die Polizei beschuldigt hatte, diesen Fall als Entschuldigung dafür zu nehmen, Linksradikale aus dem Weg zu räumen, hatte Werkström ihn schließlich ausgesperrt. Deshalb waren sie ein Mann weniger, konnten im Gegenzug aber ungestört arbeiten.

Jetzt saßen Sara und Anna in einem großen Wohnzimmer mit einer Terrasse zum Garten und der Högalidskirche vor den Küchenfenstern. Sie hatten keinen Kaffee angeboten bekommen, und dafür waren sie dankbar.

Beim Verkünden der Todesnachricht war Hanna Nilsdotter vollständig zusammengebrochen. Sie hatte zwanzig Mal gefragt, ob sie sich wirklich sicher seien, und dann hatte sie die Jacke ihres Sohns aus dem Flur geholt und sie umarmt, während sie tonlos die Fragen der Polizistinnen beantwortete.

Dass sie sich bei Felix' wirklicher Identität so sicher waren, lag an Sigges Fingerabdruck, der bei der Polizei registriert war, seit er bei einigen Auseinandersetzungen zwischen Anarchisten und Neonazis festgenommen worden war. Sigge war aktives Mitglied der Antifaschistischen Aktion gewesen, und die Mutter erzählte ihnen, dass sie sich oft Sorgen gemacht habe, wenn er sich in seiner schwarzen Kleidung und einer Tasche, in die sie nicht hineinsehen durfte, auf den Weg gemacht habe. Gleichzeitig war sie unendlich stolz darauf gewesen, dass ihr Sohn den Kampf gegen die Nazis tatsächlich aufgenommen hatte. Sonst tat ja niemand etwas. Die Nazis wurden immer stärker, und jetzt bildeten sie praktisch die zweitgrößte Partei im Land, und als Sigge und seine Freunde versuchten, ihre Ausbreitung zu verhindern, seien oft sie diejenigen gewesen, die von der Polizei verhaftet wurden.

»Und jetzt haben sie ihn umgebracht«, sagte Hanna und weinte noch heftiger.

»Wir haben bis jetzt noch keine Anhaltspunkte, wer der Täter oder die Täter sind«, betonte Anna schnell. »Aber im Augenblick gibt es nichts, was auf Rechtsextreme hindeutet.«

»Wer sollte es denn sonst gewesen sein? Wie ist er denn ums Leben gekommen? Musste er leiden?«

»Er wurde erschossen«, sagte Sara und fragte sich, wie es sich für eine Mutter anfühlte, wenn man so etwas über ihren Sohn sagte. Wie hätte sie selbst reagiert, wenn Olle erschossen worden wäre? Im letzten August hatte jemand in die Wohnung geschossen, während Olle zu Hause war, und sie versuchte alles, um es zu verdrängen, aber die Erinnerung war höchst lebendig in ihr. Glassplitter auf dem Boden, die Erkenntnis, dass jemand ihrer Familie schaden wollte. Die Angst und die Machtlosigkeit, die sich ständig bemerkbar machten, und dann die zehrende Wut. Gefühle, die immer noch in ihr nachwirkten.

»Ihr Sohn hat sich für eine Organisation namens Justice for

Sudan engagiert«, sagte Anna und warf ihrer Kollegin einen kurzen Blick zu. »Wissen Sie etwas darüber?« Jetzt hatte sie sich wieder an Hanna Nilsdotter gewandt.

»Nein. Es gab so viele Sachen, bei denen er aktiv war. Er hasste Ungerechtigkeit.«

»Wie kam es dazu?«

»Wie es dazu kam? Dass er reagierte, wie alle reagieren sollten? Ja, er hat wohl eine Erziehung genossen, die ihn gelehrt hat, dass alle Menschen gleich viel wert sind.«

Hanna Nilsdotter breitete die Arme aus, bevor sie hörbar in eine Papierserviette schnäuzte.

»Es gab kein besonderes Ereignis?«

»Wirklich ernsthaft begann es, nachdem Sigge ein Buch über die Göteborgskrawalle beim EU-Gipfel 2001 gelesen hatte. Da war er fünfzehn, glaube ich. Er war so wütend darauf, wie die Polizei sich benommen hatte. Ja, entschuldigen Sie, aber das waren ja nicht Sie. Oder waren Sie dabei?«

»Wir hatten dort keinen Dienst. Aber ich glaube, dass das Bild komplizierter ist, als viele es sich vorstellen«, sagte Sara, bevor Anna das Gespräch wieder auf das Opfer lenkte.

»Sigge hat in der letzten Zeit viele Anrufe aus dem Südsudan bekommen, hat er etwas darüber gesagt? Oder überhaupt etwas über den Südsudan?«

»Nein. Aber ich weiß, dass er mehrere Handys hatte. Und wenn es an einem von ihnen klingelte, ging er in sein Zimmer hinauf und redete dort.«

Hanna Nilsdotter zeigte zur Decke, und als sie der Geste mit den Blicken folgten, sahen sie eine kleine Holztreppe, die zu einer Öffnung in der Decke führte.

»Dort oben ist sein Zimmer?«

»Ja. Eine kleine Mansarde, die mein Ex-Mann gebaut hat, als wir Sigge ein eigenes Zimmer geben wollten. Damals war das hier schon zu einer Eigentumswohnung geworden, also konnten wir machen, was wir wollten. Und Anders sah es als eine Investition. Also, Anders ist mein Ex-Mann.«

»Haben Sie jemals gehört, dass Sigge den Namen Felix verwendete?«, mischte sich Sara ein.

»Nein. Für wen denn?«

»Für sich selbst.«

»Nein«, sagte Hanna Nilsdotter und schüttelte entschlossen den Kopf.

»Ich kann verstehen, dass es ziemlich aufwühlend sein kann, wenn man an die Umstände denkt, aber unsere Techniker müssen Sigges Zimmer durchsuchen. Und vielleicht auch den Rest der Wohnung«, erklärte Anna.

»Warum denn?«

»Um Spuren zu finden. Es könnte hier etwas geben, das zu seinem Mörder führt.«

»Aber sie räumen doch hoffentlich hinter sich auf? Sigge möchte nicht, dass man an seine Sachen geht.«

Auf dem Weg zurück zur Wache erfuhren Sara und Anna, dass Göran Antonsson gefunden worden war. Der verschwundene Vorstandsvorsitzende war vor seiner Bewachung geflohen und hatte sich in der Jagdhütte des Unternehmens in den Bergen versteckt. Dort war er von dem Hausmeister gefunden worden, den das Unternehmen angeheuert hatte, um nach dem Gebäude zu sehen, und der am Samstagvormittag seine Geliebte dorthin mitgenommen hatte für ein Wochenende im Zeichen der Liebe. Anna und Sara konnten ein bisschen durchatmen.

Als sie wieder in der Wache waren, berichtete Leo, dass sie vielleicht das Auto gefunden hätten, das Kush in Arlanda abgeholt hatte. Sara und Anna übernahmen die Aufgabe, denjenigen zu befragen, der das Auto geliehen hatte.

In einem charmanten roten Haus am Tistelvägen 34 in Enskededalen wohnte Fredrika Hagtoft mit ihren zwei Töchtern

Thea und Ophelia, einundzwanzig beziehungsweise neunzehn Jahre alt. Fredrika war künstlerische Leiterin der Bühne des Stadttheaters in Skärholmen, und ihre älteste Tochter Thea hatte einen dunkelblauen Audi A6 Avant gemietet, bei dem Peter und Carro nach einer genaueren Besichtigung bei der Mietwagenfirma Schrammen an den Schrauben feststellen konnten, die die Nummernschilder festhielten. Als hätte sie jemand ausgetauscht und dann wieder zurückgeschraubt.

Fredrika ließ Anna und Sara mit Thea sprechen, aber nur unter der Bedingung, dass sie danebensitzen und alles aufnehmen konnte.

Die Tochter gestand, dass sie den Wagen gemietet hatte, leugnete aber, dass sie mit ihm in Arlanda gewesen war.

Und Fredrika sagte, dass die Polizistinnen damit die Antworten auf ihre Fragen bekommen hätten, also sollten sie jetzt nett sein und die Familie in Ruhe lassen. Ansonsten würde sie mit ihren Journalistenfreundinnen reden. Sie erklärte, dass sie Leute bei den Radionachrichten *Ekot* und bei *Dagens Nyheter* kannte.

»Ja, ja«, sagte Sara und ließ den Blick auf Thea gerichtet. »Warum hast du denn das Auto gemietet? Deine Mutter hat doch auch ein Auto.«

»Ich wusste nicht, ob ich es leihen durfte. Mama ist nicht ans Telefon gegangen, als ich anrief, um sie zu fragen.«

»Wozu brauchtest du denn das Auto?«

»Ich wollte zu Ikea fahren«, sagte die Einundzwanzigjährige und zog einen Schmollmund. Auffallend süß, und sie schien es auch zu wissen, dachte Sara.

»Zum Einkaufen?«, hakte Anna nach.

»Duftkerzen.«

»Dafür kann man den Ikea-Bus nehmen.«

»Ich leide unter Klaustrophobie. Ich kann nicht Bus fahren«, sagte Thea, und die Mutter legte eine beschützende Hand auf die Schulter der Tochter.

»Aha. Du hast also ein Auto gemietet, nur um zu Ikea zu fahren?«

»Ja«, sagte Thea, und es gelang ihr, in diese kurze Silbe einen triefenden Sarkasmus hineinzulegen.

»Und als du mit einem Mietwagen zu Ikea gefahren bist, um Duftkerzen zu kaufen, hast du einen Abstecher nach Arlanda gemacht?«

Fredrika stand auf.

»Jetzt reicht es.«

»Thea«, sagte Sara und ignorierte Fredrikas Ermahnung. »Sigge ist tot. Ermordet.«

»Wer?«

»Sigge. Du kanntest ihn vielleicht als Felix.«

Sara sah, dass die Worte einen Effekt hatten, aber Thea sagte nichts, sondern schob nur trotzig das Kinn vor.

»Bist du auch aktiv bei Justice for Sudan?«, fragte Anna.

»Ich sympathisiere mit ihnen. Aber was hat das damit zu tun?«

»Felix hatte Kontakt mit einem Mann namens Omar Kush, demselben Mann, den du in Arlanda abgeholt hast.«

»Ich habe niemanden in Arlanda abgeholt«, sagte Thea.

»Hast du jemandem den Wagen geliehen?« Das kurze Schweigen war vielsagend, die junge Frau sah ertappt aus. »Wem?«

»Ich bin zu Ikea gefahren und dann wieder nach Hause, anschließend habe ich den Wagen zurückgegeben.«

»Thea, jetzt hör mir mal zu«, sagte Sara und beugte sich vor. »Felix ist ermordet worden. Und vier weitere Personen sind auch tot. Hier sind gefährliche Menschen am Werk.«

»Die gefährlichsten Menschen sind die von Sandin Energy. Wie viele haben die denn ermordet?«

Sie gaben auf.

Sara bemerkte, dass Anna eine Aufnahme von Thea Hagtoft

gemacht hatte, ohne dass die militante Mutter es bemerkt hatte. Gute Arbeit.

Auf dem Weg zurück in die Stadt beschlossen sie, dass sie beantragen sollten, Theas Handy abzuhören, weil es wahrscheinlich war, dass sie Kontakt zu anderen Aktivisten aufnehmen würde und die Spuren sie zu denjenigen führen würden, die hinter dem Ganzen steckten. Vielleicht auch zu Omar Kush.

Anna bog von der Centralbron ab, umrundete das Sheraton und nahm die Vasabron nach Gamla Stan. Sie ließ Sara am Kornhamnstorg aussteigen und fuhr anschließend nach Hause. Schon bevor Sara die Autotür zugeschlagen hatte, sah sie, wie Anna die Kurzwahltaste für Lina auf ihrem Handy drückte, das neben dem Radio befestigt war. Sara fragte sich, wie es zwischen den beiden eigentlich lief. Dann fiel ihr ein, dass sie im Grunde gerne etwas mit der Freundin an diesem Abend unternommen hätte, wo doch Samstag war, aber Anna hatte offenbar nicht einmal den Gedanken gehabt, Sara zu fragen. Sie hatte anscheinend nichts als Lina im Kopf.

Vielleicht war sie nur eifersüchtig. Vielleicht war das stechende Gefühl in der Magengrube nichts, worum man sich Sorgen machen sollte. Ein beginnendes Magengeschwür? Ja, das wäre wenig überraschend.

Sara kürzte auf dem Weg zur Haustür über den Platz ab. Sie fühlte sich total erledigt nach all den Katastrophen und Alarmmeldungen der letzten Zeit.

Sie wollte gerade die Hand in die Tasche stecken, um ihr Handy herauszuholen und die Mails zu kontrollieren, als jemand von hinten ihre Arme ergriff und ein anderer ihr einen Sack über den Kopf zog. Sie konnte weder schreien noch anfangen zu treten, bevor vier starke Arme sie in einen großen SUV oder Minivan warfen. Und ein sehr schwerer Körper setzte sich brutal auf sie drauf.

Sara bekam keine Luft und verlor das Bewusstsein.

32

War das jetzt das Ende?

Sara konnte sich nicht bewegen, bekam so gut wie keine Luft.

Sie hatten ihr das Handy weggenommen, damit sie keine Hilfe rufen konnte.

Ihre Hände waren gefesselt, es wäre also ohnehin fast unmöglich gewesen.

Es schienen drei oder vier zu sein, aber keiner von ihnen sagte ein Wort. Diszipliniert.

Wer waren sie? Alte Spione? Neue Spione? Russen? Islamisten? Hatten sie mit Sandin zu tun? Oder Faust? Oder Geiger? Steckte Lotta dahinter? Oder derjenige, der Malin die Blumen geschickt hatte?

Sara nahm an, dass es mit Sandin zu tun hatte. Vielleicht saß auch Omar Kush im Auto?

Welche Pläne hatte er in diesem Fall? Wie viel wussten er oder seine Helfer darüber, was die Polizei herausgefunden hatte? Hatten sie einen Informanten unter den Beamten in der Gruppe? Könnte Eger Nilsson Erkenntnisse an die Verdächtigen weitergegeben haben? Ja, zweifellos.

Und jetzt war vielleicht alles vorbei.

Würden Olle und Ebba jemals erfahren, was ihrer Mutter zugestoßen war, oder würde sie einfach verschwinden? Dieser Gedanke machte das Atmen noch schwerer. Der Rücken tat weh, aber das Schlimmste war das Gefühl der Hilflosigkeit.

Was würde Jane glauben?

Ein Teil von Sara wollte einfach aufgeben. Der Teil, der in

den letzten Monaten schon so viel Gewalt und Leiden erlebt hatte, der siegreich aus den Duellen mit Abu Rasil, Geiger und Faust hervorgegangen war, aber einen viel zu hohen Preis dafür bezahlt hatte. Die Albträume, die körperlichen Schmerzen, alle äußeren und inneren Narben. Ein anderer Teil von Sara dachte, dass sie sich zumindest nicht billig verkaufen sollte. Bei der kleinsten Chance würde sie treten und schlagen und beißen, wo auch immer sie herankäme. Es spielte keine Rolle, ob es sie wütender machte. Sie würde es ihnen verdammt noch mal nicht leicht machen.

Als sie sich ein bisschen drehte, um herauszufinden, wie groß ihr Bewegungsspielraum war, bekam sie die Mündung eines automatischen Gewehrs an die Schläfe gedrückt. Zumindest war es eine große, schwere Waffe. Sie hörte auf, sich zu bewegen. Es war besser, auf eine Möglichkeit zur Flucht zu warten oder darauf, dass man sich zumindest wehren konnte, statt mit einem Schuss hier auf dem Autoboden zu enden.

Sie konnte kaum beurteilen, wie viel Zeit vergangen war, weil sie jede Sekunde darum kämpfen musste, genug Luft durch das dicke Stück Tuch zu bekommen, und gleichzeitig noch ein schwerer Körper auf ihr saß, der ihr den Brustkorb zusammenpresste. Jeder gequälte Atemzug fühlte sich ewig an, aber zwanzig Minuten bis zu einer halben Stunde mussten auf jeden Fall vergangen sein, dachte Sara und versuchte, die Panikgefühle unter Kontrolle zu halten, während die Fahrt ihren Charakter änderte, von langen, geraden Strecken zu kurzen, kurvenreichen. Es schienen zwei Kreisverkehre hintereinander zu sein und danach vermutlich schmalere Straßen, weil es schaukelte und wippte. Sie mussten erst auf einer Autobahn, E4 oder E18, gewesen sein, und jetzt waren sie abgefahren. Um in den Wald zu kommen und Sara hinzurichten? Oder sie in einem einsam gelegenen Haus als Geisel zu halten?

Schließlich blieb der Wagen stehen.

Türen wurden geöffnet, und das Gewicht auf dem Brustkorb ließ endlich nach.

Starke Arme zogen sie vom Boden hoch und aus dem Auto.

Ein Tritt in die Kniekehle ließ sie auf die Knie sinken, und durch das dicke Tuch spürte sie die Mündungen von zwei Waffen, die gegen ihren Schädel gedrückt wurden. Vermutlich waren noch mehr Waffen aus etwas größerem Abstand auf sie gerichtet, für den Fall, dass sie auf die Idee käme, sich zwischen den beiden herauszuwinden, die sie in ihre Mitte genommen hatten. Sara wusste, wenn man schnell war und den Gegner überraschte, konnte man Waffen entfliehen, die direkt an den Körper gedrückt wurden, aber sie war weder dumm noch verzweifelt genug, um es jetzt zu versuchen, wo sie keine Ahnung hatte, was sich um sie herum noch befand.

Ein langes Schweigen, bei dem Sara versuchte, so viel Luft wie möglich einzuatmen. Das Tuch war immer noch ein Hindernis, aber jetzt saß zumindest niemand auf ihr und erschwerte die Bewegungen des Brustkorbs. Der Sauerstoff schmeckte unglaublich gut, der Nebel im Kopf lichtete sich.

Dann näherten sich langsame, schwere Schritte.

Jemand kam zu ihnen und stellte sich genau vor Sara.

Die Haube wurde ihr abgezogen, und sie sah, wer es war. Und wurde fuchsteufelswild.

George Taylor Jr.

»Was soll die Scheiße?«, war das Einzige, was Sara herausbekam. »Willst du mich erschießen?«

»Helft ihr hoch«, sagte George zu den Männern hinter Sara. Ihr wurde auf die Beine geholfen.

Sara sah sich um. Eine Art Waldlandschaft. Zwei Autos und vier Männer mit Waffen. Dazu noch George, dessen metalliclila Bentley-SUV rechteckig zu dem schwarzen Humvee geparkt war, in dem Sara vermutlich hierher transportiert worden war. Wie ein Tier zum Schlachthof.

»Tut mir leid, ich habe sie nicht angewiesen, dich hart anzu-fassen«, sagte George und zog eine Grimasse. »Ich wollte nur, dass sie dich holen.«

»Wie ein Möbelstück? Oder irgendeinen Einkauf?«

»Du gehst ja nie ans Handy. Was sollte ich denn tun?«

»Den Hinweis kapieren«, brummte Sara. Wie um alles in der Welt kam er auf die Idee, sie so behandeln zu dürfen? Für wen hielt sich dieser Typ eigentlich?

»Was für ein Hinweis? Willst du mich dissen, oder was?« George sah beinahe ein bisschen beleidigt aus.

»Okay. Hör mir zu: Ich kann nicht ständig auf deine Nach-richten oder Anrufe reagieren. Ich habe zwei Kinder und eine Arbeit, in der gerade volles Chaos herrscht. Okay?«

»Warum sagst du das denn nicht? Ist doch alles chillig. Ich kann Abstand halten«, sagte George und zuckte mit den Schul-tern. »Aber wenn du jemand anderen triffst, will ich es wissen.«

Sara fand, dass es jetzt endgültig genug war.

»Verdammt noch mal, wie egozentrisch kann man eigentlich sein? Ich gehe nicht ans Telefon, und du schickst vier verdammte Gorillas mit automatischen Gewehren los?! Und mein Ex-Mann hat versucht, sich das Leben zu nehmen, weil er die Abstinenz von dem Kokain nicht ertragen kann, das du ihm nicht mehr verkaufen willst!«, schrie sie, bis ihr Hals wehtat.

»Ich habe gar nichts an ihn verkauft.«

»Aber deine Handlanger.«

»Ich deale nicht. Ich leite ein Unternehmen.«

George schielte auf die Männer, die an den Autos herum-lungerten und so auszusehen versuchten, als würden sie nicht zuhören.

»Und das hier ist das Aufsichtsratstreffen inklusive Sturmge-wehre?«

Sara zeigte auf die Männer.

»Ich mag es, wenn du sauer bist.«

»Halt die Klappe. Die Pizzerien, die du besitzt, hast du vom Drogengeld gekauft. Du hast das Leben von Leuten zerstört, um dein eigenes verkümmertes Ego aufzubauen.«

»Es ist nicht meine Verantwortung, was die Leute mit dem machen, was sie kaufen«, sagte George.

»Doch, das ist es.«

George sah Sara an.

»Du machst dir keine Sorgen, dass es dumm sein könnte, so aufmüpfig zu sein, wenn vier bewaffnete Leute um dich herumstehen?«

»Ich mache mir eher Sorgen darüber, wie idiotisch es eigentlich war, überhaupt ein Wort mit dir zu wechseln. Kannst du jetzt endlich diesen dämlichen Kabelbinder aufschneiden?«

George nickte einem seiner Handlanger zu, der ein Stilett herausholte und den Kabelbinder aufschnitt, der ihre Hände zusammenhielt. Währenddessen beobachtete Sara George und seine Männer und überlegte, ob es vielleicht seine Absicht gewesen war, sie zu erschrecken. Seine Verwunderung über die Härte, mit der die Gorillas sie behandelt hatten, wirkte nicht besonders echt. Vielleicht glaubte er, dass Sara so leichter zu kontrollieren wäre.

Oder es war von Anfang an nur darum gegangen. Saras Widerstand zu brechen und sie dann in Angst zu versetzen. Vielleicht war das der erhoffte Kick für ihn, dass eine Polizistin ihm nachgab und anschließend zusammenbrach.

Die Frage war, was er getan hätte, wenn sie wirklich Angst vor ihm bekommen hätte? Hätte er sie verlassen? Hätte er sie als williges Werkzeug behalten?

Als Sexspielzeug oder als eine Polizistin, die er kontrollieren konnte? Eine Spionin im Inneren des Feindes. Wie auch immer, das hier bekräftigte, was Sara in den letzten Monaten gelernt hatte: Man konnte sich wirklich auf niemanden verlassen. Im Grunde war sie aber selbst an allem schuld, weil sie sich verletzlich gezeigt und dem Charme des Botkyrka-Gangsters verfallen war.

Sie massierte ihre Handgelenke.

»Handy.«

Ein weiteres Nicken von George, und ein Handlanger im Gucci-Pulli gab Sara ihr Handy zurück. Sie schaltete es an, startete die Kamera und machte ein Bild von George, das sie so schnell sie konnte an Anna schickte. Es dauerte nur ein paar Tastendrücke.

»Willst du dich an unsere gemeinsamen Stunden erinnern?«, fragte George mit sanfter Stimme.

»Ich will nur sichergehen, dass nichts passiert.«

Als sie das Bild auf den Weg gebracht hatte, machte Sara in aller Ruhe auch Aufnahmen von den anderen vier.

»Nichts wird passieren«, sagte George. »Außer dass du in den siebten Himmel schweben kannst, wenn du willst.«

Er lächelte verführerisch, aber Sara war nicht empfänglich.

»Jetzt dürft ihr mich zurückfahren. Dann sehen wir, ob ich euch anzeigen werde. Menschenraub und Widerstand gegen die Staatsgewalt.«

George musterte Sara mit amüsierter Miene.

»Bist du angepisst?«

»Ja«, sagte Sara und sah ihm in die Augen. »Und zwar richtig.«

»Schlägst du mich, wenn ich dich umarme?«

»Nein.«

George lächelte erneut, machte ein paar Schritte auf Sara zu, um sie in seine Arme zu schließen.

Sara schwang den Kopf nach vorn und traf Georges Stirn mit einer solchen Kraft, dass sie ihn versenkte.

»Meinen Schädel bekommst du zu spüren.«

33

Blasieholmen an einem Samstagabend im Oktober war ein einsamer Ort. Keine Anzug tragenden Finanzkasper und keine Touristen, die nach dem Nationalmuseum oder Skeppsholmen suchten. Hier gab es auch keine Spuren der heftigen Streitigkeiten zu sehen, die sich in der Nobelstiftung abgespielt hatten, als man das alte Zollhaus am Ende der Halbinsel abreißen wollte, um an derselben Stelle ein Nobel Center als Mittelpunkt für die ganze Welt zu errichten. Finanziert von H & M und Wallenberg.

Aber gegen diese Pläne hatten einige Rebellen aus der Spitze des Wirtschaftslebens auf eine Weise protestiert, die man nicht mehr gesehen hatte, seit der Widerstand gegen die Arbeitnehmerfonds die individualistische Masse in den Achtzigerjahren aufgewühlt hatte. Man dürfe den Blasieholmen nicht anfassen, meinten sie. Die Halbinsel beherberge schließlich die allermächtigsten Unternehmen des Landes und sei darüber hinaus eine stille Oase mitten in der Hauptstadt, zwischen den exklusiven Hotels Grand und Strand und einer Aussicht auf das Schloss und den Strandvägen. Was konnte man mehr begehren?

Diesen milliardenschweren Helden war es zu verdanken, dass die Umwelt in diesem exklusiven Teil der Stadt unberührt geblieben war. Die Straßen lagen vollkommen menschenleer an diesem Samstagabend, an dem die hart arbeitenden Einwohner von Blasieholmen zu Hause waren, sich umzogen und schon einmal die drei ersten Drinks vor den abendlichen Begebenheiten kippten.

Weil die Hovslagargatan zu dieser Uhrzeit stets verlassen war, wunderte sich der vierundfünfzigjährige Firmenjurist, der gegen ein Entgelt von eintausendfünfhundert Kronen in seinem niegelnagelneuen Jaguar mit einer Lackierung in Velocity Blue von einem kränkelnden rumänischen Mädchen gerade einen geblasen bekam, über die beiden maskierten Männer, die in einem schwarzen Dodge Ram ohne Nummernschilder auftauchten. Der Jurist horchte in sich hinein und merkte, dass er in wenigen Minuten fertig sein würde, und da diese Zeitkalkulation Raum für ein staatsbürgerliches Eingreifen gab, rief er die Polizei an und meldete, dass sich maskierte Männer im Zentrum der Macht herumtrieben.

Die Polizeiinspektoren Jaromir Beciljevskij und Andreas Carlsson hörten die Meldung, und weil sie sich in der Hamngatan befanden, sagten sie, dass sie den Einsatz übernehmen könnten.

Als sie um die Kurve vom Nybrokajen kamen, sahen sie tatsächlich zwei maskierte Männer, die einen, nach den Bewegungen zu urteilen, schweren Plastiksack von der Ladefläche des Dodge Ram luden. An der Wand des Hauses standen noch andere Gegenstände, die in Plastik eingeschlagen waren.

»Was glaubst du?«, sagte Andreas zu Jaromir. »Abiturscherz? Erstsemesterparty?«

»Ja, Diebe sind sie ja nicht. Diebe lassen keine Dinge zurück, sondern nehmen sie mit.«

»Irgendein Protest?«

Andreas blinzelte kurzsichtig auf die unförmigen Plastiksäcke.

»Ein bisschen Verschwendung, wenn niemand hier ist.«

Sie parkten hinter dem großen schwarzen Auto. Einer der Maskierten ging zur Vordertür des Dodges, und der andere wandte sich den Polizisten zu, die ausstiegen, um den seltsamen Transporter zu inspizieren.

»Pass auf, dass er nicht den Wagen startet und flieht.«

Andreas hielt ein Auge auf die Rücklichter des Dodges gerichtet, während Jaromir zu reden begann.

»Hallo«, sagte Jaromir mit der dunklen Stimme, die ihm den Spitznamen »Batman« eingebracht hatte, trotz seines Bierbauchs. »Wir haben einen Anruf wegen einiger seltsamer Typen bekommen. Und ihr seht tatsächlich sehr seltsam aus.«

Keine Antwort. Der Maskierte bewegte sich nicht.

»Was ist denn in diesen Säcken?«, fragte Andreas.

Immer noch keine Antwort.

»Nimm bitte die Sturmhaube ab«, sagte Andreas und machte einen Schritt auf ihn zu.

»Und ruf deinen Freund her«, sagte Jaromir.

»Was ist jetzt in diesen Säcken?«

Eine ausgestreckte Hand zeigt auf die Säcke, als würde der stumme Maskierte die Polizisten einladen, selbst nachzusehen.

Was Andreas auch tat. Er griff nach dem schwarzen Plastik und riss es auf.

»Beciljevskij!«

Jaromir hörte an Andreas' Stimme, dass es wichtig war. Er ging zu dem Kollegen und schaute in die Öffnung des Plastiksacks.

Ein aufgesperrtes Auge starrte zurück.

Die Säcke enthielten Leichen.

»Oh, Scheiße!«, sagte Jaromir und drehte sich um.

»Ruf deinen Freund her!«, brüllte Andreas den Maskierten an, während er mit der Hand nach der Dienstwaffe griff.

»I'm here«, sagte eine dunkle Stimme hinter ihnen, und direkt danach trafen Andreas' Augen den Blick des zweiten Mannes.

Er stand jetzt direkt hinter den Polizisten.

Mit einem abgesägten Schrotgewehr in der Hand.

34

George hatte nur gelacht, als Sara ihn ausgeknockt hatte. Als er wieder aufstand, sah er fast so aus, als wäre er stolz auf sie.

Dann fuhr er Sara zurück in die Stadt und spielte N.W.As »Fuck Tha Police« auf der ganzen Strecke, während er einen eigenen Refrain darüber improvisierte, wie es war, eine Polizistin zu vögeln.

Sara wollte in dem auffälligen Auto nicht gesehen werden, also musste George sie auf der engen und menschenleeren Munkbrogatan aussteigen lassen. Sie knallte die Tür zu ohne irgendeine Verabschiedung, und dann kontrollierte sie ihr Handy, das praktisch auf dem ganzen Weg in die Stadt gebrummt hatte. Sara hatte nicht gewollt, dass George an ihrem Leben teilnahm. Weder am Privatleben noch am Berufsleben. Würde sie ihn ein weiteres Mal treffen? Höchst unklar.

Olle hatte angerufen und Nachrichten geschrieben, er hatte gefragt, wo sie war, und vor allem, wo das Abendessen war. Jane hatte angerufen, Nachrichten geschrieben und auf den Anrufbeantworter gesprochen. Sie hatte ein unheilschwangeres Gefühl im Körper und erzählte, dass sie zu Olle nach Hause fahren und auch Ebba dorthin bestellen wollte. Sie hoffe, dass Sara nichts passiert sei. Sara schrieb an Olle und Jane gleichzeitig. »Bald zu Hause«, lautete die Nachricht.

Danach rief sie Anna an und erzählte ihr, was passiert war.

Sie wusste selbst nicht genau, ob sie Anna als Kollegin anrief, mit der sie die passenden juristischen Folgen der Geschehnisse diskutieren wollte, oder als Freundin, bei der sie sich über ihren idiotischen Freund beklagen wollte – um gleichzeitig zu hören, wie spannend er war. Die Aufregung der Freundin erfüllte in beide Richtungen ihre Funktion.

Schon an der Tür wurde Sara von Jane in Empfang genommen, die ihrer Tochter tief in die Augen sah, als würde sie dort eine esoterische Wahrheit am Boden des Brunnens der Weisheit suchen.

»Was ist passiert?«, fragte sie.

»Nichts. Vergiss es. Ich bin jetzt zu Hause.«

Sara zog sich die Jacke aus und hoffte, dass der Kopfschlag keine allzu deutlichen Spuren in ihrem Gesicht hinterlassen hatte.

»Du weißt, dass ich es gespürt habe, als etwas mit Martin war, und jetzt spürte ich, dass etwas mit dir war. Und du warst verschwunden.«

»Aber jetzt nicht mehr. Hat Olle Essen bekommen? Er muss endlich lernen, sich selbst etwas zu machen.«

»Er hat Butterbrote gegessen.« Jane machte eine Pause. »Hast du ihm noch nichts von Martin erzählt?«

»Du hast doch hoffentlich nichts gesagt?«, meinte Sara und blieb auf dem Weg zum Zimmer ihres Sohns stehen.

»Nein, ich habe nur gefragt, ob in letzter Zeit etwas Besonderes passiert ist. Nein, sagte er.«

Sara seufzte.

»Ich werde es ihm erzählen. Jetzt gleich.«

Aber wie erzählte man einem Vierzehnjährigen, dass sein bewunderter Vater versucht hatte, sich das Leben zu nehmen? Besonders dann, wenn man selber dachte, dass dieser Vater ein Waschlappen war? Sollte sie den Scheidungsantrag auf dem Bett erwähnen? Ja, ansonsten würde Ebba es definitiv zu einer anderen Zeit herausposaunen.

»Die Madonna hilft dir.«

Sara nickte, aber nur aus reiner Höflichkeit. Dann seufzte sie erneut und ging zu Olle hinein, während Jane im Wohnzimmer wartete.

Gabriel war da und sah beinahe ängstlich aus, als Sara mit ernster Miene in das Zimmer trat. Sie bat ihn, kurz rauszugehen, weil sie mit ihrem Sohn sprechen müsse. Er schien nicht so recht zu wissen, was er tun sollte. Jedenfalls stand er nicht auf.

Sara sah, dass sie auf der Homepage von X-Ray waren und geleakte Dokumente von Geheimdiensten und Behörden herunterluden. Vielleicht war er deswegen so besorgt.

Sie sollte wahrscheinlich nachsehen, welche Informationen sie da gerade holten, aber das konnte noch warten.

Sara drückte ganz einfach den Deckel des Laptops herunter, bat um Entschuldigung und schickte Gabriel nach Hause.

Daraufhin ging er schließlich.

Sie setzte sich auf die Bettkante, bat Olle, den Schreibtischstuhl zu ihr zu drehen, und griff nach seiner Hand.

Und erzählte von Martin.

Sie begann damit, dass sein Vater wieder ganz gesund werden würde. Aber im Augenblick war es ziemlich schlecht um ihn bestellt.

Sie erzählte, dass Martin dem Tode sehr nahe gewesen war, als er im August bei seinen Eltern zu Hause war, und deswegen einen Nervenzusammenbruch erlitten hatte. Genauere Einzelheiten beschrieb sie allerdings nicht. Sie war wiederum ehrlich damit, dass er Morphin genommen hatte, weil er sich danach so schlecht gefühlt hatte, und später zu Kokain gewechselt war, als Sara von ihm verlangt hatte, dass er nicht länger im Bett liegen, sondern versuchen sollte, sein Leben in den Griff zu bekommen.

Dann erfuhr Olle, dass sie die Scheidung eingereicht hatte und dass dies Martin anscheinend dazu bewegt hatte, bewusst eine Überdosis Morphin zu nehmen.

Olle wurde nicht wütend auf Sara. Das würde vielleicht später kommen, dachte sie, aber in diesem Moment war er es nicht.

231

Er weinte, und es kam mittlerweile nicht oft vor, dass Sara Olle noch Tränen vergießen sah. Seit dem letzten Mal waren mehrere Jahre vergangen. Sie beugte sich über ihren Sohn, der sie mit glänzenden Augen und Verzweiflung im Blick ansah, und gab ihm eine lange, feste Umarmung. Drückte ihn an sich und spürte sein Haar, das sie im Gesicht kitzelte, genau wie damals, als er klein gewesen war und sie mit ihm im Bett gelegen und ihm *Ronja Räubertochter* vorgelesen hatte. Sie hatte gesagt, dass keine Wilddruden an ihn herankommen könnten, solange seine Mutter da sei. Aber jetzt hatten sie es doch geschafft. Hatten ihre scharfen Klauen in die Familienidylle geschlagen und sie mit gemeinem Lachen in Stücke gerissen. Sie war mit ihrem allerwichtigsten Auftrag gescheitert. Das Gefühl, ihre Kinder nicht vor allem Bösen schützen zu können, war nur schwer auszuhalten. Sie konnte nichts anderes tun, als ihn fester zu umarmen.

Darüber, dass Martin so traurig war, dass er meinte, sein Leben beenden zu müssen, sagte Olle nur eine Sache, die wie ein Messer in Sara stecken blieb.

»Warum hat Papa mich nicht angerufen? Ich hätte ihm helfen können, warum hat er nicht mit mir gesprochen?«

35

Alle waren früh vor Ort, obwohl es Sonntag war.

Denn auf zwei Polizisten war geschossen worden.

Und sie waren ernsthaft verletzt.

Andreas Carlsson und Jaromir Beciljevskij waren mit einem Schrotgewehr aus nächster Nähe beschossen worden. Beide hatten sich zur Seite geworfen und waren deswegen nur in den Rücken und die Beine getroffen worden, zum Glück. Die Verletzungen waren trotzdem lebensbedrohlich.

Die Täter waren vom Ort des Geschehens in einem schwarzen Dodge Ram verschwunden, und abgesehen von den verletzten Polizisten hatten sie sechs Leichen zurückgelassen, die in schwarze Plastikmüllsäcke eingewickelt waren.

Die Leichen waren auf dem Bürgersteig vor dem schwedischen Hauptsitz von Sandin Energy abgelegt worden. Jemand wollte eine nicht besonders diskrete Botschaft übermitteln.

Von den Toten konnten Harald Moberg, Lars-Erik Thun, Jan Schildt und August Sandin schnell identifiziert werden. Etwas länger dauerte es bei der Leiche, die sich als der verschwundene Gustav Sjökant herausstellte, Sandins junger Liebhaber. Der folglich kaum der Schuldige an den Morden sein konnte.

Die sechste Leiche erstaunte die ermittelnden Polizisten. Eine Frau im Alter von etwa neunzig Jahren. Weder ihre Fingerabdrücke noch ihre DNA waren registriert, und niemand, der während all der Jahre in Sandins Aufsichtsrat gesessen hatte, stimmte in Geschlecht und Alter mit dem Opfer überein. Nach einer Weile kam man über die zahnmedizinischen Daten zu einem Erfolg. Die tote Frau hieß Ulla Thun und war die Mutter des ebenfalls toten Lars-Erik Thun.

Was Ulla gegen die Bevölkerung des Sudans verbrochen hatte, blieb unklar, aber die Polizisten beschlossen zu untersuchen, ob sie Anteile an dem Unternehmen hielt. Vielleicht war sie Großaktionärin.

Oder es hatte einfach gereicht, dass sie mit Lars-Erik Thun verwandt war. In diesem Fall mussten alle Angehörigen von allen, die jemals einen verantwortungsvollen Posten bei Sandin Energy eingenommen hatten, Polizeischutz bekommen.

Schildts Kopf war abgesägt, und Mobergs Körper hatte heftige Verbrennungen. Von den anderen vier Körpern zeigten Gustavs und Ullas schwer erträgliche Folterspuren durch eine Schleifmaschine. Lars-Erik, August, Ulla und Gustav hatten außerdem einen Schuss in den Kopf bekommen.

Der große Polizeiandrang auf dem Blasieholmen am Abend zuvor hatte natürlich auch die Presse angelockt, die jetzt mit ihrem größten Schriftbild verkündete:

»Massenmord an Top-Managern«

»Schüsse auf Polizisten in der City«

»Schlacht an der Macht«

Die Artikel boten darüber hinaus Zitate von Polizeibeamten im Stil von »Geisteskrank«, »Eine Tragödie« oder »Das Schlimmste, was ich je gesehen habe«.

Jemand hatte auch ausgeplaudert, dass die Hauptspur sich auf die Geschäfte von Sandin Energy im Sudan bezog und dass ein Sudanese unmittelbar vor den Morden in Schweden eingeflogen sei. Das brachte die Vertreter der braunen Partei und all ihre wohldressierten Netztrolle vollständig auf die Palme.

Ein Beitrag, der unangenehm oft geteilt wurde, lautete schlicht und ergreifend:

»Das hier ist das linksliberale Schweden. Wo Eingeborene aus Afrika hereinströmen und Polizisten und Anführer aus unserem

Wirtschaftsleben erschießen, ohne bestraft zu werden. Wir müssen zum Gegenangriff übergehen. White Lives Matter.«

Werkström legte einen höheren Gang bei den Ermittlungen ein. Es wurde eine landesweite Fahndung herausgegeben, und gegen Mittag tauchte Brundin von der Säpo auf, mit ausgedruckten Listen von Tausenden von Mitgliedern und Sympathisanten von diversen Unterstützungs- und Hilfsorganisationen, die sich auf Afrika ausgerichtet hatten. Sie versah die Ermittlungsgruppe auch mit Namenslisten von über hundert militanten Aktivisten aus dem linken Spektrum. Weil dies ein Fall war, der auch die Sicherheit des Staates berührte, hatte sich die Säpo zur Zusammenarbeit entschlossen. Die Bedingung für die Überlassung der Daten war, dass die Register nicht kopiert oder aus der Wache herausgeführt werden durften. Oder irgendjemandem gezeigt.

Sara blätterte durch die Listen. Sah viele Namen. Meistens von jungen Menschen, aber ein Teil war auch schon gehobenen Alters. Zwischen dreißig und fünfzig schien man allerdings keine Zeit für Solidaritätsarbeit zu haben.

»Wie habt ihr die rausbekommen?«, fragte Sara.

»Kein Kommentar«, sagte Brundin. »Nehmen Sie es einfach mit einem Dankeschön entgegen. Und zeigen Sie sie um Gottes willen nicht diesem Nilsson.«

»Personennummern, Adressen, bekannte Decknamen, welche Aufträge sie haben, Karten über soziale Netzwerke«, murmelte Anna, während sie las. »So viel zum Thema Großer Bruder.«

»Nein, genau darüber wollen wir nicht reden«, sagte Sara mit einer Grimasse.

»Schließt sie einfach weg«, sagte Brundin, drehte sich um und wollte gehen.

»Die Listen oder die Aktivisten?«

Brundin antwortete nicht, sondern verschwand einfach.

»Okay«, sagte Sara und seufzte. »Dann lasst uns mal alle verdächtigen, die eine bessere Welt wollen.«

Anna lächelte.

»Warum sperren wir nicht einfach alle auf einen Schlag ein? Wie damals in Chile '73. Genau das will doch Brundin. Sie in einen Sack stecken und tothauen.«

»Ja, irgendein Hobby muss man ja haben.«

Sara begann, die Listen sorgfältig durchzulesen. Vielleicht gab es dort einen Namen, auf den sie in einem anderen Zusammenhang schon gestoßen war. Das könnte ein guter Start sein.

»Was ist eigentlich gestern passiert?«, fragte Anna. »Du hast nur gesagt, dass dieser George Taylor Jr. dich mehr oder weniger gekidnappt hat. Aber du klangst beinahe so, als hättest du es genossen?«

»Ich bin ein bisschen amüsiert darüber, wie frech er sich benommen hat. Obwohl es zu Beginn ziemlich gruselig war«, sagte Sara und wunderte sich im selben Moment über die Worte, die ihren Mund verließen, und darüber, was sie über sie aussagten. Stand sie jetzt auf Angst, auf den Adrenalinrausch? Wie krank wäre das in diesem Fall. War sie in einer Art von Psychose gelandet?

»Meinst du das ernst? Wir fanden, es klang ziemlich schrecklich.«

»Wir?«

Anna stockte und sah ertappt aus.

»Entschuldige.«

»Wir?«

Sara konnte es kaum glauben.

Ihre BBF. Beste Bullenfreundin forever.

Hatte es brühwarm weitererzählt, Saras Geheimnis.

Anna war die Einzige, der Sara sich anvertrauen konnte, die einzige Freundin, auf die sie sich verlassen konnte, selbst wenn sie ihr nicht alles erzählen durfte. Besonders nicht das, was von ihrer Absprache mit den deutschen Geheimdiensten geregelt wurde. Aber all die privaten Dinge. Die teilte Sara mit Anna. Weil sie wusste, dass die Freundin nichts weitererzählte.

Und als Anna ihrem Chef Bielke über Sara berichtet hatte, hatte sie Annas Erklärung akzeptiert, dass es zu Saras Bestem gewesen war, dass es die Bedingung dafür gewesen war, dass sie nach Solna versetzt wurde. Dass sie sich Sorgen um sie gemacht hatten, nachdem sie zuerst von einem Freier, der sich an ihr rächen wollte, fast getötet und anschließend bei einer Auseinandersetzung mit Abu Rasil und Geiger fast erschossen worden war.

Aber jetzt das.

George Taylor Jr. war geheim aus zwei Gründen. Zum einen, weil er in Saras Liebesleben verwickelt war, was sehr privat war, und zum anderen war er als Krimineller extrem unpassend. Als Schwerkrimineller. Sara wollte wirklich nicht, dass irgendjemand erfuhr, dass sie eine Beziehung zu einem Gangster hatte, wie seltsam und kurz diese Beziehung auch war oder werden sollte.

»Sara, entschuldige. Ich war dazu gezwungen.«

Sie sah Anna nur an.

»Lina war zu Hause bei mir. Und als ich nicht erzählen wollte, worüber du und ich geredet hatten, wurde sie eifersüchtig. Sie war richtig fies, als sie sauer war. Also erzählte ich es ihr, nur damit sie sich beruhigte.«

»Was ist denn das für eine verdammte Freundin, wenn sie sich so benimmt? Schreit sie dich an, damit du deine Freundinnen verrätst?«, fragte Sara und runzelte die Stirn.

»Ich weiß nicht. Also, sie ist vollkommen wunderbar. Und so schön. Mir fällt es nur schwer, mit dieser Eifersucht umzugehen. Und ständig fragt sie nach dir. Ich weiß gar nicht, warum. Okay, wenn du hübsch wärst …«

Anna lachte über ihren eigenen Witz, und Sara konnte nicht an sich halten.

»Das ist nicht okay. Ich finde, das ist ziemlich gemein von dir. Wer weiß denn, mit wem sie redet? Das kann ein echtes Problem für mich werden.«

»Nein, sie sagt nichts. Es ist einfach nur ihre Eifersucht«, sagte Anna und senkte die Stimme, als ein Kollege in das Zimmer kam.

»Du musst ihr sagen, dass sie daran arbeiten soll.«

»Ja. Besonders wenn wir beide so viel zusammenarbeiten müssen, um diesen Fall zu lösen.«

Saras Handy brummte, sie hatte eine Nachricht vom Empfang bekommen.

»Du hast Besuch.«

Sara rief Jesper an, der zusammen mit Svetlana den Empfang betreute.

»Mein Besuch. Worum geht es?«

»Ein Gabriel. Er sagt, dass er mit deinem Sohn befreundet ist.«

»Ich schaffe es nicht. Richte ihm aus, dass er bei mir zu Hause vorbeikommen soll.«

»Okay. Eine Sekunde.«

Sara wartete am Handy. Es vergingen vierzehn Sekunden, dann war Jesper wieder da.

»Er sagt, dass er dabei war, als gestern auf die Polizisten geschossen wurde.«

36

Es war nicht später als neun. An einem Sonntag. Trotzdem stand jemand draußen und klopfte gegen die Außentür. Christian war bereits draußen und joggte. Malin konnte den Lärm nicht ignorieren und hatte keine Wahl, als zur Tür zu gehen und sie zu öffnen, um dem Idioten zu sagen, dass er aufhören sollte. Sie trank ein Glas Wasser auf dem Weg, um zu versuchen, die Kopfschmerzen und die Übelkeit zu mindern.

»Ich habe euch angezeigt«, war das Erste, was er sagte, nachdem Malin geöffnet hatte.

Scherman.

Der anstrengendste Nachbar der Welt.

»Sie haben geschrien und die Musik so laut abgespielt, dass die Scheiben klirrten. Bis drei Uhr nachts! Wir haben keine Minute geschlafen. Und dann hat noch jemand über den Zaun auf unser Grundstück gepinkelt. Margit liegt mit Migräne im Bett, dank Ihnen!«

»Ich habe meinen Geburtstag gefeiert«, sagte Malin und blinzelte in dem ungewohnt scharfen Morgenlicht.

»Das gibt Ihnen nicht das Recht, sich so zu benehmen, wie Sie wollen.«

»Also bitte, wie oft veranstalten wir denn ein Fest? Ein paarmal pro Jahr.«

»Vier Mal im letzten Jahr und drei Mal in diesem, bis jetzt«, sagte Scherman und fuchtelte zornig mit dem Zeigefinger in der Luft.

»Das darf man auch, es ist unser Haus«, wandte Malin ein.

»Nein, das darf man nicht. Nicht solche Orgien. Ich habe Sie angezeigt und werde Sie auch weiterhin anzeigen. Jedes Mal, wenn Sie stören oder die Kinder schreien oder Sie das Auto ein paar Minuten mit laufendem Motor stehen lassen.«

Malin sah sich um. Gab es jemanden, der sie hörte? Nein, nur einen Mann in einem schwarzen Auto auf der Straße, aber es waren keine Nachbarn draußen. Zum Glück.

Aber Scherman war noch nicht fertig.

»Und dann müssen Sie noch die Hecke schneiden, die zerkratzt einem beim Vorbeifahren den Lack. Und putzen Sie sich die Zähne, Sie stinken ja.«

»Du lieber Gott, irgendwann ist doch mal gut! Nur weil Sie nie im Leben einen lustigen Tag hatten. Ich habe tatsächlich meinen Geburtstag gefeiert! Da darf man eine Party veranstalten. Und im Unterschied zu Ihnen weiß ich, wie man feiert! Haben Sie gesehen, wer gestern alles hier war? Das halbe Promi-Schweden. Sie sind einfach nur neidisch. Fahren Sie zur Hölle!«

Malin knallte die Tür zu und ging in die Küche. Dieser verdammte Scherman. Verbitterter Scheißopa. Sie warf zwei Brausetabletten in ein Glas Wasser, schluckte Apfelsaft direkt aus dem Karton und zerdrückte zwei Eier über der Bratpfanne. Rühreier waren ein gutes Katerfrühstück.

Es war ein gelungener Abend gewesen. Die Schriftstellerin Carina Hellman hatte einen Schnapswettbewerb veranstaltet, die Kolumnistin Johanna Larsson hatte das Hardrockkaraoke geleitet, in dem der Fernsehmoderator Magnus Lundin gewonnen hatte, dank Kajal und einem nackten Oberkörper. Einige hatten zwar deutlich über die Stränge geschlagen, und es wären beinahe Streit oder Knutschszenen ohne Einverständnis ausgebrochen, aber es hatte sich alles in Wohlgefallen aufgelöst. Wie immer. Jeder wusste, dass bei Malin Broman stets die Post abging. Schön, dass man hier feiern konnte ohne diese lästigen Kameras.

Sie sah sich um. Im Haus herrschte totales Chaos. Und die

Putzfrau würde erst nachmittags kommen. Malin hatte eigentlich ausschlafen wollen, aber das hatte dieses Arschloch Scherman verhindert. Sie musste versuchen, noch einmal einzuschlafen. Die Söhne waren bei Christians Eltern in Danderyd, sie würden klarkommen.

Sie drehte die Platte des Induktionsherds ab und aß das Rührei direkt aus der Pfanne. Dann legte sie sie einfach nach oben auf den Stapel mit dem ganzen anderen dreckigen Geschirr vom Vortag. Zum Glück war gegen Ende des Fests nicht mehr so viel gegessen worden, nachdem das Personal nach Hause gegangen war. Es war eine Selbstverständlichkeit, in den letzten Stunden der Party keine Außenstehenden dabeizuhaben. Man wusste ja nicht, was passieren konnte, und es war schwer, so viele Leute unter Aufsicht zu halten, damit keiner von ihnen heimliche Aufnahmen von den TV-Stars und Künstlern machen konnte, die immer auf Malins Festen dabei waren und stets in Fahrt kamen, wenn es spät in der Nacht wurde. Es galt »What happens at Malin's stays at Malin's«, so, wie sie es immer verkündete.

Es klingelte an der Tür.

Malin trank ihre aufgelösten Brausetabletten und ging hin, um zu öffnen. Vielleicht war die Putzfrau ja früh dran? Das wäre wunderbar, wo sie ohnehin schon wach war.

Aber es war wieder Scherman.

Blutend, schmutzig und mit ein paar ausgeschlagenen Zähnen.

Er sah tatsächlich aus, als wäre er vor Angst gelähmt, dachte Malin. Der Nachbar warf einen hastigen Blick nach hinten über die Schulter.

»Entschuldigen Sie, dass ich Sie vorhin belästigt habe«, stammelte er. »Es wird nie wieder passieren. Sie können gerne Ihre Feste feiern.«

Er sah erneut zur Straße, nickte und ging dann nach Hause.

Malin blickte ihm nach und bemerkte dabei, dass der Mann aus dem schwarzen Auto sich gegen die Motorhaube gelehnt hatte, mit verschränkten Armen. Scherman machte einen weiten Bogen um den Mann herum.

»Hallo, hast du dich geprügelt?«, rief sie Scherman nach, bekam aber keine Antwort. Er verschwand in seinem Haus und begann die Vorhänge an seinen Fenstern zuzuziehen.

»Haben Sie ihn geschlagen?«, rief Malin dem Mann am Auto zu. Er antwortete nicht, sondern öffnete nur die Autotür und setzte sich hinein. Sie ging zum Auto. Ihr war es egal, was die Nachbarn dachten, wenn sie sie ungeschminkt und mit verfilztem Haar sahen.

»War es so? Ja?«, fuhr sie fort.

Der Mann sah ihr direkt in die Augen und drehte den Autoschlüssel.

»Haben Sie mir auch die Blumen geschickt?«, fragte Malin.

Jetzt hatte sie das Auto erreicht, aber er antwortete immer noch nicht. Sie klopfte an das Seitenfenster.

»Ob Sie die Blumen geschickt haben, habe ich gefragt! Wer sind Sie?«

Der Mann trat aufs Gaspedal, und das Auto rollte los. Malin versuchte sich das Kennzeichen zu merken, brachte die Ziffern aber sofort durcheinander.

Als sie das Auto nicht mehr sehen konnte, ging sie zu Scherman und klingelte, aber er öffnete nicht.

Sie sah sich um. Plötzlich fühlte sich ihre herrliche Wohngegend unangenehm an, geradezu erschreckend. Vielleicht war es nur der Kater. Vielleicht aber auch nicht.

Gab es hier noch mehr seltsame Fremdlinge? Sie fühlte sich beobachtet. Aber als sie sich umsah, konnte sie niemanden entdecken.

Sie ging hinein und zog die Jalousien und Gardinen zu.

37

Achtzehn Jahre.

Das hätte sie nicht gedacht.

In Saras Augen war Gabriel genauso alt gewesen wie Olle, und für sie war der bald fünfzehnjährige Olle nur ein Kind. Also hatte sie Gabriel auch als Kind gesehen, aber er war offensichtlich vor Kurzem achtzehn geworden. Als Sara ihn jetzt näher betrachtete, sah sie, dass es tatsächlich eher ein junger Mann war, den sie da vor sich hatte. Er war größer als sie, hatte kleine Wunden von der Rasierklinge am Hals und eine Dose Snus vor sich auf dem Tisch im Vernehmungsraum stehen.

Und gerade hatte er erzählt, dass er dabei war, als auf die beiden Polizisten geschossen wurde.

Dass er also dabei war, als sechs Leichen nach Blasieholmen transportiert wurden.

Er war jetzt die Hauptperson in der größten Polizeiermittlung seit Jahren, eine der wenigen, in denen die gewöhnliche Polizei und die Säpo zusammenarbeiteten.

Der kleine Gabriel. Olles Freund. Der Uncle-Scam-Bewunderer, Verschwörungstheoretiker und jetzt auch Mörder.

Oder?

Das Erste, was Sara ihn fragte, war, ob er Olle mit hineingezogen hatte, aber Gabriel hatte ihr zum Glück schnell versichert, dass sein jüngerer Freund nichts von den Morden wusste, und im Grunde hatte sie auch nie etwas anderes geglaubt. Sie konnte durchatmen.

Als Sara etwas später in den Vernehmungsraum kam, in dem

Gabriel saß und wartete, stand er auf, ging auf sie zu und warf sich auf sie. Die anderen Polizisten schienen zu glauben, dass er Sara angreifen wollte, und hielten ihn sofort fest. Aber er wollte sie nur umarmen.

Nachdem er sie eine Weile krampfhaft festgehalten hatte, konnte sie sich vorsichtig von ihm lösen und ihn auf der einen Seite des Tisches platzieren, bevor sie sich auf die andere setzte.

»Möchtest du es mir erzählen?«, fragte Sara und sah ihn an, während Anna sich neben sie setzte.

»Mhm.« Gabriel sah auf die Tischplatte hinunter.

»Du willst nicht deine Eltern dabeihaben?«

»Nein, ich möchte nicht, dass sie es erfahren. Und ich bin volljährig.«

»Ich werde das Gespräch aufzeichnen, denn es ist am besten, gleich eine vorschriftsmäßige Vernehmung durchzuführen, wenn man bedenkt, wie ernst die Vorfälle sind. Ist das okay für dich?« Gabriel nickte. »Aber denk nicht darüber nach, dass wir alles aufnehmen. Denk einfach daran, dass du mit mir und Anna sprichst.«

»Okay.«

»Erzähl mir jetzt bitte, was passiert ist«, sagte Sara und nickte aufmunternd.

»Also, ich habe nicht auf die Polizisten geschossen. Okay? Das war Linus.«

»Und was hast du getan?«

»Also«, sagte Gabriel und wand sich im Stuhl, »ich wollte einfach nur, dass diejenigen, die bei dem Völkermord mitgemacht haben, ihre Strafe bekommen.«

»Warst du dabei, als die sechs in den Plastiksäcken ermordet wurden?«

»Nein, sie haben sich ja gegenseitig umgebracht. Und sich selbst. Linus hat mir Videos gezeigt.«

»Wer ist Linus? Wie heißt er weiter?«

»Weiß ich nicht.«

Sara musterte sein Gesicht. Sagte er die Wahrheit? Es sah so aus, aber in diesem Fall hatte es schon so viele seltsame Überraschungen gegeben, dass natürlich auch die Möglichkeit bestand, dass Gabriel von irgendeiner Organisation vorgeschickt worden war, um sie noch weiter zu verwirren. Gleichzeitig wollte sie Olles Freund glauben, dass er nur hier war, um die Dinge richtigzustellen nach all dem Schrecklichen, was passiert war.

»Woher kanntest du ihn?«, schaltete sich Anna ein.

»Vom JfS.«

»Justice for Sudan.«

»Ja. Ich bin auf ihre Homepage gekommen, und dann mailte ich ihnen, dass ich hoffte, sie würden die Schuldigen zur Verantwortung ziehen. Und dann antwortete Linus und fragte mich, ob ich nicht bei ein paar kleinen Sachen helfen könnte.«

»Bei was, zum Beispiel?«, fragte Sara.

»Herausfinden, welche Gewohnheiten sie haben und so«, sagte Gabriel.

»Bei wem?«

»Bei denen, die im Aufsichtsrat gesessen hatten, als alle Kinder im Sudan ermordet wurden. Und er sagte, dass jemand aus dem Sudan kommen würde, der sich an ihnen rächen wollte.«

»Sagte er, wie? Wie sich dieser Jemand aus dem Sudan rächen wollte?«

»Ne-e.« Gabriel zog die Antwort in die Länge. »Aber sie wollten ihn in Arlanda abholen.«

»Wer sagte das?«

»Weiß ich nicht, aber Embla sollte ein Auto besorgen.«

Sara hatte so eine Idee, wer Embla sein könnte.

»Ist das ihr richtiger Name?«

»Ne.«

»Sondern?«

»Weiß nicht.«

Anna rief ein Bild auf, das sie heimlich von Thea Hagtoft aufgenommen hatte, und zeigte es Gabriel.

»Ja«, sagte er. »Das ist Embla.«

»Was weißt du noch über Linus?«

»Nichts. Er ist wahrscheinlich auch noch nicht so lange dabei. Er redete darüber, dass der Bericht von X-Ray ihn dazu gebracht habe, sich zu engagieren, und das ist ja gerade so ein Jahr her, dass sie damit herauskamen. Sonst weiß ich nichts, aber vielleicht hat derjenige, der aus dem Sudan kam, Linus weiter radikalisiert, denn ich glaube, in der letzten Zeit hat er sich sehr verändert.«

»Auf welche Weise?«, wollte Anna wissen.

»Also, der alte Linus hätte niemals auf zwei Polizisten geschossen. Er redete ständig von Frieden und Gewaltfreiheit und so.«

»Du sagtest doch, dass du ihm dabei geholfen hast, die Leichen auf dem Blasieholmen abzulegen. Du warst aber doch gestern noch bei uns?«, sagte Sara und runzelte die Stirn.

»Ja. Linus hat mich direkt danach zu euch gefahren. Das beste Alibi, das ich bekommen könne, sagte er, zu Hause bei einem Freund zu sein.«

Gabriel legte eine Pause ein. Sara schenkte ihm Wasser ein, und er trank einen großen Schluck.

»Und warum bist du heute hierhergekommen?«

Gabriel holte tief Luft, als hätte er kurz vergessen, warum er dort war, würde sich jetzt aber erinnern.

»Weil er zu weit gegangen ist.«

»Linus?«

»Ja. Als er auf die Polizisten geschossen hat. Wir wollten ja keine Menschen umbringen. Die haben Menschen umgebracht. Sandin.«

»Kennst du Felix? Er heißt eigentlich Sigge Nilsson, aber ich glaube, dass er sich bei JfS Felix nennt«, sagte Anna und wippte ein bisschen auf dem Stuhl, bevor sie sich über den Tisch beugte, der zwischen ihr und Gabriel stand.

»Ja.«

»Weißt du, dass er tot ist?«

Gabriels schockierter Blick verriet ihnen, dass er es nicht gewusst hatte.

»Erschossen«, sagte Sara und warf ihrer Kollegin einen Blick zu. »Wir wissen nicht, von wem. Glaubst du, dass Linus dahinterstecken könnte?«

Gabriel schüttelte den Kopf, offensichtlich erschrocken.

»Weißt du noch mehr über denjenigen, der aus dem Sudan kam?«

»Ne.«

»Sagt dir der Name Omar Kush etwas?«

Ein weiteres Kopfschütteln.

»Felix hatte Kontakt mit ihm. Wir glauben, dass dieser Omar vielleicht die Spuren beseitigt«, erklärte Sara.

»Warum denn?«, fragte Gabriel mit ängstlicher Miene.

»Gute Frage. Wir glauben, dass er hinter alldem steckt. Auf irgendeine Weise hat er zwei der Opfer dazu gebracht, zwei der anderen zu töten und anschließend sich selbst zu erschießen. Aber wir wissen nicht, wie er es gemacht hat. Und wir müssen ihn wirklich finden.«

»Also, es war ja Felix, der den Kontakt zum JfS im Sudan hatte.«

»Nicht Linus?«

»Ne.«

»Und jetzt? Wo Felix tot ist?«, fragte Anna.

»Ich weiß nicht.« Gabriel sah aus, als würde er eine Weile nachdenken. »Es war ja Felix, der unser, wie sagt man, Ideologe war. Aber für mich war er ein bisschen zu militant. Irgendwie kein Humor, es ging immer nur um den Kampf. Wir wollen ja alle, dass die Gerechtigkeit siegt, aber für Felix war es irgendwie so, als wäre es das Wichtigste, dass man überhaupt kämpfte. Es spielte fast keine Rolle, wofür. Mir kam es so vor, als hätte er genauso gut Islamist oder Nazi sein können.«

»Aber er war derjenige, der euch anführte?«, hakte Sara nach, während Anna mitschrieb.

»Ja. Er hatte Kontakt zu vielen Organisationen, seit mehreren Jahren schon, seit er vierzehn, fünfzehn war. In Palästina, in Afrika und anderswo. JfS war nur eine von vielen.«

»Aber er war der Anführer?«

»Ja, ich weiß, dass Justice for Sudan im Südsudan Kontakt zu ihm aufgenommen hatte, weil sie Hilfe brauchten.«

Sara und Anna horchten auf.

»Wobei?«, hakte Sara schnell nach.

»Sie sagten, dass sie einen Auftrag auszuführen hätten, der darauf hinauslief, gefährliche Männer zu stoppen, die dem Sudan geschadet hatten.«

Die Polizisten in dem Raum nahmen die Worte auf und sahen die Bedeutung dieser Formulierung.

»Und Linus war nicht so ideologisch wie Felix?«, fragte Anna schließlich.

»Ne. Oder doch. Aber der alte Linus hätte niemals auf jemanden geschossen.«

»Hast du ein Bild von Linus?«

»Nein, auf keinen Fall. Keine Bilder. Niemals.«

»Waren das eure Regeln?«

»Wir wussten, wie es läuft. Face Recognition. Sie holen sich die Bilder praktisch direkt aus den Handys, über das Netz. Man hat nicht die geringste Chance. Deswegen würde ich niemals auf meinem eigenen Rechner surfen. Aber …« Jetzt betrachtete Gabriel Sara mit einem jämmerlichen Blick. »Wenn sie Olles Computer untersuchen, werden sie bestimmt ein paar Suchen finden, die ich zum Aufsichtsrat von Sandin durchgeführt habe.«

Sara musste eine Pause einlegen. Sie ging in die Kaffeeküche und trank ein Glas kaltes Wasser.

Okay, selbst wenn sie etwas auf Olles Rechner fanden, hatte sie eine Erklärung auf dem Band. Und sie glaubte Gabriel, wenn er sagte, dass er seinen jüngeren Freund nicht in das hier hineingezogen hatte.

Soweit sie wussten, waren keine anderen Vorstandsvorsitzenden entführt worden, die den Tod erwarteten. Und alle, die sich in der Gefahrenzone befanden, hatten Polizeischutz. Vielleicht war die Aktion gegen Sandin damit beendet, dass sie die Leichen ausgelegt hatten.

Sie mussten Linus finden, der auf die Polizisten geschossen hatte, und Omar Kush, um genau herausfinden zu können, welche Rolle er bei dem Ganzen spielte. Alle Flughäfen, Fähranleger und Bahnhöfe waren überwacht. Die Straßen waren schwieriger zu kontrollieren, aber dort suchte man nach allen Nummernschildern, die als gestohlen gemeldet wurden, ganz egal, ob es nur die Schilder oder das ganze Auto betraf.

Andere Polizisten kümmerten sich um die Fahndung. Vielleicht konnte Sara sich tatsächlich ein bisschen entspannen. War es eine gute oder eine schlechte Idee, sich bei George Taylor Jr. zu melden?

38

In der Einsamkeit wusch sie ihre Hände. Danach die Geschlechtsteile. Dann dreimal die rechte Hand und dreimal die linke. Mund, Nase und Gesicht dreimal. Die rechte und die linke Hand hinauf bis zu den Ellenbögen jeweils dreimal. Die ganze Zeit still und konzentriert.

Das hier war ein entscheidender Augenblick in ihrem Leben. Abdul Mohammad hatte sie akzeptiert. Die Waschung und die Bekehrung waren das Einzige, was noch blieb.

Also wusch sie den ganzen Körper von oben bis unten mit sauberem Wasser. Das kostbare Wasser, das hier in der Wüste so knapp war. Aber sie hatte große Mengen für diese wichtige Zeremonie bekommen.

Am Schluss wusch sie beide Füße jeweils dreimal. Danach war sie bereit.

Sie zog sich die Kleidung an, die ihr hingelegt worden war. Jetzt konnte sie keine Männerkleidung mehr tragen, auch wenn sie eine Kriegerin war. Denn jetzt war sie kein Gast mehr, jetzt war sie eine von ihnen. Jetzt verschmolzen ihre Schicksale.

Der Hidschāb war aus dickem, schwarzem Stoff. Das Gesicht und die Hände waren entblößt, aber alles andere bedeckt.

Unter Schweigen schritt sie in den größeren Saal. Der Schein der Öllampen leuchtete den Raum nur stellenweise aus, und der Duft des Öls stach in der Nase. Der Tisch war mit Früchten, Nüssen, Würsten und einem großen Braten gedeckt. Abduls Männer hatten ein Fest vorbereitet, bei dem sie selbst nicht dabei sein durfte. Es spielte keine Rolle. Auch Abdul selbst würde nicht dabei sein. So leicht war es nicht, sich mit ihm zu treffen.

Sie wusste, dass sie andere Forderungen an sie stellen würden, wenn sie das hier abgeschlossen hatten. Aber es war nur für eine kurze Periode, bald würde sie ihre gesamte Energie dem Kampf widmen. Der Rache.

Sie blieb mitten auf dem Boden stehen und wandte sich den Männern zu.

Al-Tawil, Yurshad und andere Generäle von Abdul. Ein paar von ihnen hassten sie, aber sie gehorchten ihrem Herrn.

»Bist du rein und aufrichtig in deinem Wunsch, Muslima zu werden?«, sagte der weißhaarige Mann.

»Ja.«

»Bist du innerlich überzeugt davon, dass der Islam die Religion der Wahrheit ist, die von Allah der ganzen Menschheit geboten wurde?«

»Ja.«

»Dann bist du bereit, die Shahada auszusprechen.«

»Aschhadu an la ilaha illa-lah wa aschhadu anna muhammadan rasulu-lah.«

»Du hast nun den Schritt in das Haus des Islams getan und bist Muslima.«

39

Olle schwor, dass Gabriel niemals mit ihm über den Sudan gesprochen hatte. Stattdessen aber darüber, dass die Dritte Welt im großen Ganzen vom Schurkenkapitalismus und dem Raubbau an der Erde geplündert wurde. All das brachte der Freund offensichtlich mit der geheimen Verschwörung in Verbindung, die zwischen Politikern, internationalen Konzernen und dem militärisch-industriellen Komplex geschlossen worden war. Sie hatten gemeinsam eifrig die Gesetzbücher von Schweden durchforstet, um etwas zu finden, was dem zweiten Zusatzartikel der amerikanischen Verfassung entsprach, der allen Bürgern das Recht gab, Waffen zu tragen. Auf irgendeine Weise musste man sich gegen den Deep State und das Big Government schützen, meinte Gabriel.

Sara erzählte Olle keine Details, zum Teil durfte sie es nicht, aber vor allem war sie der Meinung, dass es nicht gut für ihn wäre. Ihr war natürlich klar, dass das Leben noch jede Menge ähnlicher Krisen für Olle bereithalten würde, genau wie für alle anderen. Sie wusste, dass das Dasein für viele eine lange Reihe von Schicksalsschlägen war, ein verzweifelter Spießrutenlauf zwischen inneren und äußeren Katastrophen. Das war gar nicht zu verhindern. Aber wenn sie seinen Start ins Leben etwas leichter gestalten konnte, dann würde er vielleicht auch ein bisschen weiter kommen. Wenn es denn gelang, die Widerstände und die belastenden Nachrichten zu portionieren und immer nur eine Hölle gleichzeitig zu durchqueren. Sie hatten gerade vom Krankenhaus gehört, dass Martin auf dem Weg war, sich nach seiner

Überdosis zu erholen, und der Sohn hatte Pläne, seinen Vater so schnell wie möglich zu besuchen. Obwohl die Nachrichten von den Ärzten positiv waren, wusste sie, dass Olle viel über das nachdachte, was sein Vater getan hatte. Dass er nicht weiterleben wollte, obwohl er zwei Kinder hatte, die ihn über alles liebten. Natürlich tat es ihm weh, hinterließ Spuren bei ihm. Also sagte sie jetzt nur, dass Gabriel verhaftet worden sei, weil er an einem schweren Verbrechen beteiligt gewesen sei. Sie erklärte auch, dass er ihrer Meinung nach unter falschen Voraussetzungen zu dieser Mithilfe gelockt worden sei und nicht gewusst habe, wie ernst es in Wirklichkeit war. Er hätte sich außerdem der Polizei gestellt, was zu seinem Vorteil sprach.

Dann gab sie ihrem Sohn eine lange Umarmung und ließ ihn einsam in seinem Zimmer zurück, um ihm die Möglichkeit zu geben, alles zu verdauen, was er von ihr gehört hatte. Sie ging in das riesige Wohnzimmer, das sie so oft an ein Kirchenschiff denken ließ. Jedenfalls dann, wenn es so leer und still war wie jetzt. Vielleicht sollten sie gemalte Apostel an den Fenstern haben, dachte Sara und fragte sich dann, warum sie so dachte.

Es war spät, aber nicht zu spät für die beste Freundin, beschloss sie und rief Anna an. Sie dachte, dass sie zumindest tun würde, was sie tun konnte, um diese Freundschaft zu bewahren.

»Bist du hungrig? Ein etwas spätes Sonntagabendessen? Und ein paar Flaschen Wein dazu?«

»Ja, nein, aber ich habe schon gegessen. Werde bald ins Bett gehen.«

»Lässt die Mama dich nicht raus? Sag doch, dass du arbeiten musst.«

»Was meinst du damit?«, sagte plötzlich Linas Stimme in die Leitung.

»Hast du mich auf Lautsprecher?«, fragte Sara perplex.

»Ja, ich … konnte das Telefon nicht halten.«

Sara drückte sie weg, ohne sich zu verabschieden.

Sie kam sich wie eine Idiotin vor, weil sie erwischt worden war, aber vor allem war es so traurig, weil sie ihre beste Freundin verloren hatte. Denn so fühlte es sich an. Jetzt waren nicht nur Ebba und Martin aus ihrem Leben verschwunden, sondern auch Anna, die sich ganz in der Beziehung zu Lina verloren hatte. Es war ganz deutlich, wer in ihrem Leben an erster Stelle stand. Sara war damit eine Stufe tiefer einsortiert. Olle war der Einzige, der noch übrig war, und als Teenager zog er auch schon an der Leine, um irgendwann loszukommen.

Sara legte sich auf das Sofa und schaute an die Decke. Versuchte sich davon zu überzeugen, dass einsam stark bedeutet, spürte aber, dass es einfach nicht stimmte.

Zum ersten Mal seit Langem hatte sie Lust, nach ihrer Geige zu greifen. Die Saiten zu spüren, unter den Fingern »Erbarme dich« hervorzuzaubern und mit den Tönen die große Leere zu füllen, die sie umgab.

Aber die Geige hatte sie kaputt geschlagen.

Und die Stereoanlage einzuschalten, würde nicht dieselbe Wirkung haben, obwohl sie drei unterschiedliche Einspielungen von Bachs Meisterwerk besaß, von denen sie eine aussuchen konnte. Obwohl Martin irgendwann im letzten Halbjahr seinen Verstärker gegen McIntoshs Monster MA12000 eingetauscht und noch größere Lautsprecher von Cantons Reference-Serie angeschafft hatte, die groteske einhundertvierunddreißig Kilogramm pro Stück wogen. Es kam ihr beinahe so vor, als sollte die Anlage seinen inneren Alarm übertönen können.

Die Lautsprecher waren beinahe genauso groß wie Sara, stellte sie fest. Vielleicht wäre es ja trotzdem lustig, zu sehen, was sie so konnten?

Während Bachs Töne sie einhüllten und das Wohnzimmer in einen Konzertsaal verwandelten, kam Sara eine Idee. Ein plötzlicher Impuls, dem sie sofort nachgeben musste.

»Wo bist du?«, schrieb sie in eine SMS.

Die Antwort kam sofort.

»Arbeit.«

»Sex?«

Die nächste Mitteilung enthielt nur eine Karte mit einer Nadel, zu der sie navigieren konnte.

Der Freihafen.

Allein bei dem Namen drehte sich bei Sara der Magen um. Dort hatte Eric seine Peepshow veranstaltet, auf dem internationalen Gebiet, zu dem seine Logistikfirma Zugang hatte. Es war ein rechtsfreier Raum, und deswegen hatten sie die Schuldigen nicht zur Verantwortung ziehen können.

Jetzt war es vielleicht an der Zeit, den Freihafen mit besseren Erinnerungen zu füllen als gefolterten Männern, vergewaltigten Frauen und ihrem eigenen Kampf um Leben und Tod.

Nach dem Drama mit der Peepshow und dem Missbrauch der Zollfreiheit hatten die Behörden still und heimlich den Containerverkehr im Freihafen stillgelegt und stattdessen einen Hafen fünfzig Kilometer südlich von Stockholm in Norvik eröffnet. Sara musste sich also keine Sorgen machen, dass sie wieder auf solche brutalen Gorillas stoßen würde, die damals den Peepshowbetrieb am Laufen gehalten hatten.

Olle kam alleine zurecht. Aber sie selbst brauchte ein bisschen Zuwendung, nachdem Anna sie zurückgewiesen hatte und Martin in der Krise steckte. Also holte sie das Auto aus der Garage und fuhr los. Rief Jane an und bat sie, dem Sohn sicherheitshalber Gesellschaft zu leisten.

Der Pfeil auf der Karte führte sie an der Bananenkompanie vorbei, am Tallink-Terminal, dem riesigen Silo von Lantmännen und einem Straßenschild mit dem Text »Check-in St. Petersburg«. Das Gefühl war immer noch unwirklich. Die Herbstdämmerung ließ die Umgebung bedrohlicher erscheinen, als sie in Wirklichkeit war, dachte Sara.

Ganz draußen auf dem großen Pier, hinter Magasin 4, lag

ein großer, beinahe leerer Parkplatz. Vereinzelte Lastwagen waren über die große Asphaltfläche verteilt, und eine Reihe von Baubaracken waren an einem Rand aufeinandergestapelt. Auf der anderen Seite des Wassers lagen die Hochhäuser in Bodal. Lidingös Schandfleck, laut strengen Kritikern.

Ein breitschultriger Mann trat zwischen zwei Lieferwagen hervor, als Sara angefahren kam. An seiner Seite glitt auch George ins Bild.

Zuerst machte Sara sich Sorgen. Warum hatte er andere Leute dabei? Sollte sie ein weiteres Mal erschreckt werden? Oder hatten sie noch Schlimmeres vor? Sie bereute, dass sie ihre Waffe nicht mitgenommen hatte. Aber dann erinnerte sie sich, dass er etwas von Arbeit geschrieben hatte. Er nahm wohl eine Lieferung oder so etwas für eines seiner Unternehmen entgegen.

Falls es nicht um eine ganz andere Art von Lieferung ging.

Sara blieb ein Stück vor den Männern stehen.

Sie durfte nicht direkt in so etwas wie ein Drogengeschäft hineinmarschieren. Als Polizistin durfte sie eine solche Transaktion nicht bezeugen, ohne etwas zu unternehmen.

Aber das musste George doch auch klar gewesen sein.

Er streckte verständnislos die Arme aus, dann winkte er ihr zu, dass sie näher kommen solle. Als Sara trotzdem in ihrem Auto blieb, kam George zu ihr rüber. Sie ließ das Seitenfenster herunter.

»Was macht ihr hier?«, fragte sie, als er bei ihr angekommen war. »Wenn das irgendeine Drogenlieferung ist, muss ich etwas dagegen unternehmen.«

George grinste über das ganze Gesicht.

»Ernsthaft? Glaubst du tatsächlich, ich würde dich zu einem Drogendeal einladen?« Er lachte. »Und du solltest ja inzwischen wissen, dass ich so etwas nicht mehr mache. Ich bin Geschäftsmann. Komm jetzt. Du kannst hinter diesem Sattelzug parken, dann stören wir meine Leute nicht.«

Sara fuhr an den beiden Lieferwagen vorbei zum besagten Sattelzug, der ganz hinten in Richtung Kaknästornet stand. Sie warf einen kurzen Blick auf Georges Truppe. Drei junge Männer, die sie von dem Zwischenfall im Wald wiedererkannte, und zwei muskulöse Typen von vierzig, fünfundvierzig Jahren, mit kurz geschnittener Frisur und grimmiger Ausstrahlung. Das Nummernschild ihres Lieferwagens war estnisch.

Sara parkte und stellte den Motor ab. Als sie gerade aus dem Wagen steigen wollte, kam George um den Sattelzug herum, ging auf Sara zu und küsste sie gierig. Er begann ihr direkt die Kleidung vom Leib zu reißen, wanderte mit den groben, allzu flinken Händen über ihren Körper.

»Hier?«, sagte sie und sah sich um.

»Du willst mich haben. Ich bin hier«, stöhnte er in ihr Ohr.

Sara antwortete nicht, sondern ließ sich weiter von ihm ausziehen, Stück für Stück. Wenn jemand sie mit einem Feldstecher aus den Hochhäusern von der anderen Seite des Wassers beobachtete, dann war es ihr scheißegal. Es war sogar ein erregender Gedanke.

»Jojje!«

Der Ruf klang dringend.

»Warte«, sagte George, ließ Sara los und ging. In der Hand hatte er ihre Unterhose.

»Einfach so?«, fragte die nackte Sara und breitete die Arme aus, damit er die ganze Herrlichkeit sah.

George blieb stehen, drehte sich um und starrte sie an. Und lächelte.

»Genau so. Bin gleich wieder da«, sagte er und ging.

Sara lehnte sich gegen die Motorhaube und dachte darüber nach, ob sie sich so etwas irgendwann für sich vorgestellt hatte. Dass sie nackt im Freihafen stand und auf ihren kriminellen Fickfreund wartete. Das Gefühl war beinahe berauschend, es kribbelte in ihr von den eifrigen Berührungen, die Georges

Mund und Hände auf ihr hinterlassen hatten. Wie sehr er sie haben wollte.

Das Geräusch von Sirenen unterbrach ihre Gedanken.

Sie horchte ein paar Sekunden, während sie in der durchdringenden Oktoberkälte stand und bibberte. Sie hörte Autos, die mit kreischenden Reifen heranbrausten, und Sirenen, die immer näher auf sie zu kamen. Sie sah vorsichtig um den Sattelzug herum und entdeckte fast ein Dutzend Polizeifahrzeuge, die sich in einem Halbkreis um George und seine Männer herum aufgestellt hatten.

Aus drei geparkten Lieferwagen strömten Kräfte der Bereitschaftspolizei. Keiner der sechs Männer leistete Widerstand. Sie wurden zu Boden geworfen und mit Handschellen versehen. Neben Georges ausgestrecktem Körper war eine schwarze Spitzenunterhose zu sehen.

Der mutmaßliche Einsatzleiter zeigte in verschiedene Richtungen, und die Polizisten begannen auszuschwärmen. Sara zog schnell den Kopf zurück und hoffte, dass diejenigen, die in ihre Richtung liefen, sie noch nicht bemerkt hatten.

Was sollte sie tun?

Eine einsame Polizistin, nackt, bei einem Zugriff auf eine kriminelle Bande. Das sah nicht gut aus. Nicht im Geringsten.

Sie raffte die herumliegenden Kleidungsstücke zusammen und warf sich ins Auto, kroch in die Lücke vor dem Rücksitz, schaltete das Handy aus und legte die Kleidung auf sich. Sie hoffte, dass kein Teil ihres Körpers herausschaute. Und dass die Dunkelheit ihr half, unsichtbar zu bleiben.

Sie hörte Stimmen, die in kurzen Kommandos miteinander kommunizierten, das Geräusch entschlossener Schritte und stiefeltragender Füße.

Sara verfluchte sich selbst. Wie dumm konnte man eigentlich sein?

Sie war jedenfalls ganz offensichtlich nicht vernünftig, sondern zu allem in der Lage. In der Öffentlichkeit mit einem Gangster zu vögeln. Und das schon zum zweiten Mal.

Die Schritte näherten sich. Hände zogen an den Handgriffen der geparkten Autos und überprüften die Kofferraumklappen.

Womit konnte sie sich rausreden, wenn sie sie erwischten?

40

Sara antwortete nicht. Ausgerechnet jetzt, wo Ebba sie ausnahmsweise wirklich einmal sprechen *wollte*.

So typisch für sie.

Jetzt, wo Ebba ihre Mutter wirklich brauchte. Sie wusste natürlich, was Sara sagen würde, aber sie musste es von ihr hören.

Vergiss ihn.

Mach dich nicht lächerlich.

Wenn ihr zwei wirklich füreinander bestimmt seid, dann wird es auch so kommen. Aber erniedrige dich nicht.

Denn das tat sie, wie sie sich eingestehen musste. Sie erniedrigte sich. Verringerte ihren eigenen Wert.

Zum ersten Mal in ihrem Leben war sie einem Jungen vollkommen verfallen.

Einem Mann.

Ebba konnte Tom einfach nicht loslassen. Sie hatte es versucht, aber es ging nicht. Er war alles, wovon sie jemals geträumt hatte: hübsch, erfolgreich, witzig und groß gewachsen. Gute Garderobe, gut im Bett. Vor allem akzeptierte er ihre Launen nicht, wie so viele andere Jungen es getan hatten. Die vor ihr durch den Staub gekrochen waren, einfach alles getan hatten, um ihre Gunst zu gewinnen. So war es mit Tom nicht gewesen, und sie hatte es geliebt, dieses Spiel zu spielen, ihn aus dem Gleichgewicht zu bringen und ihn schließlich, endlich, zu verführen. Die Jagd auf ihn hatte sie verrückt vor Begierde gemacht. Und am Ende nur noch verrückt.

Er hatte gesagt, dass sie vielleicht eine Pause machen sollten, wie Sara es vorgeschlagen hatte. Sie hätte im Grunde ja recht mit ihrer Bemerkung, dass man keine Beziehung unter Kollegen eingehen sollte. Aber das machte Ebba nur noch verrückter.

Und weil es Saras Schuld war, dass es mit Tom jetzt vorbei war, sollte sie auch die Verantwortung dafür übernehmen und sich um ihre Tochter kümmern. Aber das tat sie nicht.

Ebba hatte wirklich versucht, an etwas anderes zu denken. Sie hatte ihre Mutter angerufen, die nicht ans Telefon ging, auf sozialen Medien gesurft, ohne irgendwo hängen zu bleiben, hatte sich Serien angesehen, die nichts als langweilig waren. Das Einzige, was sie interessierte, war Tom. Wo er war und was er tat.

Jetzt sah sie in der Hitta-App, dass er vom Hotel aufgebrochen war, in dem er wohnte, seit er aus ihrer Wohnung ausgezogen war. Kurz vor Mitternacht an einem Sonntagabend. Das konnte nur eine Sache bedeuten.

Gloria.

Und es gab nur einen Zweck, zu dem man sich um diese Uhrzeit traf.

Sex.

Toms Frau hatte recht gehabt, er konnte sie nicht loslassen.

Aber warum nicht? Wie wunderbar konnte sie schon sein?

Und warum war er mit Ebba zusammengekommen, wenn er eine andere Frau liebte?

Sie wusste, dass es dumm war, aber sie war zu rastlos, um zu Hause zu bleiben. Sie wollte nicht wie eine verhuelte Klette an ihm hängen, sondern sie wollte ihn stellen.

Ja, jetzt hatte sie es. Sie würde beide auf frischer Tat ertappen, ihnen zeigen, dass sie mit ihrer Heimlichtuerei nicht durchkamen.

Mit dieser Motivation konnte sie aufbrechen. Entgegen allem, was ihre Vernunft und ihre Würde ihr sagten.

Auf der Metargatan stand ihr schokoladenbrauner VW-Käfer mit drei gelben Knöllchen unter den Scheibenwischern. Die

Farben passten ziemlich gut zusammen, dachte Ebba, bevor sie losfuhr.

Sie folgte Tom auf dem Bildschirm des Handys. Sie sah, wie der Pfeil, der sein Handy symbolisierte, auf die Insel Skeppsholmen fuhr.

Warum denn das? Dort wohnte doch niemand?

Aber es gab dort ein Hotel. Perfekt für Seitensprünge. Mitten in der Stadt, aber trotzdem sehr abgelegen. Vielleicht war Gloria verheiratet, ansonsten hätten sie sich jetzt ja offen treffen können.

Aber der Pfeil bewegte sich über Skeppsholmen hinweg, weiter zur nächsten Insel, Kastellholmen.

Was gab es denn dort? Nichts.

Und genau das war wohl der Punkt.

Niemand, der sie sah.

Glaubten sie.

Der Pfeil blieb mitten auf Kastellholmen stehen, als Ebba gerade über die Strömbron nach Kungsträdgården fuhr. Am Grand Hôtel vorbei und über die schmale Brücke nach Skeppsholmen, obwohl die Ampel auf Rot stand. Auf der anderen Seite des Wassers sah sie ihren Mosebacken, Slussen mit der hässlichen neuen Guldbron und Gamla Stan, wo sie aufgewachsen war.

Eine Minute später war sie auf dem Kastellholmen, kam an einem kleinen Schloss aus roten Backsteinen vorbei und fuhr eine Anhöhe hinauf, die zu dem Pfeil auf der Karte führte. Als sie sich dem Kastell näherte, erinnerte sie sich an all die kleinen Vorträge, die ihr Vater gehalten hatte. Er musste immer erzählen und mansplainen. Damals war es darum gegangen, dass die Flagge auf dem Kastell jeden Tag gehisst wurde, an dem Schweden Frieden hatte. Aber in dieser Nacht gab es keinen verdammten Frieden. Es war Krieg, und Ebba würde ihre Widersacher zerstören.

Sie fuhr die letzte Steigung zum Kastell hinauf. Sie sah Toms Cadillac Escalade vor dem Gebäude parken und stellte ihr eigenes Auto direkt daneben.

Sie stieg aus und sah sich um. Nirgendwo ein Mensch zu sehen.

Ein schwarzer Dodge Ram parkte schräg vor dem Eingang auf der Kiesfläche. Vulgäres Auto, dachte Ebba und verzog das Gesicht zu einer Grimasse.

Aber wo waren sie?

Sie probierte die Tür zum Kastell, aber sie war abgeschlossen, und es brannte auch keine Lampe im Gebäude.

Hinter dem Kastell vielleicht? Das war eigentlich die einzige Möglichkeit. Und wenn man nicht gesehen werden wollte, dann war der Platz genauso gut wie jeder andere.

Sie ging den Kiesweg entlang, der um das Gebäude führte. Am gegenüberliegenden Ufer sah sie Gröna Lund, der für den Winter geschlossen war. Genau so fühlte sie sich auch. Wie ein geschlossener Vergnügungspark. Einsam, abgenutzt und verlassen.

Sie folgte der runden Mauer bis zu einem offenen Platz mit Klippen und einer Aussicht über die Hafenzufahrt zur Stadt.

Und vor zwei Mülltonnen auf dem offenen Platz sah sie Tom.

Aber er war nicht mit einer Frau zusammen. Er lag bewusstlos auf der Erde.

Sie lief zu ihm und kniete sich hin. Sah, dass er eine blutende Wunde am Kopf hatte.

Ebba keuchte auf und rief seinen Namen. Sah sich mit Panik im Blick um.

Als er nicht reagierte, zückte sie das Handy, um Hilfe zu rufen.

Während sie auf dem Bildschirm herumtippte, hörte sie, wie sich schnelle Schritte im Kies von hinten näherten.

Jemand, der zur Hilfe kam?

Hoffnungsvoll drehte sie sich um.

Nur um einem Paar glühender Augen und einem Eisenrohr zu begegnen, das ihren Kopf traf.

41

Sara lag noch mehrere Stunden unterhalb des Rücksitzes, vollkommen still und regungslos. Sie wusste ja nicht, wie lange noch Polizisten vor Ort sein würden.

Diejenigen, die den Parkplatz untersuchen sollten, hatten die Handgriffe ausprobiert und in die Wagen hineingeleuchtet, sich aber zufriedengegeben, als sie in Saras Golf niemanden entdeckt hatten. Sie war dankbar, dass sie genug Nervenstärke besessen hatte, um das Auto noch abzuschließen, nachdem sie hineingekrabbelt war.

Bald hatten sich die Schritte wieder entfernt, immer noch begleitet von kurzen, rauen Rufen.

Aber auch aus der Entfernung konnte man hören, dass die Polizei noch da war.

Vermutlich untersuchte man den Ort und die Autos genauestens, dokumentierte den Zugriff, während die Nacht hereinbrach. Die Geräusche der arbeitenden Kollegen waren noch länger als zwei Stunden zu hören.

Sara wagte es für viele weitere Stunden nicht, sich aufzurichten, für den Fall, dass jemand sich noch weiter am Tatort aufhielt, ohne große Geräusche zu machen.

Schließlich krabbelte sie auf die Rückbank und versuchte, alle schmerzenden Gliedmaßen zu strecken. Es fühlte sich an, als würde sie niemals wieder gehen können, der Rücken war verrenkt und tat schrecklich weh. Sie hob den Kopf und sah nach draußen, direkt über den unteren Rand des Rückfensters, konnte aber nichts entdecken. Daraufhin zog sie sich die Kleidung an, kroch auf den Fahrersitz, steckte den Schlüssel in das Zünd-schloss und fuhr los. Durch ein Stockholm, in dem die schwarze Nacht einen ersten schwachen Hauch von Morgendämmerung zeigte.

Als sie zu Hause war, kontrollierte sie, dass mit Olle alles in Ordnung war. Er lag schlafend in seinem Bett und schnarchte. Zum Glück hatte er keine Ahnung, wie seine Mutter die Nacht verbracht hatte. Jane hatte sich nach Hause begeben und einen Zettel hinterlassen.

Sara spürte, wie die Müdigkeit sie packte, und stellte fest, dass sie maximal zwei Stunden Schlaf bekommen konnte, bevor es an der Zeit war, wieder aufzustehen und zur Arbeit zu fahren.

Zwei Stunden, die sich wie zehn Minuten anfühlten. Nach dem Aufwachen war sie müder als beim Einschlafen.

Auf dem Weg nach Solna rief sie Roger Nordlund an, den legendären Bereitschaftspolizisten, der bei allen Zugriffen als Erster losgestürmt war, dann die Einsatzkommandos des Landes auf Vordermann gebracht hatte, bis er weit über seine Bequem-lichkeitszone hinaus zum Akten umblätternden und sitzungs-müden Polizeidirektor befördert worden war. Nordlund war dankbar gewesen, als Sara ihn für den Zugriff auf die Peepshow engagiert hatte, und weil er nach wie vor alle größeren Einsätze im Auge hatte, die seine alten Kollegen absolvierten, war er die beste Person, die man fragen konnte.

»Heute Nacht im Freihafen? Eines der Netzwerke von Rinkeby hat Waffen von einer baltischen Liga gekauft, richtig fiese Sachen. Maschinenpistolen, Panzerfäuste, Minen, Raketen-werfer. Waffen für eine ganze Armee. Sie wollten bestimmt die Bandenkriege auf einen Schlag gleich um ein paar Niveaus an-heben. Vielleicht gleich den gesamten Widerstand in einer Art Superoffensive brechen. Man stelle sich vor, wie viele Zivilisten davon betroffen wären.«

»Was war das für ein Netzwerk?«

»Jojje Taylor Jr. Die Thugz, oder wie sie sich nennen.«

Thugz. Lebensgefährliche junge Männer, die Leute umbrachten, ohne darüber nachzudenken.

George Taylor Jr. Der Anführer dieses Netzwerks, der eine Polizistin verführt hatte.

Sara Nowak. Eine verwirrte Frau mittleren Alters, die sich von einem kriminellen Psychopathen verführen ließ. Und mit zweideutigen Nachrichten an sein Handy mit ihm geflirtet hatte.

»Haben sie ihn erwischt?«, fragte Sara nach einer Pause.

»Na klar«, sagte Nordlund. »Auf frischer Tat. Das gibt viele Jahre auf Kosten des Staates.«

Blieb zu hoffen, dass Taylors Handy gut verschlüsselt war.

Als Sara das Gespräch beendet hatte, sah sie eine Mitteilung, dass ihr am Abend zuvor drei Anrufe von Ebba entgangen waren. Mitten in diesen schwarzen Gedanken munterte es sie auf, dass ihre Tochter Kontakt aufnehmen wollte. Sie rief direkt zurück, kam allerdings nur an die Mailbox. Schade. Aber sie arbeitete wohl. Saß in einer wichtigen Besprechung. Als Trainee und zukünftige Vorstandsvorsitzende für den großen Konzern Titus & Partners mit Geschäftsbeziehungen in aller Welt. Ihre kleine Ebba. Ihre geliebte kleine Ebba.

Ihr wurde klar, wie dumm es war, das Leben ihrer Tochter steuern zu wollen. Es war unmöglich, sie vor allem schützen zu wollen. Sie musste ihre eigenen Fehler machen, genau wie Jane es gesagt hatte.

Außerdem wusste Sara nicht, ob Tom ein Fehler war. Vielleicht sollten es ja die beiden werden. Sie schienen einander zu mögen und teilten das Interesse an Erics Imperium.

Vielleicht würde Tom eines Tages der Vater von Saras Enkelkindern werden. Ein sehr befremdlicher Gedanke, dass sie in nicht allzu vielen Jahren vielleicht einen kleinen Säugling im Arm halten würde, der das Kind ihrer Tochter war.

Sara beschloss, sowohl Ebba als auch Tom um Entschuldigung zu bitten. Sie hoffte nur, dass sie nichts zwischen ihnen zerstört hatte, sondern dass alles wieder so werden konnte, wie es gewesen war, bevor sie sich hineingedrängt und eingemischt hatte.

»Okay, hört mir zu.«

Nina Werkström bekam augenblicklich die Aufmerksamkeit der versammelten Polizisten. So war es bei geborenen Chefs, solchen, die keinen Respekt oder Gehorsam einfordern mussten, sondern beides durch ihre selbstverständliche Autorität bekamen.

»Wir haben Thea Hagtoft seit Samstag beschattet. Sie war den ganzen Sonntag zu Hause, ist aber heute am ganz frühen Morgen von zu Hause aufgebrochen. Mit hochgezogener Kapuze und gesenktem Kopf. Sie hatte ihr Handy ausgeschaltet, sodass wir sie nicht orten konnten, und wechselte mehrere Male die U-Bahnlinie. Unsere Fahnder folgten ihr fast eine Stunde, aber bei der T-Centralen gelang es ihr, ihnen zu entkommen. Es kam eine Schulklasse mit Gymnasiasten vorbei, unter denen sie sich verstecken konnte. Oder sie hat sich in den U-Bahntunnel geschlichen. Wie auch immer, sie ist verschwunden. Wir halten ihr Haus unter Beobachtung, aber wir wissen nicht, was sie in diesem Moment vorhat. Vielleicht bereitet die Gruppe eine weitere Aktion vor.«

»Oder sie will weiter bei Ikea einkaufen«, sagte Anna.

Niemand lachte, nicht einmal Peter, also raffte sich zumindest Sara auf, über die Einlage zu lächeln. Aber das Lächeln erreichte die Augen nicht. Als sie zu Anna sah, betrachtete sie eine ehemalige Freundin. Eine, die sie wegen der Liebe verlassen hatte und die keine Zeit mehr für sie übrig hatte. Eine, mit der man keine Flasche Wein und diverse Geheimnisse teilen konnte, denn jetzt war Lina ein unvermeidbarer Teil der Gleichung. Sara konnte dieses kindische Gefühl nicht verdrängen, dass es eigentlich gemein von Anna war. Die Übereinkunft war schließlich gewesen, dass sie beste Freundinnen für den Rest ihres Lebens sein würden, oder nicht? Eine solche Freundschaft sollte nicht aufhören dürfen. Denn was hätten sie ansonsten gehabt? War Sara einfach nur ein bisschen Gesellschaft für Anna auf ihrer lang gezogenen Jagd nach der großen Liebe gewesen? Eine Zerstreuung, eine Methode, das Gefühl der Einsamkeit zu betäuben? War Sara nicht genauso wichtig für Anna gewesen wie Anna für Sara? Sie fühlte sich wie eine zugelaufene Katze, die am Ende des Urlaubs zurückgelassen wurde. Einsam und unerwünscht.

Jetzt galt es aber, das Selbstmitleid abzustellen und sich auf die Arbeit zu konzentrieren. Was auch immer gerade lief mit Justice for Sudan und Omar Kush, Thea Hagtoft schien darin verwickelt zu sein. Gabriel hatte gesagt, dass sie sich als Aktivistin Embla nannte, also begann Sara nach diesem Namen zu suchen, gekoppelt an ideelle und politische Organisationen und Solidaritätsbewegungen.

Bei ihrer Suche stieß sie auch auf etwas, das sich »Solidaritätshaus« nannte und am Barnängen unten auf Södermalm lag. Dort saß eine ganze Reihe von Organisationen, etwa die Afrikagruppen, die Lateinamerikagruppen, der Schwedisch-Kubanische Verein, die Vierte Welt und das Schwedische Friedenskomitee.

Und Justice for Sudan – Schweden.

Sara und Anna fuhren in die südöstliche Ecke von Södermalm und suchten die Tegelviksgatan 40, die in einem Teil von Södermalm lag, den Sara noch nie zuvor gesehen hatte. Sie kamen an jeder Menge Neubauten vorbei, das alte Gefrierhaus und das ehemalige Busdepot sollten Wohnungen werden, aber das war nur ein Teil von all dem, was hier entstand. Die Gebäude um das Solidaritätshaus herum stachen jedoch hervor, fand Sara, sie waren alt und prächtig und unterschieden sich deutlich von den modernen Millioneninvestitionen, die in der allgemeinen Hetze jeden Millimeter der Hauptstadt in Rekordzeit verdichten sollten. Ausgerechnet hier gab es noch Luft und Raum zwischen den Häusern.

Vor dem Eingang stand eine Tafel, auf der alle Organisationen, die in diesem Haus zu finden waren, mit dem jeweiligen Stockwerk und der Telefonnummer aufgeführt waren. Die Nummer des JfS erkannte Sara wieder, weil Sigge sie gespeichert und Kush darüber angerufen hatte. Sie gab die Nummer sicherheitshalber ein, aber das Handy am anderen Ende der Leitung war abgeschaltet.

Sie gingen ins Haus und suchten nach möglichem Leitungspersonal.

Jorge und Lisbeth waren ein mit Brillen versehenes Paar mittleren Alters und mit akademischer Ausstrahlung, das ihnen erklärte, für die Organisation der Tätigkeiten in diesem Haus verantwortlich zu sein. Jorge strahlte ununterbrochen über das ganze Gesicht und lachte nach jedem Satz, den er ausgesprochen hatte. Lisbeth besaß einen scharfen, forschenden Blick und schien alles zu analysieren, was die Polizistinnen sagten.

Sara fragte, ob im Augenblick jemand von Justice for Sudan im Haus oder vor Kurzem erst gegangen war, aber beides war nicht der Fall. Und Jorge und Lisbeth waren nicht bereit, die Tür zu ihrem Raum zu öffnen, wenn Sara und Anna keinen Durchsuchungsbeschluss vorweisen konnten.

Sara zeigte ihnen Fotos von Gabriel, Sigge und Thea. Sie erkannten Gabriel nicht wieder, konnten aber bestätigen, dass sie Thea und Sigge dort gesehen hätten. Allerdings erkannten sie die Namen nicht wieder.

»Felix und Embla, vielleicht?«, fragte Sara.

»Ja, so hießen sie«, sagte Jorge fröhlich.

Auf dem Weg aus dem Haus entschieden Sara und Anna, dass sie einen Durchsuchungsbeschluss für die Räume des JfS beantragen würden. Als Saras Handy klingelte, sagte Anna, dass sie den Antrag übernehmen würde. Keine von ihnen hatte bislang den gestrigen Lautsprecherzwischenfall erwähnt. Sie wussten wohl beide nicht, was sie über das Debakel sagen sollten.

»Ja?«, meldete sich Sara zögerlich, als sie sah, wer sie anrief. Eine Nummer, die sie gerade erst auf ihrem Handy gespeichert hatte.

Toms Ex-Frau Lovisa.

»Wissen Sie, wo Tom ist?«, fragte Lovisa mit unterkühlter Stimme.

»Nein.«

»Er sollte heute Morgen die Kinder abholen.«

»Okay?«

Die Frage irritierte Sara. Warum sollte sie Tom Burén im Auge behalten?

»Er spielt bestimmt lieber mit anderen Kindern«, sagte Lovisa. »Rufen Sie Ihre Tochter an und bitten Sie ihn, Verantwortung zu übernehmen.«

»Rufen Sie doch an.«

Lovisa wusste offensichtlich nicht, dass Sara versucht hatte, Toms und Ebbas Affäre zu beenden.

»Toms Handy ist ausgeschaltet, und ich habe keine Lust, mit seinem neuen Spielzeug zu reden. Wenn sie meine Warnung nicht hören möchte, dann muss sie eben allein zurechtkommen.«

Lovisa legte auf, und Sara rief Ebba an. Landete direkt bei der Mailbox und sprach deshalb die Mitteilung auf das Band, dass Tom vergessen hätte, die Kinder abzuholen, obwohl es seine Woche sei. Und dann fügte sie noch hinzu, dass es ihr leidtue, am Abend zuvor nicht an den Apparat gegangen zu sein, und bat Ebba, sich erneut zu melden. Sara wollte sehr gerne mit ihr reden. Sie wollte sich für alles entschuldigen.

Danach versuchte sie es mit Toms Nummer, obwohl Lovisa schon gesagt hatte, dass es ausgeschaltet war. Sie hatte recht.

Als letzten Versuch rief sie Toms Assistentin Sanna an, die nichts wusste, außer dass Tom zwei Termine am Vormittag verpasst hatte.

Das beunruhigte Sara, denn es klang überhaupt nicht nach Tom.

Es sprach eher dafür, dass sie tatsächlich verschwunden waren.

Ebba hatte versucht, Sara anzurufen, aber die hatte das Handy ausgeschaltet gehabt. Weil sie Sex mit einem kriminellen Bandenchef haben wollte, während er Waffen kaufte, die für einen ganzen Krieg reichten.

Eine plötzliche Eingebung brachte sie fast zum Erbrechen.

Mit schlotternden Händen holte sie das Handy heraus und rief Carro an.

»Du hast doch bestimmt untersucht, ob auch andere Firmen im Sudan aktiv waren? Abgesehen von Sandin?«

»Ja, klar. Es waren ein paar weitere. Die Liste habe ich Heidi gegeben.«

Heidi. Verdammter Mist. Dann hätte sie sie genauso gut in den nächsten Reißwolf stecken können.

»Kannst du dich an die Firmen erinnern?«

»Nein, aber ich kann nachsehen. Ich sitze gerade am Rechner. Schauen wir mal. Sandin. Sudanspur. Hier haben wir sie.«

»Steht da auch eine Firma, die Titus & Partners heißt?«

»Titus und ... Ja, hier ist sie ... Vielleicht sollten wir sie warnen.«

Sara wurde schwarz vor Augen.

Kush und seine schwedische Gruppe hatten es nicht nur auf verantwortliche Vorstandsmitglieder abgesehen, sie griffen auch Angehörige an. Und als Vorstandsassistentin und Enkelkind des Firmengründers war Ebba sowohl Chefin als auch Angehörige.

Konnte das wirklich so sein?

Es durfte nicht wahr sein.

Bitte, vielleicht ging hier nur die Fantasie mit ihr durch.

Es gab noch mehr Firmen, die mit Sandin zusammengearbeitet hatten, warum sollten sie sich ausgerechnet Erics Unternehmen als Nächstes vornehmen?

Sie rief Ebba ein weiteres Mal an. Und noch einmal. Und noch einmal. Dann wieder Tom. Inzwischen zitterte ihr ganzer Körper. Nur die Mailbox, bei beiden. Und Sanna hatte auch in den Minuten, die seit dem letzten Mal vergangen waren, nichts gehört, außer dass Tom einen weiteren Termin verpasst hatte. Sara hörte an ihrer Stimme, dass sie sich allmählich auch Sorgen machte.

Sara machte sich keine Sorgen, sie war panisch vor Angst.

Sie hatten überhaupt keine Spuren von Kushs Gruppe und wussten nicht, wo sie sich befinden könnte.

Hatten sie vielleicht Ebba? Sie wollte nicht auf das nächste Video warten, in dem Ebba von Tom brutal umgebracht wurde. Sie wollte nicht erfahren, dass ihre Leichen in schwarze Plastiksäcke gewickelt auf Blasieholmen abgelegt worden waren. Sara sank gegen die Hauswand und hyperventilierte, ignorierte Annas stützende Hände und ihre Frage, ob alles in Ordnung sei. Sie musste nachdenken.

War Ebba gefangen?

Oder waren sie zu einer Liebesreise ausgebüchst? Vielleicht vereinigten sie sich im Widerstand gegen Saras Verbot ihrer Beziehung.

So könnte es auch sein.

Sara dankte Gott für diese Möglichkeit. Sie bedeutete, dass es Hoffnung gab. Es wäre wirklich typisch für Ebba, Sara so viel Widerstand zu leisten, wie sie nur konnte. Genau das Gegenteil von dem zu tun, was sie sollte.

Aber es konnte auch etwas Schreckliches, unfassbar Grausames passiert sein. So viel musste ihr klar sein. Die Übelkeit ergriff erneut ihren Körper, zwang sie, mehrere Male zu schlucken.

Wie konnte sie es herausbekommen?

Brundin? Die Säpo musste doch wissen, ob es eine Drohung gegen Titus & Partners gab.

»Kein Kommentar«, war ihr einziger Kommentar, nachdem Sara angerufen hatte.

»Brundin, Sie verdammte Idiotin, wir reden hier über meine Tochter! Und sie ist verschwunden! Antworten Sie jetzt, gibt es eine Drohung gegen Titus & Partners? Können sie Ebba geholt haben?«

»Kein Kommentar.«

Brundin legte auf und nahm nicht wieder ab, als Sara es ein weiteres Mal versuchte.

Scheiße.

Sara ignorierte das Panikgefühl und widerstand dem Impuls, sich aufzurichten und alles hinauszuschreien. Stattdessen dachte sie fieberhaft nach.

Jede Minute konnte wichtig sein.

Wer hatte dafür gesorgt, dass Heidi abgesetzt wurde und die Ermittlungen auf die richtige Spur kamen? Jemand, der überall Kontakte hatte.

Thörnell.

Sie rief ihn an und erzählte von Justice for Sudan, Titus & Partners und Ebba, die ihre Anrufe nicht beantwortete.

»Nicht am Telefon«, sagte Thörnell, ganz nach seiner Gewohnheit. »Bei Wallander auf der Klippe. Nehmen Sie die Treppe.«

Sara betrachtete das Display mit ungläubiger Miene. Was um alles in der Welt meinte er damit?

42

Waren es die Filme, auf die Thörnell angespielt hatte? Über diesen Polizisten. Aber die spielten ja nicht in Stockholm.

Musste sie erst den Meisterspion spielen, während ihre Tochter verschwunden war? Vielleicht sogar in Lebensgefahr schwebte.

Sara suchte fieberhaft, googelte und schlug bei Wikipedia nach. Schließlich fand sie etwas, einen Sven Wallanders Park, der auf der Kungsklippan lag. Das war ja nahe an Thörnells Wohnung.

»Nehmen Sie die Treppe?«

Auf der Karte sah sie, dass eine Treppe zu dem Park hinaufführte, also ließ sie Anna auf Södermalm zurück und begab sich dorthin, fuhr mit siebzig durch die Stadt und parkte auf dem Wendeplatz am Fuß der Treppe. Das war vielleicht nicht so diskret, wie Thörnell es sich gewünscht hätte, aber es war ja auch nicht sein Kind, das verschwunden war.

Und dort, auf einer Parkbank auf einem Treppenabsatz mit Aussicht auf die Innenstadt, saß Thörnell.

»Ebba ist weg«, war das Erste, was Sara sagte. »Hätten wir das nicht am Telefon erledigen können?«

»Wenn Titus & Partners angegriffen wird, ist das Ganze bedeutend größer und nicht nur ein Fall mit zwei verschwundenen Personen. Sie haben keine Ahnung, in was dieser Konzern alles verwickelt ist.«

Und trotzdem unterschreibe ich alle Beschlüsse, die dort gefasst werden, dachte Sara.

»Das ist ja durchaus möglich«, sagte sie. »Aber im Augenblick ist Ebba das Wichtigste. Also, erzählen Sie. Kann Titus & Partners eine Zielscheibe von Justice for Sudan sein?«

Thörnell hielt seinen Blick fest auf die Stadt gerichtet, die sich vor ihnen ausbreitete, holte tief Luft und atmete durch die Nase aus, bevor er zu reden begann.

»Das Öl hat immer die Leute angelockt, die hinter großen Gewinnen her waren und sich kaum um irgendetwas anderes kümmerten. Ihr Schwiegervater gehörte auch zu ihnen. Er sah das Geld und hatte keine Skrupel. Aber es geht nicht darum, einfach zu bohren. Wenn man an die großen Bestände herankommen will, braucht man Kontakte. Und man muss etwas bieten können, das andere nicht haben.«

»Und was konnte Eric bieten?«

»Muskelkraft. Sie wissen ja, dass ich Eric von der sogenannten unsichtbaren Front kannte, dem Kalten Krieg zwischen den Großmächten. Sein Konzern ist ein Teil unserer geheimen Verteidigungsorganisation, aber gleichzeitig auch ein ganz normaler gewinnorientierter Marktteilnehmer. Möchten Sie einen Pfirsich?«

Thörnell hielt ihr eine Papiertüte mit gelben und roten Pfirsichen hin. Sara nahm einen, eher aus Verwunderung.

»Sie sind von dem Obstladen unten an der Ecke zu Hantverkargatan. Wunderbarer Laden. Ich kaufe jeden Tag dort ein.«

»Okay«, sagte Sara und biss ab. »Können Sie zum Punkt kommen? Können sie Ebba geholt haben oder nicht?«

Der Gedanke ließ Sara würgen. Sie spuckte den Bissen aus und schrie fast los.

»An die Antwort werden wir uns herandenken müssen«, sagte Thörnell.

Was heißt schon wir, dachte Sara, während ihr Herz im Körper hämmerte.

»Als Eric in den Ölmarkt einsteigen wollte, gründete er eine

Sicherheitsfirma. Valkyria. Er trommelte ehemalige Soldaten zusammen, die in den Kriegen in Afghanistan und Jugoslawien und wo auch immer im Einsatz waren. Gewalttätige Männer, die die Hitze des Gefechts vermissten.«

»Und sie halfen Sandin?«

»Genau. Und anschließend auch anderen Interessenten. Firmen ohne moralische Bedenken. Ländern, die sich um den Einfluss auf die Energiequellen in Afrika stritten. Bei diesen Akteuren war es nützlich, einen Einblick von innen zu bekommen. Besonders bei Russland und China. Vor allem die Russen liebten diese Firma und buchten sie für alles Mögliche.«

»Aber es fing mit Sandin an?«, fragte Sara ungeduldig.

»Sie haben sich immer in die Hochrisikogebiete begeben, und als sie diesen skrupellosen Geistesverwandten entdeckten, kam eine unmittelbare Sympathie auf. Valkyria nahm an der Seite von Sandin höchst handgreiflich an einigen der schlimmsten Taten teil. Weil die Sicherheitsfirma im Besitz von Titus & Partners war, standen sie auch in dem Bericht, den X-Ray geleakt hat«, erklärte Thörnell.

»Und dagegen hatten Sie keine Einwände? Dass eine Firma, mit der Sie zusammenarbeiteten, hinter diesen schrecklichen Übergriffen steckte?«

»In der Gesamtbeurteilung überwog der Nutzen den Schaden«, sagte der pensionierte Oberst.

»Das ist also eigentlich Ihr Fehler?«

»Nicht meiner. Aber der meiner Kollegen, könnte man sagen, wenn auch nur indirekt. Vor allem schloss man einfach die Augen angesichts dessen, was dort passierte. Wollte seine eigene Verantwortung nicht erkennen.«

»Und jetzt? Was passiert jetzt gerade? Könnte sich jemand Ebba geholt haben?«, wimmerte Sara.

»X-Ray?«

»Justice for Sudan?«

»Die Antwort auf die Frage lautet leider Ja. Titus & Partners könnte sehr gut eine Zielscheibe sein. Nehmen Sie noch einen Pfirsich.«

Thörnell hielt ihr die Tüte erneut hin. Sara steckte die Hand hinein, nahm einen Pfirsich und warf ihn weit über die Kungsholmsgatan unter ihnen.

»Ebba ist weg!«, schrie sie und rief erneut die Nummer der Tochter an, nur um von derselben eingespielten Stimme empfangen zu werden.

»Verschwundene Kinder sind das Schlimmste, was ich kenne, glauben Sie mir«, sagte Thörnell und warf ihr einen teilnahmsvollen Blick zu. »Aber es gibt einen Grund dafür, warum ich Sie mit diesem ganzen Gerede so plage. Ich brauche nämlich auch Informationen von Ihnen.«

»Von mir? Worüber denn?«, fragte Sara und runzelte die Stirn.

»Wenn der Vorstandsvorsitzende von Titus & Partners entführt wird, ist die Lage bedeutend ernster, als wenn Sandin Energy irgendwelche alten Aufsichtsratsmitglieder verliert. Titus & Partners ist, wie gesagt, ein Teil der allergeheimsten Verteidigungslinie, die wir haben. Das unter dem Deckmantel eines internationalen Unternehmens in allen Ecken der Welt agieren kann. Durch ihren Besitz hat Schweden auch als Nation einen direkten Einfluss auf die globalen Schlüsselbranchen.«

»Also, wenn Tom und Ebba entführt wurden, ist hier bald die Hölle los, meinen Sie?«, fragte Sara und blickte Thörnell an.

»Abgesehen von der Formulierung, ja. Was habt ihr für Spuren?«

»Einen verschwundenen sudanesischen Rächer, einen ermordeten schwedischen Aktivisten und ein junges Mädchen, das die Verfolger der Polizei abgeschüttelt hat. Und dann noch einen Linus, der die Leichen der Aufsichtsratsmitglieder transportiert hat.«

»Und Linus ist verhaftet?«, wollte Thörnell wissen.

»Nein. Es ist nur ein Name. Ein falscher Name.«

»Und dieses Mädchen, ist sie dauerhaft verschwunden?«

»Ich hoffe nicht«, sagte Sara und schüttelte den Kopf. »Sie ist eigentlich unser einziger Anhaltspunkt.«

»Verstehe. Ich kann vielleicht etwas arrangieren. Ich melde mich wieder.«

43

Die Ungewissheit war unerträglich.

Die Machtlosigkeit ebenso.

Die Tränen rannen in so stetigen Strömen, dass sie kaum die Straße vor sich sah, als sie nach Södermalm und zu Anna zurückfuhr.

Sara war vollständig zerbrochen. Verzweifelt.

Über alles.

Weil sie keine Ahnung hatte, wo sie nach ihrer Tochter suchen sollte. Weil sie sie nicht retten konnte, falls tatsächlich jemand sie gekidnappt hatte.

Sara musste es herausfinden. Und sie dachte, dass sie am besten so handelte, als wäre Ebba entführt worden. Wenn sich herausstellte, dass sie sich nur mit Tom irgendwo versteckt hatte oder beide irgendwohin verreist waren, würde Sara sie grün und blau schlagen, weil sie ihr solche Sorgen bereitet hatte, aber sie konnte nicht davon ausgehen, dass es so war. Damit würde sie wertvolle Zeit verschenken.

Auf dem gesamten Weg zur Arbeit rief sie immer wieder Ebbas Handy an, in der Hoffnung, dass sie in der Zwischenzeit auf den Bahamas gelandet wären und dort Saras Anordnungen trotzen wollten. Wie wunderbar wäre es, sich das anhören zu dürfen.

Anna saß am Steuer und warf ihr besorgte Blicke zu.

Zurück auf der Wache versammelte sie ihre Kollegen um sich und erklärte die Situation. Ihre Tochter Ebba und Ebbas Chef seien verschwunden. Die beiden leiteten ein Unternehmen, das von X-Ray als mitschuldig an den Massakern und Übergriffen aufgelistet worden sei.

Nina Werkström erklärte, dass diese Entführungen erste Priorität haben sollten, dass es aber nicht passend war, Sara daran arbeiten zu lassen.

»Versuch mich doch aufzuhalten«, entgegnete Sara.

»Wir werden sie finden«, sagte Anna und legte ihre Hand auf Saras Schulter.

»Eine Sache noch«, sagte Sara. »Ebba hat eine Beziehung zu ihrem Chef. Als Vertreterin der Eigentümer des Unternehmens habe ich ihnen erklärt, dass es unangemessen sei, und ich habe Tom mitgeteilt, dass er sich zwischen der Liebe und der Leitung der Firma entscheiden solle. Es kann also auch sein, dass sie gemeinsam abgehauen sind, eine Art von Liebesurlaub machen und die Handys einfach nur deshalb ausgeschaltet haben, weil sie in einem Flieger sitzen, der sie in ein tropisches Paradies bringt.«

»Oder sie verlegen irgendwo Rohre«, sagte Peter, bevor er zurückschreckte. »Entschuldige, wir reden ja über deine Tochter. Ich wollte nur die Stimmung ein bisschen auflockern.«

»Das ist dir nicht gelungen.«

»Es könnte tatsächlich so sein, wie du es sagst«, meinte Werkström tröstend. »Aber wir müssen vom Schlimmsten ausgehen.«

Genau das wollte Sara hören. Dass alle taten, was sie konnten.

»Brundin von der Säpo hat angerufen«, fuhr ihre Chefin fort. »Sie haben diesem Fall die höchste Priorität gegeben. Sie sind bereits dabei, alle Aktivisten einzusammeln, die sie in ihren Registern stehen haben.«

Normalerweise hätte Sara gedacht, dass es wie ein ziemlich gemeines Vorgehen eines Polizeistaats klang, aber in diesem Moment war sie dankbar dafür, dass es jemanden gab, der etwas unternahm. Thörnell hatte erneut gezeigt, dass er noch über jede Menge Einfluss verfügte.

Immer noch ganz außer sich vor Sorge und Ungewissheit, aber trotzdem ein bisschen beruhigt davon, dass jetzt so viele Leute fieberhaft nach ihrer Tochter suchten, Menschen, die ganz andere Ressourcen hatten als sie selbst, fuhr Sara zu sich nach Hause, um Olle von Ebbas Verschwinden zu erzählen. Sie hatte Jane gebeten, ebenfalls zu kommen, damit ihr Sohn jemanden bei sich hatte, wenn Sara wieder fahren musste.

Sie hätte vielleicht besser nichts gesagt, war ihr erster Gedanke, nachdem sie sich im Wohnzimmer versammelt hatten und Olle gehört hatte, was geschehen war. Sie sah ihrem Sohn in die Augen und wusste, dass er bald zusammenbrechen würde. Erst der Tod seines Großvaters, dann der Selbstmordversuch seine Vaters, anschließend Gabriel, der von der Polizei verhaftet worden war. Und jetzt auch noch das. Seine große Schwester war verschwunden. Vielleicht von Menschen entführt, die ihr schrecklich wehtun wollten. Und seine Mutter, die Polizistin, konnte nichts machen. Es tat Sara im Herzen weh, als sie sah, wie verzweifelt ihr Sohn war.

Sie legte eine Hand auf Olles Arm und fragte ihn, ob er irgendetwas wüsste, was ihnen weiterhelfen könnte. Hatte Gabriel vielleicht etwas über den Sudan oder Afrika im Allgemeinen gesagt? Irgendein Name von jemandem, den er kannte? Oder hatte Ebba vielleicht gesagt, dass sie mit Tom wegfahren würde? Olle wusste nichts und sah gequält aus, weil er nicht helfen konnte. Sara sagte, das sei nicht schlimm, er wäre sehr tapfer. Eine ganze Weile saßen alle drei schweigend da und hielten einander die Hand.

Anschließend rief sie Ebbas beste Freundinnen an, um herauszufinden, ob sie ihnen irgendetwas gesagt hatte, aber keine von ihnen hatte in den letzten Monaten viel Kontakt zu Ebba gehabt, nicht seit sie auf der Arbeit befördert worden war.

Jane zündete Kerzen im Wohnzimmer an, kniete sich hin und betete. Sara stutzte. Obwohl sie mit Bildern des Papstes

Johannes Paul II. an den Wänden aufgewachsen war und ihre Mutter ihr gerade erst eine Reihe von Heiligenbildern geschenkt hatte, war der Anblick einer betenden Mutter vollkommen fremd. Hatte sie das schon immer getan? Heimlich? Weil ihr klar war, dass Sara sich darüber aufregen würde? Denn das hätte Sara garantiert getan. Normalerweise. Aber jetzt fühlte es sich nur gut an, als müsste sie offen bleiben für alle Möglichkeiten.

»Diese verdammten Kanaken«, sagte Olle mit Tränen in den Augen.

»Was sagst du da?«, fragte Sara.

»Dass sie hierherkommen und Ebba entführen.«

»Sie sind doch selbst Opfer. Wenn dein Großvater nicht gewesen wäre, wären Ebba und Tom auch keine Zielscheibe für sie.«

Sara verteidigte Omar Kush und die anderen Mitglieder seiner Organisation, obwohl sie sich eingestehen musste, dass sie sie am liebsten umbringen würde. Omar und alle, die ihn unterstützten. Diese Helfershelfer waren nichts anderes als verwöhnte Mittelklassekinder, die sich als moralische Helden betrachteten, die alles Böse auf der Welt zur Verantwortung ziehen würden.

Und dafür unschuldige junge Frauen entführten.

Sara rief erneut Toms Assistentin an und fragte sie, ob Tom sie gebeten hätte, irgendeinen Flug oder ein Hotelzimmer zu reservieren, aber das hatte er nicht. Sanna konnte sich auch nicht in seinen Computer einloggen, um nachzusehen, ob er selbst etwas gebucht hatte.

Dann rief Anna an und erzählte, dass man Ebbas und Toms Autos auf dem Kastellholmen gefunden hatte. Man suche nach Zeugen, aber es gab nicht viele, die dort an einem Sonntagabend unterwegs waren.

Sara brach zusammen.

Dass die Autos dort verlassen herumstanden, konnte nur eines bedeuten.

Ebba war wirklich entführt worden, vielleicht war sie sogar schon tot.

Möglicherweise gab es bereits ein Video, auf dem sie Tom dazu gebracht hatten, sie zu Tode zu foltern, bevor er sich anschließend selbst erschoss. Ihr kleines Mädchen. Es hatte seine Mutter anrufen wollen, aber Sara war beschäftigt gewesen und hatte das Gespräch nicht angenommen. Sie war nicht da gewesen, als ihre Tochter sie gebraucht hatte. Wie selbstsüchtig durfte man sein?

Sie umarmte Olle krampfhaft und merkte, dass sie beide so sehr weinten, dass sie zitterten.

44

Dreißig Liegestütze.

Das war ausreichend.

Unter diesen Umständen.

Sie wollte wieder auf fünfzig kommen, aber für eine Frau über siebzig, die erst wenige Monate zuvor dem Tod von der Schippe gesprungen war, stellten dreißig eine richtig gute Leistung dar.

Dann dreißig Sit-ups und ein bisschen Schattenboxen. Haken, gerade Schläge, Aufwärtshaken. Knie, Ellenbogen, flache Tritte. Es war immer besser, jemanden fürs Sparring zu haben, aber Agneta wollte keine Aufmerksamkeit auf sich ziehen, die sie garantiert bekommen hätte, wenn sie einen Kampfsportklub aufgesucht hätte. Allzu große Dosen Adrenalin und Testosteron sorgten dafür, die Perspektiven junger Männer auf ärgerliche Weise zu verengen.

Also blieb es bei dem kleinen Training in ihrem Zimmer.

Sie war zufrieden, aber sie hatte keine hohen Tritte gewagt. Sowohl aufgrund ihrer verringerten Beweglichkeit als auch aus Angst vor Sturzverletzungen. So idiotisch es sich auch anhörte: Das Altern war der schlimmste Feind, dem Agneta jemals begegnet war. Eine lang gezogene Niederlage, die sie zu stillem Leiden zwang. Ein Jahr nach dem anderen.

Aber der Körper war nicht alles.

Auch mental musste sie in Alarmbereitschaft sein.

Bislang waren noch keine rätselhaften Autos im Dorf aufgetaucht. Keine russischen »Touristen« wie diejenigen, die behauptet hatten, wegen der Kathedrale nach Salisbury gereist zu sein.

Auch Idioten waren gefährlich. Manchmal sogar gefährlicher als die Gewandten.

Sie sah ihre Waffen durch. Die Handgranate, die Messer und die Pistole würden die Nachteile ausgleichen, wenn sie auf schnelleren oder perfekt trainierten Widerstand traf.

Und sie schenkten ihr eine gewisse Sicherheit. Einerseits wegen ihrer tödlichen Kraft, andererseits, weil sie so vertraut waren. Wohlbekannte Werkzeuge, sie lagen gut in der Hand. Und sie hatten ihr zweifellos geholfen, zu Desirée zurückzufinden.

Sie kannte ihre Ausgangssituation.

Und hatte keine Probleme damit, dass ihre Chancen miserabel waren. Das machte das Ganze nur noch spannender.

Aber sie wollte natürlich gewinnen. Sie musste glauben, dass es funktionieren *könnte*. Ansonsten hätte sie es niemals versucht.

Sie betrachtete das Paket, das sie von Schönberg bekommen hatte. Sie hatte darum gebeten, aber war es nicht doch zu gefährlich? Hatte sie das Recht, es zu tun? Es war so unwiderrufbar. Ein Schritt über eine Grenze, über die man nicht wieder zurückgehen konnte.

Würde sie es schaffen?

Es war ein Wagnis. Mit enorm hohen Einsätzen und einem äußerst unsicheren Ergebnis. Aber es war ihre einzige Möglichkeit. Die Alternative war, auf alles zu pfeifen, und als sie diesen Gedanken laut dachte, stach es sie in den Bauch.

Sie hatte diesen Ausweg aus ihrem Bewusstsein verbannt. Aber jetzt war er wieder da.

Wenn man einfach auf alles pfeifen könnte.

Sich zurückziehen und die Tage den Büchern widmen und die Abende dem Wein.

Diese plötzliche Offenheit für den Gedanken, den Auftrag einfach fallen zu lassen und sich vor allen zu verstecken – entsprang sie der Sehnsucht nach Freiheit, oder war es eigentlich nur die Angst davor, ihn nicht bewältigen zu können?

Hatte sie so viel Angst vor der Einsicht, dass sie zu alt war, zu ungeeignet? Dass sie ausgedient hatte?

Wenn man von niemandem gebraucht wurde, wie viel war man als Mensch dann noch wert? Woher sollte man dann seine Selbstachtung holen, seinen Stolz, seine Freude?

Sogar eine Vollstreckerin wie Agneta hatte ihren Stolz und vor allem die Sehnsucht, gebraucht zu werden. Was auch immer sie sich einredete, in erster Linie war sie ein Mensch.

Aber ein Mensch, der die Bedingungen nicht akzeptierte, die die Natur ihm aufgezwungen hatte.

Aus den Taschen ihres Mantels und dem Seitenfach der Handtasche holte sie ihre Extraausrüstung. Zwei Messer mit festen Klingen, den Klassiker Ka-Bar USMC und ihren Liebling, das OG SEAL Team Elite. Ein nachtschwarzes Benchmade-Infidel-Klappmesser. Zwei schwarze Faustringe mit Spitzen, zwei Dosen Tränengas und ein Teleskopschlagstock. Da musste sie einiges herumschleppen. Brauchte sie wirklich alles davon? Es spielte eigentlich keine Rolle, sie mochte diese Werkzeuge. Und sie mochte es, allzeit bereit zu sein.

Während sie die alten Messerübungen aus der Kampfkunst Escrima durchführte und ihr der Schweiß über die Stirn rann, dachte sie erneut über die Situation nach.

In welchem Ausmaß hatte sie selbst dieses Leben gewählt?

Hätte sie auch einen anderen Weg einschlagen können?

Dass sie an dem Ort und zu der Zeit auf die Welt gekommen war, hatte sie nicht ändern können. Auch nicht das, was ihrem Vater passiert war, der in der paranoiden Sowjetunion aus dem Parteiapparat »gereinigt« worden war. Sie war zu klein gewesen, um überhaupt zu verstehen, was dort passierte.

Die Ermahnungen der Mutter während der Kindheit, dass die kleine Lidija ihr Leben der Aufgabe widmen sollte, sich an dem widerlichen System zu rächen, das ihnen den Ehemann und den Vater weggenommen hatte, hätte sie ignorieren können.

Aber was wäre das für ein Leben gewesen? Es hätte beinhaltet, dass sie alle bösen Kräfte akzeptierte, dass sie die Reinigung gutgeheißen hätte. Wer schwieg, stimmte zu.

Die einzige Pflicht, die man im Leben hatte, bestand darin, seinen Eltern zurückzugeben, was sie einem geschenkt hatten. Liebe, wenn man sie als Kind bekommen hatte, oder Hass, wenn man damit aufgewachsen war. Lidija hatte den eisernen Willen ihrer Mutter geerbt, und als Dank hatte sie ihn benutzt, um den Eltern Wiedergutmachung zu schenken und das System zu vernichten, das ihr Leben zerstört hatte.

Damit das gelang, hatte Lidija stark sein müssen, unglaublich stark. Sie hatte zu einer anderen werden müssen. Und hatte die Rolle als Desirée akzeptiert, aus der später Agneta geworden war. All das hatte sie von anderen auferlegt bekommen. Jetzt hatte sie endlich die Möglichkeit, ihr Leben selbst zu bestimmen. Aber welchen Grund gab es, etwas anderes zu wählen als das, was sie bereits hatte? Etwas, das sie nicht kannte? Vielleicht könnte sie sich auf die kurzen Augenblicke der Freude und des Genusses konzentrieren, die sie gehabt hatte? Und davon ausgehen, wenn sie ihre Entscheidung traf.

Ja, vielleicht.

Im Moment war sie praktisch tot. Offiziell. Und wenn dies der Tod war, dann war er ihr willkommen. Dann war der Tod nichts als eine Freiheit, die man wählen konnte.

Als im Juni das Telefon in ihrem Haus in Bromma geklingelt hatte und das schicksalsschwangere Wort »Geiger« erklungen war, hatte es sich so angefühlt, als wäre sie endlich aus einem Gefängnis entlassen worden. Sie hatte ihre Unabhängigkeit wiederbekommen, ihre Freiheit und ihre Beweglichkeit. War aus einem langen Schlummer geweckt und von einer Welt empfangen worden, die gleichzeitig wohlbekannt und unvorhersehbar war.

Aber wie viele andere, die so lange eingesperrt gewesen waren, konnte Agneta mit der Freiheit nicht ganz so einfach umgehen. Solange man einen Auftrag hatte, gehorchte man den Befehlen. Man musste nicht selbst denken, keine größeren Entscheidungen fällen.

Der Gedankengang wurde von einem unerwarteten Krachen unterbrochen. Agneta war so tief ins Training versunken gewesen, dass sie das große Armeemesser tief in die Tür geworfen hatte. Jetzt saß es dort und zitterte leicht nach dem kräftigen Wurf, während im Treppenhaus Schritte zu hören waren.

»Ist alles gut, meine Liebe?«, fragte die Stimme der Empfangsdame Debra durch die Tür, während sie gleichzeitig vorsichtig klopfte.

»Alles gut«, antwortete Agneta. »Ich habe nur die Tasche fallen gelassen.«

»Okay«, sagte Debra mit einem gewissen Zögern, als würde die Erklärung nicht ganz zu dem Geräusch passen, das sie gehört hatte. Agneta fragte sich, ob die Spitze des Messers auf der anderen Seite herausschaute. In dem Fall sollte sie eine bessere Erklärung finden.

Debra ließ sich fürs Erste offensichtlich beruhigen, denn ihre Schritte entfernten sich wieder von der Zimmertür.

Agneta beschloss, dass sie für heute genug trainiert hatte.

Unter der Dusche überlegte sie weiter.

Sollte sie weiter als Freischaffende arbeiten oder sich an Schönberg halten? Er war nahe am Ruhestand. Würde sein Nachfolger sie ernst nehmen? Würden sie weiter glauben, dass Agneta für irgendetwas gut wäre? Ihr Potenzial sehen? Wohl kaum.

Vielleicht war es trotzdem besser, in Rente zu gehen? Nicht, weil das Rentnerleben so verlockend wäre, sondern weil ein Leben als Aktive, die keine Aufträge mehr bekam, zutiefst verstörend wäre. Demütigend. Wenn sie sich zurückzog, könnte sie zum ersten Mal in ihrem Leben tun, was sie selbst wollte.

Sie betrachtete sich im Spiegel. Das gealterte Gesicht mit seinen Falten und Furchen.

Der Verfall, den man nicht aufhalten konnte.

Wenn es so natürlich war, zu altern und zu sterben, warum kam ihr der ganze Prozess dann so fremd vor? Warum sah dieses Gesicht nicht wie ihr richtiges Gesicht aus?

Sie dachte an das, was passiert war. Wie leicht es gewesen war, den Anweisungen zu folgen und Stellan aus dem Weg zu räumen, den Mann, mit dem sie fünfzig Jahre verheiratet gewesen war.

Und die Töchter.

Auf einer ganz theoretischen Ebene könnte sich Agneta darüber beklagen, wie wenig sie mit ihnen gemeinsam hatte, ihren eigenen Kindern. War das ihr Fehler? Waren die Eltern nicht immer verantwortlich? Vielleicht war sie keine Mutter gewesen, mit der man sich identifizieren konnte, weil sie auch niemals diejenige gewesen war, als die sie gelebt hatte. Oder es war ganz einfach so, dass Kinder zu denjenigen wurden, die sie eben waren, ganz unabhängig von der Erziehung. Die Anlagen ihrer Kinder waren ja nicht gerade die sympathischsten, weder auf der väterlichen noch auf der mütterlichen Seite. Und wenn weder der Vater noch die Mutter irgendeine Form von Moral besaßen, was hatte man dann für Chancen?

Seit sie in ihrem Krankenbett unter der Aufsicht des BND aufgewacht war, wie ein Retourversand aus dem Todesreich, war sie sich unsicher gewesen, was sie mit dem Leben anfangen sollte, das ihr noch einmal geschenkt worden war.

Jetzt fiel die Entscheidung. Jetzt wusste sie es.

Sie würde genau das tun, was sie selbst wollte.

Nur das, und nichts anderes. Das, was sie glücklich machte. Und nach der Zeit, die sie mit den Popows verbracht hatte, wusste sie, was es war.

Blieb nur zu hoffen, dass die Russen sie nicht finden würden. Jetzt, wo Agneta endlich wusste, was sie wollte.

45

Es war unmöglich, einfach dazusitzen und zu warten, auch wenn sie wusste, wie kompetent ihre Kollegen waren.

Aber sie gingen beruflich an die Sache heran.

Als Polizisten.

Sara war Mutter.

Und gerade jetzt war sie nur Mutter.

Jane blieb mit Olle zu Hause und versprach, Marie anzurufen und ihr zu sagen, dass Ebba verschwunden war. Es Martin zu erzählen, der immer noch im Krankenhaus lag, hoben sie sich für später auf.

Sara machte sich mit einem Bild ihrer Tochter auf den Weg. Ein Foto aus dem Sommer, in dem die ganze Familie mehr Zeit miteinander verbracht hatte als jemals zuvor. Ein Bild, auf dem Ebba so glücklich lächelte. Das beste Bild, das Sara kannte. Sie hoffte mit verzweifeltem Herzen, dass es sich nicht als das letzte Bild herausstellen würde, das von ihrer Tochter gemacht wurde. Sara wanderte auf dem Kastellholmen herum und suchte nach Spuren, klopfte an Türen, um zu sehen, ob es überhaupt jemanden gab, den sie fragen könnte. Alle, denen sie auf den Straßen begegnete, befanden sich auf einem Spaziergang und waren am Abend zuvor nicht auf der Insel gewesen. Oben am Kastell stand immer noch Ebbas Auto. Sara musste lachen, als sie die vielen Knöllchen sah. Ein Lachen, das direkt in Weinen überging. Wo war ihr Kind?

Zurück zum Skeppsholmen. Solange sie in Bewegung blieb und das Gefühl hatte, etwas zu tun, konnte sie mit der Situation einigermaßen umgehen, aber ihr Gehirn ratterte die ganze Zeit alle möglichen Schreckensszenarien durch, wie es Ebba ging, was man ihr in diesem Augenblick antat. Sara eilte ins Hotel, um das Personal zu fragen, ob sie etwas gesehen hätten, aber es waren nicht dieselben wie am Sonntagabend. Sie fragte die Gäste, die sie traf, aber keiner von ihnen erkannte Ebba wieder.

Der Wachmann vor dem Nationalmuseum hatte am vorherigen Tag nichts Besonderes gesehen. Der Türsteher am Grand Hôtel hatte ebenfalls nichts Ungewöhnliches bemerkt, erklärte allerdings, dass er in erster Linie seinen eigenen protzigen Eingang im Auge behalten hatte.

Sara ging an der Veranda vorbei und dachte daran, wie sie mit ihrer Tochter dort vor wenigen Tagen erst gesessen hatte. Hätte sie auch nur ansatzweise geahnt, dass so etwas passieren könnte, hätte sie Ebba danach nie mehr aus den Augen gelassen.

Anna rief an und erzählte, dass Thea Hagtoft zu Hause aufgetaucht und direkt verhaftet worden sei. Jetzt saß sie im Kronobergsgefängnis, weigerte sich aber, im Verhör irgendetwas zuzugeben. Einen Linus würde sie ganz gewiss nicht kennen.

Und dann eine SMS von Thörnell.

»Kleines Geschenk. Zu Hause oder auf der Arbeit?«

»Zu Hause«, antwortete Sara und nahm die Strömbron hinüber zum Schloss und nach Gamla Stan.

Unterdessen legten die Zeitungen und die Fernsehsender los. Vielleicht hatte Theas Mutter Fredrika Ernst mit ihrer Drohung gemacht, alle Journalisten zu kontaktieren, die sie kannte. Adnan Westin beim *Aftonbladet* und Annie Tillberg von TV4 waren wie immer die eifrigsten. Als Sara nicht antwortete, schickten sie stattdessen SMS.

»Was ist das für eine Aktion? Wie viele habt ihr gefasst?«

»Was ist los? Welche Beweise habt ihr?«

»Sind die Mörder die Antifaschisten? Wenn du nicht antwortest, nehme ich es als eine Bestätigung.«

»Komm schon, Sara, gib mir irgendetwas.«

Aber das hatte Sara ganz und gar nicht vor.

Als sie den Kornhamnstorg erreichte, rief Anna erneut an und sagte, dass jetzt eine weitere Person verschwunden wäre. Ein Bernt Martinsson, ein ehemaliger Aufsichtsratsvorsitzender von Titus & Partners.

Nun gab es keine Zweifel mehr.

Titus & Partners war eine Zielscheibe. Tom und Ebba vermutlich gekidnappt. Sara blieb stehen und holte tief Luft, während Anna ihr alles erläuterte. Sie hatte gedacht, dass sie keine Luft bekäme, als Georges Bande sie abgeholt und einer seiner Männer auf ihrem Brustkorb gesessen hatte. Aber das war gar nichts verglichen mit dem Gefühl, das sie jetzt erlebte, denn ganz egal, wie sehr sie sich beim Atmen anstrengte, sie bekam keinen Sauerstoff in die Lunge. Es fühlte sich an, als würde der Körper abschalten.

Brundins Säpobeamte und Nina Werkströms Gruppe aus der Polizeiwache Solna waren in vollem Gange, alle Aktivisten vom linken Rand reinzuholen, die auf Brundins Liste zu finden waren. Davon hatten die Medien auch erfahren. Die Afrikagruppen, die Südamerikagruppen und die Anarchisten. Und die Umweltaktivisten. Ölkonzerne boten sich auch für sie als Hassobjekte an. Irgendjemand musste etwas wissen, dachte man.

»Wie zum Teufel kommt er an sie heran?«, sagte Anna mit einer Mischung aus Frustration und einem guten Anteil Bewunderung in der Stimme. »Ein Mann aus dem Sudan, der niemals zuvor in Schweden gewesen ist. Mit nichts weiter als einer Gruppe von Jugendlichen als Helfershelfer.«

Sara drückte das Gespräch weg und steckte das Handy in die Tasche, während sie die drei Hebekräne betrachtete. Jetzt erinnerten sie sie vor allem an drei Galgen auf einem Hinrichtungsplatz. Bedrohlich und unheilschwanger.

Zu Hause in der Wohnung saß Olle auf dem Sofa und starrte antriebslos vor sich hin, während Jane neben ihm saß.

»Es ist ein Paket gekommen«, sagte ihre Mutter mit ungewöhnlich sanfter Stimme und zeigte in den Flur.

Sara nahm das kleine Paket von Thörnell in die Hand und öffnete es.

Wunderbar.

Der pensionierte Oberst musste es nicht erklären. Sara verstand es sofort.

Sie fuhr mit dem Auto nach Kungsholmen und zum Kronoberggefängnis. Sie zeigte ihren Ausweis, erklärte, dass sie mit dem Fall arbeite, und bat, die Kleidung der verhafteten Thea Hagtoft zu sehen, die diese abgelegt hatte, bevor sie die Anstaltskleidung übergezogen hatte.

Der Justizvollzugsbeamte holte die Kleidung, und Sara lächelte freundlich, vor allem, weil er nicht zuerst die Wache in Solna angerufen und ihre Zuständigkeit überprüft hatte. Sie ging den ordentlich gefalteten Stapel durch und fand ziemlich schnell, wonach sie gesucht hatte. Und tat, was sie tun musste.

Dann bedankte sie sich bei dem Justizvollzugsbeamten und ging.

Als sie zurück im Auto war, das sie vor dem *ilcaffé* geparkt hatte, rief sie Conny Mårtensson an, einen der bekanntesten Strafverteidiger des Landes, der es sich zur Gewohnheit gemacht hatte, nur die allerschlimmsten Kriminellen zu vertreten.

»Nowak?«, sagte Mårtensson, der offensichtlich Saras Nummer gespeichert hatte.

Sara kam direkt zur Sache.

»Eine Thea Hagtoft sitzt im Kronoberggefängnis, sie wird verdächtigt, an den Morden an Schildt und Moberg beteiligt gewesen zu sein. Sie bekommen eine halbe Million Kronen, wenn Sie sie heute herausbekommen.«

»Eine halbe Million?«

»Ja.«

»Von der Polizei?«

»Von mir.«

»Soll das hier irgendeine Falle sein? Sie wissen, dass die Aufforderung zu einem Verbrechen ungesetzlich ist«, sagte Mårtensson misstrauisch.

»Es ist doch kein Verbrechen, eine Verdächtigte zu verteidigen. Es geht nur darum, dass Sie Ihren Job machen. Fordern Sie, die Beweise zu sehen, denn solche haben wir nicht.«

Sara wartete ungeduldig, während der Rechtsanwalt eine Weile überlegte.

»Das klingt wirklich ziemlich unseriös«, erklang es schließlich aus dem Hörer.

»Ich miete Ihre Dienste, das darf ich doch, oder? Ich überweise das Geld direkt. Wie lautet Ihre Kontonummer?«, sagte Sara und trommelte mit den Fingern auf dem Lenkrad herum.

»What the fuck haben Sie denn dieses Mal vor?«

Aber das Angebot reizte Mårtensson, das hörte sie seiner Stimme an.

»Das kann Ihnen doch egal sein. Also, wollen Sie das Geld?«

»Ja, ja, ist schon okay.«

Sara rief Sanna an und bat sie, eine halbe Million Kronen von Titus & Partners auf das Konto zu überweisen, das Mårtensson genannt hatte. Als die Assistentin zögerte, erklärte Sara, dass sie damit Tom und Ebba retten könnten.

Als sie gerade den Motor anließ und sich einfädeln wollte, wurde ihr Weg von einem durchtrainierten Mann auf einem Ducati Streetfighter V4S blockiert. Er trug eine schwarze Lederkluft, schwarze Handschuhe und einen Integralhelm mit dunklem Visier. Ohne ein Wort zu sagen, hielt er ihr ein Handy hin. Auf dem Bildschirm sah sie den ehemaligen Botschafter Koslow am anderen Ende eines Videogesprächs. Koslow befand sich aus irgendeinem Grund bei Erics und Maries Haus.

Aber darüber dachte Sara nicht weiter nach, weil auf dem Bild zu sehen war, dass schwarzer Rauch aus dem Haus herausquoll.

Und dass Rettungskräfte ihre Schwiegermutter Marie auf einer Bahre heraustrugen.

46

Die Feuerwehr war vor Ort, als Sara eintraf, und sie schienen das Feuer Gott sei Dank unter Kontrolle bekommen zu haben. Ein paar Streifenwagen waren auch dort, und Sara nickte zwei uniformierten Kollegen zu, die sie kannte.

Boris Koslow stand neben Marie, die eine Decke umgelegt bekommen hatte. Sie war allem Anschein nach nicht verletzt, aber in ihrem Blick gab es einen Funken von etwas, das Sara bei ihrer Schwiegermutter nie zuvor gesehen hatte. Resignation vermischt mit Streitlust.

»Es ist alles sein Fehler«, sagte sie, als Sara zu ihnen kam. »Er hat alles kaputt gemacht.«

Die Tränen quollen aus Maries Augen, und sie hustete von dem Rauch, den sie eingeatmet hatte.

»Jane hat von Ebba erzählt«, sagte sie mit zitternder Stimme. »Es tut mir so leid. Es ist Erics Fehler. Er mit seiner verflixten Firma.« Zum ersten Mal überhaupt umarmte Sara ihre Schwiegermutter.

»Ich will nichts mehr mit Titus & Partners zu tun haben«, sagte Marie. »Ich werde meinen Anteil auf dich überschreiben.«

»Das wird schon werden«, sagte Sara. »Was ist überhaupt passiert?«

Sie zeigte auf das Haus und den Rauch.

»Ich wollte alle Erinnerungen an ihn und seine Firma loswerden«, sagte Marie. »Sie hat alles Böse verursacht, das jemals in unserem Leben passiert ist. Das gilt für Martin, dich und Ebba. Und für mich.«

»Für dich? Was meinst du damit?«

Aber Marie antwortete nicht darauf.

»Hast du das angezündet?«, fragte Sara und betrachtete das Haus.

»Im Arbeitszimmer. Leider rief jemand die Feuerwehr an, bevor es richtig losging.«

»Waren Sie das?«, fragte Sara und wandte sich an Koslow, der sich bis hierhin rücksichtsvoll schweigsam verhalten hatte.

»Es gibt Dinge darin, die nicht zerstört werden dürfen«, sagte der ehemalige Diplomat.

»Zum Beispiel?«

Koslow zuckte nur mit den Schultern, und Sara seufzte und sah erneut ihre Schwiegermutter an. Ihre leicht gekrümmte Gestalt, das unordentliche Haar und die Rußflecken auf den Wangen.

»Marie, bitte, ich verstehe ja, dass du erschüttert bist. Das sind wir alle. Aber kannst du solche Dummheiten nicht einfach lassen, solange Ebba verschwunden ist?«

»Doch, entschuldige«, schluchzte Marie. »Ich habe es einfach nur nicht mehr ausgehalten. Er ließ mich schwören, dass ich seine Geheimnisse bewachen werde, falls etwas passiert. Aber ich weigere mich. Diese Geheimnisse haben unser ganzes Leben zerstört. Eric ist tot. Ebba ist verschwunden, und Martin ist ein Drogensüchtiger, der sich umbringen wollte. Und alles ist Erics Schuld!«

»Seine Geheimnisse? Hat er Geheimnisse in seinem Haus? Welche denn?«

Sara betrachtete ihre Schwiegermutter mit gerunzelter Stirn.

»Ich weiß es nicht. Aber sie waren so schrecklich wichtig, sehr viel wichtiger offensichtlich als seine eigene Familie«, sagte Marie und schnaubte.

»Sara, kann ich kurz mit Ihnen sprechen?«, fragte Koslow und ging ein paar Schritte zur Seite. Sara dachte nach, dann gab sie einer Polizistin mit einem Wink zu verstehen, dass sie zu ihr kommen solle, im Übrigen, wie sie feststellte, dieselbe Polizistin mit dem schwarzen Pferdeschwanz und der Hakennase, die Anfang des Sommers mit in Bromans Villa gewesen war. Sara gab Marie eine zusätzliche Umarmung und überließ sie der Verantwortung der Hakennase, bevor sie Koslow folgte.

»Sie müssen Tom finden«, sagte der Russe. »Haben Sie schon irgendwelche Spuren?«

»Dazu kann ich keine Kommentare abgeben, aber denken Sie wirklich, dass ich irgendeine Möglichkeit außer Acht lasse, um meine eigene Tochter zu finden?«

Sara warf ihm einen scharfen Blick zu.

»Ich könnte mit einigen … zusätzlichen Leistungen beitragen, wenn es nötig ist. Dinge tun, die die Polizei nicht darf.«

»Warum ist Tom so wichtig?«

»Glauben Sie mir, er ist es«, war alles, was Sara als Antwort bekam.

»Geht es um Geschäfte? Verstehen Sie nicht, dass meine Tochter hundertmal wichtiger für mich ist als Erics verdammter Konzern?«

»Natürlich verstehe ich das. Aber Tom ist ganz zentral in ein Projekt involviert, bei dem es um Hunderte von Milliarden geht. Ein riesiges Infrastrukturprojekt. Er hilft bei den schwedischen Entscheidungsträgern.«

»Absolut uninteressant«, sagte Sara und machte sich bereit, um zu Marie und der Hakennase zurückzukehren.

»Sind Sie da sicher? Ich war gestern Abend mit Tom verabredet. Auf dem Kastellholmen. Aber als ich dort ankam, war dort nur noch sein Auto … und Ebbas.«

Sara machte einen Schritt auf ihn zu, packte ihn am Kragen und schüttelte ihn, so fest sie konnte.

»Warum um alles in der Welt haben Sie das nicht gleich gesagt?«

»Weil ich niemanden dort gesehen habe«, sagte der Russe und breitete die Hände aus. »Ich weiß nichts, was Ihnen weiterhelfen könnte.«

»Das können Sie doch gar nicht entscheiden!«

Sara schüttelte noch energischer den Kopf.

»Okay. Da haben Sie natürlich recht«, musste Koslow mit erhitzten Wangen zugeben.

»Und was tun Sie jetzt hier? Sie waren dort, wo Ebba verschwand, und jetzt sind Sie hier, wo das Haus brennt. Stecken Sie vielleicht hinter alldem?«

»Ich behalte Sie alle im Auge. Zum Glück, sonst wäre das Haus vielleicht bis auf die Grundmauern niedergebrannt.«

»Das wäre auch egal gewesen«, erwiderte Sara knapp.

»Glauben Sie mir, das wäre es nicht.«

»Sie haben gesagt, dass es im Haus Dinge gibt, die nicht zerstört werden dürfen.«

Koslow löste sich aus Saras Griff und zupfte sein Jackett zurecht.

»Sara«, sagte er. »Ich habe Ihnen mit Desirée geholfen, und jetzt bitte ich Sie, mir bei dieser Sache zu helfen. Ich frage Sie direkt: Wo würde Eric etwas Geheimes verstecken?«

Sara fuhr sich mit der Hand durch die Haare, nahm sich Zeit, über die Antwort nachzudenken. War sie dem Russen einen Gegendienst schuldig? Ja, vielleicht. Aber vor allem kam ihr der Gedanke, dass der ehemalige Diplomat, wenn er Tom finden würde, sie gleichzeitig auch zu Ebba führen würde.

»Waren Sie damals im Haus und haben danach gesucht?«, fragte sie. »Als Marie glaubte, sie würde verrückt werden?«

»Haben Sie überhaupt irgendeine Ahnung? Der Keller? Der Dachboden? Es scheint jedenfalls nicht in seinem Arbeitsraum zu sein. Auch nicht im Safe. Martin hat nie etwas von irgendeinem Geheimfach gesagt.«

»Haben sie Tom geholt, weil Eric tot ist?«

Sie konnte es kaum glauben. Sogar jetzt, wo er tot und begraben war, gelang es ihrem Schwiegervater, sie zu quälen.

»Sein Herzinfarkt, ja«, sagte Koslow und warf Sara einen vielsagenden Blick zu. »Tragisch.«

»Tom saß 2005 jedenfalls nicht im Vorstand.«

»Aber jetzt ist er Vorstandsvorsitzender. Wer weiß schon, wie diese Leute denken.«

Der Russe hob die buschigen Augenbrauen.

»Ja, worum auch immer es da geht, Ebba ist jedenfalls nicht schuld daran. Jetzt entschuldigen Sie mich bitte, ich muss meine Tochter suchen«, sagte Sara und machte auf dem Absatz kehrt.

Sie verabschiedete sich mit einem Winken von Marie, setzte sich wieder ins Auto und fuhr los. Koslow betrachtete den Mann auf dem Motorrad und nickte ihm zu.

Woraufhin der Mann hinter Sara herfuhr.

47

Martin musste es erfahren.

Ebba war auch seine Tochter, und Sara wusste, dass er sie grenzenlos liebte.

Martin war jungenhaft und egozentrisch, aber für seine Kinder würde er in den Tod gehen. Sie machte sich ein bisschen Sorgen, dass er mit Ebbas Verschwinden vielleicht nicht umgehen könnte, aber es könnte genauso gut der Weckruf sein, den er brauchte, um sich endlich wieder seinem Leben zuzuwenden.

Zuerst rief Sara Anna an und bekam zu hören, dass Conny Mårtensson überraschend aufgetaucht war und sich als Thea Hagtofts Verteidiger vorgestellt hatte. Er hatte natürlich genau gewusst, was er tun musste, um die junge Frau aus der Haft zu bekommen, und die Fahnder der Polizei hatten anschließend in Erfahrung bringen können, dass sie direkt nach Hause gefahren war.

Anna und Nina Werkström waren außer sich vor Ärger und hatten angefangen nachzuforschen, wie eine junge, idealistische Gruppe wie Justice for Sudan sich Schwedens teuersten Rechtsanwalt leisten konnte. Sara sagte nichts, aber als sie zu ihrer großen Erleichterung feststellte, dass jetzt endlich etwas passierte, nahm sie sich die Zeit, Martin im Krankenhaus zu besuchen.

Ihr Mann lag im Bett und starrte durch das Fenster in den grauen Himmel, als sie hereinkam. Sie blieb stehen und musste ein paarmal schlucken, bevor sie ein Wort über die Lippen brachte. Er war richtig blass, aber vor allem sah er so aus, als hätte er mehrere Kilo abgenommen.

»Martin«, sagte sie und ging zu seinem Bett. Er drehte ihr langsam den Kopf zu. Erst lächelte er, dann sah er traurig aus.

»Entschuldige«, sagte er.

»Martin. Ebba ist verschwunden.«

Wie sehr es wehtat, diese Worte zu sagen. Wie unwirklich es sich anfühlte. Sie dürfte sie nicht sagen müssen, nicht über ihre Tochter.

Martin sagte nichts, er sah sie verständnislos an.

»Ist sie abgehauen? War das mein Fehler?«

»Jemand hat sie entführt. Ein sehr gefährlicher Mensch.« Sara legte eine Pause ein und seufzte. Es war Martin deutlich anzusehen, wie schwer es ihm fiel, ihre Worte aufzunehmen. »Sie haben auch Tom entführt. Unsere Tochter ist in Gefahr. Sie könnte getötet werden. Vielleicht ist sie schon tot.«

Als Sara es sagte, rollte eine Träne ihre Wange hinab. Es fühlte sich wie eine übermenschliche Anstrengung an, dieses Weinen wegzudrücken, das sich in ihrem Hals staute, und Martin weiter zu erzählen, was alles passiert war.

»Es hat mit der Firma deines Vaters zu tun, mit Dingen, die sie vor langer Zeit im Sudan getan haben. Weißt du etwas darüber? Weißt du, hinter wem sie her sein könnten? Können wir irgendetwas tun, damit sie Ebba freilassen?«

»Ich … weiß nicht.«

Martin sah beinahe ängstlich aus, wie er in seinem Krankenhausbett lag. Sara legte eine Hand auf seinen Arm. Natürlich war es schwer für ihn. Nicht nur zu erfahren, dass seine Tochter verschwunden war, sondern auch die Tatsache, dass alle Erinnerungen an Eric und das, was er getan hatte, dadurch zurückkehrten.

»Was wollen sie? Martin, was weißt du über die Firma deines Vaters? Ich brauche irgendeinen Anhaltspunkt. Wenn ich weiß, warum sie Tom entführt haben, kann ich vielleicht auch Ebba finden«, sagte sie und versuchte, seinen Blick einzufangen. Martin seufzte.

»Ich weiß nicht, ob es etwas damit zu tun hat, aber … als ich dort auf dem Hocker stand, mit der Schlinge um den Hals, sagte mein Vater, dass ich etwas Großes verpassen würde. Wenn du dich nicht eingemischt hättest, hätte er mich auch nicht als Köder für dich benutzen müssen, und dann hätte ich die Welt brennen sehen können.«

»Das hat er gesagt? Die Welt brennen sehen …«, sagte Sara und spürte, wie sie von einer eisigen Furcht erfasst wurde.

»Er hatte im Keller jemanden dabei, über eine Internetverbindung.«

Jetzt war Martin, wenn möglich, sogar noch blasser als zuvor.

»Jemand hat alles gesehen?«, fragte Sara und blickte ihn scharf an.

»Ja. Aber ich weiß nicht, wer.«

48

Vielleicht hatte er mit Absicht eine Lücke gelassen, damit sie sehen konnte, was er tat.

Um sie in Angst und Schrecken zu versetzen.

Um Tom zu erschrecken, damit er das tat, was sie ihn tun lassen wollten.

Abgesehen davon, ob es Absicht war oder nicht, saß die Augenbinde ein Stück zu hoch, sodass sich an der Unterkante eine Lücke auftat, durch die Ebba einen schmalen Streifen des Raums erkennen konnte.

Sie schienen in einer Art Keller oder Schutzraum zu sein.

Tom und ein anderer Mann waren an der Wand festgekettet. Sie sah nur ihre Beine, also wusste sie nicht, ob sie bei Bewusstsein waren oder nicht. Sie hoffte, dass sie lebten. Sie mussten am Leben sein. *Bitte, bitte, sag, dass sie leben.* Sie wollte das hier nicht einsam erleben. Sie wollte es gar nicht erleben. Sie hatte Todesangst, aber der Gedanke, dass sie alles, was sie hier erwarten mochte, allein und ohne Tom durchstehen müsste, ließ sie vor Schreck erstarren.

Ganz zu schweigen von dem Gedanken, dass Tom dann tot sein würde.

Sie versuchte, die Atmung zu kontrollieren, tat alles, was sie konnte, damit sie nicht in Panik geriet.

Ein schwarz gekleideter Mann mit Sturmhaube legte jede Menge Sachen auf den Tisch, der neben einer Bank mitten auf dem Boden stand.

Es war der metallische Klang dieser Gegenstände, der sie geweckt hatte, sie aus den schönen Träumen in den widerwärtigen Albtraum zurückgeschleppt hatte, der die Wirklichkeit war. Ihre Arme, die hinter dem Rücken gefesselt waren, taten weh. Es tat im ganzen Körper weh, und sie musste wirklich dringend pinkeln.

Ebba fragte sich, ob die vielen dunklen Flecken auf der Bank und dem Boden eingetrocknetes Blut waren. Dann wäre es sehr viel Blut gewesen. Sie musste kräftig schlucken, hob den Kopf so langsam, wie sie nur konnte.

Die Flecken und die Gegenstände, die der Mann dort hinlegte, drehten ihr den Magen um.

Axt.

Bohrmaschine.

Schleifmaschine.

Riesige Nägel und ein großer, schwerer Hammer.

Auf einem Stativ daneben war eine Videokamera montiert.

Als Ebba all das gesehen hatte, konnte sie nichts anderes mehr tun, als laut herauszuschreien.

49

Sara hatte die ganze Nacht nicht geschlafen, sondern nur geweint.

Hatte im Bett gesessen und geheult.

War tränenüberströmt durch die Wohnung getigert.

Hatte auf dem Sofa gelegen und geschrien.

Sie hatte in Ebbas altem Zimmer gesessen und die Kuscheltiere umarmt, die die Tochter zurückgelassen hatte, als sie ausgezogen war. Sie hatte keinen Laut herausgebracht, hatte nicht atmen können. Olle hatte sie mit erschrockenen Augen betrachtet, bevor er schließlich ins Bett gegangen war. Hatte sie wortlos um Hilfe gebeten, aber Sara hatte in diesem Augenblick keine Hilfe zu verteilen.

Ebba konnte tot sein.

Und Sara konnte nichts dagegen tun.

Den ganzen Abend war sie draußen gewesen und hatte gesucht. In Gamla Stan, um den Mosebacken herum. Sie hatte alle gefragt, die sie getroffen hatte, ob sie eine junge Frau gesehen hätten. Oder einen gefährlichen Mann aus dem Sudan. Ihr war klar, dass sie verrückt wirken musste, aber das scherte sie nicht im Geringsten. Sie war *so gut wie* verrückt. Sie würde *wirklich* verrückt, wenn sie ihre Tochter nicht zurückbekam.

Wie war es dazu gekommen?

Ebba hatte nichts mit irgendwelchen Massakern zu tun. Sie hatte niemals irgendeinem Menschen wehgetan.

Sara dachte an all die Mütter, deren Kinder in ähnlichen Konflikten wie dem im Sudan gestorben waren. An alle Mütter, die ihre Kinder verloren hatten. Sie konnte nicht verstehen, dass die Welt so war, wie sie war, dass so etwas überhaupt passieren konnte. Wie konnte Jane von einem Gott reden, wenn sich die ganze Zeit solche unfassbaren Tragödien abspielten?

Gegen sechs Uhr am Morgen war es draußen immer noch kohlrabenschwarz. Sara saß am Küchentisch mit einem Glas Wasser, das zu trinken sie vergessen hatte, als plötzlich das Handy ein Geräusch von sich gab.

Ein Signal, das sie nicht wiedererkannte.

Sie sah auf das Display, auf dem eine Notiz sagte: »Moving.«

Sara brauchte ein paar Sekunden, um das App-Symbol mit dem kleinen Nano-GPS-Sender in Verbindung zu bringen, den sie von Thörnell zugestellt bekommen hatte. Gemäß der Anweisungen im Paket hatte sie die App »Nanotrack« heruntergeladen, mit der sie beobachten konnte, wie der GPS-Sender sich bewegte.

Und jetzt bewegte er sich vom Tistelvägen 34 im Enskededalen weg.

Fort von Thea Hagtofts Zuhause.

Der GPS-Sender war so klein, dass er nicht spürbar war, nachdem Sara ihn bei der Kontrolle von Theas Kleidung im Kronobergsgefängnis in die Naht des Hoodies gesteckt hatte.

Dass sie sich im Morgengrauen auf den Weg machte, konnte nur bedeuten, dass sie nicht gesehen werden wollte. Sara ging davon aus, dass Theas Haus unter Bewachung stand, aber es war ihr ja schon einmal geglückt, die Bewacher abzuhängen, als sie sie das letzte Mal beobachtet hatten.

Jane schlief auf dem Boden in Olles Zimmer, die beiden sollten zurechtkommen. Sara nahm den Autoschlüssel und lief den ganzen Weg zur Garage, bevor sie mit Vollgas durch ein herbstlich trauriges Stockholm raste.

Sie folgte dem Pfeil auf der Karte, der erzählte, wo Thea sich gerade befand. Wenn man davon ausging, wie der Pfeil sich bewegte, hatte sie die U-Bahn genommen, war an T-Centralen ausgestiegen und in einen Tunnel gelaufen. Dort stand sie anschließend zwanzig Minuten lang still, bevor sie zum Bahnsteig zurückkehrte und in einen anderen Zug sprang. Sara rief Carro an, die berichten konnte, dass Thea sie und Peter an der T-Centralen abgeschüttelt hatte. Dieses Mal waren sie auf den Tunnel vorbereitet gewesen und ihr hineingefolgt, aber sie war ihnen trotzdem entkommen.

Sara sagte nichts darüber, dass sie genau wusste, wo Thea sich befand.

Östermalmstorg, Karlaplan, Gärdet, Ropsten. Dort schien Thea auszusteigen. Sara gab Gas und hatte bald die Gebäude von TV4 erreicht, rutschte in dem morgendlich glatten Kreisverkehr vor Ropsten weg. Thea war auf dem Bahnsteig wieder in die Gegenrichtung gegangen, zum Ausgang Nimrodsplan. Gut, das war ziemlich nah. Sara fuhr mit neunzig am großen Kraftwerk vorbei, oder was auch immer es jetzt sein sollte, folgte geradeaus der Jägmästargatan, sah aber ein, dass sie zu schnell unterwegs war und damit unerwünschte Aufmerksamkeit auf sich ziehen könnte. Sie bremste, bis sie auf vierzig herunter war. Thea befand sich immer noch auf dem Nimrodsplan.

Aus der Entfernung sah Sara Theas schmächtige Gestalt wieder zur U-Bahn gehen. Sie gab erneut Gas, war aber so überdreht, dass sie fast mit einem orangefarbenen Lieferwagen zusammenstieß.

Jetzt war sie dort, und Thea näherte sich den Türen, die in den U-Bahnhof führten.

Sara fuhr um eine kleine Grünfläche herum, bremste scharf vor den Treppen und sprang aus dem Wagen.

Thea blieb stehen und betrachtete erstaunt die Gestalt, die auf sie zugelaufen kam. Sie hatte offensichtlich nicht erwartet, hier gefunden zu werden.

Sara stürzte sich auf Thea, packte sie am Kragen und warf sie mit einer schnellen Nahkampftechnik zu Boden. Dann fixierte sie die junge Frau mit einem Griff um den Arm und einem Knie im Rücken.

»Wo ist Ebba?«, schrie sie.

»Hören Sie auf, lassen Sie mich los!«, brüllte Thea und wand sich, um sich zu befreien.

»Wo ist Ebba?«, schrie Sara erneut. »Wo ist meine Tochter? Wenn ihr irgendetwas passiert, dann bringe ich dich um!«

»Ich weiß nicht, wer Ebba ist. Hilfe!«

Thea drehte den Kopf, so weit sie es unter Saras Knie konnte, und hielt Ausschau nach Passanten, aber zu dieser Zeit erschöpfte sich der Fußgängerverkehr auf einen alten Mann mit Hund, der sich direkt aus dem Staub machte, als Sara ihm ihren Polizeiausweis zeigte.

Danach drückte sie Theas Gesicht mit der Wange auf den Boden und schrie in ihr Ohr:

»Wo ist Tom Burén?«

»Wer?«

»Die beiden, die ihr auf dem Kastellholmen entführt habt, wo sind sie? Von Titus & Partners?«

»Ich habe keine Ahnung, wovon Sie sprechen.«

Sara schlug Thea mit der geballten Faust direkt ins Gesicht. Ein verzweifelter Reflex.

»Wo ist Ebba?«

»Ich weiß es nicht«, sagte Thea und sah sie flehentlich an.

»Wir reden hier über meine Tochter! Wo zum Teufel ist sie?«

»Ich weiß nichts über sie.«

Sara schlug ein weiteres Mal zu. Und noch einmal.

»Was machst du dann hier?«, fragte Sara schließlich. »Willst du jemanden treffen?«

»Ja«, schluchzte Thea.

»Wen?«

»Linus.«

»Jetzt?«, fragte Sara und sah sich um.

»Ich habe ihn schon getroffen.«

»Wo ist er?«

»Er ist weggefahren. In einem Transporter. Orange.«

Scheiße. Der Lieferwagen. Sara sah die Jägmästargatan hinunter, aber Linus war natürlich schon lange weg.

»War Omar mit dabei? Omar Kush?«

»Nein. Linus hat Angst vor ihm. Dass etwas passieren könnte.«

»Das habe ich doch gesagt, Kush ist gefährlich. Ich versuche euch doch einfach nur zu helfen.«

Schließlich schien Thea tatsächlich zu begreifen, was Sara ihr sagen wollte. Sie schluchzte.

»Bitte, helfen Sie uns. Wir wollen nicht sterben«, brachte sie mit zitternder Stimme über die Lippen.

Sara nahm ihr Knie von Theas Rücken und stand auf.

»Wir werden euch helfen«, sagte sie. »Ruf Linus an und hol ihn her.«

»Wir haben niemals Handys dabei, damit wir nicht geortet werden können.«

Sara seufzte und rief Nina Werkström an.

»Wie geht es dir?«, fragte die Chefin einfühlsam.

»Beschissen. Aber ich habe eine Spur. Lass alle Autos nach einem orangefarbenen Lieferwagen mit einem jungen Mann am Steuer suchen. Das ist unser Linus. Das Auto war vor drei Minuten noch in Ropsten, also such auf allen Straßen hier in der Umgebung.«

»Woher weißt du das?«

»Ich bin gerade zufällig Thea Hagtoft und Linus über den Weg gelaufen, als ich spazieren ging. Aber Linus konnte abhauen«, sagte Sara.

»In Ropsten? Warum warst du dort? Um sieben Uhr morgens?«

310

Werkström klang gelinde gesagt skeptisch, aber das scherte Sara nicht.

»Schick den Alarm sofort raus. Linus hat Angst, dass Kush ihm irgendetwas antun könnte. Und sie haben immer noch Ebba.«

Sara drückte das Gespräch weg und wandte sich an Thea.

»Hast du irgendeine Ahnung, wo sie gefangen gehalten werden?«

Thea schüttelte den Kopf.

»Weißt du, ob sie leben?«

»Keine Ahnung.«

Thea wischte sich das Blut und den Rotz mit dem Ärmel der Jacke aus dem Gesicht.

»Entschuldige, dass ich dich geschlagen habe«, sagte Sara und schämte sich. »Aber es geht hier um meine Tochter.«

»Ist schon okay. Ich hätte es genauso gemacht.«

Thea versuchte es mit einem kleinen Lächeln, aber es sah eher wie eine Grimasse aus.

»Willst du gefahren werden? Brauchst du Polizeischutz?«

»Nein, ich will nur nach Hause«, sagte die junge Frau und schielte zum U-Bahn-Eingang.

»Hat Linus noch irgendetwas gesagt? Was auch immer, und wenn es nur ein klitzekleines Detail ist, das vollkommen unwichtig wirkt?«

»Er sagte, dass dieser Mann unglaublich brutal ist. Er bereut, dass er sich darauf eingelassen hat, aber er wagt es nicht, sich zu wehren. Dann würde er ihn ermorden, glaubt er. Und … oder, nein …«

»Was?«, fragte Sara und machte einen Schritt auf sie zu.

»Nein, ich weiß nicht.«

»Sag es!«, brüllte Sara, und jetzt sah Thea wieder ängstlich aus.

»Linus, er … es ging ihm schlecht. Weil … er sagte, dass er jetzt die Videoaufnahmen machen soll.«

50

Jemand nahm Tom die Augenbinde ab.

Ein junger Mann mit schwarzer Kleidung und einer Sturmhaube.

Tom sah sich um. Eine Art Schutzraum. Ein Tisch mit
Werkzeugen und Zubehör.

Ein Stück weit entfernt saß Ebba, gefesselt und mit Augenbinde. Sie schien bewusstlos zu sein, und es stach Tom ins Herz.

Aber dann sah er, dass sie zumindest atmete. Sie schlief.

Im Augenblick war sie sich der Gefahr also nicht bewusst, in
der sie sich befanden. Lieber Gott, vielen Dank dafür.

Der Maskierte befreite den dritten Menschen im Raum von
der Augenbinde, und Tom erkannte Bernt Martinsson, den ehemaligen Aufsichtsratsvorsitzenden von Titus & Partners.

Und ihm wurde klar, dass es kein gutes Zeichen war, wenn sie
alle drei gemeinsam eingesperrt waren. Genau davor hatten diese
Videos gewarnt.

Die Videos, die er auf den USB-Sticks bekommen hatte,
hatte er versteckt und dann so getan, als gäbe es sie nicht. Die
gefilmten Morde, die er nicht ernst genommen hatte.

Er vermied es, die ganzen Werkzeuge auf der Bank zu betrachten. Und die dunklen Flecken auf dem Tisch und dem Fußboden. Er erkannte den Kellerraum aus den Videos wieder, also
wusste er auch genau, was hier passiert war. Er hoffte nur, dass
Ebba es nicht wusste.

Bernt wachte langsam auf, und man sah seinem Gesicht an,
dass er ein paar Sekunden brauchte, bis er sich erinnerte, wo er

war. Bevor ihm klar wurde, dass das, was sich vor ihm befand, die Realität war.

Der maskierte Mann baute sich vor Tom und Bernt eine Weile schweigend auf, bevor er sagte:

»Seid ihr bereit, Omar zu treffen?«

51

Elf orangefarbene Lieferwagen wurden im Laufe einer halben Stunde in unterschiedlichen Teilen der Stadt angehalten. Sämtliche Fahrer waren mitten in ihrer Schicht und hatten ein Alibi für die Zeit des Treffens in Ropsten. Zwei Autos wurden leer gefunden. Eines am Viking-Fährterminal am Stadsgården und eines auf dem Langzeitparkplatz in Liljeholmen. Die Polizei hielt beide unter diskreter Aufsicht, während man mithilfe der Auskünfte, die man von der Firma bekommen hatte, nach den Fahrern suchte.

Anna sorgte dafür, dass Sara über die Entwicklung der Lage informiert blieb. Im Gegenzug konnte Sara erklären, dass Thea auf dem Weg nach Hause war und eine schreckliche Angst vor Omar Kush hatte. Sie konnte bestimmt Polizeischutz gebrauchen, wenn sie ihn nicht abgelehnt hatte. Vielleicht konnte sie das auch zu Kush führen, sagte Anna tröstend, aber Sara wagte es nicht zu hoffen.

Sie dachte eine Weile nach und vertraute Anna an, wie sie Thea überfallen und schließlich auch geschlagen hatte. Ihre Freundin war voller Verständnis, Ebba sei schließlich entführt und Thea hätte mehr gewusst, als sie sagen wollte. Das stimmte zwar alles, aber Annas Unterstützung erleichterte Saras Gewissen nur minimal. Sie hatte eine junge Frau geschlagen, die Angst hatte. Das war nicht entschuldbar.

Mit dem Versprechen, sie auch weiterhin auf dem Laufenden zu halten, drückte Anna das Gespräch weg, und Sara sah auf das Wasser hinaus. Sie hatte mit dem Auto mehrere Runden um

Gamla Stan gedreht, bevor sie zwischen der Skeppsbro-Bäckerei und dem Restaurant Mister French abgebogen war und sich am Kai auf das Kopfsteinpflaster gestellt hatte, mit der Fahrzeugfront nach Osten gerichtet. Es war kein Parkplatz, aber das ließ sie im Augenblick kalt.

Das Schlimmste an dieser Hölle, in der sie gerade festsaß, war, dass sie langsam aufgab.

Sie hoffte nicht mehr.

Hatte keine Kraft mehr, sich selbst zu belügen.

Langsam ließ sie den letzten Strohhalm der Hoffnung los, denn sie wusste in ihrem tiefsten Inneren, dass er sie nicht halten würde.

Sara war schon immer fasziniert davon gewesen, wie das Wasser in Stockholm dafür sorgte, dass man an so vielen Stellen der Stadt eine großartige Aussicht hatte. Man konnte viele unterschiedliche Teile der Stadt über verschiedene Wasserstraßen hinweg betrachten. An den jeweiligen Teilen von Stockholm hingen für sie ganz unterschiedliche Erinnerungen, aber alles, was sie jetzt sah, würde sie für immer mit dem Leiden verknüpfen.

Die Skeppsholm-Kirche, die jetzt keine Kirche mehr war. So fühlte sie sich auch. Wie ein Gotteshaus ohne Gott.

Unterhalb der Kirche lag die schwimmende Jugendherberge Af Chapman. Ein Schiff, das nicht mehr segelte.

Am Südufer lag die schlossähnliche Seniorenresidenz Danvikshem. Zur Aufbewahrung alter Leute, die niemand mehr brauchte.

Und dann die Finnlandfähren am Stadsgården. Dort war einer der Lieferwagen gefunden worden.

Könnten sie Tom und Ebba auf eine Fähre nach Finnland gebracht haben?

Das klang sehr seltsam.

Oder war es der Fluchtweg von Linus? Nach Finnland?

Hatte er den Verdacht, dass die Flughäfen der Stadt bewacht wurden? Wie groß war die Organisation von Omar Kush eigentlich? Gab es auch eine Abteilung in Finnland?

In Saras Kopf mischte sich alles durcheinander. Sie konnte nicht mehr klar denken. Sie würde nie wieder klar denken können, so fühlte es sich jedenfalls an. Und sie verdiente es. Der Schmerzimpuls, der ihr jetzt durch den Körper fuhr, jede Erinnerung an Ebba als kleines Mädchen, als hilfloses Neugeborenes, wurde von Sara willkommen geheißen. Das Ganze hier war allein ihre Schuld. Sie war die Mutter, die nicht ans Telefon gegangen war, als Ebba sie gebraucht hatte, die Polizistin, der es nicht gelang, die eigene Tochter zu finden. Das alles würde sie sich selbst niemals verzeihen.

Sie sah zum Kastellholmen direkt gegenüber. Die Silhouette des eigentlichen Kastells, der Platz, an dem ihre Tochter verschwunden war. Diese Aussicht würde sie für immer daran erinnern.

Sie spürte den plötzlichen Impuls, einfach geradeaus ins Wasser zu fahren. Den Motor anzulassen und einfach so viel Gas zu geben, wie sie es auf der kurzen Strecke schaffte, um so weit draußen wie möglich zu landen.

Von dem kalten Wasser verschluckt zu werden und zu verschwinden. Das schien das einzige Rezept zu sein, diesem Albtraum zu entkommen.

Und sie musste wirklich aus ihm heraus, wurde Sara plötzlich klar.

An die Oberfläche kommen, um Luft zu holen, bevor sie ertrank.

Aber so sehr sie auch mit den Beinen strampelte, war die Oberfläche immer noch weit entfernt.

Es wurde immer schwieriger, zu atmen. Etwas Nasses traf ihre geballte Faust. Sie sah nach unten und bemerkte, dass sie zu weinen begonnen hatte, ohne dass es ihr bewusst gewesen war.

Sie sank auf dem Fahrersitz zusammen und legte die Stirn auf das Lenkrad. In dieser Haltung faltete sie die Hände und tat etwas, das sie nie zuvor getan hatte. Jedenfalls nicht richtig.

Sie betete zu Gott.

Sie betete, dass Gott Ebba verschonen möge, sie Sara nicht wegnehmen solle.

Sie bot ihm was auch immer als Ausgleich.

Ihr eigenes Leben. Ihre Art zu leben. Alles Geld, das die Familie besaß. Alles wiedergutzumachen, was sie Böses getan hatte, jeden Schmerz, den sie verursacht hatte.

Sie würde ihre Bürde tragen, ohne sich anschließend zu beschweren. Sie würde alle Sünden der Welt auf sich nehmen, wenn es nötig wäre.

Wenn sie Ebba nur lebend finden würde.

Durch das Lenkrad betrachtete sie ihre gefalteten Hände, auf die die Tränen tropften.

Das hier war ihre Kirche. Mehr Platz als hier brauchte sie nicht. Sie musste sich nur für das Ungewisse öffnen.

Lange saß sie noch mit gefalteten Händen da, ohne Worte zu finden. Nur eine Hoffnung, der sie bald wieder Leben einhauchen würde.

Denn ohne diese Hoffnung wäre es für Sara vorbei.

Als Anna anrief, fiel es Sara schwer, die Hände zu öffnen und das Gespräch anzunehmen. Die Freundin berichtete, dass Thea Hagtoft nicht nach Hause gekommen sei, wie Sara es angekündigt hatte.

Konnte etwas passiert sein? Wenn Omar Kush sie in die Fänge bekommen hatte?

Nicht bei einer so jungen Frau, dachte Sara und spürte, wie sich Panik in ihrem Körper ausbreitete.

Thea war für Sara ein Symbol für Ebba geworden, erkannte sie. Als könnte Sara vielleicht noch Ebba retten, indem sie sich um Thea kümmerte.

Sie drückte das Gespräch weg, öffnete die App Nanotrack erneut und sah, dass der blaue Pfeil sich über das Display bewegte. Thea war nicht zu Hause in Enskededalen. Sie war in Liljeholmen.

Wo einer der leeren Lieferwagen gefunden worden war.

Das konnte nur eine Sache bedeuten. Sie wollte Linus helfen.

Das dumme Huhn.

Sara ließ den Motor an, setzte zurück und wendete.

Mist, man durfte nur nach rechts von der Skeppsbron abbiegen. Und es gab Verkehrsinseln, die verhinderten, dass man es trotzdem versuchte.

Aber es gab einen Fußgängerüberweg.

Sara gab Gas und fuhr über die weißen Balken auf die andere Seite. Eine powerwalkende Frau in Tights, mit Kopfhörern und Baseballkappe, musste sich zur Seite werfen und rief Sara Flüche nach, aber zu diesem Zeitpunkt war sie bereits mit voller Fahrt auf dem Weg davon. Über die Guldbron und schließlich die Hornsgatan hinunter nach Hornstull. Sara hatte fast neunzig Stundenkilometer erreicht und konnte nur hoffen, dass kein unkonzentrierter Södermalmer die Idee bekam, vor das Auto zu laufen.

Theas Pfeil war weiter nach Westen zu dem Kai gewandert, der gegenüber der Insel Reimersholme lag. Von der Liljeholmsbron bemerkte Sara das große rotweiße Schiff, das Liljeholmsbad und das Panasonic-Schild, konnte dem Ganzen aber keinen Inhalt zuordnen.

Jetzt stand der Pfeil still.

Jetzt konnte es nur noch um Sekunden gehen.

Was würde passieren, wenn Thea auftauchte?

Sara bog bei den grünen, einstöckigen Reihenhäusern, die zu Nordströms Trä gehörten, nach rechts ab, während die Straßenbahn bei Rot halten musste. Alles voller Menschen, die nicht die geringste Ahnung hatten, wie vollständig die Panik war, die Sara gerade spürte. An einem großen Parkplatz auf einem leeren, zu-gemüllten Grundstück vorbei, während das Herz in der Brust hämmerte. Jetzt entdeckte Sara einen orangefarbenen Liefer-wagen.

Wie hatte Omar Thea dorthin bekommen? Hatte er gedroht, Linus zu ermorden? Oder war es Theas eigene Idee?

Nach links in den Lövholmsgränd. Auf der rechten Seite Cementas riesiges Zementlager, das den großen Silos im Freiha-fen ähnelte. All das sollte abgerissen werden, damit dort Woh-nungen gebaut werden konnten. Gut, dachte Sara noch. Der Ort fühlte sich auf eine seltsame Weise böse an.

Der Pfeil zeigte, dass Thea sich in einem Komplex befand, der sich Lövholmsbrinken nannte. Jede Menge Gewerbegebäude, die alle verlassen aussahen. Direkt vor der verrosteten Nitrolack-fabrik, die abgesperrt war und gerade abgerissen wurde, stand ein schmutzig beiges Haus mit vernagelten Fenstern und ver-schmierten Wänden. Das Haus sah gleichzeitig traurig und be-drohlich aus. Eine ramponierte Tür war mit einer »2A« versehen.

Sara fuhr auf die Rückseite und hielt auf dem Parkplatz. Eine Feuerleiter führte auf das Dach, eine Treppe hinunter in den Keller.

Keine anderen Autos, aber weil Thea zu Fuß gekommen war und Linus den Lieferwagen ein Stück weiter entfernt abgestellt hatte, hatte bestimmt auch Omar vermieden, sein Fahrzeug dort abzustellen, wo es verraten könnte, dass sich jemand im Haus befand.

Das Gebäude wirkte leer und unbenutzt. Eine halbe Treppe tiefer gab es eine massive Stahltür, daneben hing ein Schild mit der Beschriftung »Schutzraum«. Die Tür hatte einen ordentli-chen Riegel mit Hängeschloss.

Aber es war nicht abgeschlossen, und der Riegel war aufge-klappt.

Sara öffnete die Karten-App im Handy, setzte eine Nadel auf

den Ort und schickte das Bild an Anna, danach noch eine Mitteilung dazu.

»*Thea, Linus u vielleicht Omar. Hier.*«

Dann stieg sie aus dem Auto und ging zum Haus. Sah sich um und lauschte.

Alles wirkte ruhig.

Langsam und so leise wie möglich schlich sie die Treppenstufen bis zur Stahltür hinunter. Sie versuchte knirschenden Kies und lose Putzstückchen zu vermeiden. Ihre eigenen Atemzüge zu beruhigen.

Sie drückte den Rücken gegen die Wand und lehnte sich mit der Seite des Kopfes an die Tür, um besser hören zu können.

Nichts.

Sollte sie auf die anderen warten?

Das müsste sie eigentlich, aber sie wusste auch, wie lange sie noch brauchen würden, bis sie hier waren.

Und auch wenn sie Ebba nicht retten konnte, würde es vielleicht für Thea und Linus reichen. Aber in dem Augenblick, als sie es dachte, wusste sie, dass sie die Hoffnung auf ihre Tochter nie aufgegeben hatte. Sie war ihretwegen hier.

Sie drückte die Klinke herunter und zog die Tür langsam auf.

Dahinter war eine weitere Schutztür, mit großen Eisengriffen, die man drehen musste, um die Tür zu verschließen. Sie erinnerte sich an solche Griffe aus ihrer Kindheit. Die Tür war offen, und die Dunkelheit dahinter war kompakt.

Sara stieg vorsichtig über die Schwelle und lauschte.

Zuerst gar nichts, aber dann harte, metallische Schläge und ein Brüllen. Gedämpft, als würde es von weit her kommen oder hinter einer dicken Wand stattfinden.

Das Brüllen war dermaßen angsterfüllt, dass Sara sofort darauf zueilte. Hinein in die Dunkelheit, allein mit ihrer ausgestreckten Hand als Wegweiser. Ihr Herz hämmerte so hart in ihrer Brust, als würde es jeden Augenblick explodieren.

Mit der anderen Hand zog sie ihre Pistole.

Es knallte öfter, ein weiterer Schrei.

Sie bewegte sich auf das Geräusch zu, versuchte, die Eile, die sie empfand, gegen das Risiko abzuwägen, dass sie entdeckt wurde.

Das angsterfüllte »Neeein«, das sie gehört hatte, erschreckte sie, aber die Tatsache, dass es eine Männerstimme war, erleichterte sie zu ihrer Scham auch ein wenig.

Ihre Finger tasteten sich an der rauen Wand entlang, und sie ließ die Zehen vorsichtig vorfühlen, bevor sie die Füße aufsetzte, damit sie in der Dunkelheit nicht stolperte.

»Tu es! Komm schon!«

Eine andere Stimme als diejenige, die gerade gebrüllt hatte.

Die Worte waren deutlich zu hören. Sara war jetzt nah dran.

Ein dumpfes Brummen, dann mischte sich die andere Stimme wieder ein: »Tu es, sonst schleife ich sie!«

Saras Finger erfühlten die Konturen einer weiteren Eisentür, tasteten sich an die schweren Drehriegel heran und spürten, dass sie geöffnet waren.

»Ich kann nicht!« Jetzt hörte sie, dass es Toms Stimme war.

»Dann bist du schuld!«

Ein heulendes Geräusch von einer Maschine mit rotierenden Teilen.

»Nein, warte! Ich mache es!«, hörte sie Toms verzweifelte Stimme. Das heulende Geräusch verschwand und wurde von einem anderen Heulen ersetzt.

Sara schob die Tür auf und kniff die Augen zusammen, damit sie von dem Licht in dem Raum nicht geblendet wurde.

Sie konnte einen dunkelhäutigen Mann auf dem Boden erkennen, gefesselt und geknebelt. Er schien gelähmt vor Angst zu sein.

Tom Burén hielt eine Handkreissäge an den Kopf eines älteren Manns, der an den fleckigen Tisch gefesselt war, den Sara aus den Videos mit den Morden kannte. Die Handkreissäge lief und war der Stirn des Mannes gefährlich nahe.

Beide Hände des alten Mannes waren mit groben Metallstiften an die Tischplatte genagelt. Frisches Blut vermischte sich mit dem alten, angetrockneten.

Thea Hagtoft stand an der Videokamera und drehte verwundert den Kopf zu Sara.

Und neben ihr stand ein junger Mann, den Sara wiedererkannte, und hielt eine Schleifmaschine über Ebbas Gesicht.

Aber ihre Tochter lebte.

Sara brach beinahe zusammen, als sie es sah. Es war nur der Adrenalinkick, der sie auf den Beinen hielt.

»Linus!«, rief Thea dem jungen Mann zu, der Sara anstarrte.

Und dann fiel Sara ein, woher sie ihn kannte. Von der Polizeiwache.

Linus war in Wirklichkeit Harald Mobergs Sohn Sebastian.

Sebastian lenkte seinen Blick von Sara zu Tom.

»Mach weiter!«, brüllte er. Dann richtete er seine Augen wieder auf Sara, startete die Schleifmaschine und hielt sie direkt über Ebbas Gesicht.

Ihre Tochter schrie vor Angst, versuchte sich so klein zu machen wie möglich, aber sie konnte nirgendwohin entkommen.

»Beweg dich nicht!«, rief Sebastian Sara zu und zeigte ein siegessicheres Lächeln.

Als wäre sie eine unbeteiligte Beobachterin, nahm Sara wahr, wie sich ihre Hand mit der Pistole hob.

Sie sah es wie in einer Zeitlupe, aber ihr war klar, dass es blitzschnell gegangen sein musste, weil niemand anderes in dem Raum reagierte.

Ohne irgendein Zögern, ganz darauf fokussiert, einzig ihr Kind zu beschützen, sah sie, wie ihr Finger nun einen Schuss auslöste.

Direkt in die Stirn von Sebastian.

Sebastian stürzte, und die Schleifmaschine fiel nur Millimeter an Ebbas Gesicht vorbei zu Boden.

Als Sebastian am Boden lag, schoss Sara ihm noch zweimal
in den Kopf. Den Rest des Magazins leerte sie in seinen Körper.

Dann blickte sie auf und begegnete Theas schockiertem Blick.

Und sah die Kamera, die alles gefilmt hatte.

52

Anna und Nina Werkström trafen mit Verstärkung ein, und bald war das Gewerbegebiet ein Meer aus blinkenden Blaulichtfahrzeugen. Polizisten und Rettungssanitäter kümmerten sich um die Betroffenen. Die Geier von den Medien landeten. Das Einzige, was an dem isolierten Tatort fehlte, war die neugierige Öffentlichkeit, die nicht in diese abgelegene Ecke von Liljeholmen gefunden hatte. Noch nicht.

Sebastian war tot, und Bernt Martinsson hatte einen Herzinfarkt erlitten infolge des unerträglichen Schmerzes, dem er ausgesetzt worden war.

Thea wurde mit Handschellen versehen und abtransportiert, nachdem Sara den GPS-Sender aus ihrer Kleidung genommen hatte, um ihrer Chefin zu zeigen, wie sie die Gruppe gefunden hatte.

Ein schockierter Omar Kush wurde von seinen Ketten befreit und ebenfalls abtransportiert. Von Brundin, die ebenfalls am Tatort aufgetaucht war.

Sara wollte Ebba nicht eine einzige Sekunde aus dem Auge verlieren, sondern stand draußen auf dem Parkplatz hinter dem Haus des Todes bei ihrer Tochter und umarmte sie. Dachte daran, wie schwindelerregend nahe sie daran gewesen war, ihr Kind zu verlieren.

Anna hielt die anderen auf Abstand.

Währenddessen erklärte sie, dass man die Fahrer der Lieferwagen gefunden hatte, hochgradig berauscht an Bord der M/S Gabriella. Sie hatten die Idee gehabt, eine Sauftour nach Finnland zu unternehmen, und ihre beiden Autos am Stadsgårdsterminal abgestellt. Auf diesem Parkplatz hatte Sebastian nach einem geeigneten Fahrzeug gesucht, das er für seine Zwecke stehlen konnte, in der Gewissheit, dass er mindestens einen Tag zur Verfügung hatte, bevor es als gestohlen gemeldet würde. Vielleicht hatte er sich für einen Lieferwagen entschieden, weil er damit ziemlich schnell fahren und ihn praktisch überall abstellen konnte, ohne Aufmerksamkeit zu erregen.

Sara hörte nur mit einem halben Ohr zu. Meistens stand sie bei Ebba und legte ihre Arme um sie, schnupperte an ihrem Haar und versuchte, die Erinnerungsbilder an die Schleifmaschine zu verwischen, die gerade noch über dem Gesicht der Tochter geschwebt hatte.

Sie lebte.

Ebba lebte, und Sara würde nie wieder zulassen, dass sie irgendeiner Gefahr ausgesetzt wurde.

Als Werkström mit Tom fertig war und Sara sah, dass sie ihn aus dem Keller nach oben begleitete, ließ sie Ebba bei Anna zurück und ging zum Vorstandsvorsitzenden, packte ihn am Hemdkragen und verpasste ihm eine Ohrfeige.

All das sei Toms Schuld, schrie Sara, während Werkström sie aus der Entfernung beobachtete, als wollte sie sich vergewissern, dass die Misshandlung nicht weiter ging als bis zu diesem Punkt. Sie würde den gesamten Konzern stilllegen, versicherte sie. Ein blasser Tom antwortete tonlos, dass alles, was den Sudan betraf, weit vor der Zeit passiert sei, in der er in den Vorstand aufgestiegen wäre. Und die Sicherheitsfirma, die sie besessen hätten, Valkyria, sei mittlerweile mit der Absicht verkauft worden, ihre zweifelhaften Betätigungsfelder zu bereinigen.

Anschließend gab Tom etwas zu, was Sara zum Überkochen brachte. Er habe ebenfalls dieses Video über Schildts Tod bekommen. Ihm sei jetzt klar, dass er diese Drohung besser ernst genommen hätte. Dann wäre das alles vielleicht nicht passiert, zumindest wäre es Ebba nicht passiert. Weinend bat er Sara um Entschuldigung, atmete stockend, als er die Worte ausstieß. Sie antwortete nicht.

Schließlich wollten die Rettungssanitäter mit Tom davonfahren, und Sara machte wütend auf dem Absatz kehrt, um zurück zu Ebba zu gehen. Aber Tom hielt sie mit einer Hand auf ihrem Arm auf.

»Du musst Gloria retten«, sagte er mit brüchiger Stimme.

Sara starrte ihn nur an. Konnte nicht begreifen, wie er nach allem, was passiert war, die Stirn hatte, um so etwas zu bitten.

»Niemals«, sagte sie und trat einen Schritt zurück.

»Es ist wichtig. Für dich. Für Ebba.«

»Deine Geliebte zu retten? Meinetwegen kann sie in der Hölle brennen.«

Die Rettungssanitäter zogen Tom mit sich. Aber er drehte Sara noch immer das Gesicht zu, eine Art von Panik im Blick.

»Gloria ist keine Liebhaberin. Sprich mit Koslow.«

»Koslow? Warum?«

»Sprich mit ihm.«

Tom verschwand in einem wartenden Rettungswagen, der sofort losfuhr.

Mit einem Kopf voller Fragen kehrte Sara zu Ebba zurück.

»Du musst Gloria retten.«

»Gloria ist keine Liebhaberin.«

»Sprich mit Koslow.«

Was sollte das heißen?

Ebba hatte aufgehört zu weinen, wirkte aber immer noch am Boden zerstört. Sie verließ Anna und stürmte auf Sara zu, die ihre Arme um die über alles geliebte Tochter legte, die in eine gelbe Krankendecke gewickelt war.

»Ich habe zu Gott gebetet, dass du ihn töten sollst«, sprach Ebba in die Brust ihrer Mutter hinein. Sie hob den Kopf und blickte Sara direkt in die Augen. »Und dann hast du es getan.«

Ihre Tochter sah dankbar aus auf eine Weise, wie Sara es noch nie zuvor erlebt hatte.

»Aber du musst das hier verstecken«, sagte Ebba und zog aus der Decke eine Hand hervor, in der sie eine kleine Speicherkarte hielt.

»Aus der Videokamera«, sagte sie.

Der Beweis, dass Sara immer weiter geschossen hatte, obwohl Sebastian schon außer Gefecht gesetzt gewesen war.

53

Mit Harald sei es leicht gewesen, erklärte Thea bei ihrer Vernehmung. Mårtensson war auf dem Weg, aber sie hatte nichts dagegen, jetzt schon mit der Polizei zu sprechen. Ganz im Gegenteil,
das Wichtige war jetzt, die Botschaft zu verbreiten, die Leute
verstehen zu lassen, dass Gerechtigkeit geschehen war. Darum
berichtete sie, dass Sebastian zu Harald Moberg nach Hause gefahren war, als die Mutter schlief, und ihm gesagt hatte, dass
etwas Schreckliches passiert sei. Harald war seinem Sohn zum
Auto gefolgt, und dort hatte Sebastian ihn niedergeschlagen.

Daraufhin nahm er Haralds Handy und rief Lars-Erik Thun
an. Zu Thun sagte Sebastian, dass der Vater in Gefahr sei und
Hilfe bräuchte. Dann fuhr er zu Thun und schlug ihn ebenfalls
nieder, so, wie er es anschließend mit dessen Mutter machte. Er
rief sie von Thuns Handy an und sagte, dass der Sohn in Gefahr
sei.

Als Sohn von Harald Moberg hatte Sebastian direkten Zugang zu all den hochrangigen Männern gehabt, die er, Sigge und
Thea gekidnappt hatten. Außer bei Tom Burén. Der Plan war
eigentlich gewesen, Eric Titus zu entführen, aber nachdem dieser gestorben war, stieg man auf Tom Burén als Opfer um. Ihm
mussten sie ganz einfach folgen in der Absicht, sofort zuzuschla-
gen, sobald er allein war. Aber dann tauchte plötzlich auch Ebba
auf, und für Sebastian und Thea passte es genau ins Konzept.
Dann mussten sie sie nicht zusätzlich aufspüren. Sie standen ein
bisschen auf dem Schlauch, nachdem Burén seine Frau verlassen
hatte, sahen aber schnell ein, dass Ebba für ihre Absichten ein

gleichwertiger Ersatz war. Über Gabriel hatten sie bestätigt bekommen, dass die beiden ein richtiges Paar waren.

Der Aufhänger ihrer Aktion war es, anzudrohen, denjenigen zu Tode zu foltern, den der ausersehene Mörder am meisten liebte. Sandins Geliebten Gustav, Thuns Mutter und Toms Freundin Ebba, erklärte Thea und räusperte sich. Ihr Hals sei ein wenig trocken, könnte sie möglicherweise ein Glas Wasser haben?

Als der Plan in die Wirklichkeit umgesetzt werden sollte, hatte Sigge es nicht geschafft. Er wollte abbrechen, und deshalb sahen sie sich gezwungen, ihn loszuwerden, erklärte die junge Frau und sah Peter und Carro, die die Vernehmung durchführten, mit glühenden Augen an. Im Übrigen stellte sich heraus, dass der Ansatz ausgezeichnet funktionierte. Die auserwählten Mörder brachten lieber einen Kollegen um, als dabei zusehen zu müssen, wie ihre geliebten Nächsten unter bestialischen Methoden zu Tode kamen, woraufhin diese erschossen wurden, statt langsam ins Jenseits gefoltert zu werden. Nachdem sie diese geliebten Menschen vor ihren Augen sterben gesehen hatten, hatte ihr eigenes Leben keinen Wert mehr, und genau wie Sebastian es angenommen hatte, hatten sie sich selbst geradezu dankbar erschossen.

Thea verstummte und sah zufrieden aus, fast so, als würde sie Applaus erwarten für diesen meisterhaften, wenn auch unmenschlichen Plan, den sie gerade beschrieben hatte. Ein mildes Lächeln umspielte ihre Lippen. Nicht das geringste Anzeichen von Reue.

»Und Kush?«, fragte Carro.

»Kush?«, wiederholte Thea und zog eine Augenbraue hoch. Sie schnaubte verächtlich und zeigte ein überhebliches Lächeln.

Omar Kush sei ein Ablenkungsmanöver gewesen.

Als Sebastian den Bericht gelesen hatte, den X-Ray über Sandin geleakt hatte, war ihm die Idee zu dem ganzen Plan gekommen. Er hatte sich bei Justice for Sudan – Schweden unter falschem Namen engagiert und anschließend die Mutterorganisation kontaktiert. Lange hatte er versucht, Omar Kush für seinen Racheplan zu begeistern, Sandin nach dem Auge-für-Auge-Prinzip zur Verantwortung zu ziehen, aber Kush war absolut gegen die Anwendung von Gewalt gewesen. Als Sebastian trotzdem weitermachte, setzte sich Kush in eine Maschine nach Stockholm, um die Schweden zurechtzuweisen.

Peter und Carro zuckten zusammen, als sie diese unerwartete Information hörten, während Thea ihr Gesicht bei dieser Erinnerung zu einer angeekelten Grimasse verzog.

Sebastian und Sigge hatten ihn gemeinsam in Arlanda abgeholt, mit dem Auto, das Thea für sie gemietet hatte. Kush hatte Sigge auf seine Seite ziehen können, was den jungen Mann das Leben gekostet hatte. Sebastian hatte Kush bewusstlos geschlagen und ihn anschließend im Schutzraum gefangen gehalten, der in einer verlassenen Immobilie lag, die sich im Besitz von Harald Mobergs Unternehmen befand.

Der neue Plan hatte so ausgesehen, dass Kush bei einer Konfrontation mit der Polizei sterben würde und dass allein schon die Anwesenheit seiner Leiche beweisen würde, dass alles von ihm gelenkt worden war. Sebastian und Thea würden verschwinden.

Als Gabriel die Organisation nach X-Rays geleaktem Rapport gefragt hatte, ließ er sich leicht in die Ausführungen mit hineinziehen, aber er wusste nichts über den eigentlichen Plan, erklärte sie später.

Sara dachte, dass Sebastians und Theas Ursprünge denen der Terroristen in der Baader-Meinhof-Bande sehr ähnlich waren. Sie stammten fast alle aus wohlhabenden und etablierten Familien. Auch von ihnen hatten sich einige gegen die Freunde der Eltern gewandt.

Thea war aufrichtig engagiert, für die Wiedergutmachung

unterdrückter Völker zu sorgen, und bereit, etwas sehr Böses zu tun, um etwas sehr Gutes zu erreichen, wie sie selbst es ausdrückte. Alle, die gestorben waren, verdienten es ihrer Ansicht nach auch, denn das Volk im Sudan hatte noch mehr gelitten. Für sie war es reine Ideologie. Gerechtigkeit, sagte sie und nickte Peter und Carro energisch zu.

Aber Sebastian hatte einfach nur seinen Vater gehasst.

Das hatte Thea verstanden, nachdem sie den Vater gekidnappt hatten. Und als sie sah, mit welcher Freude er den Tod seines Vaters betrachtete.

Aber das hatte für Thea keine Rolle gespielt, die junge Frau hatte ihm frohen Mutes dabei geholfen, Harald Moberg in Flammen zu setzen. Er war nämlich ein böser Mensch. Ein Feind der Menschlichkeit.

Und Thea liebte Sebastian. Die junge Frau hatte trotzig das Kinn vorgeschoben, als sie es sagte.

Dass sie nicht einmal gewusst hatte, wie dieser Linus in Wirklichkeit hieß, war ihr gleichgültig. Ein Name war nur ein Etikett, das die Eltern auf einen klebten, in der Hoffnung, dass sie damit bestimmen konnten, was aus dem Kind werden würde, sagte sie und gestikulierte in dem kleinen Vernehmungsraum mit den Armen. Eine egozentrische Beschwörung des neuen Lebens.

Und in Theas Kreisen verwendeten ohnehin alle falsche Namen.

Mehr musste Sara nicht hören. Sie setzte die Kopfhörer ab und stand von dem Stuhl vor dem Bildschirm auf, der die Vernehmung übertragen hatte. Im Korridor traf sie auf Nina Werkström und Brundin von der Säpo. Werkström nickte Sara zu, damit sie ihnen in ihr Büro folgte. Sie setzten sich, und die Chefin sah Sara tief in die Augen.

»Gute Arbeit«, sagte sie. »Ziemlich idiotisch von dir, dich allein auf den Weg zu machen, aber du hast am Ende ja immerhin

Verstärkung gerufen. Und wenn du Thea nicht verfolgt hättest und nach ihr in den Keller gegangen wärst, wären drei unschuldige Menschen gestorben. Du solltest die nachfolgenden Untersuchungen überstehen, würde ich sagen. Du hast ja in Selbstverteidigung geschossen. Aber ...« Nina legte eine Pause ein. »Du darfst niemals irgendjemandem erzählen, was dort wirklich passiert ist. Dass Sebastian Moberg hinter dem Ganzen steckte und dass Tom Burén und deine Tochter entführt worden waren. Offiziell werden die Todesfälle als persönliche Tragödien dargestellt werden, die nichts mit Sandin Energy zu tun hatten. Wir schicken Omar Kush in den Südsudan zurück, sobald er eine Schweigeverpflichtung unterschrieben hat.«

»Und warum?«, konnte Sara gerade noch fragen.

Da öffnete Brundin zum ersten Mal den Mund.

»Kein Kommentar.«

54

Während Sara all ihre Energie darauf konzentrierte, mit ihrer Familie zusammen zu sein, nagte eine Frage in ihrem Hinterkopf. Sie wollte wirklich nicht an das denken, was passiert war, sie wollte einfach nur ihre Kinder umarmen, aber das Rätsel Sebastian Moberg drängte sich auf.

Sebastian Moberg hatte den Todeskampf seines Vaters gefilmt.

Harald Mobergs Tod in den Flammen verewigt.

Er hatte sich den Plan ausgedacht und ihn durchgeführt. Einen makabren Schritt nach dem anderen. Hatte den Tod von sechs Menschen verursacht, nur um seinen Vater ermorden zu können und damit durchzukommen.

Und er hatte danebengestanden und ihn vor Schmerzen schreien gesehen.

Sara hatten diese Gedanken nicht losgelassen. Sie hatte mit Anna, mit ihrer Therapeutin und mit Nina Werkström darüber gesprochen. Die Chefin sagte ihr, dass sie alle Gedanken an die Arbeit zur Seite schieben und mit ihrer Familie zusammen sein sollte, aber zu Saras Verdruss tauchte die Frage immer und immer wieder in ihrem Kopf auf.

Was hatte Harald Moberg getan, um einen solchen Tod zu verdienen?

Er war nicht einfach nur ein abwesender Vater gewesen, dachte Sara. Es musste sich um etwas viel Schlimmeres handeln. Übergriffe? Gewalt? Psychische Folter?

Oder war im Kopf des Sohns etwas schiefgelaufen, ohne dass

der Vater etwas dafür konnte? Der Gedanke beunruhigte Sara am meisten. Könnte dasselbe auch bei Olle passieren? Sara wollte es nicht glauben. Aber es war erschreckend, wie nahe ihr Sohn über Gabriel dem Täter gekommen war und wie leicht er hätte hineinrutschen können.

Wie nahe war sie der totalen Katastrophe gewesen?

Die Nächte waren das Schlimmste nach Ebbas Rettung. Sara wachte schreiend auf, aufgewühlt von Albträumen, in denen Ebba immer noch gefangen war. Widerwärtige Szenen, in denen Sara nicht rechtzeitig kam, um ihre Tochter zu retten.

Aber auch wenn sie von schrecklichen Träumen geplagt wurde, wachte sie anschließend in einer neuen Wirklichkeit auf, die schöner war als der Traum. Das genaue Gegenteil von der Zeit, in der Ebba verschwunden gewesen war.

Sara war grenzenlos dankbar dafür, dass Ebba gerettet war, dass sich beide Kinder bei ihr in Sicherheit befanden. Die Tochter hatte sich entschieden, wieder in ihr altes Zimmer zu ziehen und dort eine Weile zu wohnen, und nicht nur sie, sondern auch Olle zeigte seine Liebe jetzt offen. Er wollte auf dem großen Sofa im Wohnzimmer auf Mamas Schoß liegen und umarmt werden.

Er hatte neue Texte für seine Songs geschrieben. Jetzt handelten sie von seiner Schwester und seiner Mutter, davon, wie sehr er sie liebte. »The greatest love on earth, for the one who gave me birth.«

Jane war mit einer kleinen Statue der Jungfrau Maria vorbeigekommen, die Ebba in ihrer Hand hielt und dankbar küsste. Sara sagte nichts. Wenn es der Tochter Trost schenkte, warum nicht.

Während sie ihre Kinder umarmte, fragte sich Sara, was Ebba jetzt über Tom und ihre Arbeit bei Titus & Partners dachte. Aber sie wollte nicht fragen. Nicht jetzt. Jetzt wollte sie einfach nur Ebbas Haar und ihren Nacken riechen, die Tochter in ihrer Umarmung einschlafen sehen.

Martin saß in einem Sessel, hielt ein bisschen Abstand. Aber er war da. Es wäre unmenschlich von Sara gewesen, es ihm zu verweigern. Und obwohl er ziemlich mitgenommen aussah, sagte etwas in seinem Blick, wie ernst er es damit meinte, Ordnung in sein Leben zu bringen. Was das im Umkehrschluss für Sara und Martin bedeutete, das wusste sie nicht, aber das war jetzt auch nicht das Wichtigste. Entscheidend war, wie stark die Liebe zu den Kindern war.

Martin hatte geweint, als er gekommen war. Nachdem er Ebba unendlich lange umarmt hatte, dann Olle und am Ende noch einmal Ebba, hatte er die Tochter wieder losgelassen und sie alle um Entschuldigung gebeten. Er erklärte, dass er nicht noch einmal versuchen würde, sich das Leben zu nehmen, dass ihm bewusst sei, welche Probleme er habe, und dass er sie jetzt anpacken würde. Er war bereits bei den Anonymen Drogenabhängigen angemeldet und wusste jetzt, dass er vor allem seine Familie stützen musste. Das war die Aufgabe eines Vaters. Dann konnten die anderen machen, was sie wollten, den Kontakt halten oder nicht. Am wichtigsten war, dass er da war, wenn sie ihn brauchten.

Irgendwo in Saras Herz wuchs trotz allem eine kleine Hoffnung, obwohl ihr Gehirn sagte, dass es dafür zu spät war.

Aber Martin war jetzt ein anderer. Und Sara war auch eine andere.

Könnten diese neuen, etwas ramponierten Personen sich als die Menschen treffen, die sie jetzt waren?

Könnten sie nicht lernen, einander wieder zu lieben, vielleicht sogar mehr als vorher, nachdem sie so viel durchgemacht hatten?

Indem sie alles vergaßen, was gewesen war?

Oder indem sie es niemals vergaßen, indem sie die Erinnerung stets am Leben erhielten? Alle schrecklichen Erfahrungen, die sie geteilt hatten, die gemeinsame Zeit in Erics Keller – sollte das sie nicht zusammenschweißen? Oder waren es nur Wunschvorstellungen von Saras Seite? Eine eitle Hoffnung, dass alles wieder gut werden würde? Alles wieder wie früher? Aber Sara wusste ja, dass es so nicht kommen würde. Die Frage war stattdessen, ob es möglich wäre, ein ganz neues Leben gemeinsam aufzubauen.

Mitten in der friedlichen Idylle rief Anna an, und irgendetwas sagte Sara, dass sie das Gespräch annehmen sollte. Sie saß ganz still mit den Kindern im Arm und hörte sich nur an, was die Freundin erzählte. Die Kollegen hatten weiter nach Sebastian Mobergs Motiven gegraben und einen ehemaligen Geschäftspartner gefunden, der sie darüber aufklären konnte, wie Sebastian vor einigen Jahren ein IT-Unternehmen für Bezahlungen im Internet gestartet hatte. Er hatte sich schweineteure Büros gemietet und sich selbst ein Millionengehalt ausgezahlt. Auf diese Weise hatte er riesige Summen verbrannt, ohne den Betrieb wirklich in Gang zu bekommen. Als der Firma schließlich die Insolvenz drohte, hatte Sebastian seinen Vater angefleht, das Unternehmen zu retten, aber der Vater hatte sich geweigert. Das FinTech-Unternehmen ging in Konkurs, und Sebastian wurde aufgrund seiner zweifelhaften Methoden und der betrügerischen Buchführung mit einem Verbot für wirtschaftliche Tätigkeiten belegt. Der Sohn schob die ganze Schuld an der Pleite auf seinen Vater und meinte, dass dieser sein ganzes Leben zerstört habe. Damit meinte die Polizei sein Motiv gefunden zu haben. Ein richtig niederträchtiges.

Es hatte sich herausgestellt, dass Sebastian praktisch überall Schulden hatte, bei Banken, Freunden und sogar bei SMS-Kreditunternehmen. Alles nur, um seinen protzigen Lebensstil zu finanzieren. Seinen Freunden hatte er in der letzten Zeit erzählt, dass er bald Geld bekommen würde, mit dem er die Außenstände zurückzahlen könne.

Offensichtlich war der Tod des Vaters auch ein Teil von Sebastian Mobergs finanziellem Kalkül. Sein Erbe anzutreten war vielleicht der entscheidende Aspekt.

Sara bedankte sich bei Anna und beendete das Gespräch. Dann dankte sie ihrem Glücksstern, dass sie die Familie hatte, die sie hatte. Der Kontrast zwischen dem narzisstischen Sebastian Moberg und ihren eigenen Kindern hätte nicht größer sein können.

Als Sara merkte, dass sowohl Olle als auch Ebba in ihren Armen eingeschlafen waren und Martin in seinem Sessel eingenickt war, dachte sie, dass sie jetzt auch der Müdigkeit nachgeben könnte, hier auf dem Sofa, umgeben von ihrer Familie.

Vielleicht war es das letzte Mal, dass sie alle vier zusammen einschlafen würden.

Dann schloss sie die Augen.

Glitt sanft von allem Schrecklichen davon, das geschehen war.

Wie ein Floß auf einem ruhigen Fluss unter einer warmen Sonne.

55

»*Du hast deinen Vater verloren, aber du hast mich.*«

Malin betrachtete die Karte in ihrer Hand.

Sie hatte seit mehreren Wochen nichts mehr von dem Stalker gehört. Hatte gedacht, dass es vorbei sei.

Aber das war es also nicht, der Verrückte war zurück.

Jetzt hatte sie unterschiedliche Blumen geschickt bekommen. Gerbera, Lilien, Nelken, Hortensien, Prärie-Enzian, Chrysanthemen und jede Menge andere, deren Namen Malin nicht kannte.

Und schon wieder viel zu viele.

Hunderte. Der Blumenbote sah beeindruckt aus, als er hinter den vielen Sträußen hervorguckte, er schien die Angst in Malins Augen nicht zu bemerken.

»Du hast deinen Vater verloren, aber du hast mich.«

Wer schickte ihr all diese Blumen? Und warum gerade jetzt? Sie hatte ja einige Aufmerksamkeit auf sich gezogen, als ihr Vater Stellan gestorben war, damals waren es ein paar alte Bewunderer, die von sich hören ließen und ihr Beileid zum Fortgang des einst so populären Entertainers äußerten. Ihre Seite auf Flashback hatte ein Dutzend neue Einträge bekommen. Aber dann hatte es sich auch wieder gelegt, und mittlerweile waren mehrere Monate vergangen.

Sie ließ die kleine Karte los, die am größten der Sträuße befestigt war, und ließ die Blumen auf dem Flurboden stehen. Öffnete den großen Umschlag, den der Blumenbote ihr ebenfalls überreicht hatte.

Ein Flugticket nach London und ein gebuchtes Zimmer im Savoy-Hotel. Eine Suite mit Aussicht auf die Themse.

Und ein Post-it-Zettel.

Mit dem Text: »Komm, dann werde ich dir alles erzählen. Keine Geheimnisse mehr.« Und ein großes, rotes Herz.

Malin ging in die Küche und nahm ein Küchenmesser. Ein großes. Dann kontrollierte sie, dass die Tür abgeschlossen war, und zog die Gardinen vor die Fenster.

Schnell, für den Fall, dass jemand draußen stand und hineinsah.

56

»Wasser! Schnell!«

Olle fuchtelte mit den Händen, während er hyperventilierte und sich umsah.

»Nein, Wasser macht es nur noch schlimmer. Nimm weißes Brot.«

Olle hörte nicht zu, sondern steckte seinen Kopf unter den Wasserhahn an der Spüle und zog das eiskalte Wasser in sich hinein.

»Wie viele Chilis hast du denn hineingetan?«, fragte Sara.

»Alle«, sagte Ebba.

»Alle? Die ganze Tüte? Ein oder zwei reichen doch schon.«

»Nein, die waren doch superklein.«

Sara nahm eine Gabel und begann die Chilistücke herauszufischen, die sie sehen konnte.

»Ich finde es lecker«, sagte Tom, kaute und versuchte es mit einem wertschätzenden Gesichtsausdruck. Aber bald verzog sich sein Gesicht zu einer Grimasse. »Ein bisschen scharf vielleicht.« Er räusperte sich, und Tränen traten ihm in die Augen.

»Ich liebe scharfes Essen«, sagte Martin, tauchte seinen Löffel in den Eintopf und schob sich eine ordentliche Portion in den Mund. »Hmm«, sagte er und sah aus, als würde er es tatsächlich so meinen.

Ebba war vor zwei Tagen zurück in ihre Wohnung am Mosebacken gezogen, war jetzt aber gemeinsam mit Tom als offiziellem Freund wieder zu Besuch im Elternhaus. Um zusammen Thai zu essen, das Ebba für sie gekocht hatte.

Nun standen sie alle um den Herd herum und probierten das Essen.

»Ihr müsst viel Reis dazunehmen«, sagte Sara. »Das macht es auch milder. Und sucht die Chilistücke heraus, die ich nicht gefunden habe. So, tragt ihr das bitte rüber?«

Sie beförderte Gläser, Porzellan und Schüsseln in Ebbas, Olles, Janes und Toms Hände und schickte sie ins Wohnzimmer.

»Am besten suchst du den Wein aus«, sagte Sara zu Martin.

»Hierzu trinken wir wohl besser Bier. Irgendein helles.«

Martin öffnete den Kühlschrank und holte vier Flaschen Corona und eine Dose Pepsi heraus. Er stellte sie auf den Küchentisch und drehte sich zu Sara um.

»Danke.«

»Wofür? Ebba hat das Essen gekocht.«

»Dafür, dass ich dabei sein darf«, sagte Martin leise.

»Natürlich darfst du. Wir … brauchen einander. Die ganze Familie.«

Sie betrachteten einander schweigend.

Bis Martin einen Schritt nach vorne machte und seine Arme um Sara legte.

Sie blieb eine Sekunde still stehen, aber dann entzog sie sich der Umarmung.

»Nein. Nicht jetzt«, sagte sie. »Noch nicht … Vielleicht auch nie wieder.«

»Entschuldige«, sagte Martin. »Ich habe mich einfach so nach euch allen gesehnt.«

»Bring das Bier raus.«

Martin nahm die Flaschen und die Dose und ging. Sara blieb stehen und versuchte herauszufinden, was sie fühlte.

Sie musste sich eingestehen, dass sie nicht wusste, was sie wollte. Aber es war trotzdem zu früh, das war ihr klar. Sie hatten alle damit begonnen, in Therapie zu gehen, und es half, doch Sara hatte dabei auch eingesehen, dass sie noch einen sehr langen

Weg gehen mussten, zumindest Martin und sie. Sie hatten enorme Traumata zu bearbeiten. Und man konnte diesen Prozess nicht beschleunigen.

Auf dem Küchentisch lag der Bieröffner. Der kleine Metallklumpen war geformt wie ein Elefant, sie hatte ihn als Weihnachtsgeschenk auf der Arbeit bekommen, als sie alle gewichtelt hatten. Es war ihr Auftrag, ihn ins Wohnzimmer mitzunehmen.

Die Familie hatte sich am großen Tisch versammelt, mit Tom als dem neuesten Zugang. War das hier das erste Familientreffen mit Tom in einer langen Reihe, oder würde es irgendwann als Ausnahme in Erinnerung bleiben, als dieses lustige Abendessen, bei dem Ebbas Chef als ihr Freund dabei gewesen war?

Als Sara hereinkam, spielte Olle einen Beat auf seinem Handy ab, stellte sich hin und begann im Takt der Musik mit kleinen Handbewegungen zu wackeln, von denen Sara annahm, dass sie als Hip-Hop-Gesten zu verstehen waren, wie auch immer solche jetzt heißen mochten.

Als Olle das Gefühl hatte, dass das Intro abgeschlossen war, begann er zu rappen.

»Blam blam blam! That's the sound of no police. Blam blam blam! Every gangster has a piece. Kids get shot, capisce? Both your brother and your niece. So peace!«

Er verschränkte die Arme vor der Brust und beugte sich protzig für ein paar Sekunden schräg zur Seite, bevor er den Beat abstellte. Danach lächelte er verlegen, aber zufrieden, bevor er sich wieder hinsetzte. Und die Familie applaudierte.

»Mann, das war gut!«, sagte Martin und klang so, als meinte er es aufrichtig. »Arschgeil!« Vaterliebe war ein effektiver Filter, um was auch immer als hübsches Resultat bezeichnen zu können.

»Sehr gut!«, sagte Sara als die gute Mutter, die sie sein wollte.

»An meinen Ohren muss irgendetwas verkehrt sein«, sagte Jane. »Für mich klang das alles nur nach Lärm.«

»Du, ich werde dir bessere Sachen besorgen«, fuhr Martin enthusiastisch fort. »Profiausrüstung, dann kannst du deine Songs richtig einspielen.«

»Meinst du das ernst?«

»Du hast Talent«, sagte Tom. »Definitiv.«

»Das sagst du nur, um dich bei der Schwester beliebt zu machen.«

»Nein, ich habe selbst gespielt.«

»Was?«, sagte Martin erstaunt. »Welches Instrument?«

»Den Synthesizer.«

Tom imitierte ein paar Klavierakkorde in der Luft.

»Oh Mann, ich habe eine Band«, sagte Martin und lächelte den fast gleichaltrigen Beinahe-Schwiegersohn an. »Können wir dich nicht zu uns locken? C.E.O. Speedwagon. Nur Vorstandsvorsitzende, daher der Name. Du passt also gut rein.«

»Und je schlechter du spielst, desto besser passt du«, warf Sara ein und nahm sich von dem Reis.

»Was spielt ihr denn so?«

»Klassiker. Springsteen, Guns n' Roses, U2.«

»Ich kann ja mal bei euch vorspielen«, sagte Tom artig, während er Ebba Bier einschenkte.

»Denn es ist ja nicht so, dass du schon alle Hände voll zu tun hättest, indem du einen Konzern leitest, dich um deine Kinder kümmerst und mit deiner Verlobten zusammen bist«, sagte Ebba.

»Man muss ja auch mal ein bisschen entspannen«, sagte Martin.

»Und was bin ich dann? Arbeit?«

»Jedenfalls keine Entspannung«, sagte Olle und grinste.

»Jetzt wartet mal«, sagte Sara, der die Wortwahl aufgefallen war und die jetzt ihren Blick über Toms und Ebbas Finger gleiten ließ. »Verlobte?«

Ebba lächelte ihre Mutter an. Dann hielt sie ihre linke Hand hoch, an der ein großer Diamant in einem Ring aus Weißgold saß. Und Tom hielt seine linke Hand hoch, die mit einem breiten Ring aus demselben Material geschmückt war.

»Herzlichen Glückwunsch!«, rief Martin. »Werde ich jetzt Opa?«

Sara verschluckte sich und begann zu husten.

»Das kann noch dauern«, sagte Ebba und lachte laut auf. »Ich glaube nicht, dass Mama das sonst verkraften würde.«

»Es liegt nicht daran«, sagte Sara, »es ist nur das Essen, es … es ist scharf.«

Sie hustete und trank Wasser, während sie Ebbas Ring musterte. Dann stand sie auf, ging zu ihrer Tochter hinüber und umarmte sie.

»Gratuliere«, sagte sie und küsste Ebba auf die Wange. Dann umarmte sie den sitzenden Tom, so gut sie es konnte. »Ich gratuliere euch beiden.«

Martin stand ebenfalls auf und wiederholte Saras Umarmungen, und Jane hob das Glas, um darauf anzustoßen.

»Herzlichen Glückwunsch«, sagte er. »Willkommen in der Familie.«

»Hallo«, meldete sich Olle zu Wort. »Wir haben eigentlich über meinen Song gesprochen.«

»Der war sehr gut!«

»Wenn mein Vater für die Abmischung bezahlt, kann ich ihn richtig veröffentlichen.« Er sah sich im Wohnzimmer um. »Und dann kann ich die Release-Party ja hier machen, statt einen teuren Saal zu mieten. Dann spart ihr Geld.«

»Wir?«, fragte Sara. »Wir müssen keine Release-Party haben.«

»Ich bin nicht volljährig. Daher habt ihr die finanzielle Verantwortung«, sagte Olle altklug.

»Was allerdings nicht bedeutet, dass wir alles Mögliche tun müssen. Du kannst dein eigenes Fest organisieren. Wenn du kein

Geld hast, kannst du ja Popcorn verkaufen. Ich kann dann die Limo spendieren.«

»Und dann noch eine Runde Topfschlagen vielleicht«, schlug Ebba mit einem boshaften Lächeln vor.

»Ooh, Mann. Wollt ihr nicht, dass ich eine Release-Party habe?«

»Doch«, sagte Martin, der wie gewohnt dem Sohn zur Seite sprang.

»Aber nicht hier zu Hause«, sagte Sara. »Ich weiß genau, wie Partys mit sturmfreier Bude enden. Sobald meine Mama früher irgendwohin ausgeflogen war, gab ich eine Party, und es kamen jede Menge ungebetener Gäste. Die Leute stahlen, machten alles kaputt und kotzten in jede Ecke.«

»Du hattest richtige Saufpartys?«, fragte Olle fasziniert.

»Hast du nichts davon gemerkt?«, fragte Ebba Jane.

Jane zuckte mit den Schultern.

»Du hast es nicht verboten?«

»Es war nicht so einfach. Ich war ja nicht da. Und ein bisschen Spaß musste Sara ja auch haben.«

»Wo warst du denn in der Zeit?« Ein entzücktes Lächeln breitete sich in Ebbas Gesicht aus. »Bei einem Liebhaber?«

»Mama wollte nie darüber sprechen«, sagte Sara. »Und das ist wohl Antwort genug.« Sie tätschelte ihrer Mutter den Arm. »Ich hoffe, dass er nett war.«

Jane zuckte nur mit den Schultern.

»Aber wenn du eine Party feiern durftest, dann möchte ich auch eine!«, sagte Olle und sah seine Mutter herausfordernd an.

»Meine Mutter hat mich verwöhnt. Diesen Fehler werde ich bei dir nicht wiederholen.«

»Hallo«, unterbrach Ebba ihren Bruder. »Mach doch erst einmal diesen Song klar, bevor du eine Release-Party forderst. Wir sprachen hier eigentlich gerade von einer Verlobung. Die gibt es nämlich tatsächlich.«

»Ja, das ist etwas Großes«, sagte Sara und hatte Schwierigkeiten, ihre eigenen Gefühle zu deuten.

Martin stand auf und ließ das Glas erklingen. Er räusperte
sich und schlüpfte nach bestem Vermögen in die Rolle eines
strengen, aber gerechten Vaters.

»Ich bin vielleicht nicht der richtige Mann dafür, aber die
Stimmung scheint mir doch zu fordern, ein vierfaches ›sie leben
hoch‹ für Ebba und Tom auszubringen. Sie leben hoch …«

Als das Essen verzehrt und alles gespült war und die Familie in
ihren Betten lag und schlief, saß Sara im Turmraum und schaute
in die Nacht über Stockholm. Ein einsamer Nachtbus kämpfte
sich zum Södermalmstorg hinauf, Taxis warteten auf Kunden,
die vielleicht gar nicht kommen würden, einzelne E-Rollerfahrer
trotzten der Glätte und dem Herbstfrost. Und oberhalb von allem thronten die Glocke am Katharinaaufzug und die klassische
Stomatol-Reklame oben am Mosebacken. Die farbenfrohen
Lichter an den Baukränen der Slussenbaustelle ließen sie an den
Film *Unheimliche Begegnung der dritten Art* denken und an die
Schlussszene, in der sich das Raumschiff mit all seinen bunten
Lampen auf die Erde senkte.

Wie ruhig das alles von hier oben wirkte. Die Stadt, die sie
jetzt genoss, war so weit von der turbulenten Wirklichkeit entfernt, die sie in ihrer Arbeit erlebte. Jetzt lag Stockholm wie eine
Ansichtskarte vor ihr, wie ein beruhigendes Versprechen, dass
die Welt auch so schön wie jetzt sein konnte.

Dieser Abend war genau so verlaufen, wie sie ihn haben
wollte.

Die ganze Familie zusammen.

Die Kinder so groß, dass sie eigenständige Individuen waren,
mit eigenen Gedanken und Vorstellungen. Man konnte mit ihnen umgehen wie mit Erwachsenen, statt sich einfach nur um sie
zu kümmern. Gemeinsam essen, reden, sich kabbeln, scherzen.

Sie hatte ein schlechtes Gewissen wegen all der Tage und Abende, an denen sie die Familie in den letzten Jahren allein gelassen hatte. Wenn sie auf der Arbeit alle Hände voll zu tun gehabt oder es zu Hause Ärger gegeben hatte, waren die Tage in einem dicken Nebel aus Müdigkeit verschwommen, eine Müdigkeit, die die Jahre mit den kleinen Kindern um sich verbreitet hatten.

Worauf dann die Müdigkeit mit den großen Kindern gefolgt war.

Und die Müdigkeit, die wie ein Gift mit dem Dasein einherging.

Und mit der Arbeit.

Alles, was einen fertigmachte, während das Leben dahinrann.

Während all diese Augenblicke, die den Sinn des Lebens ausmachten, vorbeisausten, ohne sich fangen zu lassen. Wie ein entgegenkommender Zug auf dem benachbarten Gleis. Er klirrte in den Scheiben, und dann war er schon wieder weg.

Vielleicht war dieser Abend der letzte gewesen, den Sara mit der Familie und allen Kindern im Haus genießen konnte. Oder zumindest mit diesem Gefühl. Ebba hatte Tom begleitet, als es Zeit gewesen war, nach Hause zu gehen. Die Wochen, die sie gemeinsam verbracht hatten, waren definitiv vorbei.

Was kam jetzt?

Selbst wenn sie und Martin einander wieder finden würden, wäre es ein ganz anderes Leben. Und Olle würde ausgeflogen sein, bevor sie überhaupt richtig darüber nachgedacht hätten.

Also, was hatten sie noch?

Hatten sie wirklich einander?

Die Nacht war schwarz außerhalb des Turmzimmers. Dunkle Wolken verbargen die Sterne. Dann half es auch nicht zu wissen, dass sie dort waren.

57

Ludmila und Maksim Popow waren wirklich gute Freunde von
Agneta geworden.

Oder eher von Ilena. Unter diesem Namen kannten sie sie
schließlich. Als Ilena, die Witwe, die losgereist war, um zu trau-
ern. Und diese Person war bescheiden und aufrichtig froh über
diese Freundschaft. Ilena war auch stolz auf ihre russischen
Wurzeln, ganz im Gegenteil zu Agneta Broman. Sie trällerte
Lieder, tauschte Erinnerungen aus, genoss das russische Essen.
Das alte Paar hätte sich mit der Gesellschaftsdame Agneta oder
der berechnenden Schläferin Desirée bestimmt nicht so tief eingelassen wie mit Ilena. Als Ilena konnte Agneta das ganze Ge-
päck fallen lassen, das ihre anderen Identitäten mit sich herum-
schleppten.

Als Ilena war Agneta zu den Popows nach Hause zu Tee und
Kuchen eingeladen worden und am Tag darauf zum Abendessen.
Sie hatten es sehr genossen. Anscheinend hatte Ludmila jemand
gefehlt, mit dem sie sich austauschen konnte und der denselben
Hintergrund hatte wie sie. Und das war bei Agneta ähnlich, er-
kannte sie.

Die Popows hatten Russland während der großen Turbulen-
zen in den Neunzigerjahren verlassen. Maksim hatte im Zusammenhang mit den Privatisierungen eine Nickelgrube übernommen und sie mit großem Gewinn geführt. Dann hatte er sie
schnell an einen lokalen Gangsterboss verloren, und bei dieser
feindlichen Übernahme hatte er sich so bedroht gefühlt, dass er
mit seiner Frau nach England geflohen war.

Der schnell verdiente Reichtum war dabei genauso hastig wieder verschwunden, und hier in Fen Ditton hatte er stattdessen eine kleine Autowerkstatt eröffnet. Er hatte so viele Geschäftsleute bei den großen Bandenkriegen in den Neunzigern sterben gesehen, dass er selbst diesen Weg auf keinen Fall hatte einschlagen wollen. Ilena lobte seine Entscheidung, als sie in ihrer kleinen Hütte mit Strohdach saß und Tee trank. Er hatte das Leben gewählt.

Agneta war auch froh über ihre eigene Wahl. Sie hatte die ganze Zeit gute Laune gehabt, seit sie sich entschieden hatte, und jetzt gab es kein Zögern mehr.

Nach dem ersten Abend hatten Agneta, Ludmila und Maksim mehrere Male in der Woche gemeinsam zu Abend gegessen. Russisches Essen, das Agneta nicht mehr gegessen hatte, seit sie ein Kind gewesen war. Nicht nur Borschtsch, sondern auch Blinis mit Lachs und Dill, Pelmeni mit Lamm, säuerliche Kohlsuppe, Bœuf Stroganoff, Soljanka, russischen Salat, Okroschka, Schuba, Zharkoje, Pirogen mit Fisch.

Geschmäcker, die sie an ihre Kindheit denken ließen, die Jahre als Pionier, ihre Mutter und ihren Vater, das Leben als Lidija. Alles, was sie aus ihrem Gedächtnis gelöscht hatte, um als Agneta leben zu können, tauchte jetzt wieder auf. Es war wie eine unsichtbare Schrift, die plötzlich wieder lesbar wurde. Eine vierte Person, die sich darum schlug, die Herrschaft über ihren Kopf zu erlangen.

Die Geschmäcker und die Erinnerungen versöhnten sie mit dem kleinen Mädchen, das sie einst gewesen war, ließen sie einsehen, dass sie das, was sie aus Wut über den Tod ihres Vaters geschworen hatte, schon weit mehr als erfüllt hatte. Sie hatte das Ziel ihres Lebens erreicht und alles Recht, sich jetzt zurückzuziehen.

Als Ludmila also gesagt hatte, dass sie eine zurückgelegte Dose mit echtem russischen Kaviar öffnen würde, um ihn gemeinsam mit Ilena zu verspeisen, hatte Ilena beschlossen, einen richtig edlen Champagner zu kaufen und ihn mitzubringen. Sie hatte sich nach Cambridge hineingewagt, war mit einer Baseballkappe und gesenktem Kopf in die Stadt gegangen und hatte das Risiko auf sich genommen, von den Überwachungskameras entdeckt zu werden, nur um die Möglichkeit zu haben, Ludmila und Maksim zu zeigen, wie sehr sie ihre Freundschaft schätzte, indem sie einen richtig guten Champagner kaufte. Louise Roederer Brut Vintage 2014.

Die GRU suchte bestimmt nicht mehr in England nach ihr, sondern ging davon aus, dass sie das Land seit Langem verlassen hatte. Aber der MI5 könnte durchaus eine permanente Suche nach ihr installiert haben, falls ihr Gesicht auf irgendeiner Kamera in der Nähe der Savile Row hängen geblieben war. Es war schwer einzuschätzen.

Hier war sie jedenfalls sicher, das spürte sie. In diesem kleinen Dorf mit ihren guten Freunden, den Popows.

Als Schläferin sollte man niemals jemanden nahe an sich herankommen lassen, sich niemals erlauben, Sympathien für jemanden zu entwickeln. Aber Ilena konnte es tun. Sich öffnen. Geheimnisse teilen. Richtige Freunde haben.

Als sie jetzt mit ihren lieben Freunden zusammensaß, die dieselben Wurzeln hatten wie sie, spürte Agneta sehr stark, dass sie ihr Leben als Ilena mochte.

Und sie wusste ja, dass sie weitermachen konnte, solange es ihr gefiel.

Schönberg würde sie nicht finden, und auch sonst niemand. Fen Ditton war ein wunderbares kleines Dorf, und Ludmila und Maksim eine ergiebige Bekanntschaft.

Vielleicht könnte sie mit der Zeit sogar die Tür zu ihrer Vergangenheit ein Stückchen öffnen. Ilena mit Agneta und Lidija verschmelzen und nur Desirée draußen lassen. Die Freunde würden sie sicher als diejenige akzeptieren, die sie eigentlich war. Sie wussten genau, aus welcher Ära Agneta stammte. Sie hatten ihre eigenen schmerzhaften Erfahrungen in dieser Welt gemacht.

Allmählich ging der ausgezeichnete Kaviar zur Neige und der Champagner dem Ende entgegen. Ilena fragte, ob sie möglicherweise eine Tasse Tee bekommen könnte.

Jetzt hatte sie sich entschieden, und sie war vollkommen zufrieden mit ihrer Wahl.

Sicherheit stand gegen Spannung, Ruhe gegen Aktivität. Und der Sieg ging an …

Als Ludmila in die Küche ging und den Wasserkocher füllte, stand Ilena auf und streckte sich. Sie trat hinter Maksims Sessel und tat so, als würde sie die Porzellanfiguren auf dem Regal an der Wand mustern.

Insgeheim holte sie das Etui aus der Tasche und öffnete es.

Jetzt war sie nicht mehr Ilena.

Es war Desirée, die den Kampf um Agneta gewonnen hatte.

Sie griff nach der kleinen Spritze, stellte sich dicht hinter Maksim, packte sein Kinn und zog den Kopf schnell zurück, während sie die Nadel in seinen Hals stach.

58

Sie war unglaublich schnell. Sie war stärker, aber Anna war unheimlich gewitzt und giftig. Jetzt stand sie vor ihr und fütterte Saras Oberschenkel mit Lowkicks, und nach fünf, sechs Stück begann es wirklich wehzutun. Bald würde sie auf diesem Bein nicht mehr stehen können, dachte Sara. Aber sie wusste auch, dass Anna nur darauf wartete, dass sich eine Lücke für eine Schlagserie gegen ihren Kopf auftat, weshalb sie die Deckung nicht senken wollte. Und sie wollte auch nicht zurückweichen, denn das würde Anna den Raum für einen hohen Tritt geben. Stattdessen hielt sie es aus und suchte nach einer Öffnung in Annas Fighting Stance. Ihr reichte der Bruchteil einer Sekunde, in der die Beine zu weit auseinanderstanden, dann hatte Sara einen schnellen Tritt in den Schritt von Anna gesetzt. Als Anna vor Schmerz zusammenzuckte, lieferte Sara eine Links-rechts-Kombination ab, die ihren Sparringspartner erschütterte, dann machte sie einen Schritt hinein und brachte ihre Freundin mit einem alten, ehrenwerten Hüftwurf zu Boden. Sie folgte mit nach unten, legte den Arm von hinten um Annas Hals und nahm ihn in einen harten Würgegriff, einen Rear Naked Choke.

Anna versuchte es auszuhalten, aber als es nicht mehr ging, klopfte sie ab. Zwei schnelle Klopfer auf Saras Schulter, und Sara lockerte sofort den Griff.

Dann legten sich beide auf die weiche Trainingsmatte und keuchten und schwitzten um die Wette.

Trotz oder dank der heftigen Schmerzen im Oberschenkel

und im Rücken war sie froh. Sie hatte wieder mit dem Training begonnen. Und es fühlte sich fast wie früher an. Natürlich konnte sie Anna als beste Freundin behalten, obwohl sie mit Lina zusammen war. Und sie konnten weiter den Trainingsraum verwenden, den Martin ihnen in dem alten Speisesaal eingebaut hatte, indem er ihn an den Wänden und auf dem Fußboden mit alten Matten ausgekleidet hatte. Wenn man auf dreihundert Quadratmetern wohnte, war es natürlich klar, dass man einen eigenen Dojo zu Hause hatte, und wenn man ihn hatte, dann sollte man ihn auch nutzen.

Nach der Dusche folgte ein gemeinsames Frühstück mit Smoothies in allen Farben des Regenbogens. Wenn man einen Mixer zu Hause hatte, sollte man ihn auch nutzen. Während des fröhlichen Schlürfens durch Strohhalme fragte Sara, warum Anna jetzt, als Teil eines Pärchens, mehr Zeit auf das Schminken verwendete als damals, als sie noch Single gewesen war. War es nicht normalerweise anders herum? Anna meinte, dass sie ja jetzt jemanden habe, für den sie sich schön machte, statt jeder Menge hypothetischer Liebesbeziehungen, aus denen niemals Wirklichkeit wurde.

Sara konnte nicht anders, als sich davon reizen zu lassen.

»Liebt sie dich nicht so, wie du bist?«, fragte sie.

»Das werde ich wohl niemals erfahren«, antwortete Anna mit einem schiefen Lächeln.

Nach dem Frühstück gingen sie gemeinsam zum Kornhamnstorg hinunter. Anna musste zur Arbeit, und Sara sollte bei Titus & Partners vorbeikommen. Kleine, dünne Schneeflocken segelten langsam vom Himmel herab, überlebten den Kontakt zur Erde aber nicht. Noch war der Winter nicht ernsthaft gekommen, aber er machte sich schon deutlich bemerkbar.

»Elf zu drei«, sagte Sara.

»Elf zu drei, wobei?«

»Für mich. Unsere Kämpfe in diesem Jahr.«

»Was, zählst du etwa mit?«

»Ja?«, erwiderte Sara in einem Tonfall, als wäre es eine Selbstverständlichkeit. Dann ließ sie den Gedanken eine Weile in Annas Kopf herumschwirren und genoss die Verwirrung im Gesicht ihrer Freundin.

»War nur ein Witz. Natürlich zähle ich nicht.«

Anna entspannte sich wieder und lachte auf.

»Sehr witzig«, sagte sie und lächelte.

»Denn wenn ich mitgezählt hätte, wäre es eher zwanzig zu null geworden.«

Dann umarmte sie Anna und machte sich auf den Weg in die Stadt.

Nach Östermalm und zu Titus & Partners.

Am Ende hatte sie nachgegeben – nachdem Tom wochenlang auf sie eingeredet hatte und Koslow geschworen hatte, dass Gloria keine heimliche Geliebte war, sondern der Deckname für das Infrastrukturprojekt, von dem der ehemalige Diplomat gesprochen hatte. Eine Zusammenarbeit zwischen mehreren Ländern, zu denen unter anderem Russland, Deutschland und Schweden gehörten. Das sei die Zukunft, hatte Koslow gesagt, und die wollte doch niemand verpassen, oder?

Nach dem Trauma, das Ebba und Tom erlitten hatten, fand Sara, dass es ein großer Minuspunkt für Tom war, als er direkt wieder anfing, vom Konzern und diesem verdammten Bauprojekt zu erzählen. Aber er ließ nicht nach, und wenn es jetzt darum ging, dass Sara ein paar Papiere unterschreiben sollte, dann war es wohl einfacher, wenn sie es einfach tat, dachte sie nach einem weiteren Telefongespräch mit dem zukünftigen Schwiegersohn. Dann wäre endlich mit dem Gerede Schluss.

Also wanderte sie jetzt am Wasser entlang, sah möglichst nicht zum Kastellholmen hinüber und versuchte, sich nicht über all die Paare und Gruppen aufzuregen, die für den Gegenverkehr keinen Platz machten. Vollkommen egozentrisch und unreflektiert. Wie eine Herde aus Kühen, die vorwärts getrieben wurde und sich über gar nichts Gedanken machte.

Während sie am Nybroplan auf Grün wartete, schaute sie zur protzigen Fassade des Dramatischen Theaters aus Marmor und Blattgold hinauf. Ein Tempel für diejenigen, die fanden, dass Kultur eher imponieren als engagieren sollte. Dann überquerte sie die Straße und folgte dem Strandvägen nach Osten. An den Schaufenstern von Svensk Tenn vorbei, die mit Einrichtungsgegenständen diejenigen umwarben, die verzweifelt spüren mussten, dass ihr Leben geglückt war, und außerdem noch ein Jahresgehalt für ein Sofa ausgeben konnten. Bromans hatten ihr Haus mit Svensk Tenn eingerichtet, und Sara nahm an, dass ihre Abneigung daher rührte.

An der Torstenssonsgatan bog sie ab und ging zu Titus & Partners' elegantem Bürokomplex hinauf, in dem Tom mit den unterschriftsfertigen Papieren auf sie wartete. Sara fand, dass er nach dem Mordversuch viel zu früh zur Arbeit zurückgekehrt war, aber sie hatte ihn nicht dazu überreden können, länger zu Hause zu bleiben. Er meinte, dass der Konzern sich diese Chance auf keinen Fall entgehen lassen dürfe, sondern auf den Zug aufspringen müsse.

Tom und Ebba hatten auch begonnen, nach einer größeren Wohnung zu suchen. Tom sollte die Kinder jede zweite Woche haben, weniger als sechs Zimmer konnte er sich daher nicht vorstellen. In Östermalm selbstverständlich. Was Tom mit seinem Geld anfing, ging Sara natürlich nichts an, aber dass Ebba auf jeden Fall als halbe Eigentümerin eingetragen werden sollte, fand sie weniger gut. Erst in einer riesigen Wohnung in Gamla Stan aufzuwachsen, dann eine Zweizimmerwohnung in Mosebacken zu bekommen und jetzt plötzlich die Hälfte einer Paradewohnung für zig Millionen zu besitzen. Ihre Tochter war noch nicht einmal zwanzig geworden.

»Steigen Sie ein!«

Sara wollte gerade die Riddargatan auf der Höhe des Büros überqueren, als ein metallicgrauer älterer Sportwagen ohne Dach vor ihr bremste und den Weg blockierte.

Am Steuer saß Tore Thörnell.

Sara betrachtete das schwarze Pferd auf der gelben Marke an der Motorhaube.

»Ist das ein Ferrari?«

»Ferrari 308 GTSi.« Thörnell freute sich offenbar über die Frage. »Modelljahr 1982, importiert aus den USA. Der erste Eigentümer war ein Filmproduzent in Hollywood. Ich habe gehört, dass er *Das China-Syndrom* und *Warum eigentlich ... bringen wir den Chef nicht um?* produziert hat. Sie können hier immer noch die Marke des Filmstudios erkennen.«

Thörnell zeigte auf einen kleinen Aufkleber, der in der unteren Ecke der Windschutzscheibe saß und den Text »Fox« neben einem Symbol präsentierte, das Sara aus dem Vorspann einiger Filme kannte.

»Wie gesagt, steigen Sie ein. Hier können wir nicht stehen bleiben.«

Sara ging um den Wagen herum und setzte sich auf den Beifahrerplatz. Die Unterschriften konnten noch eine Weile warten.

Das Coupé roch nach altem Leder. Thörnell ließ den Motor an, der hinter ihnen nach einem Tiger auf Steroiden klang, und sie fuhren los.

»Ist der Motor hinten?«, fragte Sara verwundert.

»Jaja, natürlich«, sagte Thörnell. »Und er läuft mit bleifreiem Benzin. Das war in Kalifornien schon 1982 Gesetz. Die Westküste dort ist Europa oft voraus, was den Umweltschutz betrifft. Haben Sie sich angeschnallt?«

Auf dem Norr Mälarstrand drückte Thörnell den Gashebel zu Boden und überholte todesverachtend einen Audi-SUV, obwohl er Gegenverkehr hatte. Aber der italienische Sportwagen kehrte rechtzeitig vor der möglichen Kollision in seine Spur zurück. Er nahm den Drottningholmsvägen nach Bromma, kreuzte die ganze Zeit zwischen den Fahrspuren.

»Sie hatten angeblich Kontakt mit Koslow«, sagte er nach einer Weile.

»Ja. Wegen Gloria.«

»Hat er endlich jemanden getroffen?« Thörnell lächelte. »In meiner Welt ist er bekannt als jemand, der verzweifelt nach Liebe sucht. Am besten einer sehr viel jüngeren Liebe. Wie alt ist diese Gloria?«

Auf der geraden Stecke vom Brommaplan zur Nockebybron erreichte der pensionierte Oberst die hundertdreißig. Der Motor brüllte hinter ihnen, und Sara war gezwungen, die Stimme zu heben, damit ihre Antwort an Thörnell überhaupt zu hören war.

»Es ist anscheinend keine Frau, sondern ein Projekt, das Titus & Partners mit den Russen und den Deutschen verfolgen.«

»Und Koslow ist darin verwickelt? Dann weiß ich, worum es geht«, sagte Thörnell und runzelte die Stirn.

»Tom hat mich gebeten, das Projekt zu retten.«

»Das kann ich mir vorstellen, es gibt etliche Milliarden zu verdienen. Und wie sollen Sie es retten?«

»Als Repräsentantin der Eigentümerfamilie. Wir sollen bei dem Geschäft mitmachen, nehme ich an«, sagte Sara und wünschte sich, sie hätte eine Mütze mitgenommen. Der eiskalte Herbstwind biss sie in die Wangen, als sie über die Nockebybron fuhren. »Ich war gerade auf dem Weg dorthin, um die Papiere zu unterschreiben.«

»In dem Punkt würde ich Ihnen empfehlen, es zu unterlassen.«

Thörnell blinkte nach links und bog am Schloss Drottningholm ab.

»Ohne mir zu erzählen, warum, natürlich«, sagte Sara und seufzte. »Vergessen Sie es einfach.«

Thörnell parkte und drehte sich mit ernster Miene zu ihr um.

»Ich kann es Ihnen erzählen. Der russische Energieriese Gazprom hat Pipelines über den Boden der Ostsee gezogen. Nord Stream 1 und 2, um Naturgas nach Europa transportieren zu können. Um den Zugang zur Energie für Europa zu sichern, sagen sie. In Wirklichkeit sichern sie die zukünftige Abhängigkeit Europas von russischer Energie.«

»So funktionieren doch alle Firmen, oder? Sie versuchen, ein Monopol zu bekommen«, sagte Sara und betrachtete den Waldrand vor ihnen, so grün und lauschig im Sommer, aber jetzt, im Herbst, waren die Zweige der Bäume kahl, als sie sich in den novembergrauen Himmel spreizten.

»Russland hat mehrere Male gezeigt, dass sie ihr Öl und ihr Gas dazu benutzen, um andere Länder zu steuern. Sehen Sie sich nur die galoppierenden Energiepreise hier in Schweden an. Russland sagt ganz offen, dass sie die Preise senken können, sobald wir Nord Stream 2 anerkennen.«

»Das ist ja die reinste Erpressung.«

»Na klar. Gazprom ist ja auch nicht irgendeine x-beliebige Firma. Sie wird komplett von alten KGB-Leuten kontrolliert. Sie besitzen Gazprom, Rosneft, Aeroflot, die Eisenbahnen, die Banken, alles. Und sie versuchen, in Europa zu expandieren. Darum gibt es auch Leute, die das gesamte Projekt als sicherheitspolitisch ausgesprochen unglücklich betrachten«, sagte Thörnell und zog die Augenbrauen hoch.

»Und diese Leute sind Ihre Freunde in der Nato?«

Sara seufzte. Mit dieser Einsicht war der angenehme Herbstausflug in einem Sportwagen in eine reine Manipulation verwandelt. Erneut war Sara nur ein Stein in einem Spiel, das sie nicht überblicken konnte, in dem unterschiedliche Parteien sie für ihre eigenen Zwecke verwenden wollten. Aber welche von ihnen waren gut, welche böse, gab es da überhaupt einen Unterschied? Und warum musste sie in das Ganze hineingezogen werden?

Thörnell schien ihre Skepsis nicht zu bemerken, oder vielleicht kam er gerade deswegen auf Hochtouren.

»Sowohl in der Nato als auch hier in Schweden«, sagte er. »Aber leider sind die Klarsichtigen nur in der Minderzahl. Die Russen verwenden ihre Ölmilliarden, um Firmen zu kaufen und Einfluss im Westen zu bekommen. Sie haben große Summen in die konservative Partei in Großbritannien gelenkt, haben gut bezahlte Posten an Politiker wie Schröder, Fillon, Schüssel, Lipponen, Berlusconi und unseren eigenen Schildt vergeben. Die alle natürlich dem Kreml dienen. Die EU hat nichts, was sie dem russischen Vordringen entgegensetzen kann, denn die europäischen Firmen werden von dem Geld geblendet, das sie verdienen können. In den Augen mancher Beobachter ist Gazprom nichts anderes als eine Invasionsarmee. Die aufgehalten werden muss.«

»Und wie?«, meinte Sara und fragte sich erschöpft, was das alles mit ihr zu tun hatte.

»Kommen Sie. Waren Sie schon einmal im chinesischen Schlösschen?«

»Das letzte Mal als Schülerin.«

Thörnell musste über ihre Verwunderung lachen.

»Dann wird es aber langsam wieder Zeit.«

Er schloss das Auto mit einer kleinen, viereckigen Fernbedienung ab, und sie gingen los.

»Es herrscht eine gewisse Uneinigkeit unter meinen Freunden, was dieses Geschäft betrifft«, fuhr der pensionierte Oberst fort. »Wie Sie ja wissen, ist Titus & Partners ein Teil der sogenannten unsichtbaren Front. Das Unternehmen gibt dem schwedischen Geheimdienst die Möglichkeit, im Namen des Konzerns in einer ganzen Reihe von Ländern zu wirken. Und das ist auch gut. Und wenn die Titusgruppe in dieses Geschäft mit den Russen einsteigt, bekommen sie die Möglichkeit, jede Menge Geld zu verdienen und außerdem einen ordentlichen Einblick in die Abläufe zu erhalten.«

»Aber?«, fragte Sara und betrachtete das protzige Gebäude, in dem König Carl Gustaf und Königin Silvia ihre Tage verbrachten.

»Genau. Aber. Teile von Nord Stream verlaufen durch schwedische Gewässer, und die Bedingung für Titus & Partners, sich an den reichlich gedeckten Tisch zu setzen, besteht darin, dass sie den Reichstag dazu bringen, eine Klausel abzusegnen, die Gazprom und der russischen Regierung das Recht gibt, diese Leitung militärisch zu schützen. Das heißt ein Recht für den Kreml, auch in schwedischen Gewässern Einsätze durchzuführen, bei Bedarf auch das Recht, sich auf Gotland mit militärischen Basen festzusetzen.«

»Und Gotland ist der Nabel der Verteidigung der Ostsee und Schwedens, so habe ich es in der Schule gelernt.«

Sara zog eine Grimasse.

»Genau. Das ist also ein extrem wichtiger Punkt«, sagte Thörnell und schlug den Kragen des Mantels gegen die Kälte hoch.

»Und wie sollen Titus & Partners diesen Punkt durch den Reichstag bekommen, dass die Russen die Leitung militärisch schützen dürfen?«

Thörnell lächelte.

»Freunde, Kontakte, Zugänge. Wenn man den richtigen Leuten Aufsichtsratsposten, Reisen oder Optionen zu guten Preisen gibt. Also Lobbyarbeit, ganz einfach. Mit einem Kontaktnetz, wie Eric es hatte, war alles möglich. Es kann so aussehen, als würde Schweden Einblick bekommen, während wir in Wirklichkeit infiltriert werden. Die Frage ist, wer hier wen an der Nase herumführt.«

»Okay, sie wollen also ihre Gasleitung beschützen. Ist das denn so gefährlich?«

»Nicht, wenn es dabei bleibt. Aber das tut es natürlich nicht.«

»Und woher wissen Sie das?«, sagte Sara skeptisch und zog den Mantel enger um den Körper, während sie durch den

Schlosspark gingen, vorbei am Herkulesbrunnen und Adriaen de Vries' Bronzefiguren.

»Russland sieht sich als das dritte Rom. Nach dem antiken Rom und dem Byzantinischen Reich in Konstantinopel. Die Führer im Kreml spüren, dass es Russlands historisches Schicksal ist, die dominierende Großmacht der Welt zu werden.«

Sie hatten das chinesische Schloss erreicht. Ein rosa Märchenschloss, das am ehesten an eine Hochzeitstorte erinnerte. Sara war erstaunt, wie hübsch es war und welchen begrenzten Nutzen es gehabt haben musste. Es war offensichtlich nicht bewohnt. Sie ging näher heran und sah durch eines der Fenster hinein. Ein wahnsinnig schöner Saal. Genauso erschien es durch alle anderen Fenster. Orientalische Muster, Golddekorationen, Faltschirme, Kronleuchter. Aber all diese schönen Säle waren leer.

»Wozu war es da?«, fragte Sara und wandte sich an Thörnell.

»Es war ein Geburtstagsgeschenk an Königin Lovisa Ulrika. Am 24. Juli 1753.«

»Das ist alles? Kein Nutzen? Wie überflüssig.«

Sara schüttelte den Kopf.

»Ist Schönheit jemals unnütz?«, wandte der pensionierte Oberst ein und lächelte sie an. »Und es steht heute noch hier, und Lovisa Ulrika ist schon lange weg. Von den meisten vergessen.«

Sara wusste nicht, was sie mit Thörnells Information anfangen sollte. Sollte sie sich auf ihn verlassen oder auf Tom? Auf einen pensionierten Kalter-Krieg-Romantiker oder auf ihren zukünftigen Schwiegersohn? Politik oder Geschäft? Beide Wege waren für Sara gleich uninteressant. Wenn sie das tun würde, was Thörnell ihr gesagt hatte, bräuchte sie zumindest noch etwas im Gegenzug. Informationen, die sie interessierten.

»Wussten Sie, dass Titus & Partners im Sudan aktiv war?«

»Ja«, sagte Thörnell und betrachtete sie. »Eines der weiteren Territorien, in denen Eric Titus den pekuniären Gewinn mit dem Spionagebonus kombinieren konnte.«

»Waren sie dort auch im schwedischen Interesse unterwegs?«

»Umstürzlerische Elemente im Auge behalten«, war die Formulierung, die Thörnell dafür wählte. »Was sie auch konnten, dank ihrer Sicherheitsfirma Valkyria. Der Sudan war und ist ein Unterschlupf für Terroristen, mit mehreren unterschiedlichen Trainingslagern. Osama bin Laden hatte in den Neunzigerjahren seine Basis im Sudan.«

»Meinen Sie, dass Titus & Partners deswegen dort war? Nicht wegen des Öls?«

Sie waren ganz allein auf dem Platz, bemerkte Sara. Das war wohl kein populäres Ausflugsziel an einem Vormittag im November, und damit hatte Thörnell natürlich auch gerechnet. Oder gab es noch einen anderen Grund dafür, dass er sie ausgerechnet hierhergebracht hatte?

»Das eine schließt das andere ja nicht aus«, sagte Thörnell und unterbrach ihren Gedankengang. »Ein Teil von Erics Größe steckte ja in der Fähigkeit, unterschiedliche Vorteile in seiner Tätigkeit zu kombinieren, deshalb hatte er auch überall Freunde. Seine Pläne waren fast genial.«

»Pläne, die meine Tochter fast das Leben gekostet hätten«, war das Einzige, was Sara darauf erwidern konnte. Sie wollte nicht über Eric reden, nicht mehr hören, wie wichtig ihr Schwiegervater für die Sicherheit Schwedens gewesen war. Was er seinem eigenen Sohn angetan hatte, wie kurz davor er gestanden hatte, Martin und sie selbst zu töten, zählte das etwa nicht? Musste sie sich für den Rest ihres Lebens solche Lobgesänge auf Eric anhören, wenn sie weiter ein Teil von Titus & Partners blieb? Das wäre wohl ein guter Grund, sich aus dem Betrieb zurückzuziehen und Ebba übernehmen zu lassen. Die innere Ruhe, die sie vor einigen Wochen zu Hause auf dem Sofa verspürt hatte, wäre dann wohl leichter wiederzufinden. Vielleicht sollte sie mit dem Meditieren beginnen?

»Das ist wirklich interessant«, sagte Thörnell. »Ja, natürlich nicht das Schreckliche, das Ihrer Tochter passiert ist. Aber dass Mobergs Sohn seine furchtbare Idee aus dem Bericht zog, den X-Ray geleakt hatte. Wissen Sie, was X-Ray ist?«

»Irgendein Hackerkollektiv, das die Mächtigen bloßstellt.«

»Ein russisches Hackerkollektiv, das die Mächtigen im Westen bloßstellt. Sie werden von der GRU rekrutiert und finanziert, dem Geheimdienst des russischen Militärs. Die ebenfalls Geschäfte und Politik vermischen, genau wie Eric. Sie veröffentlichen den Bericht über Sandin nur, weil sie der ausländischen Konkurrenz der russischen Ölfirmen schaden wollten. Wahrscheinlich auf Befehl des Kremls, in dem ein hochrangiges Regierungsmitglied eigene wirtschaftliche Interessen in der Ölbranche hat. Sie hatten bestimmt nicht damit gerechnet, dass Titus & Partners mit hineingezogen und damit auch ihre eigenen Interessen bedroht würden.«

»Aber ist es damit jetzt vorbei? Können wir durchatmen?«

Sie wollte nichts lieber, als dass alles vorbei war. Dass die Erinnerungen an alle Spione und Terroristen verblassen und von den kleinen alltäglichen Sorgen ersetzt würden, mit denen sie ihre Zeit verbracht hatte, bevor hier alles begonnen hatte. Olle morgens zur Schule zu schicken, das Abendessen für die ganze Woche zu planen, sich bei Peters müden Witzen auf der Arbeit zu Tode zu langweilen, das langsam alternde Gesicht im Badezimmerspiegel zu beobachten.

»Viele würden sagen, dass es nur der Anfang ist«, sagte Thörnell. »Und Sie können dabei sein und es beeinflussen. Wenn Sie Titus & Partners' Geschäfte mit Nord Stream nicht unterstützen, können wir eine lebensgefährliche Gesetzesänderung vermeiden.«

»Es klingt, als wären sehr starke Interessen darin verwickelt«, sagte Sara und musterte Thörnell. »Gibt es da etwa auch eine Gefahr für meine Familie?«

»Liebe Sara, ganz risikofrei kann niemand leben.«

59

Jetzt hatte sie endlich ihr Ziel erreicht.

Die Operation Wagner war gesichert.

Die intensiven Wochen des Trainings waren beendet. Sie war akzeptiert. Und jetzt hatte sie den wichtigsten Schritt von allen abgeschlossen. Der den Erfolg sicherte. Daher konnte sie sich einen kleinen persönlichen Besuch gönnen. Ein altes Kapitel abschließen.

Lotta Broman öffnete die Tür zu der großen Villa und ging hinein. Sie erinnerte sich, wie sie sich als Jugendliche durch ein Kellerfenster hereingeschlichen hatte, wenn sie Eric treffen wollte.

Eric Titus, der große Ideologe, ihr hingebungsvoller Lehrmeister, dessen gehorsames und hingebungsvolles Werkzeug sie gewesen war. Sowohl politisch als auch sexuell.

Jetzt konnte sie vollenden, was sie geplant hatten. Jetzt, nachdem sie sein Versteck geleert hatte.

Aber abgesehen von ihrem Auftrag hatte sie noch eine persönliche Rache auszuführen. Sie hatte Berichte über die Familie Titus bekommen, über diejenigen, die noch da waren, und wusste, dass Martin zu Hause bei seiner Mutter wohnte, nachdem er vorher nach einem Selbstmordversuch im Krankenhaus gelegen hatte.

Ihm wollte sie helfen. Dafür, dass sie etwas von ihm bekam, was sie selbst brauchte.

Mitten auf der Treppe zum Obergeschoss war sie von Marie entdeckt worden. Marie hatte sie zuerst nur angestarrt, sie dann aber hysterisch angeschrien.

»Du Hure!«, hatte sie gebrüllt und einen anklagenden Finger auf sie gerichtet. »Du hast mit meinem Mann und meinem Sohn geschlafen!«

Lotta hätte niemals gedacht, dass sie jemals das Wort »Hure« von Marie hören würde. Sie war leicht amüsiert, als sie wieder nach unten ging und sich der älteren Frau stellte.

Eine Hand im Schritt machte Marie stumm.

»Und jetzt mit dir«, sagte Lotta.

Dann küsste sie Marie. Steckte die Hand in ihre Unterhose.

Und bekam eine sofortige Reaktion.

Wie lange war es her, dass sie jemand dort berührt hatte? Mehrere Jahre? Jahrzehnte? Sie kleidete Marie langsam aus, ließ ihre Hände und ihre Zunge über sie gleiten. Lotta hatte noch nie mit einer Person geschlafen, die gleichzeitig so zornig und so erregt war. Das Gefühl war beinahe berauschend.

Sie ließ eine verwirrte und weinende Marie hinter sich auf dem Flurboden zurück und ging zu Martin hinauf.

Er lag dort und schlief.

Lotta setzte sich auf die Bettkante neben ihm und weckte ihn, indem sie ihm sanft die Wange tätschelte.

»Ich muss mir etwas von dir leihen«, sagte sie, als er sie schlaftrunken anstarrte. »Aber ich habe etwas, das du als Gegenleistung bekommst.«

60

Das Gartencafé *Lasse i Parken* war für die Saison geschlossen, sonst hätte Sara dort gerne einen Kaffee getrunken, um diesen Augenblick zu feiern. Stattdessen kümmerte sie sich direkt darum, ihren Vorsatz in die Tat umzusetzen. Schräg gegenüber auf der anderen Straßenseite lag das Instrumentengeschäft im Souterrain. Sie hatte schon auf dem Weg hierher beschlossen, dass sie bei der Auswahl relativ schnell sein wollte. Sie wollte die Geige nehmen, die sich am besten anfühlte, alles andere zählte nicht.

Also stand sie jetzt mit einer antik lackierten Gewa Maestro II in der Hand, während der Mann an der Kasse siebentausendsechshundert Kronen von ihrer Karte abzog.

Es war an der Zeit, zu Bach zurückzukehren.

Die letzten Wochen waren die ruhigsten des ganzen Jahres gewesen.

Ebba und Tom waren verlobt und kümmerten sich gemeinsam um Titus & Partners. Sara hatte Tom gesagt, dass er den Konzern von allem Unmoralischen befreien sollte, und er war darauf eingegangen. Widerwillig akzeptierte er auch ihre Entscheidung, die Papiere zum Projekt Gloria nicht zu unterschreiben.

Sowohl Ebba als auch Sara gingen nach den Ereignissen weiter zur Therapie, und Sara fand, dass aus ihrer Tochter gerade ein ganz anderer Mensch wurde. Sie las Bücher. Dag Hammarskjölds *Zeichen am Weg*. Eckhart Tolles *Jetzt! Die Kraft der Gegenwart*, Viktor Frankls *Über den Sinn des Lebens*. Sogar im Wartezimmer der Therapeutin nahm sie sich ein Buch und las. Es war schrecklich, dass sie Sebastian Mobergs furchtbarer Behandlung ausgesetzt gewesen war, aber ein kleiner Lichtblick war, dass sie daran gereift war. Oder dass sie es durchgehalten hatte.

Sara war immer noch krankgeschrieben, sollte aber bald wieder in den Dienst zurückkehren. Sie freute sich darauf. Anna hatte erzählt, dass Nina Werkström weg und Bielke wieder da war. Sein Haar war grauer geworden, hatte Sara festgestellt, als sie in der Wache vorbeigesehen hatte, um sich bei den Kollegen für das zu bedanken, was sie für Ebba geleistet hatten. Er sah definitiv schwächer aus als vor seiner Schussverletzung und hatte außerdem begonnen, einen Siegelring mit dem Familienwappen am kleinen Finger zu tragen. Anna hatte Sara fest in die Arme genommen, und Sara hatte die Umarmung ebenso fest erwidert. Aber dann hatte die Freundin direkt Grüße von Lina ausgerichtet und damit sofort jede Illusion getötet, dass die Freundschaft genauso war wie früher. Das würde sie wohl niemals mehr sein.

George Taylor Jr. und seine Leute warteten immer noch auf ihren Prozess, aber er hatte keinen Versuch mehr unternommen, mit Sara in Kontakt zu treten. Er schien ihren Namen in den ganzen Vernehmungen durch die Polizei auch niemals genannt zu haben, da keiner der Ermittler sich bei ihr gemeldet hatte. Der Gedanke an die Nachrichten, die sie ausgetauscht hatten, machte sie immer noch ein bisschen unruhig, aber Sara nahm an, dass sie mittlerweile langsam durchatmen konnte.

Martin hatte wieder angefangen, mit seiner Hobbyband zu üben, und ging jede Woche zu den Sitzungen der Anonymen Drogenabhängigen. Und er hatte eine eigene Firma gegründet, mit der er denjenigen Künstlern unter die Arme griff, die Go Live fallen gelassen hatte, weil sie zu klein für den internationalen Riesen waren. Er wohnte nach wie vor bei Marie in Bromma, und Sara sagte, dass sie es wohl noch eine ganze Weile so brauchen würde.

Sie kam aus der Tobakspinnargatan mit ihrer Neuerwerbung

in der Hand. Sie freute sich schon darauf, endlich die Töne gegen das Dach und die Wände des riesigen Wohnzimmers prallen zu lassen. Sara musste zugeben, dass sie diese Akustik liebte.

Wenn *Lasse i Parken* schon einmal geschlossen war, gab es immer noch eine Reihe von anderen Cafés in Hornstull. Sie lenkte ihre Schritte dorthin und beschloss auf dem Weg, in das *Espresso House* zu gehen. *ilcaffé* hatte den besseren Kaffee, aber dort bekam man das Gefühl, dass alle Besucher miteinander darum kämpften, wer von ihnen über den Laptops hockend am besten ausstrahlte, dass er einen kreativen Job und etwas so Magisches wie Deadlines hatte.

Als sie gerade die Långholmsgatan überquert und das Hornhuset erreicht hatte, summte das Handy mit einer Nachricht von Martin.

»verletzt hilf mir«

Und dazu eine Karte mit einem Pfeil in der Nähe von Karlbergs slott.

Sara rief direkt an, bekam aber keine Antwort. Stattdessen eine weitere SMS:

»kannich redn blute«

Warum konnte er nicht reden? Hatte er sich den Kopf verletzt? Den Mund? Warum war er bei Karlbergs slott? Ja, das war ja eigentlich nicht weit weg von Bromma. Vielleicht war Martin joggen gewesen, auf einer zugefrorenen Pfütze ausgerutscht und hatte sich den Kopf aufgeschlagen? Oder war er überfallen worden? Und als Geisel genommen? Nach allem, was passiert war, vermutete Sara immer gleich das Schlimmste.

Sie musste mehr erfahren, also nahm sie ein Taxi. Das Bauchgefühl sagte ihr, dass sie zuerst zu Hause am Kornhamnstorg vorbeifahren und ihre Pistole holen sollte. Und die Geige dort ablegen. Dann zeigte sie dem Chauffeur die Karte mit dem Pfeil, und er fuhr um Slussen herum, auf den Söderleden und weiter auf den Klarastrandsleden.

Als er nach Tomteboda abbog, begann Sara zu protestieren, aber dann legte der Fahrer einen U-Turn ein und erklärte, dass dies die einzige Methode sei, um zu dem Ort zu kommen, den sie ihm gezeigt hatte. Schließlich bog er nach links erneut auf den Klarastrandsleden ab und stellte sich in eine kleine Einfahrt vor zwei großen Eisentoren, auf denen »Rörstrands Bootsklub« und »Bootsklub St. Erik« stand. Laut dem Pfeil auf der Karte befand sich Martin im St.-Eriks-Bootsklub. Neben den großen, geschlossenen Toren für Fahrzeuge befand sich auch eine kleinere Tür, die offen stand.

Sara stieg aus dem Taxi und ging hinein. Schlich sicherheitshalber leise voran und hielt sich an die Wand gedrückt. Der ganze große Platz bis zum Wasser hinunter war voller Boote, die über den Winter angelandet waren.

Martin war nirgendwo zu sehen. Und da sie nicht den Grund wusste, warum er nicht sprechen konnte, wäre es auch ziemlich dumm, ihn zu rufen.

Also ging sie herum und suchte.

Sah in die Lücken zwischen den aufgebockten und mit Persenningen überzogenen Booten. Es waren nur wenige große, protzige Exemplare, eher kleinere Motorboote aus Kunststoff oder Holz, und die meisten hatten schon ein paar Jahre auf dem Buckel. Ein sympathischer Klub, dachte Sara. Kein Anschein von Angeberei, nur reine Freude am Wasser.

In der hinteren Ecke lag eine braune Hütte, von der Sara vermutete, dass sie als Klubhaus diente. Sie klopfte an und probierte die Klinke, aber sie war abgeschlossen, und niemand öffnete.

Das Handy summte. Ein Anruf von Martin, aber bevor Sara antworten konnte, hörten die Signale wieder auf.

Sara rief daraufhin Martins Handy an und hörte tatsächlich ein Klingeln hinter sich.

Sie blickte auf die etwa fünfzig aufgespannten Persenningen, unter denen sich die Boote für den Winter versteckten.

Die Töne kamen irgendwo aus der rechten Reihe, nahe am Wasser.

Sara begann auf das Geräusch zuzugehen, allerdings in einer ausweichenden Bewegung hinter der Bootsreihe herum, damit sie nicht direkt darauf zukam. Sie schlich so leise wie möglich, spähte und lauschte die ganze Zeit. Wenn es eine Art Falle war, musste ihr Gegner wissen, dass sie in der Nähe war. Aber wenn es wirklich nur Martin war, der hier ernsthaft verletzt lag, musste sie ihn finden. Sie kam immer näher heran, das Geräusch wurde immer lauter. Mitten in einem Gang zwischen den aufgebockten Booten blieb sie stehen.

Die Signale kamen aus einem der größeren Boote, einem Aquador 25 HT.

Unter dem Boot lag eine zusammengeklappte Aluminiumleiter, auf die der Name des Besitzers und eine Nummer aufgemalt waren.

Sara zog die Leiter heraus, klappte sie auseinander und stellte sie an die Reling.

Dann zog sie die Kante der Persenning hoch, sodass eine Lücke entstand, und kletterte an Bord.

Ein breites, graues Sofa auf dem Achterdeck, eine kleine Küche, vorne zwei riesige Sessel und eine Tür hinunter in eine Kajüte. Durch einen Spalt in der Tür hörte sie das Handyklingeln.

Sara kletterte hinunter und schob vorsichtig die Tür auf. Auf einer breiten Doppelkoje lag Martins Handy und klingelte.

Aber kein Martin.

Sara ging hinüber und hob das Handy auf. »Sara« stand auf dem Display.

Dann sah sie die Fotos, die an der Wand der Kajüte hingen.

Zwei Kinder.

Zwei Jungen.

Die Kinder auf den Fotos kamen ihr bekannt vor.

Sara kroch über das Bett und betrachtete die Jungen näher.

Es waren Lottas Kinder.

Sie befand sich auf Lottas Boot.

Als die Erkenntnis allmählich in Sara einsickerte, hörte sie plötzlich hastige Schritte hinter sich. Sie drehte sich schnell um, sah aber nur noch eine große Plastikfolie, die sich auf sie senkte.

Während sie darum kämpfte, unter der Plane hervorzukommen, wurde sie brutal umgestoßen, kurz darauf spürte sie einen heftigen Schmerz in der Taille. Sie sah nach unten und entdeckte eine Messerklinge, die die Persenning durchschnitten hatte und in ihren Bauch eingedrungen war.

Aber nicht tief, dachte sie noch, bevor das Messer wieder herausgezogen wurde und sie instinktiv begriff, dass der Angreifer gleich wieder zustechen würde.

Sara rollte auf der Koje zur Seite, und gleichzeitig stieß das Messer erneut durch die Persenning und schnitt sie in den Oberarm. Es hätte eigentlich wehtun müssen, aber das Adrenalin, das durch ihren Körper floss, betäubte den Schmerz. Durch das verstärkte, halb durchsichtige Plastik sah sie die Umrisse einer Frau. Und sie erkannte das übertriebene Bewegungsmuster von unzähligen Spielen in der Kindheit.

Lotta.

Wie zum Teufel konnte sie hier sein? Sie war doch vom deutschen Geheimdienst mitgenommen worden. Sie sollte lebenslang im Gefängnis sitzen.

Sara versuchte, unter der Persenning hervorzukommen, aber Lotta setzte das Knie auf die untere Kante der Kunststofffolie und drückte sie an die Wand.

»Jetzt kommst du nirgendwo mehr hin«, sagte Lotta zufrieden. »Jetzt wirst du niemals erfahren, was mit Martin passiert ist.«

Dann sah Sara, wie die verschwommene Gestalt erneut den Arm hob. Mit ihrem fixierten Opfer konnte Lotta so oft zustechen, wie sie wollte. Aber Sara wollte kein Opfer sein.

Schließlich erwachte die Polizistin in ihr. Eine Hand bewegte sich zur Taille und griff nach der Pistole.

Im selben Moment, in dem Lotta zustach, ignorierte Sara den Schmerz, der im Rücken und im Bauch zu pochen begann, und schob die Hüfte hoch, damit die Angreiferin das Gleichgewicht verlor. Das Messer stach zwei Zentimeter neben Saras Kopf in die Matratze.

In der Zeit hatte sie die Pistole auf Lotta gerichtet, so gut es die enge Falle erlaubte, in der sie gefangen war.

Sie bekam die Pistole nicht höher als bis zur Taille.

Ohne richtig zielen zu können, richtete sie einen Schuss auf Lotta, die mit einem Schrei reagierte. Mehr aus Zorn als aus Schmerz, wie es klang, aber sie wich zumindest einen Schritt zurück. Schien zu überlegen, was sie als Nächstes tun sollte. Als Sara erneut schoss, ergriff sie die Flucht.

Blutend kämpfte sich Sara unter der Persenning hervor und hörte noch, wie Lotta die Tür zur Kajüte schloss und sie von außen verriegelte. Ein scharfer Geruch nach Benzin und schließlich ein flammendes Geräusch, als das Feuer auf der anderen Seite der geschlossenen Tür hochschlug.

Der Brandgeruch stach in der Nase und versetzte sie zurück in den brennenden Geräteschuppen in Bromans Garten. Als hätte sie sich niemals daraus befreien können und wäre in den Flammen gestorben. Gefangen in ihrer eigenen Hölle. Für ein paar Augenblick stand sie wie versteinert in der Kajüte. Unfähig, irgendetwas zu tun, während der dicke Rauch sich einen Weg in den kleinen Raum suchte. In Saras Kopf leckten die Flammen bereits an ihrem Körper hoch, brannten und versengten die Haut. Sie krümmte sich auf der Koje zusammen und sah sich panisch um. Als sie bemerkte, dass ihr Handy auf dem Boden lag, bückte sie sich instinktiv und hob es auf, wobei das Display aufleuchtete. Ein Foto von Ebba und Olle am Strand, ein paar Jahre alt, der Sohn zog eine lustige Miene für die Kamera, und

Ebba, die sich in ihrer schlimmsten Pubertätsphase befand, lächelte ein bisschen widerwillig. Sara schüttelte sich. Sie musste hier raus. Musste sich retten.

Wartete Lotta draußen?

Hatte sie noch eine andere Waffe zu ihrer Verfügung? Das Atmen fiel ihr immer schwerer. Das Denken wurde zäher.

Sara hatte keine Wahl, also trat sie gegen die dünne Tür.

Einige Bootsbesitzer leerten den Tank über den Winter, während andere ihn auffüllten. Gehörte dieses Boot zu der letzteren Kategorie, würde das Feuer bald zweihundert Liter Benzin in die Luft jagen.

Sara trat immer fester. Als die Tür schließlich erste Risse zeigte, warf sie sich dagegen. Immer und immer wieder, während sie vor Schmerzen schrie.

Schließlich gab das Holz nach.

Sara warf sich mit schussbereiter Pistole durch die Öffnung, aber Lotta war nicht dort. Ein leerer Benzinkanister lag auf dem Deck, und das breite Sofa im Heck stand in Flammen. Die Persenning, die das Boot bedeckte, hinderte das Feuer daran, sich auszubreiten. Der dicke Rauch ließ Sara husten, und sie dachte, dass sie so schnell wie möglich fliehen sollte, aber dann sah sie etwas Rotes im Augenwinkel und hielt inne.

Alle Motorboote mussten Feuerlöscher an Bord haben, und einen solchen hatte Sara am Fahrerplatz entdeckt.

Innerhalb weniger Sekunden war das Feuer gelöscht.

Sara kletterte mühsam vom Boot herunter und ging. Keine Spur von Lotta.

Für den Fall, dass das Feuer erneut entflammen sollte, rief Sara die Feuerwehr an. Dann sah sie, dass frisches Blut an ihr austrat, und alarmierte auch den Rettungswagen.

Und dann rief sie Anna an. Aber nicht ihre anderen Kollegen. Sie musste erst herausfinden, was Lotta wollte.

Jetzt konnte sie mit gutem Gewissen sagen, dass die Persenning sie daran gehindert hatte, das Gesicht des Angreifers zu erkennen. Sie wollte die Identität des Feinds für sich behalten, und vor allem wollte sie wissen, wie Lotta die Möglichkeit bekommen hatte, sie anzugreifen, obwohl sie vom deutschen Geheimdienst mitgenommen worden war.

Würde das hier niemals aufhören? Würde sie niemals zur Ruhe kommen?

Während sie auf die Feuerwehr und den Rettungswagen wartete, verwandelte sich ihre Resignation in Zorn. Damit würde Lotta nicht davonkommen.

Aber was auch immer sie plante, es musste etwas Großes sein.

Und da erinnerte sich Sara, was die Kindheitsfreundin gesagt hatte.

»Du wirst niemals erfahren, was mit Martin passiert ist.«

Sie rief in der Villa der Familie Titus an, aber niemand meldete sich. Auch nicht an Maries Handy.

Sie musterte erneut ihre Verletzungen, kletterte in ein anderes Boot und fand dort einen Verbandskasten. Sie klaute ein paar Kompressen und Gazebinden und verband sich selbst. Ihr Rücken tat weh, aber der Schmerz lag auf einem erträglichen Niveau. Als schließlich Anna mit einer besorgten Miene auftauchte, sagte Sara ihr, dass sie wenden und sie nach Bromma fahren solle.

Die Feuerwehr würde das verbrannte Boot selbst finden, und um es ihr zu erleichtern, schoss Sara das Vorhängeschloss an den großen Toren des Bootsklubs kaputt.

Anna sah Sara an, als würde sie sich über ihren Geisteszustand Gedanken machen und sich fragen, was sie eigentlich vorhatte.

Aber als Sara ihr sagte, dass sie fahren solle, fuhr sie.

61

Anna blieb auf der Garageneinfahrt der Familie Titus stehen. Die Freundin hatte während der Fahrt nach Bromma herauszufinden versucht, was eigentlich passiert war, ob sie verletzt war, ob sie nicht lieber ins Krankenhaus fahren sollten, aber Sara hatte ihre Fragen nur abgewimmelt. Sie musste jetzt denken. Als sie schließlich angekommen waren, bat Sara sie, im Auto zu warten, stieg aus, zog die Pistole und ging zur Villa hinauf.

Könnte Lotta sich hier versteckt haben?

War es eine weitere Falle gewesen, Martin zu erwähnen? Es war wirklich dumm von ihr gewesen, direkt und ganz allein zum Bootsklub zu fahren. Sara sah ein, dass sie sich nur ganz allein die Schuld für das geben konnte, was passiert war. Es war ihr impulsives Agieren, das Lotta die Möglichkeit gegeben hatte, zum Angriff überzugehen. Aber das war kein Fehler, den sie ein weiteres Mal begehen würde, nachdem sie jetzt wusste, dass ihre Kindheitsfreundin zurückgekehrt war.

Sara fand, dass das Haus von außen betrachtet leer wirkte, als hätte das Böse es verlassen. Es blieb nur zu hoffen, dass es auch stimmte.

Die Frage war, welche Absicht Lotta hierhergeführt hatte. Was sie getan hatte, bevor sie verschwunden war. Hatte es etwas mit dem Geheimnis zu tun, das Eric laut Koslow in dem Haus versteckt hatte?

Statt den Haupteingang zu nehmen, schlich Sara um das Haus herum, öffnete das Kellerfenster, das sie auch bei der Auseinandersetzung mit Eric benutzt hatte, und glitt in das Unter-geschoss.

Hinunter in die Höhle der Bestie. Ihr drehte sich der Magen um, als sie die Füße auf den Kellerboden setzte. Eine heftige Übelkeit, die sie nur mit Schwierigkeiten bezwingen konnte. Vielleicht war es ein überdimensionierter Adrenalinkick, der diese Reaktion hervorrief. Ihr Körper ging vielleicht davon aus, dass sie erneut ums Überleben kämpfen müsste, wenn sie wieder in diesen Keller kam.

In dem feuchten, dunklen Keller war niemand, aber das un-behagliche Gefühl war intensiv. Hatte jetzt eine andere Art von Bosheit hier unter der Erde das Kommando übernommen?

Sara schlich so leise sie konnte und sah sich um, blieb stehen und lauschte, hörte aber nichts.

Die Kellertreppe nach oben. Langsam. Schritt für Schritt.

Vorsichtig, ganz vorsichtig die Klinke herunterdrücken. Sich an die Wand pressen, um die Zielscheibe so klein wie möglich zu machen, und dann durch den Türspalt sehen. Hervorspähen und dann den Kopf so schnell wie nur irgend möglich wieder zurückziehen.

Als die Tür ganz geöffnet war, hatte sie einen Überblick über den Flur und die Küche, und sie war überzeugt davon, dass sich keine Lotta dort versteckte.

Immer noch mucksmäuschenstill und ganz langsam schlich sie weiter durch das Haus. Kompakte Stille. Auf dem Boden am Fuß der Treppe zum Obergeschoss lag ein Körper.

Marie.

Nackt.

Gefesselt.

Aber am Leben.

Sie lag ganz still dort und starrte vor sich hin. Schien kaum zu bemerken, dass Sara aufgetaucht war.

Sara versuchte, lautlos mit Handzeichen zu fragen, ob Lotta

im Haus sei, aber ihre Schwiegermutter verstand allem Anschein nach nicht, was sie meinte.

Marie war mit etwas gefesselt worden, was der Gürtel eines Morgenmantels sein musste. Er bestand aus Frottee und hatte Streifen in den typischen Paul-Smith-Farben. Das Arrangement sah nicht besonders widerstandsfähig aus, aber der Gurt war so fest geknotet, dass er die Blutzufuhr abgeschnürt hatte. Die Hände ihrer Schwiegermutter waren eiskalt. Sara öffnete den Knoten und zeigte Marie, wie sie die Hände reiben musste, während sie im Flüsterton fragte, ob Lotta im Haus sei. Marie schüttelte den Kopf.

»Sie war oben bei Martin, aber dann ist sie verschwunden. Ich dachte, sie wollte uns beide umbringen.« Marie zögerte und dachte nach, bevor sie fortfuhr. Jetzt mit Angst in der Stimme, als wäre ihr etwas ganz Schreckliches in den Sinn gekommen. »Aber ich weiß nicht, was sie mit Martin gemacht hat.«

Als würde sie sich dafür schämen, dass es ihr nicht früher eingefallen war, begann sie zu weinen. Sara sagte, dass sie nachsehen würde, und stieg die Treppe hinauf.

Martin lag nackt auf seinem Bett. Nicht gefesselt, aber schlafend. Sara nahm das Handy, um Anna draußen im Auto anzurufen und ihr zu erklären, dass alles ruhig sei und dass sie gleich zum Krankenhaus fahren würden. Da sah sie, dass sie eine Nachricht bekommen hatte.

Ein Bild von Martin im Bett mit Lotta.

Dasselbe Bett und derselbe Martin, den Sara gerade betrachtete.

Beide waren nackt, Lotta saß rittlings auf Martin und hatte ihn in sich. Und sie hatte es genauestens dokumentiert.

Sie lächelte siegesgewiss in die Handykamera.

Das entschied die Sache. Wenn diese verdammte Lotta den Krieg haben wollte, dann bekam sie ihn.

Mit verbissenem Blick ging Sara auf Martin zu, um ihn zu

wecken und ihm das Bild zu zeigen, das sie bekommen hatte. Aber sie schreckte zurück, als sie das Bett erreicht hatte. Der Zorn legte sich und wurde von einer eisigen Kälte in der Magengrube abgelöst.

Denn auf dem Nachttisch lagen ein Gummiband und eine Spritze. Und eine kleine Menge bräunlichen Pulvers.

Und jetzt sah Sara, dass Martin überhaupt nicht schlief.

Er war high.

Lotta hatte ihm Heroin gegeben.

62

Sara wachte aus einem Albtraum auf. Oder eher aus konkurrierenden Albträumen.

Während sie nach dem Handy tastete, das eindringlich auf dem Nachttisch klingelte, kreisten ihre Gedanken weiter um das, was sie die ganze Nacht wach gehalten hatte: was Marie über Lotta und Martin und Eric erzählt hatte. Dass Lotta eine Affäre mit dem Vater und dem Sohn gehabt hatte. Mit beiden ins Bett gehüpft war.

War das auch passiert, nachdem Martin und Sara schon zusammen waren?

Schwierig herauszufinden, und Sara wünschte sich, dass sie sich nicht so sehr darum kümmern würde, wie sie es tat. Dass die Bilder in ihrem Kopf, die sie sich von den beiden ausmalte, nicht so sehr wehtun würden.

Am Tag zuvor hatte sie sich aus Maries Griffen gewunden und die Villa verlassen. War in Annas Auto gestiegen und hatte sie gebeten, zu fahren.

Hatte die Familie Titus hinter sich gelassen, hoffentlich für immer.

»Ja?«, war das Einzige, was sie herausbekam, als sie den Anruf endlich entgegennahm.

Und dann kam der nächste Albtraum.

Während der Ermittlungen zu George Taylor Jr. und seinem kriminellen Netzwerk war herausgekommen, dass die Nummernschilder von Saras Auto von den Polizisten notiert worden waren, die beim Zugriff im Freihafen dabei gewesen waren. Die

Nummern aller Autos auf dem Parkplatz waren aufgezeichnet und kontrolliert worden, und zur Verwunderung der ermittelnden Beamten war auch Saras Auto vor Ort gewesen.

Sara murmelte nur etwas davon, dass ein Kumpel es geliehen hätte, um nach Tallinn zu fahren, sie würde sich später noch einmal melden.

Zum Frühstück wurde eine weitere Katastrophe serviert. Ein schläfriger Olle bekam die Anweisung, der Katze Walter Essen zu geben, als Saras Handy erneut klingelte und sie zum Fluchen brachte. Auf diesem Bildschirm wurden niemals irgendwelche guten Nachrichten angezeigt. Sie dachte, dass es vielleicht um ihre Nachrichten an George Taylor Jr. ging, und beschloss, das Gespräch außerhalb der Hörweite ihres Sohns zu halten. Walter jammerte lautstark, als sie die Küche verließ.

Es war ihr Chef Bielke, der ihr mitteilte, dass sie wegen des Tods von Sebastian Moberg angezeigt worden war. Thea Hagtoft behauptete, dass Sara nicht bedroht gewesen sei, als sie Sebastian erschossen hatte. Thea meinte, dass es eine Hinrichtung gewesen sei, die sich im Keller auf Liljeholmen abgespielt hätte, und sie habe das Ganze gefilmt.

Aber die Speicherkarte steckte nicht in der Kamera, was zweifellos ein verblüffender Umstand war. Ob Sara etwas über diese Speicherkarte wisse, wollte Bielke wissen. Sara verneinte und erklärte, wenn sie Sebastian nicht erschossen hätte, wäre Ebba gestorben. Das könne auch Tom Burén bezeugen. Burén war ein guter Zeuge, aber Thea hatte Conny Mårtensson als Anwalt, und Harald Mobergs Frau hatte versprochen, für die Anwaltskosten aufzukommen. Sie war offensichtlich außer sich, weil die Polizei den Tod ihres Mannes nicht verhindert und dann zu allem Überfluss auch noch ihren Sohn erschossen hatte. Sie weigerte sich zu glauben, dass ihr geliebter Sebastian auch nur das Geringste mit dem Tod ihres Mannes zu tun hatte. Und Peggy Moberg hatte über ihren Mann viele einflussreiche

Freunde. Bielke beendete das Gespräch mit dem Hinweis, dass sie weiter darüber sprechen würden, wenn Sara in der nächsten Woche wieder auf der Arbeit sei.

Und darüber hinaus war auch noch Lotta Broman auf freiem Fuß und zurück in Stockholm.

Lotta war es missglückt, Sara umzubringen, aber sie hatte für immer einen Keil zwischen sie und Martin schlagen können, indem sie ihr das Bild geschickt hatte. Und auf lange Sicht hatte sie vielleicht auch Martin umgebracht, indem sie ihm Heroin gegeben hatte, das ja ein extremes Suchtpotenzial mit sich brachte. Ein weiterer Albtraum. Sara hatte nicht gewusst, was sie tun sollte, am Ende aber einen Brief an ihren Mann geschrieben und ihm erklärt, dass sie ihn anzeigen und versuchen würde, ihm das Sorgerecht für Olle zu entziehen, wenn er sich nicht sofort bei einer Entzugsklinik anmeldete.

Lotta wusste, wie sie sich verhalten musste, um ihrer alten Kindheitsfreundin zu schaden, sie wusste, dass Martin ein wunder Punkt für Sara war, weil er in Lotta verliebt gewesen war, bevor Sara ihn hatte erobern können. Und auch wenn Sara niemals an Martins Gefühlen für sie gezweifelt hatte, wusste sie, dass eine unglückliche Liebe in der Jugend tiefe Spuren in der Seele hinterlassen konnte. Es war beinahe so, als hätte Lotta einen direkten Eingang in Martins Herz, den sie nutzen konnte, wann immer sie wollte.

Aber das Schlimmste an Lottas Hass war, dass er Saras Familie treffen konnte.

Was, wenn Lotta plötzlich auf Ebba oder auf Olle losgehen wollte? Oder auf Jane, die sie verachtete, seit sie ein Kind gewesen war?

Wie sollte Sara ihre Nächsten vor Lotta schützen?

Worauf war sie aus? Kaum war sie zurückgekommen, hatte sie auch schon Sara angegriffen. Kaum war sie zu Erics Haus gefahren, hatte sie mit Martin geschlafen und ihm Heroin gegeben.

Und wie war sie dem BND entkommen?

Sie musste in ihrer Eigenschaft als Terroristin Geiger nach Stockholm zurückgekommen sein, überlegte Sara. Der Fanatismus ihrer Kindheitsfreundin kannte keine Grenzen, und Geiger war mehr als ein Deckmantel für Lotta, eher ein ideologischer Kern, ihr wirkliches Ich. Aber was war dann der Plan?

Was hatte sie in Erics Villa gesucht?

Und warum war auch Koslow so interessiert daran?

Hatten sie beide denselben Grund? Etwas, das Eric versteckt hatte, hatte Koslow gesagt.

Aber was?

Wenn Lotta nicht nur eine Affäre mit Eric gehabt, sondern auch mit ihm zusammengearbeitet hatte? Geiger und Faust gemeinsam? Hätte sie in diesem Fall gewusst, dass er Doppelagent war? Sara zweifelte daran. Die große Bromanschwester war zwar nicht unkompliziert, aber in jedem Fall sehr vorhersagbar, was ihre Loyalitäten betraf.

Sara wurde klar, dass sie nicht einfach hier sitzen und auf Lottas nächsten Zug warten konnte. Sie musste zum Angriff übergehen. Der Kindheitsfreundin zuvorkommen. Herausfinden, was ihr Plan war. Sonst würde es beim nächsten Versuch vielleicht nicht so gut für Sara laufen, und zusätzlich könnten ihre Familienmitglieder auch noch zu Zielscheiben werden.

Sara wusste einen Ort, an dem sie nach mehr Informationen sowohl über Geiger als auch über Faust suchen konnte. In Eva Hedins Archiv.

Nachdem Sara Hedin ermordet aufgefunden hatte, hatte sie alle Papiere an sich genommen. Dutzende Regalmeter mit Mappen, Artikeln und Büchern, die sie zu sich in den Arbeitsraum verfrachtet hatte.

Sara duschte und zog sich an, bevor sie sich zu den unzähligen Umzugskartons begab, die nach wie vor das umfangreiche Archiv beherbergten.

Als sie durch die Mappen blätterte, tauchte die ganze erschreckende Geschichte mit Geiger und Abu Rasil wieder auf. Das Stay-put-Programm im Deutschland des Kalten Krieges und die Atomsprengköpfe, die seit den Tagen der DDR im Erdboden vergraben waren, so wie es sie auch im Westen Deutschlands gab, in Erwartung einer Invasion durch die Sowjetunion und den Warschauer Pakt.

Sie blätterte alles durch, was Stellan Broman und den Spion Geiger betraf, als den Eva Hedin fälschlicherweise Stellan identifiziert hatte. Sara erinnerte sich an die sogenannten Honigfallen, denen Lotta und ihr Führungsoffizier Ober etliche einflussreiche Leute ausgesetzt hatten. Und wie sie mit derselben Rücksichtslosigkeit jede Menge minderjähriger Mädchen ausgenutzt und damit ihr Leben zerstört hatten.

Sara ging auch das Material durch, das Hedin über den Terroristen Otto Rau gesammelt hatte, der unter dem Decknamen Faust lief und sich am Ende als der Doppelagent Eric Titus herausgestellt hatte, Saras eigener Schwiegervater. Er hatte seine Verbindungen zu den westlichen Geheimdiensten dazu genutzt, eine unfassbar grausame Peepshow zu betreiben, in der Frauen vergewaltigt und Männer gefoltert wurden, manchmal bis zum Tode. Nur um den Zuschauern Vergnügen zu bereiten.

Lotta war Geiger gewesen und Eric Faust. Und sie waren Geliebte gewesen.

Was konnte Lotta heute zu Erics Haus getrieben haben?

Sara fand Hedins Aufzeichnungen über Otto Rau. Diese Informationen hatte die Erforscherin des Kalten Kriegs in Berlin erhalten. Und in der Mappe zu Faust stand eine Telefonnummer in Deutschland, neben der der Name Rabe stand.

Warum sollte sie sie nicht ausprobieren?

Sara rief die Nummer an, bekam aber keine Antwort und wurde auch nicht an einen Anrufbeantworter durchgestellt, also legte sie einfach auf und las weiter in den Mappen.

Nach etwa einer Viertelstunde zeigte ihr Display eine deutsche Telefonnummer, mit dem vom Betriebssystem unterbreiteten Vorschlag: »Vielleicht: *Die Zeit*.«

»Hier Sara Nowak.«

»Sie haben angerufen«, sagte eine männliche Stimme auf Englisch mit leichtem deutschen Akzent.

»Arbeiten Sie für *Die Zeit*?«

»Offiziell ist das hier die Reporterin Inez Becker, die Sie wegen der alten Spione anruft, die im Sommer in Schweden ermordet wurden, und offiziell weigern Sie sich, sich dazu zu äußern. Aber Inez redet genauso lange auf Sie ein, wie wir beide für das Gespräch brauchen. Während Sie und ich uns niemals unterhalten haben. Worum geht es?«

»Ich habe Ihre Nummer von Eva Hedin bekommen«, sagte Sara und setzte sich aufrecht auf den Boden, wo sie die Akten gelesen hatte.

»Das glaube ich nicht. Es sei denn, Sie sind ein Medium.«

»Ich habe Zugang zu ihrem Archiv.«

»Passen Sie gut darauf auf«, sagte die Stimme.

»Ich entnehme ihren Aufzeichnungen, dass Sie ihr mit Informationen zu Faust beziehungsweise Otto Rau geholfen haben.«

»Das war nicht ich«, lautete die schnelle Antwort. »Sondern Landau. Aber der ist jetzt tot.«

»Ermordet?«, fragte Sara.

»Er hat sich totgesoffen von Hedins Geld.«

Erics Geld, dachte Sara.

»Tut mir leid, dass ich Ihnen nicht helfen konnte«, sagte Rabe. »Bitte seien Sie so nett und streichen meine Nummer aus allen Papieren, die Hedin hinterlassen hat.«

»Wissen Sie etwas über Faust?«

»Nein.«

»Otto Rau? Eric Titus?«, fragte Sara beharrlich weiter.

»Leider nicht.«

»Lotta Broman? Geiger?«

»Nein. Das war Landau, wie gesagt. Aber dafür kommen Sie zu spät.«

»Abu Rasil?«

Ein kurzes Schweigen.

»Kommen Sie her.«

»Was?«

Sara runzelte die Stirn, drückte das Handy ans Ohr. Hatte sie richtig gehört?

»Kommen Sie her. Und sagen Sie den Namen niemandem.«

»Wohin kommen?«

»Berlin.«

»Wo in Berlin?«, fragte Sara.

»Das erfahren Sie, wenn es an der Zeit ist. Fahren Sie einfach.«

63

Nach zwei Stunden wurde sie in das Zimmer gelassen.

Es war wichtig, die Leute warten zu lassen, fand er. Damit sie ihren Platz kannte. Verstand, wen sie hier traf.

Abdul Mohammad war schließlich im Lager eingetroffen.

Nach einer langen Wartezeit, aber trotzdem nur ihretwegen. Und wegen des großartigen Plans, den sie für ihn verwirklichen sollte.

Falls sie ihn davon überzeugen konnte.

Sie hatte alle Tests bestanden, das wusste er, und sie wurde von seinen Generälen gutgeheißen. Und er hatte ihnen gesagt, dass sie anspruchsvoll sein sollten.

Jetzt galt es. Das letzte Detail. Der entscheidende Faktor. Wenn sie den hatte, war sie bereit.

Der große Saal war fensterlos und mit goldbestickten Tüchern geschmückt. An den Wänden große Tafeln mit Zitaten aus dem Koran, dazu Wachskerzen in Wandhaltern vor den Messingtafeln, die das Licht reflektierten und verstärkten. Der Raum war trotzdem dunkel, man konnte keine Gesichter der Männer erkennen, die um den Erhabenen herumsaßen oder bewaffnet an den Wänden standen und Wache hielten.

Sie schritt langsam auf den älteren Mann zu. Blieb aber nicht in dem Abstand stehen, der angemessen war.

Sofort stellten sich zwei Männer vor sie, während die vier hinter ihr ihre automatischen Gewehre hoben.

Aber Abdul Mohammad hob die Hand in einer großzügigen Geste, woraufhin die Männer auf ihre Positionen zurückkehrten.

Lotta ging weiter zu Abdul, setzte das eine Knie auf den Boden und beugte den Kopf, während sie ihm den Gegenstand hinhielt. Ein kleines Nicken zu dem Leibwächter neben ihm, und schon nahm dieser den Gegenstand und zeigte ihn Abdul, drehte ihn hin und her, damit er ihn aus allen Richtungen und Perspektiven sah.

Abdul nickte, der Leibwächter legte den teuren Gegenstand in Lottas Hände zurück, und Lotta richtete den Rücken auf und hob den Kopf. Abdul nickte der Schwedin fast unmerklich zu. »Al-Siwidia.«

Das also war das schwedische Mädchen. Desirées Tochter.

Er sah die Ähnlichkeiten.

Und die Unterschiede.

Verglich die Eiseskälte der Mutter und ihre Disziplin in den Trainingslagern ihrer Jugend mit der Hitzigkeit und dem Kampfeseifer der Tochter. Ihr Temperament passte perfekt zu seinen Zwecken. Wenn er sich auf sie verlassen konnte.

Sie hatte seit vielen Jahren die Gelder der schwedischen Regierung an die Palästinenser weitergegeben. Aber das reichte nicht. Das hier war seine eigene Operation. Er stand mit seinem Namen dafür.

Und es war ihnen im Jahr zuvor schon einmal misslungen. Es hatte seinem Ruf geschadet, seine Feinde gestärkt. Den inneren Feinden in den eigenen Reihen. Diejenigen, die das Ruder übernehmen wollten, die meinten, er sei zu alt geworden. Zu bequem. Zu vorsichtig. Dass er sich mehr für Frauen und Likör interessierte als für den Glaubenskampf.

Abu Rasil war tot, und das hatte Abdul Mohammad spürbar geschwächt. Er musste den Jüngeren beweisen, dass er stark war, auch ohne den legendären Freiheitshelden Abu Rasil. Vielleicht könnte der Plan der Schwedin funktionieren. Aber es war ein Wagnis. Sie musste ihn davon überzeugen, dass es dieses Mal gelingen würde, ansonsten müsste er ihr absagen.

Er hoffte, dass sie es schaffen würde.

Wenn alles so lief, wie er es sich vorstellte, würde Abdul Mohammad der Welt zeigen, dass man nach wie vor mit ihm rechnen konnte. Eine Nachricht an die jungen Männer, die so gerne seinen Platz einnehmen wollten.

Er würde ihnen zeigen, was er mit seinem Kontaktnetz erreichen könnte, mit seinem Einfluss, seinem Können. Die jungen Hähne wollten sich aufspielen und ihre Umgebung erschrecken, aber Abdul Mohammad ließ sich nicht schrecken. Er wollte die Welt verändern. Den Westen bezahlen lassen.

Mit einem fast unmerklichen Winken seiner Hand gab er ihr die Erlaubnis, den Mund zu öffnen.

»Ehrerbietiger Verkünder«, sagte sie mit respektvoll gesenktem Blick. Ihr Arabisch war nicht perfekt, aber es würde mit der Zeit besser werden, so viel wusste er. »Das gibt uns Genugtuung.«

»Das ist gut«, sagte er und nickte.

»Und diejenigen, die uns letztes Mal aufgehalten haben, werden ihre Strafe bekommen.«

»Lass die Rachlust nicht deinen Blick verdunkeln«, sagte er.

»Nein.«

Er senkte seine Hand mit dem Goldring in die Schale mit den Pistazien, schälte einige und steckte sie sich in den Mund. Dann sah er sich um, ließ seinen Blick über seine Generäle wandern und ergriff das Wort mit lauter Stimme.

»Ich will es«, verkündete er.

Alle standen auf und setzten sich in Bewegung.

Al-Siwidia blieb regungslos stehen, nach wie vor mit gesenktem Blick.

»Du bist genauso mutig wie deine Mutter«, sagte Abdul Mohammad.

»Hast du sie trainiert?«

»Sie hat mich trainiert.«

»Du weißt, was sie getan hat. Ich will lieber wie mein Vater sein«, sagte die Schwedin und schielte zu ihm hoch.

»Das bist du. Besser sogar.«

»Danke, baba.«

»Ich habe zu danken, meine Tochter.«

64

Die Frau mit dem Kopftuch und der Sonnenbrille?

Der glotzäugige ältere Mann mit Bierbauch?

Oder der schwarzhaarige, magere Mann, der mit dem Handy ans Ohr gedrückt auf seinem Platz saß, aber anscheinend kein Wort sagte?

Hielt jemand von ihnen Sara im Auge? War jemand vom BND oder irgendeinem anderen Auftraggeber von Lotta auf sie angesetzt worden?

Vielleicht von einer Organisation, die Sara nicht einmal kannte. Von einer Terroristengruppe?

Woher sollte sie wissen, auf wen sie sich verlassen konnte?

Die Paranoia wuchs. Was machte sie überhaupt hier? Sie war nach Berlin gefahren, ohne überhaupt eine Ahnung zu haben, wo sie Rabe treffen sollte.

Falls sie ihn überhaupt treffen würde. Sie wusste nichts über ihn.

Sollte sie nicht besser nach Hause fahren?

Jane hatte den Verdacht, dass Sara etwas Dummes tun würde, so hatte sie es jedenfalls ausgedrückt, nachdem die Tochter ihr von der Reise erzählt hatte. Trotzdem hatte sie sich widerwillig überreden lassen, ein paar Tage lang bei Olle zu wohnen. Zu Anna hatte Sara gesagt, dass sie sich von allem ein bisschen erholen müsste und nach Paris fahren würde, bevor sie auf die Arbeit zurückkehrte. Wenn die Ermittler wegen Taylor Jr.s Waffenkäufen noch mehr Fragen hätten, müssten sie eben später wiederkommen.

»*Willkommen.*«

Der Portier begrüßte sie auf Deutsch und hielt ihr mit einem freundlichen Lächeln den kleinen Umschlag mit der Schlüsselkarte entgegen.

»*Danke.*«

So viel Deutsch konnte sie zumindest.

Sara drehte sich um und sah, dass ein Page schon mit ihrer Tasche bereitstand. Eine kleine Tasche, die sie lieber selbst getragen hätte, aber es wäre jetzt keine gute Idee, sie ihm aus den Händen zu reißen. Der Page lächelte und gestikulierte mit der Hand, um ihr den Weg zu zeigen. Während sie zum Fahrstuhl gingen, bewunderte Sara die protzige Lobby mit der riesigen Treppe. Sie hatte über das Westin Grand gelesen, als sie im Zusammenhang mit der Geiger-Affäre über die alte DDR recherchiert hatte. Das Hotel war vom alten Regime erbaut worden, einzig und allein, um ausländische Gäste in Empfang nehmen zu können, und man akzeptierte demgemäß nur ausländische Währung, die die DDR dringend benötigte. Das Protzgebäude war 1987 fertig errichtet gewesen, nur zwei Jahre, bevor die Mauer gefallen war. Seitdem war es für die meisten Gäste einfach nur ein Luxushotel wie jedes andere, aber für Sara war seine Geschichte der Grund dafür, dass sie hier wohnte. Die Symbolik, ein Monument der Diktatur zu übernehmen und dieses mit westlicher Freiheit zu füllen, war stark.

Als Sara gesehen hatte, dass das Hotel eine Bach-Suite besaß, hatte sie nicht widerstehen können und dieselbe gebucht. Die Geige war zu Hause geblieben und noch nicht eingeweiht. Die Bach-Suite würde das Präludium zu ihrem zukünftigen Spiel werden.

In letzter Zeit hatte sie gedacht, dass diese Geige Unglück mit sich gebracht hatte. In dem Moment, in dem sie beschlossen hatte, das Spielen wieder aufzunehmen, war plötzlich Lotta aufgetaucht. Das frühere Vorbild Lotta hatte sie damals überhaupt erst zum Geigespielen gebracht. Und Sara hatte zu ihr aufgesehen, hatte ihr in allem nacheifern wollen. Jetzt führte dieser Gedanke zu nichts anderem als Unwohlsein.

Aber sie wollte nicht abergläubisch sein, zumal sie ja nicht einmal Annas Glauben an Geister ernst nahm oder Janes Katholizismus. Im zweiten Fall war Sara allerdings nicht mehr so richtig sicher. Die Gebete im Auto, als Ebba verschwunden war, waren das Einzige, was Sara in ihrer Verzweiflung Trost geschenkt hatte. Auf eine seltsame und unerklärliche Weise hatte es sich so angefühlt, als würde jemand zuhören.

Natürlich hatte sie weder Münzen noch kleine Geldscheine für den Pagen. Das Einzige, was sie fand, war ein Hunderteuroschein, und als der Mann sich erbot, für Wechselgeld zu sorgen, winkte Sara ab. Warum nicht ausnahmsweise einmal Trinkgeld geben wie ein Rockstar? Das war bestimmt das einzige Mal in ihrem Leben, an dem sich Sara auch nur ansatzweise wie ein solcher fühlen könnte.

Als der Page verschwunden war, betrachtete Sara die kleine Büste von Johann Sebastian Bach, die die nach ihm benannte Suite überwachte. Sie hätte ihn gerne um Rat gefragt, sah aber ein, dass es ihr auch nicht weitergeholfen hätte.

Was sollte sie jetzt tun?

Warum war sie hier?

Hoffte sie wirklich, hier Informationen darüber zu bekommen, was Lotta plante, oder hatte Sara im Grunde nur die Flucht vor allem ergriffen? War dem Chaos ausgewichen, das sich in ihrem eigenen Leben ausbreitete. Martins Drogenabhängigkeit und ihre Affäre mit George Taylor Jr., die jederzeit aufgedeckt werden konnte?

Diese ganze Reise war idiotisch, so viel musste sie sich eingestehen.

Wie sollte sie jetzt Rabe finden?

Sollte sie sich an einen der klassischen Spionageorte begeben? Checkpoint Charlie? Das DDR-Museum? Das Stasi-Hauptquartier?

Sie hob ihre Tasche auf das Bett, um sich Wechselklamotten herauszuholen. Aus der Seitentasche stach ein zusammengefalteter Stadtplan von Berlin heraus. Wie aufmerksam von dem Hotel, dachte Sara, aber benutzten mittlerweile nicht alle die Karte auf dem Handy?

Oder …

Eine plötzliche Eingebung ließ sie die Karte auseinanderfalten. Mitten auf dem Plan war ein Kreuz gemalt, wo ›Görlitzer Straße‹ stand. Und dann ein Wort: »Mugrabi.«

Was war das? Ein Losungswort? Eine Person?

Eine schnelle Suche gab als ersten Treffer einen assyrisch-israelischen Geschäftsmann an, und das konnte natürlich auch ein alter Spion sein, dachte Sara. Aber die Treffer danach galten einem Café Mugrabi an der Görlitzer Straße 58.

Entweder war es der persönliche Tipp der Hotelbelegschaft, oder es war Rabe, der auf irgendeine Weise die Karte in ihre Seitentasche bugsiert hatte. Wie auch immer, es schien ihr einen Versuch wert zu sein, das Café aufzusuchen.

Sie ging den ganzen Weg zu Fuß. Über die Friedrichstraße, die Oranienstraße und durch eine Ecke des Görlitzer Parks.

Dann lag das Café *Mugrabi* vor ihr. Ein gemütliches Café mit Gerichten vom östlichen Rand des Mittelmeers, wenn Sara die Worte »Levant Food« auf der Homepage richtig deutete. Hier waren die Straßencafés noch geöffnet, weil es weniger kalt war als in Stockholm.

Was sie als Nächstes tun sollte, wusste sie nicht genau. Vielleicht hineingehen und etwas bestellen?

Aber als sie sich den kleinen Tischen auf dem breiten Bürgersteig näherte, stand ein älterer dunkelhäutiger Herr in einem abgewetzten Anzug auf und kam ihr mit einer roten Rose entgegen.

Sara winkte schon von Weitem abwehrend. Warum sollte eine einsame Frau eine Rose kaufen?

Aber der aufdringliche Verkäufer ließ sich nicht abwimmeln. Er ging trotzdem zu ihr, nahm ihre Hand und küsste sie.

Dann hielt er ihr mit einem breiten Grinsen ein Handy hin, auf dem eine Nachricht von einer Datingseite stand.

»Sara?«, fragte er fröhlich.

Sara sah auf das Display und entdeckte ein Bild von sich selbst in einer Nachricht, in der sie sich zu einem Treffen im Café *Mugrabi* bereiterklärte.

Sie brauchte ein paar Sekunden, um den Zusammenhang herzustellen.

Dann lächelte sie, sagte »Rabe?« und folgte dem Mann, als er sie an seinen Tisch bat.

Dort standen zwei frisch gepresste Karottensäfte. Sara legte die Rose daneben und sah sich um.

»Was für ein gemütliches Café«, sagte sie, um zu verbergen, dass sie sich eigentlich nach jemandem umsah, der sie beobachtete.

Rabe nahm Saras Hand und lächelte sie liebevoll an. Wenn es nicht wirklich Liebe auf den ersten Blick war, konnte er sehr gut schauspielern.

»Abu Rasil, sagten Sie?« Er betrachtete sie neugierig. »Das ist ein Name, den nicht viele kennen. Was wissen Sie über Abu Rasil?«

»Erzählen Sie erst von sich selbst«, sagte Sara. »Ich habe gelernt, dass man niemandem auf dieser Welt vertrauen kann. Und wir sind ja immerhin auf einem Date.«

Sara hielt die Rose hoch. Rabe sah amüsiert aus.

»Ich verstehe. Sie haben keinen schwarzen Mann als ehemaligen Spion der DDR erwartet?«

»Ich hatte überhaupt nichts erwartet.«

»Das ist immer das Beste. Ja, ja«, sagte Rabe und trank einen Schluck Karottensaft. »Ich war Gastarbeiter in der DDR. Sie hatten viele davon aus den sogenannten freundschaftlich gesinnten Ländern in der Dritten Welt, aus Moçambique, Angola, Kuba und Vietnam. Und ich arbeitete als Raumpfleger in der SED-Parteizentrale.«

»Ein perfekter Beruf für einen Spion. Wie haben sie Sie rekrutiert? In Afrika oder hier in Berlin?«

Rabe lachte auf.

»Ich bin in München geboren und wurde vom BND rekrutiert, als ich meinen Wehrdienst antreten sollte. Meine Eltern kommen aus Maputo, der Plan war also, dass ich dorthin zog und der Kommunistischen Partei beitrat. Mit der Zeit wurde mir eine Stelle in der DDR angeboten. In den ersten Jahren hier fiel es mir als geborenem Westdeutschen schwer, immer daran zu denken, mit einem portugiesischen Akzent zu sprechen. Reicht das als Hintergrund? Vertrauen Sie mir?«

»Kein bisschen«, entgegnete Sara. »Erzählen Sie mir mehr über Abu Rasil. Warum sorgte dieser Name dafür, dass Sie mir helfen wollten?«

Rabe legte eine lange Pause ein, während er in den Park auf der anderen Seite der Straße sah.

»Meine Schwestern.«

»Die haben Sie überredet?«

»Sie wurden in Fetzen gesprengt, als eine Bombe in einer Diskothek in Westberlin explodierte.«

Rabe starrte ins leere Nichts. Er war vielleicht zurück in dem Augenblick, in dem ihm gesagt worden war, was den Schwestern zugestoßen war. Der Schmerz war in seinen Augen jedenfalls deutlich erkennbar.

Dann sah es so aus, als würde er bewusst in die Gegenwart zurückkehren. Er betrachtete Sara und lächelte etwas müde.

»Also werde ich Ihnen jede Hilfe geben, wenn Sie gegen diejenigen vorgehen, die mit dem Mörder zusammengearbeitet haben. Was wollen Sie wissen?«

Sara nickte kurz, akzeptierte die Erklärung.

»Wie kann es sein, dass Lotta Broman wieder zurück in Stockholm ist?«, fragte sie.

»Wer ist das?«

»Eine Spionin der DDR unter dem Decknamen Geiger. Zusammen mit Abu Rasil stand sie im letzten Sommer kurz davor, einen riesigen Terroranschlag auszuüben. Der BND hat sie damals mitgenommen, aber jetzt ist sie wohl wieder auf freiem Fuß. Was wissen Sie über sie?«, fragte Sara und lehnte sich über den Tisch zu ihm hinüber.

»Nichts. Aber ich weiß, dass Abu Rasil mit Dschaisch al-Rasul, also mit der Armee des Propheten, zusammenarbeitete, deren Ziel ein weltumspannender Islam ist. Sie wollen den gesamten Westen auslöschen, alles, was haram ist.«

»Und damit haben sie gemeinsame Interessen mit Lotta«, sagte Sara nachdenklich und trommelte mit den Fingern auf dem Tisch aus Plastik herum, während Rabes Augen schmaler wurden.

»Was war ihr Plan im letzten Sommer?«

»Atombomben aus dem Kalten Krieg zu sprengen, die entlang der Grenze zwischen Ost- und Westdeutschland vergraben sind. Lotta hatte die Codes. Aber ich habe sie zerstört, sodass sie nicht mehr aktuell sein können.«

»Und Abu Rasil ist tot«, wiederholte Rabe, »sodass diese Lotta nicht für ihn arbeiten kann. Aber vielleicht hat sie den Kontakt zur Armee des Propheten übernommen. Was sagen Ihre Geheimdienste?«

»Ich habe nicht mit ihnen gesprochen.«

»Und wer weiß davon?«

Sara hatte plötzlich das Gefühl, vorsichtig sein zu müssen. Niemand sollte wissen, wie einfach es im Grunde wäre, die wenigen aus dem Weg zu räumen, die davon wussten. Sie hätte ihre Karten diesem Mann nicht so offen zeigen sollen.

»Was spielt das für eine Rolle?«, fragte Sara schließlich.

»Es ist nur gut zu wissen, was der Stand ist. Wem haben Sie es denn erzählt?«

Rabe musste lachen, als Sara die Arme vor der Brust verschränkte und schwieg.

»Okay, Sie machen es so, wie Sie wollen. Aber ich würde Ihnen in jedem Fall gerne helfen, und vielleicht habe ich auch eine Ahnung, welche Absichten der BND möglicherweise verfolgt, indem er diese Lotta auf freien Fuß setzt.«

»Und welche sind das?«

Rabe antwortete nicht, sondern winkte einem bärtigen Kellner mit tätowierten Armen, der seine Haare in einem hohen Dutt trug.

»Zwei Apfel Minze Ingwer, bitte«, sagte Rabe.

Der Kellner nickte und ging, und der ehemalige Spion sah erneut zum Park auf der anderen Seite der Straße hinüber, bevor er fortfuhr.

»Sie könnten hinter dem Verkäufer her sein.«

»Der was verkauft?«

»Informationen über die Bomben.«

»Aber die Codes sind doch zerstört?«, wandte Sara ein.

»Es kann andere Bomben geben, andere Bedrohungen. Russland hat sich all die Jahre geweigert, die Archive zu den alten Waffensystemen und Anlagen der Sowjets zu öffnen. Viele von ihnen liegen in jetzigen Natoländern wie Polen, Tschechien, Bulgarien, Ungarn und im Baltikum. Und Putin hat natürlich niemals akzeptiert, dass diese Länder der Nato beigetreten sind. Er könnte sich an ihnen rächen wollen.«

»Wer weiß so etwas? Wer verkauft solche Informationen?«

»Ja, genau da kommen wir in mein kleines Spezialgebiet«, sagte Rabe und strich sich mit der Hand über das Kinn. »Dazu braucht es nämlich einen alten KGBler. Nur die haben solche Informationen besessen, und die habe ich ziemlich gut im Auge.«

»Haben Sie das?«

Sara musterte ihn abschätzend.

»Ich würde sagen, dass der einzige alte KGBler, der Zugang zu den Informationen über den Standort der Bomben hatte, Oleg Abramowitsch Jadoweg ist. Das ist kein Name, den Sie laut sagen sollten, aber das ist der Name, den ich Ihnen geben wollte. Deswegen habe ich Sie hierhergebeten.«

Sara trank von ihrem Karottensaft, um sich selbst ein paar Sekunden zu geben, in denen sie über Rabes Aussage nachdenken konnte.

»Weiß der BND auch davon?«, fragte sie schließlich. »Dass er darin verwickelt sein könnte?«

»Das hoffe ich doch. Aber etwas zu wissen ist eine Sache, eine andere ist es, es auch zu beweisen. Und Oleg Jadoweg ist keine Person, die man anklagt, ohne wasserdichte Beweise zu haben.«

»Weil er gefährlich ist?«

»Weil er der Macht in Russland sehr nahe steht«, erklärte Rabe und gluckste vor Lachen. »Ein alter Freund des Präsidenten. Er war in den Achtzigerjahren in Dresden und Berlin stationiert. Deswegen kenne ich ihn überhaupt. Aber heutzutage widmet sich Jadoweg vor allem seinem Tsarneft.«

»Den Namen kenne ich auch. Tsarneft.«

Sara runzelte die Stirn. Wo hatte sie ihn gehört?

»Russlands zweitgrößter Energiekonzern. Öl, Erdgas, Bauxitgruben. Er besitzt auch eine Telefongesellschaft. Und, tja, im Grunde auch alles andere.«

Sara dachte nach. »Das Unternehmen, das die Familie meines Mannes besitzt, Titus & Partners, macht Geschäfte mit Tsarneft.«

»Das wundert mich nicht«, sagte Rabe und nickte.

»Dann machen sie also Geschäfte mit Jadoweg?«

»Ganz offensichtlich.«

»Du lieber Gott«, sagte Sara und versuchte zu verstehen, was das alles bedeutete. »Aber wenn es sich tatsächlich um Jadoweg handelt, warum verkauft er jetzt die Informationen über die Bomben?«

Rabe zuckte mit den Schultern.

»Geld?«

Der Kellner kam mit zwei Gläsern blassgelbem Apfel-Ingwer-Saft, dekoriert mit Minze. Rabe trank einen Schluck und stellte das Glas dann wieder ab.

»Außerdem hat er ein kleines Hobby«, fuhr er fort. »Das der Präsident anscheinend schätzt.«

»Was für ein Hobby?«

»Die Taten von islamistischen Gruppen in Europa zu finanzieren.«

Sara starrte Rabe ungläubig an.

»Seit der kleine Zar vom amerikanischen Präsidenten auf einem G7-Treffen verunglimpft wurde, ist es sein höchster Wunsch, den Westen erniedrigt zu sehen.«

»Mit Terroranschlägen?«

»Auf jede denkbare Weise«, lautete Rabes einfache Antwort. »Und es gibt genug islamistische Schläfer in ganz Europa. Terroristen mit unschuldiger Fassade, die nur darauf warten, aktiviert zu werden.«

»Schläfer, wie sie auch die Sowjets hatten.«

»Genau. Alles kehrt wieder.«

Ein starkes Gefühl der Unwirklichkeit ergriff Sara. Es reichte noch nicht, dass alles, was sie im Sommer erlebt hatte, von Neuem zu beginnen schien, es waren auch stärkere Kräfte darin verwickelt, als sie geahnt hatte. Sie war jetzt auf tiefem Wasser, ganz tiefem Wasser.

»Ich dachte, Putin würde sich nur für Geld interessieren.«

»Am meisten wünscht er sich Vergeltung. Er hat ja die alten ›aktiven Maßnahmen‹ der Sowjets wieder aufgenommen. Einflussnahme und Destabilisierung mit allen Mitteln. Der Kreml schickt Geld an Rechtsextremisten in einer ganzen Reihe von europäischen Ländern. Frankreich, Italien, Ungarn, Großbritannien, Deutschland, Schweden. Alles nur, um unsere Gesellschaften zu sprengen.«

»Stimmt das wirklich?«

Sara dachte, wie dumm es von ihr wäre, einfach alles mit Haut und Haaren zu schlucken, was von Rabe kam, ganz egal, wie gut informiert er wirkte.

»Wahr und bewiesen. Die frühere Premierministerin von Großbritannien, Theresa May, weigerte sich zu ermitteln, ob russisches Geld die Brexiteers bei der Volksabstimmung finanziert hat. Sie hatte Angst, dass das Resultat das Ergebnis der Wahl ungültig machen könnte.«

Sara ließ den Blick über die unterschiedlichen Gäste des Cafés wandern und dachte an die Schläfer. Agneta war ja auch einer gewesen. Schläfer, Maulwurf, ruhender Agent. Illegalisten wurden sie auch genannt. War einer von denen, die hier an den Tischen saßen, auch ein Geheimagent? Ein Infiltrator, der nur darauf wartete, endlich aktiviert zu werden? War diese Person in dem Fall islamistisch oder russisch? Oder chinesisch?

»Probieren Sie«, sagte Rabe und schob Sara ihr Glas zu. »Es ist wirklich lecker.«

Sara hatte das erste Glas kaum berührt, setzte das neue aber an den Mund und nippte daran, während sie alles überdachte.

Titus & Partners war Erics Unternehmen gewesen, und Lotta war seine Geliebte und Marionette gewesen. Das Unternehmen hatte Geschäfte mit einem Russen gemacht, der islamistischen Terror finanzierte, und Lotta hatte Abu Rasil geholfen, einen riesigen Terroranschlag in Deutschland vorzubereiten.

Worum ging es hier eigentlich? Wie hingen die Dinge zusammen?

Und wie gefährlich war es für Sara, das alles zu untersuchen?

»Er war nichts für Sie.«

400

Sara hob den Kopf und erblickte den bärtigen Kellner, der sich bückte, um Rabes geleertes Glas einzusammeln. Der Stuhl des ehemaligen Spions war leer. Sara schaute sich um.

»Wo ist er?«

»Er ist gegangen. Aber ich habe direkt gesehen, dass Sie nicht zueinanderpassten. Möchten Sie die behalten?« Der Kellner hob die Rose auf, die Sara auf den Tisch gelegt hatte. Sie schüttelte den Kopf, während sie sich nach dem spurlos verschwundenen Rabe umsah.

»Ich habe in einer Stunde Feierabend«, sagte der Kellner.

»Wie bitte?« Sara richtete ihren Blick auf den Tätowierten mit dem Dutt.

»Ich habe in einer Stunde Feierabend. Wenn Sie ein Date mit jemandem haben wollen, der vielleicht besser zu Ihnen passt?«

»Äh, nein, danke.«

Etwas geistesabwesend stand Sara auf und machte sich auf den Weg.

»Er hat kein Trinkgeld hiergelassen!«, rief der Kellner ihr nach. Sara winkte zum Abschied.

Im selben Augenblick, als sie auf die Görlitzer Straße trat, um sie zu überqueren, hörte sie das Geräusch eines kräftigen Motors, der immer näher kam, aber sie brauchte eine halbe Sekunde, bevor sie das Geräusch als eine drohende Gefahr erkannte.

Dann drehte sie den Kopf nach links, sah einen schwarz gekleideten Mann auf einem Motorrad, der direkt auf sie zufuhr und eine Pistole mit einem Schalldämpfer auf ihren Kopf gerichtet hatte.

Während sie sich zu Boden warf, um aus der Schusslinie zu kommen, bemerkte sie ein rotes V auf der Brust der schwarzen Lederjacke.

Die Kugel schlug neben ihr in den Asphalt.

Das Motorrad bremste, der Fahrer setzte einen Fuß auf den

Boden und schwenkte herum, um anschließend wieder Gas zu geben.

Auf dem Boden liegend hatte Sara nicht viel Deckung, und jetzt näherte sich das Motorrad erneut.

Als es genau auf ihrer Höhe war, kam ein großer Mercedes AMG G 63 und fuhr in den Motorradfahrer hinein.

Der Fahrer flog herunter, und das Motorrad überschlug sich mehrere Male. Die Tür zu dem großen SUV öffnete sich, und eine Stimme rief nach ihr.

»Springen Sie rein.«

Sara krabbelte von der Erde hoch und stieg in den Wagen.

Sie zog die Tür hinter sich zu, während der Fahrer das Gaspedal durchtrat.

Durch das Rückfenster sah sie, dass der Schütze auf den Beinen war und versuchte, sein Motorrad wieder zu starten.

»Woher wussten Sie, dass ich hier war?«, fragte sie und richtete den Blick auf ihren Retter.

»Wir behalten Sie im Auge«, sagte Koslow mit einem Lächeln.

65

Sie zählte bis dreiundvierzig.

Die dreiundvierzigste Beerdigung, an der sie teilgenommen hatte.

Ein Dutzend bereits in der Kindheit. Traurige Veranstaltungen mit Kindersärgen oder schwer misshandelten Resten eines Vaters, der als Dissident oder Kulak ausgemerzt worden war. Dann genau dreißig während der Jahre mit Stellan. Mehrere seiner Kollegen waren an Krebs gestorben, am Alkohol oder durch Selbstmord. Aber vor allem waren es die alten Stars gewesen, die allmählich das Zeitliche segneten und bei denen Stellan Broman als bekanntes Gesicht zur Beerdigung eingeladen wurde. Der Landesvater der Unterhaltungsbranche, der möglicherweise sogar den mittlerweile Verblichenen als Gast in seinem Programm empfangen hatte. Stellans Anwesenheit hatte jedenfalls den Status der Beerdigung des Dahingegangenen erhöht und die Hinterbliebenen erfreut. Eine Art Qualitätsstempel für das Lebenswerk des Verstorbenen.

Aber Agneta hatte ihre eigene Beerdigung verpasst. Und auch Stellans, doch das machte ihr nicht so viel aus. Ihre eigene hätte sie dagegen gerne gesehen. Hatten ihre Töchter etwas über sie gesagt? Hatte es dort jemanden gegeben, der ganz ehrlich trauerte, abgesehen von der vielleicht etwas zart besaiteten Malin? Sie bezweifelte es.

Jetzt saß sie hier zum dreiundvierzigsten und vielleicht auch letzten Mal dabei. Auf Beerdigungen zu gehen hatte sie immer gelangweilt, und wenn sie, wie jetzt, den Todesfall verursacht hatte, konnte sie ein nagendes Unbehagen nicht abschütteln. Sie hoffte wirklich, dass sie auf ihre alten Tage nicht noch so etwas wie ein Gewissen bekam. Das wäre in ihrem Beruf ziemlich unpassend.

Die Kirche St. Mary the Virgin lag direkt gegenüber vom *Pub Kings Head*, in dem sie und ihre neuen Bekannten sich so oft getroffen hatten.

Besonders viele Freunde hatte Maksim Popow nicht gehabt.

Ein Dutzend Menschen saßen über die Kirchenbänke verteilt. Ein paar Gesichter kannte Agneta aus dem Pub, und sie nahm an, dass die kurzen Gespräche, die sie dort geführt hatten, der gesamte Umgang war, den sie mit den Popows gehabt hatten. Ein paar waren aus dem Schachverein, das wusste sie, weil sie Ludmila geholfen hatte, die Einladungen zur Begräbnisfeier zu schreiben.

Es hatte beinahe den Anschein, dass Ludmila sich mehr darüber aufregte, dass sie so wenig Freunde hatten, als über Maksims Tod. Das war natürlich keine nette Beobachtung, aber Agneta hatte während der Wochen mit den Popows bemerkt, dass Ludmila nicht gerade amüsiert war über die ständigen Ausführungen ihres Mannes darüber, was er alles verloren hatte, weil sein eigener Neffe die unehrenhaft erworbene Nickelgrube wiederum von ihm gestohlen hatte. Sie hatten fliehen müssen, um ihr Leben zu retten, und Maksim war überzeugt davon, dass sein Neffe sich für großmütig hielt, weil er sie nicht über die Grenzen hinaus jagte, sondern lediglich schwor, dass er sie töten würde, sobald sie wieder einen Fuß auf russischen Boden setzten.

Vielleicht waren diese unendlichen Tiraden des Ehemanns der Grund dafür, dass Ludmila es in so hohem Grade genoss, eine Freundin aus dem Heimatland zu treffen, oder zumindest mit Wurzeln im Heimatland. Agneta fand, dass Ludmila während der langen gemeinsamen Abende aufgeblüht war.

Dass Maksim anglikanisch begraben wurde und nicht russisch-orthodox, erklärte Ludmila damit, dass ihr Gatte ein verbissener Atheist gewesen sei und dieses Arrangement eine Art Kompromiss zwischen ihrem eigenen Glauben und dem Mangel desselben bei ihrem Gatten darstellen könne. Außerdem hätte Maksim alle russischen Institutionen verabscheut, weil er sich von ihnen allen enttäuscht gefühlt hätte. Wo Ludmila keine Kompromisse kannte, das war die Aufbahrung Maksims in einem offenen Sarg während des Begräbnisgottesdienstes, wie es die Sitte in der russisch-orthodoxen Kirche gebot. Und Ilena hatte ihre Freundin bei diesem Beschluss mit ganzem Herzen unterstützt.

Als der Pfarrer jetzt zu dem Schluss gelangt war, dass alle zum Begräbnis gekommen waren, die kommen sollten, gab er dem Organisten ein Zeichen, dass er zu spielen beginnen solle. Ludmila hatte ihre Freundin Ilena gebeten, die Musik auszuwählen, und Agneta hatte der Versuchung nicht widerstehen können, das Gretchen am Spinnrade auszusuchen, in Wagners Variante.

Die Orgelmusik füllte den großen Luftraum über den Versammelten, die Kirchentore wurden geöffnet, und der Sarg wurde von zwei Reihen bestellter und bezahlter Träger hereingebracht. Ilena war wohl die einzige wirkliche Freundin, die das Paar gehabt hatte, und sie konnte den Sarg natürlich nicht allein tragen, sodass die Hilfe gemietet werden musste.

Als der Sarg auf seinem Platz war, las der Pfarrer die kurze, aber wohlwollende Beschreibung von Maksims Leben vor, die er mithilfe von Ludmilas Informationen zusammengestellt hatte. Der Pfarrer war ausgeliehen, weil die Pfarrstelle der Gemeinde nicht besetzt war, und vielleicht klang er deswegen distanzierter, als es auf Begräbnissen sonst üblich war. Aber vielleicht existierte diese Deutung auch nur in Agnetas Kopf.

Auch jetzt wurde der fantastische Reichtum erwähnt, den

Maksim in seinem Heimatland aufgebaut, aber für ein ruhiges Leben in dem kleinen Dorf in Cambridgeshire hinter sich gelassen hatte. Und hier, fand der Pfarrer, könnten alle etwas von Maksim lernen. Nicht nach weltlichen Schätzen zu streben, sondern das Leben im Kleinen zu genießen, das Glück in den einfachen Dingen und der Liebe zu den Nächsten zu finden. Er deutete auf Ludmila und vermied es sorgfältig, zu erwähnen, dass es Maksims eigener Neffe gewesen war, der sich die Reichtümer seines Onkels unter den Nagel gerissen und ihn anschließend aus dem Land gejagt hatte. Er kam auch nicht auf die Bitterkeit zu sprechen, mit der dieser Verlust die letzten dreißig Jahre seines Lebens erfüllt hatte.

Ludmila weinte, aber es war nicht ganz klar, ob es an dem verlorenen Gatten lag oder an dem großen Verrat, der ihr Leben zerstört hatte.

Dann las der Pfarrer aus der Bibel, und hier kam das erste Zeichen dafür, dass er den Kern dessen verstanden hatte, was Ludmila ihm über Maksim erzählt hatte, denn eine der Stellen, die er ausgewählt hatte, war das erste Buch Mose 50, 17: »Vergib doch deinen Brüdern die Missetat und Sünde.«

Als die Worte gerade in Gottes heiligem Raum verklangen, wurden die Kirchentore ein weiteres Mal geöffnet, und ein ganzes Gefolge marschierte ein.

Zehn bewaffnete Muskelberge stellten sich an den Wänden auf und betrachteten die Begräbnisgäste durch schwarze Sonnenbrillen. Anschließend folgte eine Gruppe von fünf Männern. Zwei vorne, zwei hinten und einer in der Mitte.

Als Ludmila den Mann in der Mitte sah, keuchte sie auf und begann am ganzen Körper zu zittern. Agneta nahm ihre Hand.

»Wie kann er es wagen, wie kann er es wagen …«, murmelte sie auf Russisch.

Er war es.

Der Neffe.

Dmitrij Zerkowskij.

Der Werwolf.

Der Gangster, der zum Millionär wurde, indem er das Unternehmen seines Onkels stahl, und dann zum Milliardär, indem er Waffen verkaufte. Der Oligarch, an den man nie herankam.

Jetzt würde er dem großen Bruder seiner Mutter seinen Respekt erweisen. Dem Mann, der ihm ein Heim gegeben hatte, als seine Eltern in dem sowjetischen Gefangenenlager gestorben waren, in dem sie wegen erfundener Verbrechen eingesessen hatten. Ein letzter Gruß, um sein schlechtes Gewissen zu betäuben. Ludmila vermochte es nicht, ihn anzusehen. Agneta hielt weiter ihre Hand.

Dann erklang die Orgel, und es war an der Zeit, zu den Tönen von Siegfrieds Trauermarsch am Sarg vorbeizudefilieren.

Während sie aufstand, öffnete Agneta ihre Handtasche und den Metallbehälter, der darin lag. Sie entnahm ihm eine kleine Sprühflasche, dem Anschein nach eine Gratisprobe von Yves Saint Laurents Black Opium. Dann half sie ihrer Freundin auf die Füße und stützte sie auf dem ganzen Weg zum offenen Sarg.

Ludmila legte ihre einsame Rose auf Maksims Brust und küsste seine Stirn.

Agneta beugte sich vor und küsste die Wange des Toten, während sie im Schutz ihres Kopfes seine Stirn mit dem Inhalt der kleinen Flasche besprühte. Der ganz und gar nicht nach Parfüm roch.

Sie achtete sorgfältig darauf, dass nichts von dem Spray auf ihr landete.

Dann gingen sie um den Sarg herum und zurück auf ihre Plätze in der ersten Reihe. Agneta stellte fest, dass der Werwolf als nächster Verwandter nach Ludmila an den Sarg trat, während seine Männer die anderen Gäste auf Abstand hielten.

Dmitrij Borisowitsch Zerkowskij küsste seinen Onkel auf die

Stirn, als wollte er angesichts des nächsten Lebens eine Friedensverhandlung beginnen. Damit nicht der Onkel, der zuerst dort ankam, möglicherweise eine Rache in der nächsten Welt plante. Oder er wollte seinem Onkel dafür danken, dass er Russland damals wirklich verlassen hatte, sodass er ihn nicht hatte töten müssen. Oder Maksims Tod hatte dem Werwolf einen Anflug von schlechtem Gewissen beschert, aber daran glaubte Agneta nicht einen Augenblick.

Sobald der Neffe sich nach dem Stirnkuss wieder aufgerichtet hatte, ließ Agneta Ludmilas Hand los, flüsterte »nur einen Augenblick«, stand auf und ging.

Während die übrigen Begräbnisgäste sich zum Sarg begaben, davor stehen blieben und dem Toten aus respektvollem Abstand zunickten, ging Agneta durch den Mittelgang zwischen den Bänken zu den Kirchentoren und weiter nach draußen.

Hier gab es die Toiletten, und ihre Hoffnung bestand darin, dass ihr Auszug als ein Toilettenbesuch gedeutet wurde. Aber Agneta wollte weiter weg als bis dorthin. Sehr viel weiter.

Vor der Kirche stand eine ganze Kolonne gepanzerter Limousinen von Mercedes und BMW. Über ihnen schwebte ein Hubschrauber. Grimmige Männer mit Sonnenbrillen und automatischen Gewehren musterten Agneta, als sie herauskam, sortierten die alte Frau allerdings sofort als ungefährlich und uninteressant aus.

Agneta hatte sich bereits von ihrem Besitz getrennt und die Zimmermiete bezahlt, also musste sie nicht in ihr Hotel zurückkehren. Stattdessen ging sie in Richtung Cambridge.

Als sie etwa zehn Meter gegangen war, hörte sie ein Brüllen aus der Kirche und das Geräusch rennender Füße, die in dem geweihten Gebäude verschwanden.

Während sie weiterging, öffnete sie den anderen kleinen Behälter, den Schönberg ihr organisiert hatte. Atropin und was sonst noch darin war. Wenn sie es direkt einnahm, würde es die

Wirkung ihrer Nähe zum Gift neutralisieren. Oder sie zumindest ausreichend dämpfen.

»Weißt du eigentlich, wie schwer es ist, an Nowitschok heranzukommen?«, sagte Schönberg, als sie angerufen hatte.

»Weißt du, wie schwer es ist, an den Werwolf heranzukommen?«, sagte Agneta.

»Point taken. Und mit dem Gift war es am Ende doch nicht so schwer, wie ich dachte.«

»Du hattest noch ein bisschen im Badezimmerschrank?«, fragte sie und lächelte.

»Nein. Tatsächlich war es dein alter Freund Jurij, der mir geholfen hat.«

Agneta zuckte zusammen.

»Hast du ihn da mit reingezogen?«

»Er war die ganze Zeit schon dabei«, sagte der Deutsche.

»Jurij? Mein Jurij?«

Agneta runzelte die Stirn, während sie die Information verarbeitete.

»Dein Jurij. Wir haben natürlich nur indirekt miteinander kommuniziert, aber der ganze Plan ist seiner.«

»Der ganze Plan? Um Jadoweg zu Fall zu bringen?«

»Ja.« Schönberg musste lachen. »Sie sind wohl so etwas wie Rivalen um die Macht. Anscheinend auf Leben und Tod. Diese Intrigen im Kreml …« Schönberg gluckste vor sich hin und seufzte beinahe amüsiert. »Wir haben hier also dieselben Interessen. Der Feind des Feindes, du weißt schon. Aber das hier ist nur ein Teil der Operation Wagner.«

»Hättest du das nicht vorher sagen können?«, entgegnete Agneta nach einer Pause.

»Was spielt es denn für eine Rolle?«

»Ich will wissen, warum ich das tue, was ich tue. Ich will kein nützlicher Idiot in den intriganten Plänen von irgendjemandem sein.«

»Ja, ja. Jetzt bist du jedenfalls fertig«, sagte Schönberg, und man hörte seiner Stimme an, dass er das Gespräch gedanklich schon abgehakt hatte. »Jadoweg erledigen wir selbst.«

»Gut. Dann kannst du mich ja vergessen.«

Wenn Jurij darin verwickelt war, verstand sie auch, warum er an dem Schlag gegen Romanowitsch interessiert gewesen war.

Aber dass Jurij Jadoweg zu Fall bringen wollte, war ein Teil der Operation Wagner. Das veränderte alles.

Agneta sah ein, dass sie noch eine Sache zu erledigen hatte.

Etwas, das sowohl Schönberg als auch Jurij überraschen würde.

66

Rechts an der Skalitzer Straße und an den erhöhten Gleisen der U-Bahn entlang, auf denen die hübschen gelben Züge ihre Passagiere zwischen ihren Arbeitsplätzen, ihren Wohnungen und ihren gesellschaftlichen Aktivitäten transportierten. Mit derselben hohen Geschwindigkeit über die Spree mit dem Fernsehturm auf Abstand. Dahinter scharf nach links in eine schmalere Straße, in der Koslow schnell am Straßenrand parkte, in den Sitz sank und den Verkehr draußen in der Allee durch den Rückspiegel betrachtete.

Nach einer halben Minute schien er davon überzeugt, dass sie den Pistolenmann abgeschüttelt hatten, und setzte sich wieder gerade hin. Dieses Mal trug der Russe eine schwarze Lederjacke zu seinen schwarzen Anzughosen, dazu ein weißes Hemd und eine weinrote Krawatte. Und nach wie vor einen Fedorahut auf dem Kopf.

Sara blieb in ihrer versunkenen Haltung liegen. Hatte keine Kraft mehr, sich aufzurichten. Sie hatte sich von dem Anschlag noch nicht erholt. Alles war so schnell gegangen, es fühlte sich fast unwirklich an, als sie darüber nachdachte, dass sie kurz davor gewesen war, erschossen zu werden. Aber so war es tatsächlich; der Rücken, der mehr als je zuvor schmerzte, war ein Beweis dafür.

Wer wusste, dass sie in Berlin war? Und warum wollte sie jemand tot sehen? Sie wollte doch nur in Ruhe gelassen werden. Das zerbrechliche Gefühl der Sicherheit, das sie nach ihren früheren Traumata hatte aufbauen können, war jetzt wie weggeweht. Sie fühlte sich ungeschützt und ausgeliefert, aber dieses Gefühl machte ihr nicht nur Angst, sondern trieb auch ihre Rachlust an. Niemand hatte das Recht, so mit ihr umzugehen. Sie setzte sich hin und betrachtete ihren Retter.

»Wer war es, der auf mich geschossen hat?«, fragte Sara.

»Valkyria«, antwortete Koslow.

»Erics Firma?«

Sara fiel es schwer, diese Information zu verarbeiten.

»Vor langer Zeit. Jetzt wird sie von anderen Leuten gesteuert. Sie sind direkt in eine Falle gelaufen, fürchte ich.«

Koslow betrachtete sie mitleidig.

»Rabe?«

»Man kann sich auf niemanden verlassen«, sagte der Russe.

»Aber warum?«

Koslow zuckte mit den Schultern.

»Faust, Geiger, Rabe. Doppelagenten und Trippelagenten, die die ganze Zeit die Seite wechseln.«

»Und auf welcher Seite stehen Sie?«

»Auf Ihrer«, sagte Koslow und legte die Hand auf Saras Knie. »Immer auf Ihrer.«

Sara wischte Koslows Hand mit einer müden Geste zur Seite.

»Was spielt sich hier eigentlich ab?«, fragte sie dann und warf ihm einen stechenden Blick zu.

»*Die Götterdämmerung.*«

»Die Welt geht also unter?«

Das sagte Sara zumindest ihr Schuldeutsch.

»Ziemlich nah dran. Und es war der Name der Operation, die Abu Rasil und Geiger durchführen wollten. Jetzt versuchen sie es erneut.«

Koslow ließ den Motor wieder an, wendete auf der Straße und bog dann nach links in die Stralauer Allee ab.

In der Zwischenzeit schrieb Sara eine SMS an Thörnell.

»*Oleg Jadoweg?*«

»Halten Sie sich von ihm fern!«

»Wenn Sie Infos schicken. Versprochen.«

»Okay«

Plötzlich ertönte etwas im Innenraum, das wie ein altmodischer Luftalarm klang. Der Lärm schien ein Signal aus Koslows Handy zu sein. Er hob es auf und sah auf das Display.

»Der Werwolf. Das hätte ich nie für möglich gehalten.« Dann warf er Sara einen amüsierten Blick zu. »Wenn da nicht wieder Ihre geliebte Agneta die Finger im Spiel hatte.«

»Was für ein Werwolf? Was ist denn passiert?«, fragte Sara und beugte sich vor, um zu sehen, was das Display zeigte.

»Ein toter Waffenhändler. Das heißt, Waffenhändler wäre eine Untertreibung. Raketen, Bomber, Kernwaffen. Er spielt in einer ganz eigenen Liga. Oder spielte. Er kaufte jede Menge sowjetischer Waffen auf, als das Imperium zusammenbrach, und verkaufte sie anschließend auf dem offenen Markt. Gerüchte sagten, dass er unmöglich zu töten sei. Hunderte sollen es schon versucht haben.«

»Und jetzt wurde er von Agneta umgebracht? Warum denn?«

»Wer weiß. Aber er ist im Kreml ganz gewiss in Ungnade gefallen. Sie fanden, dass er das Vaterland verraten hätte, als er die Waffen der Sowjetunion verkaufte. Es war ihnen allerdings nie geglückt, an ihn heranzukommen. Bis jetzt.«

»Arbeitet Agneta für Russland?«

Koslow zuckte unbekümmert mit den Schultern.

»Einmal Schläferin, immer Schläferin.«

Er sah vergnügt aus, als hätte die Mannschaft, die er immer unterstützt hatte, ein Spiel gewonnen, das alle anderen verloren gegeben hatten.

»Könnten Sie sich vorstellen, mir einen kleinen Dienst zu erweisen?«, sagte Koslow dann. »Nachdem ich Ihnen das Leben gerettet habe?«

»Kommt drauf an, worum es geht.«

»Darum, dass Sie hier unterschreiben.«

Ohne den Blick von der Straße zu nehmen, angelte Koslow eine Plastikmappe vom Rücksitz und reichte sie Sara.

Eine Vereinbarung über die Zusammenarbeit bei Infrastrukturarbeiten in Deutschland. Die Sara im Namen von Titus & Partners unterschreiben sollte.

»Sind das die Papiere, von denen Tom gesprochen hat? Gloria?«

»Ja. Sie würden uns beiden einen großen Gefallen tun, wenn Sie Ihre Unterschrift darauf setzen könnten.«

»Gibt es denn gerade nichts Wichtigeres?«, entgegnete Sara, ließ die Fensterscheibe herunter und warf die Papiere nach draußen. Dann wandte sie sich wieder Koslow zu.

»Was haben Sie für ein Interesse an dieser Zusammenarbeit?«

»Ich vermittele Kontakte, wie ich bereits erklärt habe«, sagte der Russe mit heiterem Tonfall. »Das erleichtert die Geschäfte.«

»Und Valkyria ist gegen dieses Geschäft?«, fragte Sara, während sie nachdachte.

»Wer auch immer sie beauftragt, scheint dagegen zu sein. Auf dem Energiemarkt ist die Konkurrenz im Augenblick sehr hart.«

»So hart, dass man Leute ermordet?«

»Liebe Sara, jede Menge Menschen werden für weitaus weniger ermordet als in diesem Fall.«

Koslow war mit hoher Geschwindigkeit an der Spree entlanggefahren und auf der Otto-Braun-Straße abgebogen. Jetzt nahm er die Leipziger Straße bis zum Potsdamer Platz, fuhr am Holocaust-Mahnmal und am Brandenburger Tor vorbei. Dann ging es quer durch den Tiergarten und weiter nach Westen. Die ganze Zeit drehte sich Sara um und suchte nach dem schwarz gekleideten Mann auf dem Motorrad.

»Wohin fahren wir?«, fragte sie, als sie sich endlich ein bisschen ruhiger fühlte, wandte den Blick wieder nach vorn und sah, dass sie aus Berlin herausgefahren waren.

»Leipzig. Haben Sie Hunger? Hier.«

Koslow fischte eine braune Papiertüte vom Boden und warf sie zu Sara hinüber. Sie öffnete die Tüte und nahm einen viereckigen Kuchen mit dem Relief eines Piratenschiffs heraus, das in der Luft über den Wellen schwebte.

»Frankfurter Brenten«, sagte Koslow. »Die leckersten Kuchen der Welt, und es ist noch nicht einmal Weihnachten. Spezialanfertigung.«

Er klang genauso zufrieden wie ein Fünfjähriger, der zwei Süßigkeitentüten auf einem Kindergeburtstag ergattert hatte. Sara biss von dem Kuchen ab. Orange und ein leichter Geschmack nach Marzipan, gut genug. Sie stopfte sich drei Stück nacheinander hinein, statt des Mittagessens, das sie verpasste hatte.

Bevor sie fertig gegessen hatte und fragen konnte, was sie in Leipzig denn vorhätten, bekam sie eine SMS mit Links von Thörnell.

Sara klickte nacheinander auf die Links und konnte auf unterschiedlichen Homepages über den großen Mafiakrieg lesen, der das auseinanderfallende Russland in den Neunzigerjahren heimgesucht hatte. Oligarchen und Gangsterbosse hatten Krieg um Bodenschätze und ehemalige staatliche Unternehmen geführt. Die offizielle Zahl lautete dreißigtausend Ermordete, aber das wurde eher als die Unterkante angesehen. Eine brutale Zeit.

Und Oleg Jadoweg war der Brutalste von allen. Er hatte ohne Gewissen gemordet. Es wurde außerdem behauptet, dass er jede Menge Gegner persönlich umgebracht hätte.

Ein paar der Links galten Valkyria. Das inzwischen tatsächlich Jadoweg gehörte. Valkyria hatte in Syrien, im Irak und in verschiedenen Bürgerkriegen in Afrika gekämpft und brutale Massaker an Zivilisten verübt. So tickte also Erics alte Firma, die gerade versucht hatte, sie zu erschießen. Selbst nach seinem Tod war Erics böser Geist noch hinter ihr her, dachte Sara, während sie die Texte las.

Der Name der Gruppe kam daher, dass sie Wagners Walkürenritt in ohrenbetäubender Lautstärke spielten, wenn sie ihre Opfer angriffen, inspiriert von dem Film *Apocalypse Now*. Sie waren also gleichzeitig lächerlich und lebensbedrohlich.

Koslow schielte auf Saras Handy herunter und wies darauf hin, dass sie leicht zu orten sei, wenn sie es eingeschaltet habe.

Sie schaltete ihren Apparat ab und wandte sich dem ehemaligen Diplomaten zu.

»Was wissen Sie über Oleg Jadoweg?«

Koslow sah sie sehr lange an.

»Keine guten Sachen.«

»War er es, der die Informationen über die Bomben an die Terroristen verkauft hat?«

Koslow hielt kurz inne, bevor er reagierte.

»Wo haben Sie das gehört?«

»Wird Agneta ihn auch töten?«, fuhr Sara fort und ignorierte seine Frage.

»Das weiß ich nicht. Es ist schwierig herauszufinden, was genau gerade passiert. Jadoweg hat viele Feinde, aber er steht der Leitung des Kremls nahe, also wird er beschützt. In Russland geht es allein darum, wie viel Schutz man hat. Krysja. Und Jadoweg hat den besten, den man für Geld bekommen kann.«

»Man kommt also nicht an ihn heran?«

»Man kann an jeden herankommen. Aber damit die Russen einen Angriff auf ihn akzeptieren, müssen sie eine Gegenleistung bekommen. Etwas, das mehr wert ist.«

»Wie der Tod des Werwolfs und der von Romanowitsch?«

»Zum Beispiel«, sagte Koslow, steckte die Hand in die braune Tüte und stopfte sich einen Kuchen in den Mund. Krümel bröselten ihm aus dem Mund, als er weitersprach und gleichzeitig kaute. »Sie zu eliminieren, muss ein Dienst am Kreml gewesen sein. Und man wird auf eine erhebliche Belohnung hoffen. Nicht einmal die GRU war an sie herangekommen.«

»Also ist Agneta ziemlich gut in dem, was sie tut?«

»Besser als je zuvor. Als sie jung war, war sie zu schön, zog alle Blicke auf sich. Als alte Frau ist sie unsichtbar«, sagte der Russe und sah dabei etwas melancholisch aus.

»Aber warum macht Agneta es für den BND?«

»Wer weiß?«, sagte Koslow und zuckte mit den Schultern. »Der BND arbeitet schließlich mit Jurij zusammen, Desirées altem Führungsoffizier. Vielleicht hat er sie überredet?«

»Und er gehört immer noch zum KGB? Oder FSB?«

»N-nein«, sagte der Russe und zögerte mit der Antwort, »aber er will zurück in den inneren Zirkel. Es kann sich lohnen, mit dem Kreml befreundet zu sein. Vor allem ist es lebensgefährlich, ihn zum Feind zu haben. Und Oleg Jadoweg scheint zu der gegnerischen Gruppe von Jurij zu gehören. Es gibt zwei Fraktionen, die um die Gunst des Präsidenten buhlen. Jurij hat deshalb selbst ein Interesse daran, ihn zu stoppen.«

»Indem er tut, was der Kreml will?«, fragte Sara mit gerunzelter Stirn.

»Es geht darum, das zu tun, was der Präsident will, ohne dass der Präsident es sagen muss. Full deniability.«

»Wenn also Agneta zwei Oligarchen tötet, liegt Jurij im Kreml besser im Rennen, und dann kommt der BND an Jadoweg heran, damit der keine Informationen über andere Bomben verkauft?«, fragte Sara und betrachtete Koslow, um sich zu vergewissern, dass sie es richtig verstanden hatte.

»Es ist eine Theorie.«

»Und warum passiert das alles gerade jetzt?«, fragte sie und dachte, dass sie sehr viel dafür geben würde, wenn es nicht so wäre. Um stattdessen zu Hause auf dem Sofa mit ihren Kindern zu sitzen. Sara hatte geglaubt, dass Erics Tod das Ende war, ein wahrlich schreckliches Ende, aber gleichwohl etwas, das nötig war, damit sie weiterkommen konnten. Um die Bosheit und die Fäulnis, die sich in der Familie verbreitet hatten, hinter sich zu lassen. Jetzt stellte sich im Gegenteil heraus, dass der Tod des Schwiegervaters lediglich ein kleiner Teil eines sehr viel größeren Ganzen war, ein unglaublich traumatisches Ereignis in ihrem eigenen Leben, das von den großen Spielern nur im Vorübergehen bemerkt wurde. Und dass einer dieser Spieler Titus & Partners war, mit dem Sara in höchstem Grade verknüpft war. Das korrupte Familienunternehmen. Doch Jadoweg und die anderen hatten einen großen Fehler begangen, dachte sie. Sie hatten geglaubt, dass Erics Tod auch Sara aus dem Spiel geworfen hätte. Aber sie erkannte jetzt, dass die Ereignisse im Keller im letzten August nur der Startschuss gewesen waren und dass sie jetzt dabei sein und spielen wollte. Sie war es leid, nur ein Stein im Spiel der anderen zu sein, sie wollte über ihr eigenes Leben bestimmen, und wenn es dafür erforderlich war, sich denen zu stellen, die sie angriffen, dann war das eben so.

»Gute Frage«, sagte Koslow und unterbrach ihren Gedankengang. »Ich nehme an, dass diejenigen, die es zuletzt versucht hatten, einen neuen Anlauf unternehmen wollen. Und dass der deutsche Geheimdienst damit rechnet, dass sie es weiter versuchen, bis es ihnen glückt. Wenn man sie nicht ein für alle Mal stoppt.«

»Und was soll dabei Ihre Rolle sein? Sie machen Geschäfte, sagten Sie.«

»Geschäfte und Politik gehören zusammen. Es ist dieselbe Sache.« Der Russe hielt eine Hand hoch und zeigte ihr abwechselnd die Vorder- und die Hinterseite. »Geschäfte – Politik. Geschäfte – Politik. Und Sie zu retten, ist gut für das Geschäft.«

»Sonst hätten Sie es nicht getan?«, fragte Sara und tat gekränkt.

Koslow lächelte nur zur Antwort.

»Ich nehme an, dass Sie eine große Provision erwartet, wenn ich unterschreibe?«

»Sehr groß.«

»Und dann habe ich die Papiere einfach weggeworfen.«

Sie setzte eine Trauermiene auf.

»Kein Problem«, sagte Koslow. »Ich habe mehrere Kopien des Vertrags im Handschuhfach.«

Sara öffnete das Handschuhfach, holte eine Mappe mit mehreren Verträgen heraus, ließ das Fenster herunter und warf die Mappe nach draußen. Sah eine Packung mit Schmerztabletten und schluckte bei der Gelegenheit zwei Stück.

»Kein Interesse«, sagte sie.

Koslow schielte zu Sara hinüber und nickte.

»Am Ende werden Sie unterschreiben«, sagte er.

Sara nahm noch einen Kuchen, legte ihn dann aber wieder zurück in die Tüte und sah aus dem Autofenster. Abfahrtsschilder nach Potsdam. Alles auf ihrem Weg schien aus den Geschichtsbüchern geholt zu sein, die sie als Kind gelesen hatte. Als würden die Jahre mit derselben Geschwindigkeit an ihr vorbeirasen, die das Tachometer anzeigte.

»Was machen wir in Leipzig?«, fragte sie.

Koslow schwieg eine Weile, statt gleich zu antworten, dann nickte er still, als hätte er eine Entscheidung getroffen.

»Liebe Sara, abgesehen von den ganzen Geschäften sind Sie jetzt auch Teil der Operation Wagner, ob Sie es wollen oder nicht.«

»Und was ist die Operation Wagner?«

»Zu verhindern, dass die Bomben an der alten Grenze gesprengt werden. Wagner soll die Götterdämmerung aufhalten.«

»Raffiniert«, sagte Sara.

»Ja, das ist es, nicht wahr?« Koslow sah zufrieden aus. »Sie wissen ja, Terror ist nicht gut für die Geschäfte.«

»Sonst wäre es Ihnen egal?«

Koslow zuckte nur mit den Schultern.

»Und wer steckt hinter der Operation Wagner?«, fragte Sara.

»Der BND?« Koslow zog eine Augenbraue auf eine Weise hoch, die Sara als bekräftigend deutete. »Und worin besteht Ihre Rolle bei dem Ganzen? Abgesehen von den Geschäften?«

»Ich vermittle. Ich versuche den BND und den FSB zur Zusammenarbeit zu bewegen.«

»Warum denn? Was haben Sie selbst davon?«

Koslow lächelte. Ein gleichzeitig trauriges und glückliches Lächeln.

»Die Liebe. Sie wissen ja, seit meine Frau tot ist, bin ich sehr einsam gewesen. Aber jetzt habe ich eine neue Frau. Jung und schön.«

Koslow hielt sein Handy hoch und zeigte das Bild einer hübschen Frau in den Zwanzigern mit einem leeren Blick.

»Und sie wird gezwungen, Sie zu heiraten?«

»Es ist ganz freiwillig. Ihre Familie bekommt ein eigenes Haus und eine kleine Werkstatt, damit sie sich versorgen können. Sie sind Roma. Sie haben sonst keine Möglichkeiten.«

Der Russe betrachtete das Display mit lüsternem Blick.

»Ein sechzig Jahre älterer Mann ist auch keine Möglichkeit.«

»In zehn Jahren bin ich tot, dann erbt sie alles.«

»Ein Pakt mit dem Teufel«, sagte Sara und sah aus dem Seitenfenster.

Alle Intrigen surrten ihr im Kopf herum. Terroranschläge, die DDR, die Sowjetunion, Krieg um Energiemärkte, Sicherheitsdienste und Doppelspiele. Und mitten drin befand sich Sara an einem winzigen Rad des Uhrwerks, indem sie die Papiere für Titus & Partners unterschrieb.

Aber auch kleine Zahnräder konnten sehr große Uhrwerke zum Stehen bringen, dachte Sara streitlustig.

Die Ereignisse des Tages forderten ihre Rechnung. Als die

Tabletten endlich anfingen zu wirken, schlief Sara mit der Wange an der Seitenscheibe ein.

Nach einer Weile schielte Koslow zu ihr hinüber, stellte fest, dass sie schlief, und nahm sein Handy.

Während er das Gaspedal noch tiefer durchtrat, machte er ein Bild der schlafenden Sara und schickte es an eine Nummer im Telefonbuch, die er mit dem Namen »X« gekennzeichnet hatte.

Und bekam sofort eine Antwort.

Ein nach oben gerichteter Daumen.

Koslow nahm noch einen Kuchen aus der Tüte und kaute zufrieden.

Alles lief wie geplant.

67

Die Novembersonne war so blass, dass sie sich kaum durch die Fensterscheibe der Polizeiwache von Solna kämpfen konnte. In der eitlen Hoffnung, dass der Sommer nicht schon seit Langem tot war, war die Deckenbeleuchtung ausgeblieben.

Stattdessen leuchtete die Schreibtischlampe, und ihre Röhre warf ein kaltes, helles Licht auf den Tisch, während es gleichzeitig die Dunkelheit im Rest des Raums dadurch noch verstärkte.

Die internen Ermittlerinnen Moa Lidbeck und Carin Fredriksson sahen von der Gewerkschaftsvertreterin Martina Haridi zu den Kommissaren Heidi Dybäck und Axel Bielke.

»Ist sie vorgeladen?«, fragte Moa.

»Natürlich«, antwortete Heidi.

»Und sie hat auch den Ernst der Anklage verstanden?«

»Absolut.«

»Hast du dann eine Ahnung, warum sie nicht kommt?«

Die Frage war an Heidi gerichtet.

»Sara hat leider ernsthafte Probleme mit der Disziplin und den Regeln. Solange ich die Sandin-Ermittlungen in der Hand hatte, hat sie sich bei meinen Anordnungen immer quergestellt. Es ist wie eine Art Zwang bei ihr.«

»Das ist aber nicht mein Eindruck«, sagte Axel Bielke und wand sich ein bisschen auf seinem Stuhl.

»Du bist eine Weile weg gewesen«, sagte Heidi. »Sara hat sich verändert.«

»Und sie geht nicht mehr ans Telefon?«, fragte Moa.

Heidi schüttelte den Kopf und versuchte mitleidig statt schadenfroh auszusehen.

»Ich habe es auch versucht«, sagte Carin mit einem leisen Seufzen. »Gerade eben. Es ist ausgeschaltet.«

Die Gewerkschaftsvertreterin Martina Haridi sah Heidi an und zog die Luft zwischen den Zähnen ein.

»Na, dann.«

Moa sah auf die Uhr, dann schaltete sie das Aufnahmegerät ein und beugte sich über das Mikrofon.

»Die Vernehmung der Kriminalinspektorin Sara Nowak aufgrund einer Anzeige wegen übermäßiger Polizeigewalt wird eingestellt, da die Beschuldigte der Vorladung nicht nachgekommen ist.«

Moa schaltete es wieder aus und gab Heidi, Axel und Martina ein Zeichen, dass sie gehen konnten.

»Ja, das ist jedenfalls nichts, was ihr weiterhelfen wird«, sagte sie.

Heidi lächelte zufrieden.

68

»Wachen Sie auf, wir sind da.«

Langsam erhob sich Sara aus der Schattenwelt des Schlafs. Die Wirklichkeit nahm allmählich Formen an, und die Träume starben einen langsamen Tod. Wer sprach mit ihr? Wer war sie?

In Zeitlupe wurde ihr bewusst, wo sie sich befand.

In einem Auto in Deutschland, mit Boris Koslow.

Wie war es eigentlich dazu gekommen?

Wo waren sie?

Gab es zu Hause jemanden, der sich dasselbe fragte? Jemand, der sie vermisste?

Sie konnte bislang nur Fragen formulieren, keine Antworten.

»Leipzig«, sagte Koslow. »Ostdeutschland. Hier gibt es immer noch viele alte Sympathisanten. Ehemalige Stasimitarbeiter und verirrte DDR-Romantiker sowie den einen oder anderen Aktivisten.«

»Aktivisten? Sie meinen Terroristen?«

»Das sage ich nicht, wenn Sie es hören können.«

Der Russe lachte verschmitzt.

»Okay, und was machen wir hier?«

»Wir werden jemanden treffen. Von dem wir hoffen, dass er Informationen hat.«

»Worüber?«, wollte Sara wissen und rieb sich den Schlaf aus den Augen.

»Über ein Treffen.«

»Und diesen jemand gibt es hier?«

»Wie gesagt, hier gibt es viele Leute mit persönlichen Verbindungen zu ›Leuten auf der anderen Seite‹, wie der Westen es nannte. Und das war eigentlich die ganze Welt, abgesehen von den USA und Westeuropa. Die Sowjetunion, Osteuropa, Asien, Afrika, Südamerika.«

»Hier trafen sich also Terroristen aus aller Welt«, überlegte Sara laut und sah durch die Fensterscheibe eine lange, gerade Straße mit fünfstöckigen Mietshäusern.

»Genau. Und einige sind geblieben. Sie gründeten Familien, bekamen Kinder und übertrugen ihre Überzeugungen an die nächste Generation. Sodass die alte DDR eine gute Arena für das Einholen von Informationen ist«, sagte Koslow und knüllte die mittlerweile geleerte Kuchentüte zusammen.

»Über die Terroristen? Wagt es denn jemand, den Mund aufzumachen?«

»Denken Sie daran, dass es bedeutend mehr Muslime gibt, die gegen den Dschihad sind als dafür. Kommen Sie, wir müssen etwas essen. Da vorne liegt ein wunderbares Restaurant.«

»Haben die auch eine Toilette?«

Sara wurde bewusst, dass sie den ganzen Tag noch nicht auf der Toilette gewesen war, und spürte jetzt, dass sie fast platzte. Sie stiegen aus dem Wagen, Koslow schloss ab und legte den Schlüssel auf den linken Vorderreifen.

»Sicherheit geht über alles«, sagte Sara mit einem ironischen Lächeln.

»Falls jemand anderes ihn braucht«, erklärte Koslow. »Meine Freunde haben einen Autopool, der die Transportbedürfnisse mit anonymen Fahrzeugen koordiniert.«

Eine supergeheime Bürokratie. Sara fragte sich erneut, ob Koslow wirklich für einen Geheimdienst arbeitete oder ob er nur über eine lebhafte Fantasie verfügte und ein bisschen Spannung in sein Rentnerdasein bringen wollte.

Sie folgte ihm auf eine größere Straße mit einem Park direkt auf der anderen Seite. »Arthur-Hoffmann-Straße 111« stand auf einer Markise, als sie nach rechts abbogen und vor einem Restaurant im Erdgeschoss eines Mietshauses landeten, das ziemlich genau mit Saras Vorurteilen über aufgemotzte Ostarchitektur übereinstimmte.

»Skaska Russisches Restaurant«, las sie an der langen Außenterrasse, die an der ganzen Fassade entlanglief. Wenn sie vorgefasste Meinungen über Ostarchitektur hatte, dann hatte sie die in multiplizierter Form über russisches Essen. Aber jetzt musste sie so dringend auf die Toilette, dass es sie nicht kümmerte.

»Bestellen Sie«, sagte sie zu Koslow, sobald sie hereingekommen waren, und lief zur Toilette.

Es wollte gar kein Ende nehmen. So lange wie jetzt hatte sie noch nie in ihrem ganzen Leben eingehalten. Sie konnte froh sein, dass sie keinen auf Tycho Brahe gemacht hatte. Es wäre ja wirklich Ironie des Schicksals gewesen, einem Angriff von Valkyria knapp zu entgehen, nur um kurz darauf an einer geplatzten Harnblase zu sterben.

Als sie wieder herauskam, saß Koslow an einem Tisch in einer Ecke des Restaurants und sah zufrieden aus.

»Wir sitzen drinnen«, sagte er. »Es wäre keine gute Idee, sich unnötig auf der Terrasse zu exponieren. Ich habe übrigens schon bestellt.« Er reichte ihr die Speisekarte und zeigte auf ein paar unterschiedliche Gerichte, als wollte er ihr zu verstehen geben, welch eine gute Wahl er getroffen hatte. »Russischer Sauerkrautsalat, Soljanka Fleischsuppe und sibirische Pelmeni. Es ist mir lieber, Sie verbinden Sibirien mit gutem Essen als mit Gefangenenlagern.«

Koslow lächelte über seine eigene Erklärung, und Sara sah sich in dem hellen Lokal um. Eine Balalaika an der Wand, jede Menge russischer Matrjoschkas auf dem Boden und in den Regalen, bis zu einen Meter hoch. Eine Familie mit drei Kindern saß an einem anderen Tisch und ein älteres Paar an einem dritten, sonst gab es keine Gäste.

Ein Kellner mittleren Alters mit kleinen Zuckungen an den Augenbrauen stellte zwei Flaschen Bier auf den Tisch, ohne etwas in ihre Gläser zu schenken. Sara betrachtete die Flasche. »Baltika 4.«

»Ein dunkles Bier mit leichtem Karamellgeschmack«, sagte Koslow. »Aber es ist nicht süß. Süße Getränke sind nichts für mich.«

Er trank einen großen Schluck und stellte das Glas wieder hin. Legte die Ellenbogen auf den Tisch.

»Was wissen Sie über Leipzig?«, fragte er schließlich. Und ohne auf eine Antwort zu warten, erzählte er, dass Leipzig die Stadtrechte im zwölften Jahrhundert bekommen habe und dass die Stadt im siebzehnten Jahrhundert von schwedischen Truppen für fast ein Jahrzehnt belagert worden sei. »Zu jener Zeit war Schweden eine Großmacht«, fügte er hinzu, mit einem ironischen Unterton, der unterstrich, dass das kleine nordische Land seitdem zu dem genauen Gegenteil dessen geworden war. Die großen regimekritischen Demonstrationen in der Stadt hatten angeblich den Grundstein für den Zusammenbruch der DDR gelegt. Aber Koslows persönliche Theorie war, dass ein Teil der Protestierenden sich später eines anderen besonnen hatten, da sie eher darauf aus waren, die DDR zu reformieren, statt sie der BRD anzuschließen. In Leipzig war auch Richard Wagner geboren worden, und Johann Sebastian Bach war hier gestorben.

An diesem Punkt wurde Koslows Vortrag dann doch noch interessant. Für Sara waren die beiden großen Komponisten immer mit ihrem Geigenunterricht bei Professorin Irina Handamirow verbunden gewesen. Und verknüpft mit der Schuld. Wegen der Geige, über die sie sich mit ihrer Mutter gestritten hatte, die dann Stellan und Agneta bezahlt hatten und die Sara eigentlich gar nicht hatte haben wollen. Und die sie mit schlechtem Gewissen versucht hatte zu beherrschen. Die Geige, die sie immer gehasst und am Ende zerschlagen hatte, nachdem sie alles Schreckliche über Stellan erfahren hatte. Aber jetzt hatte sich Sara eine neue Geige gekauft. Sie sehnte sich danach, sie zu spielen, und es fühlte sich an, als könnte sie damit die Musik zu ihrer eigenen machen. Sie musste nicht mehr für jemand anderen spielen, sondern nur für ihr eigenes Vergnügen. Eine Art späte musikalische Befreiung.

»Wen treffen wir hier?«, fragte Sara, die sich jetzt erinnerte, warum sie überhaupt in der Stadt waren.

Koslow machte eine Pause, während der griesgrämige Kellner die Vorspeise auftischte.

»Viele Fanatiker fühlten sich verraten, als die Sowjetunion die DDR aufgab«, sagte Koslow, als der Kellner wieder verschwunden war. »Sie finden, dass der Fall der Mauer ein Fehler der Sowjetunion war. Und auch heute helfen sie gerne noch dem Feind des Feindes, wenn es den Verrätern im Kreml schadet.«

»Was können diese alten Ostdeutschen denn tun?«, fragte Sara und betrachtete skeptisch den Sauerkrautsalat.

»Die alten Sympathisanten findet man überall. In etlichen Ländern und in hohen Positionen. Und in neuen Organisationen. Ein Teil der alten Akteure ist vom palästinensischen zum islamistischen Aktivismus übergegangen und hat deswegen Einblick, was dort gerade passiert. Sie sind einfach unersetzlich, weil es beinahe unmöglich ist, dort Maulwürfe zu platzieren. Einen glaubwürdigen Hintergrund aufzubauen ist schrecklich kompliziert.«

»Das klingt genauso wie im Kalten Krieg.«

»Es ist der Kalte Krieg«, sagte Koslow und nahm sich einen der kleinen gefüllten Teigklöße. »Er hat nie aufgehört, sondern nur den Anzug gewechselt. Die Ideologen sind tot, jetzt zählen Geld, Energie und Macht. Neue Ziele, aber die gleichen Mittel.«

Sara aß ein paar Bissen und konnte so eine Weile schweigen, bevor sie fragte:

»Und womit soll uns dieser Maulwurf, den wir gleich treffen, helfen?«

428

»Mit Informationen. Über das, was gerade läuft.«

»Und damit können Sie dem BND helfen, der Jadoweg bekommen will? Und auf diese Weise Gloria auf den Weg bringen?«

»Genau.«

Sara dachte über Koslows Antwort nach, während sie die Zwischenräume ihrer Zähne mit einem Zahnstocher mit Minzgeschmack bearbeitete.

»Und warum muss ich dabei sein?«, fragte sie, nachdem sie wieder einige Minuten geschwiegen hatte.

»Um Sie vor Valkyria zu schützen.«

Koslow wischte sich den Mund ab und legte die Serviette auf den Tisch.

»Gehen wir?«, sagte er. »Es ist Zeit, unseren Freund zu treffen.«

Seaside Park Hotel hieß der Ort für das Treffen. Koslow checkte unter dem Namen Richard Geyer ein und kommentierte nicht, dass Sara neben ihm stand. Das Personal sollte glauben, was es wollte, dass sie Vater und Tochter waren oder ein Ehepaar mit großem Altersunterschied. Auf dem Weg von der Lobby in das Hotelzimmer hielt Koslow einen Vortrag über die Einrichtung des Hotels im Art-déco-Stil und ihr von der Eisenbahn inspiriertes Restaurant. Sara tat so, als würde sie ihm zuhören, und nickte und machte ah und oh, um höflich zu sein. Aber sie dachte die ganze Zeit nur darüber nach, was ihre Rolle in diesem Stück eigentlich sein sollte. Dass Koslow ihr nach Berlin gefolgt war und sie vor Valkyria gerettet hatte – hatte er das wirklich für das Geschäft getan, oder gab es noch einen geheimen Hintergedanken?

Hatte sie irgendeinen Beweis dafür, dass Koslow mit dem BND zusammenarbeitete?

Er konnte ein knallharter KGB-Agent sein oder vielleicht auch ein Einzelkämpfer, der nur so tat, als wäre er ein Teil des

Spiels. Vielleicht riskierte Sara ihr Leben, wenn sie ihm jetzt folgte.

Auf der anderen Seite hatte er ihr schließlich das Leben gerettet, also sollte sie sich auf ihn verlassen können. Er hatte ihr ja auch im Sommer geholfen, als sie herauszufinden versucht hatte, warum Stellan Broman ermordet worden war.

Koslow hatte eine Suite für das Treffen gebucht, und als er die Tür geöffnet hatte, hielt er sie für Sara offen, damit sie zuerst hineingehen konnte. Ein echter altmodischer Gentleman, dachte sie leicht amüsiert.

Bis die Tür hinter ihnen beiden ins Schloss fiel und sie die Suite betrat.

Und Lotta gegenüberstand.

Die eine Pistole auf ihren Kopf richtete.

69

Murphy Estate in Surrey war ein neu gebauter Palast in neoklassischem Stil. Als stammte er aus *Wiedersehen mit Brideshead*, oder es war zumindest so gedacht. Marmorboden und Bärenfelle, große, offene Kamine überall, Stuckaturen und Kronleuchter an der Decke. Das Hauptgebäude war drei Stockwerke hoch, mit zehn Schlafzimmern, acht Badezimmern und sieben Salons für den gesellschaftlichen Umgang. Ein Kinosaal, eine Bowlingbahn und ein fünfzig Meter langer Swimmingpool, sowohl drinnen als auch draußen.

Daneben stand ein separates Haus mit einem riesigen Ballsaal für große Feste und hinter den Häusern eine Reihe von Wohnhäusern für das Personal. Dreißig Hektar Grundstück, umgeben von einem Elektrozaun, mit Bewegungsmeldern und Kameraüberwachung mit eigener Stromversorgung. Anlagen für Tennis, Polo und Tontaubenschießen. Ein angelegter Park mit Hirschen, Rebhühnern und Fasanen. Ein Lusthaus und eine Garage für elf Autos, abgesehen von den Parkplätzen des Personals auf der Rückseite der Häuser.

Auf dem Hubschrauberlandeplatz stand ein Airbus ACH160, eine Luxusmaschine, die ein großer Schritt nach oben im Ambitionsniveau des Herstellers und eine Trumpfkarte im Kampf um die vermögendsten Kunden war. Das Interieur war aus einer Zusammenarbeit zwischen Airbus und dem Yachtdesigner Harrison Eidsgaard hervorgegangen.

Abgesehen von dem Gefühl, dass andere Hersteller Lichtjahre entfernt waren, hatte das Modell große Seitenfenster, die den Passagieren eine wunderbare Aussicht erlaubten, und gleichzeitig war die Schallisolation besser als bei konkurrierenden Maschinen. Jedes Exemplar war minimalistisch eingerichtet nach den spezifischen Wünschen des Kunden. Und dieser Kunde hatte vier große Loungesessel aus weißem Leder, einen Teppichboden, einen OLED-Schirm mit Wi-Fi-Verbindung, wandverschraubte Vasen aus Kristallglas sowie einen Champagnerkühler gewählt. Der Käufer war das Anwaltsbüro mit dem höchsten Stundensatz in London, das in Mayfair angesiedelte Giles, McKeown, Meier & Stretch.

Der Hubschrauber hatte in dieser Ausführung einhundertvierzig Millionen gekostet, wurde aber als absolut notwendig für die Firma erachtet. Eine Ausgabe, die man mehrfach wieder einnehmen würde, davon war man überzeugt.

Ausnahmsweise waren sämtliche Gründer der Firma mit auf dasselbe Treffen gefahren, und jetzt saßen alle vier auf der einen Seite des sechs Meter langen Tisches, auf den einst der rasende Heinrich VIII. gehämmert hatte.

Die vier trugen ihre maßgeschneiderten Anzüge, ihre handgenähten Schuhe und ihre Seidenhemden und betrachteten die Herrscherin des Schlosses. Umgeben von vierundzwanzig weißen Rosen und exakt einhundert von Tom Fords »Fucking Fabolous« Duftkerzen.

Alla Borisowna Romanowitsch war vollkommen in Schwarz gekleidet. Ein kleiner Pillbox-Hut mit schwarzem Schleier für das nach wie vor hübsche Gesicht und ein Seidenkleid mit V-Ausschnitt, das sie während einer privaten Modenschau ausgesucht hatte, die Chanel für sie veranstaltet hatte, nachdem die Meldung vom Weggang ihres Mannes eingetroffen war.

Ihre Unterarme waren mit ellenbogenlangen schwarzen Handschuhen bekleidet. Die rechte Hand blätterte zerstreut in den Prospekten, die ihr die eingeflogenen Rechtsanwälte überreicht hatten. Schlösser an der Riviera, große Häuser in Mayfair, luxuriöse Datschen auf der Krim. Privatjets, Hermès, Dior, Lanvin, Bvlgari, Tiffany, Rolex, Manolo Blahnik, der gesamte Luxus, den die ihr angebotenen Milliarden kaufen konnten.

Idioten.

Glaubten sie wirklich, sie damit beeindrucken zu können?

Sie war versucht, einfach Nein zu sagen, nur weil die vier Männer geglaubt hatten, dass sie sie mit so einfachen Mitteln locken könnten. Aber sie würde nett sein. Einfach nur, weil sie nicht länger abhängig war von ihrem unberechenbaren Gatten. Dieses Schwein, das immer die mageren rumänischen und asiatischen Sklavinnen vorgezogen hatte, die man erniedrigen und quälen konnte. Dank Alla Borisnowas Vater hatte der sadistische Aleksandr Aleksandrowitsch Romanowitsch niemals versucht, Hand an sie zu legen.

Sie schob die Prospekte mit gelangweilter Miene zur Seite. Die vier Ritter der Wirtschaftsjuristerei warteten atemlos.

Nach einer kurzen Pause streckte Alla die Hand aus, die von einem Diamanten mit vierundzwanzig Karat im Smaragdschliff geschmückt wurde, und nahm den Federhalter von Montegrappa. Ihr Lieblingsstift aus achtzehn Karat Gold mit Bildern mexikanischer Götter.

»Ich will nichts mit seinen Geschäften zu tun haben«, sagte sie mit leicht angeekelter Miene.

Dann unterschrieb sie den zweihundertseitigen Vertrag an allen Stellen, den das Rechtsanwaltsbüro mit Post-it-Zetteln markiert hatte. Sie schloss alles mit einem Schluck von ihrem Dom Pérignon von 1996 ab, dem einzigen Jahrgang, den sie trank.

Sir Ian lächelte.

»Herr Jadoweg wird sehr zufrieden sein.«

70

Sara starrte in den Pistolenlauf und versuchte, sich einen Ausweg auszudenken.

Es gab keinen.

Lotta sah aus, als würde sie sich danach sehnen, sofort abzudrücken. Koslow lächelte, wirkte aber leicht nervös.

»Tut mir leid, Sara«, sagte er. »Aber ich glaube nicht, dass Sie mitgekommen wären, wenn ich die Wahrheit gesagt hätte. Und es ist nicht so, wie Sie glauben. Lotta steht auf unserer Seite.«

»So sieht es aber nicht aus«, sagte Sara. Lotta hielt nach wie vor die Pistole auf sie gerichtet.

»Sie bekommt ihre Freiheit zurück, wenn sie die Armee des Propheten infiltriert«, sagte Koslow. »Was ihr nun gelungen ist. Ihre lebenslange Loyalität mit der DDR und den palästinensischen Aktivisten hat ihr dabei geholfen, uns zu helfen.«

»Sie bekommt also Immunität?«

»Nicht für neue Taten. Sie kann Sie also nicht töten.«

»Weiß sie das auch?«, fragte Sara und ließ die Kindheitsfreundin nicht aus den Augen.

»Du bist es nicht wert, ein Leben in Freiheit für dich zu opfern«, sagte Lotta mit einer Grimasse und senkte die Pistole.

»Und Sie verlassen sich auf Lotta?«, sagte Sara zu Koslow. Sie achtete darauf, die andere Frau nicht aus dem Blick zu verlieren.

»Vollkommen. Sie hat Abdul Mohammad auf ihre Seite gezogen. Sie hätte jederzeit abspringen können, einfach verschwinden. Der BND hatte sie ganz aus seiner Aufsicht entlassen, aber sie ist zurückgekommen. Und hat Abduls Vertrauen gewonnen.«

»Und ich weiß, wo sich Jadoweg und die Armee des Propheten treffen werden«, sagte Lotta. »Dann kann der BND sie verhaften.«

»Mit allen Beweisen, die man gegen Jadoweg braucht.«

»Und du wirst so weitermachen wie zuvor?«, fragte Sara sie
mit übertriebener Freundlichkeit. »Zurück in die Entwicklungshilfe? Oder direkt in die Regierung?«

»Offiziell wird Lotta nichts mit dem zu tun gehabt haben«,
sagte Koslow. »Die Leute erfahren nur, dass der BND und der
FSB gemeinsam einen großen Terroranschlag verhindert haben.
Wir bauen Brücken zwischen unseren Ländern, also vergessen
Sie die alten Meinungsverschiedenheiten. Wir stehen auf dersel-
ben Seite.«

»Ich stehe nur auf meiner eigenen Seite«, sagte Sara knapp.

»Helfen Sie mir jetzt, Sara.«

»Wie?«

»Indem Sie die Papiere unterschreiben.«

Koslow holte eine Mappe aus dem Schreibtisch und hielt sie
Sara hin.

»Haben Sie mich nur deswegen hierhergelockt?«, fragte Sara.
»Um mich zur Unterschrift zu zwingen?«

»Ohne Ihre Unterschrift fällt die gesamte Übereinkunft in
sich zusammen. Erinnern Sie sich. Geschäfte und Politik – das
sind zwei Seiten derselben Sache.« Er drehte die Hand auf dieselbe Weise hin und her, wie er es im Auto getan hatte. »Damit
tun Sie Ihre Pflicht. Helfen Sie der Welt. Die Terroristen haben
bereits den Startmechanismus, wir müssen ihnen die Codes anbieten, um sie herauszulocken und sie bei dieser Gelegenheit zu
ergreifen.«

»Wie bitte, Sie haben die Codes? Für die Kernwaffen?«

Sara dachte an die Steine, die sie unter Lebensgefahr im letzten Sommer vertauscht hatte, damit niemand die richtige Reihenfolge der Codes herausfinden konnte.

»Ohne sie könnten wir Jadoweg nicht hervorlocken«, erklärte der Russe und sah sie bettelnd an.

»Haben Sie danach in Erics Haus gesucht?«

Lotta und Koslow tauschten einen kurzen Blick.

»Und du auch?«, sagte Sara zu ihr.

»Das spielt doch jetzt keine Rolle«, sagt Koslow und machte einen Schritt auf sie zu. »Hauptsache, wir haben sie.«

»Sie werden doch nicht zulassen, dass Lotta sich um sie kümmert.«

Sara sah ihn ungläubig an.

»Machen Sie sich keine Sorgen. Alles ist unter Kontrolle.«

»Aha? In dem Fall würde ich meiner Familie gerne erzählen, dass es mir gut geht.«

»Tun Sie das. Aber sagen Sie nichts darüber, was Sie hier machen.«

Sara hob Lottas Mantel von einem der hellbraunen Sessel hoch, faltete ihn sorgfältig zusammen und legte ihn auf den Tisch. Ein schwarzer Mantel von Louis Vuitton, die Kindheitsfreundin hatte ihr Ambitionsniveau deutlich angehoben. Nachdem sie Platz für sich selbst geschaffen hatte, setzte sich Sara hin und schaltete ihr Handy ein.

Eine SMS, die Jane am Morgen geschickt hatte: »Alles gut?« Drei verpasste Anrufe von Ebba und eine SMS mit einem roten Herzen.

Und dann eine Mitteilung von Thörnell, die vor einer Stunde eingetroffen war. Auf dem gesperrten Bildschirm stand nur der Titel »Bild von J«.

Als Sara ihren Code eingegeben hatte und die Mitteilung öffnete, bekam sie schließlich ein Bild des mysteriösen Oleg Jadoweg zu sehen. Ein Bild, das auf Stellan Bromans Begräbnis in der Kirche von Bromma aufgenommen worden war, bei der Jadoweg also dabei gewesen war.

Sara erkannte sein Aussehen von damals wieder.

Aber vor allem erkannte sie den Mann wieder, mit dem Jadoweg sich gerade unterhielt.

Boris Koslow.

Sara sah vom Handy auf und begegnete Lottas Blick.

Die Kindheitsfreundin hatte das Bild gesehen, das Sara gerade betrachtet hatte.

Sie sah Sara in die Augen, bevor sie die Pistole wieder hob. Dann drehte sie sich um und erledigte Koslow mit drei schnellen Schüssen.

Bevor Sara reagieren konnte, drehte Lotta sich wieder zu ihr zurück und hob den Arm.

Und alles wurde schwarz.

71

Der Raum, in dem sie saßen, sah nicht so aus, wie es in einer Kirche sonst auszusehen pflegte. Nicht so alt, nicht so protzig, keine bunten, hohen Kirchenfenster. Eher modern, wie eine Aula oder ein Hörsaal oder ein sehr großes Wartezimmer in einem Gesundheitszentrum.

Aber es lag etwas in der Stimmung des Raums, das sie mit Andacht füllte.

Vielleicht war es schlicht und ergreifend so, dass sie jetzt für alles, was ihr geschehen war, einen Platz in ihrem Bewusstsein hatte.

Das Gebrabbel des Priesters auf Latein wurde zu einer Geräuschkulisse, vor der Ebba sich öffnen und in sich hineinsehen konnte. Sie ließ alle Gefühle herausfließen, die sie vorher zurückgehalten hatte. Es machte sie demütig, empfänglich für die Gnade, dass sie überlebt hatte. Dass ihre Gebete erhört worden waren.

Die Tränen rannen ihr über die Wangen. Es kam ihr vor, als wäre sie hier, um für das Geschenk zu danken, dass sie ihr Leben zurückbekommen hatte. Sie glaubte nicht, dass sie ihrer Dankbarkeit Ausdruck verleihen musste, aber sie wusste, dass sie es wollte.

Ebba war frei, so weiterzuleben wie bisher, aber nach all dem, was sie erlebt hatte, kam diese Freiheit mit einer ganz anderen Verantwortung daher. Sie hatte eine zweite Chance zum Nachdenken bekommen, war von einer umwälzenden Einsicht getroffen worden.

»Herr, erbarme dich.« Die Worte wiederholten sich immer und immer wieder in ihrem Kopf. »Herr, erbarme dich.« Kyrie eleison.

Sie hatte zur Seite gesehen und ihre Großmutter versunken im Gebet erblickt. Die starke, selbstständige Jane unterwarf sich einer höheren Macht. Und es hatte so beruhigend ausgesehen. So sicher.

Dorthin wollte Ebba auch. Das wusste sie jetzt.

Es war für sie der einzig mögliche Weg nach vorn.

Wer war Jane eigentlich? Was hatte sie alles erlebt? Ebba schämte sich ein wenig dafür, dass sie sich bis dahin nur für ihren Großvater interessiert hatte. Und niemals für die Mutter ihrer Mutter.

Gleichzeitig spürte sie, dass ihr vergeben worden war. Sie spürte sich von Gottes Gnade umfangen.

Was früher passiert war, spielte keine Rolle mehr. Jetzt war nur noch wichtig, was in Zukunft passiert.

Die Sorgen, die sie sich den ganzen Tag um ihre Mutter gemacht hatte, fielen nicht von ihr ab. Aber plötzlich, in Gottes heiligem Raum, spürte Ebba eine ganz neue Ruhe. Eine Zuversicht. Was passierte, hatte einen Sinn. So musste sie jetzt denken.

Sie nahm Janes Hand und drückte sie fest.

Und sie spürte, dass Jane sie verstand.

Dass alle verstanden.

Dass das ganze Dasein sie verstand und ihre neue Wahl akzeptierte.

72

»Also, diese Lotta Broman hat den früheren sowjetischen Außenminister Boris Koslow erschossen, hat dann Sie niedergeschlagen und ist verschwunden?«

»Ja.«

»Und hat Ihnen dann die Pistole in die Hand gedrückt?«

»So muss es gewesen sein.«

Sara betrachtete die Stuhllehne auf der anderen Seite des Tisches. Die Techniker untersuchten die Hotelsuite, während zwei deutsche Polizeikräfte mit Schutzwesten sie in einem der Konferenzräume des Hotels verhörten. Ein männlicher Polizist mit Schnurrbart und eine Polizistin mit dicken schwarzen Haaren, die sie zu einem Zopf gebunden hatte. Er war blond und besaß eine ungewöhnlich blasse Haut, während sie eher türkischer oder ähnlicher Herkunft zu sein schien. Beide hielten ihre Blicke auf Sara gerichtet, die in einem Hotelzimmer mit einer Pistole in der Hand und hämmernden Kopfschmerzen aufgewacht war.

»Und Lotta Broman hatte unlängst auch in Stockholm versucht, Sie umzubringen?«, fragte der Mann.

»Ja. In einem Bootsklub.«

Die Polizisten waren sehr jung, fand Sara. Kaum über dreißig. Was konnten sie schon wissen über den Kalten Krieg und die DDR? Wie könnten sie den Hintergrund dieser ganzen Geschichte verstehen?

»Warum hat sie Sie jetzt leben gelassen?«

»Keine Ahnung. Vielleicht, weil sie Immunität für alte Verbrechen bekommt, aber nicht für neue?«

»Und trotzdem hat sie den Minister erschossen?«, fragte die dunkelhaarige Frau und zog die Augenbrauen hoch.

»Ja ...«

Sara konnte die Dinge, die passiert waren, nicht auf einen Nenner bringen, und das war ein Problem. Alles fühlte sich, gelinde gesagt, unbegreiflich an, und die Schmerzen in ihrem Kopf hielten sie vom Denken ab.

»Dieser Überfall in Stockholm, gibt es Zeugen dafür?«

»Die Feuerwehr und meine Kollegen.«

»Haben die auch den Überfall selbst gesehen?«, fragte der Mann.

»Haben sie Lotta Broman gesehen?«, fragte die Frau.

»Nein«, antwortete Sara.

Die Polizistin beugte sich vor.

»Das Personal des Hotels hat ebenfalls keine Lotta Broman gesehen.« Was sie in einem Tonfall sagte, bei dem die Worte »Lotta Broman« so klangen, als handelte es sich um ein frei erfundenes, mythenumranktes Urzeittier. »Keine Frau, auf die die Beschreibung passt, die Sie uns gegeben haben. Und auf den Überwachungskameras ist auch nichts zu sehen.«

»Decken sie sämtliche Flächen ab?«

»Nein, nur die Vorderseite und die Lobby.«

»Dann ist sie wohl hinten reingekommen«, sagte Sara leicht irritiert.

»Die Pistole, mit der der Minister Koslow erschossen wurde, hatten Sie in der Hand. Und es waren nur Ihre Fingerabdrücke darauf zu finden.«

»Das lässt sich doch leicht arrangieren. Lotta hat mich bewusstlos geschlagen.«

Die beiden Polizisten sagten nichts. Sara beugte sich vor, nahm eine Flasche Mineralwasser, öffnete sie und trank direkt daraus. Der Schnurrbärtige schlug mit seinem Stift auf den Notizblock und sah gedankenversunken aus.

»Sie sagen, dass Lotta Broman eine islamistische Terroristin ist, die vom BND gefangen genommen wurde«, sagte er.

»Ja. Im Sommer«, sagte Sara und stellte die Flasche wieder hin. »Ich habe damals einen großen Terroranschlag verhindert.«

»Wir haben den BND gefragt. Sie kennen keine Lotta Broman.«

»Nein. Sie infiltriert eine Terrorgruppe für sie. Das ist natürlich streng geheim. Ich hätte es Ihnen auch nicht erzählen dürfen. Aber wenn ich schweige, bekomme ich selbst Probleme.«

Die Polizisten legten eine lange Pause ein. Dann tauschten sie einen kurzen Blick aus, und die Frau nickte.

»Frau Nowak, ich muss Sie bitten, uns auf die Wache zu begleiten«, sagte sie und holte ihre Handschellen heraus.

»Auf die Wache?«, wiederholte Sara ungläubig. »Aber die Terroristen werden die Codes bekommen. Sie können die Bomben auslösen. Wir müssen sie daran hindern, es ist eilig!«

Daraufhin stand der Polizist ebenfalls auf und streckte eine Hand nach ihr aus.

»Frau Nowak, bitte seien Sie kooperativ und beruhigen Sie sich. Kommen Sie einfach mit uns mit.«

Sara sah von der einen zu dem anderen. Wenn sie jetzt mitkäme, könnte sie vielleicht mit ihrem Chef sprechen, der vielleicht Kontakte zum BND hatte, die so hoch waren, dass sie ihre Aussage bekräftigen würden. Natürlich klang das, was sie erzählte, total verrückt. Aber wenn sie tatsächlich mehrere Stunden lang in eine Zelle gesteckt würde, bevor sie wieder mit jemandem sprechen könnte, wäre Lotta längst zu ihrem Treffen mit den Terroristen gekommen. Und Koslow hatte gesagt, dass sie, der BND und der FSB, die Codes besaßen. Vielleicht hatte Lotta also jetzt schon die Codes, und die Russen und die Deutschen verließen sich immer noch auf sie. Während Jadoweg auf den Informationen zu weiteren vergrabenen Bomben saß, vielleicht sogar Kernwaffen, die er gerade verkaufen wollte.

Bevor Sara entscheiden konnte, was sie als Nächstes machen sollte, knallte es draußen zweimal gedämpft. Dann wurde die Tür aufgeschossen, und ein Mann trat ein. Er trug einen schwarzen Integralhelm und einen schwarzen Lederanzug.

Mit einem roten V auf der Brust.

Der Valkyria-Söldner richtete eine schallgedämpfte Glock auf den männlichen Polizisten und schoss ihm in die Stirn. Dann erschoss er die Polizistin, direkt durch das Auge. Als sie ihre Waffe gerade halb gezogen hatte.

Sara warf sich instinktiv unter den Tisch und kroch so schnell sie konnte nach vorn, auf die Tür und den Schützen zu. Verfluchte ihren Rücken, durch den sofort Schmerzen jagten. Hoffentlich rechnete er nicht damit, dass sie auf ihn zukommen würde.

Aber er blieb nicht stehen, sondern lief direkt zum hinteren Ende des Raums. Wahrscheinlich weil er glaubte, dass Sara in diese Richtung fliehen wollte.

Als sie das Ende des Tisches erreicht hatte, sah sie sich um und entdeckte die Beine des Söldners am anderen Ende.

Also setzte sie alles auf eine Karte.

Und lief zur Tür.

Aus den Augenwinkeln sah sie, wie der Mann sich umdrehte und nach ihr zielte, aber bevor er einen Schuss abfeuern konnte, hatte sie den Raum bereits verlassen.

Vor der Tür drohte Sara über die beiden Streifenbeamten zu stolpern, die vor dem Konferenzraum Wache gehalten hatten. Sie hatten beide Schüsse in die Stirn bekommen. Der eine lag noch da und röchelte.

Aber sie hörte schnelle Schritte aus dem Konferenzzimmer und konnte nicht stehen bleiben, um sich um ihn zu kümmern.

In Panik lief sie den Flur hinunter. Als sie gerade die hintere Ecke umrundete, hörte sie, wie die Tür von dem Valkyria-Söldner geöffnet wurde, dann den gedämpften Knall der Pistole und das Geräusch einer Kugel, die hinter ihr in der Wand einschlug.

73

»Nowak ist auf der Flucht.«

Brundin sah von den Blumen und den Schmetterlingen auf, die sie auf ihren Block gezeichnet hatte. Ihr neuer Chef Sam Sköld stand in der Tür und drückte das Handy immer noch gegen das Ohr. Ein schneidiges Kinn und stets blank geputzte Schuhe, was einen etwas unterhaltsamen Kontrast zu dem Büschel darstellte, das hartnäckig in seinem Nacken hochstand, als hätte er nicht geduscht, nachdem er am Morgen aus dem Bett gestiegen war. Sein Rasierwasser roch jedenfalls bis nach hinten zu Brundin. Der Chef war offensichtlich nicht ganz frei von Eitelkeit.

Nowak hatte also die Biege gemacht.

Brundin konnte nicht umhin, das Gefühl von Rache zu genießen. Sie hatte schon immer das Gefühl gehabt, dass an Sara Nowak etwas seltsam war. Nach Eva Hedins Tod und dem Mordversuch an Axel Bielke hatte Brundins früherer Chef Quintus Nyman plötzlich seinen Abschied genommen, Brundin vorher aber noch erklärt, dass Nowak eine Art Heldin sei. Sie wusste nicht, warum Nyman aufgehört hatte, vielleicht aufgrund von mentalen Problemen. Seine Sicht auf Sara Nowak deutete es jedenfalls an.

Sam Skölds Einstellung zu der verrückten Nowak war bedeutend nüchterner. Vor allem hatte er sich Brundins Informationen über sie angehört, genau so, wie es ein Chef tun sollte. Auf die Untergebenen hören und Entscheidungen auf Grundlage dieser Informationen treffen. So hätte es jedenfalls Brundin gemacht.

444

Jetzt stand er in der Tür zu ihrem Büro, das eine informelle Zentrale für die Verfolgung der letzten Entwicklungen geworden war. Erst hatte der BND angerufen und berichtet, dass der in Stockholm wohnhafte ehemalige sowjetische Botschafter und Außenminister Boris Koslow in Deutschland ermordet und eine schwedische Polizistin mit der Mordwaffe in der Hand am Tatort gefasst worden sei. Keine andere als besagte Sara Nowak.

Und jetzt hatten sie gerade mitgeteilt, dass Sara vier Polizisten erschossen habe und aus der Polizeiwache geflohen sei. Sogar Brundin war von diesem Verlauf erschüttert, sie hätte niemals gedacht, dass Sara Nowak so weit gehen würde. Aber es hatte ja deutliche Warnzeichen gegeben. Die sie besser ernst genommen hätten.

Sköld rief den riesenhaften Polizeidirektor Roger Nordlund an, eine Legende innerhalb des Polizeikorps, der jetzt für das Zusammenwirken zwischen den lokalen und nationalen Einsatzkommandos verantwortlich war, bei Bedarf auch mit der Säpo und dem militärischen Geheimdienst.

»Das solltet ihr nicht glauben«, sagte Nordlund sofort, als er von dem Geschehenen gehört hatte. Sköld wusste, dass Nordlund vor ein paar Monaten Nowak aus einem Riesenfiasko gerettet hatte, in dem sie den Tod hätte finden können, und damit auch einen internationalen Skandal verhindern konnte. Aber er hatte geglaubt, dass Nordlund diese Ereignisse nüchtern betrachten würde. Anscheinend nicht.

»Sag das mal den Familien der erschossenen Polizisten«, erwiderte Sköld, worauf Brundin boshaft lächelte.

»Warum sollte sie das tun?«, sagte Nordlund und schüttelte den Kopf. »Das wäre doch total verrückt?«

»Boris Koslow war kein gewöhnlicher Pensionär«, sagte Sköld. »Hier haben wir ihn auf einem Bild mit Oleg Jadoweg auf Stellan Bromans Begräbnis. Die Gerüchte, dass es sich bei Koslow um einen Spion handelte, scheinen sich zu bewahrheiten.«

Sköld hielt ihm ein iPad mit einem Foto von zwei älteren Herren in der Kirche von Bromma hin.

»Was für ein Oleg?«

»Jadoweg. Nach ihm wird vom BND gefahndet, weil er den Terrorismus unterstützt. Er scheint sogar in den großen Terroranschlag in Deutschland verwickelt gewesen zu sein, den wir im letzten Sommer verhindern konnten.«

»Und was hat das mit Sara zu tun?«, wollte Nordlund wissen.

»Sie war auf derselben Beerdigung.«

Sköld wischte zum nächsten Bild, das Sara mit Boris Koslow an einigen Gräbern zeigte.

»Und sie hat Koslow noch öfter getroffen.«

Sköld zeigte ein Bild von Sara und Koslow auf dem Skogskyrkogården.

»Sie mögen Friedhöfe«, sagte Brundin, ohne dass ihr Scherz gewürdigt wurde.

»Sie soll Koslow auch zu Hause besucht haben, im Zusammenhang mit den Morden an den BND-Agenten Breuer und Strauss.«

Nordlund betrachtete das Bild und schien nachzudenken.

»Aber wenn sie mit diesem Koslow zusammengearbeitet hat, warum hätte sie ihn dann erschießen sollen?«

»Vielleicht wollte er abspringen?«, schlug Brundin vor.

»Oder sie wollten Zeugen beseitigen«, sagte Sköld.

»Welche ›sie‹?«

Nordlund betrachtete Sköld mit gerunzelter Stirn.

»Das ist genau das, was wir wissen wollen«, sagte der Säpo-Chef. Dann verschränkte er die Arme vor der Brust und sah zufrieden aus.

74

Sara war zu Koslows Auto zurückgelaufen und hatte den Auto-schlüssel gefunden, den er auf das linke Vorderrad gelegt hatte. Sie hoffte inständig, dass der Russe bei der Wahl seines Fahr-zeugs darauf geachtet hatte, dass es nicht zu lokalisieren war. Aber sie konnte sich nicht sicher sein.

Hastig stieg sie ein und duckte sich auf dem Vordersitz. Dann hob sie vorsichtig ihr Handy und kontrollierte die Umgebung über die Kamera.

Keine Valkyria-Söldner, keine Polizisten, nichts Verdächtiges. Die Luft war rein. Jetzt galt es zu fahren, bevor die ganze Stadt abgesperrt wurde.

Mitten in ihrer Panik kam sie sich unheimlich smart vor, weil sie Thörnells GPS in die Tasche von Lottas Mantel gesteckt hatte, als sie ihn umgeräumt hatte. In der App konnte sie jetzt sehen, wie sich ein blauer Pfeil ein paar Dutzend Kilometer von Leipzig entfernt in südwestliche Richtung bewegte.

Die Frage war nur, wie smart es wäre, ihm zu folgen.

Überhaupt nicht smart, dachte Sara.

Ganz allein gegen eine Terroristengruppe, mit der deutschen Polizei auf den Fersen.

Vollkommen idiotisch.

Sie ließ den Motor an und fuhr los.

Während sie fuhr, überlegte sie, was sie alles erfahren hatte und was man daraus eigentlich schließen konnte.

Dass Koslow mit Lotta und Jadoweg zusammengearbeitet hatte.

Dass Lotta Koslow erschossen hatte.

Dass Koslow Geschäfte mit Titus & Partners machte oder zumindest irgendwie darin verwickelt war. Oder besser gesagt, darin verwickelt gewesen war. Was auch für Jadoweg galt.

Der blaue Pfeil glitt auf dem Handydisplay weiter, und Sara folgte ihm, so gut sie konnte. Sie nahm ein paarmal die falsche Abfahrt und musste wieder wenden, behielt aber die ganze Zeit Lotta im Auge.

Die Rolle von Titus & Partners ließ ihr keine Ruhe. Schließlich rief sie einfach Tom an.

»Was weißt du über Valkyria?«

Es dauerte eine Sekunde, bis Tom antwortete, und Sara fragte sich, was diese Sekunde zu bedeuten hatte.

»Sie gehört nicht mehr uns«, sagte er schließlich.

»Sie haben Koslow erschossen. Nicht ich.«

»Okay«, sagte Tom mit einem leicht verwunderten Tonfall.

»Und du hast Geschäfte mit Koslow gemacht.«

»Er war nur ein Vermittler. Aber das ist auch kein Geheimnis.«

»Aber du hast nicht gesagt, dass ihr mit Oleg Jadoweg gearbeitet habt.«

Tom schwieg sehr lange, bevor er etwas sagte. Und als er es tat, klang er sehr ernst.

»Sara, komm nach Hause. Diese Leute sind lebensgefährlich.«

»Alle glauben, dass ich Koslow und die vier Polizisten erschossen habe«, sagte sie und fragte sich im selben Augenblick, wie schlimm sie eigentlich dran war. Sie hatte keine Ahnung, wie sie aus dieser Klemme wieder herauskommen sollte.

»Das wird sich aufklären«, sagte Tom. »Überlass das alles der Polizei, und ich beschaffe dir die besten Anwälte in ganz Deutschland. Du bist schließlich unschuldig, oder?«

Sara dachte eine Weile nach.

»Erzähl mir zuerst alles, was du über Gloria und diese Gasleitung und Jadoweg weißt«, sagte sie schließlich.

»Ich kann dazu nichts sagen. Komm einfach nach Hause. Ich liebe Ebba mehr als alles andere, ich möchte nicht, dass sie ihre Mutter verliert.«

»Dann erzähl es mir!«, brüllte Sara.

»Das kann ich nicht. Es ist sehr viel größer, als du dir vorstellen kannst. Und wir werden damit gewinnen. Aber ich weiß nicht alles«, sagte Tom mit gestresster Stimme.

»Wer ist ›wir‹?«

»Du und ich und Ebba, das Unternehmen.«

Selbstverständlich hätte sie es tun sollen. Alles der Polizei überlassen. Sich darauf verlassen, dass die Gerechtigkeit sich durchsetzte. Dass der BND wusste, was er tat. Aber Koslow hatte sich austricksen lassen, und Sara war sich ziemlich sicher, dass auch der BND Lotta auf den Leim gegangen war.

Also fuhr sie weiter.

Blieb an einer Tankstelle auf der Strecke stehen und kaufte sich etwas zu essen, gab anschließend Gas, um wieder aufzuholen.

Dann folgte sie Lotta zu einer Stadt, die Eisenach hieß, dort blieb der Pfeil stehen. Sara fuhr von Osten in die hübsche kleine Stadt, folgte den Kopfsteinpflasterstraßen bis zu einem großen Marktplatz mit einem mittelalterlichen Turm und den Ruinen dessen, was einmal eine Stadtmauer gewesen sein musste. So groß, dass man einen Tunnel für die Autos hatte anlegen müssen, damit sie hindurchkamen.

Sie parkte außer Sichtweite und betrachtete weiter den Pfeil, der jetzt vollkommen regungslos war. Sie hoffte darauf, dass die Unbeweglichkeit des Pfeils nicht darauf beruhte, dass Lotta den Mantel im Auto gelassen hatte. Vielleicht saß sie irgendwo und wartete auf jemanden, mit dem sie sich verabredet hatte.

Ein unerwartetes Klopfen am Seitenfenster schreckte Sara auf.

Draußen stand Julius Schönberg, der BND-Chef, für den Sara jede Menge Geheimhaltungsabsprachen im Zusammenhang mit den Aktionen gegen Geiger und Faust unterschrieben hatte.

Wie hatte er sie gefunden?

Sie sah sich um. War sie umzingelt? Sollte sie besser fliehen? Könnte sie überhaupt den Wagen starten, bevor sie sie verhaften würden?

Es bestand das Risiko, dass es versteckte Scharfschützen gab, die beim kleinsten Anzeichen von Widerstand sofort das Feuer eröffnen würden. Sie glaubten schließlich, dass Sara eine Polizistenmörderin war.

Sie wartete ab.

Als Schönberg sicher war, das Sara ihn erkannt hatte, öffnete er die Tür und setzte sich auf den Beifahrersitz.

»Das war ich nicht«, sagte sie sofort. »Ich habe die Polizisten nicht erschossen. Oder Koslow.«

»Ich verstehe«, sagte Schönberg ruhig. »Aber ich kann meinen Kollegen nichts sagen. Noch nicht. Sie müssen sich also weiter versteckt halten.«

»Und wie …«, fragte Sara und sah sich um.

»Alle unsere Autos haben GPS«, antwortete Schönberg und musste ein wenig lächeln. »Hat Koslow nicht gesagt, dass das eines unserer Autos ist? Ich bin Ihnen den ganzen Weg gefolgt. Und Sie sind Lotta gefolgt. Oder ist es nur Zufall, dass Sie beide sich zur selben Zeit in Eisenach befinden?«

Sara sah sich weiter um, keine Anzeichen von Polizisten, nirgendwo. Vielleicht war tatsächlich nur Schönberg da.

»Warum hat Lotta Koslow erschossen?«, fragte sie.

»Um Sie an den Pranger zu stellen, nehme ich an. Und das scheint ihr ja gelungen zu sein. Aber das war nicht Teil meines Plans.«

»Das hier ist also Ihr Plan?«

Ihr idiotischer Plan, dachte Sara im Stillen.

»Jetzt nicht mehr. Ich muss jetzt improvisieren. Aber das Wichtigste ist, dass Lotta uns zu Jadoweg führt, bewusst oder unbewusst.«

»Für wen arbeitet Rabe?«, fragte Sara.

»Für niemanden. Früher hat er mal für uns gearbeitet, aber er fixierte sich zu sehr auf Abu Rasil. Hat er von seinen Schwestern erzählt?«

»Ja. Dass sie in einer Diskothek in die Luft gesprengt wurden.«

»Hat er auch erzählt, dass er es war, der die Bombe dort gelegt hat?«

Sara schaute Schönberg nur an.

»Das dachte ich mir«, sagte er Deutsche. »Er versuchte Abu Rasils Gruppe zu infiltrieren und bekam den Auftrag, diese Bombe in der Diskothek zu verstecken. Aber er wusste nicht, dass seine Schwestern öfter dort hingingen. Das wusste allerdings Abu Rasil.«

»Jetzt warten Sie mal. Hatten Sie genehmigt, dass er die Bombe dort legt? Obwohl Ihnen klar sein musste, dass dort Leute umkommen würden?«

»Er agierte auf eigene Faust.«

»Das können Sie jetzt einfach behaupten.«

Sara verzog ihr Gesicht zu einer Grimasse.

»Im Gegenteil, wir waren uns nicht sicher, ob es der anderen Seite vielleicht gelungen war, ihn für sich zu gewinnen. Wir setzten ihn als aktiven Agenten nach dem Diskothekenfiasko ab, was seine Verbitterung nur noch verschärfte«, sagte der Deutsche und schob seine Brille zurecht.

»Könnte er mich in eine Falle gelockt haben?«

Schönberg dachte eine Sekunde nach, bevor er mit den Schultern zuckte.

»Alles ist möglich. Jeder ist käuflich.«

Sara schwieg eine Weile. Diese geheime Welt, in die sie gestolpert war, versetzte sie in Schrecken. Menschenleben bedeuteten darin so wenig, und sie hatte Angst, dass sie genauso werden würde, wenn sie sich weiter damit beschäftigte. Jemand, der den Wert eines Menschen danach beurteilte, welchen Nutzen er aus ihm ziehen konnte, also das Gegenteil von dem, was sie einst in der Zeit gelernt hatte, in der sie zur Polizistin ausgebildet worden war.

»Ich habe ein Bild mit Jadoweg bekommen«, sagte sie schließlich. »Auf dem unterhält er sich mit Koslow.«

Schönberg warf Sara einen langen Blick zu.

»Darf ich es sehen?«

Sara klickte auf das Bild von Stellans Begräbnisfeier und zeigte es ihm. Schönberg sah besorgt aus.

»Ja. Das ist er. Mit Koslow.«

»Und Lotta hat Koslow erschossen, sobald sie das Bild über meine Schulter gesehen hatte.«

Erst jetzt schien das Wissen über den Tod des Russen in Sara einzusinken. Sie hatten einander überhaupt nicht nahegestanden, und vielleicht war der frühere Diplomat selbst schuld daran, dass er sich in dieses Spiel auf Leben und Tod eingemischt hatte, statt seinen Ruhestand zu genießen. Aber er war Sara mehrere Male zu Hilfe gekommen, und sie war sich sicher, dass sie ihn vermissen würde. Und dass es nicht mehr viele gab, die heutzutage noch einen Fedorahut tragen konnten.

»Beachten Sie das Band, das er am Kragen trägt.«

Sara betrachtete erneut das Bild und sah, dass Jadoweg eine schwarz- und orangefarbene Rosette an das Jackett geheftet hatte.

»Was ist das für ein Band?«

»Das Sankt-Georgs-Band. Zu Beginn war es ein Symbol für den Sieg der Sowjetunion über Nazideutschland. Heute ist es ein anti-westliches Symbol, oft gepaart mit Botschaften, dass sie Berlin ja schon einmal eingenommen hätten und es auch ein weiteres Mal tun könnten. ›1945 – wir können es noch einmal tun.‹«

»Das klingt ziemlich aggressiv«, bemerkte Sara.

»Sie haben ja keine Ahnung. Mittlerweile trägt Putin das Band bei offiziellen Anlässen.«

»Warum ist dieser Hass so stark? Nur weil er damals auf dem G7-Treffen von Obama gedemütigt wurde?«

Schönberg schüttelte den Kopf.

»Eine Frage des Überlebens. Finde einen äußeren Feind, wenn es dem Volk immer schlechter geht. Er hat Todesangst vor Demonstrationen, wenn die Lebensqualität in Russland sinkt. Und je ängstlicher er wird, desto mehr Repression gibt es.«

Der BND-Chef schwieg eine Weile.

»Uns ist tatsächlich schon der Verdacht gekommen, dass Koslow ein doppeltes Spiel betreiben könnte. Und das wäre alles andere als gut. Aber dann könnte man natürlich Lottas Verhalten so deuten, dass sie auf unserer Seite steht. Schließlich hat sie nicht Sie getötet, obwohl sie es vorher schon versucht hatte.«

»Und?«, sagte Sara und dachte, dass damit gar nichts bewiesen war.

»Dass Sie von ihr an den Pranger gestellt werden, könnte damit zu tun haben, dass sie Sie daran hindern will, ihr weiter zu folgen. Vielleicht will sie unseren Plan ja tatsächlich vollenden?«, sagte Schönberg hoffnungsvoll.

»Die Operation Wagner?«

Sara musste erneut an die bombastische Musik des bekannten Komponisten denken, seine Vision eines neuen Deutschlands. War es nicht das, wovon das Ganze handelte, mehr als einhundert Jahre später? Neue Menschen, die eine neue Welt bauen wollten, koste es, was es wolle. Die Geschichte wiederholte sich, verlief in Kreisen, statt einer geraden Linie in eine hellere Zukunft zu folgen.

»Genau«, sagte Schönberg.

»Koslow sagte, Lotta hätte die Armee des Propheten infiltriert.«

Sara betrachtete den Deutschen gespannt, der bekräftigend nickte.

»Und bekommt dafür Immunität«, sagte er. »Und genug Geld, um in einem warmen Land von vorne anfangen zu können.«

»Wenn sie euch nicht an der Nase herumführt.«

»Das ist in dieser Welt immer ein Risiko.«

»Ein sehr großes Risiko. Nur um Jadoweg festzunehmen.«

»Wir müssen ihn aus dem Weg schaffen, damit Jurij wieder in den inneren Zirkel kommen kann«, sagte Schönberg. »Und dann müssen wir Jadoweg auf frischer Tat bei der Zusammenarbeit mit Terroristen ertappen. Das ist das Einzige, was der Kreml akzeptiert, damit es keine Konsequenzen für uns hat. Sie müssen ja daran denken, ihr Gesicht zu wahren. Ihre Maske aufrechtzuerhalten.«

»Und warum wollen Sie Jurij zurück in den inneren Zirkel bringen?« Darauf antwortete Schönberg nicht, aber das Wissen wuchs von selbst in Saras Kopf. »Weil er euer Mann ist?«, sagte sie, und endlich fielen alle Teile auf den richtigen Platz.

Schönberg zögerte mit der Antwort.

»Eine Quelle im direkten Umkreis des Präsidenten zu bekommen, wäre unschätzbar«, sagte er schließlich.

»Also dieses ganze Theater hier«, sagte Sara. »Die ganze Operation Wagner. Nur um einen Maulwurf zu platzieren?«

Schönberg zuckte mit den Schultern.

»Es geht nicht nur darum.«

»Und dabei gebt ihr den Terroristen die Chance, an die Codes zu kommen, mit denen sie halb Deutschland in die Luft sprengen können?«

»Wenn wir es nicht von Anfang an richtig durchgezogen hätten, wären wir sofort durchschaut worden. Aber alles ist unter Kontrolle«, sagte der Deutsche.

»Nicht, wenn Lotta dabei ist.«

Sara wunderte sich erneut, wie leicht diese Menschen das Leben anderer Leute nahmen, als spielten sie gerade eine harmlose Partie Schach und opferten einen Bauern, um an den König zu kommen, statt lebensgefährlichen Terroristen die Codes zukommen zu lassen, mit denen sie halb Deutschland sprengen konnten.

»Die Bomben sind alt. Sie können niemandem mehr schaden. Und wenn wir einen Mann an einer zentralen Stelle im Kreml postieren können, wissen wir bald sehr genau, wo diese Bomben zu finden sind, und können sie fortschaffen.«

»Aber wissen die Russen nicht, dass Jurij mit Ihnen zusammenarbeitet? Koslow wusste es. Und er kannte Jadoweg.« Eine weitere Erkenntnis traf Sara wie ein Strafstoß ins Gesicht. »Hat Lotta ihn deswegen erschossen?«

»Das verneine ich entschieden. Der BND würde niemals einen Mord an einem Mitarbeiter sanktionieren.«

Sara schnaubte verächtlich.

»Und Lotta, wofür brauchen Sie sie eigentlich?«

Sie konnte das Unbehagen nicht abschütteln, das sie mit den Gedanken an Lotta Broman verband. Sie war fest davon überzeugt, dass es nicht persönlich war, sondern rein professionell. Lotta war ein sehr gefährlicher Mensch.

»Wir mussten den Käufer der Codes wieder hervorlocken, und das konnte allein Lotta Broman mit ihren persönlichen Verbindungen zustande bringen«, erklärte der Deutsche.

»Persönlich?«

»Sie ist die Tochter von Abdul Mohammad.«

»Abdul Mohammad? Also haben Agneta und …«

»Auf irgendeinem Trainingslager im Nahen Osten in den Siebzigerjahren. Zwei attraktive junge Menschen, weit weg von zu Hause, fanden einander.«

Schönberg konnte ein Lächeln nicht unterdrücken, als würde ihn der Gedanke rühren.

»Hat sie das schon immer gewusst?«

»Vermutlich.«

Die Information war schwer verdaulich. Lotta eine Tochter von Abdul Mohammad?

»Ist das Risiko damit nicht größer, dass sie die Seite ihres Vaters wählt?«, sagte Sara schließlich.

»Dieses Risiko gibt es immer«, erwiderte der Deutsche und zog eine kleine Grimasse. »Aber wir hatten keine große Wahl, als es darum ging, wie wir Jadoweg in die Falle locken sollten. Wir mussten Abdul Mohammad die Codes anbieten. Lottas Vater wusste, dass sie Zugang zu den richtigen Codes hatte, und verlangte, sie sehen zu dürfen, bevor er erlaubte, dass sie verkauft würden. Wenn man darüber nachdenkt, wie falsch es das letzte Mal gelaufen ist, sind sie jetzt vorsichtiger geworden. Er bürgte für Lotta, und ohne Abu Rasil hatten wir nur noch sie als Alternative. Wir mussten einfach das Risiko eingehen, dass Lotta möglicherweise erneut die Seiten wechselt. Aber bislang ist alles nach Plan gelaufen. Im Großen und Ganzen.«

»War das schon von Anfang an der Plan? Mit Geiger und Abu Rasil? Haben Sie ihn auch damals schon aktiviert?«

Der Gedanke drehte sich wie ein Kreisel in Saras Kopf, vielleicht hatte sie ihr Leben ganz unnötigerweise riskiert, aber Schönberg schüttelte den Kopf.

»Damals war Lotta noch nicht auf unserer Seite. Aber wir benutzten sie ohne ihr Wissen, das war tatsächlich Eric Titus' Plan. Ich weiß, dass wir beide sehr unterschiedliche Auffassungen von ihm haben, aber für uns beim BND war er eine unschätzbare Hilfe.«

Schon wieder Eric. Sara war es bis ins Innerste leid, dass der Schwiegervater, ob sie es wollte oder nicht, immer ein Teil dieser Geschichte war. Aber wenn sie lebend daraus hervorkommen wollte, musste sie sich ein klares Bild machen.

»Was war sein Plan?«, fragte sie deshalb.

»Geiger zu aktivieren. Ich hatte immer schon Breuer in Verdacht und wollte sie enttarnen, bevor sie in Pension ging. Und Eric wusste von seinen palästinensischen Freunden, dass Abu Rasil die Codes für die sowjetischen Kernwaffen kontrollierte. Also organisierten wir die Finanzierung für eine Gruppe, die Informationen über die Bomben kaufte und anschließend Abdul Mohammad kontaktierte, um ihn zu fragen, ob er die Codes kaufen wollte. Abdul Mohammad schickte Abu Rasil, um die Codes von Geiger zu holen. Den Rest kennen Sie.«

Sara wurde ganz schlecht von dem, was sie gerade gehört hatte. Man konnte sich auf niemanden verlassen, und plötzlich stellte sie auch ihre eigenen Beziehungen infrage. War Anna eine Freundin, weil sie es wollte, oder steckte noch etwas anderes dahinter? War Martin mit Drogen bestochen worden, um ihr nachzuspionieren?

»Sie wissen, dass Eisenach auf historischem Boden liegt, oder?«, sagte Schönberg und ließ die Hand über die Umgebung schweifen. »Wir sind hier genau im Fuldatal. Auch hier waren die Straßen für Stay Put mit Bomben versehen.«

Es knisterte in der Jackentasche des Deutschen, und er holte ein kleines Walkie-Talkie heraus und drückte auf einen Knopf, um zu sprechen.

»Tannhäuser 1. Kommen.«

»Tannhäuser 4. Siegfried hat sich Tristan angeschlossen, und Isolde nähert sich. Kommen.«

»Gut. Alle sind bereit. Ich komme. Ende.«

Schönberg wandte sich an Sara.

»Showtime.«

75

Sie trug die weiße Thermoskanne von Stelton und die blaue Kaffeetasse Taika von Iittala in das Wohnzimmer und stellte beide auf den Glastisch vor dem Fernseher. Wie immer trug sie ihre Schuhe auch in der Wohnung, war gut angezogen und geschminkt. Schwarze Kunstlederhosen von Yaya und ein sandfarbenes Polohemd von Rue de Femme, die sie beide bei Stella auf Kungsholmen gekauft hatte. Lackierte Nägel und große Ringarmbänder aus Gold. Jane hatte sich niemals wohl damit gefühlt, in nachlässigem Outfit zu Hause herumzulaufen. Besonders nicht, seit sie bei Bromans ausgezogen war und sich niemandem mehr unterlegen fühlen musste. Die Wohnung in Vällingby war ihr eigenes Königreich, und sie liebte sie. Und sie mochte es, sich ganz allein für sich schön zu machen.

Sie schenkte sich Kaffee ein und dachte darüber nach, ob sie Sara anrufen sollte, beschloss aber, noch eine Weile zu warten. Die Tochter war ja erst seit einem Tag verreist.

Als Jane gerade die Fernbedienung aufheben wollte, klingelte das Handy.

Konnte das Sara sein?

Unbekannte Nummer.

Hm.

Sie legte die Fernbedienung hin, nahm das Gespräch an und hörte ein paar Sekunden zu.

»Tak, tak«, war alles, was sie mit einem resignierten Tonfall sagte. *Ja, ja.*

Dann drückte sie das Gespräch weg, seufzte tief, schüttete

den schwarzen Kaffee zurück in die Thermoskanne und stand auf.

Davor hatte sie immer Angst gehabt. Sie hatte gehofft, dass sie davonkommen würde. Aber ihr hätte klar sein müssen, dass es ihr nicht erspart bliebe.

Wenn Sara zu Hause gewesen wäre, hätte sie jetzt eine Party geben können. Denn Jane hatte ihre Instruktionen erhalten. Hatte die gleiche Art Auftrag bekommen wie damals, als die Tochter jung gewesen war. Und es war ganz gewiss kein heimlicher Liebhaber, um den es hier ging. Leider.

Aber was sollte sie tun?

Sie konnte nur gehorchen. Alles für Sara.

Widerwillig ging sie in den Flur und zog sich den Herbstmantel über.

Dann betrachtete sie das Porträt von Johannes Paul II., bekreuzigte sich und brach auf.

76

Oben auf dem Berg über Eisenach lag eine riesige Burg, als wäre sie einem mittelalterlichen Märchen entsprungen. Der Palas verlieh der Stadt einen fast mythischen Glanz. Der gewaltige Burgbau beherrschte die Umgebung und dominierte die Landschaft. Der Palas schien ebenso sehr im Himmel wie auf der Erde zu liegen, es war, als wolle er die beiden Welten zusammenführen und gehöre ebenso zu der einen wie zu der anderen.

Die tausendjährige Fassade wurde von modernen Scheinwerfern angestrahlt, aber in der zunehmenden Dämmerung war das Gefühl, in ein Märchen einzusteigen, besonders ausgeprägt.

In ein Märchen oder in einen Albtraum.

In ihrem Inneren hörte Sara die gemeine Stiefmutter rufen: »Aschenputteeel.«

»Die Wartburg«, sagte Schönberg, während er gleichzeitig Sara mit Gesten zu verstehen gab, dass sie an die Seite fahren und anhalten solle. Sie war auf einer schlängelnden Straße den Berg hinaufgefahren, und jetzt lag eine Art Wachstation vor ihnen, mit einer Schranke, die ihnen den Weg versperrte. Der Laubwald mit roten und gelben Blättern an den Hängen auf beiden Seiten der Straße wurde allmählich in der Dunkelheit ertränkt.

»Dort hat Martin Luther die Bibel ins Deutsche übersetzt«, fuhr der BND-Chef fort. »Der Geburtsort einer neuen Weltordnung, könnte man sagen. Von hier aus müssen wir den Rest des Weges gehen.«

Sobald sie aus dem Wagen gestiegen waren, glitt ein groß

gewachsener Mann in einer schwarzen Uniform aus den Schatten hervor. Das Gesicht war von einem Schutzhelm sowie einer Sturmhaube verdeckt. In der Hand hielt er eine Heckler & Koch MP5K, und auf der Brust saß eine deutsche Flagge, begleitet von dem Wort »Polizei«. Auf der Schulter befand sich eine Marke mit dem Schriftzug »GSG 9«. Deutschlands berühmte Antiterroreinheit.

»Sie sind vor Ort«, sagte er. Zumindest glaubte Sara, dass er so etwas gesagt hatte, es fiel ihr schwer, den deutschen Worten zu folgen. »Alle sind bereit.«

»Und Marienborn?«

»Alle verhaftet.«

»Gut. Rücken Sie vor«, sagte Schönberg und deutete mit dem Arm nach vorne. »Wir folgen Ihnen.«

Die Einsatzkraft sah Sara an.

»Sie ist Polizistin«, sagte Schönberg.

Der Polizist nickte, drehte sich um und glitt wieder in die Schatten. Der BND-Chef und Sara folgten ihm über den steilen Pfad zur Burg hinauf.

»Wir haben das Fußvolk verhaftet«, sagte Schönberg über die Schulter zu Sara nach hinten. »Diejenigen, die die Sprengungen auslösen sollten. Jetzt sind nur noch die Hauptpersonen übrig.«

Sara fragte sich, ob es eine dumme Idee war, Schönberg zu folgen. Hätte sie nicht einfach nach Hause fahren können? Aber dann erinnerte sie sich an Lotta und Koslow und die erschossenen Polizisten. Da hielt sie sich doch besser an den Deutschen, der hoffentlich genug Macht hatte, um sie reinzuwaschen.

Aber was würde jetzt passieren? War Lotta auf ihrer oder auf Jadowegs Seite? Wer war oben in der Burg? Würden sie sich ohne Kampf ergeben?

Und wie ging es ihrer Familie zu Hause? Machten sie sich Sorgen? Hatten sie von dem gegen sie gerichteten Verdacht gehört, dass sie angeblich Koslow erschossen hatte? Sara sah die

Gesichter von Olle und Ebba vor sich und blieb einen Augenblick stehen. Plötzlich fiel ihr das Atmen bei dem steilen Anstieg schwer. Wenn sie hier nur mit heiler Haut herauskam, würde sie sich niemals mehr irgendwo einmischen, schwor sich Sara. Nie im Leben.

Sie zwang sich, auf das zu achten, was vor ihr lag. Sie näherten sich allmählich, hoch über ihnen thronte die Burg.

Was hatte Lotta hier vor? Jadoweg treffen? Und Abdul Mohammad? Hatte sie die Codes dabei, die sie in Erics Haus gefunden hatte? Würden Schönberg und seine Männer tatsächlich alle verhaften können, bevor es zu spät war?

Sara war ganz versunken in ihre eigenen Gedanken und bemerkte nicht das Geräusch von schnellen Schritten, die sich näherten, die erstickten Rufe, gedämpften Schläge und den Klang eines Körpers, der zu Boden fiel.

Sie lief deshalb direkt in den Polizisten hinein, der sie hierhergeführt hatte und jetzt unten im Laub lag, außer Gefecht gesetzt. Tot oder bewusstlos.

Sie sah sich in der Dunkelheit um und konnte gerade noch ausmachen, dass eine schwarz gekleidete Gestalt Schönberg etwas ins Gesicht sprühte, der sofort neben ihr zu Boden fiel.

Sara drehte sich um, auf der Suche nach anderen Polizisten, sah aber nur einen schwarz gekleideten Mann mit einer Sturmhaube.

Und auf die Stirn dieser Sturmhaube war ein großes, rotes V gestickt.

Er hob seine Hand und sprühte Sara etwas ins Gesicht.

Sie hatte das Gefühl, dass sie haltlos durch den Weltraum zu einem unbekannten Planeten hinunterfiel. Die Luft war kalt, und sie wusste nicht, was dort unten auf sie wartete, wenn sie gelandet war.

Aber als sie auf den harten Boden schlug, war sie bereits bewusstlos.

77

Mitten in der Reality Show *Wahlgrens värld*. Typisch.

Christian machte wie immer Überstunden, und die Jungs waren beim Fußball.

Es klingelte erneut. Hallo, chillt mal.

Ja, ja, jedenfalls war es nicht Scherman. Er hatte sich seit dem Tag nach dem Geburtstag nicht mehr bei ihr beschwert, also war es wohl kein großes Risiko, die Tür zu öffnen. Schlimmstenfalls war es irgendein Zeuge Jehovas, der da draußen stand.

Aber Bianca wollte gerade ... Oh. Okay.

Zum Glück konnte man die Übertragung anhalten, wenn man einen digitalen Receiver besaß.

Malin drückte auf den Knopf mit zwei Strichen, legte das Schmusekissen zur Seite und erhob sich aus dem moosgrünen Eilersen Sofa Great Lift.

Als sie die Tür öffnete, stand zu ihrer großen Verwunderung Jane Nowak davor. Saras Mutter.

Malin begrüßte sie mit einem erstaunten: »Ja?«

Jane betrachtete Malin und ließ ein tiefes Seufzen hören, bevor sie zur Tat schritt.

78

»Befehl an die Sklavin: Aufwachen.«

Jemand zog sie am Haar, so fest, dass Sara sofort von den Schmerzen geweckt wurde.

Sie schlug die Augen auf und sah einen riesigen Saal in mittelalterlichem Stil vor sich. Goldverzierungen, orientalische Muster, Kronleuchter hoch über ihnen.

Sie lag auf dem Boden. Die Hände waren hinter dem Rücken gefesselt, der sich in der unbequemen Haltung verkrampft hatte.

Neben ihr wachte Schönberg auf, und an der Tür war ein schwarz gekleideter Valkyria-Mann mit einer automatischen Waffe postiert.

Sara setzte sich auf. Vor ihr und Schönberg standen Lotta, der Mann von den Bildern in der Kirche von Bromma und ein älterer Mann in einem fußlangen Thawb, einer Ghutra auf dem Kopf und einer goldenen Rolex am Handgelenk.

Geiger, Oleg Jadoweg und Abdul Mohammad.

Mit einer amüsierten Miene hielt Lotta Thörnells kleinen GPS-Tracker in die Luft und betrachtete Sara.

»Ich dachte schon, du wolltest mich auf irgendeine Art doppelt austricksen. Einen GPS-Tracker in der Tasche zu verstecken erschien mir viel zu einfach. Aber ich hatte dich überschätzt. Und hier bist du tatsächlich.«

Schönberg drehte sich in eine sitzende Haltung und sah Jadoweg an, der ihn mit einem Lächeln begrüßte.

»Das war wohl nichts mit Ihrem Plan, einen Maulwurf in den Kreml einzuschleusen«, sagte Jadoweg auf Englisch mit einem russischen Akzent. »Jurij ist verschwunden. Nur ich bin noch hier.«

»Haben Sie ihn umgebracht?«

Der BND-Chef blinzelte zu dem Russen hoch. Sara sah, dass seine Brille ein paar Meter weiter auf dem Boden lag.

»Was hätte ich denn sonst tun sollen?«

»Ich habe hundert Mann, die in einer halben Stunde hier sein werden«, erwiderte Schönberg hastig.

»Das hier ist in vier Minuten vorbei.«

Jadoweg amüsierte sich über Schönberg, der immer noch nicht aufgegeben hatte.

»Wir haben die Männer in Marienborn verhaftet.«

»Warum?«, entgegnete Jadoweg ruhig. »Eine Gruppe arabischer Gastarbeiter. Das war sehr vorurteilsvoll von Ihnen.«

»Sie sollten die Bomben zünden. Wir haben ihre Gespräche aufgezeichnet.«

Schönberg sah siegesgewiss aus, aber sein Lächeln verblasste, als der Russe auf das rote V zeigte, das seinen Kragen schmückte.

»In solchen Situationen ist es besser, die Profis den Job machen zu lassen«, sagte Jadoweg und lächelte diabolisch. »Valkyria hat sehr viel mehr Erfahrung mit dem Zünden von Bomben.«

Schönberg hatte Mühe, die Information zu verdauen.

»Also war Marienborn nur …«

»Eine kleine Ablenkung.«

Schönbergs Blick flatterte für ein paar Sekunden, bevor er einen neuen Versuch unternahm, die Kontrolle zurückzugewinnen.

»Die Bomben werden nicht explodieren«, sagte er. »Sie sind zu alt.«

»Nur, wenn der Werwolf seine Arbeit nicht getan hat.«

»Was für eine Arbeit? Hat er etwa …?«

Jadoweg sah geradezu erschöpft aus, als wäre er enttäuscht

von einem Schachgegner, der weit unter dem eigenen Niveau spielte. Als sollte das, was er sagte, eine Selbstverständlichkeit für sämtliche Anwesende sein.

»Er bekam eine Milliarde Dollar, um die Bomben auf Vordermann zu bringen.«

»Sie lügen«, sagte Schönberg hastig und sah sich in dem Raum um. Sara studierte die Gesichter von Lotta und Abdul. Blufften sie?

»Was hätte ich davon? Glauben Sie etwa, ich wäre hier, wenn ich nicht wüsste, dass es sich so verhält? Dass die Bomben eine neue Weltordnung herbeisprengen werden?«

»Hat Dmitrij Zerkowskij dafür gesorgt, dass die Atomsprengköpfe unter der Erde funktionieren?« Schönberg sah erschüttert aus. »Und dann haben Sie ihn aus dem Weg geräumt? ... Oder eher ... ich.«

»Ja. Vielen Dank für die Hilfe«, sagte Lotta und schenkte ihm ein höhnisches Lächeln. »Ein Zeuge weniger.«

»Und die offizielle Version wird sein, dass islamistische Terroristen alte, vergrabene sowjetische Bomben gezündet haben?«

»Genau das. Die Version, die Sie selbst etabliert haben, indem Sie die Armee des Propheten gejagt haben«, sagte Abdul und trat einen Schritt vor.

»Haben Sie wirklich vor, sie zu sprengen?«

Der BND-Chef betrachtete die Umstehenden ungläubig.

»Das ist unsere Rache dafür, dass die Mauer gefallen ist«, sagte Lotta mit glühenden Augen.

»Wie viele sind es denn?«, fragte Schönberg an Jadoweg gewandt. »Und wie stark sind sie?«

»Sehr stark«, sagte der Russe. »An der gesamten alten Grenze entlang. Auf unserer Seite, wir opfern also unsere eigene Erde.«

»*Unsere?*«

466

»Ja, die uns gestohlen wurde, als die Mauer fiel. Russlands Sicherheitszone.«

»Daraus wird eine neue Grenzlinie«, sagte Lotta. »Ein Graben statt einer Mauer.«

»Lotta«, sagte Sara und holte tief Luft. »Eric hat dich ausgenutzt. Er war Doppelagent und steuerte dich im Auftrag von Stay Behind. Was du getan hast, stärkte den Polizeistaat und nicht den Sozialismus.«

»Ich war diejenige, die ihn ausgenutzt hat. Und jetzt bekomme ich meine Rache«, antwortete die Kindheitsfreundin ungerührt.

Sara überlegte schnell.

»Warum machen Sie das hier?«, fragte sie Jadoweg.

»Weil es mich amüsiert. Das Leben macht doch nur Sinn, wenn es lustig ist, oder?«

Sie nickte und wandte sich wieder Lotta zu.

»Lotta, glaubst du wirklich, er wird dich am Leben lassen? Du bist auch eine Zeugin, genau wie dieser Werwolf.«

»Nein, ich bin keine Zeugin. Wir stehen auf derselben Seite. Und wir sind die ganze Zeit Erics Plan gefolgt, genau wie Herr Schönberg hier auch.«

»Erics Plan?«, fragte Sara und zwinkerte ungläubig.

»Ja, nur ist unser Schluss etwas anders als der von Schönberg. Der BND wollte die Armee des Propheten und Jadoweg festsetzen. Es war eine ausgezeichnete Idee, uns zusammenzuführen, vielen Dank dafür.«

»Sie haben mich an der Nase herumgeführt«, spuckte Schönberg in Richtung Lotta aus und klang, als könnte er es gar nicht fassen.

»Ist all das hier *Erics* Plan?«, wandte sich Sara an Schönberg. »Nicht Ihrer?«

Das Unbehagen und der Zorn schwollen in ihr an. Sie hatte Eric bedeutend besser gekannt als der arrogante Schönberg hier.

Sie begriff, dass noch mehr dahintersteckte, wenn es Erics Plan war. Und sie war wahnsinnig wütend auf den Deutschen, weil er sich auf ihren Schwiegervater verlassen hatte.

»Sie wollten meine Hilfe, um an diejenigen heranzukommen, die die Informationen zu den Bomben kauften und verkauften«, sagte Lotta zu Schönberg. »Und das haben Sie bekommen. Jetzt sind wir dran, unseren Willen zu bekommen. Die Götterdämmerung durchzuführen.«

»Es wird Ihnen nicht gelingen«, sagte der Deutsche, aber es klang eher wie ein Gebet als wie eine Feststellung.

»Und was habe ich damit zu tun? Warum konntet ihr mich nicht einfach in Ruhe lassen?«, fragte Sara, während sie mit dem Seil kämpfte, das ihre Hände hinter dem Rücken zusammenband. Sie musste unbedingt von hier weg. Sie hatte gerade erst Ebba zurückbekommen, und Olle brauchte sie. In diesem Moment war Sara zu hundert Prozent Mutter, und die Personen, die sich vor ihr befanden, standen zwischen ihr und ihren Kindern. Es kümmerte sie einen Dreck, was mit Lotta und ihrem Anhang passierte, sie mussten einfach ausgeschaltet werden. Wenn nötig, von der Oberfläche der Erde getilgt werden.

»Sie haben uns echt Probleme bereitet, Nowak«, sagte Jadoweg und musterte sie so eingehend, dass Sara es nicht wagte, sich weiter mit dem Seil zu beschäftigen. »Als sie Abu Rasil und Geiger stoppten. Und als sie auch noch Faust umbrachten, schien der Plan endgültig gescheitert zu sein. Aber dann erreichten wir Geiger über Schönberg und konnten sie auf unsere Seite ziehen, indem wir ihr mit einer besonderen Belohnung winken konnten. Mit Ihnen.«

Die Erkenntnis sickerte in Sara ein und versetzte ihr einen Todesschreck. Dieses Mal konnte sie sich nicht verteidigen.

»Ich habe zwei Kinder, Lotta.«

»Eric hatte auch ein Kind. Und eine Frau, die ihn liebte. Und ich liebte ihn auch.«

Sara erwiderte nichts, sie sah Lotta nur an.

»Ich weiß, dass du ihn getötet hast«, sagte die Kindheitsfreundin und holte ihr Handy heraus. »Ich habe es gesehen.«

Lotta rief einen Videoclip auf und zeigte ihn ihr.

Eric und Sara im Keller. Martin auf dem Hocker mit der Schlinge um den Hals.

»Du hast zugesehen?«, fragte Sara mit Ekel in der Stimme.

»Ich sah alles, was er tat«, sagte Lotta stolz.

Sie blätterte in den Videoclips, und Sara sah sowohl Jürgen Stiller als auch Eva Hedin vorbeiflimmern. Tot und sterbend.

Sara hatte niemals die Lust verspürt, jemanden mit bloßen Händen zu töten. Aber jetzt spürte sie sie.

»Ich liebte seine Peepshow«, sagte die Kindheitsfreundin. »Aber die musstest du ja unbedingt auch kaputt machen.«

Jetzt sah Sara Bilder einer sterbenden Jenna während der Peepshow vorbeiflimmern.

»Lotta, du bist nicht gesund. Du hast auch Kinder. Denk an sie.«

»Ich mache es doch ihretwegen. Damit sie in einer besseren Welt aufwachsen, in einer reineren. Unsere Gesellschaft ist pervers.«

»Wir werden in Gottes Liebe leben«, sagte Abdul und legte eine Hand auf ihre Schulter. »Ein wahreres Leben.«

»Aber Eric war doch nicht auf deiner Seite«, wandte Sara ein. »Er hat dich ausgenutzt!«

»Ich habe zugelassen, dass er mich ausnutzt. Damit ich ihn ausnutzen konnte. Und jetzt werde ich sein Andenken heiligen, indem ich seinen Tod räche.«

»Und mich tötest?«, sagte Sara und fingerte fieberhaft an dem Seil herum, während ihr der Schweiß auf die Stirn trat.

»Auf die schönstmögliche Art«, sagte Jadoweg und gestikulierte mit der Hand. »Ihr werdet dem Schauspiel beiwohnen, wenn alles gesprengt wird, wenn die Welt in Brand gesetzt wird.

Danach wird Sara Schönberg erschießen und sich selbst das Leben nehmen. Und vor den Augen der Welt wie eine Terroristin sterben.«

»Deine armen Kinder«, sagte Lotta zu ihr und legte den Kopf schief. »Was werden sie von ihrer Mutter denken? Darüber hättest du nachdenken sollen, bevor du dich eingemischt hast.«

»Warum sollte ich so etwas tun? Wer wird daran glauben? Das ist doch eine wahnwitzige Geschichte!«

Sara versuchte, Schönbergs Blick einzufangen, versuchte herauszufinden, ob er einen Plan hatte, ob Hilfe auf dem Weg war. Aber der ältere Mann starrte nur leer vor sich hin.

»Ganz und gar nicht.«

Lotta nahm eine Glock und ging zum BND-Chef, riss seinen Kopf heftig hoch und drückte die Mündung an seine Stirn.

Aber statt abzudrücken, nahm sie Saras Handy und machte eine Aufnahme des gefangenen und mit dem Tode bedrohten Schönbergs.

Und zeigte Sara, wie sie auf »Senden« drückte.

79

Leonhard Klemens schaute auf das Bild und zog eine Grimasse. Manchmal waren Katastrophen schlimmer, bevor sie bestätigt wurden. Bevor man das ganze Ausmaß kannte. Bevor man Gegenmaßnahmen und Rettungsaktionen einleiten konnte.

Im schlimmsten Fall hatten sie zwölf Mann verloren. Er hatte nichts von der Gruppe in der Wartburg gehört, seit Schönberg dort eingetroffen war, und jetzt war der BND-Chef anscheinend eine Geisel von Sara Nowak. Das sagte jedenfalls das Bild, das sie von ihrem Handy geschickt hatte. Mit aller unerwünschten Deutlichkeit.

Hatte sie Schönberg also schon im Sommer an der Nase herumgeführt? Sie hätten den alten Fuchs zwingen sollen, in Pension zu gehen, als sein Verstand noch in Schuss gewesen war.

Wie auch immer, es gab keine Zeit zu verlieren.

»Wir müssen damit rechnen, dass Nowak und Valkyria unsere Leute eliminiert haben«, sagte er zu seinen nächsten Untergebenen. Die Reaktionen huschten durch ihre Augen, gefolgt von einer eiskalten Entschlossenheit. Es kam nicht oft vor, dass man GSG-9-Kollegen verlor, aber manchmal passierte es, und als der Profi, der man war, verschob man die emotionale Verarbeitung dann, bis die aktuelle Situation gelöst war.

»Wir wissen alle, wie rücksichtslos Valkyria vorgeht«, fuhr der befehlshabende Major Klemens vom Bundesgrenzschutz fort. »Darauf muss unser Angriff antworten. Wir schießen, um zu töten. Kurzer Hintergrund: Valkyria wird vom Kreml kontrolliert, wurde allerdings von dem schwedischen Unternehmen

471

Titus & Partners gegründet, und diesen Konzern führt jetzt Sara Nowak. Formell hat sie es unlängst an ein Offshore-Unternehmen mit unbekannten Eigentümern verkauft.« Klemens hielt ein Dokument von Titus & Partners mit Saras Unterschrift in die Luft. »Natürlich wollte sie damit nur die Spuren vor der Aktion verwischen, die sie jetzt in Angriff genommen hat. Nowak wurde von Valkyria in Leipzig befreit, so wurde es von den überlebenden Polizisten geschildert. Es ist also ganz offensichtlich, dass sie immer noch die Kontrolle über die Firma hat.«

Ein in die Luft erhobener Finger von Thomas sagte, dass er einen Bescheid bekommen hatte. Klemens nickte.

»Okay. Landesweite Fahndung ist ausgeschrieben. Wir gehen mit Hubschraubern und Bodentruppen rein. Wir werden sie nicht entkommen lassen. Und denkt dran: Wir schießen, um zu töten.«

80

Im grün schimmernden Licht seiner Nachtsichtbrille offenbarte sich plötzlich ein Engel.

Ein sehr schöner Engel, der vor ihm zu tanzen begann. Und der außerdem nackt war.

Kam sie von der Burg?

Oder hatte er Halluzinationen?

Einige Gifte hatten solche Effekte, so viel wusste er.

Aber das hier war keine Sinnestäuschung. Ferenc hörte das Kratzen ihrer Füße, als sie verführerisch vor ihm tanzte.

Er sah sich um. Sonst war niemand hier. Die Frau sah ihn an und lächelte.

Vielleicht mochte sie seine Uniform, vielleicht war sie verrückt.

Eine geflohene Patientin.

Schön war sie auf jeden Fall. Märchenhaft schön.

Und ganz nackt.

Die Hüften schwangen langsam und rhythmisch. Die Arme flossen sanft in gleichmäßigen Bewegungen. Ihre helle Stimme summte eine träumerische Weise.

Sie zeigte ihren Körper aus allen Perspektiven. Bot sich an.

Ferenc nahm seine Maske ab. Die Dunkelheit verbarg sie fast komplett, aber das machte die rhythmischen Bewegungen nur noch aufreizender.

Die Frau tanzte langsam auf ihn zu, legte ihre Hand mit Begierde im Blick auf sein automatisches Gewehr.

Sie sprang definitiv auf sein M27 Infantry Automatic Rifle

an, und das konnte Ferenc sehr gut verstehen. Allein der Gedanke an die Leistungsfähigkeit der Waffe macht auch ihn schon geil.

So schnell, dass er gar nicht reagieren konnte, griff eine Hand um sein Gesicht und zog den Kopf nach hinten.

Dann spürte er einen scharfen Schnitt am Hals und etwas, das über seine Brust lief.

Sein Blut.

Er versuchte zu protestieren, sie zu fragen, warum, die anderen zu warnen. Aber es war nur ein gedämpftes Gurgeln zu hören.

Fast lautlos sank er zu Boden.

Agneta Broman, die hinter ihm stand, senkte ihr blutiges Messer, ein SOG SEAL Team Elite, betrachtete die nackte Gabi und flüsterte:

»Gute Arbeit. Jetzt holen wir den Nächsten.«

81

»Warum hast du Koslow erschossen?«

Sara sah über die Mündung der Pistole direkt in Lottas Augen.

Die lächelten.

Ein eiskaltes Lächeln.

»Es lag an dir. Du hast gesagt, dass er in Erics Haus war und etwas gesucht hat.«

»Habt ihr nicht nach derselben Sache gesucht?«

»Doch, genau. Er hat versucht, die Codes vor mir zu finden, damit er sie anstelle von Abdul Mohammad verkaufen konnte. Ein Verrat. Und Verrat wird bestraft. Nachdem er dich zu mir geführt hatte, brauchte man ihn nicht länger.«

»Warst du deswegen in Erics Haus? Um die Codes zu finden?«

»Es war mein Fehler«, sagte Schönberg verschämt. »Ich hatte erzählt, dass Eric eine Kopie besaß.«

»Da siehst du, dass Eric dich ausgenutzt hat!«, sagte Sara zu Lotta. »Er hat dir nicht erzählt, dass er die Codes hatte.«

»Nein. Hätte er es getan, würde er heute vielleicht noch leben«, sagte Lotta mit bedauernder Miene. »Aber das Wichtigste ist, dass wir sie jetzt haben.«

Sie zog ein Messingschild hervor. Mit der Aufschrift »Titus«.

»Das Namensschild«, sagte Sara unter leichtem Schaudern. »Von der Haustür. Deswegen sah das Haus so nackt aus, als ich das letzte Mal dort war. Als wäre es von etwas Bösem verlassen worden.«

»Und jetzt ist das Böse hier.«

Lotta zeigte Sara die Rückseite des Schilds, in die die Codes eingraviert waren. Zwölf todbringende Zahlenkombinationen, die mehrere Jahrzehnte an der Haustür der Familie Titus gehangen hatten.

Typisch Eric, mit seinem größten Geheimnis so umzugehen, dass alle es sehen konnten, dachte Sara. Immer gleich arrogant und selbstsicher.

»Ich verstehe trotzdem nicht, warum du Koslow erschossen hast«, sagte sie schließlich. Sie war in eine sitzende Haltung gekommen und konnte zu ihrer Erleichterung den Rücken ein bisschen entlasten. »Ihr habt doch beide für Jadoweg gearbeitet?«

»Nein, er arbeitete für Jurij«, antwortete Lotta knapp.

»Und das Bild von der Beerdigung?«

»So, jetzt reicht es aber«, sagte Jadoweg ungeduldig. »Ich kann das Schild nehmen. Es ist jetzt an der Zeit.«

Er machte mit ausgestreckter Hand einen Schritt auf Lotta zu.

Lotta hob ihre Pistole und zielte auf ihn.

»Nur ich werde diese Bomben zum Explodieren bringen, sonst niemand.«

Jadoweg lächelte ein wenig und verbeugte sich, dann wandte er sich Schönberg zu.

»Sind Sie bereit? Dann, finde ich, sollten wir loslegen. Es gibt Fensterplätze für alle. Wir bekommen ja nur einen kleinen Teil des Ganzen zu sehen, aber was wir sehen werden, wird absolut entzückend sein. Pilzwolken überall, was für eine Vorstellung. Ein Gesamtkunstwerk. Die Strahlung ist nicht ungefährlich, aber in diesem Abstand ist es nicht so riskant, da sterbe ich vorher eines natürlichen Todes. Und ihr beide habt ja ohnehin nur noch ein paar Minuten zu leben.«

»Ich glaube nicht, dass Jurij tot ist. Er wird Sie mit dieser Sache nicht davonkommen lassen.« Schönberg sah plötzlich vollkommen überzeugt aus, beinahe triumphierend. »Er hat das Ohr des Kremls. Denken Sie daran, dass seine Agentin sowohl Romanowitsch als auch den Werwolf getötet hat.«

»Ja, das war ganz imponierend für eine alte Tante wie Desirée«, sagte Jadoweg.

Schönberg sah schockiert aus, und der Russe lächelte.

»Ja, ich weiß alles über Desirée. Oder Agneta Broman, wie sie auch genannt wird.«

»Nicht ganz alles«, sagte plötzlich eine Stimme. »Zum Beispiel nicht, wo sie ist.«

Alle Blicke richteten sich auf die Tür, wo Agneta mit einem Messer am Hals des Wachmanns stand.

»Aber jetzt weißt du es«, fuhr sie fort und nahm dem Wachmann die Waffe ab. Sie schoss Lotta die Pistole aus der Hand und winkte ihr zu, dass sie zu ihr treten solle.

Und dann schoss sie dem Valkyria-Mann durchs Auge, wo ihn seine Uniform nicht schützte.

Sara konnte sich nur schwer vorstellen, dass die Frau, die sie jetzt betrachtete, die Extramama ihrer Kindheit war, auferstanden von den Toten. Die ohne zu zögern einem Mann das Leben nahm.

»Hast du wirklich die beiden Oligarchen getötet?«, fragte Sara.

»Ja.«

»Warum? Warum tust du das alles?«

»Das ist eben, was ich bin«, sagte Agneta, ohne den Blick von Lotta und den anderen zu nehmen. »Ich bin Desirée. Ich kann nicht zu Agneta Broman zurückkehren.«

»Doch, das kannst du«, sagte Sara mit einem flehentlichen Blick.

»Okay, ich könnte es, aber ich will es nicht. Das war kein Leben, es war ein Verkümmern, ein lang gezogener Todeskampf. Aber jetzt lebe ich. Dank Schönberg.«

»Das muss nicht so sein.«

»Du verstehst das nicht, kleine Sara.« Agneta warf einen freundlichen Blick auf sie. »Das hier ist lustig, darauf wurde ich mein ganzes Leben trainiert. Wofür sollte ich denn eine neue Person erfinden? Ich bin über siebzig. Und dieser Anruf wegen Geiger hat etwas in mir geweckt. So lebendig habe ich mich seit vielen Jahren nicht mehr gefühlt, also unterbrich mich jetzt bitte nicht mehr.«

»Schneid die Fesseln auf«, sagte Schönberg.

»Immer mit der Ruhe. Ich bin jetzt nur noch meine eigene Herrin. Ich habe noch nicht entschieden, wem ich helfen werde.«

»Agneta!«, protestierte der Deutsche.

»Warte. Ich muss zuerst wissen, was hier passiert.«

»Das weißt du doch.«

Schönberg war leichenblass im Gesicht.

»Nein. Und du weißt es auch nicht. Als du sagtest, dass Jurij den Kreml dazu bewegen sollte, seine Hand von Jadoweg zu nehmen, war mir klar, dass du hereingefallen bist.«

»Hereingefallen? Worauf denn?«

»Eine Sache solltest du genauso gut wissen wie ich: Ein KGBler sagt nie die Wahrheit. Er hat immer einen anderen Plan, ganz egal, worum es geht.«

»Und welchen Plan hat Jurij deiner Meinung nach?«, fragte Schönberg und legte die Stirn in Falten.

»Warum fragen wir ihn nicht?«

Agneta wandte sich an Jadoweg.

»Dich in zwei Personen zu teilen, war das deine Idee oder Erics?«

»Erics. Und es hat ja auch gut funktioniert.«

Sara starrte von Jadoweg zu Schönberg und erneut auf Jadoweg, der also auch Agnetas alter Führungsoffizier Jurij war. Ihr schwirrte der Kopf.

Das bedeutete, dass Koslow auf der Beerdigung mit Jurij

gesprochen hatte und nicht mit Jadoweg. Er hatte keine Ahnung gehabt, dass es sich eigentlich um dieselbe Person handelte.

»Und das Gerede über die unterschiedlichen Fraktionen, die um die Gunst des Präsidenten wetteiferten?«, fragte Agneta.

»Das ist vollkommen richtig, aber ich gehöre eben zu beiden. So kann ich sicher sein, auf der Gewinnerseite zu stehen.«

Jurij lächelte sie an.

»Und was ist der eigentliche Plan? Darf ich raten?«, fragte Agneta und sah sich im Raum um. »Der Werwolf hat die Bomben wieder brauchbar gemacht, die Terroristen werden die Schuld bekommen, Deutschland wird in Ruinen gelegt, und du wirst reich beim Wiederaufbau.«

»Reich ist eine Untertreibung.«

Agneta schien eine Weile zu überlegen.

»Und Eric hat dabei auch mitgemacht?«

»Natürlich. Es war Eric, der sowohl Schönberg als auch Lotta eingebunden hatte, natürlich mit einer jeweils anderen Version des Plans.«

»Und für ihn war es nicht politisch?«

Jurij schüttelte langsam den Kopf.

»Rein geschäftlich. Er wollte die Nachfrage schaffen, Marktanteile gewinnen.«

»Und Millionen töten«, sagte Sara, die wie die anderen in dem Raum mit Spannung dem Meinungsaustausch gefolgt war. Lotta betrachtete Agneta mit schwer zu deutender Miene.

»Sehen Sie sich Europa nach dem Zweiten Weltkrieg an. Schweden wurde zu einem der reichsten Länder, indem es Rohstoffe und Technik zum Wiederaufbau des Kontinents lieferte. Und das neue Deutschland, das aufgebaut wurde, war stärker als das alte. Das nächste wird noch stärker, in einer Union mit Russland«, sagte Jurij und nickte zufrieden.

»Das ist Ihr Plan?«

Sara sah ihn ungläubig an.

»Das ist unser Schicksal. Nach dem Zweiten Weltkrieg kamen die USA mit ihrem Marshallplan und konnten den Kontinent lenken. Dieses Mal wird es Russland sein, das die Agenda festlegt.«

»Und deswegen waren Sie in Bromma?«, sagte Sara zu Jurij. »Um Eric zu treffen?«

»Ich nahm die Gelegenheit wahr, als ich aus einem persönlichen Grund in der Gegend war.«

»Wissen Ihre Männer, dass es bei der ganzen Sache nur ums Geld geht?«

Sara sah Abdul Mohammad an.

»Für sie ist es ein heiliger Krieg. Allahs Wille«, sagte Abdul und breitete die Arme aus. »Mit dieser Vergeltung werden unsere Namen auf der ganzen Welt bekannt sein!«

»Und du hast auch einen Anteil an den Geschäften?«, fragte Agneta.

»Einen großen Anteil«, sagte Abdul mit ausdrucksloser Miene.

»Es wird ein außerordentlicher Beitrag sein«, sagte Lotta und machte einen Schritt auf ihre Mutter zu, gestikulierte mit den Händen. »Nicht nur Brösel von den Tischen der Reichen. Jetzt dürfen die Unterdrückten mit am Tisch sitzen. Wahre Gerechtigkeit und ein erneut geteiltes Deutschland. Mit einer radioaktiven Grenze, die man nicht öffnen kann. Eine Grenze, die das Land für Hunderttausende von Jahren teilt.«

»Sie werden auch reich, Sara«, sagte Jurij. »Oder wohl eher Ihre Kinder. Sie werden es ja nicht mehr erleben, aber Titus & Partners sind beim Geschäft dabei und profitieren davon.«

»Nein, ich habe die Gloria-Papiere nicht unterschrieben.«

»Und trotzdem steht Ihr Name auf den Verträgen.«

»Nein«, sagte Sara, bevor ihr klar wurde, was passiert war. »Tom.«

Jurij lächelte zufrieden.

»Er konnte so eine Gelegenheit natürlich nicht vorüberziehen lassen.«

»Und Jurij, mein Liebling«, sagte Agneta mit liebevollem Tonfall. »Du bekommst die Revanche für dein geliebtes Russland?«

»So geht es eben, wenn man keinen Respekt zeigt. Ich bin reicher als jeder andere in Europa. Mein Präsident ist der reichste Mann auf der ganzen Welt. Wir können eure winzigen Scheißländer kaufen und Parkplätze aus ihnen machen, und trotzdem haltet ihr uns für versoffene Bauernlümmel.«

»Wir haben hier also sieben unterschiedliche Stimmen«, sagte Agneta nachdenklich. »Von denen jede einen Lobgesang auf ihren Herrn singt. Abdul preist Allah. Lotta verherrlicht den alten Staatssozialismus. Sara ergreift Partei für die offene Gesellschaft und Schönberg für die heimlichen Kräfte, die sie schützen sollen. Ich besinge das Individuum und die Freiheit von allen Zwangssystemen. Und du, Jurij, singst mit zwei Stimmen. Als Jadoweg lobst du den freien, kriminellen Kapitalismus, und als Jurij erhebst du deine Stimme für den Einfluss des Kremls auf die Welt. Welcher dieser Herren geht als Sieger aus diesem Streit hervor?«

»Wie gebildet von dir«, sagte Jurij mit einem entzückten Lächeln. »Ich wünsche mir, dass du auf unsere Seite kommst.«

»Wir werden sehen«, sagte Agneta.

»Wisst ihr überhaupt, was ihr da macht?«, fragte Sara und betrachtete sie mit skeptischem Blick. »Wer hier gerade wen an der Nase herumführt?«

»Wir folgen alle Erics Plan«, sagte Jurij ruhig. »Aber er hat unterschiedliche Ebenen. Und wir hoffen alle auf ein unterschiedliches Ergebnis. Eines davon wäre, dass ausgerechnet Sie die Schuld für das alles hier bekommen, Sara.«

»Ich?«

»Ja, Sie. Eric war am Ende seines Lebens ziemlich fixiert auf Sie. Geradezu … besessen.«

82

Eric Titus las die SMS von Lotta Broman.

»Jetzt«

Gut. Seine kleine Soldatin hatte sich auf den Weg gemacht, um ihren Teil des Plans zu erfüllen, ohne eine Ahnung von der umfassenden Strategie zu haben.

Eric verließ den Arbeitsraum, ging am Badezimmer vorbei, in dem Marie nach wie vor ihre Wunden tupfte und versuchte, die Blutergüsse zu überschminken. Wie zum Teufel hatte sie es wagen können, ihn zu stören, als endlich alle Teile auf ihre Plätze fielen? Nein, sie wusste nichts davon, aber konnte sie es nicht in seinem Gesicht ablesen, dass er andere Dinge im Kopf hatte, als die Einladungskarten für das Abendessen mit den Vollers auszusuchen?

Eric setzte sich in seinen schwarzen Maserati Quattroforte Trofeo und fuhr zu Bromans Haus weiter unten an der Straße. Er parkte eine Straße entfernt von der großen, modernistischen Villa und ging durch den Garten zum Grönviksvägen 63.

In Bromans Garten sah er aus der Entfernung die gehorsame kleine Lotta mit einer älteren Dame mit kurz geschnittenen Haaren.

Wer war das? Es war ein Abweichen von der Planung.

Und dann tauchte Sara Nowak auf.

Was zur Hölle sollte das werden?! Eric ballte die Fäuste und wollte schon aus der Deckung treten.

Aber dann kamen die beiden deutschen Polizisten, von denen Schönberg Bilder geschickt hatte. Und der eine erschoss den anderen.

Erstaunlich, aber Eric verstand es schnell.

Die Frau, die ihren Kollegen erschoss, war Abu Rasil, dem Lotta die Codes geben sollte.

Eine gute Wendung. Eric konnte ein Lächeln nicht unterdrücken. Die Anspannung begann allmählich von ihm abzufallen.

Dann begannen die beiden die Steinplatten umzudrehen und die Codes zu verschicken.

Bald würde es passieren.

Aber dann lief die verdammte Sara los, und die anderen folgten ihr. Schüsse waren zu hören, und der Geräteschuppen fing Feuer.

Nein, nein, nein. Nicht jetzt. Es waren nur noch zwei Steine übrig. Eric starrte auf die Gestalten unten auf der Rasenfläche, biss sich fest auf die Lippen, bis der Geschmack von Blut seinen Mund füllte.

Dann kam Sara zurück, warf eine Platte weg und lief mit der nächsten davon.

Dann plötzlich ein Tumult auf dem Steg. Sara verschwand im Wasser, und Abu Rasil zielte auf Lotta.

Verdammt, der ganze Plan war hinüber. Plötzlich tauchte Sara von irgendwo anders auf und schoss Abu Rasil in den Kopf.

Scheiße!

Sara Nowak, die dumme Kuh.

Seine eigene Schwiegertochter zerstörte seinen großen Plan, sein Lebenswerk.

Halb Deutschland hätte ihm gehören können.

Jahre der Planung waren dahin. Jahrzehnte.

So viele Leben, so viel Geld.

Aber Eric Titus würde nicht aufgeben, beschloss er augenblicklich. Er musste es ein weiteres Mal versuchen.

Aber erst musste er herausfinden, was Sara wusste.

Und sie bestrafen.

Vielleicht würde er auch Martin bestrafen, weil er diese verdammte Sara in ihr Leben gebracht hatte.

Eric ging langsam zum Auto zurück, während das Geräusch der Sirenen sich näherte. Er brauchte einen neuen Plan.

83

Sara richtete sich auf, bis sie kniete, ihre Hände waren immer noch hinter dem Rücken gefesselt. Das Band war trotz ihrer Versuche, sich von ihm zu befreien, immer noch genauso fest und schnitt ihr in die Handgelenke, aber das ignorierte sie jetzt. Sie betrachtete Agneta und flehte mit Verzweiflung in der Stimme.

»Lotta hat die Codes für die Bomben. Sie wollen die gesamte Grenze sprengen. Nimm die Codes. Nimm ihnen das Namensschild weg.«

»Bist du dir da sicher, Sara?«, fragte Jurij. »Willst du wirklich, dass die Polizei kommt?«

»Nimm es, Agneta!«

»Warte noch, Desirée. Vielleicht sollte ich erst von Saras künftigem Nachruf erzählen.«

»Scheiß drauf! Schneid die Fesseln auf!«

Sara drehte sich und zeigte Agneta ihre gebundenen Hände.

»Sie haben Karla Breuer erschossen«, sagte Jurij ruhig. »Eine deutsche Geheimagentin, die nach dreißigjährigen Ermittlungen gerade Abu Rasil verhaften wollte. Aber auf diese Weise entkam Abu Rasil.«

»Sie war doch Abu Rasil«, sagte Sara ungeduldig. »Und sie ist tot. Abu Rasil ist tot.«

»Aber das weiß niemand. Es wird so aussehen, als hätten Sie ihm damals zur Flucht verholfen und würden ihm jetzt dabei assistieren, die Götterdämmerung auszulösen, was Ihnen das letzte Mal ja misslungen ist.«

»Ihm? Welchem ihm?«

Sara sah sich verwirrt um, versuchte Agnetas Blick einzufangen, aber die ältere Frau sah Jurij an, der immer noch sprach.

»Es gibt deutliche Anzeichen dafür, dass der Abu Rasil, den Karla Breuer gejagt hatte, jemand aus dem BND war. Das kann sogar Abdul Mohammad bezeugen. Und wer ist mit Ihnen heute hier und leitet die gesamte Aktion? Julius Schönberg.«

»Schönberg ist nicht Abu Rasil. Das ist doch geisteskrank!«

»Aber das wird die Nachwelt glauben«, sagte Jurij ruhig, während der BND-Chef erstarrte. »Dass er nur so tat, als wollte er die Terroristen fangen, aber in Wirklichkeit den Anschlag ausführen wollte.«

»Sie sind doch total irre! Niemand beim BND wird Ihnen glauben!«, rief Schönberg.

»Und Sie sind auch verwickelt, Sara«, fuhr Jurij fort. »Nicht nur, weil Sie Abu Rasil das letzte Mal geholfen haben, sondern auch, weil Sie mit mir arbeiten.«

»Ich arbeite nicht mit Ihnen zusammen!«, schrie Sara.

»Ihr Liebhaber ist George Taylor Jr., der Waffen von mir in meiner Rolle als Oleg Jadoweg gekauft hat. Und die schwedische Polizei weiß, dass sie von mir kommen, weil sie einen Tipp zu diesem Geschäft von meinen Männern bekommen haben, sodass sie alle auf frischer Tat ertappen konnten. Sie haben auch erfahren, dass Sie mit Taylor Jr. zusammen sind.«

Jurij hielt sein Handy hoch und zeigte ein Bild von Sara und George, wie sie Sex in der Gasse neben ihrem Haus hatten.

»Haben Sie etwa …«

Sara wusste nicht, was sie sagen sollte.

»Sie haben also eine ganz aktuelle Verbindung zu Oleg Jadoweg, noch neben Ihrer Rolle als Besitzerin von Valkyria. Und Sie haben sich in den Mord an Stellan Broman eingemischt, eine Ermittlung, für die Sie nicht zuständig waren. Nur um den Verdacht von Schönberg und Ihnen selbst abzulenken.«

»Von *mir*?!«

84

»Was haben wir?«

Rakel Swärd sah auf die Versammelten hinunter. Der Abteilungschef Sam Sköld, der Koordinator der Polizei Roger Nordlund und die Fahnder Brundin und Lina Macli. Sie war nicht besonders scharf darauf, mit Leuten von der normalen Polizei zusammenzuarbeiten, fand nicht, dass sie irgendeine Art von Verständnis für die Bedrohungen hatten, mit denen sich ihre Abteilung auseinandersetzen musste. Nach ihrer Meinung war ihre Anwesenheit direkt unangemessen für einen Fall, der ausgerechnet eine Kriminalinspektorin der normalen Polizei betraf. Aber da war so viel Gewerkschaft und Politik im Spiel, dass es Ärger geben würde, wenn sie keine Vertreter aus den eigenen Reihen dabeihätten. Bürokratie war wichtiger als Effektivität. Eigeninteresse stand vor dem Erfolg.

Sie zog den Rock ihres Kostüms von Armani glatt, der aus Pfeffer-und-Salz-Stoff angefertigt war und einen spannenden Kontrast zu der purpurfarbenen Bluse bot, die sie dazu trug. Die Füße steckten allerdings in Sportschuhen. Nur vor Begegnungen mit der Presse wechselte Rakel Swärd zu hohen Absätzen.

Brundin wollte beginnen, die aktuelle Lage zu beschreiben, weil sie es eilig hatten, aber sie wusste, dass sie ihrem Chef auf die Füße treten würde, wenn sie das Kommando übernahm. Dann würde es vielleicht so aussehen, als hätte er die Situation nicht im Griff.

»Bilder von Sara Nowaks Handy«, sagte Sam schließlich und rief die Aufnahmen von George Taylor Jr. und seinen Leuten auf, die Sara an Anna geschickt hatte. »Hier hat Nowak ein Treffen mit Taylor Jr. und seiner Gang in einem Waldabschnitt dokumentiert. Worum es bei dem Treffen ging, ist unklar, aber es scheinen gewisse Vorbereitungen getroffen worden zu sein.«

»Es gibt da nichts, was uns sagt, dass sie von Saras Handy stammen«, sagte Roger Nordlund mit einer besorgten Falte auf der Stirn.

»Doch. Lina.« Sam zeigte auf Lina Macli. »Sie hat selbst gesehen, dass der Absender Sara Nowak war.«

»Ich habe volle Einsicht in Saras Leben«, sagte Lina und richtete sich auf. »Ich lebe mit ihrer besten Freundin zusammen.«

»Bilder von Sara Nowak, wie sie Sex mit George Taylor Jr. hat«, sagte Sam und klickte ein neues, etwas körniges Bild mit zwei Körpern in einer höchst intimen Position in einer schmalen Gasse an. »Taylor Jr. ist also der Anführer der Thugz, eines gewalttätigen Netzwerks in Botkyrka, und er wurde im Freihafen verhaftet, als er und seine Leute eine bedeutende Menge richtig schwerer Waffen von Russen kaufen wollten, die im Dienst der Organisation von Oleg Jadoweg stehen.«

Sam verstummte, und Brundin machte sich Sorgen, dass Rakel Swärd möglicherweise glaubte, dass sie nicht mehr vorzuweisen hätten.

»Nowaks Auto befand sich bei der Gelegenheit im Freihafen«, ergänzte Brundin hastig. »Ihr Autokennzeichen wurde von den mitwirkenden Beamten notiert. Wir haben versucht, Nowak zu erreichen, aber sie geht nicht ans Telefon.«

»Und die Situation in Deutschland?«, fragte Rakel. »Was macht Nowak dort? Warum hat sie einen Chef vom BND entführt und mehrere Polizisten erschossen?«

»Da müssen wir ein bisschen zurückspulen«, sagte Sam und räusperte sich. »In einem ihrer Bücher hat die emeritierte Professorin Eva Hedin Stellan Broman beschuldigt, für den ostdeutschen Geheimdienst Stasi spioniert zu haben, unter dem Decknamen Geiger. Sie hatte Zugang zu unseren Archiven bekommen, wo sie diese Angaben gefunden hat.«

»Wie zum Teufel konnte das passieren?«

»Ein Urteil des Obersten Gerichtshofs.«

Rakel rollte mit den Augen. Diese Paragrafenreiter auf den Richterbänken, die keine Ahnung hatten, was das Beste für das Land war.

»Wie auch immer, Hedin wurde vor einigen Monaten ermordet, und Sara Nowak fand ihre Leiche. Nowak meinte, dass der Täter ein früherer Doppelagent mit dem Decknamen Faust sei, aber es gab in der Wohnung keine anderen Spuren als die von Nowak und Hedin. Derjenige, den sie als Faust bezeichnete, war ihr eigener Schwiegervater, Eric Titus, der seit Jahrzehnten für den deutschen Geheimdienst BND arbeitete. Eine Theorie besagt, dass er etwas Belastendes über Sara Nowak entdeckt hatte.«

»Und worauf beruht diese Annahme?«, fragte Nordlund.

»Es ist eine Theorie, wie gesagt«, antwortete Brundin.

»Sara Nowak hat Eric Titus im Keller seines Hauses erschossen«, fuhr Sam fort. »Sie behauptete, es sei Notwehr gewesen. Mit Rücksicht auf sein Engagement für den BND ist das Ganze unter den Teppich gekehrt worden, und die offizielle Todesursache heißt jetzt Herzinfarkt. Der Sohn und ihr Gatte Martin Titus braucht seitdem psychiatrische Hilfe und ist in eine schwere Drogensucht gerutscht. Was zusammengenommen dazu geführt hat, dass Sara Nowak mittlerweile die Kontrolle über den Konzern Titus & Partners übernommen hat.«

»Was, Sie meinen tatsächlich, dass sie Eric Titus ermordet hat, um die Kontrolle über das Unternehmen zu bekommen?«

»Wir meinen gar nichts«, sagte Brundin schnell. »Wir führen nur Tatsachen auf. Sie lenkt das Unternehmen. Nowak hat den Vorstandsvorsitzenden Tom Burén angerufen, während sie nach dem Mord an Koslow vor der Polizei geflohen ist. Es ist uns nicht gelungen, das Gespräch abzuhören, aber es muss sich um eine Form von Arbeitsaufträgen gehandelt haben.«

»Was für Aufträge?«, fragte Nordlund irritiert.

»Titus & Partners ist Mitinhaber eines Sicherheitsunternehmens, Valkyria. Das man gemeinsam mit Oleg Jadoweg besitzt.«

»Es waren Soldaten von Valkyria, die Nowak in Leipzig befreit haben«, erklärte Sam. »Und die auch die Polizisten der GSG 9 an dieser Burg ermordet haben, in der sie sich mit ihren Geiseln verschanzt hat.«

»Sara soll einen Terroranschlag anführen?«, sagte Nordlund. »Ich seid ja nicht ganz bei Trost.«

»Nowak hat sich auch Hedins Archiv unter den Nagel gerissen«, sagte Brundin und ignorierte seinen Kommentar. »Der Zweck ist unklar. Vielleicht wollte sie Spuren beseitigen.«

»Welche Spuren?«

»Ein mögliches Szenario besteht darin, dass Hedin etwas gefunden hatte, was Nowak nicht ans Licht kommen lassen wollte. Zum Beispiel, dass Stellan Broman nicht Geiger war.«

»Er war nicht Geiger?«

Rakel Swärd schien Schwierigkeiten zu haben, dem Ganzen zu folgen.

Sam trank einen Schluck kalten Kaffee und fuhr fort:

»Die Informationen, die wir bei der Säpo über Geiger hatten, bekamen wir 1989 von seiner Haushälterin, Janina Nowak. Es war ein bisschen wie mit dem Spion Wennerström, die Haushälterin sah Dinge und berichtete sie.«

»Sagten Sie Janina Nowak?«, fragte Rakel und legte die Stirn in Falten.

»Sara Nowaks Mutter. Sie gab uns die Informationen, die Stellan als den Schuldigen ausmachten, aber in den Stasiarchiven sind seitdem einige geschredderte Akten wieder zusammengesetzt worden, in denen angedeutet wird, dass es sich bei dem Agenten Geiger um ein junges, fanatisches Mädchen gehandelt habe.«

»Der typische Kommunist war ein junger Mensch aus der Arbeiterklasse mit Komplexen und Rachegelüsten«, sagte Brundin. »Genau wie bei der vaterlosen Tochter einer Haushälterin in einer reichen Familie. Sara Nowak war ja auch zu der Überzeugung gekommen, dass Stellan Broman ihr Vater sei, wurde von ihm aber nie als Tochter anerkannt.«

»Das ist jetzt alles ein bisschen viel«, sagte Rakel und hielt eine Hand hoch, um den Informationsfluss zu stoppen.

»Aber es kommt noch mehr«, sagte Brundin.

»Vielleicht wurde Onkel Stellan ja ermordet, damit er als Sündenbock für den geplanten Terroranschlag dienen konnte«, sagte Sam. »Damit konnte er nicht der Version widersprechen, die Nowaks Mutter verbreitet hatte.«

»Oder es war ganz einfach ein Eifersuchtsdrama«, sagte Brundin und schielte zu ihrem Chef. »Sie war verbittert, weil sie nicht Stellans Tochter war, und nutzte die Terrortat aus, um ihn umzubringen und alles auf Lotta zu schieben.«

Nordlund verschränkte die Arme vor seiner Brust als die einzige Möglichkeit von Protest, die ihm in dieser Lage einfiel.

»Laut Nowak war der in Räfsnäs ermordete Joachim Böhme der Leiter eines Spionagerings der DDR und verantwortlich für die Rekrutierung und Indoktrinierung neuer Spione«, fuhr Sam fort. »Nowak lancierte die Theorie, dass Böhme unter dem Decknamen Ober Lotta Broman anlernte, die den Decknamen Geiger bekam. Aber nach unserer Einschätzung war es eine andere junge Dame, die im Haus der Familie Broman herumlief und zu seiner Auszubildenden wurde. Ein junges Mädchen mit großem Rachedurst, das sich eine Violine von Stellan Broman erbettelte und sie zu spielen lernte. Deswegen Geiger.«

Hier stand Lina auf und zog eine Miene, als wäre jetzt ihre große Stunde gekommen. Sie teilte Kopien von alten Fotos aus.

»Diese hier stammen aus Sara Nowaks Familienalbum«, sagte Lina. »Sara Nowak mit ihrer Violine. Sara Nowak ist Geiger.«

85

»Hast du Zeit, die Zahlen durchzugehen?«

Tom sah in Ebbas Zimmer, aber sie drückte das Handy an ihr Ohr und war vollkommen versunken in etwas, das sie auf dem Bildschirm hatte.

Als er keine Reaktion bekam, ging Tom zu ihr, um zu sehen, was seine junge Verlobte so fesselnd fand.

Die Homepage von *Der Spiegel* berichtete direkt aus Deutschland von einer Terroristengruppe, die sich in einer Burg verschanzt hatte. Auf der Wartburg. Das Areal unterhalb des protzigen Gebäudes war übersät mit Streifenwagen, Feuerwehrautos, Rettungswagen und gepanzerten Einsatzfahrzeugen. Blinkende Lichter von Hubschraubern, die darüber durch die Luft flogen. Scheinwerfer spielten auf der Burgfassade und im schwarzen Himmel.

Oben in der Ecke des Fensters sah man ein Standbild von Sara.

Und unter den Bild stand: »Anführerin der Terroristen«.

Dem Text zufolge hielt Sara einen Chef vom BND und eine schwedische Generaldirektorin als Geiseln.

Mehrere Polizisten waren tot, und die Gruppe war im Augenblick dabei, einen großen Terroranschlag durchzuführen. Die Antiterroreinheit GSG 9 hatte die Burg umzingelt und bereitete einen Angriff vor.

Die mutmaßliche Anführerin hatte alle Versuche zum Dialog ignoriert.

»Kannst du versuchen, sie zu erreichen?«, hörte Tom eine

Stimme in Ebbas Handy sagen, doch Ebba reagierte nicht. »Hallo?«, fuhr die Stimme fort.

Aber Ebba antwortete nicht. Sie stand einfach nur auf und ging.

86

Jurijs Worte schwirrten in Saras Kopf herum.

Dass sie Geiger sein sollte.

So, wie er es dargestellt hatte, klang es tatsächlich vollkommen glaubwürdig.

Sie brauchten jemanden, der die Schuld daran bekam, der Kontakt der Terroristen nach Schweden gewesen zu sein, und wenn Lotta freier Abzug gewährt wurde, konnte Sara den frei werdenden Platz füllen.

Was würden Ebba und Olle glauben?

Jane?

Martin?

Ihre Kollegen?

»Sara, reiß dich zusammen!«, forderte Agneta sie auf.

Sara sah sie an. »Warum, glaubst du, redet er so viel?«

Sara hatte keine Ahnung.

»Weil er Zeit gewinnen will«, sagte Agneta.

»Quatsch«, sagte Jurij und lächelte. »Hilf doch dem Mädchen nicht.«

Die Worte sanken langsam, langsam in Saras Gehirn ein und wurden zu anwendbarer Information.

Zeit gewinnen.

Wofür?

Die Codes.

Sara sah von Agneta zu Jurij und dann zu Lotta.

Lotta hielt das Namensschild aus Messing und ein Handy in den Händen. Tippte die Codes ein und schickte sie ab.

Sara rollte nach vorn, bis sie die Beine unter sich bekam und aufstehen konnte, dann rannte sie zu Lotta und brachte sie mit aller Kraft, die sie aufbringen konnte, aus dem Gleichgewicht.

Lotta stürzte und verlor das Handy und das Namensschild. Aber sie setzte sich schnell wieder auf, warf sich auf Sara und schlug ihr ins Gesicht.

Saras Hände waren immer noch gefesselt, aber sie drehte sich, bis sie die Beine zwischen sich und Lotta brachte. Dann trat sie so fest sie konnte in den Bauch der anderen Frau.

Lotta flog nach hinten und bekam keine Luft mehr, Sara kam wieder auf die Knie.

»Wie viele Codes hast du geschickt?«

Sie drehte sich um, es war Jurij, der gefragt hatte. Er stand mit dem kleinen Messingschild in der einen und dem Handy in der anderen Hand da.

»Acht«, japste Lotta, die auf dem Boden lag und keuchte.

»Neun«, sagte Jurij zufrieden, während er einen Code eingab und abschickte.

Sara wandte sich an Agneta.

»Agneta! Erschieß ihn!«

Aber Agneta betrachtete sie nur mit einem sanften Lächeln auf den Lippen.

»Ich will sehen, wie du es schaffst.«

»Zehn«, sagte Jurij.

»Nur noch zwei übrig!«, rief Schönberg verzweifelt.

Sara schrie, während sie auf Jurij loslief und sich duckte, um ihn zu Boden zu werfen. Er wich aus, um sie ins Leere laufen zu lassen, aber sie war reaktionsschnell und warf sich rasch zur Seite und streckte die Beine nach Jurij aus. Auf diese Weise mähte sie ihn mit ihren Schienbeinen gegen seine um, und liegend trat sie ihm direkt ins Gesicht, so heftig sie konnte.

Erneut flogen das Handy und das Schild durch die Luft.

Abdul Mohammad ging zum Schild, bückte sich, um es aufzuheben, und bekam die Stirn von einer Kugel durchschlagen.

»Nicht schummeln«, sagte Agneta, während sie die Waffe wieder senkte. »Das hier findet zwischen Sara und Lotta statt.«

Das Blut von Abdul Mohammad war auf den Boden, das Schild und das Handy gespritzt. Sara sah zu Agneta, ein Moment, den Jurij dazu nutzte, aufzustehen und sie umzutreten.

Während Sara versuchte, sich zu erholen und wieder auf die Füße zu kommen, hob Jurij das Schild und das Handy auf, wischte das Blut davon und tippte einen weiteren Code ein.

»Elf«, sagte er, nachdem er ihn verschickt hatte.

Schönberg kämpfte, um wieder auf die Beine zu kommen.

Sara griff Jurij ein weiteres Mal an, und indem sie aus der Rückenlage ihre Fersen in seinen Bauch rammte, brachte sie ihn zu Fall. Aber er hielt immer noch das Schild in der Hand.

Sara biss ihn in die Hand.

Da ließ er los.

»Nur ein Code noch, Sara«, sagte Agneta, die ihrem Kampf mit ausdruckslosem Gesicht folgte.

In der Zwischenzeit hatte sich Lotta langsam ihrer Mutter genähert, und in dem Augenblick, in dem Agneta ihren Kopf drehte, riss ihr die Tochter die Waffe aus der Hand. Sie schoss schnell in Agnetas Bein und zog sich zurück, damit ihre Mutter sie nicht überwältigen konnte.

Dann versenkte sie auch noch einen Schuss in Saras Bein, und Sara schrie vor Schmerzen auf.

Lächelnd setzte Lotta den Lauf der Waffe an Schönbergs Hinterkopf und begann langsam, den Finger am Abzug zu krümmen.

Aber sie hielt inne, als das grelle Licht eines Scheinwerfers durch die hohen Fenster fiel und das lautstarke Rattern mehrerer Hubschrauber von draußen hereindrang.

Eine Stimme in einem Megafon rief:

»Sara Nowak, geben Sie auf! Kommen Sie mit den Händen über dem Kopf heraus! Sonst stürmen wir die Burg!«

87

Die Tränen flossen in endlosen Strömen, sodass sie kaum sah, wohin sie ging.

Aber sie musste weg.

Wohin, wusste sie nicht.

Ebba öffnete die Türen zur Kreuzung der Torstenssonsgatan mit der Riddargatan und stolperte aus ihrem Arbeitsplatz heraus.

Dort stieß sie mit jemandem zusammen, der ihr etwas Böses hinterherrief, aber sie antwortete nicht. Sie hastete einfach weiter, ohne eine Ahnung, wohin sie eigentlich wollte.

Zuerst irrte sie planlos mitten auf der Straße herum und wurde beinahe von einem Radfahrer umgefahren.

Sie blieb stehen und fasste sich an die Stirn, während sie sich die Tränen aus dem Gesicht wischte. Obwohl die ganze Zeit neue kamen.

Mama eine Terroristin.

Nein, das konnte nicht stimmen. Natürlich nicht.

Aber sie glaubten es, die deutsche Polizei glaubte es.

Und das war fast genauso schlimm.

Jetzt würden jede Menge Polizisten alles daransetzen, Sara totzuschießen.

Ebba stolperte weiter. Sie brach durch eine kleine Hecke und ließ sich auf eine Parkbank fallen.

Der nahe Autolärm verriet ihr, dass sie sich an der kleinen Grünfläche am Strandvägen befand. Aber sie konnte nichts sehen. Wollte nichts sehen.

Aus ihrer Handtasche holte sie das Bild der Heiligen Madonna, das Jane ihr gegeben hatte.

Sie stellte das Bild auf die Bank und sank auf dem Boden davor auf die Knie.

Und faltete die Hände.

Dann betete sie für ihre Mutter. Dass sie überleben sollte und dass die Wahrheit ans Licht käme.

Sie betete für ihren Vater, dem es so schlecht ging. Ebba war klar, dass er drogenabhängig war, aber sie hatte sich geweigert, es sich selbst einzugestehen. Hatte sich zu sehr geschämt. In ihrer Sehnsucht nach dem perfekten Leben war sie blind gewesen für das Leiden ihrer Nächsten.

Sie würde Martin helfen.

Und Sara die besten Anwälte besorgen.

Und eine großartige ältere Schwester für Olle sein.

»Bitte, du starke, gute, heilige Jungfrau Maria, lass meine Familie das alles überleben. Ich werde alles dafür tun.«

88

»Heb das Schild auf«, sagte eine blutbefleckte Lotta zu Jurij.

Und Jurij tat, was sie gesagt hatte.

Er hob das Schild auf, kam auf die Füße und sammelte sein Handy ein. Zog seine Kleidung zurecht und war bereit, den letzten Code zu verschicken.

»Jetzt werden wir einem einzigartigen Erlebnis beiwohnen«, sagte er zu Sara und Schönberg. »Ihr werdet spüren, wie es sich anfühlt, wenn ein Imperium untergeht. Wenn die Welt, für die man sein ganzes Leben lang gekämpft hat, in Rauch aufgeht. Es wird schmerzhaft sei. Aber lehrreich.«

»Warte«, sagte Agneta, und Jurij hielt inne. »Ich habe mich entschieden.«

»Bist du dabei?«

»Nein, ich möchte, dass du es abbrichst. Sara hat ganz allein gegen euch beide kämpfen müssen. Jetzt stelle ich mich an ihre Seite.«

Jurij musste lachen.

»Nein. Dieses Mal gewinne ich. Du hast die Sowjetunion zerschlagen, ich zerschmettere Deutschland, und aus der Asche wird ein neues Rusgermania geboren.«

»Hör auf!«

Agneta zog ihr Messer und humpelte auf Jurij zu.

»Töte mich ruhig«, sagte Jurij mit einem Blick auf das blutige Messer. »Mein Leben bedeutet nichts in diesem Zusammenhang.«

»Nicht dein Leben, aber vielleicht das deiner Tochter?«

Agneta holte ihr Handy heraus und zeigte es Jurij.

Auf dem Bildschirm sah man eine weinende Malin Broman. Die an einen Stuhl gefesselt war und ein Messer an ihrem Hals hatte.

Jurij sah aufrichtig erschüttert aus.

»Als du nach Stockholm kamst, nur um sie mit deinen eigenen Augen zu sehen, verstand ich, wie wichtig sie für dich ist«, sagte Agneta. »Wie wichtig es für dich ist, ein Vater zu sein. Was du für unmöglich hieltest, nachdem sie dir die Eier abgeschnitten hatten. Es war Saras DNA-Probe, die mir die endgültige Antwort gab. Vielen Dank dafür, Sara.«

Die Botschaft war schwer zu verdauen. Die Worte beinahe unmöglich zu verstehen.

Jurij der Vater von Malin?

Also war keine der Schwestern ein Kind von Stellan, dachte Sara. Das erklärte auch die großen Unterschiede zwischen ihnen. Die blonde Malin und die schwarzhaarige Lotta.

War Sara also Stellans einziges leibliches Kind? Zustande gekommen durch eine Vergewaltigung.

Sara machte einen vorsichtigen Schritt nach vorn, um den Bildschirm besser sehen zu können. Malin hatte Todesangst, so viel konnte sie erkennen. Und Sara dachte, dass sie Malin zwar nie besonders gemocht hatte, aber dass sie so etwas nicht verdient hatte. Sie war kein Teil von dem hier, wusste nichts darüber, was Lotta gerade vorhatte. Genau wie Ebba hatte sie nur das Pech, die falschen Leute zu kennen, in die falsche Familie hineingeboren zu sein.

»Tu ihr nicht weh«, sagte Jurij und sah Agneta flehend an.

»Gib mir das Handy.«

»Das kann ich nicht.«

»Schneiden!«, rief Agneta in das Handy.

Und auf dem Bildschirm war zu sehen, wie die Hand, die das Messer hielt, in Malins Hals zu schneiden begann.

Das Blut rann ihren rosafarbenen Kragen hinab, und sie schrie wie am Spieß.

Da bemerkte Sara, dass die Hand einer Frau das Messer hielt.

Und sie erkannte die Ringe an den Fingern.

Sie gehörten Jane.

89

Jane saß allein zu Hause auf dem Fernsehsofa und verfolgte die Ereignisse schweigend.

Man konnte es einfach nicht glauben.

Vollkommen unfassbar.

Trotzdem sah sie es mit eigenen Augen. Das, woran niemand geglaubt hatte, war plötzlich möglich geworden.

Die Berliner Mauer fiel. Sie wurde von extatischen Ostdeutschen in Stücke gehackt, die Hilfe von jubelnden Westberlinern bekamen.

Die Leute halfen sich gegenseitig hinauf und begannen auf der Mauer zu tanzen, bei der es bislang lebensgefährlich gewesen war, sich ihr auch nur zu nähern.

Verbissene ostdeutsche Grenzsoldaten standen daneben und sahen zu. Der Reporter machte sich zum Dolmetscher für die Verwunderung der gesamten Welt, dass so etwas geschehen konnte.

Dass die Grenzsoldaten die Massen nicht vertrieben, indem sie scharf schossen.

In Ungarn waren die Grenzwälle im Sommer abmontiert worden, aber in China war der Volksaufstand auf dem Platz des Himmlischen Friedens brutal niedergeschlagen worden. Mit Panzern und toten Freiheitskämpfern als Folge. Dieselbe Reaktion hätte man hier erwartet.

Aber sie blieb aus.

Der antifaschistische Schutzwall fiel, ohne dass ihn jemand verteidigte.

Dieses Wunder würde nicht nur Millionen befreien, es bedeutete auch das Ende ihres eigenen Doppellebens.

Agneta würde nicht mehr kommen und immer mehr von ihr verlangen. Sie nie wieder zu gefährlichen Aufträgen verpflichten, indem sie drohte, Sara und sie in die kommunistische Diktatur Polens zurückzuschicken. Keine Reisen mehr, bei denen Sara wilde Feste in der Wohnung feiern konnte, weil die Mutter abwesend war. Jetzt könnte Jane endlich in Frieden leben.

Und vor allem konnte sie zu Hause bleiben.

Es gab keinen Kalten Krieg mehr, in dem Agneta kämpfen konnte.

Der Krieg war vorbei.

Es herrschte Frieden.

Jane drehte sich zum Foto von Jan Pawel. Dem Papst Johannes Paul II., Karol Wojtyla. Der die ersten Nägel in den Sarg der Kommunisten geschlagen hatte. Sie bedankte sich bei ihrem Heiland mit einer Bekreuzigung. Nur die Kirche hatte ein solches Wunder vollbringen können.

Jetzt konnte Sara ein Leben ohne Krieg oder Spione leben.

Ein ruhiges Leben.

In dem sie nicht mehr bedroht war.

Ein Leben, in dem Agneta die geliebte kleine Sara nie mehr benutzen konnte, um Jane auf andere Leute zu hetzen.

90

Das Messer schnitt immer tiefer in Malin Bromans Hals. Ein Zentimeter. Zwei.

Lotta reagierte nicht, ihre Augen starrten auf das Schild mit den Codes, das der Russe in der Hand hielt.

Agneta behielt Jurij im Auge. Byk. Den Ochsen. Der kastrierte Oligarch, der geglaubt hatte, dass er niemals Vater werden könnte. Der vor nicht allzu langer Zeit erfahren hatte, dass er eine erwachsene Tochter hatte. Eine schöne und erfolgreiche Tochter, die die blauen Augen ihres Vaters geerbt hatte.

Drei Zentimeter.

Jetzt begann Malin hysterisch zu schreien.

»Stopp!«, rief Jurij.

»Warte«, sprach Agneta in das Handy, und die Hand mit dem Messer hielt inne.

»Du gewinnst«, sagte Jurij und streckte Agneta die Hand mit dem Schild entgegen. Sie machte einen humpelnden Schritt auf ihn zu.

»Nein!«, schrie Lotta »Eine Person! Lässt du eine einzelne kleine Idiotin das alles zunichtemachen?«

»Ja«, sagte Jurij verbissen.

Agneta schloss die Finger um das Schild in Jurijs Hand, wobei ihre Hände einander berührten.

Da hob Lotta ihre Waffe und schoss eine Salve auf sie beide ab. Jurij und Agneta fielen blutend zu Boden.

Das Namensschild aus Messing flog durch die Luft und landete mit einem klirrenden Geräusch auf dem Marmorboden.

Schönberg, der mittlerweile seine Brille wieder aufgesetzt hatte, wollte zum Schild krabbeln, aber Lotta erschoss ihn.

Durchbohrte seinen Körper mit Kugeln, sodass der Rücken in kleinen, blutroten Geysirausbrüchen explodierte.

Schönberg schrie auf und blieb liegen.

Lotta hob erst das Handy auf und ging dann zu dem Schild, das einen Meter von Agneta entfernt auf dem Boden lag.

»Nur noch ein einziger Code«, sagte Lotta mit Triumph in der Stimme, während sie sich nach dem Messingstück bückte.

Schönberg war vollkommen still. Jurij lag auf dem Boden und röchelte. Agneta blutete kräftig aus dem Bauch, und aus ihrem Mund rann Blut. Sara hatte nur einen Treffer im Bein, könnte Lotta aber niemals erreichen, ohne vorher von ihr entdeckt und erschossen zu werden.

Jetzt hatte Lotta sowohl das Handy als auch das Schild mit den Codes auf der Rückseite in ihren Händen.

Sara bemerkte eine leichte Bewegung in den Augenwinkeln. Sie sah zu Agneta herüber, die ihr etwas zeigte, was wie ein kleiner Metallring aussah.

Sara brauchte eine Sekunde, um es zu begreifen.

Eine Sekunde, von der Agneta wusste, dass sie sie eigentlich nicht hatten.

Eine Sekunde, die Sara das Leben hätte kosten können, sie jetzt aber rettete.

Agneta gab Sara die Sekunde. Und damit auch das Leben zurück.

Denn der Ring, den Agneta in den Händen hielt, war der Sicherungsstift einer Handgranate, die sie entsichert hatte.

Und diese Handgranate war das Einzige, was Lotta noch aufhalten konnte.

Agneta gab Sara einen diskreten Wink mit den Fingerspitzen, bevor sie die Augen schloss, und Sara gehorchte.

Sie trotzte den scharfen Schmerzen im Bein und im Rücken,

ignorierte alle Warnsignale des Körpers und warf sich kopfüber aus der Türöffnung, die steile Steintreppe hinunter.

Im selben Augenblick warf Agneta mit letzter Kraft die Handgranate auf ihre Tochter.

91

Die Handgranate detonierte in dem Augenblick, als Sara auf der Steintreppe landete.

Die Druckwelle schickte sie haltlos nach unten, aber der direkten Sprengkraft war sie entkommen.

Als sie wieder zu Bewusstsein kam, war die GSG 9 in vollem Angriff auf die Burg. Überall Polizisten in Kampfmontur. Blendgranaten, Laservisiere, schwarze Stiefel im Laufschritt.

Und schließlich ein paar starke Arme, die sie aufhoben. Ihr ganzer Körper tat weh, und sie schrie vor Schmerz aufgrund der plötzlichen Bewegung.

Ein Polizist, der vom Festsaal herunterkam, gab demjenigen ein Zeichen, der Sara hielt. Die Hand über den Hals.

Alle tot.

Alle außer Sara.

»Die Bomben?«, fragte Sara den Polizisten an ihrer Seite.

Er betrachtete sie mit eiskalter Verachtung im Blick.

»Wir haben euch aufgehalten.«

Dann spuckte er ihr ins Gesicht.

Bäh, dachte Sara. Der Schmerz lähmte sie, sorgte dafür, dass sie sich nicht einmal die Wange abwischen konnte. Der Körper konnte nicht mehr. Sie konnte nicht mehr.

Der Einzige, der sie hätte retten können, wäre Schönberg gewesen, und er war tot.

In den Augen der Umwelt war sie eine rücksichtslose Terroristin.

Und dafür konnte sie sich eigentlich nur selbst die Schuld

geben. Um Ebba zurückzubekommen, hatte sie darum gebetet, die Sünden der Welt auf sich zu nehmen. Jetzt durfte sie zumindest diejenigen von Lotta und Eric schultern.

Dann wurde sie abgeführt. Um ihre Verbrechen zu sühnen.

92

Zehn Minuten hatte sie bekommen.

Zehn Minuten mit ihrer Familie, und sie waren alle da.

Ebba, Olle, Jane, Martin.

Aber was konnte sie in zehn Minuten schon erklären?

Nichts.

Sie umarmte sie einfach, so fest sie konnte.

Und weinte.

Ätzte die Erinnerung an sie auf die Netzhaut, das Gefühl von ihnen, ihre Stimmen, ihre Düfte.

Bis jemand sie von ihnen wegzerrte, ihr die Handschellen wieder anlegte und sie wegführte.

Wer wusste schon, was auf sie wartete?

Sie lebte in jedem Fall, ihre Familie lebte.

Aber zu welchem Preis?

Du glaubst, du kennst deine Frau. Bis sie dich tötet ...

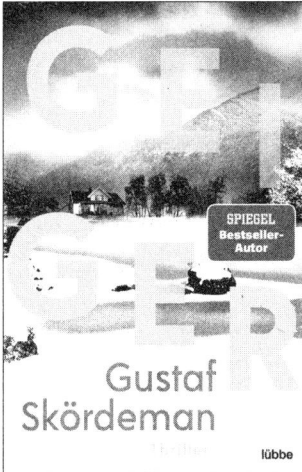

Gustaf Skördeman
GEIGER
Thriller
Aus dem Schwedischen
von Thorsten Alms
496 Seiten
ISBN 978-3-404-18810-9

Das Festnetz-Telefon klingelt, als sie am Fenster steht und ihren Enkelkindern zum Abschied winkt. Agneta hebt den Hörer ab. »Geiger«, sagt jemand und legt auf. Agneta weiß, was das bedeutet. Sie geht zu dem Versteck, entnimmt eine Waffe mit Schalldämpfer und tritt an ihren Mann heran, der im Wohnzimmer sitzt und Musik hört. Sie setzt den Lauf an seine Schläfe – und drückt ab. Als Kommissarin Sara Nowak von diesem kaltblütigen Mord hört, ist sie alarmiert. Sie kennt die Familie seit ihrer Kindheit ...

Lübbe

*Ein Spion mit deutschem Decknamen,
eine gnadenlose Jagd – und eine heikle
Enthüllung*

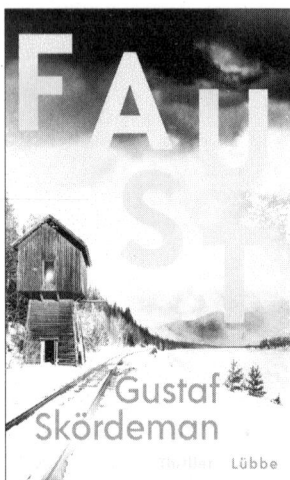

Gustaf Skördeman
FAUST
Thriller
Aus dem Schwedischen
von Thorsten Alms
496 Seiten
ISBN 978-3-7857-2797-3

»Was weiß Sara Nowak?«, fragt der Mörder, kurz bevor er Pfarrer Jürgen Stiller hinrichtet. Kommissarin Sara Nowak ahnt zu diesem Zeitpunkt nicht, dass auch sie ins Visier genommen wurde. Erst als Schüsse auf ihre Stockholmer Wohnung abgegeben werden, wird ihr klar, dass sie dem Spion mit dem Decknamen FAUST nähergekommen ist, als ihm gefällt. Ihre Ermittlungen führen sie zurück in die Zeit des Terroranschlags auf die deutsche Botschaft in Stockholm. Und Sara Nowak erfährt von der Operation Wahasha – einem skrupellosen Plan, der vielen Menschen das Leben kosten kann …

Lübbe